国代学典读
中当文经必

吴义勤 ◎ 主编 张元珂 ◎ 点评

2019短篇小说卷

百花洲文艺出版社

ZHONGGUO
DANGDAI
WENXUE
JINGDIAN
BIDU

图书在版编目（CIP）数据

中国当代文学经典必读. 2019短篇小说卷 / 吴义勤主编. -- 南昌：
百花洲文艺出版社, 2021.1
ISBN 978-7-5500-3907-0

Ⅰ. ①中… Ⅱ. ①吴… Ⅲ. ①中国文学 – 当代文学 – 作品综合集
②短篇小说 – 小说集 – 中国 – 当代 Ⅳ. ①I217.1

中国版本图书馆CIP数据核字（2020）第210859号

中国当代文学经典必读·2019短篇小说卷

吴义勤　主编

出 版 人	章华荣
责任编辑	李梦琦　张　驰
书籍设计	方　方
制　　作	何　丹
出版发行	百花洲文艺出版社
社　　址	南昌市红谷滩世贸路898号博能中心一期A座20楼
邮　　编	330038
经　　销	全国新华书店
印　　刷	江西千叶彩印有限公司
开　　本	850mm×1168mm 1/16　印张 24.25
版　　次	2021年1月第1版第1次印刷
字　　数	370千字
书　　号	ISBN 978-7-5500-3907-0
定　　价	46.80元

赣版权登字　05-2020-210
邮购联系　0791-86895108
网　　址　http://www.bhzwy.com
图书若有印装错误，影响阅读，可向承印厂联系调换。

我们该为"经典"做点什么？

/吴义勤

当今时代，对经典的追怀和崇拜正在演变为一种象征性的精神行为，人们幻想着通过对经典的回忆与抚摸来抵抗日益世俗和商业化的物质潮流。在这一过程中，一方面，经典作为人类文学史和文明史的基石与本源，其价值得到了充分的认同与阐扬；另一方面，经典的神圣化与神秘化又构成了对于当下文学不自觉的遮蔽和否定。可以说，如何面对和正确理解"经典"，正是当代中国文学必须正视的一个问题。

什么是经典呢？就人类的文学史而言，"经典"似乎是一个约定俗成的概念，它是人类历史上那些杰出、伟大、震撼人心的文学作品的指称。但是，经典又是无法科学检验的主观性、相对性概念。经典并不是十全十美、所有人都认同的作品的代名词。人类文学史上其实根本就不存在十全十美、所有人都喜欢、没有缺点的所谓"经典"。那些把"经典"神圣化、神秘化、绝对化、乌托邦化的做法，其实只是拒绝当下文学的一种借口。通常意义上，经典常常是后代"追认"的，它意味着后人对前代文学作品的一种评价。经典的标准也不是僵化、固定的，政治、思想、文化、历史、艺术、美学等因素都可能在某种特殊的历史条件下成为命名"经典"的原因或标准。但是，"经典"的这种产生方式又极容易让人形成一种错觉，即"经典"仿佛总是过去时、历时态的，它好像与当代没有什么关系，当代人不能代替后人命名当代"经典"，当代人所能做的就是对过去"经典"的缅怀和回忆。这种错觉的一个直接后果就是在"经典"问题上的厚古薄今，似乎没有人敢于理直气壮地对当代文学作品进行"经典"的命名，甚至还有人认为当代人连写当代史的权利都没有。

然而，后人的命名就比同代人更可信吗？我当然相信时间的力量，相信时间会把许多污垢和灰尘荡涤干净，相信时间会让我们更清楚地看清模糊的、被掩盖的真相，但我怀疑，时间同时也会使文学的现场感和鲜活性受到磨损与侵蚀，甚至时间本身也难逃意识形态的污染。我不相信后人对我们身处时代"考古"式的阐释会比我们亲历的"经验"更可靠，也不相信，后人对我们身处时代文学的理解会比我们亲历者更准确。我觉得，一部被后代命名为"经典"的作品，在它所处的时代也一定会是被认可为"经典"的作品，我不相信，在当代默默无闻的作品在后代会被"考古"挖掘为"经典"。也许有人会举张爱玲、钱钟书、沈从文的例子，但我要说的是，他们的文学价值在他们生活的时代就早已被认可了，只不过新中国成立后很长时间由于意识形态的原因我们的文学史不允许谈及他们罢了。

这里其实就涉及了我们编选这套书的目的。我认为，文学的经典化过程，既是一个历史化的过程，又更是一个当代化的过程。文学的经典化时时刻刻都在进行着，它需要当代人的积极参与和实践。文学的经典不是由某一个"权威"命名的，而是由一个时代所有的阅读者共同命名的，可以说，每一个阅读者都是一个命名者，他都有命名的"权力"。而作为一个文学研究者或一个文学出版者，参与当代文学的进程，参与当代文学经典的筛选、淘洗和确立过程，正是一种义不容辞的责任和使命。事实上，正是出于这种对"经典"的认识，我才决定策划和出版这套书的，我希望通过我们的努力，真实同步地再现21世纪中国文学"经典化"的进程，充分展现21世纪中国文学的业绩，并真正把"经典"由"过去时"还原为"现在进行时"，切实地为21世纪中国文学的"经典化"作出自己的贡献。与时下各种版本的"小说选"或"小说排行榜"不同，我们不羞羞答答地使用"最佳小说"之类的字眼，而是直截了当、理直气壮地使用了"经典"这个范畴。我觉得，我们每一个作家都首先应该有追求"经典"、成为"经典"的勇气。我承认，我们的选择标准难免个人化、主观化的局限，也不认为我们所选择的"经典"就是十全十美的，更不幻想我们的审美判断和"经典"命名会得到所有人的认同，而由于阅读视野和版面等方面的原因，"遗珠之憾"更是不可避免，但我们至少可以无愧地说，我们对美和艺术是虔诚的，我们是忠实于我们对艺术和美的感觉与判断的，我们对"经典"的择取是把审美和艺术放在第一位的。说到底，"经典"是主观的，"经典"的确立是一个持续不断的"过程"，"经典"的价值是逐步呈现的，对于一部经典作品来说，它的当代认可、当代评价是不可或缺的。尽管这种认可和评价也许有偏颇，但是没有这种认可和评价，它就无法从浩如烟海的文本世界中突围而出，它就会永久地被埋没。从这个意义上说，在当代任何一部能够被阅读、谈论的文本都是幸运的，这是它变成"经典"的必要洗礼和必然路径，本套书所提供的同样是这种路径，我们所选的作品就是我们所认可的"经典"，它们完全可以毫无愧色地进入"经典"的殿堂，接受当代人或者后来者的批评或朝拜。

感谢百花洲文艺出版社对我的经典观的认同以及对于这套书的大力支持，感谢让这个文学工程可以在百花洲文艺出版社这个平台美丽绽放。我们的编选仍将坚持个人的纯文学标准，而为了更好地阐析我们的"经典观"，我们每本书将由青年学者对每一篇入选小说进行精短点评，希望此举能有助于读者朋友对本丛书的阅读。

目　录

一斗阁笔记（节选）

莫言

1. 真牛

那头牛，身材魁梧，面貌清纯，是牛中伟丈夫也。初购来时，儿童围绕观看，社员点评夸奖，队长扬扬得意。但此牛厌恶劳动，逃避生产。套一上肩，立即晕眩，跌翻在地，直翻白眼。鞭打不动，火烧不理。一摘套索，翻身跃起。如此这般，众人傻眼。支书曰："人民公社可以养闲人，但绝不能养闲牛。"队长曰："若不是法律保护耕牛，老子一定要宰了你。"会计曰："好男不当兵，好牛不拉犁。"支书曰："闭嘴，你的话里有严重的政治问题！当心撸了你的会计。"会计面色灰白，悄然而退。牛翻白眼，不见青光，疑似阮步兵转世。无奈，只好将它牵到集市售卖。那牛一到集市，双眼放光，充满期待又略带忧伤，仿佛一个待嫁的新娘。集市上收税的人一见它就乐了："伙计，您又来了呵。"牛眨眨眼曰："伙计，不该说的莫说，拜托了呵！"

2. 诗家

清乾隆年间，吾乡白公有三子，皆忤逆不孝，但俱有诗才。父将三子诉之于官。差役将三子拘至衙，县官升堂审讯。父历数三子不孝行状，言之动情处，失声号啕，老泪纵横。官曰："忤逆不孝乃本朝法定大罪，轻则廷杖，重可大辟。但本官爱才，不忍动刑。闻尔等皆能诗，即以衙前竹为题，各做一首，通即恕，不通则严惩之。"长子咏曰："老爷衙前一丛竹，顺着节儿往上数。老爷今年做知县，明年定会升知府。"次子曰："老爷衙前竹一丛，旭日初照枝叶红。老爷明年升知府，后年提拔进京城。"三子曰："老爷衙前竹一丛，观音菩萨来送子。送个儿子中状元，送个女儿嫁皇帝。"官大喜，令差役责打白公四十大板，斥之："生了三个诗人，还告什么刁状。"

3. 葱管

余少年时与兄割草、牧羊于野，渴甚。沟渠中虽有水，但苦如盐卤，不能饮。兄遂问羊："羊羊羊，何处有水井？"羊咩咩数声，东向狂奔，吾与兄追随至翰林碑。碑前果有一古井，深可数丈。时有翠鸟由井中飞出，水汽淋漓焉。探身下望，井中映出倒影。吾口渴愈烈，恨不能跳入井中畅饮。兄突发奇想，采来葱管数根，以口叼之，劈开双腿，足蹬井壁，次第下之，如入幽灵之境。良久，兄口叼贮水葱管，攀缘而上。以葱管授我，饮之，其水甘洌，如琼浆玉液。如是者数，兄气喘吁吁，力渐不支。余心不忍，道：哥，我不渴了。兄道：再取一次即止。兄蹬壁又下。忽听扑通一声，余知兄落水，急忙低头探看，只见兄站在井底，水及其胸。余急问：哥，没事吧？兄道：好凉快啊。我道：哥，你快上来吧。兄道：我踩到一个硬硬的东西。兄俯身入水数次，摸上一黑色长物。兄解下腰带，拴住此物，挂在脖上，攀缘上来。拔草擦去泥污，竟是一把长刀。找砖头磨去铁锈，发现刀背上刻有两个篆字，经学校老师辨认，说是"葱管"。我与兄闻之愕然，难道古人知道我们会用葱管取水吗？许多年后，我想，也许是一个姓管名葱的人，将自己的名字刻在刀背上。

4. 锦衣

一富家女，容貌姣好，及笄，自言宁死不嫁。其母怪之。每至夜深人静时，闺中即有男子说笑之声。母逼问之，女曰：系一美貌华服男儿，夜来幽会，鸡鸣时，即匆匆离去。母授计于女。至夜，男又至，女将其华服锁于柜中。平明，男索衣欲去，女不予，男怅怅而逝。清晨，大雪，母开鸡舍，见公鸡赤裸而出，不着一毛，状甚滑稽也。女急开柜，见满柜鸡毛灿灿。女抱鸡毛出，望裸鸡而投之。只见吉羽纷扬，盘旋片刻，皆归位鸡身，有条不紊，片羽未乱也。公鸡展翅，飞上墙头，引颈长啼。啼罢，忽作人语，曰：吾本天上昴星官，贬谪人间十三年，今日期满回宫去，有啥问题找莫言。

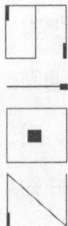

5. 仙桃

吾少时听爷爷说，崂山西侧悬崖上，有桃一株。三月开花，其华灿烂。八月桃熟，崖下仰望，鲜红如玛瑙，气味芳香，人间罕嗅之也。博者曰：此仙桃也，食之可长生不老。多有渴望不死者，攀岩而上，但终无一近顶者。村中有巧人杜乐，诸工皆能，乃倾其家产，造抛石机一具，能抛石数十丈。俟桃熟，集村中精壮数十人，拉动机器，抛石上崖，先不中，调整数次后，有一石正中桃树，似闻噼啪之声，见数桃下落，众蜂拥上前欲接，但距地数丈时，即被仙鹤噙去。

抗日战争时，游击队找杜乐造抛石机。其时杜乐已死，其子杜兴按父留图纸，造抛石机一具，在攻打蓝村炮楼时，立下大功。游击队奖励杜乐，赠其蟠桃一筐。

6. 茂腔

吾乡高密有戏曲茂腔，流传二百余年，至今演唱不绝。吾从小耳濡目染，得益甚多。此戏起源于民间，曲调委婉凄凉，如泣如诉，如怨如慕，尤为村妇所迷。剧情多惩恶劝善、帝王将相、才子佳人等老套路。剧中唱词，多使用方言土语，听起来格外亲切，但外乡人不懂也。

黑龙江边祝家屯，系民国初年由一闯关东的祝姓高密人创建，后亲戚朋友皆投奔而来，遂成一高密屯。九十年代中，屯中一老妇病重，对儿女说出最后愿望：临死前想听一段茂腔。那时还没有互联网，但VCD已经有了。其子就给高密的亲友拍电报，索求茂腔光盘，同时去哈尔滨买了一台机器等候着。半月后，光盘寄到，老妇已在弥留之际。家人匆忙将茂腔放出，起调过门一响，老妇手指颤动，慢慢地睁开眼睛。等到著名旦角郭秀丽那悲凉婉转的唱腔响起来时，老妇竟然坐了起来。一曲听罢，心满意足地说："中了，现在可以死了。"言毕，仰倒而逝。

7. 褂子

吾少时曾随生产队里的妇女采摘棉花。深秋时节，天气寒冷，妇女们已有披棉衣者。是秋，余新缝一件蓝华达呢褂子，穿在身上，自觉添了二分人才。因棉花柴磨损衣服甚重，余即将褂子藏在麻袋中。赤膊拾花，身上被花萼划得伤痕累累。一日，冷风飕飕，阴云密布，时有雪花飘落，气温降到零度。妇女们都穿上了棉衣。

一常姓大嫂激我："青年,今天还光膀子吗?"我说："光啊!"于是我冒着寒冷脱下褂子,塞进麻袋,放在地头,然后将白布包袱,上挂脖子下系腰,赶紧拾花,塞进包袱,棉花冰冷,凉着肚皮,风吹到背上,如被刀割。妇女们嬉笑不止。为了不让她们看我笑话,我发誓宁愿冻死,也不穿褂子。为了抵抗寒冷,我开始唱样板戏:"穿林海跨雪原气冲霄汉——"那些娘们儿,一定认为我疯了。我暗自得意。装疯卖傻是为了吸引女人的注意,她们注意我了,并且知道了我的抗寒和我的爱护衣服。当我拾满了一兜棉花到地头上找麻袋时,麻袋没有了,珍藏在麻袋里的褂子自然也没有了。

装疯卖傻是要付出代价的。

8. 踩鱼

吾家房后五十米,即胶河也。夏天晌午,河中全是洗澡的人。河水被晒得滚烫,浅水处,水仅没脚踝。河系沙底,硬而平滑,有银白鲢鱼被烫得发昏,来回乱窜。吾等追逐踩踏之。有乳名皮囤者,一中午曾踩鱼八十条。

皮囤七岁时,父母双亡。皮囤跟哥嫂生活。其兄懦弱,其嫂霸蛮。皮囤常受其嫂虐待,其兄不敢阻拦。一日,其嫂与邻村一著名泼妇打架,被打翻在地,踢踏不止。皮囤奋勇向前,揪住泼妇头发,将其拽倒在地。有邻人问:"皮囤,你嫂子对你那么不好,为什么还要救她?"皮囤说:"她再不好,也是我嫂子。"其嫂闻知,甚为感动,从此改变态度,视皮囤如同己出。

吾曾追随皮囤下河踩鱼,但总是踩不到。看那皮囤,在浅水中跳跃腾挪,如同舞蹈,一会儿弯腰,从脚底摸出一条,放到胸前布袋里,一会儿又弯腰摸出一条,放在胸前口袋里。我问皮囤:"为什么你能踩到而我踩不到?"他说:"左脚撵了右脚踩,右脚撵了左脚踩。"

9. 虎疤

吾乡有一奇人，面目狰狞。自言系在关东挖参时为老虎所伤，人送外号"虎疤"。吾曾听其亲口讲述此事。说，一日黄昏，他挖得一枝七品叶，大喜。忽觉脑后冰冷，猛回头，见一只吊睛白额大虫正款款地从林中走出来。大虫说："挖参的小子听着，此参是我栽，此山是我宅。要想拿参走，留下小命来。"那人说，他扑上去与大虫斗，虫死他伤。

这个打死过老虎的人，人民公社时期，在生产队里当饲养员，喂牛喂马，颇有怀才不遇之慨，常常在我们面前发牢骚："奶奶的，老子堂堂的打虎英雄，竟然落魄到如此地步啊……"接着就唱，"何日里施展我盖世武功，打尽了老虎再打恶龙——"人民公社解体后，此人成了卖药酒的，四集遍赶，卖虎骨酒、虎鞭酒，当有人质疑其假时，他指着自己的疤脸说："看到了吧？这是跟老虎搏斗时所伤，虎死我伤。"

10. 槐米

槐树分国槐与洋槐。国槐花籽可入药，能治风症。吾家曾养一猪，因去势而染破伤风，牙关紧咬，身体僵直，平躺在地，不能站立。兽医云，必死无疑。吾母曰：死猪当成活猪医吧。遂将槐米炙末，混以米汤，用兽用针管自嘴角灌之，半月后竟愈。之后此猪狂吃疯长，邻人曰，其报恩也。

数十年后，我爬上北海公园白塔所在之小山，下山时，见山路两侧，全是粗大的国槐，槐花半谢，槐米累累。一老人正在采摘槐米，曰：半花半米，正是最佳采摘时。吾问老人采此何用，老人曰：晒干，炙粉，蘸煮鸡蛋，日食两枚，可轻身健体。

11. 深巷

我的朋友糕糕在县城梧桐街开了一家咖啡馆，生意兴隆。馆名"深巷"，系我所题。戊戌春节，我在故乡。糕糕来访，邀我去喝咖啡。盛情难却，即随其往。进馆便见墙上挂着一幅署名"莫言"的书法，字迹秀美，法度森严。文字内容是："一辆由白鹅驾辕的四轮车由小巷深处摇摇摆摆地驶出来。拉长套的是两只肥胖的绿鸭，车上载着狐狸的新娘。她身披白色的婚纱，头上戴着丁香花冠，睫毛很长。早起送牛奶的工人看到她们来了，慌忙跳到一边，为她们闪开了道路。"

我问："这是怎么回事？"他憨憨一笑说："替你扬名呢！"

12. 爱马

爱马人爱马甚过爱自己。他自己从不洗脸，但他会给马洗。严寒的早晨，在结冰的井台，用冒着热气的井水给马洗脸，用洁白的毛巾给马擦脸，马神清气爽，目光皎然。他满面污垢，眼睛晦暗。此是我亲眼所见，1969年在城外五里店。爱马人是我家亲戚，姓汪，是地主分子，我该叫他表叔。那还是人民公社时期啊，那时候马和牛一样都是集体财产。那时我们的教科书上说：地主对人民公社怀有深仇大恨，时刻梦想着变天。经常有地主投毒害死人民公社马匹的案件，这个地主怎么会这样呢？一个地主爱人民公社的马爱到这种程度，谁会相信？如果那匹马是他自己的，他该怎么个爱法？又一想，我这想法太不文学了，真正的爱，是与所有权无关的。上帝是所有人的，难道能归你一个人所有吗？祖国是十几亿人共有的，难道能归你自己吗？想到这些，我就明白了。

13. 蛙泳

三十二年前，我曾写小说《生蹼的祖先》，描写了一个生活在沼泽地里手足上生有蹼膜的家族。这部小说最根本的灵感来源于我的一位小学同学。他手指与脚趾间有蹼膜相连，大家也不以为怪。那时吾乡雨量充沛，每到夏秋，河中水势滔天，沟渠池塘中也水满槽平。是时省直机关的"右派"集中在我们村子东边的国有农场劳改，一时龙虎云集，各显其能，令村民眼界大开。有几位"右派"体育健将担任了我们小学的体育教师，其中一位姓邓名赞的是省蛙泳纪录保持者。邓老师耐心纠正我们的"狗刨"泳姿，教我们标准的蛙泳。我这位同学脱颖而出，先得了县级冠军，又得了地区冠军，很快名声远播。他这个冠军和亚军差距很大，横渡大湾子，一个来回大约一千米，他能将亚军甩出去三百米。邓老师是省纪录保持者，虽然当了"右派"后速度有所下降，但入水后依然是一条蛟龙。他与我们这个同学在大湾子里游了一个来回，竟然被落下十几个身位。邓老师是胶东人，夸奖人时喜欢加上"妈拉个逼的"，他拍着我们同学的脑袋说："妈拉个逼的小兔崽子你不得世界冠军谁还敢得！"接下来就要到省里比赛，有好事者写信给省体委，取消了我同学的比赛资格。后来，邓老师出钱，让我同学去手术，术后泳技尽失。"文革"期间"红卫兵"批斗邓老师，说他迫害贫下中农子弟，邓老师恼怒地说："妈拉个逼的，我真傻！"

我至今记得这位同学在村西大湾子里蛙泳的英姿：邓老师一吹哨子，学校游泳队的队员们一齐蹿进湾子，奋勇向前游去。湾子南北长三里，东西宽一里，水深平均三米，最深处八米，据说最深处有一个鳖的宫殿。等大家游出几十米后，我这位同学才慢吞吞地举起双手，对着太阳照照，然后纵身入水，如同一只油滑的海豹。邓老师挥舞着拳头，兴奋地说："看看，看看，妈拉个逼的，这才是蛙泳！"

七十年代末，我在保定当兵时，看了美国电视剧《大西洋底来的人》，心中感慨万千，剧中主角麦克·哈里斯，就是手指间生有蹼膜的人。我想，那个将我同学手足上生有蹼膜的事告发给省体委的人，真不是个东西。

九十年代末，我去烟台新华书店签名售书，一位白发苍苍的老人，捧着一盒子红樱桃挤到我面前，提着我的乳名问我还认不认识他，我困惑地摇摇头。他恼怒地说"妈拉个……"我大喊一声"邓老师！"邓老师在暴烈的阳光下穿着游泳裤、炫耀着一身腱子肉给我们上游泳课的往事便像老电影一样浮现在我的眼前。晚上我到邓老师家去吃鲨鱼肉馅的饺子，师母特意捣了一碗蒜泥。师母说："我记得有一次吃大蒜比赛，你得了第一名。"我笑了。我想不到师母竟然是胡珂老师。胡珂老师也是那拨"右派"中的一位，也是体育运动健将，曾经在省女子篮球队里打过中锋。她带领着我们修了一个标准的篮球场。这都是上世纪六十年代初的事情了。吃着饺子喝着啤酒，我和邓老师说起了我那同学的事，我们都恨那个写信的人。

昨天，我收到了胡珂老师一封信。胡老师在信中说：邓老师昨天去世了。我早就想写信告诉你，那封信，是我写的。当时，邓老师跟音乐老师蔡美玲好，蔡美玲弹着风琴，邓老师唱歌，金童玉女一般，我很嫉妒。后来发生了很多事，我也没想到我成了他的妻子。如果你有兴趣，我可以跟你讲上三天三夜。现在我只能跟你说，因为嫉妒，我写了那封信。其实，即便我不写那封信，吴三太（我同学的名字）也成不了世界冠军。你想想，奥运会怎么会让一个手脚上生蹼的人参加呢？

14. 神迹

1992年春，吾与友人游昆明太和宫金殿，前有一缸，缸中满储清水，缸底有一条石鱼，鱼嘴张开朝上，众多游人欲将硬币投鱼嘴中，皆不中，吾从口袋里出五枚硬币，大喊一声：闪开，看俺的！众人急闪，吾将硬币朝缸里撒去，只见那五枚硬币从不同的角度入水，飘飘摇摇，一枚追着一枚，四枚落进鱼嘴，一枚停留在鱼唇上。众人一片欢呼，此是吾平生第一快事也！目睹此事者，有《解放军文艺》原主编王鹰和济南军区创作室原主任田永。

二十年后，我独自一人旧地重游，见缸依旧，石鱼依旧，游人全新。我还是我，也不是我。我知道那个神奇的场景，是茫茫宇宙中唯一的，不可再现的，但还是心存幻想。瞅瞅左右无人，我摸出五个硬币，用记忆中的姿势，朝铜缸撒去，然后，我转身走了。对天老爷保证，将硬币撒出去那一霎我就闭上了眼睛。这就使结果有了多种可能，一种可能就是这五枚硬币也像那五枚硬币一样，四枚落入鱼嘴，一枚停留在鱼唇上。

15. 老汤

寒冷的腊月里，给爷爷拉着小车去赶集卖草，是我童年的美好记忆之一。黎明前最黑暗的时候，我们就出发了。到了路边那三棵大柳树下，爷爷支起小车，抽了一袋烟。这时太阳出来了，东边的天际被映得彤红。柳条上，路边的枯草上，爷爷的眉毛胡子上，都沾着白色的霜花。我奋勇拉着车，踩着冻得裂开大纹的路面，听着河道里冰层坼裂时发出的"嘎巴嘎巴"的响声，向牛庄集进发。牛庄集是我们县除县城外最大的集市，集市南头有一棵据说是宋朝的老银杏树。树有多粗？七搂八拃一媳妇。说古代有一个人在树下避雨，想量一下树粗，张开双臂算一搂，搂了七搂，看到一个小媳妇在树缝里避雨，无法再搂，只好拃，伸展开拇指和中指算一拃，拃了八拃。

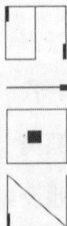

在这棵大树下，有一个老汤锅。那锅非常大，据说有三十二印。这个"印"，到底是个什么单位，我问了很多人也没得到准确回答。反正那锅倒进去十桶水也不满，把一头牛剁巴碎了扔进去也绰绰有余。这锅里煮着牛的下水，灶下燃着劈柴，火光熊熊，锅里的汤翻着浪花，咕嘟咕嘟的，几根牛肠子什么的随着热浪翻滚。臭烘烘的老汤味儿在那个没有工业的贫穷年代里的寒冷的早晨，能扩散出很远，夸张点说，一出村我就闻到这个迷人的气味了。有经验的吃货都知道，不管是猪下水还是牛下水，下锅前万不能洗得太干净，洗得太干净了就没有那个味道了。吃的就是这味儿。说实话我之所以踊跃地帮爷爷拉车赶集，为的就是这几碗老汤。

我当兵第十一年，调到总部机关工作，一位同事，曾经给一位名震胶东的将军写过回忆录。他说，将军说过，1943年初冬，久病不愈，在你们县牛庄一棵大树下，喝了三碗老汤，出了一身大汗，精神立即健旺，第二天即指挥着部队，全歼了伪军一个团，活捉了伪团长，缴获武器弹药若干，最重要的是缴获了一批布匹棉花，解决了部队的冬装。

这个故事我对很多人讲过。说者无意，听者有心。如果你到我们县牛庄去赶集，在集市南头那棵比"七搂八拃一媳妇"又粗了一些的大银杏树下，那个热气腾腾的老汤锅已经变成了一组雕塑，其中有一位将军，蹲在锅前，捧着大碗，在喝老汤。雕塑旁边的一块碑上刻着隶体大字：某某将军喝汤处。

我老家的一个旅游局长在一次旅游经验交流会上慷慨激昂地说："发展旅游，经验两条。一是造景，二是造谣。"

16. 鸟事

五十多年前，我对养鸟产生了浓厚的兴趣。那时我们村子里有一个光棍汉，名叫好胜，外号喜鹊。之所以他有这样一个活泼的外号，是因为他曾经驯养过一只喜鹊。夏天的中午，村子里的人喜欢到大湾子边上那棵大柳树下乘凉。柳树喜水，不怕涝。因为靠着湾，红色的树根都扎到湾水中，柳树长得格外茂盛。后来我常到北京的北海公园去散步，看到水边那些枝繁叶茂的大柳树，我就想起我们村湾子边那几棵大柳树。北海公园里有个亭子，亭子里很多人在那里唱歌。有一个文质彬彬的老人带着一只秃尾巴的喜鹊，每天都到这里来。老人坐在凳子上打盹，有时也不打盹。喜鹊在他周围蹦来蹦去。有一天，有三只野喜鹊降落下来，与那秃尾巴喜鹊打招呼。喳喳，喳喳喳，喳喳喳喳喳喳喳喳。秃尾巴喜鹊，突然用标准的普通话说："别惹我，烦着呢！"三只野喜鹊夹夹翅膀，飞走了。秃尾巴喜鹊用英文说："Goodbye！"我这是亲眼所见，亲耳所听，如果撒谎，让我下辈子变只喜鹊。

当时，我很好奇，上前去问那鸟主老人："先生，它怎么会说话呢？"老人翻翻眼睛，冷冷地说："你怎么会说话呢？"我的脸一阵发烧，感觉到羞臊，这个问题的确没有质量，老人刺我，是我自找的。我灰溜溜地往前走，一个操着一口北京胡同语言、戴着白手套、双手托着四个沉重铁球格棱棱转动的人，仿佛是对着虚空说："这老爷子，康熙皇帝的十五世孙，真正的贵族！"

我差不多有十年没到北海公园去了，这个老贵族和他的会两种语言的喜鹊还好吗？

我还是继续说一下好胜那只喜鹊。夏天的中午，我们集合在大柳树下，看好胜的喜鹊。好胜的喜鹊胃口很好，荤素都能吃。我亲眼看到它吃了半个生地瓜，也亲眼看到它一口气吃了三条蜥蜴，像无牙老人吃面条一样。最让我着迷的是好胜跟喜鹊的关系，那样好，形影不离。好胜走到哪里，喜鹊跟到哪里。有时候喜鹊在好胜的头上低飞，有时候喜鹊蹲在好胜肩头。我想我要是有这样一只鸟就好了。

有一天好胜的喜鹊不见了，好胜到处找，吹着口哨找，流着眼泪找。好胜脾气暴躁，经常用屈起的强有力的中指，猛弹儿童的脑门。弹一下就鼓起一个包。我们有点恨他，也有点怕他，但更多的是崇拜他，因为他养了一只会说话的喜鹊。在那个时代里，养鸟是被视为腐朽堕落的事儿，好胜出身好，三代赤贫，又是光棍，无人敢说他。好胜的喜鹊只会说一句话——"奶奶个熊！"

好胜为了找喜鹊旷了三天工。他吹着口哨，眼泪汪汪地在村子里转悠，村子转完了，就到村外的树林里去转。一个整劳力，为了一只鸟，三天不干活，这可是一件大事。队长汇报给村子里的主任，希望主任能够修理一下好胜。但村主任说："别说他三天不干活，他就是三年不干活，我也不会去说他。"队长问："凭什么？"主任道："你说凭什么？"

17. 呼啸

戊戌盛夏，因患腰椎间盘突出，经朋友介绍，去天坛公园附近，请著名中医看病。医生姓左，自言是左宗棠八世孙，有家谱为证。墙上挂有医生骑马戎装照，说是当年曾戍边防，每日骑马巡逻，练就高超骑术，可以在马上倒立，亦可倒挂在马肚皮下射击。医生为我正骨点穴，推拿针灸，连续数次，效果甚好。医生见多识广，谈吐雅致，凡古董鉴赏、茶叶制作、酒类酿造，谈来俱头头是道，令人叹服。一日茶饮时，医生忽闭目凝神，仿佛入定。俄顷，撮口而发呼啸声，初似风从松林间吹过，继而如鸾凤和鸣，又似虎啸龙吟，令人心胆颤动，毛骨悚然。陪坐数人，皆默然无语。吾知魏晋间高士，多有能发声长啸、借以抒发胸中积郁者，其中尤以阮籍最为著名。我以为此高术早已失传，没想到竟然在无意中听赏，此亦快事，医生真奇人也！打油一首记之：

> 史载苏门啸，剞然发凤吟。
>
> 群山齐响应，众鸟共停音。
>
> 隐士生奇志，良医好善心。
>
> 京城听妙曲，闹市变丛林。

18. 赤膊

戊戌入伏日，办公室空调坏，大热，赤膊挥毫，其乐无穷。汗流浃背之际，突然忆起，吾上小学时，学校有一陈姓老师，"右派"，学问极好，通音律，善歌唱。可惜面部有天花瘢痕，影响了他往表演艺术方面发展，否则……没有什么否则。

当年的夏天比现在热，那时无风扇空调这些玩意儿，有也没有用，因为那时候我们那里没有电。天热，但课又不能不上，陈老师便脱下褂子挂在椅子背上，光着脊梁讲课。他第一次光膀子我们有点不习惯，但很快我们就习惯了。陈老师瘦骨嶙峋，却声若洪钟。讲到得意处，手拍胸脯啪啪作响。吾等心驰神往，学问大长。这样的老师再也见不到了。吾虽然只上到小学五年级，但我们的老师几乎都是"右派"，"右派"都是牛人，所以我们高粱穗子公社玉米棒子小学的毕业生，实际水平相当于当时的高中毕业生。

据说我们校长在办公会上批评陈老师光脊梁讲课，陈老师说："宪法没有规定不许光着脊梁讲课。"

"文革"后期，毛泽东主席发布"深挖洞，广积粮，不称霸"的最高指示，村里的人把"广积粮"误听成"光脊梁"，于是感慨万千地说：还是人家陈老师有远见。

天花瘢痕毁了陈老师的容貌，但陈老师的基因是美丽的。我们村子里一个青岛的女知青意识到这一点，于是不管冷嘲热讽，嫁给了他。后来他们一家都回了青岛。那个青岛籍的著名女演员，就是陈老师的女儿。

19. 怪梦

今日搭出租车从南站回师大，严重堵车，幸亏司机师傅善谈，免除了我不少焦虑。司机说他昨天夜里梦到中国足球队参加世界杯赛，守门员是一只斑斓猛虎，足球飞来，老虎扑住球，按在草地上，嚼吧着吃了。他说老虎怎么能吃足球呢？后来一想，当年红军过草地时，没有东西吃，就把牛皮腰带煮着吃了。足球也是牛皮的，所以老虎就把足球吃了。他说在他的梦里，老虎吃足球，双方的球员都站在旁边，静静地观看。老虎把足球吃了，打了一个哈欠，趴在球门前睡了。一会儿，对方的球员又盘带着一个足球过来了，老虎站起来，怒冲冲地说：你们还有完没有？！……

这时，忽听到"砰"的一声响，出租车的前头，撞在了一辆劳斯莱斯的屁股上。

20. 牛黄

吴鸣自故乡来，言两个月前，村中张二爷家一头黄牛拴在户外，被冰雹击毙。张二爷失声痛哭。此牛如不死，可卖三千元，死了，连一千元也卖不了了，张二爷的女婿吴晋是屠户，前来帮忙，将死牛剖剥，从胆囊里弄出一块鸡蛋大的结石，用刀背敲之，铿然有声。吴晋对岳父说："爹，你就别难过了，牛胆里长了这么大的石头，这牛，即便不被雹子砸死，也活不了几天。"张二爷接过结石看看，叹道："嘻，怎么会长这么大的石头呢？"说完他就将结石撇到池塘里去了。当天晚上，吴晋正在家吃饭，张二爷赶来，急火火地说："快快快，快去把那块结石捞上来！"原来，张二爷晚上与兽医孙宝功喝酒，说起牛胆结石的事，孙宝功说，那是天然牛黄，无比珍贵，比黄金还要贵。吴晋跟着老丈人来到池塘边，借着月光，跳下水去，先是乱摸，后来就用脚一点点地顺着摸，悄没声的，怕被人看到。摸到后半夜，几乎绝望了时，脚尖碰到了一个东西，摸上来一看，正是那块结石。几天后，来了一个香港商人，用十万元买走牛黄。懂行的人说，这样大个的牛黄，是宝贝，十万元，贱卖了。

按说，吴晋辛辛苦苦，把死牛剥皮解剖，发现了宝贝，又在池塘里摸了半夜，把宝贝摸上来，张二爷卖了那么多钱，应该拿出一部分给女婿才是正理公道。但张二爷是出了名的铁公鸡，一毛不拔。吴晋起初还不好意思开口，以为老丈人迟早会分钱给自己，但过了几个月，一点动静也没有。村里的搅屎棍尚老四撺掇吴晋："吴晋吴晋，你真是死熊啊，你想想，如果不是你在那苦胆上豁了一刀，那块牛黄能掉出来吗？如果你在池塘里摸到牛黄后，悄没声地塞到裤裆里，你老丈人如何能知道？你这老丈人太不够意思了，他分给你五万元都不多……"

吴晋被撩得火冒三丈，气昂昂地去找老丈人，但到了老丈人面前就蔫了。他挠着头皮结结巴巴地说："爹……那个……爹……"张二爷怒冲冲地说："什么爹爹爹，不就是尚老四那狗娘养的王八蛋给你喂了点枪药让你来跟我要钱吗？我跟你实说了吧，如果你不来要，我还真想给你一万，让你回去把那三间破房子翻修一下，让我女儿也住住新房。但你来要，对不起，一分钱也不给。"吴晋于是把那人教他的话颠三倒四地说了一遍，张三爷说："呸！牛是我的，别说牛胆里的牛黄，就是牛肠子里的屎，也是我的财产。我女儿陪你睡觉给你生孩子，你来帮我干点活怎么啦？不应该吗？"吴晋无言以对，灰溜溜地回去了。尚老四又来撺掇道："你这老丈人太不地道了，告他去！"

吴鸣说，吴晋的老婆可是个有主见的人，她把前来挑拨离间的尚老四臭骂了一顿，然后揪着吴晋的耳朵说："你这个不成器的东西给俺好好听着，俺爹就我一个独生女儿，别说这十万块牛黄钱，就连他那五间大瓦房，他那辆拖拉机，他那个玉石烟袋嘴儿，他家里一切的一切，最后都是我们的，你着什么急？"

下次吴晋在集上卖肉，尚老四又凑上来要说什么。吴晋举起钢刀，怒冲冲地说："你肚子里有块牛黄，要不要我帮你剜出来？！"

21. 石头

福建友人于某，是篆刻家，也是寿山石专家。前不久来京，送我一块桃核大小的黄石头，说是田黄，价值胜过黄金。我看他把玩着这石头，不断地给我讲解这石的好处，那腔调，那神情……我想，古人笔下的石痴大概就是这样子吧。我笑道：于兄啊，既然这玩意儿比黄金还贵，那你就送我一块黄金吧，这个我不稀罕。他说你真的不要吗？我说我真的不要。他走了，我想起了两件与石头有关的事。

十七年前，我应邀去台北艺术村做驻市作家，时间一个月。邀请方希望我能从故乡带一块石头去，镶嵌在艺术村的墙壁上。这是他们的惯例。他们那堵墙上，已经镶上了几十块来自世界各地的石头。我从故乡南山上选了一块赭红色的光滑卵石，足有十斤重。我想石头太小了显得我小气，大点好，有气派。但这块石头在首都机场安检时被扣下了。他们最终也没明白我为什么要带这么块大石头上飞机。到了台北，艺术村工作人员跟我要石头，我说在行李箱里，明天给你们。当天晚上我就出去，想找一块跟我家乡的石头颜色相似的充数。但走了十几条街，也没找到那样的。没办法，只好从一处建筑工地上，捡了一块黑色的鹅卵石，揣在怀里，带回宿舍。当天晚上，我把那块石头放在澡盆里用热水浸泡，然后用牙刷蘸着牙膏搓刷，最后擦上了一层雪花膏，然后放进被窝里搂着睡了一夜。第二天，我把那块石头给了那位工作人员，她高兴地说：这块石头香喷喷的哎！

前年，一位山东卖石头的朋友，让我帮他找个客户。他不是卖那种一般石头的，他专卖泰山石。我想起少时在农村，经常看到村头上或者人家的房子后，竖着一块石头，上面刻着"泰山石敢当"字样，直到现在，我也不能很好地解释这句话的准确意思，只是大概地知道这是辟邪的。我以为我的朋友卖的也是这样的小石头，谈到深入才知道，他卖的是重达百吨甚至数百吨的巨石，每块要价数百万元。这朋友说起这有造型的巨大泰山石在风水学里的妙用，他说他的用户都是党政机关。按照他说的，这些石头，不但事关一个单位主官的升迁，而且关系到这个单位所有成员的福

利，当然还有美观和气派的妙用。后来，我就对这件事比较上心，果然，在很多单位的地盘上，看到了这样的巍峨巨石。有的上边刻着激励人心的口号，有的刻着单位的名称，有的什么也没刻。

这些年我每次乘车路过泰山，总要透过车窗往外张望，也许是心理作用，肯定是心理作用，我感到泰山越来越矮了。

22. 斗虎

关东那地场到底有多么冷，无法子跟你们说清楚，怎么说也是个冷，真冷。但也有不怕冷的，俺家那匹黑马就不怕冷。俺家那匹黑马是匹公马，没骗过。那匹马有点野，蹄子热，嘴尖，除了俺爷爷敢使唤它，别的人都不敢近它的身。但它是一身的好活，在俺爷爷的手里，无论是拉车还是拉犁，都是一匹顶两匹。因为这一点，尽管它一身的坏毛病，俺爷爷还是舍不得卖它。这匹马一到初冬就拴不住了，无论你用什么样的缰绳，它也能给你咬断。它一大清早就跑出去，傍黑天才回来。既然是能够自己回来，索性也就不拴它了。刚开始家里人对黑马出去的目的有几种猜想，一是说它出去找母马谈恋爱，一是说它出去找草吃。但后来觉得这几种猜想都不对头。周围屯子里谁家有匹母马我们都知道，我家的公马要是把谁家的母马给配了，消息马上就会传回来，即便没配了母马，毁了马棚子，人家也得找上门来让我们赔偿。关于它出去打野食的说法也不成立，冰天雪地，一根草也没有，灌木条子和树皮它肯定不喜欢吃。况且它每天晚上回来就吃个不停，咀嚼草料的声音彻夜不息。如果白天在外边吃到了野食，夜里就不会有这样好的食欲。还有一个说法就是这匹马喜欢玩，白天它是出去游山玩水去了。这种说法太浪漫了点，毕竟是匹马。但这匹马每天回来时就大汗淋漓，好像一个刚跑完了马拉松的运动员，身上还有一些或深或浅的血口子。它到底出去干了些什么，的确是个让人心痒的谜。后来我爷爷决定跟踪这匹马，看看这家伙到底去干什么了。

爷爷跟踪着它到了后山的一块被稀疏的林子和一蓬蓬的灌木围绕着的平地，不由得吃了一惊。爷爷看到一只老虎在那儿烦躁地转着圈子，好像在等待着什么。我家的马进了场子，活动了一下身体，对着老虎叫了几声。老虎也叫了几声。我家的马在奔跑时脖子上的鬃毛竖起来，像波浪一样翻滚着，十分威风。然后我家的马就和老虎展开了生死大搏斗。我家那匹马能够将身体立起来，两只前蹄好像拳击手的两个拳头一样灵活而有力。它用前蹄把老虎打得鼻子往外蹿血。如果你认为我家的马只会用前蹄那就坚决地错了。我家的马两只后蹄用得也很俏丽。它会在奔跑中猛然停住,把两只后蹄飞扬起来。我爷爷亲眼看到马蹄子踢到了老虎嘴上,老虎嘴里飞出了几个白白的东西,还用问吗?虎牙。老虎牙被踢掉,蹲着那里啪嗒啪嗒地掉眼泪。当然老虎毕竟是老虎,它的锋利的爪子,也在我家马的屁股上留下了好几道深深的血痕。

爷爷心中感动,心里想,走遍天涯海角,到哪里去找敢跟老虎打架的马?而且还能打个平手。打上半个时辰,老虎和马看样子都有点累了,它们就分开了。我家的马跑到树棵子里用舌头舔雪吃,那匹老虎也用舌头舔雪吃。休息一会后,它们继续战斗。我爷爷很快就发现了一个问题,那就是,我家的马鬃毛太长,虽然在与老虎搏斗时能够直竖起来,但有时会遮住它的眼睛。爷爷回家,就替它把鬃毛剪了,想让它利利索索地跟老虎打架。结果,剪了鬃毛的马威风全失,上场不到一分钟,就让老虎咬断了脖子。

我爷爷哭得像泪人似的,一边哭一边说:马啊马啊,都是我把你给害了啊!

讲述这个故事的人,是我们村子里的聂西沛,他闯过关东,在名刊《故事汇》上,发表过很多作品。

23. 黑猫

这篇小说的题目让我颇费踌躇,拟定的题目有如下几个:一匹宁死不屈的黑猫,一匹永垂不朽的黑猫,一匹装神弄鬼的黑猫,一匹替天行道的黑猫,一匹生命不止、战斗不息的黑猫,一匹转了基因的黑猫,一匹成了神的黑猫。最后感到这些名字都不好,干脆就两个字:黑猫。

黑猫其实并不全黑,四个爪子是白的,尾巴尖是白的,鼻子也是白的。如果是马,那就一定叫它雪里站,但一只猫,不配叫雪里站。这是我们当时的看法,等黑猫干出很多英雄事迹后,我们感到"雪里站"这个名字已经配不上它。那什么名字能配上它呢?有人说叫它展昭,因为展昭的外号叫"御猫",是武功高强的大侠。但村主任赵二狗那位从哈佛留学回来在县农业局推广转基因大白菜的赵明灯坚决反对，反对的理由是展昭政治不正确，"御猫"，是皇帝老子的爪牙，而我们的黑猫是反权威反体制的，一句话，展昭不行。熟读《西游记》的耿大爷提议用"大圣"给黑猫命名，"大圣"者，孙悟空也。大闹天宫，何等痛快淋漓。但赵明灯还是不同意，理由是孙悟空的政治也不正确，孙悟空被招安后就丧失了阶级立场，那些所谓的妖魔鬼怪实际上都是农民起义领袖，是我们的阶级兄弟，是推动社会发展的根本动力。耿大爷怒了，说：这也不正确，那也不正确，就他娘的你正确！我看，让这黑猫叫"赵二狗"吧，你爹也叫"赵二狗"，你天生不能说你爹政治不正确吧？赵明灯略一思索，拍着巴掌说：好，好，好。不过，"赵"字就不要了，就叫"二狗"，本来是只猫，我们叫它狗，这是什么？这就是文化转基因！

被文化转了基因的黑猫从此就成了"二狗"，但为了不造成叙述的混乱，下边的文章里，我们还是叫它黑猫。黑猫没有家，也就是说，是只野猫。它第一次出现在我们村是坦克车将河里的石桥压断的那个冬天的一个上午。它是被邻村的一群狗撵到我们村子里来的。它身上已经血迹斑斑，那些狗，几乎条条带伤，有破了耳朵的，有瞎了眼睛的，有豁了鼻子的。战斗的惨烈于此可见一斑。黑猫步履艰难地逃到我们村头那棵大槐树下，背靠着树干喘息。狗们开始合围，形势渐渐危急。我们突然可怜起黑猫来，我们认为邻村这群狗以少欺多，以大欺小，缺乏费厄泼赖精神。合围圈越来越小，黑猫的小命危在旦夕。就在群狗想一起发起最后的攻击时，黑猫突然将背高高地拱起，发出一种令人毛骨悚然的叫声，同时它的两眼里喷溅出碧绿的火星，就像暗夜里的礼花一样灿烂，那些火星子溅到狗身上，狗惨叫着逃走了。这就叫一猫拚命，群狗丧胆。我们人，应该学习黑猫的这种精神。

狗逃了，看样子短期内不会回来了。这时，黑猫艰难地沿着树干爬到了树上。村子里的光棍汉好胜——对，就是丢了喜鹊那位——抽着黑猫牌烟卷踱过来。有一个名叫水库的小子，哑着嗓子道："好胜好胜，你的喜鹊就是被树上的黑猫给吃了。你看，它的嘴巴子上还沾着血呢。"——这分明是信口雌黄，但好胜竟然相信了。他站在树下，指着蹲在树杈上舔舐伤口的黑猫骂道："你这畜生，我跟你无冤无仇，你为什么吃了我的喜鹊？畜生，你等着，老子马上给你来个厉害的。"

好胜扛着一支土枪来到树下，瞄准树上的黑猫，搂了扳机，"咕咚"一声巨响，硝烟弥漫，一束携带着铁砂子的火焰，喷到黑猫屁股上。黑猫惨叫一声，像块烂肉一样，从树上掉了下来。旁观者的同情心突然都转到了黑猫身上，有几个孩子竟然哇哇地哭起来。那个名叫水库的家伙指着好胜的鼻子说："好胜好胜，你他妈的太残忍了。你怎么能开枪射击一只身负重伤的猫呢？"好胜翻着白眼，想了好一会儿，才反驳道："妈的，不是你说它吃了我的喜鹊吗？"水库道："我说了吗？我说了吗？就算是我说了，但我也没让你用枪轰它呀。错误是你犯下的，你就等着猫精来收拾你吧。"好胜道："老子光棍一条，一人吃饱，全家不饿，老子不怕。"

当天夜里，下了一阵雷雨，电闪耀眼欲瞎，雷鸣震耳欲聋。有人亲眼看到，在蓝色的电光下，那匹黑猫，缓缓地站立起来。它的身体长大了起码十倍，它的身体上增添了很多白色的条纹，它的眼睛变得又大又圆，它的牙齿变得又长又尖，更为重要的是，它学会了说人话，虽然是我家乡的方言土语，但我估计大多数人能够听懂。

那时候村委会里还有一台广播喇叭，水库的姐姐冰河担任播音员。一个只有八百多口人的小村庄，竟然还要配备一个专职的播音员，这简直是腐败——腐败的事有纪委管，我们只管黑猫的事——雷雨之后的第三个夜晚，凌晨两点来钟，人们睡得正香的时候，村公所后电线杆子上的高音大喇叭里，突然传出一阵尖利的嚎叫声。我们都知道"鬼哭狼嚎"这个词，狼嚎，很多人听到过；鬼哭，谁也没听到过。但听了那夜里大喇叭里发出的声音，就可以说鬼哭与狼嚎都听过了。村子里的人，男女老少，全都被惊醒了。小孩子都被吓哭了，女人们都在打哆嗦，男人们强作镇静，但脊梁沟里也阵阵冒凉气。

鬼哭狼嚎声渐渐地变成了字字血声声泪的控诉，这是一个陌生的声音，时而像男腔，时而像女调，内容基本上是针对着两个人："水库啊水库，你这个头顶流脓脚底淌血坏透了的坏蛋，你这个狐狸和狼杂交出来的杂种，我跟你前世无仇，今生无怨，你为什么红口白牙地制造谣言说我吃了好胜的喜鹊？好胜啊好胜，你这个满脑袋糨糊的白痴，你这个没有丝毫判断力的愣头青，你这个驴和熊杂交出来的杂种，你一枪把我打成了筛子底……你们这两个小子听着，老子的复仇运动，这就开始了……"

胆子很大的好胜往土枪里装了加量的火药和铁砂子，悄悄地摸到村

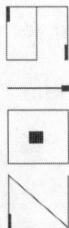

公所广播室窗外，从窗缝里往里一瞧，看到水库的姐姐冰河，披散着头发，腮帮子上抹着胭脂，对着话筒，在那里大呼小叫。好胜骂道："妈的，原来是你在这儿装神弄鬼！"他举起枪，对着窗户，猛地扣了扳机，只听到"咕咚"一声巨响，枪炸了，好胜左手的四根指头炸掉了。这时，冰河冷笑着（其实是黑猫冷笑着）说："好胜，好胜，先给你点颜色瞧瞧。其实，我最恨的不是你，我最恨的是水库这个杂种！"

这个故事，要展开讲，三天三夜也讲不完，我还有别的事急着办，今天就简单点说吧。之后数年间，黑猫用充满酒神精神的复仇运动，把整个村子搞得既惶惶不安又像过节一样，人们的好奇心得到了极大的满足，那几年间世界上发生的许多重大事件，与我们村子里的黑猫复仇相比，简直都不算事儿。黑猫的闹腾，和它的游戏精神，实在是太精彩了。有一次，莎士比亚的亡灵附着在冰河身上，先是大段地背诵了哈姆雷特的台词，然后发表了精彩的演讲。黑猫用匪夷所思的方式要了水库的小命后，接下来就集中精力收拾好胜。好胜过年煮饺子，捞出来是一笊篱癞蛤蟆。好胜躺在炕上，身体不知不觉地就飘起来了，然后又沉重地跌在炕上。好胜让它给闹烦了，想自杀，每次都被黑猫给阻拦。黑猫天天跟踪，生怕好胜自杀之后，它的闹腾就没了对手。黑猫与好胜打斗时，村子里的孩子们就像过年似的。那时候我们真是欢欣鼓舞啊！我们都是积极的观战者。黑猫走到哪里，我们就跟到哪里，我们还回家偷来最好吃的东西，来慰劳黑猫，这时候，黑猫就是一个人，我们早就忘了它是一只猫，我们把它当成了英雄，经过了漫长的一段斗争，好戏终于收了场。我们心中怅然若失，久久难以忘怀。

改革开放之后，腐败现象日益严重，人民愤恨入骨，这时候，黑猫复出的传说产生了。人民把贪官死在澡盆里、恶霸得了神经病等事情都归功于黑猫。黑猫成了英雄，我们村里的人偷偷地建了一个黑猫庙，门口挂着农民夜校的牌子，里边供奉着黑猫的牌位。当时我们那地方流传着一首童谣："黑猫在哪里？黑猫在哪里？黑猫就在老百姓的心窝里。"这是一个巨大的隐喻，谁不明白谁就是笨蛋和坏蛋。

黑猫庙被一块大陨石砸塌后，黑猫的传说也消失了。我们村子里的人，经过讨论将黑猫命名为"二狗"的事，就发生在这时候。大家可以根据"转基因"这个名词的出现，来判断时间。二狗的故事没完，咱们后会有期。对了，我学着赵明灯的声嗓跟大家吆喝几声："转基因大白菜啊好啊好，就是好啊就是好就是好。看起来是大白菜啊，吃起来像牛肉。吃起来像牛肉啊，但它还是大白菜。"

村里的女人道："他奶奶的，今后包饺子省事了。"

24. 识字

戊戌腊八下午，与老友霍文典同台做节目，向读者推荐他的一本说文解字的书。开场后我说："天上有很多我们看不见的星星，但字典里没有霍文典不认识的字。"他一听，扔下话筒就跑了。主办此次活动的人追出去一千多米才把他抓回来。他严肃地说："哥，我跟你没仇啊，干吗要这样害我？""好，你既然这么谦虚，那我就不考你了。"我晃晃手中的小本子，说，"来前从《康熙字典》里抄了二十个生僻字，本来是想考你的。"霍文典是我们这个年龄段里的作家中认识字最多的，但比起我今天要讲的故事里的主角，那还是有点差距。

咱们先说说前年高考时，一个山东省的考生，用甲骨文写了一篇内容与环境保护有关的作文。判卷的人一看，晕了。说实话那些判卷的人，有很多就是在读的现当代文学的硕士研究生，他们认识的字，比我也多不了多少。甲骨文，我不认识，他们也不认识。后来，这张卷子层层上交，到了几位古文字专家手里。专家经过辨认，确定考生所用的甲骨文字，是有典可查的，文章的内容，也是顺理成章的。最后这个考生被某大学的考古系录取了。这是得胜头回，也叫小帽，接下来，咱们讲故事的正题。

话说大清朝乾隆年间，一次会试，和珅担任主考官。有一个江南举子，全用带"鸟"的字，写了一篇文章。一篇八股文，七百字，字字有鸟，好生了得。阅卷官一看，愣了，连忙送呈和珅。和珅一看，也愣了，奶奶的，好多字不认识——其实和珅的文化水平很高，电视剧把他丑化成胸无点墨，这是与事实不符的——和珅怕担责任，忙把文章进呈御览。皇上一看，也愣了。愣了一会儿，吩咐和珅，将卷子送到刘墉那里。皇上心里想，你刘罗锅不是自恃才高吗？看看你到底是真有才还是假有才。刘大人那个村，清朝时属诸城，1950年后划归高密。所以我可以理直气壮地说他是我的老乡。我爷爷说刘大人是天上的文曲星下凡，他的学问不是学的，是从天上带下来的。刘大人读完卷子，发现了一个生造的字。他冷笑一声，又叹息一声，然后抄起朱笔，在卷子上批道："左边一鸟，右边一鸟，鸟鸟相对，是个甚鸟？才华横溢，良心不好，一撸到底，回家养鸟。"

一撸到底，就是把他的举人、秀才资格全部给剥夺了。这惩罚不谓不重。没想到过了几年，这小子又从秀才而举人，然后进京参加大考。这次写了一篇八股文，全篇都用带"马"的字。卷子最后又落到刘大人手里。刘大人看了一遍，这次字字都有典可查，文理通达，立论高明，没有理由不录取。但刘大人内心里厌恶这种炫耀才华的轻浮小人，便以他的卷面上有一点污渍为由，将他的卷子甩出三榜。刘大人在卷子上用朱笔批道："上次是鸟，这次是马。气浮心躁，炫耀才华。卷面有污，品德有瑕。一撸到底，回家养马。"

和珅觉得刘大人处理得有点过分，便跟皇上汇报了。皇上查着《康熙字典》看了卷子，对刘大人说："刘爱卿，人才难得啊，给他把红椅子坐吧。"

录取的进士要张榜公布，最后一名，考官会用朱笔勾一下，这就是"坐红椅子"。

那考生看了榜，心中不服，从背囊中摸出毛笔墨盒，在那黄榜上题了一首诗：

才华横溢状元诗，鸟马成文世上奇。

巨耳垂肩头颈短，罗锅压背眼窝低。

大师失意趴红椅，小丑成名演大师。

掌掴腮肥非是胖，回头再看脸无皮。

有人将这首诗抄给刘大人。刘大人瞥了一眼，轻蔑地说："'低'字出韵了。"

有人将刘大人的话传给那人，那人冷笑一声，道："老子能倒背《康熙字典》，难道还不知道'低'字出韵？——他只配用这个字！"

现如今高密县城的女人骂男人，还喜欢用这样的话："你这块'低'！"如果情绪再激烈一点，那就会骂："你这块活'低'！"

原载《上海文学》2019年第1期、第3期

点评

　　《一斗阁笔记》是一个系列，2019年共发表了二十四篇。这些小说各自独立成篇，每篇讲述一个人物、一则故事，在样式和写法上类似古代的笔记体、聊斋体。体式和手法不拘一格，风格和形式多种多样，多用托物言志、庄谐并用、真幻杂糅、悲喜相交等传统笔法；以"短"见长，字数少则二百多字，长则四五百字；虽信手写来、不事雕饰，但主题或意蕴都耐人咀嚼。从这个意义来说，《一斗阁笔记》也可看作是对我国古典小说传统的致敬之作。当前文学界都在强调"中国经验""中国方法"，莫言及其《一斗阁笔记》也堪称是对这股思潮的一次成功实践。

　　小说中的人物和故事大都出自莫言家乡高密，或以托物言志方式隐微表达某种品格（比如《真牛》），或直接讲述民间趣事、佚事、传奇（比如《葱管》《茂腔》《虎疤》《仙桃》《锦衣》《斗虎》《牛黄》），或者直陈当下世态、世情，直击时弊（比如《深巷》《石头》《识字》），或描写某一独特人物，记述某一特异场景（比如《赤膊》《怪梦》）……都写得有意、有趣、有味，且不乏醒世、警世之用。很显然，作者是以"超短小说"方式回视故乡，进入民间，察审世态、世情，从而在察世和审己、介入和代偿之间完成了一次有意突围和集中表达。

（张元珂）

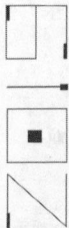

炖马靴/

/迟子建

故事发生在1938还是1939年，父亲记得并不很清楚，他说年份不重要，重要的是时令，寒冬腊月，祭灶的日子，西北风呜呜叫，他们抗联部队的一个支队（父亲至死对他部队的番号保密），二十多号人，清晨从四道岭小黑山的密营出发，踏雪而行，晚饭时分，袭击了位于中苏边界的一个日军守备队。

父亲说他们事先侦查了，这个守备队在山脚下，距离一个小镇四五里路，驻扎着三十来人，有一栋长方形板房，两个矩形仓库，还有一对大狼狗。板房是营房；两座仓库呢，为弹药库和粮库。这两座库，是他们的主攻目标。

那时关东军在中国东北，一方面针对苏联，在边境一带秘密修筑防御工事；另一方面针对抗日武装，进行围剿。为切断老百姓与抗日队伍的联系，他们大规模实施归屯并户，建立"集团部落"，大片农田荒芜，无数村落夷为废墟。父亲说自此之后，队伍的给养成了问题，缺粮少衣，陷入被动。

四道岭在哪里？我在地图上找不到。父亲说除了四道岭，还有头道岭、二道岭、三道岭和五道岭。这些岭呈刀锋状，山上林木茂盛，山下溪流纵横，地形复杂，易守难攻，适宜做密营。父亲说他们最初的营地在头道岭的大黑山，那里狼多，当地人也叫它野狼岭。深夜时群狼齐嗥，狼眼鬼火似的在树丛闪烁，地窨子的女战士恐惧这"夜歌夜火"，就往男战士住的这一侧跑。父亲也不避讳，说他们因此喜欢狼嗥。

狼通常群居，但也有离群索居的。父亲说头道岭就有这样一条母狼，它双眼瞎。不知是天生瞎眼，还是后天瞎的——比如被猎人打瞎、疾病或是同类相残所致。大家分析，它在狼群里受排斥，才被驱逐出来。一条瞎眼的狼，就是一把卷刃的剑，锋芒不再。虽说它的嗅觉依然灵敏，但它朝着掠食目标飞奔的时候，由于深陷永无尽头的黑暗，往往会撞到树上，或是跌入谷底。猎物到不了嘴，反受皮肉之苦。但狼是聪明的，父亲说这条瞎眼狼自打发现支队的行踪后，就一直凭声音和嗅觉尾随他们，求得生存。

父亲是火头军，他可怜瞎眼狼，做了几个鼠夹子，将拍死的老鼠扔给它。战友们都说，狼是吃人不吐骨头的野兽，喂不熟的，可父亲还是不忍看它挨饿，尤其到了漫漫长冬，白雪像巨大的裹尸布一样覆盖了山林，它几乎找不到吃的，连哀叫的力气都没了，像一团飘浮的阴云，蔫巴巴地尾随着队伍，父亲总会想方设法给它口吃的。它得了食物后会叫几声，像小孩子没吃饱奶时的吭叽声，带着些许的满足，又有些许的抗议。

大地回春了，瞎眼狼的日子就好过多了。春夏秋三季，它可以用鼻子觅到果腹之物，而那些东西其他狼基本是不碰的，譬如浆果、蘑菇、青苔或是昆虫。它食肉的机会有没有呢？那得看它的运气了。病死的鹰，半腐烂的兔子，对它来说就是美味。一旦发现，它就迅疾赶去。可这样的食物，也是乌鸦的珍馐。常常是它大快朵颐时，乌鸦纷纷落下，与其争食。瞎眼狼反正看不见，奋勇吃它的。父亲说他们不止一次撞见它与乌鸦同食腐肉的情景。看着它被漆黑的乌鸦给挤在一角，像条瘪了的布袋，实在是心疼。

有时不是瞎眼狼先发现的腐肉，而是乌鸦，它也能跟着蹭点荤腥。乌鸦一鼓噪，它就循声而去。所以瞎眼狼最爱的声音，该是乌鸦的叫声吧。乌鸦啃不动的骨头，对它来说就是心仪的阳光，它会把它们拖进山洞，作为存粮，以备不时之需。它瘦弱不堪，但牙齿锋利，骨头于它，恰如糖果。

瞎眼狼像个讨债鬼，跟着支队，渐渐地成了编外一员。

这条狼有年正月，突然消失了！看不见它了，大家还担心，它是不是被老虎或狗熊给吃了？父亲说瞎眼狼失踪三个月后，他和战友为前方的大部队运粮，在二道岭遇见它。它居然大了肚子，怀了崽了！它拖着沉重的身子，穿越新绿点点的灌木丛，往头道岭走。它的爪子在林地上，留下的印痕明显比过去深了，而它的毛色，也比过去光鲜了！闻到它熟知的队伍的气味，它还停下来，转过头，低低叫了几声，有点羞怯，又有点骄傲似的。

　　那次运粮，父亲他们中途遭到日伪军伏击，死伤过半。原来是队伍里一个姓梁的通讯员做了叛徒。他们不得不放弃头道岭的密营，重整旗鼓，在四道岭的小黑山再建营地。这样，头道岭的瞎狼，就在他们视野消失了。两三年不见它，大家还念叨，它生了几仔？养活得了小狼吗？因为一直没见它来找他们，父亲认定，瞎眼狼生的小狼，个个都是好眼睛，它的生活有了灯，不需要他们了。但父亲还会在队伍偶尔开荤时，将吃剩的骨头，扔在附近的山洞。瞎眼狼喜欢山洞，也能对付骨头，万一他们转移了，而它走投无路，寻到那儿的话，总不会饿着。

　　为了那次行动，父亲说他们做了周密计划。选择过小年的日子，是因为侦查员带来消息说，日本兵到了冬天的晚上，为打发长夜，喜欢三五结对，去镇上喝酒。小镇有家烧锅，酒好，下酒菜地道，且店主人的老婆俊俏，待人周全，烧锅便成了这个守备队士兵的温柔乡。每逢中国的传统节日，端午、中秋和小年，烧锅一派花园气象，菜品多姿多彩，香气勃勃，撩人胃肠。每逢此时，守备队的人有一半会开小差，防卫空虚，易于突袭。

　　小年那天飘着雪花，从四道岭到目标点，大约八十里路，要穿越几道山谷和数条冰河。父亲他们驾着滑雪板，清晨就出发了。呼呼叫的北风，让雪花成了薄命人，未等落下，在半空就被风撕裂了。雪粉飞扬，常迷了人的眼睛。父亲说他们不讨厌这样的迷眼，因为雪花纤尘不染，就像老天送来的润眼膏，无比清凉。

　　腊月的太阳冻得够呛，午后四点不到，就缩着脖子退出天朝了，想必急着烤火去了。太阳落山后，遗下一片滴血的晚霞，好像西边天负了伤。父亲说天黑透了，侦查员带来消息，三辆摩托车驶离守备队，带走了十一个日本兵，看来他们是去镇上的烧锅了。父亲说支队长没有犹豫，下达了进攻令。

　　趁着夜色，队伍匍匐向前，靠近目标。守备队四周是铁丝电网，两扇宽大的铁门紧闭，门侧的岗楼是空的，没有岗哨。营房灯火通明，照亮了院子。那生硬的铁丝电网，因为有了光的照拂，在院子投下无数爪形的印痕，像一幅工笔的松枝图。两条大狼狗嗅到异常，汪汪叫起来。身手敏捷的神枪手小张，握着手枪，埋伏在岗楼，单等日本兵开门察看时击毙他，打开进攻的通道。岗楼对面，隔着一条雪道，是一摞半人高的柴垛，一个机枪手和五个持步枪的战士，作为冲锋的主力，以此为掩体，准备突击。其他人员，分布在左右两翼，对守备队形成三面夹击。

两条狼狗越叫越凶，营房的门终于"嘎吱"一声响，有人出来了。狗迎了主子，引至铁门，更凄厉地叫起来，用爪子"嚓嚓"挠门报警。那个日本兵没有想到外面重兵埋伏，打开铁门，他刚一露头，小张便举起手枪。子弹飞过，他应声倒地！两条狼狗狂吠着，像两朵暴风雨中滚动的浓云，一前一后冲出，一个奔向岗楼，一个奔向柴垛。奔向岗楼的，被小张击毙了；奔向柴垛的，被步枪手撂倒了。不同的是前一条狼狗吃了一颗枪子，后一条吞了两颗。守备队的日本兵听到枪声，携枪而出反击。院子的光亮，让他们成为鲜明的靶子，在交战中处于劣势。支队伤亡极小地冲进守备队，可以说是旗开得胜。

然而谁也没有料到，那三辆刚离开不久的摩托车回来了！

十一个荷枪实弹的日本兵回来了！

父亲说抗战胜利后，他路过那个小镇，才知道那天日本兵为什么突然回返。原来镇上的几个农民，看不惯开烧锅的夫妇做日本人的生意，知道小年的这天他们又要来喝酒，自制了燃烧弹，投向烧锅，让烈火吞噬了它！

他们在返回途中，已经听到了守备队传来的枪声。

父亲说他们受到了前后夹击，优势立刻转为劣势。

当队伍冲向弹药库和粮库的时候，没想到这两座库，居然还有碉堡的功能，这是他们事先没有侦查到的。虽说守备队门前的岗哨形同虚设，但粮库和弹药库，哨兵一直在岗。这两座仓库架设的机枪，让暴露在空场的战士陷入绝境，父亲说大部分战友牺牲在那里，包括支队长，以及两名救护伤员的女战士。

最终从虎口脱险的，只有五个人，一个副支队长，三名战士（两男一女），加上父亲这个火头军。当然，父亲说他是后来才知道的，因为逃出的五个人，分了三个方向。

他们事先也制定了撤退计划，一般来说，为牵制敌人，保存实力，撤退时会分两个方向。火光中父亲不辨东西，所以他开辟了一个撤退的第三方向。

他们没有全军覆没，得益于绰号磨牙王的战士。这个人爱磨牙到什么程度呢？不仅睡觉磨，行军磨，吃饭也磨。挨着他睡的战士，梦中被他扰醒，常将臭袜子塞他嘴里。他咬着袜子，吭吭哧哧的，磨不出声了，但醒来后塞袜子的战士就惨了，袜子湿漉漉的不说，对着太阳一照，还亮光点点（到处是窟窿眼），好像他用牙齿，在袜子上播撒了繁星。

父亲说交战处于被动时，靠近粮库的副支队长下达了撤退令，父亲眼见着身负重伤的磨牙王，咬着牙，趁乱爬向弹药库，在冻土上爬出一条墨似的血痕，用自制的手雷引爆了弹药库。剧烈的爆炸令大地震颤，冲天的火光像一条条金红的鲤鱼，跃向夜空，守备队周围的铁丝网被撕裂了，日本兵赶紧转向粮库防御。

父亲就从弹药库北侧逃了出来。从此以后，与磨牙相似的声音，比如吱扭的扁担声、喑哑的拉锯声，甚至是老鼠啃东西的声音，都被他视为美音。

初始父亲并未察觉身后有人，他戴着狗皮护耳，呼哧带喘的，加上踏雪发出的咯吱声，根本听不到背后的动静。由于撤离方向有误，预先藏在守备队山后沟塘的滑雪板，对父亲来说是梦里的彩虹，遥不可及，他在雪中跋涉了一个多小时，才走了七八里路。但父亲觉得这距离足够安全了，他停下来，打算歇歇脚，给身体补充点能量。

父亲说作为火头军，无论行军还是打仗，他总是背着一口铁锅。那铁锅跟菜墩那般大，与他的背一样宽，所以他背着它的时候，一点也不突兀，就像他身体的一部分，当然这使他看上去像个罗锅。除了铁锅，他棉袄外还斜挎着干粮袋，里面装着二斤左右的炒米。此外他棉军服的里子，靠近胸口的地方，还缝了两个布袋，一个装盐，一个盛火柴。火柴和盐，是部队陷入被动时的救生索。

父亲停下的一刻头晕眼花，也许是先前战友的死刺激着他，他忽然恶心起来。当他垂头呕吐的时候，后背的锅猛地一震，冲击力让他险些栽倒，接着右前方树丛闪出一团白炽的火花，好像彗星划过，父亲马上意识到这是子弹擦着锅的右角飞过，后有敌手追击！父亲本能地卧倒，拔出枪来，匍匐到一处雪坎，以此为掩体。

父亲讲起这个人时，总以"敌手"相称，那么我也随他这么叫吧。

雪已停了，父亲说借着雪地的反光，依稀看见一团黑影在树丛中飘动，距他不过四五十米。敌手对父亲的突然消失满怀警觉，因为他知道子弹打飞了，父亲不是中弹消失的，对方已进入防御，他的最佳进攻机会葬送了。敌手开始隐藏自己，父亲说那团黑影下沉了，鬼影似的不见了，证明他也就势趴在雪地上了。那年雪大，积雪足有两尺，正好隐蔽。

父亲说他所在的支队的武器装备，在当时算精良的，有七八条老套筒步枪，还有两把毛瑟枪。手枪中好的是缴获来的王八盒子，其余的是自制的转轮手枪。而有的队伍武器装备紧张，像火头军和救护兵，只配备大刀，而父亲所在的支队人人有枪。父亲所持的是一支自制的转轮手枪，有些笨重，但很好使。父亲自诩枪法不错，用它打过野猪和狍子，为支队改善伙食。不过对他的枪法，我一直怀疑他有吹嘘的成分，因为在我童年时，看他参加武装部的运动会，父亲投掷的铁饼和铅球，都是不听话的孩子，落脚点不在规定范围内，没一次成绩有效的。还有他每每教训我时，无论是飞向我的砖头还是空酒瓶，也无一砸中。当然，也许他只是为了吓唬我，没让它们走正确路线。

在与日军守备队的交战中，父亲所带的子弹基本用光，只剩三发。每一发对他来讲，都贵如黄金。父亲说一个人在野外作战，子弹的用途多着去了。既可抵御敌手，又可预防野兽袭击，还可以猎取动物、获得食物，以及向搜寻自己的人发出求救信号。除了这些，父亲说子弹还有一项顶要紧的功能，万一奄奄一息，有落入敌手的危险，不如给自己个痛快，所以他说要给自己留颗子弹，就当是藏着一块人生最后的糖。

父亲说腊月天本来就冷，加上夜间气温骤然降至零下三十多摄氏度，人趴在雪坎上，一刻钟就冻木了。如果双方僵持下去，都将被活活冻死。为了让敌手主动出击，父亲想了个办法。他穿了两层衣服，里层是棉绒秋衣，外层是棉袄。他不顾严寒，卸下锅和干粮袋，脱下棉袄，将里层的秋衣脱下，再把棉袄穿回，锅背上，顺手捡了一根被暴风雪刮断的柞木树杈，故意大声咳嗽几声，引起敌手注意，然后用树杈将秋衣挑起来，轻轻舞动，制造他在运动的假象，敌手果然上当，连着两发子弹打过来，父亲说那家伙的枪法真不错，子弹都是穿过秋衣呼啸而过。两发子弹过后，父亲丢下树杈，让秋衣垂落，使对方以为他中弹了。果然，敌手认为父亲凶多吉少，慢慢露出头来，缓缓朝前移动，准备察看战果。当敌手走了十多米时，父亲扣动扳机，想在最有利的时机下，一枪撂倒他。可是也不知是手冻得麻木了，还是移动状态的黑影有点飘忽，总之第一颗子弹打飞了。

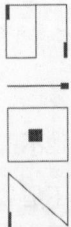

枪声让他暴露，敌手自知上当，卧倒瞬间，父亲又开了第二枪，这一枪中弹的是一棵树，树发出嘶嘶叫声，火花绽放。父亲说他剩下最后一发子弹后，反倒镇定了。双方都知未伤对方皮毛，也就是说，他们的生命，处于同一地平线上，谁有日出，就看命运了。

父亲说他占据的雪坎驼峰一样凸起，是天然堑壕，毕竟有利，不想转移。但他知道卧在雪地撑不了多久，所以紧盯着那个方向，等待敌手的意志先崩溃。他们对峙了近半小时，父亲说他感觉周身的血液要凝固的时刻，敌手背后传来凄厉的狼嚎。这一直萦绕着支队的声音对父亲来说，习以为常，权当是老朋友来打招呼，可敌手却感到危机，躁动不安，听得见他潜伏之处传出咯吱咯吱的声音，他想着避开狼吧，终于起身了，一直全神贯注盯着他的父亲，就在他露头的一瞬，打了最后一枪。

父亲很镇定，撤退时没忘了将中弹的秋衣拿上，顺手系在腰间，将两只袖子打结。他说现在很多人在运动时喜欢把外套脱下来这样装扮，自以为时髦呢，其实那时他就这么干了。那天西北风从背后吹得厉害，秋衣像棉帘子护住腰臀，让他暖和不少。

父亲说自己太走运了，等后来终于瞅清他时，才知道最后一枪，击中了敌手的左肩，而这家伙是个左撇子，右手虽也能持枪，但枪法比起左手差远了，所以尽管父亲消耗了所有子弹后被迫撤退，而为避免中枪采取蛇行方式，忽左忽右，但暴露在敌手有利射程范围的他，没有倒下。那人开的最后两枪，都成了献给夜的森林的小礼花。

父亲是什么时候察觉到敌手也没子弹了呢？他说为了便于听动静，他解开了护耳，在雪地跋涉约两里路后，他不再听到背后传来枪声，只是越来越清晰的狼嚎，觉得奇怪，回身一望，隐约见尾随他的敌手所挎的枪，似乎枪头朝上，说明它也无用武之地了。父亲说那一刻他轻松了一下，赶紧放慢脚步，撒了泡尿。他说战事紧急时，只要不是冬天，尿就撒在裤子里，尤其是雨天的时候。可是北风呼号时节，一泡尿下去，不出一刻钟，裤裆就会冻成硬坨，男人的家伙挨着冰坨，再强旺的人也会废了！父亲说如果那样，就不会有我和姐姐的出生了。

父亲撒完尿，再回身看了一眼，敌手追得近了些，但离他还有二三十米的样子。他走得跟跟跄跄的，看得出很吃力。父亲也没多想，心想你有耐力就追吧。武器都成了哑巴后，双方拼的就是毅力、体力和运气了。

雪又下了起来。父亲说不下雪的话，他不会迷失方向，他本来是向着四道岭新建的密营方向撤退的，他渴望在那儿与离散的战友汇合，渴望着在地窨子笼起火，喝上一缸热水，吃顿饭，踏实睡一觉。

然而雪越下越大，父亲说雪夜的森林，就是打了数不清的烟幕弹，你不走上歧路都不可能。他分辨不出东西南北，觉得哪儿都是前方，可走了一个小时后，会突然发现，自己又回到了先前经过的地方。敌手无路可走，紧追父亲。父亲怎样走，他就怎样追随，父亲想除了斗志在起作用，这家伙一直跟着可能与背后狼的追逐以及他无法辨认来时的路有关，也就是说，他也无力撤退了。

他们就这样在飞雪中又行进了两个多小时，午夜时分，父亲实在走不动了，在靠近河岸的灌木丛停下。飞雪中林木模糊，可狼的叫声一点也不模糊，愈发清晰。对付狼，火光就是子弹，父亲打算与敌手，徒手决一死战，如果幸存的话，就卸下锅，燃起一堆火，化点雪水，就着热水吃炒米。想起炒米，他一摸斜挎的干粮袋，却是瘪的，他立时就腿软了。父亲仔细摸索，发现干粮袋靠近后脊梁的部位，有道寸长的口子，看来这一通急走，穿山时被树枝给刮破了，炒米白白流失了。所幸吊在干粮袋上的茶缸还在，行军中它既能喝水，还能当食物的容器。父亲说鸟儿要是寻到遗落的炒米，一定会张开翅膀欢呼。他说脱险以后，干粮袋就不在衣服最外面斜挎着了，而是像护卫盐和火柴似的，将其当银圆捆在腰间，这样就不会有闪失了。

但接下来发生的故事，尽管父亲每次讲述时，语气是平静的，但总能在我心底搅起波澜。我对后半程的故事永不厌倦，就像对一首喜欢的乐曲，不管循环播放多少次，依然爱听。

雪没停，父亲选择了靠近河谷的一片灌木丛停了下来。除了手枪，他还携带着一把三寸长的钢刀。作为火头军，这把刀的主要用途是炊事，剁个野菜，剥点引火的桦树皮，打到野兽开荤时用于肢解动物等。当然危急时刻，它还可以作为武器。

父亲说他卸下锅，把枪也卸下，看着敌手一步步逼近。他的喘息传来

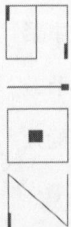

了，如此沉重，好像喘不动的样子。父亲手握钢刀，身体绷紧，做好了决战准备。可是敌手踩着父亲蹚出的脚印，趔趔趄趄靠近他时，既没做出战斗的姿态，也没举手投降，而是一头栽倒在雪地上。父亲怕他佯装倒下，持刀慢慢凑近，才发现他左臂中弹了，他的军服残破不堪。原来情急之下，他撕扯军服当绷带，包扎伤口了。可是他伤得厉害，军服的面料又不适宜做敷料，所以包扎处渗血严重，一团墨色。父亲说他从未见过一个人的眼睛会在夜的飞雪中发出那样强的光，锐利、绝望，又不甘。敌手打着寒战，牙齿磨得咯咯响，不知他是被疼痛折磨的，还是因为憎恨父亲。

父亲先缴了他的枪。是一支轻便灵活的三八式步骑枪，俗称小马盖子枪，父亲说那是女战士最喜欢的一款枪。他最终靠着这支枪，俘获了母亲的芳心，那时她在后方营房的被服厂做军服，当然这是后话了。

小马盖子枪到手后，父亲继续搜他身，没发现手枪和刀具，说明他们仓促应战中，装备不足。父亲说本来可以一刀子扎在他心口上，让失去反抗能力的敌手立即毙命，但见他气息奄奄，挺不了多久了，再说狼嚎声越来越近，父亲准备赶紧点火。敌手受伤后，伤口没包扎好，血滴在雪地上，父亲想，是血腥气让嗅觉灵敏的狼一路跟着吧。狼的叫声越来越近时，父亲听出至少两条狼在叫，一种声音富有攻击性，凄厉而有穿透力；一种比较婉转、犹疑，像婴儿的啼哭，让他有似曾相识之感。

父亲在灌木丛划拉了一抱干枯的树枝，又找了棵桦树，剥了块桦树皮，生起火来。这堆火距离敌手倒地之处，有四五米远。父亲把锅支上，想融化点雪水来喝。没有食物，吃几粒盐，喝一缸热水，也能补充能量。

他烧雪水的时候，想着该怎样处置敌手。他失血过多，倒地后就再也没能爬起来。父亲知道这样下去，不出几个小时，他就会死在那片灌木丛。他似乎不惧怕父亲，但对狼的叫声表现出异常的惊恐，狼一叫唤，他就呻吟。

父亲又找来一些柴火，打算在篝火旁多休息两个小时，等雪停了再行动。他抱着柴火回到篝火旁时，雪水烧沸了，狼也来到近前。躲避在灌木丛后的狼，交替发出叫声，一种是带着威慑和焦急情绪的大叫，一种是呼唤故人似的低沉呼唤。敌手哼唧得更厉害了，他身体扭曲着，似乎想努力爬到篝火这来，可他终归没能离开跌倒之地半步。

父亲是怎么判断出徘徊在附近的狼，有一只就是他熟悉的瞎眼狼的呢？他喝过一缸热水后，发现篝火的斜对面，狼发声之处的灌木丛，有两个黄绿色的光点在闪烁，那是狼眼发出的光。两条狼应该有四个发光点，可父亲说他望了多次，总是两个光点，这说明另一条狼的眼睛是不发光的，它不是瞎眼狼又会是谁呢！父亲说直到这时他才明白，为啥有一条狼发出的叫声，令他有熟悉的感觉。

一缸热水落肚，父亲觉得已快凝固的血液，开始苏醒，一波一波地缓缓流动了。他摸出几粒盐，当点心一样品咂。直到和平时期，父亲都有囤积食盐的习惯，这与他战争年代的经历有关吧，他常说盐粒是尘世的珍珠！

不瞎的狼一定是饥饿到极点了，它的叫声带着极度的不耐烦和愤怒。父亲向篝火添了更多的柴，让它愈发旺盛，篝火噼啪燃烧，就像黑夜的心脏，怦怦跳动。父亲说他歇息的时候，不时瞄一眼敌手，他努力挥起右手，似在召唤他。父亲走过去，发现他浑身颤抖，脸被疼痛和恐惧折磨得扭曲变形，他对着父亲，从牙缝中迸出一个"冷"字，父亲明白，他这是想离篝火近些。父亲犹豫了一下，想着这可能是他此生的最后愿望了，最终还是又怜又恨的，拽起他双脚，确切说是拽着一双半新的长腰马靴，将他扯到篝火旁。篝火照耀着他，他发出一声怪异的笑声。不知是被篝火激动的，还是因父亲最终屈从了他而得意的。

敌手是个年轻的士兵，懂得一点中国话，说不连贯，单字单字地蹦。他到了篝火旁，先是艰难吐出个"水"字，父亲没搭理他；他又吐出个"盐"字，父亲还是没搭理他。父亲说了，水和盐的摄入，也许会让一条毒蛇苏醒。想着自己差点成为他枪下的鬼，想着牺牲的磨牙王，父亲甚至觉得把他拖到篝火旁，让他得到最后的人间温暖，都是对战友的背叛。

父亲说那夜的篝火太美了，将它周围飘舞的雪花，映照得像一群金翅的蝴蝶！他看着飞旋在铁锅上空的雪花，心想它们要是化成小年的饺子，该有多好啊。父亲饿得慌，狼也饿得慌。一条狼始终凶悍地叫，它一定希冀篝火快点熄灭，黎明快些到来。敌手怕自己最终会成为狼的盘中餐吧，他在生命的最后时刻，拼尽全力，拍一下自己，然后指指篝火，再吃力地拍一下自己，再指指篝火。父亲明白，他想让他火葬了他。父亲说你要是投降，优待俘虏，我或许可以考虑。敌手听得懂父亲的话，但他没有将手上举，而是牢牢贴在胸口，像守卫最后的堡垒，至死没有做出投降的姿势。

敌手挣扎了最后一程，凌晨两三点钟死了。父亲说这时雪停了，老天爷不撒纸钱似的雪花了。西北风刮了起来，父亲又捡了一抱柴，让篝火始终处于旺盛状态。父亲饿得肚子咕咕直叫，可雪水沸腾的铁锅，依然没有可煮食的东西。父亲再次搜敌手的身，希冀有所发现，万一有两块压缩饼干，或是一支香烟，那将是这个小年的好享受了，可他最终失望了。他只在军服的口袋里搜出两样东西，一个是一方蓝格子手帕，另一个是长方形金属外壳的镜盒。打开一看，里面竟夹着一张二寸的黑白相片。父亲凑近篝火一看，那是个穿着印花和服的姑娘，她额头很宽，鼻子小巧，微微垂头，浅浅笑着，满眼都是甜蜜。这掩藏在镜盒里的姑娘的相片，令父亲有看见原野小花的感觉。父亲想这相片中的人，也许是敌手远在家乡的恋人，而她再也见不到心上人了。父亲将镜盒放回敌手的口袋，而将蓝格子手帕揣进自己兜里了。

父亲从敌手的头一直细搜到脚，突然有了救命的发现。敌手穿着的马靴，是长靴，长靴通常是军官和骑兵的装备。从这名士兵的肩章和帽子看出，他不是军官，那么他是守备队中的一名骑兵？军官的靴筒通常为平口的，而骑兵长靴为斜口的。父亲说敌手的马靴就是斜口的，深棕色，里面有黑色绒毛，极其保暖。靴子是上好的牛皮的，靴帮靠近脚腕处，有一圈韭菜叶宽的装饰带，好像给这靴子戴了一个项圈。

父亲将这两只靴子从敌手脚上拔下来，靠近篝火，用钢刀切割靴子。靴筒很温乎，敌手死了，可他身体的余温未散，孤魂似的游荡。父亲说摸到热气时，他心里哆嗦一下，望了一眼敌手，他死时眼睛没闭上，父亲停下手，将敌手的那块蓝格子手帕掏出来，走过去蒙在他脸上。父亲每每讲到这个细节，我总要问，你是怕他看见你吃他的马靴吧？父亲的回答总是，一个死了的人，唉，他就是没闭上眼的话，哪能真瞅见呢。他并不解释给他蒙面的具体原因。

父亲割掉靴底，将要扔掉时，发现靴底烙印着一行字，仔细辨认，原来是"昭和十二年制"的字样。他将靴底撇得远远的，说是感觉是将这罪恶的一年给抛掉了。父亲划开靴帮，燎猪毛似的，将靴筒绒毛在火上处理掉，再用刀子，将它一遍遍地刮着，除掉绒毛烧后留下的灰烬，再尽力刮掉所染的颜色，让牛皮尽量恢复本色。他数了数，一双马靴，经他分解后，得了大大小小的牛皮，一共十块。他将它们放进雪堆，一遍遍揉搓，使它们更为清洁，然后加柴调旺篝火，往铁锅续了雪，使融化的水更多，把马靴皮下到锅里，又折了几簇樟子松苍绿的松枝，作为提香除秽的调料，投进锅里，开始炖马靴了。

父亲说火旺，锅很快就烧开了，咕嘟嘟冒热气。在冬夜的山林，这口锅散发的水蒸气，在升腾的一刻，被篝火映照得像一条腾空的金龙。没有锅盖，水汽蒸发极快，父亲不停地往锅里添雪。马靴的味道渐渐散发出来，初始是煳味，跟着是膻味，半小时后，牛皮仿佛被熬煮得苏醒了，淡淡的香气出来了。父亲说他等不及了，狼也没耐心了，它们闻到肉皮的味道，嗥叫不休。一种是威慑性的想要攫取的叫声，一种是乞求施舍的温和的叫声。

父亲用桦树枝条做筷子，捞出最大那块马靴皮，用刀切下一小块，填进嘴里。牛皮虽然膨胀起来了，但炖的时间不长，极其难嚼。父亲努力吃了半块，将余下的一分为二，撒给盘踞在灌木丛的狼。我问他食物如此短缺，为啥还要喂狼？他说可能是习惯吧，毕竟瞎眼狼在那里。再说狼得了吃的，就不会过来吃人。他说的人，是否包括敌手呢？这个话题我始终没敢问他，直到他辞世。

父亲说肚子一旦有了食物，哪怕只是垫了个底儿，心就不慌了。西北风越刮越大，树也开始呜呜叫起来。父亲不担心会有敌兵追来，因为路途艰险不说，他们留在雪地的足迹，早被飞雪和狂风搅起的雪浪给荡平了，任谁也别想找到他们了。

马靴又被炖了一段时间后，终于嚼得动了，父亲吃了两块，体力恢复了，他将剩下的牛皮捞出来。父亲说几乎就是打个哈欠的工夫，它们就在寒风中凉透了，再打个哈欠的工夫，它们就冻硬了，父亲将它们当点心，分别揣进裤兜，然后取下篝火上的铁锅。热锅落在雪地的一刻，发出"吱吱——"的叫声，父亲说锅底下的雪被烫得不轻，破了很大一片，流出汩汩雪水，但热锅烫伤的雪，很快结痂，寒风也让热锅成了冷锅。父亲抬头望了望天，雪停了，但夜空还没晴朗起来，望不见北斗星，父亲不知置身何方。夜晚的山岭，看上去都是一个模样，按照父亲的比喻，它们就像一把把钢刀插在那里，阴森恐怖，让人觉得是在屠宰场。

父亲本不想天亮前出发的，他不知该走向哪里。天明以后，他能从太阳判断方向。可是狼逼得他必须走，因为它们窸窸窣窣地冲出灌木丛，朝向篝火了，显然那点牛皮，不够打牙祭的。父亲说当它们离自己仅有五六米远时，他在它们斜对面，借着残余的篝火，望见了一生难忘的情景，两条狼一前一后，呈一条直线，前面的狼高大威猛，后面的狼矮小瘦削。前狼挣扎着向前，后狼拼死咬住前狼的尾巴，试图阻止它的步伐。父亲认出了后狼就是瞎眼狼。他说从未见过狼眼会泛出红光，前狼试图奔向篝火旁边的人时，眼睛漫溢的就是这种光，也不知是不是篝火映的。父亲"嗨——嗨——"地叫了两声，这是以往瞎眼狼尾随支队，他抛给它食物时，惯常的招呼声。瞎眼狼显然熟悉父亲的呼唤，它更加用力地往回拽前狼，前狼的尾巴绷得直直的，像一支在弦之箭，就要绷不住了，它的尾巴随时有被扯掉的危险，痛到极点，叫声格外瘆人。最终前狼让步了，瞎眼狼将它生生地拖回灌木丛。父亲长吁一口气，感恩似的分出两块牛皮，投给它们。

父亲说既然前狼连火光都不怕了，久留于他来讲，危险太大了，他准备出发。他本想换上敌手的棉服，它的保暖性更好，可是这件棉服的肩胛处，被父亲发射的子弹打穿后，先前涌出的鲜血已成凝固剂，衣服破损污秽不说，要是强行脱下，等于撕敌手的皮。最终父亲将他的帽子取下，扣在自己头上。然后划拉了一抱柴，将篝火调得旺旺的，拔腿出发了。

常听父亲讲炖马靴故事的母亲和我，一再问过父亲，你都要开拔了，还点篝火做什么？是不是火葬了敌手？父亲给出的答案总是模棱两可的。有时他说"我缴了他的枪，还吃了他的马靴，不然就得饿死啊"，有时他说"我战友的尸骨还不知埋在哪里呢"，有时他说"那晚上没月亮，生火能照亮一段路啊"，最接近答案真相的一次，他说："唉，让他和那个姑娘的相片一起化成灰，他做鬼也值了吧。"

父亲说他根据西北风吹来的方向判断，他要撤退到队伍的密营，得与风向逆向而行。结果他走了一两里路后，风竟然休克了，没了，他等于丧失了唯一路标，又不知所向了。按照父亲的说法，当时森林整个冻僵了，树枝动也不动，连一声野生动物的叫声都没有，他感觉自己在地狱中。天渐渐亮了，可它亮在阴云里，父亲期待的太阳没有现身。就在他走投无路之际，他听见了背后有走兽的声音，回身一望，距他五米多远，就是那两条狼！冬季的狼皮毛黯淡，它们就像荒草堆一样。瞎眼狼还是在后面，叼着前狼的尾巴。前狼见着父亲，停了下来，它的目光柔和多了。瞎眼狼低低叫着，安慰着陷入绝境的父亲。父亲仔细打量前狼，发现它是条年轻的公狼，它对瞎眼狼不敢违命，原来是瞎眼狼的儿子啊！父亲是怎么看出的呢？前狼追上父亲，停下的一瞬，它身后的瞎眼狼，立马松口，放下前狼的尾巴，上前两步，用嘴温柔地触着前狼的脸，似在亲吻，前狼发出撒娇和委屈的叫声。父亲说只有母亲对孩子才能表现出如此的怜惜和爱抚，也只有孝顺的孩子，才会对母亲发出的哪怕它不喜欢的指向俯首帖耳。直到这时，父亲才明白瞎眼狼当年为什么怀孕，它是为自己的未来生活，寻找一双眼睛啊！不知瞎眼狼一窝生了几仔，存活几只，它的丈夫和它另外的骨肉，也许都因嫌弃而背弃了它，但至少父亲看到了，有一只忠勇的小狼，把自己的尾巴当作母亲的生命线，在荒无人烟的深山，不离不弃地牵引着它。父亲说瞎眼狼所叼着的尾巴，是它生命的脐带，也是一道藏在心底的光啊。

后来的故事，我和母亲差不多都能背诵了，天连阴了三天，不见日月，瞎眼狼和它的孩子在前引路，把父亲领出迷途。他们靠着所剩的煮熟的马靴皮，和深埋在雪下的红豆浆果，以及山洞的骨头，渡过难关。而那些骨头，有瞎眼狼备下的，也有父亲当年丢给它的。骨头怎么吃呢？父亲说晚上在山洞口生起火后，会把它们在火上烤酥，这时的骨头就能咬动了。而小狼很卖力地想帮他们解决伙食，其间它发现一只雪兔，可它跳跃着要扑向它的时候，它的母亲松开它的尾巴过慢，它扑了个空。母子狼最终带着他，靠近了一个村庄。父亲说闻到炊烟的气息后，瞎眼狼觉得告别的时刻到了，它松开嘴，用两只前爪激动地刨着地，洗尘似的，快乐地躺倒，在雪地打了几个滚，然后起身抖了抖毛，沾在它身上的雪粉飞溅出来，飞进父亲的眼睛，与他的泪水相逢。瞎眼狼看不见父亲的泪，它无比骄傲地仰天嗷嗷叫了几声，仿佛宣告它的使命完成了。小狼卸下了父亲这个沉重包袱，得到解放，它比母狼还要欢欣鼓舞，父亲说它原地转了好几个圈，像在跳舞，然后站定看着父亲，身体后倾，调皮地做出进攻的姿态，长嗥一声，最后吓唬一下父亲。

母子狼转身走了，依然是小狼在前，瞎眼狼叼着孩子的尾巴在后。父亲说它们转身前，他给两条狼作了个揖，瞎眼狼无法看见，小狼却并不领

情，对着他又是一声长嗥，好像在说，少来这套，没吃掉你，算你走运！父亲说他夜晚栖息在山洞的那三天，瞎眼狼守候在洞口外，也不忘了叼着小狼的尾巴，怕它万一不听话，会对父亲下口吧。

父亲得救后，认识了后方被服厂的母亲，那支缴获来的小马盖子枪，经组织同意，配给了后来跟父亲一同上阵的母亲。他们在我之前，生了一个女孩，跟着他们转战，营养匮乏，两岁就死了。我命好，出生在抗战胜利后。父亲待我甚为严格，他像严苛的教官，要求我学习攀岩、游泳、滑雪、测绘、爆破甚至跳伞等本领。据母亲说，这些都是抗联战士当年要学的科目。每到小年的时候，他都要讲一遍炖马靴的故事。所以我落下了一个毛病，父亲去世后，每年腊月二十三，我也给我的儿子，讲炖马靴的故事。而且我退休后，爱泡在图书馆的地方志资料室里，查阅抗联时期的相关历史资料，希冀能找到头道岭二道岭四道岭的位置，希冀能找到那个不依不饶追逐父亲的敌手的资料，希冀能够从民间资料中看到有关瞎眼狼的传说，可是我就像一个蹩脚的渔夫，撒下无数片网，却终无所获。最后我甚至怀疑，父亲的这个故事，是不是编造的。但有一点肯定的是，父亲中弹的棉绒秋衣，弹孔还在，边缘处的烧灼痕迹清晰可见，不过它没有传到我们下一代手里，而是在抗联博物馆陈列室的橱窗里。

父亲去世的次年，母亲也走了，他们都活过了八十岁。炖马靴的故事，只有我一个人给下一代讲了。儿子是做网站编辑的，他每次听这故事，总要俏皮地说，驴马牛都是大牲口，算是一族的，爷爷当年在山中，吃的可是大补的阿胶啊。之后便骂张学良，说当年他要是带领东北军抵抗侵略军的话，日军不会轻易占领东北。他说当年的东北军是只老虎，空军有两百架战机，地面部队也不错。张作霖当时开办的兵工厂设备优良，还有德国进口的设备呢，所以造的武器也过硬。儿子说要是张作霖不被炸死，妈拉个巴子的，侵略者休想进犯东北半步！儿子经常是发完牢骚，就会打电话叫外卖，外卖的主角是猪皮冻和鱼皮冻，他说动物的皮，是身体的精华。我想他是用他的肠胃，帮助他的精神，记忆这个故事吧。

最后我要补充的是，父亲每回讲完炖马靴的故事，总要仰天慨叹一句：人呐，得想着给自己的后路，留点骨头！

点评

表面上看，小说讲述了东北抗联的一场战事——奇袭守备队，"父亲"和日方追捕兵的生死搏斗——展现了抗联战士勇敢的大无畏的牺牲精神，但在笔者看来，这并非作者所要侧重表达的主题和内容，而是以此作为小说背景，侧重展现在极端环境下"父亲"、日方追逃士兵、瞎眼狼三者彼此相生相克关系，继而从人与人、人与自然、人与动物维度深入揭示超越战争层面的人学话题。"父亲"与敌人、"父亲"与瞎眼狼、敌人与瞎眼狼等置于小说内部的三层关系，从深层触及生死、爱恨、恩怨、求生本能等宏大主题。同时，"父亲"、狼、日方追逃兵都要面对一个共同的"敌人"——残酷的自然界。小说也在表现他们在如何和外界做斗争、如何生存（争取活命）方面不吝笔墨。由此看，对这些主题的表达早已超出战争本身，从而深入人、人性、动物性的核心地带，并从中开掘出新意来。这是彰显小说文学性的根本所在。此外，小说叙述老到、成熟，舒缓有致，意蕴丰满，显示了作家不俗的笔力。

（张元珂）

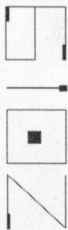

中国当代
文学经典
必读

邀请函

范小青

马尚在集团总办工作，主任助理，听起来还不错，好像除了主任就数他大了。

其实主任有好几个助理，他只是其中之一。何况还有正正式式的副主任若干，副主任们对"助理"的心态各不相同，但有一点却是一致的，就是觉得，助理虽然和他们一样级别，甚至也都有正式批文，但毕竟有点名不正言不顺，好像那都是随便喊喊的，不够硬气。

不过对马尚来说，这也无所谓，只要能够做好自己的本职工作，拿到那份比较可观的年薪就好。

马尚所在的企业是国企。国企了不得，又在体制内，又能拿高薪，既体面，又实惠，两头都沾上。在好长的一段时间内大家都是削尖了脑袋往国企钻。现在稍微有点弱，其实也不是实力降低，主要是老百姓和舆论看着他们好处两头沾心里不爽，抨击得比较厉害。好在抨击归抨击，国企仍然是国企，该干吗干吗，不受影响。

集团规模挺大，分工也就比较细，马尚给主任当助理，主要的工作任务就是安排各种会议和参加各种会议。

你也许不相信。一个年轻力壮、年富力强还是高学历的人，难道光是为开会而生？

要不然呢？

不开会你想干啥呢？

老大的要求就是这样。老大一贯的想法就是这样。开会是企业发展最重要的最不可或缺的工作内容，多开会，多请人，就是造势，只要造了势，就会有效果，就会有影响，生意就会好起来。

你能说他说得不对吗?

就算他真说得不对,你能怎么样?你想告诉他你错了?

你想多了。

他哪怕说,天下的事,就是靠开会开出来的,你也只能认了:难不成你还能"怼"他,说不是?

老大真是天生的会议思维,不仅自己的集团要开会,对于合作单位、兄弟单位,甚至来往较少的单位,甚至八竿子打不到一块儿的单位邀请的会议,也同样重视,再三强调,只要有人邀请,必须有人参加。

集团上下,对于老大的指示,向来贯彻落实到位,所以马尚平时所做的事情,基本上就是为自家的各种会议做准备以及参加别人家的各种会议。

先说自家会议的准备工作吧,虽然千头万绪,但是如果经常开会,天天开会,也就习以为常,对于马尚这样久经会场、经验丰富的人来说不敢说小菜一碟,也敢说手到擒来。

其实刚开始的时候,马尚也犯过很多错误被几任主任都骂过,严重的时候,甚至被老大骂过,那属于老大越级骂人了,那是真急了。

最后他终于在错误中成长,适应了。

其实你们难道没有发现,这里边也是有问题的。老大又不会永远是老大,有的老大,很快就升到更高一点的地方当老二去了。这很正常。有个段子说老婆见老公老是纠结,就总结出一套,对老公说,你们男人就是这样,刚当了老二,就急吼吼要当老大,好不容易当上了老大吧,才过不久又急吼吼想当老二了。呵呵。

也有的老大,一直干到退休,那也是正常。而且是坚挺强硬的正常。

当然,还有少数出事的老大。他们已经出事了,就不说他们了。人还是厚道一点的好。

虽然老大走马灯似的经常换,但是在马尚看来,他们虽然经历、脾气、背景各异,但绝大多数都是会议思维,他在总办负责开会已经伺候了五任老大,差不多一个比一个更重视开会,简直了。

你瞧,这不,现任的老大,才来不久,就召开领导班子会议,在领导

班子会议上，一下子确定了近期的八个会议。

其中"首当其冲"的就是：

集团成立十五周年庆祝大会。

十五，又不是个整数，一般十年二十年才是大庆，十五搞什么名堂嘛。但是老大不这么想，老大才来，急着要造声势，要出形象啊。集团是全省国企中数一数二的大户，所以但凡集团的大型活动，就有希望请到上级领导，所以必须要办，一定要办。

只是，有点遗憾，按照现行的规定，庆典要低调，喜事要从简，活动名称也很有讲究，不能太张扬，又不能不张扬，换个说法就是，又要夺眼球又不能太刺眼。

这个有点难度，于是，有人出来贡献智慧，他在集团号称"金点子"，在前老大那儿就是鞍前马后、金句迭出的，现在他又为新老大出金点子了，他说，把庆典和年会合起来搞，就不会太刺眼。

年会是年年搞的，十五庆典是现老大特有的，所以现老大对这个两结合并不是十分满意，但是考虑再三，觉得还是安全第一，所以同意了两结合的建议。

然后仍然是大家出主意，最后由老大认可给庆典取了个名称叫"吉祥之夜"。

有点暧昧，有点诗意，也突出了重点，恰到好处。

第一天晚上的庆典加第二天上午的年会，完美。

现在这张"吉祥之夜"的白纸已经到了马尚手里，需要马尚在白纸上画出最赞的图画来。这是老大新上任后的第一个会议，马尚自然是全力以赴，"视会如归"。

决定召开会议的会议，马尚是没有资格参加的，但是有主任列席，主任列席回来，自然会向他细细传达会议的各种要求，时间地点、规模名单、住宿伙食标准、会议议程等等。

就这样马尚开始了他的新一轮会议准备工作，首先就是发邀请函。

发邀请函是一项既简单又复杂的工作，当然对于马尚来说，早已经是小菜一碟。先将名单分为三类：一类，不用太讲究，平时来往比较多的，使用微信的，只要通过微信把邀请函发过去就完事了。第二类，没有互加微信的，属于一般的工作关系，见面机会不多，不太亲密，但是由于长期合作，肯定是有联系方式的，比如邮箱，对这类人，马尚一般是通过邮箱发邀请函，这和微信一样方便。

这一类和二类人物，他们的联系方式都存在于马尚的手机和邮箱通讯录里，其实他甚至可以选择出被邀请的人，打个钩儿，群发。

但是马尚不会这样做，因为受邀请的大多是尊贵的客人，你不能连称呼都不给他，就请他来开会吧。所以马尚在每一封邀请函发出之前，会修改称呼，需要的话还会修改个别词语，然后一对一地发送，尽可能做到万无一失。

最后就是第三类人物了。这类人物，是不用马尚经手的，马尚不能直接用微信或邮箱通知他们，必须把正式的邀请函打印出来，用红色的封面套住，由主任，甚至得由老大亲自送上门去。

至于邀请函的设计，也很简单，把去年的活动邀请函拿来做个参考。所谓的参考，也就是把名称时间地点改一改而已。会议连着会议，谁会在意其中一张邀请函的设计呢，何况去年还是前老大，今年已是新气象，万机待理，工作重心怎么也到不了一张小小的邀请函上面。

所以现在，发邀请函这工作，在马尚这里基本上是可以做到万无一失的。

"吉祥之夜"在千呼万唤中终于到来了。

会议下午报到，庆典晚上开始，但是集团自己的人马，肯定要提前到位，马尚尤其要。

马尚到达会场的时候，接到主任的电话，说老大已经在来的路上，要他小心着点。

马尚心里一嘻，他没有什么可小心的了，已经面面俱到了，已经完美无缺了。

他心里正酝酿着小确幸，忽然就没来由地打了个冷战。其实要说完全没来由也不对，那是因为他听到了一个熟悉的声音。

这个声音正在什么地方嚷嚷：你们什么意思，你们想干什么，人没走，茶就凉啊？啊？

马尚心里顿时"咯噔"一下，我的天，这是前老大的声音？

马尚真是有点惊魂了。

前老大刚退二线不久，一线的会议是不会邀请他来参加的，他怎么会出现在这里呢——马尚脑筋正紧张转动，前老大那个速度，简直了，已经出现在他面前了，仍然是当老大时的口气：马尚，你给我过来！

只差没说个"滚"字。

马尚赶紧滚过来说，钱总……钱总……您……您来了！

前老大面孔涨得通红，青筋直暴，骂人说，马尚，没想到你也是个忘恩负义的东西，你这算是通知我参加会议吗？你是存心不想让我参加吧？你那邀请函，昨天晚上才发给我，一点提前量也没有，你让我一点准备也没有，怎么，你以为我到二线就偃旗息鼓啦？

马尚简直一头雾水，邀请函？

他根本没有给前老大发邀请函，也根本不可能给他发呀。他来了，老大咋办？

可是既然已经来了，都面对面了，虎去威还在，马尚现在可不敢实话实说，他只有点头哈腰，连连检讨，尽量含糊地说，抱歉抱歉，对不起，对不起……

抱什么歉——前老大一声断喝，我告诉你，你这邀请函，问题大了！

马尚赶紧说，您说，您批——

我批什么批，你们傅总，是怎么领会现在的精神的，吉祥之夜，这是个什么东西？

前老大说现老大什么东西，这话就有点粗糙了，但这是前老大的一贯风格，前老大一向以粗见长，以大老粗自居，可以随便骂人，如果有群众反映，上级觉得他过了，说说他，他就会说，哎哟，我是个大老粗，有口无心。

你还能怎样他？

真是以粗卖粗。

好不容易挨到霹雳虎离去，哪料今又杀回，大发虎威，逮住个小小的助理。马尚是被骂惯了的，早已经习惯成自然，爱骂骂吧，一个耳朵进一个耳朵出便是，他心里慌张的不是挨前老大的骂，而是现老大来了怎么办。

他嘴上讨饶，其实任凭前老大怎么装蒜，他心里也不再把他当根葱，却不知道前老大还真当回事了，要来会议手册一看，这下委屈真大了。

会议手册上，竟然没有他的名字，到总台拿钥匙，居然没有他的房间，这下子马尚担当不起了，如果是他邀请的，却没有名字也没有房间，那是想要对前老大干什么呢？马尚都能想出一身冷汗来。

恰好这时候，主任电话又到了，你在哪儿呢，老大到了。

马尚双腿一软，两眼发黑，目光昏暗，就依稀看到主任陪着老大过来了。

老大在半途那边站定了，朝这边张望，好像有些疑惑要不要过来，马尚感觉老大是在问主任，那个人，是前老大吗？

怎么不是。

老大的反应够快，轻重缓急更是分得清，他立马就调整了情绪，堆起满脸的笑容，急步过来和前老大打招呼。

前老大本来就觉得，这么大的委屈，简直是天大的侮辱了，逮住一个马尚，有什么意思，正好老大送上前来，来得正好。

前老大上前就说，傅总啊，年会年年搞，今年你搞大了。

老大完全不动声色，笑眯眯道，哪有哪有，尽量而为。

笑虽笑着，说话却滴水不漏，连虚假地应付一句都不肯，比如说，你完全可以随口对前老大说一句，这是建立在您的基础上，没有您的打拼哪有我的今天之类，明明是假的，但你说了人家也会高兴一点。但是老大偏不，我的就是我的，与别人无关。

前老大见老大连客气话都不肯说一句，挺不住了，直接挑战说，傅总，我得问问你了，你们工作是怎么做的，邀请我来参加会，怎么没有我的名字，也没有我的房间？这是在打谁的脸呢？

老大是个笑面虎，人家都挑明了，他仍然含糊地笑着，说，喔哟，怎么会这样，是谁，哪个工作人员，粗心大意了吧……

前老大一时气急，大概忘了自己已经被退出战场，雷霆霹雳又起来了，啊？啊？这是粗心大意就可以解释的事情吗？我看这是狗眼看人低哦，工作如此不到位不细致，以前的良好作风这一下下就没啦，什么什么什么。

老大本来就有很好的涵养，现在看到前老大嘴上狗来狗去，明明自己像只疯狗，狗急跳墙了，于是老大的好涵养就愈发充分地体现出来，他自然是占着绝对的无比的优势，优越感爆棚，稳坐钓鱼台，笑看风云好爽好过瘾。

马尚现在知道轻重了，不能站在一边事不关己了，他赶紧站队说，我没有给钱总发邀请函，我是根据主任给我的名单一对一发的，又不是群发的，不可能搞错呀。

前老大暴跳说，没有发？没有发我怎么会收到？我若是没有收到，我怎么会到会上来的？马助理，你这个助理怎么当的，明明邀请了我，却不给我安排，你这是搞我呢，还是搞傅总啊？不知道内情的，还以为是傅总让你这么干的呢。

老东西厉害，都已经二线了，还如此较真儿，对部下还如此歹毒，这是逼他二选一吗？马尚也不是什么高尚的人，他只是个一般的人，如果真让他二选一，他必定要选现老大的。

只是现在还没有到山穷水尽的地步，他还得再挣扎一下，他赶紧拿出手机，并拍了拍一直随身背着的笔记本电脑，说，钱总，您可以查看我的手机和邮箱——

马尚下意识地看了主任一眼，这是求救的意思，这才发现主任脸上藏着诡异的笑，马尚一时判断不出主任是什么心思，他可是前老大的主任，现老大来了，仍然用他，够意思的了，他不会是身在曹营心在汉吧，这么想着，马尚不由得心里一紧。还好，主任虽然鬼笑，但在关键时刻还是替马尚说了句话，说马尚工作还是很细致的，很少出差错。

他们真是昏了头，他们难道这么快就忘了前老大是什么样的人，有什么样的水平，即便惯常以粗卖粗，但如果不是铁证如山，他不会如此嚣张、霸气外露，往往自称粗人的，无不粗中有细哦。

怎么不是，你瞧，前老大一听马尚和主任否认，立刻掏出了自己的手机，塞到他们面前，看吧看吧，有没有邀请函？

真有。

是一个微信名"也许"的人发的邀请函。

那张粉红色的邀请函赫然躺在前老大的手机里。

马尚顿时傻眼。

老大才不傻眼，立刻上前搂过前老大，哟，钱总钱总，老领导老前辈，您来，就是对我的工作最大的支持，我还怕请不动您呢——一边回头吩咐主任，赶紧的，赶紧的，安排好，会议手册，这些，销毁，重做，房间，搞个套间，晚上有时间，我亲自陪老领导，搞两局。

两人竟然像哥们儿似的，勾肩搭背走了。

马尚彻底傻眼了。

他的微信和邮箱都没有"发送"，那前老大微信里的邀请函是从哪里过去的呢？那个"也许"到底是谁呢？

难道，是同事搞的鬼，有人要整他，或者，是想整老大或者前老大，或者想两个一起整，偷偷拿到了他的手机，改了网名，给前老大发了邀请函，然后再删除发送内容？

马尚冷汗都冒出来了。

至于吗？

谁呀，跟他有什么仇什么恨呀？

马尚的同事小李，在一边吭哧吭哧，马尚说，你吭哧什么？

小李说，我说的，我一直就说的，你还一直不信，听说我们集团，可复杂了，在同事办公室装窃听器的都有。

马尚不想听小李鬼鬼叨叨，窃听器摄像头什么的，爱装就装吧，无非就是想听听谁谁谁说了老大什么坏话。可是，说老大坏话，这就是单位的日常的重要工作内容之一呀，哪天真没人说了，那不用问，只有一个原因：老大不在了。

"吉祥之夜"已经隆重开场。一般说来，只要邀请的人员一一顺利到位，活动开始，后面就没马尚什么事了。但是今天不一样，今天的"吉祥之夜"成了马尚的"不祥之夜"，邀请函的谜没解开。虽然老大搂着前老大去开会了，但是会后老大杀回来的样子，他脸上的那种奇怪的笑容，已经足够让幻想中的马尚打几个寒战了。马尚必须在老大腾出手来之前，把那封奇怪的邀请函追查出来。

马尚不愿往小李说的那方面去想，那实在太恶心。可是如果排除人毒，那也只能甩锅给病毒了，因为前面也遇到过类似的一些情况，比如有一次，他的邮箱收到别人发来的一份邀请函，打开附件，却是一份看不清的名单，他赶紧删除了，但是病毒比他更快更聪明，就在他打开附件的一刹那，它已经钻进来了。它钻进来后并不立刻发作，还休息了一天，到第二天，这封已经被删除的邀请函就在他的邮箱里自动恢复了，并且往他邮箱通讯录里所有的联系邮箱自动发送。凡是收到病毒邀请函的人，纷纷来打听询问，马尚怎么给他们发了个看不见的邀请函，啥意思？

马尚十分狼狈，一一解释，最后感觉差不多闹完了，马尚刚刚定下心来，却不料这个病毒甚是狡猾，完全不按常理出牌：有的速度正常，发出即到，有的却故意在路上多走一会儿，以至于到了十天半月以后，甚至一两个月、半年以后，还在捣乱。真是一次中毒，终身受累。

虽然现在马尚无法确定发给前老大的邀请函，是人毒还是病毒，但是他至少已经知道了它的名字，就是那个"也许"。

如果"也许"是个真人，他能够把集团的邀请函发到前老大那里，那应该是马尚身边的人，至少是在集团工作的人，这样的人必定是和马尚有微信关系的。马尚无法检查前老大的手机，就先把自己的手机检查一番，通讯录里的人实在太多了，先跳到最后一看，吓了一跳，竟有近两千个。其中有一大半不太熟悉的，也不经常冒泡，马尚完全不记得。有的人还经常自说自话地换名字，隔三岔五就会冒出几个陌生的新名字，搞到最后，虽然大家都在微信朋友圈里，但其实谁都不知道谁是谁了。或者有个仇人，有个恶人，取了"美丽心灵"或"风清云淡"这样的名字再配上美味鸡汤，秀秀美图，真会让你觉得，世界真的很美好，人间自有真情在。呵呵。

马尚得把自己所有的微信朋友以及他们的昵称一一查过来，查得头晕目眩，也没有找到"也许"，眼看着吉祥之夜已经在歌舞声中结束了，马尚还是一头雾水。

马尚躲在自己的房间找"也许"，主任的电话追过来了，让他立刻去套间待命，到那儿一看，原来前老大已经回到房间，正三缺一等人呢。

估计老大是食言了。本来嘛，说说客气话，哪能玩真的呢。那气氛该多诡异呀。见面搂搂抱抱说几句不嫌肉麻的话，还行，真要几个小时甚至通宵达旦地坐在一起面对面促膝打牌，那可实在是熬不下去，装不下去，挺不住的。

主任是随老大的，老大不在，他也必定不在。但是有副主任哪，还有那个一天到晚胆战心惊的小李，他们看到马尚进来，都阴阴地盯着他，好像一切的不情愿，都是马尚惹出来的。马尚只能忍气吞声低眉顺眼。在事实真相出来之前，他是背锅侠。

好在牌这东西是个调和剂，一抓到了牌，心情立刻阴雨转晴。本来老大食言而撤，前老大是不高兴的，他虽然不会幼稚到相信老大会陪他打牌，但老大是当着下属的面说出来的，不兑现，就是不给他面子了。

还好，这一点点小气恼，打对手一个双下就消掉了。

前老大打着打着高兴起来，调侃马尚说，小马哎，我今天到会，你明天要吃牌头啰。

马尚赶紧说，钱总，那个邀请函确实不是我发的呀，我没有您的微信。

前老大抓到一副天炸，高兴地说，小马，我当然知道不是你发的。

马尚赶紧说，是呀是呀，我的微信名就是马尚，不是也许。

前老大笑道，你当然不是也许。

马尚的心一下子收紧了，直觉暗藏的线索就要露出来了，他赶紧说，钱总，您知道也许是谁？

前老大哈哈笑说，也许就是也许呢。

这话怎么听都听不出真正的意思，大家就哈哈一笑，当它笑话了。

不一会儿前老大的手机响了，他正在紧张地抓牌，手气好着呢，都不能让别人代抓，按了免提，他老伴急吼吼的声音就传出来了，你在哪里？你快回来吧。

前老大一边抓牌一边将头勾下去一点，嘴靠手机近一点，说，干吗？我今天不回，住会上，明天还有年会呢。

老伴急得说，哎哟哎哟，你快回来吧，别在那边丢人了，人家没有邀请你，哎呀，跟你实说了吧，是你孙子拿你的手机跟你搞的鬼——

前老大呵呵说，你才鬼呢，明明也许给我发的邀请函。

老伴那边急得几乎在叫喊了，哎呀，哎呀，也许就是我呀……

前老大仍然呵呵，说，也许是你？你搞什么搞，你不是喇叭花吗？

老伴急道，你孙子，小猢狲捣乱，给我改了名，我都不知道，刚才还是群里的老姐妹提醒的我。

前老大反应够快的，片刻之间就恢复正常，或者，他根本就没有出现片刻的不正常，仍然一边抓牌一边笑呵呵地说，哟，多大个事，不就改个名吗。

前老大面不改色心不跳，甩出一对小王，说，一对小鬼！又勾着头对着电话说，喔哟，多大个事嘛，我丢什么人嘛？他们不邀请我，是他们丢人嘛，我虽然不在一线岗位上了，但毕竟那个什么嘛，我还是在职的嘛——他"嘛"了又"嘛"，把个老伴"嘛"得无话可说了，他才哈哈一笑，对几个牌友说，其实我早就知道是小赤佬跟我弄白相，你看，刚才我说也许就是也许，你们不相信，呵呵，现在相信了吧。

也许是应该相信了，可总还是觉得哪里不对呀，尤其是马尚，感觉哪里哪里都有陷阱在等着他踏进去，心慌得不行，酝酿了好半天，才小心翼翼地问了一句，钱总，您孙子哪来的邀请函呢？

前老大又抓了一手好牌，随随便便就出一张大鬼了，满脸得意，嘴上说着，大鬼——小马，你说呢？

见马尚说不上来，他又开心地呵呵了，说，今天手气简直了，全是抓的鬼，小马啊，看在你今天输得惨的份儿上，我告诉你吧，你也别伤脑筋啦，你们傅总不会找你麻烦的，呵呵，你又不是我孙子。

又说，小马，你什么时候变得这么喜欢听故事了？你爱听故事那我就给你编啦，故事其实很简单，我先是听说你们要搞吉祥之夜，没有收到邀请，这也正常嘛，毕竟退二线了嘛，干吗手脚还要伸那么长呢，伸得再长也总有一天要缩回去的嘛，不该伸的乱伸最后被人斩断，这点境界和修养我还是有的嘛。可是后来我又收到了邀请函，有邀请那当然是要来的啦，不能给脸不要脸嘛。但是我来了，你们又说你们没有邀请我，我就到厕所里去看了一下，才发现这是去年一个活动的邀请函，一直在微信群里没有删除，小猢狲整出来又发给我了，呵呵，小猢狲才六岁，是个人才。我呢，虽然是知道了真相，但是呢，我来也来了，再走，岂不是更丢了尊严，小马，你说呢？

马尚简直了，目瞪口呆。

不管马尚怎么惊愕，事情总算是过去了，他的嫌疑解除了，心里轻松了，接下来的牌局，发生了根本性的逆转，气得前老大连连说，失误失误，就不该告诉你真相。

马尚以为没事了，不料过一天上班，主任就让他到老大办公室去，进去的时候马尚是很坦然的，反正事实已经有了真相，怎么也裁不到他的头上。

进了老大办公室，老大冲他笑了笑，还亲自给他泡了一杯茶，然后老大说，小马啊，别有思想负担啊，钱总邀请函这个事情跟你无关——那个邀请函，是我发给钱总的——哦，事情是这样的，这次我们请到的张部委，和钱总关系好，请他的时候，他就问到钱总了，所以我考虑，虽然钱总二线了，而且你们大家也都不愿意看到他再来，但我的位置不一样啊，我还是得请他来一下哦，可又担心他会端架子，所以我让你们主任想个办法，你们主任，是个人才，想出个"也许"，用这个名字给他发了邀请函。我原来呢，只是想请他到一到晚会现场，和部领导见个面而已，没想到他又要名单又要住宿，嘿嘿，但是不管怎么说，这次活动还是十分顺利的，小马，也有你的功劳啊。

马尚听着老大叨叨叨叨，感觉有点晕，这也许还真是个也许，也许还有许多也许呢。走出老大办公室，听到口袋里手机叮咚一声，根据不同的铃声，他知道，这回是手机邮箱来邮件了，打开一看，是一封会议邀请函，是集团的一家合作单位，要搞一个未来之夜。

马尚前去异地参加未来之夜，到了酒店大堂，掏出手机，展示邀请函，会务人员就给他发了房卡。马尚坐电梯上楼，进了房间，看看离晚饭时间还早，就在大床上躺下。刚要迷糊一会儿，就听到房门"嘀"的一声，门开了，有人进来，朝里一望，看到他躺在床上，这人吓了一跳，说，咦，你是谁，你怎么进来的？

马尚举着房卡给他看。

这人顿时生气了，说，难道现在都安排两人一间了吗？这不是倒退吗？想了想又说，不对呀，这钱都是我们自己掏的，订的就是单间，凭什么——说着说着，居然气得笑起来了，说，呵呵，还是个大床房，两个大男人合睡一床呵。

马尚说，你是来参加未来之夜的吗？

这人说，是呀，这里的活动不就是未来之夜吗——但他毕竟也有点疑惑，于是掏出了手机，马尚也凑上去看一眼，顿时傻眼了，发出邀请函的，居然也是一个叫"也许"的人。

马尚顿时头皮发麻，立刻问道，也许是谁？

这人听岔了，点头说，是呀，也许是谁搞错了，你……你也姓马吗？

马尚说是，这人又气得说，这会务组工作也太粗糙了，以为姓马就是同一个人——他气呼呼甩门出去找会务组去了。

留下马尚一个人在房间，他心里已然清楚，这个姓马的人，是没有安排房间的，可能类似吉祥之夜他前老大的遭遇。而且马尚知道，也许已经升级了，并且大大地拓展了业务，总之，也许已经是一款升级版的新毒了。

原载《作家》2019年第5期

点评

我们常用"文山会海"来形容各级机关文件之多和开会之频。范小青以此为素材写了不少这方面的短篇小说，主要以呈现会议生态为主调，侧重揭示人与人、人与权力关系，表现深处会议中的各类人的言行、心理或精神样态。《邀请函》也是以此为主旨的一篇。小说巧妙地内置三重关系：担任集团主任助理的马尚与新任老大的关系，马尚和已离任前老大的关系、现任老大和离任老大之间的关系。新老大拥有"天生的会议思维"，爱开会，善开会。在"集团成立十五周年庆祝大会"之际，具体分管此项事务的马尚自然忙得不可开交，问题是，他并不知晓前后两任老大之间的微妙关系，因此，在邀不邀、如何邀请、通过什么方式邀请前老大参会等问题上遭遇了难题。夹在前后老大之间，马尚的尴尬与挨批是不可避免的了。会场就是反映世情、世态与世俗的关系场、权力场，围绕"邀请函"所引发的有关社会和人性的种种悲喜剧，都让人唏嘘不已。因此，《邀请函》不只是讲述一个故事，更重要的是提出问题，以与读者共同思考。会场中的误会、偶然、可变与不可变因素以及因某一细节变动所引起的人与人关系的微妙变动，都将对人性与权力关系的思考、追问提上前台。

（张元珂）

吴菲和吴芳姨妈

/叶兆言

　　杨小玲九岁，父亲带她到南京见过一次吴菲和吴芳姨妈。当时到处都挖防空洞，南京城很混乱。父亲跟人借了一辆自行车，驮着杨小玲先去吴芳姨妈家，然后又去吴菲姨妈家。

　　杨小玲印象中，四十岁的吴菲和吴芳姨妈，仿佛同一个人。长得太像，离开这个姨妈到那个姨妈家，杨小玲被双胞胎姨妈的相似程度惊得目瞪口呆。天呀，怎么会这么一模一样，外表衣着，脸部表情，说话声音，根本没差别。

　　两位姨妈都没留吃饭，也不沏茶，结果父女俩只好到商店里买两个油球充饥。南京特有的一种食物，很像一个握起来的拳头，有豆沙馅，用油炸过，非常管饱。杨小玲母亲为此一直耿耿于怀，自己丈夫带着女儿辛辛苦苦大老远去送虾籽鲞鱼，吴菲和吴芳姨妈也太拿别人不当外人，太不讲客套，她们表现得太冷淡。

　　虾籽鲞鱼是苏州特产，杨小玲清楚地记得，外婆专门去酱菜店讨了干荷叶，用纸绳子细心包扎。外婆说，她两个侄女和她哥哥一样，最喜欢吃采芝斋的虾籽鲞鱼。外婆是吴菲和吴芳姨妈的嫡亲姑妈，杨小玲母亲与双胞胎姨妈是表姐妹，年纪差不多，童年和少年都是在四川成都度过。那时候正好抗战，她们一起在池塘里游泳，一起叫喊着跑空袭警报，一起钻防空洞，一起学骑自行车。

　　杨小玲外公与双胞胎姨妈的父亲，也就是杨小玲的舅公是同事，都是农民银行职员。说起来应该比较亲近，尤其在四川的那段日子，两家就隔着一堵墙。杨小玲母亲与吴菲和吴芳是同学，先在同一个小学，后来又同一个中学。三人有过一张穿童子军校服的合影，有人说她们长得像三胞胎。

自从杨小玲父女在南京遭遇了冷淡，杨小玲母亲便不太愿意在女儿面前提起这两位姨妈。外婆有时候还会念叨几句，说双胞胎侄女打小就一直闹别扭，自从出生，一直在互相捣蛋。

"我嫂子那时候真不容易，双胞胎就没法喂奶，喂这个，那个拼命哭，喂那个，这个又像要杀了她一样，一个劲地死号，索性都不喂，倒也就太平老实了。"

外婆的描述中，杨小玲有个印象特别深刻，吴菲和吴芳姨妈永远在闹别扭，一别扭就互相不说话，父母关照什么事，让这位喊那位吃饭，让那位喊这位做功课，其中一个便会以"我现在不跟她说话"为理由，予以拒绝。杨小玲的舅公和舅婆因此很生气，生气也没用，双胞胎脾气都倔，都不怕挨骂，宁愿挨打，也绝不让步，不说话就是不说话，坚决不说。

当时的农民银行职员中，还有一家也有双胞胎，那家是两男孩子，平时也吵闹，也打架，不过兄弟姐妹有矛盾，他们通常会站在一边，一致对外。外婆说她哥哥家的问题是孩子太少，还有个弟弟，老实巴交总被两位姐姐欺负。外婆的哥哥喜欢女孩子，吴菲和吴芳姨妈自小就被宠得不行。

外婆说来说去，必定要表达这样一层意思：

"我这两宝贝侄女，天生一对冤家。"

吴菲和吴芳姨妈属于那种极其相似的孪生姐妹，为了有点区别，父母故意让她们穿不一样的衣服、穿不一样的鞋，甚至留不一样的头发，可是这都没用，她们不仅长得太像，关键是神态也没区别。实在太相似了，不要说别人会弄错，就连她们的父母、她们的弟弟，也经常被弄迷糊。

杨小玲母亲开始上中学，她与吴芳一个班，吴菲在另一个班。初二的时候，比她们高一级的初三（2）班，有位大官僚的公子哥叫姚谦，他有辆老牌的英国凤头牌自行车，天天骑车来上学。姚谦父亲不仅是国民政府的高官，而且是农民银行的监察和董事、杨小玲外公和舅公的上司。杨小玲舅公是银行的处长，有一天，他做东请这位上司一家吃饭，杨小玲外公作陪。姚谦也跟着父亲来了，大人们在一起说话，他便在门前的小操场上教三个女孩子骑车。

杨小玲母亲学得最快，她很快学会了骑自行车。学得最慢的是吴菲，那一阵为学习骑自行车，三个女孩经常与姚谦在一起。姚谦也喜欢跟她们玩，一有时间，便会主动过来找她们。吴菲和吴芳都觉得姚谦这个大男孩挺可爱，都觉得他有点喜欢自己，在姚谦面前都是尽量保持克制，姐妹俩平时一碰就吵架，就相互不说话，只有在那段时间，才很难得地和平相处。姚谦确实也喜欢她们，双胞胎姐妹很漂亮，长得又是那么相像，很难分清楚，他弄不太明白自己到底是喜欢谁。

吴菲和吴芳姨妈和平相处的时间并不长久，很快又出现裂痕。放假，姚谦和大家约好，到时候一起去学校操场上练习自行车。没想到本来说好上午来，结果有事耽误，拖到下午才过来。他来的时候，吴菲正好在杨小玲母亲家玩，姚谦来了，先解释自己上午为什么不能赴约，又喊她们一起去骑车，并且问吴芳到哪去了。吴菲随口来了一句，说吴芳肚子疼，在家睡觉呢。

于是就三个人一起去骑自行车，没喊吴芳，姚谦也没多想，没想到吴芳会很生气，会因此非常生气。事实上，吴芳此时正待在家里看书，看法国作家纪德的小说《田园交响曲》。她并没觉得这本小说有多好看，只是觉得无聊，只是因为语文老师说纪德是一位非常好的法国作家，比巴尔扎克还好。

吴芳没想到姚谦会不喊她，没想到事情会这样。其实他推着自行车过来，吴芳已看见他往姑姑家那边去了，看见他进了杨小玲母亲家。出于女孩子的矜持，吴芳没好意思主动迎出来，毕竟她们家与姑姑家只隔着一堵墙。她相信，如果要出去骑自行车，姚谦一定会喊她一声，会喊她一起去。她甚至能够听见姑姑家那面隐隐的说话声，只是听不清在说什么。后来声音没有了，吴芳看见他们走了出来，也没喊她，竟然是径直走了。

这件事情弄得三个女孩子鸡飞狗跳，等到吴芳清醒过来，人家压根没准备喊她，压根不打算喊她，她后悔已经来不及。眼看着他们越走越远，吴芳开始生气，生了一会儿气，她决定去学校找他们，她决定要问问姚谦，问问明白，为什么他不喊上自己，为什么就这么走了。结果到学校门口，她改变了主意，学校并没有围墙，远远地，她看见杨小玲母亲正在操场上骑自行车兜圈子，吴菲和姚谦则坐在双杠上说话，一边说一边笑。

杨小玲母亲后来只不过是实话实说，吴芳质问她，你们为什么不喊上我，她如实地告诉吴芳，是吴菲说她肚子疼。吴芳立刻咬牙切齿，立刻暴跳如雷，立刻明白是吴菲在暗中捣鬼。双胞胎姐妹终于为此大吵了一场，很长时间又是不再说话，又变成了仇敌。杨小玲母亲还把吴菲也给得罪了，吴菲觉得她不应该从中做小人，挑拨是非，不应该在中间传话。

吴菲说："你明知道吴芳气量小，为什么还要把这话告诉她？"

"这话本来就是你说的，"杨小玲母亲十分委屈，也开始较真，"你说吴芳的肚子疼，说得跟真的一样，我妈和姚谦都听见了。"

多少年以后，杨小玲母亲告诉杨小玲，当时她已意识吴菲姐妹都喜欢姚谦。毫无疑问，吴菲和吴芳姨妈爱上了姚谦，她们为了他争风吃醋。姚谦是个很讨女孩子喜欢的大男孩，个子高高的，很结实，很英俊，皮肤也白。杨小玲曾经问她母亲，你是不是和两位姨妈一样，也有点喜欢这个叫姚谦的男人，杨小玲母亲顿时脸红了，红得很厉害，说我没有，真没有，我那时候什么都不懂。杨小玲笑着说，喜欢不喜欢一个人，这跟懂不懂没关系，该喜欢就是喜欢，你用不着不好意思。

姚谦很快就报名去军校当兵，那时候，抗战都快结束，前方战事依然很吃紧。他毕竟是个热血青年，家里想阻拦也拦不住。在军校读书，还没毕业，没来得及上前线，抗战突然胜利了。大后方难民开始返回南京，杨小玲母亲一家是坐船回来，那船很慢，前后走了差不多一个月时间。吴菲和吴芳姨妈家先走了一步，与姚谦一家坐着财政部包机返回南京，他们的父亲公务在身。

姚谦不久也转了学校，进了"中央大学"历史系，像他这种官僚子弟，自然想到哪去哪。再后来，他变成了进步青年，两位姨妈也开始上大学，也思想进步。吴菲读的是金陵大学，学医；吴芳是金陵女子学院，学习家政。有一段时候，姚谦和共产党的地下组织走得很近，不止一次差点被抓。他是公子哥，仗着有背景有后台，平时大大咧咧，有点玩世不恭，父母和官家都拿他没办法。

刚回南京，姚谦与吴菲姐妹还有来往，渐渐地就不怎么见面。国民党迁去台湾前，他带着自己女友去吴菲姐妹家做过一次客。姚谦的女友也是一名国民党高级官员子女，也是进步青年，跟共产党走得更近，已经是一名地下组织成员。她显然没有吴菲姐妹漂亮，性格很开朗，说话同样大大咧咧，大家一起聊天，百无禁忌，立刻就熟悉起来。

女友说："我听姚谦说过，他说你们姐妹，都喜欢跟他玩，老是为了他吵架。"

姚谦连忙解释说："不，不是这样，应该说是我喜欢跟她们玩。"

"就是你说的，你还说她们喜欢你，你就是这样说的。"

女友不肯放过姚谦，笑着继续出卖他，继续拿他开涮。这时候，吴菲姐妹也难得保持一致，异口同声地要姚谦老实交代，必须老实交代，他是不是真喜欢过她们。姚谦被逼得没有退路，只好承认自己确实是喜欢过她们。都这么说了，大家还是不肯放过他，还要继续逼，非要他说出双胞胎姐妹中，到底是喜欢哪一个，是吴菲，还是吴芳。

姚谦真的是被逼急了，最后只能对女友说一句老实话：

"她们两个长得太像了，我是真分辨不出来。"

这以后，姚谦的全家去了台湾，只有他没走，留在了大陆。人民解放军进入南京，姚谦参军，随军继续南下，去了福建。再以后，参加抗美援朝，赴朝作战，在第四次战役中失踪，被列入了阵亡者名单。由于在大陆没别的亲属，烈士证书便寄到了那位女友手里。消息传开，吴菲正好刚结婚，正好是在蜜月里，这消息让她大吃一惊。因为有了那张烈士证书，所有的人都对姚谦的牺牲深信不疑。

姚谦的女友几年后，才和一位转业的志愿军军官结婚。为此她一直很内疚，觉得姚谦当初是为了自己，才选择留在南京，参军也是因为得到了她的鼓励。如果他不选择留下来，如果不是为了积极向上，为了进步，他可能就不会牺牲在朝鲜战场上。1957年，姚谦的这位女友心直口快，发表了不当言论，被打成"右派"，下放劳改，最终自杀。她的老父亲没有追随国民党去台湾，女儿的事让他非常伤心，又无可奈何，就在女儿遭遇不幸的第二年，一场并不严重的伤风感冒，夺走了他的生命。

出乎大家意料，姚谦并没有死，并没有牺牲在朝鲜战场上。三十多年后，1985年秋天，他又一次神气活现地出现在南京城里。这时候，他的身份是一名侨居巴黎的爱国华侨，来到这个城市是考察投资，已经去过上海北京，去过深圳广州，最终还是选择了南京。姚谦住进了金陵饭店，这个饭店在当时赫赫有名，颇有几分神秘色彩，有着国内第一高楼之美誉，衣冠不整恕不接待，住宿要花九十美元一晚，只能使用外币兑换券。他不仅住在这里，还在顶层的璇宫，宴请了吴菲姐妹。

真相一点都不复杂，在当年的战场上，姚谦所在的部队全军覆没，很多人牺牲了，活着的都成了俘虏。他被送进了战俘营，战后，姚谦选择去台湾地区，原因很简单，身边很多人都做了这样的选择。

姚谦到了台湾地区，大多数战俘被留在军方继续服役，特殊的家庭背景，让姚谦有机会选择再次读书。他又一次和家人团聚，并且选择了到美国读书，大学毕业，他没有回台湾地区，而是成为台湾地区驻法国代表处的工作人员。

这以后，姚谦选择了经商，赚了不少钱。他成了一名不折不扣的商人，在商场上起伏几十年，终于事业有成，家庭幸福美满。这一切可以说是始料不及，姚谦给吴菲和吴芳姨妈看自己与妻子的合影，看他子女的照片。这是一次非常难得的聚会，两位姨妈已很多年不来往。吴芳问他知道不知道前女友的事，知道不知道这个不幸的女人已经自杀了，姚谦听了，怔了一下，叹了口气说：

"我在台湾听说过这事，没想到会是真的。"

姚谦显然知道这件事，显然对这个话题不想多说，不仅不想说前女友，对怀旧也毫无兴趣。吴菲姐妹提到了杨小玲母亲，问他还能不能记得当年大家一起骑自行车，姚谦又是一怔，想了一会儿，淡淡地来了一句：

"当然记得，那个女孩叫什么来着，我记得她家就在你们家隔壁。"

吴芳丈夫钱先生最初是吴菲的男友，也曾经是吴菲的同事。吴芳大学毕业，先在民政局找了一份工作。吴菲带着自己同学兼男友钱先生回家见父母，这个钱先生是内科医生，来了就过问杨小玲舅婆的老慢支，就给老人治病，深得老太太喜欢。

钱先生成了吴家的女婿，他怎么就从吴菲姨妈男友变成吴芳姨妈丈夫，说起来太过传奇。然而这个故事从杨小玲母亲嘴里说出来，并不稀奇古怪。说到这，必须解释一下，杨小玲母亲就是我的老岳母。真也好，假也罢，事实上，我对吴菲和吴芳两位姨妈的最初印象，也正是从姐妹易嫁开始。说起来，非常像三流小说中的情节，可惜这个离奇故事，经过我老岳母的叙述，一点也不复杂，一点也不精彩。

"她们一辈子都在争吵，都在争，只要是个东西，不管好坏，总是要争的，什么都争，她们两个争男朋友，很正常。"

自从杨小玲成为我的妻子，两位姨妈的故事，开始陆续传进我耳朵。按照老岳母的说法，她们一生都在和对方过不去，从小开始争夺食物，争夺父母宠爱，争夺别人关注，争夺男孩子。

1949年以后，杨小玲家与吴菲和吴芳姨妈来往越来越少。最重要的原因是，杨家离开南京去了老家苏州。次要原因是，杨小玲外婆过世了，大家在感情上变得可有可无，若即若离，也不太想主动联系。杨小玲父女送虾籽鲞鱼遭到冷遇，给了杨家一个很好的借口，杨小玲外婆在世，还会念叨哥哥嫂嫂，念叨她的两个双胞胎侄女，可是杨小玲母亲在心里却始终有疙瘩，一直不肯原谅，她不能原谅她们那样对待自己的丈夫和女儿，觉得不应该这样看不起人。吴家一直都比杨家有钱，杨小玲舅婆比较小气，不仅小气，而且多疑，两家交往中，都是杨小玲外婆在给吴家送东西，买这买那，讨好吴家姐妹，来而不往非礼也。

杨小玲受母亲影响，对两位姨妈印象十分模糊，唯一印象就是那次送虾籽鲞鱼，两位姨妈太像了，仿佛一个模子制造出来。她并不觉得当年的冷遇有多严重，也不明白自己母亲为什么那么在乎。因为实在是不了解，知道得太少，杨小玲说起两位姨妈更不靠谱，她对她们的叙述，来龙去脉都是乱的：

"钱先生是吴菲姨妈的男友，后来成了吴芳姨妈的老公。"

"吴芳姨妈退休前，在一个中学当副校长。"

"吴菲姨妈的工厂很大，有幼儿园，有电影院，有游泳池，是个军工厂。"

"吴菲和吴芳姨妈平时根本就不来往……"

杨小玲从苏州调来南京定居，我们有了孩子，几次搬家，曾经有一段时候，住的地方就在吴芳姨妈的学校对面。她跟我说起过这对双胞胎姨妈，也是说说而已。那时候，吴芳姨妈很可能已经从这所中学退休，即使没退休，我们也没打算主动去找。进入新世纪，女儿已考上大学，非常偶然的机会，我们发现女儿中学的物理老师，竟然是吴芳姨妈的女儿钱红梅。

于是开始叙旧，套近乎，你来我往互通情报，一些原本很模糊的事，连不起来的琐碎细节，渐渐有了头绪，变得清晰。说起来，杨小玲母亲，也就是我老岳母，与吴菲和吴芳姨妈还算是比较亲，她们是姑表姐妹，到杨小玲和钱红梅这一代，显然要更远一层。然而因为女儿在钱红梅所在的学校读过书，一下子就变得亲近起来。杨小玲觉得太可惜，女儿都已经考完大学，这一层亲戚关系才被发现。

钱红梅离过婚，没孩子，快五十岁，突然下决心要嫁到法国去。说起来足够荒唐，荒唐得让人难以置信。她突然辞了职，嫁了一个很有钱的老头，这个老头就是已快八十岁的姚谦。姚谦晚年定居法国，三年前，他的太太死了，儿女都没时间管他，现在很需要一个人照顾，结果就选择了钱红梅。钱红梅脑袋一热，居然也答应了，为这事，吴芳姨妈一度气得要和女儿断绝关系。

杨小玲去法国旅游，曾在钱红梅家住过一晚。一转眼，钱红梅在法国也待了好几年，风烛残年的姚谦，这时候完全离不开钱红梅，好在家里还有一名越南女佣，帮着一起料理。虽然只是住一晚上，但是她们聊了许多私房话，互通了太多情报。杨小玲告诉钱红梅，自己九岁时如何去她家送鳖鱼，怎么被她母亲和吴菲姨妈的长相所震撼，说自己母亲为了两位姨妈不管饭，如何耿耿于怀。

钱红梅则说自己也是到读中学，才第一次知道还有个双胞胎姨妈。她说我当时的那个感觉，肯定要比你更震撼，等于是突然发现自己还有一个妈，她们确实太像了，什么都像，你想想，这有多吓人。钱红梅告诉杨小玲，后来又发现了更吓人的事，她发现父亲钱先生竟然是吴菲姨妈的前男友。有一天，吴芳姨妈与钱先生急眼了，气急败坏，恶狠狠地来了一句：

"这么多年了，你心里是不是一直放不下吴菲！"

钱先生也急了，说："你别瞎说。"

吴芳说："我瞎说什么，我是不是瞎说，你自己心里明白。"

钱红梅说她在一开始，并不明白这段对话的潜台词。那时候她刚上大学，刚谈恋爱，一直只是把这事埋在心里。直到自己离了婚，终于有机会与钱先生讨论这事。钱红梅直截了当，说爸你就跟我说真话，你们真的谈过恋爱吗？钱先生没有否认，钱先生说，他确实犯过糊涂，不过和你妈以后，我确实是只喜欢你妈一个人。钱红梅问他跟吴菲姨妈有没有过什么亲密接触，有没有那个。钱先生诅咒发誓，说拉手什么的有过，搂搂抱抱也有过，其他绝对没有。

钱先生说："我们那年代的人，纯洁得很。"

"那你怎么把我妈弄到手的。"

钱先生没有如实回答，话题扯开了，只承认这么一个事实，他当初确实被钱红梅她妈挖了墙脚。

说起吴菲和吴芳姨妈，相对更熟悉的是吴菲姨妈。这和钱红梅的千叮万嘱有关，多少年来，我们与两位姨妈一直没有联系。自从杨小玲与钱红梅在法国巴黎的那次长谈，无形中多了一件事，逢年过节，杨小玲总会拉我一起去养老院看望吴菲姨妈。杨小玲说，既然答应了钱红梅，我就应该说话算话。

吴菲姨妈在养老院已住了很多年，与钱红梅一样，也是结过婚，没孩子，然后又离了。与吴芳姨妈相比，她的一生似乎要更孤独一些。钱红梅告诉杨小玲，自从嫁到巴黎，寂寞时常会想到这位姨妈，吴菲姨妈就像是她母亲的影子，或者说更像她钱红梅，注定会成为孤魂野鬼：

"我妈还有我爸，还有我，吴菲姨妈呢，她什么都没有。"

钱红梅说自己每次回国，都会去看望吴菲姨妈，就算是人在法国，也时不时会跟她通个电话。不管怎么说，吴菲和吴芳姨妈都不应该这样，她们血脉相连，不应该这样一辈子敌对。她告诉杨小玲，吴芳姨妈患过癌症，是淋巴癌，一直是病歪歪的，有一段时间，她特别担心自己母亲会不久于人世。钱红梅属于那种什么话都能说出口的人，什么话都敢说，她说我妈要是真没了，我就把我爸也送到养老院去，让他和吴菲姨妈在一起，让他们两个老情人鸳梦重温。

钱红梅希望杨小玲能代替她，经常去看一眼这位孤独的吴菲姨妈。她告诉杨小玲，吴菲姨妈的性格跟她妈一样古怪，一开始，她并不容易亲近，显然不太喜欢钱红梅，但是渐渐地，就把她看作是自己女儿。吴菲姨妈曾经告诉钱红梅，有时候她也觉得自己跟吴芳姨妈就好像是同一个人，吴芳做过的事，她同样也会去做。如果钱先生当年是吴芳的男友，她很可能一样也会去挖墙脚，也会把他夺过来占为己有。吴菲姨妈说你爸算不上什么优秀男人，他和姚谦不一样，当初我们根本不值得为了他争来争去。

吴菲姨妈走得很突然，大家都没想到先走的会是她，我们在养老院留了电话号码，因此报丧电话是直接打给杨小玲。然后就是杨小玲和钱红梅互相通电话，你打过来，我打过去，商量这商量那，没完没了。好在有互联网，电话沟通也方便。跟养老院讨论，商量处理后事，什么样的规格，大概花多少钱。很快一切安排妥当，这期间，又商量如何通知钱红梅父母，钱红梅说，她一定要说服他们去见吴菲姨妈最后一面。

终于在电话里都谈清楚，养老院那边负责一条龙服务，布置灵堂，安排花篮花圈，举行告别仪式，最后送火葬场。钱红梅显然不能从巴黎赶过来，因为那边姚谦的状况也很不妙，随时都可能出现大问题。好在钱红梅的父母也搞定了，钱红梅已经做好思想工作，我们要做的，就是开车去接吴芳姨妈和钱先生，陪他们一起去养老院。

吴菲姨妈躺在鲜花丛中，告别仪式开始前，吴芳姨妈和钱先生在灵堂休息。杨小玲有不少事急着处理，我便在灵堂陪他们。吴芳姨妈很少说话，一直在沉默，钱先生时不时找话跟我聊天，知道我是位作家，问最近在写什么，有没有作品被改编成影视，说最近正热播的一部电视剧很好看。吴菲姨妈没别的亲人，过来告别送终的只有我们。对了，还有吴菲姨妈单位的工会代表，过来看了一眼，匆匆留点钱就走了。

当时最奇怪的感觉，有点不知所措，我突然明白九岁的杨小玲初次见到两位姨妈时的感受，她们到了生命的尽头，虽然穿的衣服不一样，仍然还是那样相像，太像了，仍然还是像一个人。这种感觉真是太奇特，我一边喝水，一边坐在那与吴芳姨妈和钱先生敷衍，脑海里胡思乱想。"细思恐极"，因为太像，面前的这位姨妈，仿佛是另一位姨妈正在从鲜花丛中走了出来。告别仪式终于开始，养老院中平时与吴菲姨妈有交往的老人、医生、护士和护工，都来了，有的还坐着轮椅，他们都是第一次见到吴芳姨妈，都忍不住要偷眼看她。

告别仪式结束，吴菲姨妈的尸体被送往火葬场。整个过程都被杨小玲用手机拍摄下来，准备发给钱红梅。接下来送吴芳姨妈和钱先生回家，一路上，大家有一句没一句地说话。杨小玲在开车，跟他们聊钱红梅，说她们在巴黎的交往。吴芳姨妈害怕晕车，坐在前排，对杨小玲的话不感兴趣。快到目的地，吴芳姨妈突然回过头，质问坐在后排的钱先生，她说，我一直都在想，都在琢磨，当初我们要是没走到一起，会怎么样，要是你和吴菲在一起，又会怎么样。

吴芳姨妈说："今天躺那的，很可能就应该是我，老钱你说对不对，是不是这样？"

钱先生没想到她会这样问，一时间，也不知道应该如何回答。

点评

叶兆言在创作谈中说："父亲生前，经常跟我唠叨，要把在四川的童年记忆写出来，他说这很有趣，很文学，太值得回忆。出师未捷身先死，长使英雄泪满襟，父亲过世后，我一直觉得应该为他写点什么，只有写出来，才是最好的纪念。""《吴菲和吴芳姨妈》可能就是父亲说过的故事之一，对我来说，事实早就有了，人物也是生动的，无非是一个怎么写的活儿，怎么表现出来。写什么重要，怎么写更重要。"他交代了创作这个短篇的动因、目的和写法。这对我们理解这个短篇的创作背景和深层意蕴将大有助益。

这个短篇在"写什么"方面别有新意。具体来说：吴菲和吴芳姨妈在相貌上的神似以及由此而引发的诸多"误会"，其在漫长时间内的彼此争执、嫌弃、性格上的古怪以及因一个叫"姚谦"的男人而引发的阴差阳错的情感遭际；姚谦的从军，进"中央大学"，在台湾和海外之间的辗转，以及与钱红梅的晚年相伴、与吴芳姨妈的再次相逢；吴菲、吴芳、钱红梅、杨小玲之间在漫长时间内的复杂关联……在这些传奇经历中，其中误会、错位、陡转、相遇，都让人心生诸多感慨。按照作者意图："小说这玩意从来没什么神秘的，也无所谓技法，归根结底，就是把它写出来，就是写。"的确如此，这个小说首先以其题材的新颖别致和内容的超脱寻常而在2019年的短篇小说创作中给人留下了极为深刻的印象。

这个短篇在"怎么写"方面也非同凡响。在如此短小的篇幅内涉及众多人物形象，讲述一波三折的故事，呈现非同寻常的主题意蕴，且跨越几个时期，辗转几个空间，尽显"短篇"这种文体的艺术张力，这在当代短篇小说创作领域内是不多见的现象。而从具体样态和接受效果看，把短篇写成中篇乃至长篇的样态，从而突破文体常规，彰显文体实践的无限可能（以短见长、以少总多、以有限表现无限），也对探讨与实践当代短篇小说创作技法、路径做了很好的示范。

（张元珂）

天台上的父亲/

/邵 丽

一

也许是离开那个城市后我改变了信仰。其实也无所谓改不改变，一直以来我就没有坚定的信仰。妹妹一直说我迷信。我迷信了几十年，是从母亲那里传过来的。她是一个泛神论者，神灵附着在任何一个老旧的事物上。尤其是我父亲刚死的那段时间，她更加疑神疑鬼，即使是一根绳子，她都会端详半天，好像那上面写着神的启示似的。

我喜欢这个新来的城市的新区，它好像凭空多出来这么一部分，虽然与老城区仅仅隔了一条快速通道，便是另外一个世界了。它的空气像是刚刚过滤过，有真正的青草、河滩和森林的气味。我喜欢在夜晚独自穿过由石条铺成的曲曲弯弯的人行步道，像踩过一排排钢琴键。在道路的尽头，有一家小食店，卖一种当地的小吃，生意相当好。有一次，我饿了，进去要了一碗面，竟然排了半天队。

小食店的老板娘是个厉害角色。那天跟在我后面进去的是个小姑娘，那姑娘抱着她的狗，一只咖啡色的泰迪。她刚刚进门，女老板尖厉的声音就叫了起来，让狗马上出去。女孩愣了一下，面色变得通红，抱着狗羞惭而去。

面吃到一半，我越想越不对头，竟然一点胃口都没了，推开碗走了出去。我自己也觉得奇怪，莫名其妙地生了气，也许是生那个女老板的气，也许是生那个抱狗的女孩的，也许是生自己的。反正是气鼓鼓地走了。

父亲不在后，我的情绪在慢慢平复，已经不再那么焦躁、暴戾和善变。想起父亲在的时候，这个点他已经睡觉了。他就像一座时钟，到点该干什么就必须干什么，典型的强迫症。有一天傍晚，他看了一下表，到喝粥时间了。我母亲因为老家来了客人，耽误了一点时间，他气恼得把水杯都蹾碎了，弄得客人脸上红一阵白一阵的。

"过去他不这样啊！不是这样子啊！"我母亲老是跟我这样抱怨。过去他确实不这样，没退休之前，他是多么细心周全的一个人啊！每次下班进家门之前，老是听到他跟周围邻居打招呼的声音。虽然那声音低调、谦和得像讨好似的，但有一股感染人的韧劲儿，把我们的日子铺垫得绵密厚实。所谓岁月静好，就是那副模样吧。

某一天，一切都忽然起了变化。哦，对，开始时不是一切，只是有一些东西在起变化。退休之后，他的生活在慢慢缩小，像一个剩馒头，在变干，在缩水。他很少再走出屋外，即使晒太阳，也缩在阳台的藤沙发上。他频繁地看表，每小时必须听一次天气预报，新闻联播前五分钟，准时坐到客厅沙发上打开电视。

他为自己的一切都做上标记，好像怎样生活，还得看看他插的路标。

那家小食店今天好像客人并不多。一个年轻的姑娘坐在靠门的地方，一边看手机，一边吃着碗里的烩菜。那是一种掺杂着羊肉、白菜、炸豆腐丝和粉条的地方小吃，名字叫豆腐菜，这家店也是因为这个菜而出名。但我不大喜欢吃这个，我喜欢吃他们的羊肉汤面。

父亲过去爱吃羊肉，也爱吃豆腐。但他喜欢分开吃，不喜欢烩一起。他吃羊肉就是清水煮一下，然后捞出来，切成片，再用原汤冲成羊肉汤，里面什么调料都不放，原汁原味。豆腐也是，在水里煮一下，或者蒸一下，在小碟子里调一点料，就那样蘸着吃。

他退休的第一个国庆节，我们带他去郊区的农场玩儿，那里有个养殖场。他兴致勃勃地定了四只羊，说等春节的时候杀了吃。结果等到春节，我们带着他过去，他看到一群小羊羔追着母羊咩咩地跑，就心软了，不忍心让人家杀。

父亲死后，有一次我和妹妹趁假期带着孩子们到农场玩儿，路过养殖场，当她看到一群羊的时候，突然捂着嘴蹲在路边失声痛哭。我知道她想起了父亲，但我不知道该怎么安慰她。其实，很久以来，我们都无法安慰自己。刚刚过去的事情既像一个伤口，更像是到处游走的内伤，无从安抚。

二

我跟妹妹一起的时候，她几次都想努力回忆父亲跳楼的那个下午的一些细节，但不是很成功。不过，与其说是她忘记了，倒还不如说她宁愿自己忘记了。

在那之前，因为妹妹，也因为我，我已经从父母所在的城市搬迁到她生活的这个城市，两个城市相距一百四十三公里。这样一来可以在她去照顾父亲的时候，我照顾她的孩子；二来也是想逃脱那个逼仄的环境，出来透透气。守了父亲一年多时间，我几乎抑郁了。夜里莫名其妙地惊坐起，就再也睡不着了，整夜整夜地大睁着眼，大把大把地掉头发。开始我每天吃普通的安定，后来效果不好，就改用级别更高的，一直服用超过普通安定好多倍含量的药，据说那是正常人所能承受的极限。开药的医生反复对我说，你服药的时候一定要坐在床边，不然的话，可能吃完走不到床前就睡着了。但是这药对我没用，几乎没一点用，还是彻夜失眠。即使浅睡片刻，稍微有一点声音，我便一身大汗，惊厥得心脏好像要跳出来。

刚好闺密给我打电话，让我帮她运作一个项目。也刚好，她在妹妹所在的这个城市。我毫不迟疑，一口便答应了。我觉得那是生活对我关闭所有大门，在我走投无路之际，上帝给我打开的另一扇窗口。我必须猛身而上。

可是，当我面对妹妹，当她一遍又一遍地回忆那些细节的时候，我觉得，我就像赤脚踏在一团棉花上，或者是一团云。我们一直漫无目的地往前走，根本看不清楚眼前脚下的一切。

那个下午，那个燠热难耐的下午，到底发生了什么？按照妹妹的叙述，我仔细拼贴并努力还原那天发生的事情。妹妹说，那天本来该哥哥过来替换她看守父亲。母亲一早就买好了荠菜，给哥哥包他喜欢吃的荠菜馅饺子。包好饺子，十一点多了，又等了一会儿哥哥才来。他过来刚刚坐下不久，电话就追了过来，是嫂子的电话。两个人乒乒乓乓在电话里吵了起来，母亲的笑脸不见了，一会儿愁得眼看要拧出水来。妹妹朝哥哥打个手势，意思是让他小声一点。哥哥气得摆了摆手，说，不吃了！甩上门就走了。

她再打他电话，要么占线，要么无人接听。

妹妹和父母亲按时吃午饭。吃过午饭，按照惯例，看守父亲的人中午都要小憩一会儿。母亲中午不习惯午睡，由她来照看父亲。

本来妹妹已经回房间休息了，但是她好像听到了异常的响动，像是父亲窸窸窣窣的脚步声。她不放心，起来到父亲的房间，看到父亲和衣躺在床上，面朝里，好像睡得很熟的样子。于是她便回到自己的房间睡下了。她睡了不到半个小时就起来了，觉得屋子里静得怕人，她先走到母亲的房间。母亲像往常一样，安静地坐在那里，在翻看一本旧书。她问，我爸呢？母亲愣了一下，用手指了指父亲的房间。

妹妹走到父亲的房间，看到房间里空空如也。父亲不在房间。她觉得事情不妙，还没等她回过神来，家里的座机铃声大作。有人打电话报信说，父亲从我们小区西面人民会堂的天台上跳下来了——我父亲的一个下属在人民会堂前的广场散步，抬头看见楼顶上站着个人，像是我父亲。他心里嘀咕着，他爬那么老高是干吗呢？正在犹豫着要不要给我父亲招手打个招呼，就看见他往前一倾，好像有人从后面踹了他一脚，随后便如一只笨鸟般从上面飞了下来。

三

父亲跳楼那天，我正在外面参加一个开业剪彩。剪完彩，又参加午宴。等整个活动结束，我看到几十个未接来电，主要是我哥哥和妹妹打来的。我心头一紧，想着家里肯定出了什么事儿，就赶紧给我妹妹打过去。妹妹说，你赶紧回来，父亲跳楼了！

当时我好像被什么撞击了一下，脑子里一片空白，真说不清楚自己是什么心情，说是震惊或者悲伤吧，还真不是。说是轻松？也不完全是，反正就像是跑完马拉松，那种既松懈又虚脱的感觉。

莫名其妙地，想起周作人写的一件事，当他听到自己心心念念的初恋杨三姑娘患霍乱死了之后，"似乎很是安静，仿佛心里有一块大石头已经放下了"。

对，仿佛就是这种感觉。

在此之前，很久很久，我把自己沉到烦琐的事务中，我必须把自己变成另外一个人，才能保持自己。这话听着拗口，其实就是那么回事儿。

刚好上面说到的我的一个闺密，她老公是搞房地产开发的，在郊外盖了一片市场，专门给她辟出一栋楼，让她按照自己的喜爱随便折腾。她不知怎么迷上了城市生活空间美学，决计玩儿这个。不过这玩意儿是什么东西，我们都说不清楚，可能就是因为说不清楚，大家都很兴奋。马不停蹄地跑到北上广深，还有成都，去看人家怎么做的。还天天到网上收集资料，一副煞有介事的样子。那些新鲜的、好像从生活中刚刚长出来的话语天天挂在嘴边，什么场景式空间呈现及场景革命营销手段，什么长期积淀所产生的生活方式，什么家具、艺术品和主人的关系。其实说穿了，在这些富丽堂皇的话语下面，不过还是卖家具，卖茶，只是把庸俗的赚钱套上华丽的美学空间外衣而已。

管他呢，我需要的，无非就是忙活，别停下来就行。

我的这个朋友，人家就是活得明白，按她的话说，什么时候活糊涂了，也就活明白了。她就是一个糊涂得说不清楚的人，说不清楚她天天在干什么，也说不清楚她喜欢什么。一会儿在东区学古筝，一会儿又在茶城听茶艺课，又有一会儿，跟着人家给流浪狗搞慈善。

不管怎么说，在一个新的地方，我需要一份工作，刚好也有工作需要我。我要把自己深深地埋在工作里，找不到自己。我必须逃离某些东西，达到某种新的平衡，可以让我自由自在地呼吸、欢笑或者静思，这才能让我们所有人都轻松，包括我周围的朋友，包括我的家人。这样子看起来，生活并没有变化，还保留着完整的样子，我不欠任何人，任何人也不亏欠我。

但是那天下午妹妹的那个电话，让这一切戛然而止。我匆匆结束了活动，没有参加他们的茶聚，同时也推掉了一系列类似的活动。一直到我坐在回去的车上，我才感觉到我与父亲的各种联系，不是因为他的死而中断了，而是相反，像突然通了电似的，那些生动的场景，杂沓的细节，纷纷扰扰地来到我面前。但我明白，那已经于事无补，就像我们曾经被父亲遗忘的那些岁月，疼痛，寂寞，空虚，还有恐惧。但所有这些事情，在它过去多年之后，就只剩下一片碎玻璃般扎痛的感觉了。

四

父亲死后，有很长一段时间我跟妹妹探讨我们和父亲在一起的细节。我觉得那时候她还小，不会记得那些事情。哥哥记得，他又不参与我们的讨论。

在我们很小的时候，那时候我八岁，我妹妹只有三岁多一点，父亲在县委武装部工作。后来因为什么问题，他被下放到一个偏远的部队外营地，后来，母亲也跟着过去了。他们就把我们兄妹三个寄养在乡下，我外公外婆那里。

那时候哥哥十一岁，比我大三岁，我们都没有独立生活的能力。外公外婆有好几个孩子，他们的好几个孩子又各自有好几个孩子，都丢给外公外婆照看。这些孩子年龄也跟我们差不多。那时候正是经济困难时期，生活条件极差。吃饭的时候我们不会抢，只有等着他们吃完，才能轮到我们。饭要么不够吃，要么已经凉了。外婆每天睁开眼睛就忙，但还是照顾不过来，等想到我们的时候，她已经累得话都说不出来了。有时候，她会把我妹妹揽在怀里，还没等她说话，妹妹已经睡着了，有时候是饿睡着的。

外公为了贴补家用，有时候出去打鱼，有时候出去干个手工活，每天都是很晚才回到家里。他回来的时候，一般我们都睡了。有一次他回来早了，就坐在门口抽烟。等到很晚很晚，其他的孩子都走了，他从怀里拿出三块烤红薯，给我们三个每人一块，那红薯还带着他的体温。我们三个狼吞虎咽，还没品出来味道就没有了。

其间母亲来过几次。她骑着自行车，从几十里外赶回来，浑身冒着热气。每次她都陪我们吃完晚饭，待我们都睡着了才走。父亲一次都没来过，母亲没说过他，我们也不敢问。有关他的消息，我们一点也不知道。

我们是有父亲的孩子，这一点在当时、当地非常重要。可是，我们的父亲呢？有一次哥哥跟我说，他觉得爸爸肯定是被抓走了，不然的话，不可能从不回来看我们，也不让妈妈告诉我们他的消息。我吓得立马哭了起来。哥哥不知道怎么结束那个场面，自己也吓得哭起来。但是没人问我们一句为什么，可能大人都有各自的烦恼，那烦恼比我们更甚。

那是寒冷的冬天，晚上姥姥也许看到我脸上已经风干的泪痕，泪水流淌过的地方，是皲裂的。她用粗糙的拇指，给我抹了半天。

其实这些东西，现在看来可能并没什么——事实上也没有什么。过去我也曾和哥哥说起过。说起这些事情，哥哥总是一副茫然的表情，要么沉默，要么就是深深地叹气，牙疼似的。跟我一样，他也不会跟父亲交流。或者怎么说呢，经历过那样的童年，我们都学会了沉默，很多埋在心里的东西，都不愿意拿出来，好像这是我们在那次磨难里，得到的唯一一样值得珍惜的东西。

其实仔细想想，在那样的时代，又是那样的环境，我们是父亲为数不多可以忽略的人吧。除了自己的亲人，父亲必须对所有人、所有事情小心翼翼。而作为他的孩子，即使被忽略，也真的没什么，那些小小的伤害，绝对不是让我们与父亲隔阂的唯一原因。它也许就像挂在我脸上被风皴裂的泪痕一样，用手指轻轻一抹，就平展了。

很多年里，父亲没有给我们谈论过曾经发生的那段历史，也从没跟我们解释过什么，一次都没有。我们也从来没有主动问起过，更不可能给他说起我们当时的感受。好像我们没有共同的历史。还有一种可能是，我们都刻意回避着那段历史。也许在父亲看来，如果他说起这些，我们会把已经忘记的东西再一点一点捡回来。然后，怎么说呢，对他会有一次结算，那是他作为一家之尊所不能接受的。而对于我们来说，更害怕提起这样的事情时，被父亲淡淡地打发，让我们受第二次伤害。

再后来，到他退下来之后，是不是还想说这些已不得而知，但即使想说也已经晚了。我觉得，已经晚了的意思是，他没必要说，我们也没必要听了。我们空旷、寂寞，曾经被浓烈的遗弃感伤害过的心灵，已经被许多新的东西填满了。生活就是这样，从心灵到房子，都会逐一被各种各样的物事填满，直到有一天，需要重新清理为止——在清理父亲房间的时候，这样的想法一次一次拍打着我。

也许，作为一个父亲，他生养了我们，本来就不该追问对得起还是对不起的问题。但这不是全部，好像缺了什么，有什么被某种东西隔膜着，就像隔着一层脏玻璃。只是我们和父亲之间，这种隔膜，再也不可能擦干净了。

五

妹妹曾经不止一次地说，想不到父亲会自杀，他没有任何自杀的理由啊！是啊，确实没有理由。他这一辈子，不管怎么对母亲，母亲对他始终忠心耿耿，一直到他死，一直到他死后，她做到了一个妻子该做的一切；我们兄妹几个，虽然各自生活都有不如意的地方，但算总账，还是过得去的，至少没有人成为他的负累。唯一可以解释的理由是，不是跟我们的隔阂，而是他跟这个时代和解不了，他跟自己和解不了。曾经，他是那样风光。但他的风光是附着在他的工作上，脱离开工作，怎么说呢，他就像一只脱毛的鸡。他像从习惯的生命链条上突然滑落了，找不到自己，也找不到可以依赖的别人。除了死，他没有更好的解决办法。

并不是妹妹最早发现父亲想自杀，而是母亲发现的。妹妹生性敏感，按她自己的话说，直觉大于理性。医学院毕业后，她分到一家医院的后勤部门，后来不甘寂寞，跳槽到一家咨询公司做人力资源管理。实际上两个单位的活儿差不多，但是她觉得在后来这个部门自在，自主性大，有成就感。

有次她跟妹夫一起回来看父亲。过去看见他们回来，父亲都高高兴兴地去买菜，饭前总要把酒打开，先和女婿喝一阵子。可是那天父亲沉默寡言，一直到吃饭都没怎么说话。

那天回去的路上，妹夫闷闷不乐。妹妹说，父亲今天的情绪不是因为我们，而是因为他自己，肯定是他自己出了问题。后来妹妹为此多次回来，她发现父亲精神低迷，而且有一种死亡的气息覆盖着他。莫非他想自杀吗？她把她的看法跟母亲说了。还没说完，母亲就捂着脸哭了起来，母亲说，她早就知道这事儿，是因为她时时处处看得紧，父亲才没机会得手。

"那你怎么不告诉姐姐？"妹妹伤心地问。

母亲说，你姐姐离婚之后，就没看见她有过笑脸。她自己带一个孩子已经够难的了，现在那孩子又非常叛逆，就不让提她爸爸的事儿，只要一说起，就发飙，把你姐姐也快逼疯了！

说起来真有点悲哀，是父亲想自杀这事儿，让我们一家人又重新聚集起来——我们分散在三个城市，几乎很少团圆。我们都结婚成家后，每年也就交叉着见那么几次，春节或者中秋节，或者其他什么事由，反正很少有为了见面而见面的。为了见面而见面，我印象中好像只有一次，就是父亲过六十大寿那一次。

六十大寿，六十岁。对于我父亲来说，真的算是大寿了。他死那一年，还未满六十四。给他过寿那一天，母亲私下里说，有人给你爸看相，说他活不过六十三。如果按阴历算，可不就是嘛！可是母亲说的时候，我们都笑。那时父亲是多么沉稳、健康啊。可能他还没意识到退休对他意味着什么，我们也盼望着他早早退下来颐养天年，可以轮流到每个孩子那里小住。

当时我们只能被迫轮流陪他了。按照母亲的安排，我、小妹，还有哥哥，要轮流看守父亲，防止他自杀。也就是说，父亲想自杀这事儿，已经不是什么秘密了。

我还好说，自从离婚后，虽然没跟父母住在一起，但基本天天回家吃饭，而且我还算是个自由职业者，时间可以自己掌握。原来我想着我一个人看着父亲就行，但是几天跟下来，我就支撑不住了，一个人要想严防死守另外一个人，实在是太难了。有一次我去洗手间久了一点，他已经开开门走了出去。母亲在厨房做饭没发现。我头皮都是紧的，赶紧出门往楼上追。好险！好在我们提前把通往楼顶的小门锁住了，他正站在那里发呆。我拉着他的手往回走，我相信他能感觉出来我的手心像水洗的一样。

而母亲这样的决定，苦了我的哥哥和妹妹。他们都在别的城市住，虽然开车都不超过两个小时，但毕竟是各自一家人，家家都有本难念的经。哥哥的婚姻也朝不保夕，跟嫂子已经分居好几年了。两个人同在一个屋顶下，却形同陌路，很难说上一句话。只要一说话，双方就火力全开，闹得天昏地暗。

妹妹的小家庭还不错，妹夫在一家上市公司当财务总监，虽然忙一点，收入很可观。只是妹妹的孩子刚刚上小学，离不开她。自从她回来值班看守父亲，孩子的学习成绩就每况愈下。有一次她接完老师的电话，半天没说话。在我的反复追问下，她才告诉我，孩子在学校打了别的孩子。老师让他喊妈妈到学校去，他告诉老师，妈妈出车祸了。老师问，你爸爸呢？他说，他们一起出的车祸！

"这么恶毒的话，他是怎么编排出来的啊？"妹妹泣不成声。

有一次，父亲当局长时候的办公室主任来看他。他带了几个凉拌菜，还带了一瓶老酒。过去父亲爱喝两口儿，可是那天俩人坐在屋子里抽了一下午烟，父亲没动一下筷子，也没喝酒。

办公室主任走的时候，我去送他。我们是上下届同学，他跟我哥哥是好友，我跟他妹妹是好友。我们在一起情同手足，无话不谈。那天我把他一直送到小区后面的河堤上，临分手的时候，他站下来看着我说："你们打算怎么办？"

我扭脸看着远处，长叹了一口气，无话可说。没人知道该怎么办。

"这样子拖下去，谁都受不了，也终究不是解决问题的办法，最终会把一家人都拖垮。"他的眼里突然涌出泪水来。他跟了我父亲十几年，两人有父子般的感情，"你想想有用吗？你帮一个想活的人，可能还真有不少办法；但是，一个人如果想死，你没办法，一点办法都没有！"

六

父亲葬礼前我们家来了不少人——我觉得比葬礼那天来的人还多。他们是我父亲曾经的领导、同事、同学、同乡、下属……还有我们家多得数不过来的远亲近邻。在他们的惋惜、褒扬和悲伤里，我觉得父亲不是越来越清晰，而是越来越模糊。我真实的父亲，到底是什么样子？

父亲还上班的时候，有一次办公室主任跟我开玩笑，说："与其说他是你父亲，还不如说是我父亲；我跟他在一起的时间肯定比他跟你多。"

这不是玩笑。这话说得一点都没错。我小的时候，父亲大部分时间在乡下，一年也见不了几次面。等他回城，我上大学去了。我大学毕业参加工作后，他基本上整天待在单位，真是以单位为家。市里干部们说，他是一个最爱开会的人。有人取笑他，说市政府一个灭鼠文件，他也得召开会议层层传达，并且让参加会议的人都表态，并记录在案。

最经典的一个例子是，有一次他开会传达上级的表彰文件。开到夜里一点多，有人实在坚持不住，他终于发了善心，说，实在困得很的同志，可以趴会议桌上睡一会儿。

的确如此，他退休的时候从他办公室拉回来了整整一卡车笔记本和各种文件。几乎他每天的工作、生活甚至是思想，都记录在笔记本上。有一次市政府安排的一项重点工作出了纰漏，分管的副市长带着工作组到他们单位开会，说是要追查责任。他翻出两年前的笔记本，念给工作组听：当时是谁主持开的会，谁谁谁在哪里坐，几点几分都是谁发的言，都说了什么，一清二楚。笔记本证明那项工作完全是按照副市长的安排进行的。副市长当时被弄得很下不来台，说，老张，今后我们都不敢跟你打交道了，什么你都有记录啊？

是的，什么他都有记录。记录挽救了父亲，那件事情最后不了了之。

他去世后，我们收拾他的遗物。我在他的笔记本上赫然发现，他有一次跟我母亲一起去我外婆家，竟然详细记录着那天发生的所有事情。"今天陪月娥（我母亲）回家看她父母。十点零七分到家。父母在，二弟三弟在。大弟去西安。饭后，两点四十五分，三弟说了两件事情，第一……"

我拿着他的笔记本给母亲看。哪知母亲只淡淡地笑笑，说，这事儿她一直都知道。

"你爷爷就是因为爱多说话被整死的；年轻的时候，你爸也因为乱放炮被整下乡，吃了半辈子苦头儿。他也得学会保护自己嘛！"

七

哥哥总觉得父亲的死跟他有关。每次他说起这个问题，总是絮絮叨叨地说个没完：要是那天家里没生气，要是他不急着赶回去，要是……妹妹跟我说，哥哥本来就神经质，千万别跟他讨论这些问题了，否则他会抑郁。

其实妹妹不用提醒我也明白，每次跟哥哥在一起，我都刻意回避这个问题。他和父亲之间的感情，远远比我们复杂，但又是一笔糊涂账。我也知道他这么多年是怎么挣扎着走过来的。他的婚姻是父亲指定的，嫂子的父亲跟我父亲是抗美援朝时期的战友，转业之后也分到了同一个地方。她父亲也够惨的，在冰天雪地的朝鲜战场上喝了一个多月生水，回国后一直肚子疼。到医院检查一下，说是直肠癌。把肠子切了之后化验，发现切错了，只是一般的炎症。好不容易身体恢复了，几年之后又发现患了胃癌，年纪轻轻就离开了人世。父亲和他的那些战友们，就把抚养孤儿寡母当成自己的责任，那个时候他就决定，让大我哥哥三岁的战友的女儿将来做他的儿媳。

从结婚第一天起，俩人就吵架。据说结婚当天晚上，俩人闹得把结婚证都撕了。

在婚姻这件事上，尽管哥哥从来没有原谅过父亲，但也从来没有抱怨过他。像所有事情一样，因为是父亲做的，这事儿便没有了对错。

父亲死后，哥哥每次回家都坐在他的房间里，半天也不出来。他总是望着我们俩和父亲的一张合照出神。拍这张照片的时候，哥哥上大三，我刚刚接到大学录取通知书。我们爷儿仨就站在院子里的一棵枣树前拍了一张照片。父亲说，爷爷心心念念的，就是耕读传家。现在无地可耕，但是家里出了两个大学生，也算是给了爷爷一个交代。

照片上，父亲的身体明显向哥哥那边倾斜。一九五二年，他们的部队在朝鲜战场上中了一发炮弹，他的大腿骨粉碎性骨折，手术后一直没有恢复，里面还打着一个钢钉。另外，还有一个弹片离心脏只差不到两公分，没有让他的骨灰撒在三千里锦绣江山。后来他作为伤残军人荣归故里，在县委当了武装部长。

照相的人本来想让父亲坐在那里，但被他严词拒绝了。即使倾斜着身子，他也要稳稳地站着。

安葬了父亲之后，哥哥专门去重新洗印放大了这张照片，并郑重地放在父亲生前用的书桌上。那天他看着这张照片跟我说："爸再也不用走路了！"

我默然无言。妹妹说得好，只要哥哥说起父亲的事儿，我们一律不接茬。他说上一阵子就过去了。

可是有一次，他把自己灌醉了，把我和妹妹堵在屋子里发酒疯。他先指责我，说我离开这个家到妹妹那个城市去，完全是因为想逃避，不想承担责任。然后他又指责妹妹，说她是老公的家奴，天天把孩子圈在自己身边，完全被自己的小家给绑架了。

"你们一个比一个自私！"

说完之后，他突然抱着头，蹲在门口失声痛哭，说："是我杀死了父亲！是我们联手杀死了父亲！刚开始的时候我们爱父亲，心疼父亲，害怕他死。可是时间长了，我们还有耐心吗？我们每个人，都关心自己，可是，父亲呢？谁管？谁管？"

我坐着没动，我觉得他是借酒发疯。他说的不是醉话。可是妹妹受不了这些话，妹妹过去拍他的头，他把妹妹推开了。

他哭得像一个摔痛的小孩子。

"我们每个人都觉得自己的事儿比父亲自杀这件事儿大。有一次跟你嫂子生气，我就想赶在父亲之前自杀！那个时候我恨死父亲了，我就想，你怎么还不死啊！"

"哥！你太过分了！"我怒不可遏。

他低头痛哭，一句话都没再说。

哥哥的精神已经崩溃了。

回头想想，哥哥说的不是没有一点道理。我离开此地的目的，虽然未必完全是为了自己，但自己的因素占了大半。后来在陪伴父亲的过程中，我的情绪也已经失控了。有时候会低落到极点，自己关在屋子里一天不出门，不吃也不喝；有时候电话铃声就会让我心惊肉跳；有时候又暴躁欲狂，动不动就想发脾气，弄得我母亲都是小心翼翼地看着我的脸色说话。

父亲也一样，他也关在自己屋子里，只是让门留个缝儿。那个房间虽然比我的大一些，但是窗户被防盗窗护得严严实实。屋子里一切可以伤害身体的东西都被清理得干干净净。

他与我们，自己的老婆孩子，变成了一种敌对关系。我们防备着他，他也防备着我们。我们进行着势不两立的攻防战，真说不清楚是爱还是恨。

不久前，我的一个朋友过来，说起她的父亲。说起她父亲死后，她收拾父亲的遗物，父亲完整地保存着她成长过程中的一切，突然失声痛哭。我坐在她面前，不知道该怎么安慰她。我对那样的父女感情很陌生。但是不久，我也哭了起来，想起父亲纵身一跃的那一刻，那么寒冷，那么坚定，又是那么绝望。于是，我真的哭起来，比她哭得还伤心。

莫非，真的是我们杀死了父亲？

这句话，不过是借哥哥的口说出来罢了。我记得在父亲的葬礼上，我们互相回避着，不敢看对方的眼睛。

八

母亲这一辈子，至少在儿女们看来，从来对父亲唯命是从，她努力放低身段来成全父亲。其实母亲也算一个知识女性，她是当时县女中的高才生。自从嫁给父亲，尤其是有了我们几个之后，她就把自己深深埋在家庭生活里，而且乐此不疲。她放弃了很多进步和晋升的机会，安心做一个家庭妇女，父亲到哪里她就跟到哪里，无怨无悔。

但是我们觉得，父亲对母亲虽然说不上不好，但也说不上好。工作上的事情、他遭受的委屈、和同事的关系……他从来不说与母亲听。开始的时候，母亲还问，还打听，父亲总是像没听到一样，沉默以对。后来母亲就不再问了。

在家里，他们也像同事关系，说话客客气气的，但是缺乏烟火气。他们一辈子都没吵过嘴，我也从没有看到过他们闹什么别扭。作为后人，怎么用现代眼光去理解他们的关系呢？可能这根本就不叫爱情，也许还可以说，这就是最好的爱情。毕竟他们相互陪伴着，走了一辈子。

还有父亲的笔记本，我觉得那是他人生的备份，虽然我只简单地翻了翻，看了没几页。如果认真地翻下去，我相信他和我母亲的一切，都会记录在笔记本上。也就是说，他们的婚姻生活会有记录，一旦发生变故，他就能向组织上交代清楚。想想这些，真让人有说不出的难受。他与母亲谈心、交合、探亲……我无法想象，一个人既活在现实中，还要活在发黄的纸上。

只是在父亲想自杀的事情发生之后，母亲对父亲的态度逐渐有了变化。在夫妻和家庭关系中，她慢慢找到了自己，就像一张洗印的照片，她在其中慢慢地显影。

她悄悄地掌握了主动权，对于母亲来说，这无异于一场革命，或者是政变。

有一段时间，父亲患了支气管炎，我和母亲每天陪他去医院输液。有天下午，天气晴好，输完液之后，我没有按惯例走大路回家，而是开车绕到河堤上。从那里回我家虽然绕远了一点儿，但是人少，环境也好。

刚到河堤上的时候，父亲像往常一样表情平淡，木然地看着车窗外。走到河堤中间的广场边，他突然"咦"了一声，用手指点着窗外。母亲说，把车停下吧。原来他是看到了自己的一个老战友，正在广场上散步。等我们把车子停好，走到广场的时候，父亲的那个战友已经走到树丛后面看不到了。但我们没有停下，也没有折转头往回走，而是沿着河堤一直向前，这也是母亲的意见。父亲一声不吭地夹在我和母亲之间，走了很久很久，直到他开始大口喘气，我们才在路边站了下来。

父亲又喘了一阵才慢慢平息下来。他跟我母亲说，让她跟老周——就是刚才跑步那个人，他也来我家看过几次父亲——联系一下，他想和他一起，去北方看看几个战友。

"好啊，"母亲热情地鼓励道，"我跟你一起去。"

"我想自己去！"父亲眼里突然现出热切的目光，那目光到现在我还记得，是一种强烈的生的光芒，像电弧光。

"让我自己去吧！"父亲的声音几乎是在乞求了。

"不！"母亲坚决地摇摇头。

父亲把目光转向我。我也坚定地摇了摇头。

那种光，突然像断电了一样，在父亲的眼里熄灭了。

九

这一年的中秋节，天气非常好。父亲去世三周年，我们兄妹三个约好跟母亲聚在一起过节。下午母亲安排我说，去买点东西，晚上到阳台上赏月。难得母亲有这样的兴致，本来我想拉着他们一起去，但哥哥闷头坐在父亲房间里，说他不想出去。我只好带着母亲和妹妹去了。在月饼柜台上，母亲坚持要买一块老式月饼。我知道她是给父亲买的，父亲爱这一口儿。

晚上，月亮东升的时候，我们和母亲来到阳台上。

"给你爸掰一块月饼，"母亲点着给父亲留的空椅子说，"昨天我梦见他了，他说过得还不错，就是晚上门口不安静。这几天你们去买点东西烧烧。"

我一边答应着，一边把老月饼切四块，放在留给父亲的那把空椅子前。

哥哥低着头不说话。最近一个时期他情绪反复无常，尤其是跟嫂子离婚之后，他轻松了没几天，就重新陷在抑郁的情绪里了。

"欢子，"母亲喊着我哥的乳名，"你从来没有梦见过你爸吗？"

哥哥摇摇头，又点点头，但是没抬头。

"你爸什么都没跟你说过？"母亲问，"我怎么不相信呐！"

哥哥一脸迷茫地抬起头看着母亲，然后又低了下去。

"你也别想不开。其实你爸自杀那一天，我什么都知道。你们想想，我怎么可能不知道呢？"

我打了一个激灵，起了一身鸡皮疙瘩，感觉父亲回来了，正坐在我们中间。哥哥也诧异地抬起头来。我和他对视了一眼，看到了他眼睛里闪着的某种光亮，让我突然想起我们被寄养在外婆家，他说父亲被抓时的情景。不过只是在心里一闪而过，冰凉而疼痛。

一时间我们都沉默了，谁都不知道该怎么接母亲的话，只是看着留给父亲的那把空椅子发呆。月上中天，突然感觉天气有点凉了，也许是气氛有点凉，我站起来给母亲披上一件衣服。

母亲对我说："你把阳台上的灯打开。"

我开了灯，回头看见母亲拿出一个小布包摆在桌子上，示意哥哥打开它。哥哥把它展开，里面是一个弹片，磨得明晃晃的，铜已经变成了暗红色。

"这个东西，卡在离你爸心脏一指多远的地方，再往里挪一点他就没命了。"母亲用指头在心脏处比画着，然后把弹片对着灯光看了半天，好像它透明似的。过了一会儿，她把哥哥的手拉过来，把弹片放在哥哥的手里，"过去咱们家最难的时候，每当我想不开，你爸就把它拿出来搁在我手里，说，看看这个，还有什么想不开的？虽然最后他还是没想开，但是他让我想开了。要不是这，我真活不过来，哪还能把你们几个养大？"

哥哥拿着弹片，也朝着灯光照了照，脸上现出很复杂的神情。

"他去死，我怎么会不知道呢？"母亲又把话头转了回来，"他出去的时候，我看到了，想站起来。他就站那里狠狠地瞪着我，严厉地制止我。他知道我这一辈子都不敢违背他。不过，那时我也横下一条心，心想，只管让他走吧，看到底能会怎样！"

一片静寂。我们的心都提到了嗓子眼儿。

"结果，他真死了。"母亲好像沉浸其中，脸上平静得像说别人的一桩旧事，"死了就死了吧，谁不死呢？所以我觉得我对得起他。这也是我最后一次成全他，最后一次按他的意见办。"

我努力克制着自己，直到一波又一波强烈的情绪过去。我知道，今天即使母亲这样说，我们也不会这样去想，至少我不会。我们知道母亲对父亲的忠诚和爱，而且，我宁愿相信她这样说只是为了安慰哥哥，她不想让我们家的最后一个男人，再爬上天台。

事情只有这样想，对生者和死者，才是最好的安慰。

的确如此。也不过如此。

原载《收获》2019年第3期

点评

在传统文化秩序中，"父亲"代表某种权威或秩序，或者作为某种符号或象征而存在，从而在周遭构成一种弥漫性的、无处不在的监控与压力。这个短篇中的"父亲"当然可做双重解读，即一方面作为具体生活境遇中的"父亲"，他有其独立的、不被他人所熟知的、即便亲人（妻子、儿女）也无法走进或理解的生活和精神世界。父亲因身患抑郁症而有自杀倾向，同样出于对父亲的爱，儿女承担起了监视和防止其走向自绝人生的企图。但对父亲而言，这种来自儿女的监视，同样对他造成沉重的精神压力。儿女们自认为"爱"的举动，反而加速了父亲的自杀。爱与被爱在此发生有意味的错位，很是引人深思。另一方面，作为某种符号和权威而存在的"父亲"，是不容置疑和挑战的，由此而对妻子、儿女造成的身心压迫也是显而易见的。父亲与母亲的貌合神离、形同陌路，父亲与子女的彼此隔膜、互不通约，彻底颠覆了传统的父亲形象和父爱主题，然而，这也是实存景观之一种。因此，作为极端事件的父亲之死，与作为背景而存在的父女、父子、夫妻等多元关系，彼此以相互映衬和相互指涉方式，将"父亲"及其负载的象征意义引向深处，这是这个短篇在主题表达向度上的一个引人关注之处。

（张元珂）

在饭局上聊起齐白石

乔 叶

1

入了秋，就该吃蟹了。饭局总是老魏来张罗的，对此我们早已经习以为常。这种事，他原本就是个热闹性子是其一，另一个要紧缘故，我觉得就是源起于他爱标榜自己的人脉广，即一向喜欢打肿脸充胖子，自然就得经常为了充胖子而打肿脸，可不得张罗起一场又一场的饭局？有道说"席面好摆客难请"，如今这世道，混得上饭局的，多少都有些能耐。可有些能耐的，整日里都忙慌慌的，谁有空总来吃他的饭呢。这就显出了老魏朋友多的好处。他的朋友场子铺摆起来，那简直就像超市一样，工农士，商学兵，天南海北，五行八作，因为老魏的撮合，谁谁谁都能凑到一起吃顿饭。这种饭局有个名堂，上等说法是神仙饭，中等说法是江湖饭，下等说法叫糊涂饭，总之是铁打的东家流水的客，走过路过不好错过。

如同老魏的哼哈二将，我和老胡常常陪同在这饭局里，几乎可以说是老魏饭局的标配。老胡是因为两点：一是酒量大，镇得住；二是会胡说，扯得开。我也是因为两点，恰恰和老胡相反的两点：一是酒量小，外号李二两。老魏说，这酒量小嘛，某种意义上其实也算是个优点。因为小，不会成为目标，也就不会醉。这样的话，纵使一桌子人都喝趴下了，也有个脑子清楚的，保得住底儿。若说这理由有些勉强，第二点呢，论起来还不如第一点，就是不会胡说，太较真。因为较真，和老魏刚认识的时候有好几回都是不欢而散，老魏后来说，觉得我这样的也挺有意思的，每次争争吵吵的，也不真伤和气，还会搞出个小话题来，一直到下次的饭局上都足够回味。饭局这事，可不是得要有个什么由头吗？或是今儿下雪，或是明儿冬至，抑或是桃花开，再或是杏花落，都是看得见的由头。托个什么情，办个什么事，把上个饭局留下的尾巴续接起来，都是看不见的由头。

今天这饭局，看得见的由头是吃蟹，看不见的由头里，也不知道其他什么，由我这里将出来的，倒是有一条：画。去年发了一笔小财，今年上半年我把老房子装修了一下，墙上空落落的，得补壁，就想托人找省里的名画家给画两幅，一打听，还挺贵的，就有点儿心疼肉疼。老魏咣咣咣地拍着胸脯子说，就那几张纸，还值当花那钱？老哥儿请两个画家吃顿螃蟹，就把这事给你办了。你不是有点儿底子吗？要是想学，那顺带把老师也给你请了。

底子这话，让我既有点儿脸红，又有点儿蠢蠢欲动。就像那些被老师当堂念过作文的人以为自己都能当作家一样，小学时候，我的美术课没少得满分，这让我一直觉得自己有当画家的潜力。中年之后稍微有了些空，便把笔墨纸砚齐齐地备下了，可到了这把年纪，多少也知道点儿天高地厚，没敢贸然下笔。就只先看画册，吴昌硕，张大千，李可染，李苦禅，齐白石……越看越不敢画，也越看越明白，所谓的潜力，不过是一种哄着自己开心的幻觉，却也是越看越有兴致。尤其是齐白石。我看得最多的就是齐白石画册，越看越喜欢，简直是迷上了这个老爷子。说句不怕牙倒的话，如果和他生在同一个时代，如果他也看得上我，要是个男的，我一定求着给他当门徒。要是个女的，哪怕当个丫鬟呢，我也很愿意上赶着伺候他哩。

画册看了个差不多，近日翻来覆去读的是他的自传，叫《余语往事》，顾名思义，是他口述别人记录的，记录的人叫张次溪，文笔不错，虽然肯定把老爷子的原话整理掉了不少，但老爷子的气场真叫强大，一翻开书就能感觉到那股子劲儿劈头盖脸而来。什么劲儿，说不清道不明，反正只是他特有的，独一份儿。

2

六点多，客人陆陆续续到齐了。果然有两个画家，一个姓叶，穿着白色中式对襟棉麻布衣，盘着琵琶扣。跟着一个女孩子，穿着旗袍，旗袍颜色月白里又泛着极淡的天青，有点儿汝窑的意思，说是助理。一个是省画院的专业画家，姓郑，个子不高，平眉细眼，家常蓝色夹克。最后到的是省文联的一个领导，姓宣，是副巡视员，按照惯例职位要往高处抬，大家都称宣主席。

落座完毕，老魏又正式介绍了一番。听着老魏口称两位画家是大师，我和老胡也跟着叫大师。到了我的时候，老魏指着我对两位画家说，这小李子以后可就是你们的预备学生啦，你们一个体制内一个体制外，无论哪个路数，双管齐下也好，都得把他教出两笔来呀。

明知是场面话，对于老魏这样给我随随便便找老师，我还是不开心。连忙说，我一点儿道行没有，离大门口还十万八千里呢，怎么配给两位大师当学生。老魏惊讶道，咦，上次我听你说起齐白石，头头是道哩。我说那是你离大门口还有十万九千里。众人就笑。叶画家说，李兄既然是魏兄的朋友，一定是高人，我哪敢当老师呢？何况还有郑大师在此。李兄呀，要不这样，咱们一起给郑大师当学生吧。一起，一起。说着便举杯。郑大师一边含笑推却，一边也举起了杯。

喝了几杯见面酒，服务员出去催菜，汝窑起身，袅袅婷婷地给大家添了一遍茶。大家钦羡叶画家有福，说整日里有这样画一般的人儿当助理，怎么能画不出好画儿呢。叶画家感叹道，比起白石老人，在下还真是惭愧，惭愧。就说起了齐白石一般人不能企及的旺盛的荷尔蒙。说这老爷子，可真是乱世里的一朵奇葩，啥都没耽误。长寿是不用说了，九十三呢，放到今天也是长寿。钱也是不用说了，越到老越多金。女儿呢，五个。儿子吧，七个。这就是一打。最小的儿子出生时，老爷子都七十八了，乖乖！我说不是七十八，是七十四。叶画家说，我怎么记得就是七十八呢，挨着八十边儿了。我说，写那文章的人肯定没有做好功课。这有个缘故。本来他就按老规矩虚说了两岁，七十三岁那一年，他又按照算命先生的嘱咐跳龄避灾，又虚说了两岁。所以他的七十三是七十七，七十四是七十八。

都对都对，别论这个了。往下说女人呗。老魏呼喝道。叶画家说，齐白石从来从来都没缺过女人，还没名气的时候就有俩，正房叫陈春君，偏房叫胡宝珠，后面还有俩，一个好像姓夏，也叫什么珠，另一个好像姓伍，都没有名正言顺。直到去世那一年，老爷子还想娶个二十二岁的，四十四岁的他还嫌人家老哩。

老胡说，对对对，那个夏什么珠我也知道——夏什么珠来着？这是冲着我问，我便答是夏文珠。老胡接着说，他看过一部电影，是讲建国初期齐白石和领袖的事儿。夏文珠那时候就是伺候齐白石的，两人夜里不在一起睡。齐白石找钥匙，夏文珠还得披上衣裳进来帮着给找，啧啧，正经得很。后来又在微信上看过一篇文章，却不正经得很。说是那个叫胡宝珠的偏房还是正房给找的哩，那时候齐白石刚到北京，这大的怕他不能料理生活，亲自过来给找的小，还真叫是贤妻携美妾。啥叫齐人之福？这才叫齐人之福呢，人家又姓齐！

老魏笑道，你这可是胡扯，是封建大男子主义妄想症。他大老婆是文盲，大字不识的小脚妇女，那个世道乱成那样，她能跑那么远的路？叫你再夸张夸张，你还会说大老婆给小老婆伺候月子哩，还替她带孩子哩。

可不是咋的，真有这事。那文章里真写有这个，哄你们是狗！老胡急了。

哎哎哎你把话说明白，是哄我们我们是狗，还是哄我们你是狗？

…………

众人说笑着。老魏笑得张牙舞爪，郑大师笑得噙不住烟，叶画家笑得眉毛抖，汝窑尤其笑得银铃作响，花枝乱颤。宣主席一直矜持着，此时脸上也如春冰初融。

老胡叫嚣着，非得让我替他分证分证。我便说，我看过齐白石的传记，这事果然是真的。那个女人叫胡宝珠。齐白石在自述里说到陈春君："恐我客中寂寞，为我聘了宝珠，随侍照料。"也交代了宝珠生头胎的时候，陈春君不放心，赶来北京伺候月子，不仅白天照顾孩子，晚上也搂着孩子一起睡。陈春君死后，胡宝珠被扶了正。给齐白石当妾的那年，宝珠才十八岁，扶正那一年是四十二岁。老爷子还办了隆重的扶正典礼。

扶正有那么重要吗？汝窑问。

扶正可是大事。郑大师一脸严肃。

小老婆不能上家谱的。老魏说。

也不能入祖坟。老胡说。

我说，老爷子在书里自述，扶正典礼时，他首先郑重声明："胡氏宝珠立为继室！"然后是在场的亲友签名盖印，最后是老爷子在族谱上批明："日后齐氏族谱，照称继室。"

所以啊，小美女，要是嫁人可得上心，要当就当正室，可别让人哄了，到了还得给扶一下。老胡对汝窑说。

这话说的。众人都看叶画家，叶画家微微笑着，说，这话我也说过。不过，如今的孩子们，可不一定这么想。众人又看汝窑，汝窑正低头刷着手机，一副事不关己的样子。忽然，迎着众人的目光，莞尔一笑，瞪着猫一样圆溜溜的眼睛，欢悦道，来热菜啦。好呀好呀。

这道热菜是炖牛腩，自然也少不了萝卜。萝卜正应季，闻着味儿就知道地道得很。众人互相谦让着分到碗里，汝窑尝了两口，说道，盐放得有点儿多了吧。老魏连忙接茬，说可不是咋的，服务员服务员，添茶添茶。问你们大厨一声，这是怎么弄的，莫不是把卖盐的打死了？汝窑又是莞尔一笑，又一脸天真道，这就是传说中的咸吃萝卜淡操心吧。

手机铃响，汝窑便放下汤，拿着手机，袅袅婷婷地出去了。待她出了门，一桌子男人你看看我，我看看你，便同时大笑起来。老胡指着叶画家道，叶大师，你调教出来的好人儿，我服了服了服了。

一道荤，一道素，一道甜，一道咸，热菜就这么慢慢地起着。服务员介绍说，刚上桌的这款是新品，有个名目，叫作"黄金肉"，据说是猪颈背上最嫩的那一点肉，这点儿肉不仅是嫩，营养价值也高，富含有机铁、脂肪酸、蛋白质……该含的好东西都含上了。这么好的肉，平均下来，每头猪身上大概只有六两，因此又叫"黄金六两"，是有钱也不容易得的。虽是纯肉的硬菜，做出来却不腻。据说是用黄芥末和藏红花汁儿调配出来的，看起来果然很有黄金的样子，下面垫着几片鲜柠檬去腥解腻，品相颇为清新华美。

为了这个，大家碰了一次杯，感慨着如今的生活真是食不厌精脍不厌细，便埋头吃起来，口感自是十分怡人。寂静中，包间里回响着咂嘴之声，微微有些尴尬。老魏便没话找话说，问叶画家忙啥呢？最近有啥大作？去采风没有？叶画家说他国庆节那几天到豫东下了个基层，文艺界不是正倡导和基层"结对子"的吗？他"结对子"的县有个挺有名气的"画虎第一村"。

哟，你这还挺有觉悟的。老胡说。

惭愧惭愧。不过，在下虽然在体制外，却一直是向着体制内的高标准看齐和靠拢的。叶画家一边说着，一边用手掌示向郑大师和宣主席，说，我这一颗红心，请组织明鉴。宣主席说，点赞，点赞。郑大师说，记得宣主席和这个村子有渊源。宣主席说，是啊很熟。那时我还在豫东工作，这个村子是我最早关注起来的。我和这个村子，缘分不浅呢。

怪不得呢。叶画家惊叹。

这个村子有福，有福。老魏老胡同声感慨。

宣主席说，他在的时候，请了不少名家去指导谋划，又办画展，又建画廊，还培养了一批经纪人。他走时，这个村子已经成了当地的文化名片，村里的绘画也已经初步产业化了。听说近几年当地政府还把那里的绘画产业和新农村建设结合到了一起，怎么样？如今应该更红火了吧？

叶画家正沉吟着，汝窑说，村里没几个人，挺冷清的。叶画家咳了一声，道，也许是因为国庆放假，村民们都走亲戚去了。又对汝窑道，什么冷清，那叫安静，乡村田园的安静。老胡道，农村还受放假影响？如果是个名片，那不应该人更多？叶画家正在夹菜，没应答。老魏接过话茬，说的却是"黄金肉"，说齐白石要是看见这么漂亮的菜，指不定会画出多好看的画哩。

"黄金肉"若是摆在齐白石面前……我想起他的祖母马孺人。齐白石少时家境极其贫寒，却爱读读写写画画，在没当木匠之前，每天忙完了放牛打柴的事，回到家就开始潜心纸墨意趣。祖母劝他："三日风，四日雨，哪见文章锅里煮？明天要是没有了米吃，阿芝，你看怎么办呢？"后来感叹道："阿芝，你倒没有亏负了这支笔。现在我看见你的画，却在锅里煮了！"

小李，你说是不是？

原来老魏是对着我说的。我也只好接上，说齐白石指定不会画这个。为啥？因为他不喜欢画新东西。他画的都是自己烂熟于心的老物。你瞧他画的那些个东西，蜻蜓蚂蚱螳螂蟋蟀，蛾呀蝶呀蜂呀蝉呀，还有那些个花，菊花荷花桂花梅花，哪一样不是别人画了千百遍的？他画的人物，也都是从芥子园上扒下来的古人。

不都是说他是改革派吗？改革到哪儿去了？汝窑问。

叶画家接了茬，说改革哪有从里到外剥净了改的呢？再改革也是在老底子上改。齐白石有他的老底子。他当过木匠呢，芝木匠芝木匠嘛。木匠活儿分大器作和小器作，大器作是粗活，小器作是细活，齐白石学的就是小器作……先学的大器作，后来发现大器作被小器作瞧不起，才赌气又学的小器作，然后才在小器作上立了根基。我说，这小器作有一样技法，就是在家具上雕花。既雕必得会画，他这才画起来。起初画得粗糙，二十岁那年，他在一个主顾家里见到了残本的乾隆版《芥子园画谱》，便借过来，勾影了半年，自学成的才。

那这芥子园也是厉害啊，让他学半年，就能成才？赶明儿我也学学。老魏说。老胡说，你还用学？你就只管画起来吧，反正铁定是张飞李逵的风格，也能自成一派。老魏说，我画成了送你，你可得要。老胡说，想让我要，除非你倒贴两千。老魏说，两千就两千！不过你得挂起来。老胡皱眉叹气苦思了一会儿，无奈道，好吧，挂挂挂，给你挂个好位置。老魏说，挂哪儿？老胡说，挂大门上嘛。当门神满够。

说笑了一番，郑大师道，说是成才，也不过是比较着他以前不成才的时候去说的。芥子园虽然能打底子，可这底子才有多厚？他被当时传统的主流文化排斥，进不到他一直想进的传统文人画的圈子里，还不就是因为没文化？叶画家点头道，是啊。从他年轻时候，主流就不认他。他当木匠时给人家画画，有些人只要他画，不要他题款。他给人刻的章，也被人磨平，去另给人刻。就是这样没地位，被人瞧不上。所以他才一大把年纪去当北漂，才有了所谓的"衰年变法"。郑大师说，这是一个内因，他的变法还有外力，那时节，他恰好碰上了新派的徐悲鸿、林风眠刚从海外归来，还结交了一个姓陈的，叫什么来着，学问很好……

叫陈师曾。免得被点名问，我主动接上话茬，说这陈师曾的学问不是一般地好，他的家学在民国时期也是数一数二的厉害，他的祖父当过兵部侍郎、湖南巡抚，他的父亲陈三立当过吏部主事，是著名诗人。他的兄弟是国学大师陈寅恪。

哦，是吧？他被这么一票人鼓动，才下定决心去首创红花墨叶派——

红花墨叶派不是齐白石首创，吴昌硕早就这么搞过。这陈师曾是吴昌硕的弟子。我又说。

哦，是吧？郑大师停顿下来，喝了两口茶，说，我对吴昌硕知道的不多。只记得他那时位置比较高，相当于国家级美协主席吧？画坛老大。我说是。叶画家说，这两人的关系好像不大好。我说早期还是挺好的。齐白石刚出道的时候，很崇拜吴昌硕，还托人到上海请吴昌硕定润格呢。以吴昌硕当时的权威，他给谁定润格，谁就有饭吃。定润格的时候，吴昌硕还赞齐白石："其书画墨韵孤秀磊落，兼善篆刻，得秦汉遗意。"两人闹翻是因为他们的作品同时被陈师曾送去日本参展，吴昌硕的画是主角，却没怎么卖出去，齐白石的画作为配角上演了一出大逆袭，全部卖得精精光光，齐白石自己说："……卖价特别丰厚。我的画每幅就卖了一百元银币，山水画更贵，二尺长的纸，卖到二百五十元银币。这样的善价，在国内是想也不敢想的。"

善价，就是高价的意思吧？汝窑说。

咦——这妞真聪明。

过去的人真有意思，说贵不就得了，还善不善的，这么扭捏。老胡说。

不扭捏，挺直接的呀。钱多就善，钱少就不善嘛。贵了就善，便宜了就不善嘛。汝窑耸耸肩，我要加油，当个大善人！

哄堂大笑。

为这个闹翻，听起来是吴昌硕小气。叶画家说。

是不好大方的呀。老大被小弟打脸，那心里会好受？汝窑说。

我说，也没有明着闹翻，只是彼此不再来往了。齐白石卖了善价的消息传回国内，吴昌硕挂不住，就酸不溜丢地对别人说："北方有人学我皮毛，竟成大名。"这话辗转到齐白石耳里，齐白石也没说啥，只是刻了一方印，印文是："老夫也在皮毛类。"

郑大师说，这话倒是有出处的，原是大涤子石涛的，是石涛在《赠刘石头山水册》这幅画上的题诗："书画名传品类高，先生高出众皮毛。老夫也在皮毛类，一笑题成迅彩毫。"

众人一起点头。叶画家赞叹道，我只听说过"皮毛类"这个典故，却不知道这典故背后还是典故，受教受教。老魏也跟着附和道，大师就是大师，大师就是深刻。又对我扬了扬下巴，斥责道，大师授课，你说起来没完没了，不谦虚呀。你这还怎么长进呀。

我也知道自己的话有点儿多了。可是一提起齐白石，我就忍不住。

那老齐这不是在表示膜拜吗？挺……正能量的呀。汝窑说。

众人又是呵呵一笑，却没人答。

无视老魏的脸色，我说，即使两人有了芥蒂，齐白石对吴昌硕的推重却是没变。他嘴上不说，只落实在行动上。据他当时的朋友回忆，当时齐白石只要见到吴昌硕的画，都会买下来或者借过来，反复学习。启功也曾在回忆文章中写过，说齐白石跨车胡同的正房有道屏风门，门外小院有一架紫藤，他去看齐白石时，紫藤正在累累垂垂地开花。齐白石指着院里的紫藤，又指着屋内墙上吴昌硕画的紫藤，感叹说，你们看，哪里是他画得像紫藤，分明是紫藤开得像他的画呀。

这就是奇了怪了，既然吴昌硕水平这么高，既然红花墨叶也是吴昌硕的首创，他的级别也是老齐不能比的，怎么倒还没有老齐卖得好呢？这小日本儿什么眼神儿呀？汝窑还在问。

叶画家既嗔怪又宠溺地看了她一眼，说看把你忙的，你还真是好学，快吃吧，菜都凉了。宣主席道，这么好学，肯定会有长进的。老魏道，是呀是呀，既然勤奋得日理万机，这长进肯定是一日千里。话音未了，众人这一波笑得更狠，老胡都被自己的笑呛得咳嗽了起来。

4

一场应酬宴席，人越少越是容易进到冷坑里。要把这冷坑填平填热，需要酒，也需要话。酒和话，原本也就是一码事。哪有敬酒不说话的？话说着说着，自然也更容易敬起酒来。不过，若只是泛泛之交，即便可以多走几圈，哪有那么多合适的闲话搭配着去说？除非是话痨。一般人，总是酒越喝越多，话越说越少，免不了愈加冷清。找个对家拼酒虽然能添点儿热闹，为此拼得两败俱伤，却也不那么值得。因此，诸如这七人的饭局，要想不尴尬，敬酒的节奏就得掌握好，需得铺排得此起彼伏、闹而不乱。何时一起敬，何时挨个儿敬，何时猜枚打通关，还是有一些路数的。好在这从来不是我操心的事，也轮不到我操心。我要操心的，就是单个儿敬酒。

说到根儿上，对于饭局上的每个人来说，单个儿敬，都是最重头的戏。因是一对一，总要说些一对一的小话。这样的话是挺见功夫的。要紧话怎么说，闲淡话怎么说，求人话怎么说，推拒话怎么说，是非话怎么说，和事话怎么说，近人说什么，远人说什么，不远不近的人说什么，都得稍微琢磨一下。十几或者几十人的大饭场，闹闹腾腾的，小话倒是随便说，不怕被人听见。微妙的却是今天这样的，再怎么样的小话，也挡不住旁边的人随意听，都变成了大话。

不过，这样的时刻，我倒是喜欢。一边吃着菜，一边听他们怎么聊侃，收纳入耳的话题还真是东一榔头西一棒槌，杂乱纷纷。中美贸易战，"三胖"又来啦，谁要从地方调回省里，谁没扛住，本来不是查他，他竟跑去自首……自然也说画。谁到北京办了画展，价码由一平尺两千涨到了一平尺两万。谁买了一幅好画，却是假的。最离奇的是郑大师讲的，说某画家有了外遇闹离婚，画被老婆统统剪成了两半。

找个装裱行家不就得了。叶画家说。

老婆把自己留的那半截烧了。

众人笑。

老胡道，手还在就行，再画呗。反正怎么画都值钱。

你这外行。郑大师叹口气说，手在有什么用，脑子不在了。有些画就像有些人，过了那个时候，就再也没那个心意和缘分了。至于值钱不值钱的，也是怪。郑大师苦苦一笑，眼里心里不想钱的时候，画出来的画反而是值钱的。等到眼里心里都在想钱的时候，画出来的画却是不值钱的哩。

也少不了说画画的苦楚。比起网上方方正正的履历，本尊的讲述自是旁逸斜出枝叶丰满。郑大师原本不是科班出身，老家在豫南山里，从小喜欢画画，高中毕业没考上大学，就去南方打了几年工，攒了些钱后回老家再创业，干的是装修公司，因为觉得这一行多少和画画有点儿关系。后来家底儿厚实了，才又一门心思去画画，跑北京去上挂在中央美院名下的社会班，跑杭州去中国美院进修，上了一班又一班，读了一年又一年，终于也参加上了全国青年画展，凭着这些个资历，三拐两拐，先是进了一个区一级的文化单位，不久就被调进了省画院，进了正门之后才开始系统补课。叶画家呢，倒是河大美术系出身，毕业分配到了一个学校教书，因为工资太低养不了家，就辞了职，先后也开过几个公司，钱挣得足了，还是觉得画画有意思，便又拎画笔，开了个人工作室，想重新回靠到正路上。

由汝窑陪着，叶画家一路敬来，在宣主席和郑大师两席处自然是格外延宕。对宣主席，他反复表达了诚请组织接纳的愿望，对郑大师，意思虽一样，话风却是更纯简一些，恳切道，依我看，您这样是最好。我要是能像您这么待着，就没有别的念头了。这后半辈子，就想踏踏实实地画画呀。郑大师淡淡笑道，我呢，既然是进来了，要是再特意出去，既显得矫情，也辜负了组织和领导的信任。也就只好这么待着了。待着就待着吧。其实，细想想，你不拘怎样，只管走自己的路就好，天地任你行，也是让人羡慕的。就当你的独立画家呗。海阔凭鱼跃，天高任鸟飞嘛。自由。

叶画家撒娇似的苦了苦脸，说，自由是自由，自由得太狠了，也想让人管管。

这不是有管你的人吗？

众人便看着汝窑，哄地一笑。宣主席边喝茶边微微笑着颔了颔首。

一般而言，我既是最末敬酒的，也是最末被敬的。叶画家敬到我这里时脚步有些歪歪扭扭，看起来已经是微醺。汝窑不依不饶，又向我探问起了小日本的眼神儿。叶画家醉意蒙眬地斜睨着眼，说，很简单嘛，吴昌硕走的是大文人的古雅路子，齐白石没有那么古那么雅，连文气也不过是沾了半吊子罢了。可他的这半吊子文气没有架空，接上了地气儿，这就是他的厉害之处。要说画大写意的人也不少，可到他那个份儿上的还有谁？他的特长就是民间性，草根性，这是他的大翅膀。他的文气呢，是画龙点睛。说实话，有点睛的这点儿就够了，不能太多，太多了就酸腐，反而成不了。

我认为呀，重点不在这。突然间，宣主席不疾不徐地开了腔。你们两位在座，宣主席指着郑大师和叶画家说，我这是班门弄斧了。好歹在咱们这个系统也泡了这么些年，我多少也学习了一些，齐白石我也喜欢，多少也有一些了解，今儿我也分享一下心得。

哎呀，能聆听宣主席卓见，这可是千载难逢的机会。这顿饭，我可是来着了，来着了。叶画家和我蜻蜓点水似的碰了杯，拎着茶壶给宣主席添上了茶，然后落座。人人都端肃起来，吃饭的也不吃饭了，停了筷，抽烟的也不抽了，把烟支在了烟缸上。汝窑支着下巴，做全神贯注状。

宣主席呷了一口茶，说，刚才说到陈师曾，齐白石进行什么"衰年变法"，也还真是亏了他的指点和鼓励。光凭齐白石自己，他可没有变法的气度和胸襟。就我看，他是蒙着头变法的。主观上讲，他自己肯定也觉得没有了什么退路。文人画主流一直鄙视他，即使他后来在北京有了不错的名声，也还是不行。他就断了这个指望，再一想自己也那么大岁数了，就破釜沉舟一试呗。他这变法，说好听的，是有些悲壮。说难听的，就是赌一把。结果我们都知道，他赌赢了。除了他的个人能力，赢的关键因素，客观地说，还是时运。他正式成北漂那年，是1919年吧？这是什么节点，你们都明白的，是吧？五四运动嘛，新文化运动嘛。这是个大潮流。齐白石这个时候到了北京，不早不晚，就赶上了这个大潮流。所谓的"万事俱备，只欠东风"，这个大潮流，就是齐白石的东风。这场东风可是够浩荡的，国内，是这个运动。国外呢，他也赶上了趟儿。因为恰在那时，东西方的美术观念正在进行频繁的对话和碰撞，日本呢，就是这二者的一个交流场域，为什么齐白石的画在日本卖得好，因为这个交流场域正活跃着呢，齐白石带着他的变革作品到场了，新人新作，高光亮相，就这么占了一席之地。什么叫形势比人强？这就是了。什么是时代的力量？这就是了。

掌声雷动。

好！好！好！叶画家连声喝彩。

咱们的"画虎第一村"，也是这样呀。宣主席继续慷慨陈词，说那村子以前过的是啥日子？多少姑娘往外跑，多少小伙儿打光棍？那日子过的，岂止是一个穷字？生火做饭，一天就靠一个煤球。村里连条石子路都没有，到处都是泥坑，下雨天不带块砖不能出门，不然没有垫脚的地方。说苦，那是真苦。可要说变，那也变得真快。我在那几年，月月小变样，年年大变样，水泥路展展地就修到了家家户户门前，参观的车辆每天不断。那条大路叫啥来着？丹青大道是吧？

对对对，丹青大道！郑大师说。

这是我起的名儿呢。让丹青妙手们雄赳赳气昂昂地走在大道上！这大道，是艺术的大道，更是时代的大道！

郑大师率先再次鼓掌，我们也赶紧随之鼓掌。掌声起落的过程稍微有些长。好在马上就是干杯，也不显得零落。干杯完毕，螃蟹端上了桌。在吃螃蟹之前自然要再干一杯，螃蟹就酒，越喝越有嘛。

北方人吃螃蟹不讲究，三下五除二地吃完了。老胡起身敬了一圈，我跟着完成了任务。坐到座位上时，脑子轻微地轰了一下，有了点儿膨胀的感觉。我知道，已经差不多二两了。

5

离最后一道主食海参捞面还有蒜蓉菠菜和雪梨八宝这两道菜的距离。这距离不长，却也不短，老魏和老胡各又敬了一圈，也还没有使完。老魏又朝我示意，我便硬着头皮起身。反正也喝不了什么，多少是个态度吧。蚂蚱腿也是肉，一杯酒也是酒，是不是？而且，说实话，有时候，我觉得超过二两一点儿也挺好的，酒意盖脸，就有权任性。我的任性呢，无他，不过是格外较一点儿真。

打开了话匣子的宣主席一直滔滔不绝，谈兴甚浓。我站他旁边候了好一会儿，他方才欠了欠身，接了酒杯，却没有喝。先是朝着我说，齐白石这老爷子，我也喜欢。他真有意思。又朝着众人道，他最宝贵的品质，我认为就是四个字：大事明白。明白在哪儿？比如说吧，刚才说到善价。他的善价得益于日本市场，这是事实。善价重要不重要？很重要。是不是大事？是大事。话说回来，有多重，有多大，要看跟什么事比。北平沦陷后，齐白石再也没有贪恋日本这个市场。

日本人找他，他疾言厉色地将日本人拒之门外，那叫一个威武不屈。后来国立艺专叫他去领配给煤，那个时节的煤多金贵呀。可就因为学校的大权在日本人手里，他也毅然决然地把煤退了回去。这老爷子太明白了：没有比气节更大的事！

众人又叫好。我却忽然听不惯了，说，宣主席，文艺方针是百花齐放百家争鸣吧？我能不能放一下？鸣一下？宣主席还没表态，老胡直着舌头说，放放放，有屁就放！鸣鸣鸣，有鸟就鸣！

我说，齐白石可没有疾言厉色。他处世那一套，还是典型的老派的国人方式。他在自传中说，不好直接对抗。为了和日本人划清界限，他是煞费苦心。那时候，不管是日本人还是中国人，不管是大官中官还是小官，他都不见。他写了字条贴在大门上："白石老人心病复作，停止见客。"他说，心病两字，另有含义，自谓用得很是恰当。他还写了"画不卖与官家，窃恐不祥""从来官不入民家。官入民家，主人不利"。艺专的煤，他之所以退，有日本人当家的缘故，不过即使不是日本人当家，他也不会要，因为他当时已经不任教职好几年了。他写了信给学校，也很客气。说："白石非贵校之教职员，贵校之通知错矣。"

为啥官不入民家？汝窑问。

我说，读到这里我也纳闷，就查了一些资料。原来"官不入民家"还真是个老礼教。完整的是三条：君不入臣房，官不入民房，父不入子房。原因吗？既分了尊卑，也是避嫌疑，还有一层用意更深：上级若到下级家中，瞅见了什么佳人美物，动了贪心，若不得则不甘，若得则犯错，陷人于两难，这可怎么好哪。

老齐这个范儿，不卑不亢的，和官家很有距离呀。要说气节，这更像是气节。老胡说。

我说，齐白石在自传里说，小时候尤其讨厌官员，有一次乡里来了个巡检，配有仪仗——

什么是仪仗？唉，这汝窑坐在这里，似乎就是专管提问的。

在电视剧里看过官员出行的场面吧？前面那些衙役们举的牌子，什么"回避"啊，"威武"啊，"肃静"啊，就是仪仗——乡里人都去看官，隔壁三大娘叫齐白石去，他不去。母亲夸他有志气，说我们凭着一双手吃饭，官不官有什么了不起！他说自己一辈子就是凭着一双手吃饭，很可以自我安慰。

唉，自传嘛，难免自我美化。宣主席说，哪个中国人这辈子能免得了和官打交道？何况这老爷子。我要是没记错的话，他年轻时候还给两个官的如夫人教过画画呢。他的五出五归不是很有名吗？那第一出，就是因为要给一个陕西的什么翰林的如夫人教画，才到了西安。

如夫人——夫人就夫人呗，什么叫如夫人？

众人大笑。这问题由汝窑问出来，也真是别有意趣。

就是妾嘛。老胡说。

哦。汝窑翻了个白眼，真会拐弯儿。

宣主席居然知道这个细节，很令我意外，也让我格外有兴致了。我说那个如夫人叫无双，闻一知十，十分聪敏，齐白石还给她刻了一方印章，叫"无双从游"。因为教无双教得好，翰林还想把他推荐给慈禧太后，说如果成功，能够得个六七品的官衔。齐白石拒绝了。你知道齐白石说什么了吗？我拍着宣主席的肩膀，他说我如果真的到官场里去混，那我他妈的简直是受罪了！

突然，我的肩膀也被狠狠地拍了一下，回头，是老魏。他说，别开齐白石研讨会啦，你喝多啦。把我拉回了座位，老魏又对宣主席道，领导包涵，领导包涵。我估计这李二两也是觉得您老兄太亲，就忘了您是个领导哩。这二两看来够二两了，我来替他喝三杯罚酒！

宣主席笑道，少来麻戏我。一桌子吃饭都是兄弟，哪儿有领导呢？这么说话才不把我当外人呀。叹了口气，说，还是你们好啊，搞艺术，只要活着，就没有个退休的时候。如今的形势，会多，汇报多，管束多，所谓的做官做官，越做越难做呀。可是吃了一辈子行政饭，就像画画是你们的专业一样，行政就是我的专业，到了这个岁数，离了这一行，我也是个残废，不知道能干什么。只能将就着退休，坐吃等死老无用啦。

话到这里，竟有些伤感了。静默片刻，老魏道，看您说的。艺术界是好领导的吗？没有金刚钻，揽不起瓷器活儿。您都能领导这么多艺术家了，艺术造诣不用说也是了得。您这是高风亮节，不跟他们争抢，您要是拿起笔来，还有他们的饭吃？当然您这也是没时间。等您啥时候急流勇退，享了清贵，只要提起笔，那不就是您随意挥洒的世界？谁不知道在中国，最智慧最有才华的人，都在政界，都是领导，这些个艺术家，你叫他们去当当领导试试？老胡忙跟着道，是啊，还是您这最叫人敬重。只听说过领导们闲了去当艺术家的，谁听说过艺术家闲了去当领导的？

众人呵呵。宣主席缓缓地环视了一遍众人，笑了一声，道，有本事的艺术家，就是忙里偷闲当领导的。眼睛定格在郑大师脸上，把杯子举得高了一些，咳了一声，却微微压低了嗓子，道，我来提一杯吧。小叶呀，小李呀，郑大师给你们当老师，要我看，不仅是行，还是很行，最行。——在座的都是自家人，不妨先透个信儿给各位，郑大师刚经过考核，很快就是副院长了。所以啊，我提这一杯是有大名目的，这是衷心祝贺酒！

众人惊诧地哦哦哦呀呀呀着，脸上刹那间都亮亮地涂了一层该有的喜色。郑大师一边说着领导厚爱领导厚爱惭愧惭愧，一边把自己的杯子趋向宣主席，响亮地碰杯后，都一饮而尽。

请示宣主席，下面我要敬酒！叶画家高声大嗓地喊着，刚喝下杯中酒，就拎着分酒器来到郑大师旁边，脸上纹理鲜明，很激动的样子。

准——宣主席朗声道。

说说你想怎么个敬法，叫哥儿们评评中不中。老魏道。

中不中，看行动嘛。拜师酒，三杯，我先干为敬！叶画家高高举起了酒杯，酒满得顺着杯壁往下流。郑大师微笑着，慢慢站起来，似乎是有些受之有愧，又似乎是担心却之不恭。

等等，是拜师酒吧？拜师的拜字，怎么写呢？宣主席悠悠道。

叶画家拍着脑袋，骂自己昏了头，连忙做屈膝下跪状，膝盖还没有挨到地板，郑大师连忙把他扶起来，接住酒杯，饮下。叶画家连喝了三杯。又把酒杯倒满，说接下来的三杯是谢师酒。这三杯之后又再三杯，才叫贺师酒。叶画家说，这九杯酒可以用两个词来概括，那就是"九九归一"，"一气喝成"。

主题鲜明，内涵丰富。喝得好。宣主席频频点头，深深赞许。

李二两，你还迷糊着呢？老魏喊。

我蒙蒙地看着他。

该你啦。拜师，谢师，贺师嘛。照着来呀。原创不行，还不会高仿？此时不来，更待何时！老胡也喊。

快来快来，别不好意思。师兄师弟，好事成双！老魏说。

我仍然蒙着，坐在那里。

快来呀，师弟！叶画家站在郑大师身边，朝我殷殷相望。

众人都看着我。郑大师也看着我，眼睛里含着盈盈的笑意，似乎很温暖。

算了。我说。

蒜不辣姜辣，你就过来吧！老胡过来拉扯我。

我就觉得蒜辣！我一把甩开了他。

嚯，邪劲儿还怪大。老胡说。

房间里没了声音。也许是有一会儿，也许是一瞬间。老魏的笑声响起来，哈哈，他这狗样子，铁定是超过二两啦。

众人仿佛突然从哪里醒过来一样，都笑起来。

兄弟，感觉怎么样？老胡走到我身边。

蒜辣！我喊。

带他上个卫生间，去醒醒酒。老魏说。

好嘞。老胡说着，一把把我抓起来。叶画家和汝窑也跟了出来。

6

饭局这种地方，很多时候，还真像个小舞台，上了这个场子，人就跟被下了蛊一样，不知不觉地就会陷入表演。出了门，我的头立马不那么晕了，叶画家的脚步也貌似正常了起来。楼道是曲线形的，我们站在一个微凹处，叶画家点上了烟，也让了我一支。老胡去上卫生间，汝窑跟着服务员去买单。烟雾缭绕中，她的小腰左摇右摆，扭得美。

兄弟，你酒量是真不行呀。

不会喝酒，前途没有。我是个没出息的。

喜欢画画？

哪有那个才。饱饱眼福就得了。

要真想走这个道儿，就跟我一样。先开个工作室，这样好练起来。

不得先练几年才能开工作室吗？

傻兄弟！开工作室简单得很，打出了这个幌子，就有了名头儿，就好办些。艺术是个孤独的事儿，不这么烘托起来，一个人死画硬画的，可不是孤魂野鬼？

所以，你想进体制内？

体制内，该孤独也孤独。他笑了一下，体制意味的，当然不是那点儿工资，那才能顶多大用？对我来说，画画是个爱好，可也不只是个一般的爱好，而是一个泼上了性命的爱好，既然铁了心入行，我以后还真想靠这个手艺好好吃点儿饭。字画要在锅里煮嘛。不能吃饭的手艺，肯定也不是好手艺。好手艺谁说了算？还不是官家。官家盖了章，说谁好，谁就好。进了体制，成了官家的人，画也才卖得上价啊。

我竟不知该说什么了。

有空去我工作室坐坐。

好，有空去。

你这脾气，有趣。

有什么趣？

他灭了烟，没有回答。

汝窑结完了账，一摇一摆地又扭过来，在我们面前停下，也点了一支烟。

你会打麻将吧？汝窑问我。

会一点儿。

肯定打得不错。

你咋知道？

挺会杠的嘛。

我笑起来。这丫头。

画虎村的生意不好了。你猜是为了啥？她吐出一个圈。

你说。

想想时代的力量。

嗯？我更蒙了。

——正打着老虎嘛。

我又笑。这臭丫头。

我和叶画家又各自点了一支烟，三个人对着抽。烟雾缭绕中，我仿佛看见了齐白石的脸。他到底是个怎样的人？因为没有入文人画的主流，哪怕他年老时画名极盛，行情极好，他言语之间或自嘲或自傲，也都有些耿耿于怀的情绪。他甚至很容易自卑。其中有这么一件事，当他的经纪人提议将润格由五块一尺涨到十块一尺时，他很犹豫，其实他已经比很多画家便宜了——他的三尺画卖十五块时，傅抱石的价格已经是四十块。可他对涨价很犹豫，说家里还有一大家子人呢，要是卖不出去怎么办呢。涨价后卖得很好，他才踏实下来。

他也容易自得。1927年，他被林风眠聘到国立艺专教中国画，他说："我自问是个乡巴佬出身，到洋学堂去当教习，一定不容易搞好的……想不到校长和同事们，都很看得起我，学生们也都佩服我，逢到我上课，都是很专心地听我讲，看我画。一点都没有洋学堂的学生动不动就闹脾气的怪事……"后来国立艺专改称艺术学院，齐白石也变成了教授。他在自述中以毫不掩饰颇为骄傲的口气说，木匠当上了大学教授，总算是我们手艺人出身的一种佳话了。

他自是个有脾气的，却也很敏感地体察和回应着世情冷暖。初到京城时，某次，有个达官显贵过寿，他应邀去画寿像，因他穿得平常，又没有相熟的人，就没有人理睬他。他正困窘着，梅兰芳到了，看见他便给他执弟子礼，恭恭敬敬地寒暄，他的面子才圆了回来，特意画了一幅《雪中送炭图》，送给梅兰芳，题诗说："记得前朝享太平，布衣尊贵动公卿。而今沦落长安市，幸有梅郎识姓名。"

他还很封建，迷信。算命先生曾给他测八字，说他要交辰运，就让他念佛，戴金器，不见几种属相的人，他都一五一十地照办了。他家里很晚才装电灯，因为怕把雷公给引下来。八十五岁的时候，他梦见送葬的队伍抬着一口没有上盖的空棺向自己家走来，就怀疑自己寿数满了。自己给自己写了一副挽联："有天下画名，何若忠臣孝子。无人间恶相，不怕马面牛头。"

这个老爷子，他自称白石老人。自我知道他，就觉得他是个老人。他的照片，似乎也都是老人的样子。好像他一生下来就这么老了。简直可以说，他是个天生的老人。他的样貌，也真是个标准的中国老人样貌。有张照片我很喜欢，是中国最早的摄影记者郎静山给他拍的。他端坐在院子里，戴着一顶小圆帽，圆镜片后面双目炯炯，胡子雪白。还有一张照片不知是谁拍的，我也很喜欢，应该是他在作画间隙休息。他仰卧在躺椅上，认真地按摩着自己的手，长衫的袖口翻起来，内衬雪白。

这个老人啊，明明很老了，可是他的老里又有着一种奇异的生机，让他老而不朽。

7

"……主席按月增加津贴，藉以全我主席养老之大德。此外，某于往年在湖南湘潭白石铺茹家冲置有田屋，田约二百余亩，住宅一进。当时出此者，实欲于老年南归，教儿子耕种，以养某余年。不料从抗战至今，卒无南还机会。余年几何？且儿辈均侍在京，往后决令其以劳动取食，以符主席各尽所能、各取所需之旨，无须田屋。为此，拟将上项田屋全部献给国家，以便归还人民。上两项谨呈，某不胜待命之至。未缘觐见，惟遥祝主席寿并河山……"

我们三个重新进屋时，宣主席正看着手机，磕磕巴巴地念着。念完

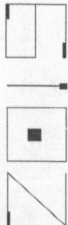

了，感叹说，出了一头小汗。

你们说，这老爷子懂不懂？

懂懂懂。

原来还是在说齐白石。宣主席说，这是1949年，被短暂冷落后，齐白石给毛泽东写的信，这封信解决了好几个问题：他在国立艺专的待遇问题，政治表现问题，乃至于老家面临的地主成分问题。

这件事我也知道。齐白石给毛泽东写信不止一封，还呈赠了自己珍藏多年的端砚、歙砚和一方圆砚。送画送印自然也不止一次，还送过《鹰图》和一副篆书对联"海为龙世界，云是鹤家乡"。1952年中央文史馆成立后，齐白石被聘为中央文史馆馆员。1953年1月，首都文艺界隆重为九十三岁寿星齐白石祝寿，周恩来亲临致贺。毛泽东事后补送四样寿礼：一坛湖南特产寒菌油，一对湖南王开文笔铺特制长锋纯羊毫书画笔，野山参一支，鹿茸一架。9月底，徐悲鸿去世，10月，齐白石当选首任全国美协主席。当年，齐白石又为毛泽东画《旭日老松白鹤图》《祝融朝日图》，上题"毛主席万岁"，又书"百花齐放，推陈出新"横幅。

所以我说，这老爷子大事明白。想做大师，先明大事！你们可都是大师呢，又指着我——你是未来的大师——大师大师，首先要明白大事。大事要明白！

不知道为什么，他的神情有些莫名的痛心疾首。

不不不，我不是大师，现在，将来，一辈子，永远都不是大师！我说。

不要谦虚。只要努力，就有希望！

不不不，我不要这希望。

汝窑咻咻地笑起来。我蛮喜欢看她笑的。

叶画家又过来给宣主席敬酒，脚步又恢复了踉跄。老胡对汝窑说，你也不扶着他点儿。汝窑很端庄地绷着粉嫩的小脸，对老胡说，扶一把容易，只是不能扶。扶了不合适。

众人看着她红嘟嘟的小嘴，静听下文。

汝窑嫣然一笑，该扶一把的，不是妾嘛。

哄堂大笑。

海参捞面上了桌，众人呼噜噜吃完了面。饭局即将结束时，碰杯。清门前酒。

现在，请宣主席指示。老魏说。

宣主席款款地站起来，声若洪钟地说，我就一句话——永远得感恩时代！伟大的时代！

感恩时代！！！郑大师、叶画家、老魏、老胡一起高喊。声音在房间里回荡。

没听见汝窑的声音，可能是太纤细了。我没喊。头晕得厉害，我喊不出来。我记忆的最后一个片段，是桌子突然高大了起来，椅子也突然高大起来。我意识到，自己倒在了地上。地毯的图案是不规则的红黑花朵，细看起来很脏，可是在贴下去的一刹那，那种感觉，真踏实，真舒服啊。

原载《花城》2019年第4期

点评

聚餐是最常见的社交方式，饭局就是一个简缩版的小社会。这为小说创作提供了丰富的文学题材和表达向度。在《在饭局上聊起齐白石》中，郑大师、叶画家、老魏、老胡、宣主席、我共聚一起，围绕齐白石这一话题，既谈风月、趣闻、轶事、官场见闻等世俗生活话题，也谈绘画艺术、历史知识、精神人格等高雅话题。在这场饭局中，吃饭、喝酒、闲谈自然是重头戏，但于吃、喝、谈中所折射出的有关书画界文化生态和士人精神风貌的描写，则是作者所要侧重展现的主题表达向度。在小说中，对吴昌硕、齐白石的生活、情感、人格、涵养以及画风的纵论，与对众人言行、世俗化心态的揭示，形成一个很有意味的衬托，即用齐白石、吴昌硕等名家故事来比衬当下众"画家"或"大师"们的卑俗、浅陋和精神上的"侏儒"。然而，作者并没有采用"正面强攻"方式对这一"主题"展开直接表达，而是以避重驾轻的修辞策略和轻松、幽默的话语风格，侧重营造一种含蓄、微讽的话语效果，从而彰显出一位优秀的现实主义小说家的独特的介入姿态。另外，这个短篇采用口语写作，语言鲜活（主要体现为对地方语言的化合），接地气，有浓郁的文学气息，因此，是对普通话写作语法和规范的一次超越。

（张元珂）

甲 岸

吴 君

我喜欢晚上的时候到各种街上，或是坐在花坛上看来来往往的人。今天我又像往常一样来到了路边，向着高尔夫球场的方向走。当然我不是去球场，我甚至连一场球也没有打过。我认为那和我在农村老家劈柴是同一种性质，累，到了晚上浑身上下酸疼得要命。

我经过那里只是到甲岸街会更近一些。

路上我遇见了一个女人把狗弄丢了，她站在十字路口，边哭边东张西望说，没有了它，我怎么活呢。我从她身边路过，看见了她整张脸，显然她是个广东人，穿得不错，只是眉宇间有两条深刻的纹路，把两只凹陷的眼睛奇怪地纠结在一起，显得不在一个水平线上面。头发显然电过，只是一看便知道很久没有打理，显得分叉太多没有水分，我猜想距离上次的好心情已经有了一段时间，正像我一样。我并没有停下，甚至她也不会认为我看见了她的脸，及她的眼神，我认为这是对她起码的尊重，免得白天的时候想起这些会尴尬。要知道在这个城市我们夜晚和白天的所作所为并不相同。

她不知道自己要去哪里，而我要去甲岸街。因为那里曾经有一座四层的小楼在我的眼前，而我没有钱买下，我望洋兴叹过。

这是我写的一首诗，也是我青春的证物。当年，我和其他人，还有次要人物薛子淮，我们就在这条街上喝啤酒，爆炒田螺、豆腐乳炒苋菜是我们必备的下酒菜。

那里快要拆了，曾经有好一段时间的寂静，甚至是大事来临前的那种窒息。强气压除了把不合时宜的蜻蜓吸引过来，还让那些身体不适的人有了某种不祥的预感。眼前那成片的老房子是本地人盖好后租给外省人的，最早的一批租客早已离开，他们是当年工厂里的管理层，再后来便是发廊、酒店的服务员和其他服务人员。据说早已被万科拍下，而拍下来他们不会马上动手，就像猫捉到老鼠那样，他们有的是时间去等，他们想等那些业主变得不再有耐心，或者变老抑或离世，到时候他们再回收一部分，要知道这个世界上还是有些投机分子，只是我们这座城市显得会更多一些。反正他们有大把的老房子等待拆迁，所以一切都无所谓。

等待拆迁后的甲岸街像是为了配合拆迁的气氛，把一条街搞得越发破落，只差个二泉映月之类，可惜的是这街上早见不着乞丐了，除了要不到钱，还会被骂一句滚，小老板们是没有耐心假装慈悲的。再晚些的时候，他们甚至心烦意乱起来，不再慢慢等死，而像那些个不再注意着装的妇女，完全破罐子破摔起来，他们的脾气越来越大，说话的时候再也不会赔着笑脸，如果不是饭菜太热，送菜的时候他们差不多就要空中飞碟了。很长一段时间，甚至连扫街的人也不知所终，两栋楼房之间的电线打结成了一条麻花辫，或是扭成一团，上面落着四处找食的麻雀。灯火通明的服装店和化妆品店都已消失，剩下一些趁火打劫的大排档和及时行乐分子，他们把桌子直接摆到了街道中间，故意拦住了行人的路，除了指派一些大胸女孩站在街上拦车，还有一些个子瘦小的青年，在路边向客们微笑，他们喜欢找一些女的，尤其是中年女性，小姐姐小姐姐地呼唤着，仿佛那个脸上长了色斑的女人们真的是他们的姐姐，而他们的亲姐姐远在故乡，或者在另一个他乡做着有钱人家的保姆，他们并不会关心，甚至已经失联多年。见到客人放慢了脚步后，青年开始向你敬礼，如果对方稍有迟疑，便在瞬间被拉进了黑暗的路边店，身体已被快乐地按下，眼前放着一张滑腻腻的菜单，而青年们已经完成了任务，他们瘦小的臀部藏在肥大的裤管里，兴奋地扭动着，准备着去拉下一个。

这样的生活我一点也不陌生，因为在文化公司上班的时候，我就住在这个街区，只是那时候街道上还能见到本地人，他们约了三五个一起去喝茶，到了晚上再打打小麻将，把日子过得有滋有味。而不会像眼下这样无所适从，仿佛是末日来临前的欢腾。当年我和三个女同事住在401，而对面是住的便是这样的一些小弟。他们普遍身量瘦小枯干，喜欢穿着窄脚而档很大的黑色裤子，脚上套了双细长的黑色皮鞋，走起路时像是童话故事里踩着月亮船的小朋友。而这些人普遍不再年轻，反倒有的已经过了三十岁，在某个转业兵或是老大的带领下，负责这一个片区的酒店餐厅歌厅各种夜场的保安及服务保障。他们住在我们的对面，如果没有打开门，并不知道406住了二十多个这样的小矮人们，他们光着上半个满是排骨的身子，下面的花底裤把他们的乡下出身暴露了。那个时候他们的白天是我们的晚上，他们的晚上，是我们的白天。每次他们打开门时，常常会出现浓烟滚滚的景象，而这样景象并不是着火了而是他们太多人同时在房里吸烟所致。

这样的事情女人们并不会去计较，反正吃就吃了，只轻轻地刷次微信，便有人在夜色里仰着笑脸对着你，当然更多的时候他们是漫无目的地对着街和云彩，这对于很久没有见到男人笑脸的人来说是一件不错的事情。端上来的是一大盘小龙虾再加个生炒牛河，就是这样的东西也才三十左右，又不是付不起，年龄稍大些的女人们笑笑就把账付了，顺便成全了不远处的小男仔完成了任务。

今晚我想去找高侠，我准备到了她家门口再打电话。等她接了之后我才动手买点香蕉和芒果。这都是我爱吃的水果，我猜她会喜欢，我不知道她有没有看过香蕉可以治疗抑郁的这个知识。她说过合同签到年底，房东就不再续了，因为整个这一片都已经卖给了万科，而她们只能离开。

我问，准备去哪里呢。

高侠说，可能回老家四川了。

我问，那里好找工作吗？

我认为高侠此刻眼神应该是躲闪的，她答，不好找吧。

我又追问，那要靠什么生活呢。

高侠说我父母亲在外面打点短工，而且我们吃得很少，应该可以的。

我说孩子到了上学的年龄了，要读书了哦。

高侠说，是啊，可能会读吧。她愿意这样不确定地说话。

我说，你也可以慢慢找点活的，你还记得我们楼上那间公司吗，原来做声讯的，现在转行也做文化公司，你都可以做点文案，当年，除了薛子淮，你做得最好。这是我一遍遍打的腹稿，我的目的是要完成她父亲的任务，劝劝她走出来见人。离开公司后，她就不出门了，有的同事说她得了抑郁症，无法工作，可是我不敢直接问。后来一次是见到她的父亲，我在商场里看见他在向外拖动一张拆开的纸箱，拉到商店一侧的杂物间里，然后踩平，叠在其他纸皮之上。他每隔十分钟需要把客人带到车场的手推车取回，重新排放好。他并不认识我，而我在高侠的照片里见过他，他的笑容特别灿烂。等他做完了这一切，我走上前与他打了招呼，我说，高老师你好。

只见他身子一颤，像个木头停了一会儿才缓缓地回过头，看了我也看了其他人，他并不确定这样称呼他的人到底是谁。

我微笑自我介绍，我是高侠的同事，公司解散后，已经好久没有见到她，她还好吗。我没有问出病情的事。曾经听说她吃错了什么药，在医院多留了几天，而我一直认为她是故意的。

对方松了一口气，脸上的肌肉似乎松弛下来，可还是有些警惕，他并拢了双脚。

我说高侠都好吗，我们是一批过来的，当时都住在甲岸，当年您在老家的时候，她还用我的电话与您通过话。

对方像是缓过来了，却并不知道我的真实用意。

我说我只是关心她，好久没有见了。

这时他才算是放松，声音也平静了许多，只是还是音量很低，与他高大的身体不太和谐。他问了一句，您也离开那个公司了？看来她没撒谎，我以为她不听话，得罪了老板才走的。

我说没有没有，合同到期，人家不签了，我们只能全都走了。

可是我听她说过你们是公司的功臣，创办了一些品牌，赚的钱还帮公司买了地，盖了新楼。

是的是的，我们当年很卖命，每个人都要拉很多广告，男的女的，除了饭堂里的阿姨。

我吃过你们的饭，还不错。

他并不知道我们吃的那些鱼连肠子都不用去除，只是被水煮死了而已。想起来胃还真是不舒服，只是当时都愿意忍，因为台里的领导给我们描绘了一幅美丽的画面。他说，到时你们每个人一间办公室，不会像现在这样窝在一起吵来吵去，让我在你们的隔壁都听得见。他继续说，窗外可以看到海，你们带着泳衣来上班，不忙的时候还可以到附近的西湾红树林边上散散步，这些我绝对不管，因为你们需要换脑子，保持愉快的心情做节目。

我们乐了，却故意嘟着嘴说，我不想再陪酒了。

知道知道，到时候，我们已经大功告成，我们只会坐在那样一个宽敞的院子里喝着法国红酒，吃着福永咸淡水交界处生长的黄油蟹和异国之鹅肝，看着天上的蓝天白云之类。

哇，我们真是陶醉了。据说总监当年是个诗人，果然讲得好。

还闲着干吗，要动起来啊，去找大款吧，把他们的钱掏出来，建设我们的美好生活。对了高侠你不要总是见那些受伤的哭哭啼啼的人好吗。他们能给你什么啊。总监突然见到了高侠，她的业绩总是上不去，每天不是守在录音室，就是听他们诉苦，你的身体也要注意了。

高侠笑着拘束地站起身。我想起那个时候她的样子。

我们是说前一段她病了，没有出去工作，只能在家带孩子，现在是我和她妈妈在外面做的事情挣点钱生活。

她丈夫呢，我曾经见过，那个时候总是带着花来公司找她。

高侠的父亲说，走掉了，出过那件事之后他不愿意留在家里。

我说，是担心高侠牵连到他？可是他算什么啊，还丢人。

他的父亲说，也能理解，男人嘛。看见她离开了公司，也没了收入，便走了，连孩子也不要。我找他谈了几次都没有效果。

我冷笑，当时他可是信誓旦旦。我脑子里还有那个家伙清晨来到宿舍站在楼下等我们开门的情景。我记得被高侠拒绝时，他哭得像个女人一样。

高侠的父亲嘴唇动了两下，没有发出声音，然后他不再说话了。他在老家的县城里是个教毕业班的老师，记得高侠还曾经把她父亲带到台里做过连线直播，当时的高侠以父亲为骄傲。

看见他的样子，我知道再问什么都不合适了。准备转身的时候，他喊住了我，说你是她同事，如果有时间你约她一下吧，她需要见人的，总是这样，我担心她坚持不了太久，不过你不要告诉她这是我的意思。

我说，嗯，高老师你也要保重。

高侠的父亲说，好的。为了孩子们我也坚持。我记得这句话是他在做那期节目时也说过的。那一次是高考前。

见面的时候，我以为高侠会隐瞒，想不到她说自己离了，在家带孩子，每天陪孩子们做游戏。她说了两种游戏的名字我没听过。她说对幼儿的成长发育特别好。这是上一次，我见她的时候她说的话，当时她的脸上没有一点忧愁，像是在说别人的事情。那一次我不知道为什么把她约到了一个听歌的地方。饭菜上来后，她甚至没有吃，只是偶尔会看一下碗里的东西，只有我递给她的时候，她才会接过来，吃得很快，几乎喉咙只鼓动一下便咽了下去。当年我和她在共同的办公室里，她坐在那里接电话，对着电话的那一方说，如果需要什么就来找我吧。电话那端是个哭哭啼啼的女人，老公把她抛弃了，留下她和一个孩子在出租屋里，她对着话筒问了一句，你吃饭了吗，需要钱吗。

她放下电话前，我们办公室里的男人们互相看了眼，低下了头。我知道他们在偷笑，高侠太年轻太没经验，不懂得怎么处理这类事情。每个值班的记者都会接到一些莫名其妙的电话，有的男人打通了电话后讲自己的创业史，情节设计得特别离奇，比如在大海里游了几个小时，然后又穿过一片沙漠，仿佛是写小说，而深圳这种地方根本就没有沙漠。还有的就是胡吹一通，他们常常把自己打扮成亿万富豪，诉说自己没有爱情的苦恼。

有个人走到前面倒水，丢出这样的一句，目的是让高侠听见，显然他在保护高侠的自尊心。如果你当真就傻了，都是神经病！

我不是没有告诉过她。有人扯了下男人的衣襟。

男人答，你不能太含蓄，就是要把她骂醒。

她想要交学费，谁也拦不住。这些男记们摇头，做出一个无可奈何的动作，引得其他同事掩嘴偷笑。后来，高侠接到了一个被家暴妇女的电话。对方带着孩子来找过她，向她倾诉自己的不幸遭遇。

高侠用自己的饭盆在饭堂打了饭，还到楼下多买了两只鸡腿。看着面前的女人和孩子大口地吞咽，她非常开心，比自己吃了还要高兴。可是办公室里的男人们没有人提醒过她应该注意点什么，他们说过只有吃过亏才会记住，别人说了没用。

女人消失了几天之后，高侠被一个男人堵在新安二路打进了医院，总监安排司机送去了一个红包后没有人再问过这个事情。那是家暴女人的丈

夫，他们夫妻已经和好，准备共同声讨这个破坏了人家夫妻感情的高侠。

她又在问人家需要钱吗的时候，男人们再次对了下眼神后各自戴上了耳机，不再理会这个傻女孩，他们要的是耳机里的世界，那是一个美丽新世界，而眼前这个傻妞已无药可救，十头牛也拉不回来。这一次女人在她打饭的时候，把她放在椅子上面的包顺走了。高侠说，那个女人不应该带着孩子做这样的事，会影响孩子的成长和内心。

在歌厅的门口，我拿着手机买单的时候，高侠对我说，我来吧，她的手伸向了腰间一只绿色的小包。说话的时候她背后是巨大的银幕，上面放着英文歌，画面上有大片草地和一个美丽的女郎。

我摆着手，说怎么能，我差点说你连工作都没有，可是话到嘴边还是咽了回去。她的自尊太强了，我一直不知道怎么与她相处，为了免除她的尴尬，我什么也没有讲。可是我一直想见她一面，想把那句话带到，怎么办呢，那句"这个世界很美好，而且还是好人多，你要走出家门，多交朋友，相信自己"应该在什么情景下说呢，我想过很久。

她不争了。那个时候已经没有公交车了，她举起手要拦的士，结果是一辆摩托车停在了面前。我担心她坐摩托太危险。她没说话，笑着嘴咧了一下，眼睛呆呆的，没有希望也没有绝望，只是睁着。米白色的裙角差不多飞了起来，而我担心那样的裙子会被绞进轮子，我的担心不是没有道理，在梦里我总是被这样的事情吓醒。

我远远地望向我的公司，原来的那个巨幅的牌子已经换了，那是我们总监写的，谁都知道他是一个自恋狂，可是他对我们总体来说不错，虽然后来我们被他开了，可是这并不是他的错，媒体都这样了，我们又能好到哪里去呢。现在台里保留了两个节目，其实都是广告，当年拉了人家的钱，节目只得这样做下去，只是为了插播广告。我记得当初那款太太口服液，老板破产了，实在没有钱，只好放了一走廊的药品做抵押，导致我们这些偷吃的女孩子个个变成了太太，除了鼻子红肿，还有身体也发福了不少。其他地方已彻底变成了一个酒桶。

眼下的公司上上下下都是我不认识的人，我曾经试着问过一个同事的名字，对方说不知道，提着自己的水桶离开了。我并没有生气，因为他的水桶让我觉得亲切，过去了二十年，原来这里还是经常停水，需要到一楼提水上去做饭或者洗澡。

在甲岸街，我后悔穿了双拖鞋，底子太薄。我的脚走在路上一直被硌着，而我忍着，快到高侠家门口的时候，我接到了一个电话。是薛子淮打来的。他还像以往那样用北京话打招呼，其实他是个南方人，只是在北京读过几年书。这一次他没有叫我大美。平时无论什么场合，他都会这样。这样一来会把我惹得很生气，因为像我这种模样并不出众的女人被这样夸张的称呼挺具有讽刺意味的。当年会惹来节目部那些女主持的偷笑，她们最愿意看见我们这些人出洋相。当然也与我们不爱打扮、收不到一束花有关。因为我们是社会新闻部，接触的东西都是垃圾问题。比如一些不敢上访的年轻人，还有被人骗了想要投诉的中年人。当年的高侠就是这个栏目的主持，她那个丈夫便是这个节目中认识的。

记得我是提醒过她的，不要太上心，这些人最喜欢表演，如果真的有钱他们不会找我们这种小台的小主持。

显然说晚了，在我还没有把之前的各种奇葩怪事讲给高侠之时，她已经光速中招。她眼神迷离，晃着身上可疑的气味对我说，不，他的遭遇太不可思议了。

是破产了吗？我冷笑。

高侠不理我，继续说，他已经很可怜了，我不能再这么问他，他从来没有得到过重用，郁郁不得志，这个世界真的欠他一句对不起。

我答得漫不经心，可怜之人必有可恨之处。

我记得说这些的当晚，她又出门了，这一次，快到天亮才回到宿舍，我猜到之前发生了什么。她像是喝了酒一样，身子差点撞到了我们衣柜的门。她一脸幸福，坐在床边很久，似乎想找个人说话，可是我不想理她。宿舍的几个人都不愿意和她说话。太嫩了，明显遇上了骗子。她只从自己的冰箱里取出黑色镂空的底裤，洗了澡，就这样穿了回来，在客厅里来回走动，求我与她说句话，她说，拜托了我真的需要倾诉啊，万水千山，我终于找到了爱情。

我以为睡过一觉之后，她会变得清醒，想不到，在刷牙之际，她凑到我的眼前，对着镜子里的我说，他说这辈子都要管着我。

我看着她，问，你怎么了。

高侠咯咯地笑着，他发现我不吃芹菜呀。

我把嘴里含着的泡沫呸到水池里，说，大姐你傻呀，这些话他不知道对多少女人说过。

她已经不再理会我的反应，说，他还给我唱了一些歌，包括英文歌。

我冷冷地说，唱得好吗，估计都会跑调，这些人做什么都不行。英文，只会两句吧。我像是先知先觉一样，一边向脸上涂防晒一边说，是你买的单吧，他一定说下次他买，决不能让你花钱，他要让你过上荣华富贵的生活，而你说永远不要与你谈钱。说完这句，我已经把高侠关在门里，下楼了。

总之我是看着这个傻妞走到这一步的。

电话里我对薛子淮说，散步呀。说话的时候我的脑子里是他那副浑不论的表情，当年他就是这样冷冷地斜着眼看着我们。

我曾经对着他喊，喂，收起你的鄙夷。

他说，我又没有看你。

现在他在电话里说，好啊，散步怎么不带上我呢。薛子淮又把之前爱调侃的毛病用上了。

我拉长了语调，漫不经心地说，好啊，你来吧，我会在家等着你，之前我经常这样说话。这也是我们部门说话的习惯。台里的前辈告诫过我们，我们全是兄弟姐妹，没有互爱，就没有伤害，所以我们可以放心大胆地调侃和调情，反正我们是不会在一起的。因为有了这个垫底，我们的言语都很大胆。甚至男人不像男人，女人不像女人。

当他告诉我他就在地铁口的时候，我还是受了某种惊吓，停下了脚步，站在马路一侧。当时鞋正踩到一块坚硬的石头上，我觉得挺好受的。我说你没事了吗，上次听说你在打官司。我突然想起了一切。

薛子淮的语调里突然间有了少见的诚恳，他说见个面吧，聊聊吧，我想听听你的意见。

像是没有经过大脑，我问，你还没吃吧。

薛子淮又转回当年，要见面，我怎么会吃饭呢，猜你会请我呀。

这回我无话可说了，那好吧。我去那边迎你，是哪个出口？我知道躲不过去的，再说了，我们已经太久没有见面，他那么老远过来，真是不好意思回绝，更主要的是我这个人有心理毛病，于是我选择向回走，这一段路被拆得乱七八糟，我担心两个人走岔了。被公司遣散后，我们各自天涯，已经很久没有见过面。记得上次见的时候是几个人都吃得狼吞虎咽，饱了之后就开各种黄色玩笑。这便是我们的特点，有时像个斗士，有时又懦弱得一塌糊涂。我看着餐桌下面，他们歪歪扭扭的皮鞋，脸上堆着笑，心里冷得要命。全是一帮破落户。不要装出文人般的潇洒和奔放来。我记得有一个人用纤细的手指夹着一支细烟，兰花指翘翘着，眼神迷离，在男人吹胡子瞪眼之际，他一句话不说，只是静静地在白白的皮肤上吹一口气，万分爱怜地爱着自己暴出青筋的细手，像个真女人那般。他们的眼睛并没有躲闪，直接爬到我的头发上，脸上，胸上和其他地方，最后落了到桌上的剩菜上面。有一个人拎着筷子，又夹起一小段带着白色猪油的扁豆放进嘴里，含着。

见到薛子淮的时候，是地铁的上拨人刚刚走掉之际，他孤单地站在楼梯最后一个台阶上，正东张西望，像个被遗弃的孩子。看见我走了上来，他又欢腾起来。他稀松的裤子没有系紧，把皮鞋的前半部分全部盖住了。他的上半身像是站不稳，贱贱地向前倾着，算是和我打了个招呼。

我沿着他讲话的习惯，什么风啊把你吹到我们乡下了。

还不是想你了吗。他飞着媚眼说。

怪不得呢，耳根子总是发热，吃什么吧，我看着不远处汽车红红的尾灯说。

薛子淮笑笑说，你的地盘你做主吧。

我们先是找了家客家菜，他说在路边再找找吧，反正我们又不急的。

我说那是那是。

又过了几个店，我说好久没有吃鱼了，太没意思。我突然想要吃一种好久没有吃过的鱼。他没有了之前的那种可怜巴巴，说太多人了，还要排队拿号，麻烦啊。说完我们又向前走了一段路，其间我们路过一间电影院，似乎门前那种出双入对的氛围影响了我们，当然我们谁都没有表现出来。

我说，看吧，我们这个地方，就是这个样子了，到处都在排队，不过下班的时候，家家都是这么闹也难说。

他说，你喜欢吃鱼，那还是尊重你的意见吧。

我说不是尊重，是无可奈何，你看这条街上的餐厅就是这样，一家比一家差。说完我们不得不掉转了头，因为前面已经没有了路，红绿灯在提醒我们再走便是机场了，那已经是另一个区。像是不约而同，我们连商量也没有，我们只得回头去找那一家。转身的时候，他的手不经意间在我的腰上扶了我一下，我装作不知。但接下来，有一小段路我们没有说话。直到见了招牌和很多人，我们才借着欢天喜地的氛围，再次说话。我说到了，真的快饿死了。

坐下来的时候，天彻底黑透了，我们似乎也安静了许多，我只感觉到脚在鞋里已经有些发胀，像是为了消耗掉过剩的激情，我们走了太多的路。

各种声音在我耳边回响，我知道那些人早已与我无关，我只想看着眼前的菜单。我想说句什么的时候，我发现薛子淮正对着我，他是故意这么做的，显然他想就此说点什么。在此之前我见过一次他的前妻，那也是我的同事。对方不仅抛弃了他，还有了更好的生活。当年，他们在演播厅里手拉着手做节目，这是台里唯一的一对恋人。总监曾经痛心疾首地说，这是破坏规矩啊！他差一点就说出这里的女人是给你们用的吗。为了让客户们对主持人抱有幻想，台里坚决反对主持人恋爱、结婚。

女人是在拉广告的时候，开始有的新生活。那时，薛子淮并不知道发生了什么，还在为女人冥想广告词，美丽看得见，现在电视广播上面到处都有的那句便是我的同事薛子淮写的。

盯着我的脸，看着我的眼睛，他一定又在脑子里搜词，想说点不一样的话。当年，他就是用这个方式来打击我的，同样的方式又勾引到了他的前妻，后来也是因为这个把前妻送进了别人的怀里。他喜欢用这种不正经的方式与我们每个人说话。这也是我们在公司的时候延续下来的交流模式。没等他说话，我瞪了他一眼说，看啥，还不抓紧点菜，说完我自己拎起一本，接着把另一本推到他的眼前，说别点太贵了。他笑了，没说话，好像我那句用力过猛的玩笑帮他解了围，我们两个瞬间回到了当年。

鱼上来的时候，被锡纸包着，鼓鼓的。像个氢气球。如果不是服务员拿着一把刀过来，我都想就这样待上一会儿，好好享受眼前的这个包装。

其间我去了一趟洗手间，回来的时候，我远远地斜了下我正在充电的手机。我的钱都在里面，当然没有密码也用不了。可是我为什么呢，过去不会这样。那时候，我们在一间大办公室里上班，每个人的包都扔在桌上或椅子上，是我太久没有见到他了。离开公司后，我们各奔东西。好多个时候走的人多，早已经没有人特别关注，就像富士康的跳楼事件会传染一样，那一年里台里走了十多位，留下的人反倒日子好过许多，所以我一直怀疑公司会解散会下岗的谣言就是那些留下的贱货们散布的。

等菜的时候，我问，你现在做什么呢，重新成家了吗？

想查户口啊，妈，你怎么开始变得越发八卦。他笑着，并不回答我的问题，反倒问起了我，你又被哪个小白脸迷住了？

我说，关心一下你还不行啊，看你混得好，为娘的我也就不费心了。我的脑子里一直是他被抛弃后的结局。

他不说话，把腿伸过来，过去的时候，我喜欢把腿搭在他的腿上，那时候我们男男女女都这样，有时总监见了，会摇着头叹着气出去，我们喜欢看见他那个样子，因为有成就感，然后我们开始大笑，觉得世界是我们的。当然世界从来不是我们的，而我们并不知道。

我们这么做只是以示放浪和不保守，不正经。另一个目的，是为了气对面那间大办公室的人们。那里到处都是美人和一些像妖一样的男主持。

你知道我们台变成什么样子了吗？

什么我们台？我说，榨干了我们的青春，剩下一堆没用的肥肉。

对对对，那该死的地方。他说话的时候，我的脑子里浮现着，很多粉丝站在台阶下等人的情景。男的女的，各自领走一批，十九区才能安静啊。这是总监对别人吹牛时说的话。

千万不要出去啊亲爱的们，人家会失望的！我们部门的人躲在办公室狂笑，那些粉丝买了花和公仔，小心翼翼地等着，就是为了见一下这些主持人，可是谁都知道会失望的，除了声音，他们的相貌可想而知。

出门的时候，我走得比较急，薛子淮跟在后面。第二次路过洗脚店的时候，我们不约而同觉得累，像是被什么东西强烈地吸了进去，然后，我失去了理智。

然后，还没有走进门，他便抱住了我，嘴也盖住了我的。

像是讨还了血债，等我们做完了这一切，身体才算是安静下来，然后是漫长的黑。

我知道他对着墙并没有睡，而我仰着脸对着黑暗，看着一望无际的天花板，听着远处的汽车的声音，偶尔有摩托车发动机的声音，是附近的初中生，他们是甲岸街头最不安分的存在。不远处便是我空旷的房间。那里面有我养着的一盆淋了太多水而命不久矣的花。

我没有想到会变成这样，我记得我们折腾的时候，他故意装出很粗暴的样子，而我配合着他，装作享受，中间的时候他问过我，你过得好吗。

我装作开心，说，当然了，你看，这是他给我买的手表，黑暗中只有它在发着光。

看到自己什么也做不成的时候他哭了，我装作不在意，可是已找不到话，我也不想安慰他，他哭咧咧地说这个年龄已经找不到活干了，谁都欺负我啊。

我闷闷地说，那也不能等饿死呀。

那倒也不至于，他像是恢复了元气，这期间他接过一个男人的电话，像是被点了穴，他点头，客气地说不好意思不好意思，我回去就做，明天早晨交给您。随后便躲到了窗口去接。像是要与我隔开，他用一个脏旧的窗帘遮住了自己的脸，那肮脏的绒布后面是他谨慎的表情。

我把脸扭向一侧装作什么也没有听见，我知道公司解散后他只能这样四处去接活。

不知过去了多久，我终于听见了薛子淮轻轻地打起了鼾，声音变得越来越大，我知道他真的睡熟了，他已经忘记了之前所有的不快。

我们是如何走到了这一步的呢，似乎忘记了我们说过彼此不伤害，因为我们是最亲的亲人，如果需要，我们要一律对外，站在对方的立场上维护自己的兄弟姐妹，我们同是天涯沦落人。所以我们无论如何投缘，我们都不会相亲也永远不能相爱，为了在这个城市扎下根，我们要忍痛互相成全。为了留在这个城市，有更好的发展，这是我们的约定。

离开前我把房费交了，押金留给了他，至少，他还有回去的路费，我不能连尊严都不留给他，要知道我喜欢他那种潇洒的样子。

路上没有什么人，只能看见远处的街道上有零星的车辆。我看见高侠那栋楼正在拆，那是她父亲给我的地址。

黄色推土机上面有个巨大的铁铲，被推到楼前的时间是上午八点零七分。显然我错过了她。我猜想此刻的高侠正带着女儿走在回乡的路上。

原来只铲了两下，便升腾起蘑菇云。只是很快，甲岸街的上空便好像什么都没有发生过，重新变出了一大片蔚蓝。

我忘记电话是怎么拨出去的，只响了一声，便听见薛子淮的声音，他像是在赶路时，人却突然停下来，身后是地铁车站特有的回声。

我壮了胆子问，我们一起创业吧。这是我们那个做的那个节目的片头语。这个嘛，你懂的。

我害怕哪个再沉默，也担心他以为我是在调侃，因为只有我不仅脾虚心也不踏实了，我知道那个虚伪的家伙，等我这一句应该有半个世纪了，而此刻我还犹豫什么呢。

我说，你不是说过我们在一起才会成功吗，不许占了便宜还想耍赖然后溜之大吉。

说完这句，我放下了电话，我努力地想象着他脸上的惊喜。

我知道，他将会在很短的时间内站到我的面前。

点评

甲岸是深圳的一个街区，其整体样貌从旧到新、内涵从传统到现代的发展历程，自然也是深圳特区发展的一个缩影。然而，在"深圳"这一现代都市空间中，感觉、体验、心理、精神等人学层面上的现代性发展，被工具、技术、制度、器物等物质层面的现代性狂飙突进所彻底打乱、压制和改写。更多的时候，前者跟着后者疲于奔命，找不着归宿。其实，作为后发的现代大都市，深圳的每一条街、每一

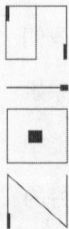

个标志性的地理坐标，都有待作家们去开掘、描绘，并在已有认知经验基础上展开艺术创造。从这个意义上来说，《甲岸》首先以对"甲岸"这一现代性都市空间属性、基本内涵和新旧形态的艺术性概括而给人以深刻印象。

小说的故事层面并不复杂：前九段以"我"为视角大致交代了昔日甲岸街区状貌、各类人特别是底层打工者的日常活动和精神风貌。这为接下来讲述昔日同事兼好友高侠的职业与人生遭际，以及"我"与薛子淮再次相逢的故事做了背景铺垫。但故事所折射出的氛围、情调、意旨特触动人心：《甲岸》不深描都市光影及其置身于其中的有关都市人的负审美、负情感世界，而是聚焦都市漂泊者的职业困境和心灵归宿，侧重表达超越现实的有关生命和灵魂的温暖、感伤、悲壮和悖论。无论对"我"、高侠、薛子淮等昔日同事间和谐场景的描述，对高侠发自心底地怜悯他人而遭受对方欺骗和毒打事件的讲述，以及公司倒闭后对其现实处境和精神状况的展现，还是在"我"与薛子淮交往故事对"同是天涯沦落人""无论如何投缘，我们都不会相亲也永远不能相爱""为了在这个城市扎下根，我们要忍痛互相成全"等主题向度的表达，都展现了作者对人、人性、人情的建构性认知与升华的人学思维和别具一格的现代性表达。

（张元珂）

化燕记

/王方晨

1

我们老实街有数不清的大院小院，长巷短弄，别说藏起一个小孩子，就是藏起一个大人，也太容易，所以，在我们老实街，孩子们捉迷藏很有意思，藏起来就找不到，而最终结局，也只有一个，自己走出来。

小孩子不懂道理，爱捉迷藏，等长大了，就不玩了。长久以来，如果我们老实街哪个孩子不见了，大人们并不忙着去找，无不相信孩子此刻不定藏在了哪院的紫藤架下，或卡墙后面，只要耐心等他自己走出来就是。

那年，石头还没上学，虽然很少像别的孩子那样喜欢三五成群在街上疯跑，但他从家里出去至天黑都没回，连他娘和他姥娘都没起疑心。

一俟下班时间，他家小卖店里，常会聚满还没换下卡其工装的爱喝酒的人。

二两小酒喝完再回家，脸上就只有美气，老婆骂了也不是真骂。

他娘走到小卖店门口朝外张望，那些人就喷着酒气说："藏够了就出来了。"还有的说："要不就去了学校。"因为人们知道，西箭道街的兰志小学已答应石头入学。石头心里一高兴，就忍不住去看学校了。

兰志小学离老实街不远，不用走到前街口，到苗家生药铺拐进一条小胡同，一直走就到。那里是兰志小学的后门，是专给老实街子弟留的。

我们岂知石头去了火车站！

从老实街到火车站，直线距离也得五六里，走普利街、经二路、过纬

一路、纬二路，七拐八绕的，少不了十里地。

编竹匠女儿鹅没带石头去过火车站，也就是说，石头从没见过火车。

这不稀奇。老实街与火车站共在济南城，没看过真火车的，却能数出不少。日子过得妥妥的，去看火车干吗呀！

过去有些家庭讲究，女人大门不出，二门不迈。李家大院的老李家，祖上虽是大商户，他的老奶奶却也是在死前一年，由儿孙雇了一顶小轿，抬了去由轿窗里看了火车站一眼就回来了。待那老奶奶死去，后人也才忽然明白，火车站那里就是火车！

老奶奶回来后郁郁不乐，后人却不晓得她的心思。别提后人这个悔。李家老奶奶不主动透露自己想要去看火车，李家后人还不把她送到火车站去哩；即便送去，也会把火车站与火车给混成一团。

这就是说，在老实街，像去看火车这样的事，不需特别考虑。好像只要生在济南，就什么都有了。

虽然没有大人特意带孩子去看火车，但孩子总有办法看到。结伴跑到北关，或者去三孔桥，几道铁轨横贯城市东西，东来西往的列车不断。

石头不像别的孩子，我们好像并不记得他娘带他走出过老实街。他与姥娘形影不离，偶尔才被邻居马二奶奶领到家里去。所以，尽管如此，一听说他不见了，我们首先想到的，仍旧只是他去捉迷藏。

随着人流，混过火车站检票口，孩子人生头一次看到了一列静静趴伏在铁轨上的绿皮火车。一个三角眼的列车员把他挡在车门外，问他是不是大人在车上，他一言不发。在全车旅客都没站出来说自家孩子走丢的情况下，延迟了近一刻钟的绿皮火车，像只大绿虫子，在他面前由慢到快，呼啸而去。

当时，桂小林跟的是济南到德州于官屯的省内短途，正准备退乘回家，就从客运值班室发现了他，说："这不是我们老实街的小孩儿嘛。怎么到这儿来了呢？"伸手把他抱起来。

短时间内，那些好心的女工作人员就已喜欢上了这个小白孩儿。她们目送桂小林抱着孩子走向火车站广场，眼里满是不舍。

我们老实街张家大院的列车员桂小林，虽然结婚有几年，但因此前当兵，延迟了生育，孩子尚在襁褓中。他抱着石头走到老实街口，鞭指巷一个认识他的人碰见就问他抱的是谁。他看石头像在怀里睡着了，就轻声回答：

"我儿子。"

路灯已经点亮。在大街上飘忽的灯影里，孩子的面庞发出白玉的柔光，桂小林迟疑了一下才没亲一口。他停在那里，目光顺着泉城路往东看去，似在辨认被挡在稠密的悬铃木树冠后面的齐鲁金店新换的招牌。莫名其妙地，我们有了一种他将继续走下去的猜测。

他把孩子送到他家小卖店，就给他娘说，石头睡了。忽然发现孩子瞪大着乌黑的眼睛，闷声不响，像在看着苍茫无际的深夜。

2

大约一年以后，这个怀藏隐秘心思的孩子，再次孤独地走向了通往火车站的路。他没像上次，去车站检票口撞运气，而是通过摸索，来到了东边不远的天桥。站在卧龙一般的天桥上，俯瞰一列列火车载着人，载着煤炭、钢材等各种货物，从天桥的一长排桥洞里络绎不绝地穿行而过。

令人吃惊的是，他摇摇晃晃爬上了水泥栏杆，并在阳光下展开了双臂。在半边巷一家浴池当搓澡工的中年人恰巧路过，一把抓住了他。

搓澡工很亲切，嗓门却很大。

"没见过这样扒火车的！"搓澡工颇内行地说，"跟我走，我教你。"

他被搓澡工带下天桥，转到威丰街。自从搓澡工抓住他，就好像没想到松手。

在威丰街走了一里多路，是一个道口。一列黑黢黢的货车，轰隆隆驶过。

"我从小就住在铁道边儿上。"搓澡工指指铁道，一眼发现手下的孩子神情变得阴郁而绝望。忽然，他好像明白过来。"你是要坐火车对吧？火车带你去远方……"他说，"火车站肯定会满足一个孩子的愿望。"

结果，孩子又一次来到火车站。搓澡工竟认识客运值班室的一个女人。

"扒火车太危险了！"搓澡工大声说，"二姑，请你帮帮忙，让这个没爸爸的小孩儿坐一回火车吧！"

"大傻子！"被他叫作二姑的女人说，"谁说他没爸爸，老实街的桂小林就是他爸爸。"

傍晚，桂小林带着石头一前一后走到老实街口，就主动收了脚步，转身弯腰对石头说了句什么。然后，我们看见那小家伙迟疑了一阵，才慢慢向街里走来。待他走远，桂小林也才极周全地迈动双腿。

后街口的老朱问他："在哪儿碰到的？"他就有意压低声音，这样告诉老朱："石头又去看火车了。"问他刚才对石头说了什么，他说："我说石头，自己回家吧。"我们都认为他这样做很对。

随后，桂小林表示了自己的遗憾：

"这孩子，不让抱！"

不过是一年时间，一个叫石头的孩子就像长大啦。

我们都说，石头看过两回火车了。我们甚至又很快忘掉了石头去看火车这档子事儿。还是那个原因，在老实街活得妥妥的，看啥火车呀！

只是到后来，我们才知道这个叫石头的孩子，心里竟有许多阴暗古怪的念头，在像野草一样疯狂生长。即便又过了一个星期，石头在趵突泉公园东北角的石矶上失足落水，顺着泉水汇成的护城河，一直漂到大明湖西水门，我们都没想到这孩子会有怎样的心思。他仰躺在一团翠绿的水草之上，没有挣扎和呼叫，只有一张雪白的面孔露出水面。

这一回，是铜元局后街一个捞水草喂金鱼的老汉救起了他。老汉把他放在水边的石头上。他浑身湿漉漉地坐在那里，神色出奇地平静，眼睛半睁半合，目光被澄澈的水流牵引。水流之下，柔软的水草绿得发黑，神秘地摇曳，好像溺死者的头发。他被泉水浸泡过的面孔更白了。

老汉一时问不出他的姓名和住址，就对别人解释说，他以为自己捞到了一条白色的大金鱼，没想到是个孩子！

"谁家的孩子？"老汉焦急地吆喝起来，"谁家的小白孩儿？"忽然莞尔，

"没谁要我张十三可就要啦！"

对于石头的落水，黄家大院芈芝圃老先生的儿子芈老大格外痛心，因为他曾当过兰志小学的校长。

兰志小学向来注重学生的安全问题。实际上，每年，每个学期，每个假期，济南市区各大中小学校，都会发生一两件惨痛的学生溺亡事件。芈老大出任校长期间，对禁止学生离校期间在没有大人陪伴的情况下去大明湖、护城河游泳一再强调，所幸没出过意外。

芈老大卸任经年，按常理不在其位不谋其政，但芈老大当天就去学校找了现任校长，大有问责之意。

然后，又回到老实街，去了鹅的小卖店。

"我去了学校，"他郑重其事地告诉鹅，"安全问题一刻不能放松。如果我们大人不能保证一个孩子的生命安全，那将是……"

"是他不小心。"鹅宽慰他。

"安全问题应该每堂课都要讲。"他再次强调，"保护好孩子是我们每个大人的责任。"

"他肯定是踩滑了。"鹅说，"塑料底的凉鞋就有这一样儿不好，见水打滑。我要再给他买一双胶皮底的。"

老校长将信将疑地看了鹅一眼。略停，咳一声。

"连你我也要批评，"他说，"对孩子不能掉以轻心！"

他不当校长后，在老实街很少以这种口气说话。小卖店里还有别人，听了却也都不觉得有什么突兀，也就都说："芈校长说得对！您是个好校长。"还有人想起把石头从水中救起的张十三，说他好笑。

张十三以为自己白捡了个孩子！

鹅对老校长保证，以后不让孩子出去乱跑了。别人要请老校长赏脸喝一杯，他说不喝，也就告辞了。鹅把送他到街上，返回小卖店时，嘴角好像凝着一抹笑意。

一个漂亮男孩顺水漂流，被清洁的泉水洗得更加光洁白嫩，然后又安然无恙地回到他出生并生活的老实街，我们只是想一想，就陡生一种轻盈而舒畅的感受。我们不仅为之庆幸，更觉得这很美好。

实际上，从这个男孩出生之日起，我们老实街的每个人，不管老少，男女，就都觉得老实街不一样了。

姜嫄履帝迹而生后稷，我们甚至相信，编竹匠的女儿鹅果真在街口的涤心泉边践石而娠。

3

印象中，编竹匠临死前几年变得很倔。他坚决不与任何人说话，每天只顾埋头摆弄他的编竹匠三件宝：锯子、拉钻、劈竹刀。

那几年，他做了无数的竹椅，大大小小的，有扶手的，没扶手的，有的能坐人，有的纯粹是个摆设。不是没人问他做这么多竹椅何用，但他不答。

他已经哑巴了，也不再抬头看人，连他老婆、他女儿、他外孙，都不看。他的家里，却一直响着鹅的欢笑声。

诞下一子的鹅，脱去了未婚女性的羞涩。从街上，我们就能听到她在家里笑声响亮地教石头说话。

"点，点，点磨眼，磨眼里面有麸子，伸手抓住个小夫子！"她给石头念儿歌，"骨碌骨碌锤，骨碌骨碌叉，骨碌骨碌一个，骨碌骨碌仨。"熟练得像个老妇。但是，我们也很少听到她娘的声音。

只要孩子不哭不闹，这整个家里，就好像只有鹅一个人。

编竹匠一死，鹅就不再去帆布厂上班。

一年后，小卖店开张。也没什么好卖的，起先只不过是些针头线脑，油盐酱醋，除了特意留下供人休息的两三把竹椅，已找不到编竹店的痕迹。

我们从没见过她娘抱着石头出门，但是她会把孩子抱出来，站在店门口，跟人说话。

这的确是一个好看的男孩子，鼻子是鼻子，眼是眼。我们不必掩饰爱心，特别是那些生育过的女人，就像对这孩子爱不够。

"像鹅。"这是她们一致的评价。

看看孩子，再看看鹅。

"鼻子是鼻子，眼是眼的。"她们这样夸赞。

真的，她们是再也找不到更好的赞语了。

不光我们老实街的人待见这个孩子，老实街之外的人也喜欢，比如历下区政府管招工的常主任。他会隔三岔五地来老实街，见到鹅就说：

"给我看看那个招人待见的小家伙儿。"

有人撺掇鹅让孩子认他干爹，他也乐意，鹅却说，莫非不是干爹就不疼了？

依着我们，还是认了好。老常本事大，孩子吃不了亏。但是实话说，鹅也是个有脾性的，她不想让孩子认，自有道理。

一转眼，与石头同龄的孩子即将入学，石头却遇到了一些麻烦。我们暗暗着急，包括芈老大。

很多情况下，着急也无济于事。手眼通天的老常知道后，破口大骂，娘希匹！黑着脸从小卖店走开了。

我们说不清楚老常是否给帮了忙，反正两天后，就有兰志小学的一名老师，前来鹅家里，主动给石头做了入学登记。似乎是在这一天，我们才得知石头也有个学号。

石头姓唐，叫泉生。这名字好！

我们老实街除了涤心泉，还有那些个灶边泉、墙下泉、楼下泉，清泉水滋养了世世代代的老实街人，可不就是因泉而生吗？我们没问鹅是请哪位高人给起的，或许就是鹅自己起的呢。

但是，我们更乐意叫他石头。唐石头。

那天，鹅送石头去上学，街坊们见到了就跟他们母子打招呼。

你知道的，我们老实街人做事，向来讲究分寸。我们的语气里绝对不会让人听出过分的欣喜和诧异，就像鹅送石头去兰志小学上学，是再寻常不过的事情。

上学总会有好处。万万没想到，短时间内，几乎在两三周之内，石头身上就发生了巨变。打杂、斗拐、滚铁环、下四棋、摔片将，种种游戏都学会了，而且每次都会玩得不亦乐乎，尤其热衷于捉迷藏。

要问我们老实街的男孩子玩起来与别处有什么不同，那就是老实街的孩子总会文雅一些。据说多年以来，我们老实街的男孩抓周，抓到印章、经书，以及算盘、账册，笔墨、纸张的时候居多。

在我们老实街，从前街口，到后街口，其实并没有多少遮挡。街道两侧除了房舍就是房舍，树也没几棵，街上走过一个人，全在我们的视线之下。

我们的院门是敞开着的。那些小孩子在街上走着走着，忽然不见了，不用问，这是钻到了谁家院子。不是因为这些孩子，我们似乎还不能了解自己的居所。

拿开放在影壁下的簸箕，发现基座石上紧靠着一个蜷成拳头的小孩儿，正咧着豁牙的嘴，无声地笑。

人老眼花又多疑，总觉得哪里不对头，走到墙角将一挂被丢弃的"富贵双全"额枋一掀，又是个小机灵鬼！

一抬头，"砂锅套"花墙上耷拉下来一条小腿，赶紧叫骑在上面的孩子下来。花墙禁得住人来压？小孩儿也不行！

扫着扫着院子，忽有一颗弹珠从西厢屋顶滚落下来。手搭凉棚，一瞧，象鼻子屋脊后面，趴着个小孩儿，正从花瓦之间的孔隙往街上偷窥呢，着实让人捏一把汗。

苗家大院张树家在吃晚饭，不时听到里屋覆棚子上传出窸窣声。

张树的娘抱怨道："你说说，老鼠是怎样爬上去的？"张树的爹吩咐张树，明天下班路上捎点老鼠药来。

话音未落，只听"咔嚓"一声，覆棚子破裂了。一家人忙赶过去，打开电灯，就看见石头的半个身子吊在覆棚子的破洞里，吓得人倒抽口凉气。张树没有耽搁，拖过一张椅子，踩上去，将他解救下来。

不是因为这些孩子，平时哪有人会对那些司空见惯的物事多看一眼！

像别的母亲一样，鹅也要出门找孩子了。

"见着俺家石头没有？"

那些跟石头一起玩捉迷藏的孩子正要散去。"我看他去了张家大院，"一个孩子说，"上次他就躲在小华家的咸菜缸里。我看过了，没有。"

有大人劝鹅，不用找了，他总会自己出来。

"只要没出老实街，你就放心。"

"这样淘呢。"鹅说，也像别的母亲那样抱怨，将双眉微蹙，眼波里却漾出盈盈的笑意。

"鹅，你不要吓唬他。"我们这样说。"小孩子家，没有不淘的。淘着淘着，就长大了。"

这是实情。

4

我们从来没有像这段时间一样，认为石头跟别的孩子没有什么不同。

有个事实，我们也从来不谈论鹅是位单身母亲。

也就是说，石头没有爸爸。

嗯，践石而娠嘛。信不信？反正我们信。

可是，看着石头跟别的孩子玩在一起，我们都会油然想到，他家里正坐着一位爸爸。这个爸爸举止斯文，头发乌黑，眉如刀裁，凤目隆准……我们暗自以老实街最优秀的青年男子去摹画他，说他像桂小林，可他不像桂小林那样敦壮；说他像李家大院的李汉轩，可他比李汉轩肤色匀净；说他像张树，可他比张树骨相清奇……他与鹅是对如花美眷，你恩我爱，相敬如宾。不错，没见他出过门。他若到了街上，每个人都会被他的光芒刺痛双目。若想去鹅家探个究竟，还是趁早作罢。

石头藏起自己，最终自己走出来，悄悄走到那些正在做事、正在谈论，正在出神、忧叹、欣喜的人身后。即便他的母亲在街上来回找了他两三趟而一无所获，我们也不会想到他去了火车站。

唯一的一次，是因他藏在穆氏兄弟家而走不出来。穆氏兄弟俩与世人向无来往，常年院门紧闭，也不知他是怎样走进去的。

穆氏小院深处在吴家纸扎店后一条小巷的尽头。那小巷顶多两米宽。因人迹罕至，墙根下都生了茂盛的艾蒿、扫帚苗，不期然就会窜出一只野猫。还有人说从这里看到过黄鼠狼和狐狸。黄鼠狼和狐狸走出巷口，就摇身化作老翁老妇，大模大样从街上走过，在贪玩的小孩儿头上拍一下，小鹅不见石头回家，出来找。

我们还是那句话，藏够了就出来。还有的说，不定在谁家饭桌上呢。这种事不是没发生过。

可是，到了晚饭后还是不见石头的人影儿，我们也跟着急了。

"石头！石头！"

我们沿街呼唤，挨家挨户帮着找，却都想不到去穆氏兄弟家看看。

过去有小孩子藏在墙旮旯儿，不知不觉就睡着了。白天，暖和，就都不怕。现在是夜晚，天又冷，睡在地上恐怕睡出病来。

时间就这样白白流逝。有人看了一下表，是晚上十点半。

鹅有一阵子没说话了。天黑，我们也看不清她的表情。

"你别急。"我们说。

忽然，有人示意噤声。我们往纸扎店后面黑黢黢的巷口看去。那里倏忽一闪，就好像跳出个什么东西来。就地一滚，却是一个人形。

我们都愣住了。人形慢慢向前走去。留给我们的，当然是一个茕茕孑立的背影。从这背影看，他再不会是别人！他就是那位幽居在家里，从未被我们有幸一见的鹅的郎君。

那样清寂孤冷的背影，却似安适如常，全不想到背后会有很多人在看。他是径直往鹅的家走去了。

过了好大一会儿，我们才回过神，同时也才看清在他的腿旁跟随着一个矮小的孩子。

说实在的，我们都不相信这会是六十多岁的穆大，只能说明当时我们眼花了。他把石头送到鹅家的院门外，就转身走开，也并未原路返回，而是走向了老实街街口。等我们走过来，再往街口一看，明明是一个年轻的背影，却像一朵昏暗的灯焰，"噗"的一声，灭了。

对着空无一人的街口看了半天，我们才感到自己的心跳。

这很怪异不是？本来，我们对鹅和她的儿子有话说的，一时间却都缄了口，也就各自走散。

从这天起，虽没人说出来，但一想到鹅家里的男人，就不再去联想桂小林啦，张树啦，李汉轩啦。

我们都去想穆大，当然是年轻时的穆大。他的外号叫阿基，他弟的外号叫米德。可以说，兄弟俩是我们老实街的异己分子，从来不像我们老实街人，相互打成一片。

在我们老实街，穆家小院是唯一的神秘所在。

对穆氏兄弟的生活，我们所知寥寥。穆大阿基从省医科大学退休，也才是四五年前的事，可我们觉得就像过去了一个朝代。退休当天，他走进小巷尽头他家那座小院落，就像走进了时光的隐秘之地，而且一去不返。他的弟弟穆二生来有毛病，也很少在街上露面。依大家的说法，穆二米德是在家里"炼丹"。量筒，烧杯，长颈漏斗，老实街上不少老年人都是因为穆大，才见识到这些实验室里使用的玻璃器皿。在上中学的时候，穆大给弟弟带来第一只蒸馏瓶。从那时起，穆大就开始为弟弟打造一个化学实验室。

阿基、米德并非尘世之人，这是我们老实街人的共识。

但是，那个每逢春夏之交就紫藤怒放的小院，看似被我们遗忘，实际上一直都在被我们看到，我们也一直没有想象出小院里的生活。

很多年来，几乎没人走进那座小院。并非因为兄弟二人不亲善，而是我们向来不想去打搅别人的清静。石头的闯入，依我们看，不过是一个顽童的躲藏游戏，我们并未在意。

一直到第二年清明过后，我们才发现事情顶有意思。这期间，我们像患了重度疑心病，总感到自己身前身后躲藏着一个孩子。

明说了吧，那就是唐石头。

老实街上似乎还没有哪个孩子会像他那样疯狂迷恋捉迷藏。

历来没有。

不管是吃饭还是走路，我们忽然就停下来，往四周打量，好像那孩子就藏在某个角落。草棵里，杂物堆里，哪里不能藏下一个孩子？夫妻说着话，忽然就住了口。墙角床下，衣柜后面，都似乎有个小孩儿影子。

不要怪我们多疑，一转头，就看见那母亲走过来；或者侧一下耳朵，就听见鹅在街上叫：

"石头，石头，回家吃饭啦！"

可不，石头又藏起来了！

我们根本不能断定一个从小就没有父亲的孩子，究竟藏身何处。也就是说，这个心思隐秘的孩子，好像一道幻影，在我们老实街无处不在。

"石头，石头！"

老实街上好像只有那个单身母亲的声音在响，也好像忽然之间，我们发现自己有一会子不说话了，而且说话的时候，好像耳语。

时常，我们暗暗使着眼色，甚至打起了手势。

5

过了清明，天气渐渐暖和。我们心里说，嘿，又该闹腾了！

"绿杨烟外晓寒轻，红杏枝头春意闹。"不光红杏闹，芦芽儿，草芽儿，柳芽儿，都闹。还有猫儿狗儿的，燕儿虫儿的。

人儿也闹，大人矜持，你轻易看不出来。小孩子闹在外面，我们含了笑意地看。从一脱了棉衣，小孩子就撒欢。

我们说闹腾，就是说这些小孩子。其实，我们很爱看小孩子闹腾。

看来看去，看出了名堂。街上跑的孩子们中间，并没有石头。

那个单身母亲，又开始沿街呼唤了：

"石头，石头！"

我们还是那话，他总会自己走出来。

可是，这些日子，在张家大院我们没见着石头，在王家大院、苗家大院、张公馆也没见着，石头就像消失了。

一抬头，我们又看见了他。

在胡家大院的院墙下，一个小小的身影在慢慢朝前移动。这是在老实街吗？仿佛是在另一个地界，与我们相隔甚远，也与我们无关。

没人怀疑他是从穆宅出来的。他人小，却分明有些穆大阿基的形影！我们的心轻轻"咯噔"了一下。当然，我们尚未感到明确的担忧。

"石头……"那单身母亲，已不由得把后面的话咽了回去。

坦白地说，我们是迟钝的，但毕竟得知了那孩子的去向。只要得空，他总能走进神秘的穆宅。

你会问，那对怪人难道向他敞开了院门？才不呢。除非穆大阿基出来，院门一天到晚紧闭，整个小院像座古刹，像座废墟，坟墓。即便你大睁了双目，也只能看到那小小的身影在院门前轻轻一晃，就倏然不见了——确乎走了进去。院墙里面的事情，我们不得而知。那里也总是静悄悄的，好像空无一人。起初我们还以为自己花了眼，事实却是，你不可能在张家大院、王家大院找到他。

他是藏起来呢，还是成了穆氏兄弟的座上客，这是我们思考的问题。最终我们相信，他只是躲藏在了穆宅的一个阴暗角落，因为每次看到他走回家去，身上都会有土，甚至还会沾着几点青苔。

穆家的小院，一个石桌，两个石凳，一架紫藤，我们好奇他能藏在哪儿。

当然，我们是不能张口问的。对这个孩子，我们总是很谨慎。

到底还是芈老大，出于关心，在一个夜晚避开所有人的耳目，打破常规拜访了穆氏兄弟。此事的真伪从来就没有得到过证实，我们却对芈老大那几天失神的样子记忆犹新。他在院子中的玉兰树下不停踱步，还不时走到院门外，朝街口打望，像迎候什么客人似的，可是手里却拎把水壶，又像要去涤心泉汲水。

这一天，一大早，芈老大就开始在吴家纸扎店附近徘徊。

我们早看穿了他的意图，但我们不说。那些孩子只顾沉浸于自己的游戏，街上响着他们杂沓的脚步声，我们的目光也只在芈老大身上。

黄昏时分，石头无声地走出了家门。还从来没有像今天一样，一副与他年纪不相符的孤单单的模样，猛地击中了我们的心。

果然，他没有加入那些毛孩子的游戏，而是像一只过早离巢的蝙蝠，乘着微暗的余晖，朝着穆宅方向，慢慢地移动过来。在发现守候在纸扎店附近的芈老大时，他很明显地踌躇了一下。

芈老大挡住了他，并弯腰捉住了他的小手。如果听不到他们的谈话，你会以为芈老大在亲切地对他说："孩子，来跟我做个顶顶好玩的游戏吧。"其实他在问那孩子是否知道自己是谁。孩子没有回答。

"我是兰志小学的校长。"

芈老大直截了当并非多此一举地告诉孩子。他只是一名退休的老校长，平日从不向人提及自己的身份。现在，他不失温和地对孩子说：

"唐泉生小同学，学生应该听校长的话。去，去跟小朋友们玩！"

石头显然只想做他一个人的游戏。他就像什么也没听到。

一个毛孩子满头大汗地从他身边跑过去，又一个毛孩子疯跑过去，还跑过一只凑热闹的大黑猫。

我们略一恍惚，就觉得他从自己被阻挡的身体飞了出来。他穿过了老校长，同样也可以穿过老实街每道砖石垒砌的墙壁，而且不必再迈动小腿，因为他像影子一样轻盈，可以随意去往大千世界任何一个角落，但他此时只要去穆宅。在那里，他可以巧妙地隐蔽起自己小小的身体，静静偷窥一个古怪的老男人，或被老男人像对遗失的儿子一样接待。

不可否认，在我们的想象里总是有一些妄异的成分，连我们自己也不一定相信，甚至不过是一想到就觉得于德有亏，亦便随即给捺住了。

事实证明，想象与现实该有多大的距离！

这个世界，丁是丁，卯是卯，坚硬如常，性质稳定，即便对一个孩子也丝毫不可能更改。

我们亲眼看到石头并没能冲破芈老大的阻碍。他尖叫了起来。与此同时，好像有个黑黢黢的大家伙，"扑通"一声从半空掉到当街，在青石板上摔了个半死。它龇牙咧嘴地挣扎着撑一下胳膊肘，试图爬起来哩。我们还确信听到了纸扎店里的纸张所发出的簌簌声，好长一阵都没有消失。

纸扎店外面，已经热闹起来，好像那些纸人呀，纸马呀，也都跟着站到街上来了。傍晚的空气里，还浮动着一些白色纸花的影子，不时地碰触到我们的面孔，竟然凉丝丝的。

老校长还在紧攥着石头的小手，那些机灵的孩子见状也走上来，热情邀请他一起玩耍。

出乎我们意料，老校长并没有把石头的小手递过去，而是急切地拉起他往他家走了。我们隐隐感到老校长的举动有些蛮横粗暴，因为石头的身子禁不住打个了趔趄。老校长虽已年逾花甲，但石头毕竟只是个六七岁的孩子，无法跟上他的脚步。

对于石头的激烈反抗，我们一点都不吃惊。

刚走两三步，石头就突然对老校长发起了攻击。从他的动作来看，几乎是穷凶极恶了。管你是老校长，长辈，管你于己有恩，向来脾气和善，心地不错，简直就是狂乱地又踢又打。一只手被老校长攥住了，他就用另一只手，并配合以自由的双脚。别小看一个孩子的力气，踢打在老校长身上，顿时发出"噗噗"的响声。

老校长没有还击，也没有躲避，但他似乎更坚定了。看得出来，他就是要毫不含糊地把这孩子从纸扎店和纸扎店后的巷口拉走，亲自护送到他的母亲身边。

"这孩子，这孩子。"我们纷纷跟在后面说。还说，"这都是为你好。"并不是责备他。

一个懵懂无知的孩子，自然难以领会老校长实际上是在帮助他离开人生的危险之地。而当我们看到鹅从她家小卖店飞奔而出时，我们仍旧不由得倒抽口冷气。

目光一扫，竟又看见了下班回家的桂小林。桂小林显然也已发现了被老校长拉得叽里骨碌的石头，他也向我们飞跑过来。

一时间，我们很难说清这两人的同时出现，究竟意味着什么，但耳边似乎早已听到了孩子凄厉的呼唤：

"妈妈！"

那位母亲尚未弄清街上发生了什么事，带着一脸的暴怒和震愕之色。老校长忙收了脚步，那孩子眼睛黑黑地紧紧盯着母亲，小小的身体则一个劲儿地搐动着，一声大哭马上就要爆发出来。

可是，突然间，他将目光转向了母亲身后的桂小林。

那样的眼神，真的令人难忘，就像被捕兽夹夹住的狼崽子，在即将噬断了那条被夹住的腿之际，方才等来解救自己的老狼。

老实街上暮云翻滚，发出烧焦的气味。

我们屏息着，却只是听到了一个模糊的嘟囔似的声音：

"火车。"

6

这都是多年以前的事情啦，我们老实街人亲眼看着石头长大成人，娶妻不久就生了个女儿，还在一家贸易公司找到一份好工作。如今，老实街被埋在了一座大型超市下面，当年朝夕相处的街坊邻居也都已四散在城市各处，那天傍晚芈老大究竟对编竹匠女儿鹅说了什么，使她瞬息间平息了怒火，我们更不得而知。

芈老大放开了石头，然后镇定自若地迎着那母亲走过去。他们很近地站在街上轻声交谈，似乎为了避免挡住别人的去路，还有意往墙根挪移了两步。

渐渐地，他们变成了两个黑影，只能看出轻微的动作，好像两张薄薄的黑色剪纸。显而易见，讲述者和倾听者，都是同样认真，亦不失虔诚。

老实街这一带，不管是在狮子口街，还是旧军门巷，谁都知道，芈老大不光当得好校长，还是名好老师。作为一名有口皆碑的优秀教育工作者，芈老大可谓桃李满天下。每逢年节，常能看到有人提着礼物来老实街拜望恩师，为我们老实街人所钦羡。

太阳已落山，老实街成了一道幽深的沟壑。

一转眼，石头不见了，连桂小林也没发觉，他已经默默地独自走回了家里。

直了说，这不是一件令人愉快的事情，但我们并未就此罢休。现在来看，这更像是对一个孩子的围攻。事实上，围攻已发生了很多年，几乎从他降生之日起，甚至从他的母亲，再也不能用衣襟掩住自己渐渐隆起的肚皮。

每思至此，我们却又感到怪委屈，因为你不可否认我们对他的好。老实街上，不拘老弱妇孺，全都打心底喜欢这个孩子哩。

穆氏兄弟独来独往的生活由来已久，尽管我们对此向来没有腹诽过，但我们的提防之心的确已在这一天被明白唤起。谁都不傻，想起事来呢，却不见得那么清楚有劲儿，大多数时间我们都是近乎萎靡的，懒洋洋的，迷迷糊糊的。

这下好了。接下来，你看，我们恨不得等那孩子一出门就把他抱起来，直接送到兰志小学去，也恨不得一放学就把他抱回家里。他想要去那个阴气侵骨的穆氏小院，或者在纸扎店附近多作停留，那是不可能的。

我们会和颜悦色地指着在张家大院门口、在涤心泉旁、在无敌照相馆台阶上玩耍的孩子，说：

"去！"

他是我们老实街的孩子，必得回到老实街的孩子中来。我们老实街的孩子会玩的游戏很多，打杂、斗拐，都有意思，而且我们老实街的孩子又守规矩、知大小，不会疯起来无法无天，终究会成为一个个文质彬彬的正人君子。

在大人的暗中支使下，那些听话的好孩子就主动去找石头玩。他们从小就显示出了足够的技巧和耐心，循循善诱，简直就是一个个天生的小大人儿。

"石头，去我家搭积木吧。""石头，下四棋吧。""老鹰捉小鸡吧，丢手绢吧，砸沙袋……"有的孩子还带来了自己珍爱的玩具，活眼跳蛙，铁皮鼠，铁皮啄木鸟。甚至一个十岁的孩子拿了一副浸了桐油的扑克牌，要跟他玩最简单的"打娘娘"。

后街口老朱给孙女买了一只胶皮大天鹅，她抱到石头跟前，一再恳求他：

"捏一捏，石头你捏一捏嘛，一捏就响。"

当然啦，少不了邀他一起捉迷藏。

我们承认，那段时间，我们简直已被一种我们驾驭不了的力量所控制。只要石头一出门，我们就能从冥冥之中得到感应，立马放下手中的一切活计，放下那些锤子、钳子、钉子、锯子，放下菜刀、铲子、盘子、碗，或放下秤杆、算盘、书本、笔，或中止交谈，然后走到街上。

好像因为我们的目光，天空更明亮。

"上学去呀，石头。"

我们从来没有像现在一样对一个孩子客客气气。

"放学了，唐石头。"慈爱在我们脸上流淌。

不需说，这让我们很受用。

略有遗憾的是，这孩子似乎总是在大人面前睁大着眼睛，直直地看，又像什么

也没看到。

阳光强烈，因为时已入夏。

济南的夏天，颇有些干燥，每天都是大太阳。大人都恐灼伤了眼睛，本能地将
眼眯了些。而在孩子们面前，他却总是微微眯着的。

我们还没见他接受过孩子们的邀请，那些玩具还没对他产生足够的吸引力，
实际上在他家的小卖店里也能找到。

他把两眼眯缝起来，会让人想到，他不是小孩子了，自然不屑听小孩子讲话。
他会不是小孩子吗？

百密一疏，我们不能断定石头没有再次到穆氏兄弟身边，但他的确在我们一无
觉察的情况下独自去了天桥。桂小林把他带回老实街，我们为之庆幸。有人想起不
久前那个春天的傍晚，他曾小声嘟囔，"火车"，遂有了恍然一悟之感，就笑说：

"这是个小火车迷嘛。"

随后，人人又都有了愧疚。我们为什么不知道一个孩子会爱上火车？前有李
家大院的李家老奶奶，后有编竹匠女儿的儿子，这么一个小小的愿望都不能得到
满足。

常主任在场。

"鹅，我得批评你。"新婚不久的常主任直言不讳，"怎么就不能抽出空来带
孩子去看火车？"

"桂小林同志，"芈老大也很严肃，"你是列车员，有条件让我们老实街的孩
子了解火车知识，但你什么也没做。"

桂小林连忙笑称是。

"你明天上班，先去请示铁路局领导，看能不能帮兰志小学组织一次学生社会
实践课。"

芈老大当即吩咐道。

可是，我们都由不得脸红起来。不曾去火车站见识火车的老实街人，还有没
有？嗯，大人忙些，让小孩子带石头去三孔桥或去北关，总还可以。我们讪讪的，

竟有些不好意思看人。

那孩子闷声不响，两眼微微眯着，睡意蒙眬，就像我们在谈论别人的事。

7

我们从来没有怀疑过芈老大，因他是公认的儿童教育的行家。再想想春天的傍晚，那位从小卖店飞奔而出的母亲的暴怒吧。想想那样令人不寒而栗的暴怒，又怎样在芈老大跟前瞬间雪释冰消。

说不出从何时起，我们已看不到鹅的儿子睁大两眼的样子。本来他的眼睛生得又黑又亮，但他却开始习惯于眯缝起来，好像总也睡不醒。他完全收了那种让大人隐隐感到被无礼触犯的直直的目光。不论面对何人，一律半垂了眼帘。

对此，我们似乎有些吃不准。说他是大人，他显然不是。说他是小孩儿，好像也还不是。他不再跟毛孩子玩耍，而且一天到晚一声不吭，无精打采。

石头比老实街的任何孩子，都更早地结束了捉迷藏。一列大火车代替了所有的童年游戏。谁知道呢？一个毛孩子的心思，倒是不好小瞧的。

那么，护城河里也跑火车吗？除了芈老大，我们都把石头失足落水当成一件轻松的笑谈。铜元局后街的张十三老汉，还专门来老实街看过他。鹅以儿子的恩人视之，对他千恩万谢。许多人聚在鹅的小卖店，听张十三绘声绘色谈论从河水里捞起石头的情景。

"我这么一捞呀，谁想到会捞到一个小白孩儿？"他说，"没有水草托住，他也沉不下去。这么白的小白孩儿，可不就是一条白色的大金鱼吗？"

我们哄堂大笑。河里翠绿极了的水草，澄澈极了的泉水，水面上漂浮的孩子像条大金鱼……每个人的头脑里都描绘出了这样一幅魅人的画面。

"摆摆尾巴，摆摆尾巴。"我们逗那孩子。"摆摆你的大白尾巴。"

张树的爹笑盈盈地问道："石头，看没看到水底下有辆大火车啊？"难为他年纪老大，还有些讨好地念了一首童谣："火车火车呜呜叫，穿山洞，过铁桥，'卡七卡七'，到、站、了！"

小卖店里其乐融融。尽管那孩子不给我们摆他的"大白尾巴"，只顾闷头不响，好像把自己失足落水这档子事儿给忘了，但我们毫不在意。

向店门外一扭头，我们就瞥见一群翻飞的燕子。

那天正午，我们老实街的上空飞过许多燕子，就像我们老实街连片的屋顶是一个大湖，美好的燕子们在波光潋滟的湖面上戏水。直至黄昏时分，巨大的燕群消失，又好像每只燕子都在老实街的屋檐下找到了自己温暖的巢。

不瞒您说，我们老实街居民的道德自豪感源远流长。子曰，老者安之，朋友信之，少者怀之。我们老实街，可不就是这样一块人间福地哩！在老实街，每个孩子都是我们的心肝宝贝儿。

嗯，的确不知从何时起，鹅的儿子变得不大搭理人，而且我们断定这并非因为羞涩，也并不使我们对他的关爱减弱半分。

瞧，鹅在她家小卖店，在人们谈论她的儿子时，发出欢笑的样子，多么像是一位幸福的母亲！

实际上，我们好像早就见惯了这样的唐石头，眼睛半闭半合，神色平静，不爱说话。对了，在我们老实街，自古礼字当先，你从不会找到一个无法无天的野孩子。蓬生麻中，不扶自直。不过，看他悄没声儿从街上走过，我们还是不时会想起前不久的那一点点困扰。

在老实街，历来有谁曾像唐石头，那样地深入我们的生活，不可捉摸地在我们的头顶、背后、脚边、床底，隐蔽或出现？你得承认，哪人，哪户，都不免有点儿小秘密哩。

这个夏天，多么美好！明亮，干爽，一天到晚总有小风儿在吹，涤心泉也在源源不断地向我们老实街播送清凉之气。

直到六月底的一天下午，接近兰志小学放学时间，离天黑尚早，鹅的邻居马二奶奶搬了个小马扎，坐到院门外的阴影里乘凉，从后街口走来一个陌生人。搭眼一看，像是刚从汇泉池泡了一天澡。等他走近，以为他要问路，他却又像走进一处禁地，张皇地躲开了视线。

这时候，已有很多人围上去，意在为他引路。他支吾半天，好不容易才说出口，却惊人一跳，因为嗓门实在有点大。

"桂……桂小林……"他说着，已是满头大汗，脸也涨得通红。话没说完，就要逃了。

"你是桂小林的朋友？"我们热心地告诉他，桂小林还没下班，他可以去张家大院等等。

从没见过这么畏缩的男人，简直像个大傻子，在我们的目光下晕头转向起来。他已退无可退，因他显然迷失了来路。这副困兽的模样，真的让人看了心疼。

好像伴随着一道闪光，放学归来的唐石头冲进了人群，嘴唇轻轻蠕动，苍白的脸色消遁，刹那间漾起满眼惊喜，而那个大傻子竟也一眼认出他来，虽叫不出他的名字，但仍旧与他不顾一切地相互扑在一起，好似一对音信阻隔多年的老友。听那大傻子激动万分地连声说道：

"扒火车！跟我去扒火车！每个男孩子，都要至少扒回火车哩！"

那样大的嗓门，在我们老实街人听来，一如令人悚惧的雷霆。

他们手拉手撒腿就跑。不记得石头说啥，好像他从来就不会说话，但他开始在飞跑中发出一串串银铃般的欢笑声，而且一发不可收。那个大傻子也跟着笑起来，是一个中年人的开怀大笑。

我们看呆了，压根儿没想到让街口的那帮人拦住他们，但他们跑到街口又立马转身而回。于是，这一大一小，就在下午光线明亮、微风吹拂的老实街上，手拉着手，一边欢快地大笑，一边畅通无阻地来回跑个不停。石头连书包都跑丢了。两人汗珠晶莹的脸上，全都粉里透红，煞是好看。我们从没感觉这么好。

后来我们才得知，大傻子就是石头在天桥偶遇的搓澡工，怪不得起先会像水泡得那样白。

蓦地，那孩子又领着搓澡工向他家跑去了。院门一关，就什么声音也没有了，院子里好像荡然无物。

天地这么静，过了许久，耳边才似听到从那小院子，曼声游来了一首儿歌：

"小兔子乖乖，把门开开……"

影影绰绰，我们看那远未燃尽的夕阳里，有两只燕子扑簌簌凌空而去。

原载《大家》2019年第5期

点评

  《化燕记》是作者"老实街系列"中的一篇。在小说中，两条线索、两个故事、两个核心人物（石头、鹅），彼此穿插讲述，共同揭示了旧时济南城被遮蔽的一段有关民间小人物的生活史、心灵史。首先，通过对"石头"从童年到成年过程中的生命轨迹的讲述，展现出了老济南街巷童年世界的情形与情态。戏水，捉迷藏，看火车，扒火车，在街巷中像风一样来来去去，成为石头的日常；石头对火车的遐想（火车代表远方，象征梦想），邻里对石头的照顾，折射出了曾经有过的人与人之间的融洽关系。这些陈年琐事，被作者娓娓道来，倒也滋味悠然。其次，通过对"鹅"曲折复杂的心路历程以及和多位男性交往故事的讲述，揭开了老济南民间成人世界里被岁月掩饰的生活样式和人性样态。石头的爸爸是谁，鹅和几位男性的关系到底怎样，鹅和石头到底是如何度日的，对此，作者没有直述，而是以隐含笔法，借对几个人物形象和几对人物关系的恰到好处的素描或点染，间接呈现出来。这种以极简笔法讲述故事、描写人物的笔法给读者留下了足够宽广的接受空间。为老济南的民间小人物立传，重构已逝的民间世界，从而彰显出一种浓郁的挽歌调子，读来让人感慨不已。

（张元珂）

火车/

宁 肯

1972年意大利人安东尼奥尼拍摄《中国》时，我们院的几个孩子走在镜头中。安东尼奥尼并没特别对准他们，只是把他们作为一辆解放牌卡车的背景，车上挤满蓝色人群，我们院的孩子只停留了十几秒钟便走出画面，向城外走去。城墙虽然消失了，护城河还在。过河就是铁路，庄稼地，二道河，三道河。二道河是污水，河汊纵横如车辙，那是我们院孩子抵达最远的地方。通常就在铁道边上玩，听说过三道河没去过。从后来才见到的片子看，他们是五一子，大鼻净，小永，大烟儿，文庆，小芹。小芹是唯一女孩，但是跟男孩差不多，一个颜色。那么还有一个人是谁呢？他比别人都矮了一大截，落得有点远，而且不像是和前面一伙的。但是没有他一切都无从谈起。四十年后我在镜子中看到他，他也老了。别以为侏儒不会老，照样会老，满头银发，雪山似的，照耀着短小如藕节的身体。

他们——当然也可说我们——过了桥。

桥是南城的永定门桥，普通得不能再普通，要不是简易栏杆几乎看不出是座桥，路面也是一样的柏油与反光。桥上永远有人在打鱼，冬天凿开冰也打，每天打得上来打不上来都打，网抬起落下，像钟一样准确。总有含着长烟袋一动不动的老人围观，就是说不管这个城市已走了多少人总有闲人。街上也还有人，公共汽车空荡荡，但算不上空驶。偶尔车后面跟着辆自行车，汽车多快自行车就多快，没任何原因。阳光不错，路面反光，汽车，人，自行车像在镜子中。

护城河泾渭分明映着城市、农村、环城铁路，火车慢慢悠悠，汽笛声声，大团的白雾飘过河来，被坚硬的城市吸尽。白雾在田野上要飘很久，这也是我们喜欢河对岸的原因之一。我们在铁路上奔跑，追着白雾。铁路本是麻雀的世界，麻雀起起落落，重复飞翔。我们的奔跑没有重复感，我们只是几个孩子，并且奔跑的原因不明，与食物无关。枕木的节奏决定着我们奔跑，只要踏上枕木不跑不行，直到有人带头卧下才全都卧下。没人教我们倾听，只是一人俯耳大家就都跟着——好多事都这样，然后竟真的听到了轻轻的震动。尽管就课本而言我们是白痴，但本能异常聪明。火车来了，尽管在远方，但是来了，远远地来了，简直有音准。虽然我们不知道音准但已听出来，声音越来越高，越来越密，越来越响，然后我们一哄而散……

火车从来轧不到麻雀，也轧不到我们。

黑色的火车红色的曲臂，喷着热气一下将我们吞没，什么也不见了，只见红色曲臂那样奇怪地来回转动，好像原地打转，但却在走。我们跟着热气大声呼喊，听不到自己的声音，只看到同伴的口型。火车过去了，我们依然跟着尾车跑，向尾车扔石头，歪戴帽子的押车员不为所动。

我们从没扔过绿皮车，看都看不够，窗口都是陌生人，他们看我们，我们也看他们，我们追着窗口跑，有人扔下东西，一包垃圾，或梨核儿，我们也不在乎。我们太喜欢陌生人，远方的人，每次都追出很远，客车走了看不见了我们还在铁路上走，不知为什么。有一次走得太远，突然意外地远远发现许多黑皮车，无数平行又交叉的铁轨，闪闪发光，一个我们从未见过的陌生世界。我们不知道这是车站，要是客车我们自然会想到是火车站，货车站把我们看傻了，太兴奋了。我们猫着腰穿过铁轨，神神秘秘爬上了一列列安静的列车，从此这里成为我们的乐园。我们跳进涂着沥青的车厢，进入闷罐车厢，从车尾到火车头，搬动拉杆，发出"呜，呜，呜"想象中的声音。在帽型尾车上，我们扶着简易的铁栏，站在押车人常站的地方招手，望远方，模仿叼着烟的姿势，从里面手扶门边只露半个身子，挥舞帽子。我们探寻各种可能的发现，工具箱，大衣，帽子，暖壶，杯子，饭盒，工作服，偶或发现有工具箱没锁，里面的锤子，改锥，钳子，扳子，轴承，太让我们兴奋了。我们戴上工帽，穿上工作服，拿着扳子拧这儿拧那儿，好像工作了一样。我们不再是简单的孩子，货场让我们像竹子拔节一下长了一大截，我们走路都和过去有点不一样，这一点甚至从影片中也可看出：我们不再散散漫漫而是步履匆匆。

那天是周二，是不是全世界星期二下午都没课？还有周六，不仅如此，我们那时周四下午也没课。就算上午也常有自习课。由于课本的原因尽管我们头脑简单本能不简单，那天一吃过中午饭本能就活跃起来。在大门洞外我们等了一会儿小芹，每次差不多都是小芹最后一个出来，烟色条绒上衣，烟色的猴皮筋，猴皮筋将两条烟色硬辫勒得很紧，整个看去小芹在我们之中是最接近麻雀的，干脆说就是一只鸟。五一子打了个榧子。

我们住在南城中轴线偏西，在和平门与宣武门之间的琉璃厂附近，我们院在北京也是数得着的上百户大杂院。有三个门，正门旁门和后门，从前门儿进去后门儿出来要穿过迷宫似的夹道差不多就到了宣武门了。已经说不上几进几进院，院中有路，路中有院。夹道，小巷，角门、垂花门、豁口将十几个院连在一起，有的院门紧闭，常年没人，里边有树，亭子，甚至一段小河。小河好像是暗河的一段，没出院又消失了。具体到我们小院不到十户人，是这大院中最普通的小院，虽青砖墁地但房子低矮，就算正房也比别的院矮一点，据说是早年间的牲口棚。

我们等小芹倒不因为小芹是女孩，我们没什么性别意识，所有人都是一个人。主要是小芹在别的方面和我们不一样，她有零花钱我们没有。小芹不和父母住，从小和姥姥住我们院。小芹父母住在北京的西城社会路，是中科院的工程师，过去节假日她父母老来我们院，去了干校后来得少多了，听说最近又去了新疆。小芹有一个姐姐在内蒙古插队，还有一个弟弟跟着父母，北京、五七干校、新疆到处跑。关于小芹我们也就知道这些。每月小芹都有固定的零花钱，五块钱呢，我们一年的学杂费才五块，这笔钱由姥姥掌握着，小芹因此恨死姥姥了。

我们从大院里出来，穿过门前的前青厂胡同，这是我们梦游都不会走错的胡同，前面不远过了北柳巷十字路口就是琉璃厂。我们的学校就叫琉璃厂小学，不在街面上，在小胡同内，走九道弯、小西南园、铁脒膊胡同都行。过了铁脒膊胡同是荣宝斋，荣宝斋对面是琉璃厂唯一的一座西洋建筑，四层带白廊柱，顶部刻有：1922年。老辈人说中国的第一部电影《定军山》就诞生在这楼前，但这是我们每天的必经之路，我们已经视而不见。直到南新华街与东西琉璃厂交叉的十字路口才稍稍陌生一点：大街对我们这些孩子永远都有些陌生。这里有两趟公共汽车，一个是十四路，一个是十五路。十四路在这里的站不叫琉璃厂叫厂甸。厂甸到永定门一共七站：厂甸，虎坊桥，虎坊路，太平桥，陶然亭，游泳池，永定门。我们无比熟悉这些站牌，倒不是因为坐车而是每次都数着站牌走着，一站一站，比坐车还熟悉这些站。

只有小芹坐过一次，坐完就后悔了。小芹在永定门等了我们好久，在桥上吃了三根冰棍，喝了两瓶汽水，差一点就坐车回头找我们。那以后小芹每次都跟我们走，但每次五一子都别有用心地鼓动小芹坐车，开始我们不太明白，后来就一块帮腔，结果终于等到小芹一句话：要坐大家一起坐。不用说，小芹请我们坐车。但五一子还有么蛾子。小芹自然统一买票，五一子偏要把钱给他，他自己上车买。小芹给了五一子一毛，这样我们都要自己买，小芹也没说什么给了我们每人一毛。七站地七分，售票员要找三分，找回的三分说好要还给小芹。我们都上了车，五一子最后一个，没想到车门刚要关上，五一子突然跳下车。五一子说他不坐车了，他跑着。我们立刻明白了。五一子像匹小马奔跑起来，一直在我们后面，车快他也快，车慢他也慢，有时他变得只是一个小点了，但路口到了，五一子又追上来，甚至超过我们。每一分钱对我们都是宝贵的，因为就算一分钱我们兜里都没有，小芹没想到快到第四站时我们每人花了四分钱买了票，到虎坊路纷纷下车。

小芹也下了车。

五一子傻了眼，问我们为什么下车。我们都不说话。我们坐了四站花了四分钱，省了三分钱。小芹先没理五一子，先朝瘦得跟刀螂似的大烟儿要，大烟儿给了小芹三分，小芹不干，让把钱都拿出来。大烟儿看五一子，磨蹭半天，嘟嘟囔囔，说后面三站他也跑，意思是三分钱他可以留下。小芹毫不客气一把夺过大烟儿手里的三分钱，大烟儿心虚没躲，看五一子。大家都看五一子。接下来的大鼻净，小永，文庆，小芹只是伸手话都不说，他们张了手，但没主动送上钱。小芹一一从张开的手心里拿走了钱。到我这儿稍迟疑下，我主动把钱放到小芹手里。

小芹朝向五一子，伸出手。

五一子拍拍兜，说钱丢了，可真说得出。

"那我翻了。"小芹说。

"翻吧。"五一子梗脖子说。

一个女孩子翻一个男孩子身，我们都没想到。虽已是春天五一子仍穿着脏得发亮的土黄棉袄，并且是空心儿的，下面穿了一条单裤。五一子跑了四站地，棉袄系在腰上，光了膀子，像小一号他装卸工的爹。小芹一点不犹豫翻了五一子腰上的脏棉袄，解了下来翻，五一子光着大板儿脊梁，肩头晒得发红。小芹在五一子身上翻了个遍。

我们挺佩服小芹的，主要是我们把钱都交了，也希望小芹把钱翻出来。

"把他裤子脱了！"大烟儿说。

"藏裤裆里了！"大鼻净说。

我们太了解五一子了。

"我脱了？"五一子主动说。

"脱了。"

"你脱吧。"如果马有流氓的表情就是五一子。

小芹伸手便脱，五一子拿出了钱，变魔术一般。

小芹妈妈每月从远方寄来一次生活费，姥姥把小芹的零钱换成一毛、五分，分成了三十份，每天视小芹的情况发放一次。哪怕三天一次，两天一次也行。但是不。小芹姥姥不。早晨小芹睡得迷迷糊糊便听姥姥唠叨，催快起床，数落昨天小芹的错误，不是，鸡毛蒜皮，嗡嗡嗡嗡，小芹堵上耳朵姥姥给扒开。姥姥也真会挑时间，平常小芹根本不听，吃饭都端碗到邻居家吃，我们院倒是也兴这个。或者姥姥说一句小芹顶一句。小芹同姥姥的关系一直都很紧张。上学都快迟到了姥姥还没完没了，越说越气，钱捏在手里不放下，有时小芹忍无可忍背起书包就走了。姥姥便追上去把早点钱摔给小芹，最气时不追，早点钱也不给了。第二天姥姥继续数落昨天事，不算太长便给了钱。小芹拿到钱，问昨天的呢？姥姥没办法，要是吵起来小芹会把钱放下便走，继续不吃早点。这不是没有过。

小芹的零花钱包括早点钱，每天一个油饼，8分钱，另外的7分钱才是零花。粮票可以兑钱，或者也是钱，油饼要是交一两粮票可以省2分钱。为了这一两粮票小芹跟姥姥打了好长时间，粮票按月定量供应，每人一份，每月都有粮店的人到院里来发。"发粮票喽！"一嗓子就行，全院人都出来了，拿着户口本，就等着这天呢！小芹姥姥死活从不给属于小芹的这一两粮票，买粮食都用了，哪儿有你的粮票，你都吃了。小芹不服，我早晨也得吃呀，粮票包不包括早晨，你要说不包括我就不要。不包括。包括。小芹给妈妈写信，讲理，控诉，妈妈寄来了全国粮票问题才解决。我们院谁家都没有全国粮票，看着可是新鲜了，全国粮票也叫全国统一粮票，到哪儿都能花，比一般粮票大，硬挺挺的像新钱票一样。但我们还是希望小芹把全国粮票花掉，别攒着，换成钱，攒几张就行了。每次出门远行小芹都会给我们买冰棍，去时一根回来一根，还买过汽水呢。汽水一毛五分钱一瓶，当然不是每人一瓶，五六个人一瓶，你一口我一口分着喝，喝着喝着我们就打起来。这时就算五一子是我们的头儿我们也照样会跟他急，扑上去撕咬，只有小芹能像有电棒一样将五一子分开。小芹姥姥最恨的就是五一子，最瞧不上的也是五一子，老太太总能一眼就看穿五一子，每次我们筋疲力尽从铁路回来，小芹的姥姥都像定时炸弹，是我们预料之中的。你们还回来，怎么不让火车撞死！

我们四散奔逃，五一子更是缩头乌龟。说起小芹姥姥我们都不怕，但一见小芹姥姥还是怕，就像说起炸弹不怕，一响可就另外一回事了，我们都像着了弹片被炸飞了一样，跟电影上鬼子似的。倒是小芹充耳不闻，像没看见一样，从姥姥身边走过。她们家门敞着，弹簧都被临时卸掉，只等看着我们进院。小芹也不客气，进了屋使劲把屋门拉上，拉上弹簧，就差插上门。小芹姥姥本来冲着我们，立刻停了，无比愤怒地拉开门，哐当卸了弹簧敞开房门，跺着脚将小芹和我们一起骂。小芹躺炕上堵耳朵，有时一跃而起，摔门而出，跟长征似的好不容易回来，重新走到街上。

我们毫无同情心，没有一次到街上看看小芹。我们都在挨家长骂，那么大声我们听得出也是让小芹姥姥听的。小芹姥姥在我们那片是个很特殊的老太太，既不像有文化的老太太，也不像没文化的老太太，更不像是有着工程师女儿女婿的老太太，瘦，脸上皮包骨，抽长烟袋，黑牙。出身不好，头几年还挨过斗，可是我们院邪行，一直没怎么有社会上比如工厂机关学校那一套，红卫兵的哥哥姐姐倒是闹过一段，但很快都轰乡下去了。说不迷信那也就是嘴上说，事实在那儿摆着，我们院大人就是这心理。

我们院也就小芹不怕她姥姥，每次铁道回来零花钱至少停三天，就是那7分钱不给了，只给早点钱。上铁道是大错，小芹也不争，而且没了零花钱小芹也有办法，早点不吃了，省了，就像五一子、大烟儿、小永——我们都不吃早点，就没吃早点的习惯。这当然是农村人的习惯，但我们院大多以前都是农村人，还保留着许多农村人的习惯。我就不一一列举了，还是说小芹，习惯了早点的小芹没了早点非常挂相，中午放学回来狼吞虎咽，一点吃相没有——吃相历来是老太太教育的话题。

"是不是没吃早点？"

"吃了。"

"撒谎。"

小芹姥姥跟踪了小芹，戳破了小芹的谎言。

"我的早点钱，我愿吃就吃，不愿吃就不吃，你管得着吗？你有本事别让我吃早点，别给我早点钱。就不滚，我妈的钱我干吗滚？"

"我是你姥姥！"

"你不是我妈。"

我们走在细长铁轨上，伸出两手，排成一线，晃晃悠悠，不时弯腰捡起一块砾石头扔向远方。铁轨与枕木是天然的一对，像一对老人。铁路已太老了，连石头都老了，带着深深的油腻污渍。但比起这座城市依然是现代的钢铁世界。信号灯闪耀，路轨闪光，这盛大而又迷幻的货场，以及这几个孩子，安东尼奥尼拍不到这里不等于这里不存在。它一定会存在。我们轻车熟路地穿过纵横交错的铁轨，道岔，划过弯曲的扇面打开的钢铁之光。在红色信号灯处我们低下头猫下腰，不像麻雀，麻雀做不到这点，避开扳道工，来到了货车丛中。这里是一个无人的世界，大多黑色车，也有个别好久不开的绿皮客车。这里是我们的街道，我们的王国，我们的胡同，随便上到一辆尾车上，像以往一样，像一种固定的仪式，所有人的头习惯地凑到一起。

"海外来人了。"

"第三次世界大战就要打起来了。"

"联合国军已经登陆。"

《铁道卫士》印象深刻，已深入我们的骨髓，五一子扮演方化，手势我们太熟悉了，眼睛直直的。接下来的次序不固定，有点乱，大鼻净与大烟儿总是抢话："可我那二百垧地？"大家一起喊："给你弄个师长旅长干干不比你那二百垧地强！"笑得前仰后合。

小芹从不参与，看着我们，这时她的确是女孩。直到有一次五一子给了小芹一支烟，是的，五一子已开始卷大炮，偷他爹的。五一子给小芹卷了一支，小芹叼起来，大鼻净一副谄媚的样子给点上。别说，这时候小芹表情还真有几分女特务的样子，特别是小芹自行把硬辫子松开，头发弄得松松垮垮。我们都看傻了，有种非常陌生的东西，我们觉得好看，但谁也没说好看。

说不出来。我们像镜子一样，小芹肯定看到自己。我们围着桌子，尾车空间不大，两边各一张铁凳子，中间是铁架做的桌子，两边的铁窗相对。靠里有个铁炉子，烟筒伸到车顶外。一般火车其实有两股烟，一是白烟，一是黑烟。浓浓的黑烟就从这里伸出车顶冒出，比白烟更长久，更让我们心驰神往。有时还会有马灯，信号灯，信号旗，桌上随便放着简单的行车记录，以及搪瓷缸子，饭盒，水壶，圆珠笔。椅子下面是工具箱，工具箱上面卷放着被子，大衣，都脏得要命，和煤堆在一起。我们拿着信号灯照来照去，不敢拿到外面。信号旗拿外面没问题，可以在尾车栏杆处乱晃，不会被发现。从一辆尾车到另一辆尾车，我们不会停留在一辆尾车上，那天发现了一副扑克牌。扑克牌又脏又破，满是油污，但仍让我们兴奋不已，就像玩惯假枪见到了真枪。

我们一有清晰记忆就赶上了"破四旧"，脑袋像归零一样，当插队的哥哥姐姐带回扑克牌，我们无比惊讶，世界竟有这种新鲜玩意儿，神奇极了。我们当然玩不上，一向被世界忽略。但并不妨碍我们创造自己的世界。我们撕了作业本，裁成五十四张同样大的纸，写上红桃黑桃方块梅花和数字，大猫写上大猫，小猫写上小猫，也是一副牌。我们玩大百、小百、升级、争上游、憋七，甚至带到火车上玩。我们坐在两边铁椅子上，像开会一样，非常神秘，一点也不觉得那些破纸可笑。发现真正的扑克牌！那堆烂纸立刻被我们扔到窗外，随风飘散。五一子和小芹一头，大烟儿和文庆一头玩起对家，小永和大鼻净围观，替补。五一子让我把门关上。这不用说，我负责警戒，从来如此。

汽笛声声——远处总有，尽管这次是我们的车发出的，但七十多节车厢太远了，因此任何汽笛声可忽略不计，我们都习惯了。就算屁股底下"哐当"一声火车动了，通常也不太慌张。稍不同的是那天我把门锁上了，这也不打紧，还有窗户，我去开门，大家纷纷跳窗而出，以前就算开着门也有人成心跳窗。小芹和五一子收牌，收了最后几张五一子翻身跳窗。铁门打开了，毫无疑问小芹会跟着我，这都不用说。车很慢，我下到铁台阶最后一节一跃跳下。当然摔在了地上，我太小了。果然小芹跟着我出来了，到了栏杆处，却没下台阶，迟迟没跳。我们追，喊快跳，快跳，几乎拉到了小芹的手，小芹却没动。小永摔倒了，大烟儿也摔倒了，在枕木上，砾石上。

小芹扔下了扑克牌，我们每个人都捡到了，一边追一边捡，一边捡一边追，我这个罪魁祸首落在最后，远远追着，也捡到了一张。我不能说扑克牌是罪魁祸首，是一种命运，哪怕它经常用来算命，但我也恨死了扑克牌，我觉得我就是扑克牌。我们散散落落停下了，五一子从我们手中一一收走了牌。五十四张，一张不少。小芹没有一次扔下，一张一张扔下，不然我们也不会追那么远。火车消失了，我们又追了好一阵。

牌与小芹都重要，这是真的。的确，在迷茫中牌仍然是一种快乐，一种无法言状的东西。一年以后我们见到了小芹，无论牌和小芹都已被成长太快的我们忘记。当然，牌要早得多，很快那副本来就很烂的牌就被我们彻底玩烂，变成了碎片。确切说，我们见到小芹是一年零五个月之后，也就是在那个春天过去后又过了一个春天的秋天小芹来到我们院，在午后的阳光中打开尘封已久的门。院里老人的匣子正在批判《中国》，义正词严。居然抹黑中国，却又不明白那个叫安东尼奥尼的怎么来到的中国？谁请他来的？这部纪录片就是这样和我们有着扯不清的费解的关系。以往的批判都是鲜明的，极易理解，唯独这次像个天外来客。我们都已经上了中学，除我之外。五一子、文庆、大鼻净甚至都已开始上初二，所有人都长高了半头一头，除我。

我们已不认识小芹，但一看就知道是小芹。小芹也不认识我们，从我们身边走过，旁若无人。我们正在防空盖上打乒乓球，星期二，下午

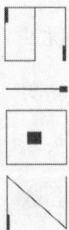

没课，就如小芹消失那天。小芹也一样，长个了，不再是辫子而是短发，脖子显得有点长，对一切都不陌生，熟视无睹，好像从没消失过。她们家的门锁显然锈住，她开了半天也没开开。我想下去帮她，开个锁什么的我手到擒来，是我强顶，可那时我正在房上玩扑克牌的碎片，是我自己的拼图。还是她自己开开了，一股灰尘飞出来，她毫无感觉迎着进了屋，掸都没掸下。但进去后把弹簧顺手卸下，打开门放空气。她不是不敏感。她穿了一件稍短的瘦削红黑格子上衣，下身国防绿裤子，遮住脚面，背着军挎，自行车后座夹着一个棕色有拉锁的手提包。车是八成新永久二六，支在门口。说不上她从哪儿来，不像外地，也不像北京。

小芹失踪后她爸妈连着来了两次，一次为小芹，一次是前来奔丧，相隔不到三个月，从新疆来可不是容易的事。让我们惊讶的是两次小芹父母穿的都是军装，领章帽徽，四个兜。彼时全民皆绿，但真国防绿很少，有也只是两个兜，下面空空如也。四个兜可不一样，馒头扣都比两个兜大一号，我们分得可清了。而且四个兜神秘在于连级到军级都一样，连毛主席都穿得一样。不过小芹父母来自偏远的新疆，我们的惊讶有点折扣，要是北京不得了。另外俩人都戴着白眼镜，像兄妹，连神态都像，和解放军简直无关。所以关于小芹我们还是那句话：她没和我们在一起，那天我们去铁道没她，不知她去哪儿了，和我们对小芹姥姥说的一样。谎言有个奇妙的作用，一旦说出，特别是集体说出就会连自己都相信，会变成石头。我们因此从没怀念过小芹，一分钟都没想到过报案或找铁路上的人报告，收走扑克牌之后五一子便提出小芹没和我们在一起我们不知道小芹去哪儿的谎言。我们的恐惧，我们心里的石头一下落了地，一致赞同。小芹在这一刻真正消失了。我们统一了口径，攻守同盟，五一子使劲扔出一颗铁路上的砾石，挥舞着好像一下长大的拳头说谁要是说出去，他绝不放过，会整死他。

"对，"我们随声附和，"整死他！"好像说的不是我们自己。一路上大家越来越高兴，越来越振奋。小芹姥姥定时炸弹的巨响让我们第一次觉得可笑，全不当回事，也没有四散奔逃。小芹姥姥骨碌骨碌转皮包骨的眼睛，不相信我们所说，我们的异口同声事实上反而暴露了我们在撒谎，街坊四邻其实也都听出了。

"好啊，你们说小芹是不是给火车撞死了？是不是？是不是？我告诉你们，小芹被撞死了你们谁也别想跑，都得给我偿命！"这当然是气话，恶狠狠的话，威胁的话，但并不是让人相信的话。这么说痛快，不过验证了自己过去所教训的。但是当小芹真的没出现，我们的谎言由于不断地重复完善，越来越像真的，越来越具体，越来越无情，小芹姥姥收起了嚣张。

"真没和你们在一块？"

"没有，真的没有，真没有，向毛主席保证没有。"

"我们出门时还看见她，她往另一边走了。"大烟儿说。

"她去菜市口照相馆了。"最可信的文庆说。

"是，是，是。"

成功了，是我们最成功的一次，小芹的消失甚至成为我们高兴之源。直到小芹姥姥夜晚撕心裂肺的哭号才让我们的心一紧，但也很快就过去了。

"小芹，你个死嘎呗儿的，你上哪儿去了，你还不给我回来，你说你到底跟他们去没去，是不是撞死了，你去哪儿了呀，我怎么向你妈交代呀……我不活了……你快回来吧……回来吧……"

一夜哭号，寻死觅活，非常恐怖，但直到三个月后才死去。

不是残酷，不，这是事实。

三个月后小芹父亲再次问到小芹，找了我们每个人，并保证不把我们讲的说出去，他们本来就做保密工作的，让人特别可信，可我们也在保密呀。我不知道别人说出没有，反正我没说。我相信大家都没说。如果说上一次小芹父母来我们还能看到他们白色眼镜片后面的那种怀疑，那种静默让我们的心还怦怦跳，那么三个月后我们在他们的眼睛里什么也没见到，特别干净，因为我们干净。

小芹插队的姐姐也来了，还有新疆的弟弟，全家人都带着外地的颜色，边疆的风霜。新疆的风霜和内蒙还不同，新疆的脸更暗一些，连男孩都旧，反倒是靠东北的内蒙的风霜十分鲜亮，好像秋梨与苹果。全家人一样的是：都没什么悲伤，我们觉得至少红苹果似的姐姐应当大哭一场，眼圈儿是红的，但是没有。他们处理了房间大部分东西，临走上了一把大锁。没必要那么大锁，好像科研成果，生锈很难开。

要不是小芹旁若无人的样子，我想我们见到小芹会惊喜，她的陌生的神态提醒了我们。我们惊讶但无话可说，而且今非昔比，我们都不是孩子，都长大了，甚至有点走样儿，大烟儿更像刀螂，大鼻净湿糊糊的面积更大了，小永唇上起了一层茸毛。变化最大的是五一子，更像马，说不清脸更像还是手臂更像，背部油黑油黑的，好像刷得很亮。总之所有人都有点像牲口，何况他们现在都是我哥哥的徒弟，每天晚上跟着我的著名的流氓哥哥举重，劈哑铃，盘杠子，个个表情生涩。

小芹进进出出，收拾屋子，晾被子，毯子，枕头，到水管子处打水，从我们身边走过。我们对小芹慢慢收起好奇，也像看陌生人一样。

"够牛逼的。"大鼻净湿糊糊地说。

"那裤子估计是她爸的。"文庆说。

"傻逼，她妈的。"大烟儿内行地说。

"操，你才傻逼，"文庆说，"我还不知道她妈也是解放军？可你瞧那裤子绝对是她爸的。"

"你们傻逼，国防绿不分男女，都是男式。"

声音就在小芹身后，尽管压低仍会让小芹听见。倒是五一子一直没说什么，马一样的沉默。马一样的目光凝视着小芹，管接管送。至于我，我在房上，我的样子倒是和下面这些牲口有一种呼应。虽然当初主要因为我锁门才出的事，我的责任最大，但我又是无法怪罪的。我干了什么别人都不奇怪，因此我可以跟小芹打招呼，问这问那，毫无障碍，但我也没动。

倒是院里的爷爷、奶奶、大爷、大妈见了小芹格外惊讶，亲热，问这问那。小芹对他们倒也正常，露出我们熟悉的淡淡的笑容，回答了我们遗忘已久的不可思议的问题。回答得十分轻松，小芹到了新疆见到了父母，并且早就见到了。这还不算，不久便又和父母一起回到北京。这些变故早就发生过了，只不过我们一点都不知道。

小芹不用成心，很自然就戳破了我们的谎言。我们院大人都知道了小芹原来是和我们在一起的，一起去的铁路，老人们眼珠不动了，困惑多皱的脸与其说是惊讶不如说是麻木，瞪着我们，也瞪着小芹。小芹说她一直想去找父母，那天正好就去了。正好我倒没想过，可我一直认为她的确可以跳下来。只是再蠢不过的五一子他们竟然好像没听太明白小芹的话，我不知道五一子他们这会儿的聪明劲哪去了，逢到真正需要智力时五一子的脸与晒黑的手臂、膀子、大腿没什么区别。

小芹在西城月坛北街铁二中上学，搬到我们院并没转到附近的四十三中。她骑着男式二六车每天早出晚归。她干吗搬回来住谁也不知道，肯定不是为了我们或街坊四邻。她有时回来得早，下午没课中午一吃过饭就回来了，晚上吃剩的。我们胡同好多人也认识小芹，但也像我们一样对她感到特陌生。除了凡人不理，肥大的国防绿裤子，二六车也特扎眼，彼时没中学生骑车上学的。还有军挎，刘胡兰式的短发，和所有人都不一样。肯定有人拍她（拍婆子），只是不知道什么人能拍她。反正我觉得我们这片人都没戏，也就朝她瞎吼一嗓子。

他们都觉得五一子有戏，毕竟过去关系不错，鼓动五一子。但五一子一见小芹就脸红，真的像马，并且像马一样出汗。和谎言没关，小芹事实上也并没特在乎。就是一种畏惧，正如小芹当初扒他裤子的畏惧。五一子都不敢，大鼻净、大烟儿、小永都不敢，干脆完全放弃，就像完全不认识小芹。

有一天我敲开了小芹的门，我早可以这么做。与别人无关。那天我和猫、鸽子相隔不远坐在房上，她推着二六车进院，不知怎么向上瞥了一眼，并没与我相视便过去了。通常谁进院也不向上看，谁都是低头看门道，脚下，或平视，反而我可以看任何人。她中午之后回我们院多在周日，有时周六。偶尔周一，周三，这两天全天都有课。而那天是星期三，所有人都上学去了，她的黑红格瘦削上衣划破阳光，瞥了我一眼后穿过防空洞盖，小厨房，过道，屋门口支上车，没锁车，掏出钥匙开门。她的短发真的不是圈子式，很阳光的。

当然，她见了我还是很惊讶，如同我对她房间的惊讶：房间竟然如此简单。

"有事吗？"

"没事。"

我到她的腰部，她的惊讶有拒绝的内容，但是随着俯视地打量我，慢慢地缓解下来，一贯的表情消失了。我的惊讶稍长一点，四下看了一下，房间只一张桌子，一把椅子，几块铺板，一点生活用品。以前的八仙桌，

太师椅，自鸣钟、大黑柜都没了。四壁空空，桌上有课本，笔，作业，书包，几本没皮的不知什么书。只有墙上的主席像，窗台的石膏像是过去的。

"你不上学了？"她先问了我个问题。

"我想知道，"我单刀直入，没回答她的问题，"你有三个月时间没找到你爸妈，到哪儿去了？怎么找到了新疆你爸妈？还有，你那天说正好，真是正好吗？"

停了会儿："我不会对别人说的。"

憋了太长时间，尽管我的问题多，但我觉得她应该回答我，因为她应该相信我，凭我坐在房上。

结果事实的确不简单，她看到铁门锁了，希望把大家都拉走，结果都跳了车，从窗子跳出的。

"你希望我不跳车吗？"

"不希望。"很干脆。

她不想跳。爱拉哪儿拉哪儿。她当时就是这感觉。她承认以前想过藏在尾车去新疆，但也就是想想。

"可你明明说那天就想。"

"就那么一说。"

"真的不怪我？"我问。

她没说话。我讲了那天为什么锁门，关上门很好玩。你们玩真的牌，关上门就也像开会学习。也真怕有人来，好不容易有一副真牌。我并没把门锁死，很快就打开了。

"你要打不开我就跳窗户了。"她认真地说。

"为什么？不愿我在？"

我们有一句没一句聊着，都没有坐，靠在空荡荡的墙上。是毛主席去安源像，我离得远，她顶到了。对面是落满灰的石膏像。一个在外面封死的窗台上，里面可放东西。

"你一个人在车上不害怕？"

她没回答，将我赶走了。她这人很没准儿，不知哪句话就惹着她了。我们聊得还行，甚至有点像朋友，但她依然对我们的"友情"没任何顾忌。另一次同样的场景，还是靠在主席像下的墙上，她回答了我上次的问题。她说她一点都不怕。我觉得她没说实话。她说她觉得火车说不定会一把她拉到新疆她爸妈那儿，这感觉不错，干吗要赶我走呢？

她睡着了。火车半夜停了，上来一个人。一个提着信号灯的人把她照醒了。这是个煤矿小站，押车员是个好人，答应帮她找车去新疆。她的运气可真不错，一上来就碰上了好人。我们这些常在铁路上玩的人对押车员并不陌生，大多脏兮兮的，叼着烟，歪戴帽子。不过我还是愿意相信她的话：碰到了好人。外地和北京不一样。

小站叫阳泉，已是山西地界，我们对山西也不陌生，院里好几个插队的哥哥姐姐都在山西，我们甚至还听说过阳泉。押车员是位大叔，小芹坐的是拉煤的车，拉煤的车一般都不去新疆，押车大叔说只有拉石油的车才会从新疆过来过去，得等拉油的车。再有就是坐客车。新疆可是远了，什么车到新疆都得一个星期。客车要很多钱，最好还是拉油车。大叔有办法，铁路上有很多朋友。

"那你怎么那么长时间才到新疆？"我忍无可忍。

油罐车不是天天有，她在大叔家等。

"你住他家了？"我吃惊地问。

"是呀，怎么了？"

居然没把我赶走，我有点庆幸。小芹的脸上写着一切费解的不可思议的东西，一些即使不真真假假也是可疑的东西。阳泉站在一条大沟里，四周是黄土，押车大叔还不住在大沟里，住在另一条枝杈的沟里，人家不多，散散落落着一些窑洞。窑洞我觉得很正常，院里插队的人也有住窑洞的，听说冬暖夏凉，毛主席都住过窑洞。押车员个子不高，戴着一顶新的蓝帽子，那帽子蓝得就算在北京的大街上也难找。但我对那么蓝的帽子感觉并不好，有点不祥之感。小芹讲话就有这种不祥之感。小芹说大叔有口音，但是能听懂，有老婆孩子。

我一下放心了，什么都相信了。

我一高兴小芹又把我赶出去。

押车人的老婆是个盲人，但他女儿眼睛明亮。女儿十一岁了，没上过学，是妈妈的眼睛，帮妈妈干活。女孩想上学，有本，铅笔，自己有时写写画画。小芹说她还教了女儿写字认字画画，画青蛙和小鸟。小芹在窑洞住了一个多月，没等到新疆的油罐车，每天帮盲女人和小妹编草编。这哪是小芹干的活，可小芹不仅干了还干得非常麻利，出活，荆条没了还到塬上去割荆条。盲女人和小妹妹和她一条心，三个人加劲干，小芹说着说着眼睛红了，把我赶走了。

编草编挣车票钱？即使不是胡说八道也差不多。说好的油罐车呢？两个月都没一趟？就算攒车票钱，一个运煤小站怎么可能有客车？如果一切都是子虚乌有，押车人是个大坏蛋，小芹怎么不跑呢？押车员来来去去，小芹完全可趁他不在家逃跑。但是好像没有，她竟然还叫他大叔。我在房上和众多麻雀在一起怎么也想不明白。真有盲人老婆？我用小石子投猫，猫连躲都不躲，毫无反应，躺在房脊上睡大觉。投向鸽子，鸽子飞走了，又飞回来。再投。我站起来大黄猫才懒洋洋伸了个懒腰，跳下屋脊，走了。

另外就算一切都是真的，问题是再怎么说三个月呢她怎么过来的？我再怎么单刀直入也没用，被赶出来多少次也没用。她说了能说的，自相矛盾，她说押车大叔在另一个城市把她送上火车，这是对的，但另一个城市是什么概念？忽然想到她为怎么什么总是穿肥大男式的国防绿裤子？几乎没见她换过，能感到腿在里边逛荡，一阵风刮过来时就像旗子裹住了旗杆，屁股很妙。安全是安全但不也很扎眼吗？这一片的玩主都比较土鳖，不敢怎么样，铁二中那边就难说了，听说铁二中有许多响当当的玩主，我总是在房上不由地想象小芹在铁二中操场走过的样子：昂首挺胸，短发一动不动。

有一次我问小芹想她姥姥不，按理这事完全犯不着将我赶走，我不过是靠在墙上没话找话，结果她将我"请"了出去，就是揪住耳朵拉开房门一下将我甩了出去。我的耳朵几乎掉下来。这样的"请"当然不是第一次，而且主要很顺手，稍一俯身即可。但这次与往次不一样，往次通常都很慢，慢慢牵着我送出屋，这次很快。她太恨她那无法言说的姥姥了，过了那么久还是那么恨，完全是雷，不能碰这话题。我从没偷窥的毛病，但那次的哭声——呜呜的深长的大哭，让我踮起脚尖看到雨一样的她。

她想姥姥？

我从没见过那么混乱的脸。

她有太多的谜，我在房顶上看着太阳落山。越过海浪般的房顶，北京真的是可以看见山的，不仅仅随口一说。彼时北京西边只有工会大楼、民族饭店、民族宫几座高层建筑，站我们院房顶一马平川都看得见，像在海上看见轮船一样。金色哨音的鸽子不断掠过前方，整个房顶都是金色，哨音让我抬头，猫也在扬头，像我一样慢慢摆头，我的眼睛毫无内容，但猫不同，永远是警觉的，你能从它的眼睛里看到什么。

　　警察的出现最初在猫眼睛中，一动不动，跳了两下又不动了。我其实也并不特别意外，真正意外的是小芹的"罪行"。不是警察来找小芹的，而是小芹带着警察来到我们院。一共三个蓝制服警察，长得都一样。一个就够了，不知干吗要三个。小芹垂着头，短发有些乱，挡住了部分眼睛。没戴手铐，两手仍交在前面。此前在哨音中我已听见摩托车声，当然不知上面坐着小芹。哨音由远及近，掠过屋脊，摩托车突然停下，突突还响了一会。我立刻随着猫越过房脊跨到临街一边，两个警察押着小芹已进院，还有一个警察锁车。车是跨斗摩托，俗称跨子，就是后来在二战影片里常见的那种黑色的。

　　三个完全相同的警察随小芹进了屋，很快出来了一个，外面警戒，也像二战电影。打火机"啪"的一声点烟，很帅，长长朝我们院上空吐了口，看见我立刻警觉地摸什么，随后撇了下嘴角。我们院男女老少都出来了，没人敢靠前，吱一声，问声怎么回事，倒是也都不特别意外。没多一会儿小芹出来了，头更低了，并且惊人地戴上了手铐。

　　《曼娜回忆录》或者也叫《少女之心》被搜出来。这个让我非常意外，怎么也想不到，觉得也不该，她做出什么我都理解，唯独这事不可思议，抄什么不行，怎么抄的是这个手抄本？自然没人不知道这个手抄本的，即使我这个已放弃学业的整天在房上的灵长类都知道。我记得马脸的五一子还拿到过两页，来到房上和大鼻净、大烟儿、文庆、小永围着一起神神秘秘地看，念，忽高忽低，高时都向后动一下。五一子特别主动地也招呼我过来，肯定是冒坏，我太了解他。当我听到大烟儿念到"表哥的阴茎进入了我的阴道"时，我的脸都绿了，我从没听到阴茎阴道那样的术语，力量也就更大，更惊人。五一子看着我哈哈大笑，并低头看我的裆。那只破破烂烂的两页纸不是作业本，是信纸，红线格的那种。

但小芹却抄的是全本，家里竟然还有一本。

铁二中看来就是不一样，我们这片就是几张纸，大家瞎抄来抄去，要抓得有好多人抓起来，但好像一直没什么大事。抄整本就不同了。小芹留给我最后的印象就是她戴着手铐低头走的样子，永远停在了这一刻。而且这次还不像上次小芹出事后，她们家的房子易主，房管所调配来了新的住家，一对在琉璃厂荣宝斋工作的老夫妇，膝下一女，据说是抱的。我们以为老头与小芹家有点关系，结果一点没有。关于小芹的事传也是瞎传，有的说小芹判了三年，有的说五年，也有的是强劳，反正都差不多。我们之中有人骂五一子脓包，说小芹不定被人铆过多少次，五一子早该对小芹下手，如何如何。我觉得就算小芹像人们说的那样，五一子也没戏。小芹和小芹家完全和我们院断了音信，这次我们倒没很快忘了小芹，好长时间都兴奋地谈论，分析得很细，都是和性或性器官有关。但时间抹去了一切，时间层层叠叠，时间太长了想不到四十年后我还活着，镜中的白发像雪山一样，或者我就是雪山。

这事没想到没完。小芹的父母现在竟然都是院士，照片都在百度百科上。两人还都是白眼镜，加上白发，一看竟是那么亲切，感觉就是我们院的人，虽然我们院早已不存在。费尽了周折。有一天终于打通小芹父亲的电话。小芹的父亲不知道我是谁，我具体描述了当年的自己，然后我听到了小芹母亲的声音。小芹母亲接过了电话，给了我小芹的电话。

这天晚上，我拨通了小芹的电话。

原载《收获》2019年第5期

点评

　　阅读并精准把握《火车》的意蕴与主题，当然首先得从对其关键词"火车"的理解做起。一方面，作为标题和小说核心意象的"火车"是一个时代的象征。铁路、庄稼地、二道河、三道河、永定门桥、琉璃厂、绿皮车、拉煤车……火车慢慢悠悠穿城而过，麻雀翻飞起落，伙伴们在铁道边嬉闹或沿铁道毫无目的地追着白雾奔跑，对如此物像和映像的描写与呈现，自是表达了作者对特定年代北京城与人的带有年代学意义的主体回视与精神重塑。五一子、大鼻净、小芹、小永等一个个鲜活的人物（大院子弟们）被作者从历史深处拉出来，讲述其成长中爱恨、恩怨以及孤独处境从生成、演进到消解的过程，也完成了对一个时代的表征和一代人精神际遇的再次审视与重构。另一方面，火车也代表着远方、自由、理想，但对小芹而言，她的那次随车远行，中途辗转去新疆寻父母的经历，却并没有如其所愿、终得圆满：不但祖母因此而离世，而且在其归来后禁锢自由的枷锁率先强加于她身上。告别不谙世事的童年时代，那些快乐、自由、叛逆也如风一样逝去，历史给予小芹们的选择却日益逼仄、荒凉。在那个连偷看或手抄《曼娜回忆录》之类所谓"黄色小说"就被刑拘的非正常年代，小芹们的遭际以及由此而传达出来的历史信息，为这个小说增加了几分沉甸甸的悲情和无以言表的黑色调。他们的叛逆、逃学、抽烟、扒火车，以及那种没心没肺的言行，其根因在哪？虽然作者对之隐而不表，但主旨意图并未因此而被弱化多少。一代人的喜剧和悲剧在这个短篇中被表达得淋漓尽致。

（张元珂）

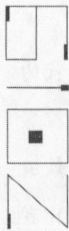

核桃树下金银花

/弋 舟

如今送快递的电动三轮车已经成了路面上的交通灾难。行驶中我也受到过它们的妨碍。但我很难去谴责它们，因为在情感上，我觉得自己可能算得上是这个行当最早的从业者之一。我经常会把自己想象成快递小哥们的先驱。

那年我十七岁出头，差不多算是抢了一匹这样的铁马，一路风驰电掣地穿行在玉林街。本来也没什么目标，非要说有的话，我心里最初的方向纯然只是一个念头。那个念头的心理地名叫"透口气儿"或者"撒个欢儿"，就是诸如此类的情绪而已。临近高考，你能明白我干吗会想这么干。

结果是电动三轮车上载着的包裹驱策我将纯然的心理地标换成了玉林街。没错，那儿正是这件包裹需要派送的地址。

你看，这没什么好说的，既然你跨上了一辆送快递的电动三轮车，你就得把车上的货给送了。

那件货挺大，用绳子捆在三轮车货箱的顶上。如果它是塞在车厢里，没准我就不会奔赴玉林街了。可它正是如此拉风和招摇，摆明了你不重视它，你就是犯下了天大的罪过。有些事态一旦摆在眼前，就会成为态势，你必须对它做出反应，好比一只沙袋吊在眼前，你只能硬着头皮迎上去，忍着疼，挥拳狠狠地揍那么几下。我把这种事态称为"规定性事态"。

那时，一件"规定性事态"的包裹捆在车顶，我必定会被唤起某种给定的身份归属感，它让整部电动三轮车有种满载了一番道义的属性，甚而，我还会因之升起一种自己也不大确定的荣誉感。你知道，顶着它，电动三轮车偶有颠簸，车身会发出不稳定的摇摆，于是好了，在这种不稳定的摇摆中，骑手的荣誉感却油然升起。

这匹铁马是我从张桓那儿抢来的。彼时恰在午后，张桓将他的坐骑停在了学校门口。"坐骑"这词儿，是张桓自己的命名，想必给了他有效的心理暗示，让他在蓉城走街串巷时豪情陡生。他需要这个，否则无法面对我们这帮朋友——大家初中毕业后分道扬镳，有人接着读高中，有人跨着坐骑送快递去了。读高中的实则羡慕跨坐骑的。快递员在那时还是个新兴职业，而所有新兴的东西，在我们的时代都天然地具有正确性与优越感。当时，一群人围着电动三轮车，可不真的就像是在瞻仰赤兔马？它还真是有点威风八面，黑色的车体，白色的大LOGO，在一帮高中生眼里，有股身份确凿者才有的派头。

我得骑着它走一遭。这念头不由分说，就是一只沙袋吊在你眼前于是你便只能攥紧了拳头迎上去的状况。

我问："跟骑摩托差不多吧？"

这么问，是因为我会骑摩托。

"一样的。不过货拉得多就得当心点儿，搞不好会侧翻。"张桓说。

他可能嗅到了不祥的气味，于是企图吓唬我。

我说："我这身板儿问题不大，镇得住。"

张桓单薄得像张纸片儿，不言而喻，所谓侧翻，对他也许才是成立的。而那时候，我处在人生吨位最重的好年华。足足一百九十三斤，我比身边所有的人都大了不止一圈，自我判定为一个失败的胖子。但这个失败的胖子，在这件事儿上难得地摊上了优势，我完全称得上是一块可靠的压舱石，能够稳定住一切妄图侧翻的坐骑。想把我掀翻，那可真不是件容易的事儿。

然而张桓还是不肯轻易让出他的权力。他以掌权者才有的口吻宣布说：

"不开玩笑，公司有明文规定，货车严禁交给他人。"

此话蹊跷，对于那时的我们，完全是另外一套话语路数。"严格""明文""他人"，至少，这些话当时在一个失败的胖子听来，只能加深这个胖子的失败感。除了不祥，张桓肯定又嗅到了另外的气味，混杂着沮丧的酸味儿和悲愤的硫黄味儿。他絮絮叨叨地说他送了一早上的货，送货是有时效的，他必须赶在下午三点之前干完这一趟活儿。

我问他："那你还跑这儿嘚瑟什么？"

他说："歇口气儿呗，看看你们呗……"

好了，"歇口气儿"直接诱发了我"透口气儿"的联想。我们都受制于一口气儿，这就好办了，既然这是大家共同的困境。我冲他笑笑，手已经搭在了他肩膀上。我在使劲儿，尽管还没有形成暴力，但向他传递的意思明白无误：走开，否则我帮你走开。

"真不行啊，哥们儿，"张桓下意识夹紧了腿，像是夹紧了他的马背，"这车是交了押金的，有个闪失我的饭碗就没了。"

我在跟他对话，但用的是手语，最后他还是听懂了。

他说："那你骑一圈吧，试试就好啊，其实没啥好玩儿的。"

彼此换位，跨上去，我觉得车身被我压得向下一矬，那感觉就像是真的跨上了一匹马，它极富灵性地微微下沉，缓冲掉瞬间的重荷之后，又柔韧地挺起了腰背。顿矬之间，简直就是一个活物。

张桓讪讪地问："怎样？是不是没啥特别的？"

"挺好。"

我由衷地说，手里尝试着打火。

那家伙被驱动了，向着街对面歪歪扭扭而去。这一段我是在逆行，三轮车走着不规则的曲线。扶上马，送一程，张桓跟在后面慢跑，像个跟在大统领座驾边儿慢跑着的保镖。其他人在起哄。随后我在路面上掉了头，迎着张桓马力十足地开过去。他望着我笑，继而把笑凝固住。当他的坐骑有如马儿嘶鸣一般从他身边轰吼着驰过时，他只来得及在我身后丢下这么一句话：

"货得送到玉林街啊。"

这句话他说得上气不接下气，听上去像一声力不从心的叹息。

电动三轮车很好骑，我的确镇得住它。它在路面上畅行无阻，那些耀武扬威的大家伙不得不挤作一团蠕动的时候，恰是它灵动流畅的时刻。这感觉对一个失败的胖子而言，真的是美妙极了。囿于肉体的庞大，生活中我已经习惯了笨拙和艰难，而此刻世界变得像丝绸一样光滑。于是行动本身不断自发地推远着目标。最初，我不过是想要跑一小圈儿，我的那口气经年累月，堪称一口浑厚的恶气，浑厚到都已经让我不大敢使劲儿吞吐的地步，至多吹气如兰地吁一吁。可在车流中穿梭了几下后，我就有了吞吐大荒的气魄。三轮车的轻盈成了我的轻盈，它黑色的车身和白色的大LOGO，显赫地重新命名了我，让那顶失败者的帽子从我的胖脑壳上随风吹落。我生活在黑色的六月久矣！即便是冬天，也被那个可怕的月份所折磨。现在，我才意识到原来成都四月份的天气这么巴适。我觉得我是逆行在时光的隧道里，从四月回向三月、二月、一月。总之，与那个不由分说、只能蛮横逼近的高考时刻背道而驰。

我的确有可能真的害死张桓了。"严格""明文""他人"这些词儿，将会因为我的行径而去围剿他，"押金""饭碗"这些狠词儿，将会不由分说地揍翻他。他现在唯一能做的大概就是：走进校门，认领命运，逐渐膨胀，直到坐在我那张课桌前，成功地蜕变为一枚失败的胖子。而我，渐渐地成为一张美妙的纸片儿，跻身于快递行业最早一批从业者的行列。此刻发生着的一切，对我终归只是一个故事，但对张桓，就是一个不折不扣的事故。他此刻该有多崩溃，我是完全能够想象的，纸片儿一般的他跨着坐骑乘兴而来，却不料被敲掉了饭碗。但我没法不混蛋这么一次，就像谁都不应该在四月却过着六月的日子，就像没谁可以剥夺成都四月份巴适的好天气。为此，你被授权可以嚣张地去冒险、去慷慨地犯浑。

铁马在不自觉地往玉林街方向跑。这点起初我是没有意识的，我只是被莫名的力量所驱使。回头想想，这事儿其实好懂：老马识途，一旦你跨上了一辆送快递的电动三轮车，你的路线与目标便已经被圈定。

这是我第一次驾驶电动三轮车，但我熟练得就像是驾驶过它一辈子，我觉得我完全就是在做着一件压根不需要学习的事情；做一个快递员，我压根不需要被教育，它就是我生而为人的本能。

我加大马力，并不知道自己是往玉林街跑。我还以为我是冲着烤兔跑呢，这对一个失败的胖子而言，简直就是天经地义的方向。华西医院对面有我钟爱的烤兔——华西医院在玉林街方向，这个逻辑的链条，是一个失败的胖子内心朴素无华的真理。循着真理的轨迹，我在华西医院对面成功地吃到了烤兔。坐在店里享用，优哉游哉地隔着玻璃瞅向停在路边的电动三轮车，我将此刻的美食当作了辛劳工作间歇的一顿犒赏。

重新上马，被满足了的胃便不再为我引路了，偶尔颠簸的三轮车，终于开始提醒我身负着某种使命。我在路边停下，研究那件车顶上的包裹。它贴着的包裹单上确实有个写着玉林街的地名：

玉林街民航成都飞机工程公司职工宿舍

我想，这并不难找，因为这个地址看上去就不像是个泛泛之辈。我转进巷子里，信马由缰，开始蛮有派头地逡巡。打麻将的妇女被惊动，目光警惕地尾随我。我经过了坐在板凳上嘬荷叶菊花的闲汉、当街开张的剃头匠，沿着一条乌黑的排污沟前进。而后兜转一圈，恍然又是打麻将的妇女、坐在板凳上嘬荷叶菊花的闲汉、当街开张的剃头匠。显而易见，我迷失在四月的时光里了。玉林街就是一座不折不扣的迷宫啊。不过我才不在乎呢，并不在乎被绕晕，不在乎妇女、闲汉、剃头匠次第在我眼前打转，不在乎骑着赤兔马却走了麦城。作为一个失败的胖子，我从来不在乎铩羽而归。

可事态一旦成为态势，便自有其意志。几圈之后，我看到一家杂货店门口蹲着个跟我一样胖的女孩，她穿了件阔大的老头衫，却长发披肩。三轮车在她面前停稳，我下来了，看清原来她也是坐在一张板凳上的，不过板凳比起她来，小到可以忽略不计，让她看上去咄咄逼人，像是蹲着。

"我找民航成都飞机公司，"我说，意识到并没说准，定定神，又说一遍，"我找民航成都飞机工程公司，嗯，职工宿舍。"

"找去呗。"

她一出声，我就知道我遇见了一个同伙。她的那种腔调、冷漠、无理，有点儿幸灾乐祸和缺心眼儿，诚然就是一个失败者的腔调。你也看出来了，这女孩就是我的翻版，不过比我多了一头披肩发而已。

她盯着我身后的三轮车问："你是送煤气罐的嗦？"

我知道，她的眼睛要绕过我看到我身后的风景该有多难，我常常自诩为是一堵墙。我善意地错开一点儿，以便让她看得分明。这对我而言，绝对称得上是善举。你要知道，仗着一副庞然的身板儿，我可没少跟世界作对：故意扩张，为的是挡住后排家伙求知若渴地望向黑板的目光；故意扩张，为的是塞住门框，阻挡住尿急者错乱的脚步。而且我也相信，所有失败的胖子多多少少都会和我一样，对这个世界抱有不大不小的寒碜的敌意。

"不对，我是个送快递的。"我几乎是温柔地向她解释，"和邮递员差不多，但是比那帮家伙更高更快更强。"

"你不是飞机公司的吗？"她说，"没有比飞机更高更快更强的了吧？"

一刹那，我觉得我是被她戏弄了，她这个失败的胖子，在智力上至少比我成功，但我很快不这么想了，因为我从来笃信，没有一个胖子的智力会高过我。还有就是，尽管这世上失败的胖子不少，但让他们狭路相逢，却一定是个小概率的事件，至少在我的经验里，从未遇到过像眼前这个女孩一般与我旗鼓相当的。怎么说呢，嗯，金风玉露，对她我竟有股惺惺相惜的爱惜。

"别逗了，不是那么回事儿。帮我想想，民航成都飞机工程公司……嗯……职工宿舍在哪？"

我说得诚恳。

她威武地站起来了，动静令我都不由得想退避一步，更加让我确认自己是找到了一个同伙。

"胖子，这里压根就不可能有飞机场。"她用一根一点儿也不亚于我的胖指头环指一圈，"全是楼，全是楼啊。"

我也冲她伸出一根粗壮的食指，勾一勾，示意她过来，瞅瞅车顶上的那只包裹。

她倒是大方，凑过来看。

"玉林街，民航成都飞机工程公司，嗯，职工宿舍。"

我吁了口气，幸好，是个识字儿的。

她拍拍我的肩膀，那真是砰砰有声。

"你完了，胖子。"

她的声音像我一样温柔。

"啥意思？"我说。

"玉林街。"她重复一遍。

"是咯，难道这儿不是玉林街吗？"

我错开一步，看她身后的门牌号。没错啊，玉林十巷七号。旋即，我便知道我是真的完了。可不是吗？以"玉林"之名，至少有十巷之多，而这个包裹的单子上只大而化之地写着"玉林街"，就好像玉林街如同中南海一般独一无二。

"你得帮帮我。"我温柔地说。

"这个可不好帮，"她耸肩，做了个很够劲儿的动作，"不光不知道是几巷，你还不知道东西南北。"

"东西南北我还是知道的咯。"

我顿了顿，整理了一下方向感，觉得把握尚存。

"玉林分玉林东路、玉林西路、玉林南路、玉林北路。"

她当然是笑起来了。一般情况下，只要有人冲着我笑，甚至我自己对着镜子冲自己笑，我都是不惮以恶意来揣测的，但此刻我不觉得她带有讥讽。

是啊，这是很崩溃，我所面临的困难不亚于课桌上堆积如山的习题。然而我一点儿都不焦灼。我想，是对面这个女版的自己安抚了我。她把握十足地站在我面前，加强了我们失败胖子阵营的砝码，我们无所畏惧，大不了彼此依赖，共同失败，共同胖下去。

果不其然，她又一次拍打我的肩膀，说道：

"没事儿，就一起找找呗。"

我重新跨上坐骑，一瞬间，甚至想象着一把也将她拽上来，从此扬鞭策马、红尘潇洒。她自岿然不动，嘴角挂着平静的笑意。我立刻感到了羞愧，为我的幼稚和盲目。现实从来残酷，我却心怀叵测的梦想——这辆电动三轮车，承载了我，已经是它的极限了。

重新下马，我推着那家伙走。这是眼下行走在玉林街唯一正确的姿势。我当然还可以骑着它，跑慢点儿，但我没法想象一个胖女孩像个跟在大统领座驾边儿慢跑的保镖那样地尾随着我。谁能想到呢，我从张桓那里抢来一匹快马，原来却终究是要推着走的。如果知道是这样的局面，张桓他也是会宽恕我的吧。

我们走在四月的玉林十巷里。不必说，路面完全被我们堵塞了。这却给予我们一种满盈的豪情。我们最大程度地充斥了虚无的时光，拥有了结结实实的肉身者的尊严。迫于无形的压力，路人一定是要给我们让道的，贴着墙根，让我们簇拥着一辆电动三轮车先行，款款而过，我们就是这样被世界礼遇，连风都得绕着我们走。

想必她的心情也与我仿佛。证据是，走了大约十分钟后，她开始显得有了些闲情逸致。

"核桃树开花了噻。"她指着排污沟边浓荫蔽日的树木说。

对于树木，我是一窍不通的。顺着她的胖指头瞧，我有生以来第一次认识了一种树。这树，有二十多米高，树皮灰白，纵向排列着浅纹，花苞完全颠覆我对花朵固有的认知，差不多就是我眼里认定的果实，只在顶部有那么一点儿花的意思。

"我家地里种了好多核桃树。"她说。

我不觉得她这是在卖弄，因为种核桃树这类事儿，在那时候就不是什么值得卖弄的事儿了。很久以来，人们卖弄着的，早已经是种摇钱树之类的把戏了。可我还是感到了羡慕。让我羡慕的，除了种核桃树这事，还有她大大方方说出此事的从容和磊落。我想我是做不到的，我也是个只配跟人吹嘘栽种了摇钱树的家伙。所以，尽管我们同样是个胖子，也许还在很大程度上同样是一个失败的胖子，但至少她在种核桃树这类事儿上，境界遥遥地领先了我。

"真不错。"我赞叹道。

她话头一转说："还有金银花，我妈在核桃树下还种满了金银花。"

我一时有些转不过弯儿，仰着的脑壳不由自主地埋下来，好像生怕一不小心践踏了那核桃树下的金银花。没错，我出现幻觉了，感觉不是行进在玉林街的某一巷里，而是如沐春风，徜徉在一派田园风光中。

"知道啥是金银花不？"

"不知道，"我说，"——噢不，我知道，冲凉茶的咯。"

我不想在她面前暴露我的无知，不是好强，竟只是温柔地不再与世界拧巴的心情。

"没错，可是你肯定不知道它还叫别的啥名字。"

她和我对视了一眼，我们的眼神胖胖地对撞了一下。

"它还叫忍冬花。"她说，"因为开出来的花先是银白色的，再变成金黄色，才被叫成了金银花。"

"还是叫金银花好听，又是金又是银的。"

我依然是个只晓得摇钱树的浅薄蠢货。

"其实没那么富贵，金银花一点儿也不娇气，种上能有三十年的收成呢。"她停了话头，发出一声缥缈的叹息。"马上五月了，田里的金银花就要采摘了。"

说完这话，她便离我而去，仿佛直接去往田野里摘金银花去了。

我当然是回不过神儿，换了谁都会一下子回不过神儿。何况我还推着辆电动三轮车，于是只能傻在那儿不动。只要想象一下当你从某个动人的、关键还是与某个人共享着的蓝图里突然被遗弃，你就会明白我当时的滋味。有那么一会儿，我觉得我可能是中暑了。推着辆电动三轮车，即便是在巴适的四月里，一个胖子也会汗流浃背。更可怕的是，这个胖子方才还因为有了另一个胖子的加盟而变得怀有了温情和善意，变得不再觉得自己纯然就是一个失败的胖子，变得鄙视自己的摇钱树思想，变得对植物学发生了轻微的兴趣，变得萌生了一丝去见识田园风光那种自己经验之外景致的愿望——变得就像他自己的一身肥肉那样柔软。

不是说好了吗？"没事儿，就一起找找呗。"

我不得不做出判断：嘻，死胖子，你今天撞鬼了。哪儿有什么电动三轮车，什么烤兔，什么玉林街，什么飞机场，全是楼，全是楼啊。但做出此种判断的同时，我的脑子里依然充斥着一派自己未曾经历过的风光。

当年，在四月的玉林街上，你可曾看到过一个被雷蒙的、茫然无措的失败的胖子？那天我骑着一辆抢来的电动三轮车，不达目的誓不罢休地穿行在玉林街上。我不甘心，我在拼命地找，拼命地找。我找的既是玉林街民航成都飞机工程公司职工宿舍，也不是玉林街民航成都飞机工程公司职工宿舍，要"找到点儿什么"这个念头本身，也许才是左右着我的真正动力。

当暮色四合，我将三轮车开回学校门口时，好几个张桓一起向我扑来。

那是张桓、张桓的哥哥、张桓的爸爸以及张桓的亲戚们。他们是一个纸片儿的家族，在我眼里，就是好几个张桓。还没下马，我的后脑壳就挨了一巴掌。那也不过是纸片儿般的一巴掌，却将我的眼前打出了华丽的金星。

知道吗？我看到了硕果累累的核桃树，我看到了一望无际的金银花。

许多年过去，如今快递小哥没啥神气的了，新事物成为旧事物，都是这样的结局。

刚刚我还趴在家里的露台上，看小区保安扭着一个快递小哥往外赶。这位小哥端的像张纸片儿，不能不让我将其想象成我的同学张桓。如若真的是张桓，那么他就是一个持之以恒的快递楷模。可这显然没有可能，我为自己滑稽的想象而沮丧。多么无聊啊，或者多么伤怀，一转眼，你就是一个无所事事、胡思乱想的中年胖子了。

我回身进到客厅，倒在沙发上，安静地聆听楼下的吵闹，从呵斥与争执，到辱骂与咆哮。

我一直在周而复始地减肥，这差不多成了我毕生的志业。效果最好的时候，我减到了一百四十五斤——那可真是个像模像样的公子哥儿。但我最初并不知道，上帝赋予我沉重的皮囊，本来是要平衡我灵魂中根深蒂固的轻浮。这是上帝和我之间一桩很严肃的密约。我就是自己灵魂的秤砣，是我自己船身的压舱石：我轻了，灵魂便四方飘散；我轻了，就得翻船。大学毕业两年后，在二十四岁的时候，一百四十五斤的我搞砸了家里原本非常兴旺的企业，一夜之间，连居住的房子都得抵押给银行还债。那是我老爸一生的心血。一个公子哥儿倒下了，他在半年之内，体重重新攀爬到一百九十斤以上。

我跟着爸妈离开了成都，就像是一个拖累着双亲的巨型婴儿。我们一家人在西安开了个只有两张桌子的串串店，每天呼吸充满牛油与花椒味的空气，至少还可以让我们不觉得已然背井离乡。

有那么一个深夜，我在浓厚的川味儿中失声痛哭，老爸不得不连哄带吓地把我拖到街边儿去，以免我惊走店里本就稀缺的客人。他手足无措地站在我身边，而我干脆一屁股坐在了马路牙子上。我这个失败的胖子无法完成蹲姿，要么站着，要么只能坐着，上帝没收了我身体折中的姿势。老爸系着脏兮兮的围裙，神情木然，只能说一些"从头再来"之类的废话。后来我哭累了，抬头发现，自己原来是坐在一棵核桃树下，黑暗中密实的树叶混为一个整体，从而在夜风中神圣摇曳着的就是整个树冠，那是我唯一认得的树木。

我知道我得振作起来，这并不说明我天生有自强不息的品质，我只是在十七岁时被上帝调教过。可我一旦振作，体重便开始下降，就像是一个悖论。我惧怕自己重新变得轻浮，于是振作一段时间后便重回消极气馁，

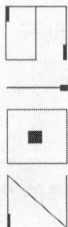

在某个深夜坐在核桃树下恸哭一场，继而，再度振作。朝三暮四，我活在时重时轻的轮回里。

说来也很神奇，最重的时候，我没突破过一百九十三斤，最轻的时候，也再未跌至一百七十三斤以下。从一百九十三斤到一百七十三斤，这个区间，俨然是我开展生命运动唯一可行的活动半径，我的跑道并不长，只能折返在这样的一个摆幅里；我所有的悲伤与欢乐，见诸肉身，不过起伏在这样一截微不足道的波段里。不过区区二十斤——等我有一天终于勘破了这个秘密，我就突然得到了解放。因为我看到了本质，看到了生命的限度。

那一年冬天，我在将鸭肠和豆皮串成一把把串串之余，开启了在网络上写穿越小说的生涯。我的网名叫作"不过区区二十斤"。这个网名决定了我直抵某种神秘本质的书写能力，我觉得我多少摸准了自己命运的脉搏。事实也证明，这回我算是弄对了。

差不多用了五六年的时间，我向爸妈宣布他们可以搬回成都去了，我已经有能力为他们在成都买下最体面的房子，但他们异口同声地向我表示：此地乐，不思蜀。串串店当然是不用再开下去了，而且其后很长一段时间，我们一家三口都心照不宣地拒绝吃一切与牛油和花椒有染的食物。我的确赚到了不少钱，但我未曾松懈过。网络作家的生活非常适于我，后来，我在一些活动中与同行碰面，发现十有八九，大家个个都是一副失败胖子的尊容。这个群体夜以继日地过着昼伏夜出的生活，不免苍白而浮肿，像极了挂在天边败絮般的云团。

刚刚我在露台上还称了体重，一百七十三斤。这是我人格的红线，按照经验，我应当开始一斤一斤地爬升了。就是说，我该启动消极气馁的按钮，让心情沉下去，让体重升起来。可是这回我有点儿拿不准，因为我竟感到消极沮丧也不是说启动就能够马上启动了。至多，我不过是感到了多么无聊或者多么伤怀，可这与那种浑浊而滞重的悲观相距甚远。

我已经不能调节自己精神的重量了吗？或者说，我已经开始丧失悲伤的能力？我尝试着让自己想想女人，想想那些最能唤醒一个男人痛苦经历的记忆。我当然有过自己的女人，我在一百四十五斤的公子哥儿时期，有过不止一个女朋友，如今靠写古代爱情赚到了钱，自然也不缺乏伴侣，但此刻我将她们一一检索，她们所有的欢笑与泪水、激情与消沉，她们的身体与灵魂所带给我的一切冲击，竟然全都止步于一个具体的数据——一百二十斤。这是最保守的估计，尽管我不可能给她们一一称重，但我可以断定，她们绝对不会超越这个额度。一百二十斤，大约是个什么概念呢？我环顾四周，寻找可以比附的物件，目力所及，那大约是四台电视的重量？一定不会比真皮沙发重，也不会重过实木茶几……

就这样，一个胖女孩走进了我的记忆。我望着她，仿佛反观着自己。这么多年过去，我几乎已经遗忘了玉林街。不久前我听到一个歌手在歌里唱出"走到玉林路的尽头，坐在小酒馆的门口"这样的句子，也只是略感恍惚而已，就像他吟唱着的，并不是成都，是一个叫作爪哇国的地方。但是此刻，我清晰地听到有个声音对我说：

"玉林分玉林东路、玉林西路、玉林南路、玉林北路。"

这些具体的路标如同大地的经纬，为我迅速地构建出了一个真实的世界。

迄今为止，我没跟谁说过我曾在十七岁时干过一个下午的快递员。这不太像是我的风格。至少，在我一百四十五斤左右的时候，我算得上是一个喜欢夸夸其谈的家伙，我会将自己乏善可陈的成长史夸大其词地渲染给人听，以此佐证，眼前这个公子哥儿的青春曾经多么富有戏剧性与叛逆精神，尽管他一度是一个失败的胖子，但这个失败的胖子忧郁虚无，同时又敢做敢当，像是贾宝玉灵魂与鲁智深肉身的合体。那么，十七岁那个四月午后的经历，理应是一个极好的噱头，堪可拍成一部文艺片，可我为何却不曾对人提及？我不知道，在这件事儿上是什么遏制了我天性中的轻浮，让我下意识地拒绝将其亮出来跟人卖弄。

那个胖女孩被我从记忆里叫醒，她在玉林街上向我迎面走来。我们遇到的时候，她应当也有一百九十斤左右的体重，对一个女孩而言，这无疑是一个非常惊人的指标，我不免会去想象她在这些年来都将遭遇些什么：一个个跟她比起来只能显得轻如鸿毛的男孩在她面前溃败，所有好的或者坏的运气一旦撞向她都会被她弹开。无论如何，对于这个世界而言，她都太庞大了，真是不幸，上帝在这个配额上赋予了她更大的艰难。如今她有自己的男人了吗？恐怕没有，不知为何，一想到这个问题，我就将自己与

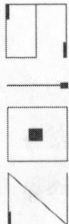

她无缝对接在了一起，似乎，在这个世上，"她的男人"断乎只能是我。这个舍我其谁的念头，说没道理也没道理，说有道理也有道理，就像在一些特定的时空，天经地义，核桃树只能够般配着金银花。

核桃树下金银花，此刻，我非常确凿地看到，她就置身在某个这样的背景里。我感到我的心微微地开始痛苦。

我要回趟成都，我知道我意已决。然后我意识到，自从离开我竟从未回去过。爸妈近年倒是常来常往，毕竟成都有他们的亲戚、老同事、老朋友，何况如今我也算让他们重新挺起了腰杆，为何我却从不曾想到要回去呢？不知道，我也不想知道这里面的缘由，而且我更愿意倾向于其实压根儿没什么缘由。歌手在歌里唱道"成都，带不走的只有你，和我在成都的街头走一走"，我在成都没什么是可带走的。但这个认识现在被打破了，我想起，千真万确，是有那么一个人，曾经和我在成都的街头走过那么一走的。于是，我觉得自己与那座城市重新被某种微弱却又强韧的线索牵系在了一起。

是的，我得回去走一走，这念头渐渐变得强烈，最后变得就像在那个四月的午后我面对一辆电动三轮车时的心情一样——我得骑着它走一遭。这念头不由分说，就是一只沙袋吊在你眼前于是你便只能攥紧了拳头迎上去的状况。

第二天一早，我乘上了飞往成都的班机。

初秋的成都依然很热，当然变得让我几乎无法与离开时的记忆对应起来，但我并不觉得陌生，就像我已经不记得对于它的熟悉。飞机没落地前，我产生过奇思异想：我是不是可以找辆电动三轮车骑到玉林街去呢？好在这念头只是一闪而过，如今我实在没有了将生活戏剧化的兴头。我叫了辆车，先去了华西医院。那家烤兔店没了。这没什么好奇怪的，它要是还在，可能才算奇怪。我信步到了锦江边，在耍都吃了几把串串。吃完我意识到，这是自从我们关了串串店之后，第一次重新把竹签捏在手里。我留意感受了一下自己的心情，让我欣慰的是，很好，我的确非常之平静。我的内心没什么波澜。然而有些重大的缝隙已经被时光抹平。

玉林街当然也不是当年的玉林街了。至少，排污沟看不到了，它被齐整的石板覆盖掉，街道俨然有了花园的意思。我从路边墙壁上的宣传栏得知，现在我所在的地方叫作芳草翠园，它是一个模范街区。但当年的楼群还在，并且全是楼、全是楼啊。打麻将的妇女、坐在板凳上喝荷叶菊花的闲汉、当街开张的剃头匠，他们都还在。

走向玉林十巷七号，远远地，我一度真的确信，她也还在，穿着老头衫，像是蹲着一样坐在一张板凳上，等着一个在她眼里貌似送煤气罐的家伙到来。

然而那家杂货店不在了，门脸儿被墙壁砌住，依然保留着曾经是个门脸儿的轮廓而已。

我感到了热，后背的汗水已经湿了T恤。一桌打麻将的妇女围坐在墙根，我走过去席地坐下看她们鏖战。能被我看到牌面的那个妇女警惕地回头看我一下，可能她是被我的身量吓到了吧，不由自主把身子向牌桌倾斜了一下。一个庞然大物出现在身后，谁都会感到不适的。但我马上意识到，不是这么回事，现在的我只有一百七十三斤，算不得渺小，可也够不上庞大。是什么令这娘们紧张？那不过是因为她被人看清了自己的牌面而已，就仿佛暴露了她内心深处的幺鸡与白板。

她不时回头看我一眼。我只能抱歉地对她笑笑。几把过后，她输了钱，不免要迁怒于我。

"讨嫌喽。"

她侧着脸用眼睛的余光扫视我，心里的阴影面积跟我的体积一样大。

我觉得是该进入主题了。

"大姐，跟你打听个事儿。"

我尽量让自己的口气显得谦恭。

"啥事嘛？"

一旦交流起来，她好像反而轻松了。

"这儿有个胖女娃，你认得不？"

"胖女娃？"她扭脸从头到脚看我一遍，回头继续码牌，"有多胖嗦？"

"嗯，差不多比我能胖上一圈。"

我思索了一下才说，因为我差点儿说出"和我一样胖"。

"比你还胖一圈？"

她不得不又回头看我了。

"是，比我还胖一圈。"

我直直腰，以便给她提供一个准确的参照。

"不认得。"她说。

我认为她不是在敷衍我，"比我还胖一圈的女娃"这个条件，耀眼得就像地上掉着的一百块钱一样不容人敷衍。

我并不甘心，继续给她提供线索：

"年龄嘛，和我差不多。"

她又回头看我，扑哧笑了，说：

"和你年龄差不多？那还是啥子女娃嘛，胖婆娘嘛。"

我竟有些害羞，老实地点点头说：

"对头，她十几年前住在这儿，那时候，这儿有家杂货店。"

"不就是那家乡下人的胖女娃嘛！"

对面的妇女开口了，她的年龄明显是这堆人中最老的。

没错，就是她。我知道对上号了。当年，女孩对我说她们家的地里种着核桃树和金银花，只是当时我并没意识到，那只能是一种乡间的生活。

"走咯。"

"想起来咯，那家人去汶川咯。"

"去汶川咯？"

"可不是嘛，说是大地震全埋在楼板下头咯。"

"哎哟哎哟。"

妇女们七嘴八舌地说开了。

我站起来，发现她们全闭了嘴，齐刷刷地抬头看我。我身前的那个妇女手里举着一张红中，像是正在盘算要不要当成防身的武器。

我说："你们耍我嗦？"

"耍你做啥？"对面的老妇女接话道，"我跟她家邻居，她家是租房住下做点小生意的，还有老乡也在附近做买卖……"

我向前两步，把整个身子俯下来，两只手撑在牌桌上。有那么一个瞬间，我的心是静止的，因为时间静止了。我应该是想了一想，最后还是决定把这张牌桌掀翻算了，好像掀翻了牌桌，人生便可以重新开局了，但我并没有马上行动。

“她活着。”

我试图和她们商量。

“死咯。”

她们跟我对着干。

“她活着。”

“就是死了嘛。”

妇女们就是这般惊人的倔强。

“她家地里的金银花可以摘三十年，你说，现在才过去多少年？”我继续说。

我觉得我是说出了一个完全无法被推翻的事实，这事实经得起上帝的检阅。但是说完之后，我就把那张牌桌掀翻了。

妇女们在我身后尖叫。我一边回头走，一边用手揩眼泪。我等着有人在我身后袭击我，用巴掌或者干脆用红中也罢棒子也罢的什么把我打翻在地。那样的话，我就会在眼冒金星中看到一片无垠的金银花在风中摇曳。胖女孩将我遗弃在玉林街上，不就是走向了那片田野吗？她足足有一百九十斤以上，什么样的楼板都压不垮她，我们并肩走在玉林街，路面完全被我们堵塞，我们因之有了一种满盈的豪情，我们最大程度地充斥了虚无的时光，拥有了结结实实的肉身者的尊严，我们被整个世界礼遇，连风都得绕着我们走。

是她令我在那个下午与世界达成了片刻的和解，我没法不去这么想。

回到酒店，我习惯性地打开随身带着的笔记本电脑，准备按部就班地更新自己的作品。自从开始在网络上码字，我就没有一天中断过，这已经是我获得成功的首要条件。可是我知道，今天这活儿我干不下去了。有一个人，因为我今天的归来而死去，我还他妈的能去虚构那么多压根就没在这世上活过的家伙吗？如果今天我没有回到玉林街，那么她就永远在核桃树下的金银花丛中劳作与收获，永远活在我十七岁的一次冒险中，健壮、雄阔、矜重而有威仪。

十七岁的那个下午，我载着一件地址不详的包裹，风驰电掣地穿行在玉林街。它没有收件人的名字，自然也就没有收件人的电话。它就是上帝因材施教给我的一个三无考验，想要我见识的真理不外乎是：既然你跨上了一辆送快递的电动三轮车，你就得把车上的货给送了。上帝知道我有多潦草，对这个世界有多不耐烦，于是差遣了一个胖天使蹲在路边，让她陪我走上一程，软化我，给我这个失败的胖子加添肉身的尊严，她给我指认了此生的第一棵树木，启发我对原野展开想象。事实证明，这一切多么有效。当她完成了使命离我而去，我始终身在一种对于非凡风景的憧憬中，不达目的誓不罢休地穿行在玉林街上。我不甘心，我在拼命地找，拼命地找。要"找到点儿什么"的这个念头本身，充斥在我全部的一百九十三斤的灵肉里。

而这个"找到点儿什么"，不过就是一个肥胖少年应当早一点比别人学会的对于"规定性事态"的服从。你可以说那是提前学会认怂，但你也得承认，那里面，于劳作中蕴含着责任与义务并重的美德。

我找到了，它在玉林六巷一号。我完全相信，今天你若是按图索骥，依然会在此看到民航成都飞机工程公司职工宿舍——今天看一定显得寒酸，因为当年此地就不是什么堂皇的所在，然而最初入住的扎根者，肯定也壮志凌云，对未来抱有无端的信心与可被理解的妄想。

那天黄昏，我将上帝的三无包裹准确地投放在了它应当抵达的终点。门房签收了它，无师自通，我还郑重地让门房在包裹的底单上签下了名字。

那是迄今为止我所做过的唯一一件有头有脸的事儿。

我不止一次想过，那件包裹总归是会有一个收件人的，或者那就是上帝本人，当他用裁纸刀割开胶带，看到满满一箱的核桃与金银花时，会不会想到，有一个少年快递员风驰电掣地开着一辆电动三轮车，向着他永远的翻版与镜像，向着一个胖天使，一头冲进漫天遍野的壮观的花海里。

原载《青年作家》2019年第10期

点评

小说讲述"一个失败的胖子"在十七岁时的一次送快递经历，事件本身很普通，很平淡。其引人瞩目之处在于，它不以对故事、情节或人物的独到经营而胜出，而以对从平凡故事或一般事件本身所离析出来的不可言说的、未可明状的、与个人意识或潜意识有关的"被给定"事态、情态的精准捕捉、描摹、赋形而脱颖而出。事实上，作为实存地名的玉林街在哪，胖子能否将快递及时、准确送达到预定地点，有关这方面的探讨无关紧要，也不是小说所要解决的问题，小说所要展开的是有关"规定性事态"、"给定的身份归属感"、作为真正动力的"找到什么"这个念头，以及作为心理地标的玉林街、"陪我一程，软化我，给我这个失败的胖子加添肉身的尊严"的胖天使等自他者或物自体的隐形之力，是如何作用于"我"的意识和言行以及由此而拓展开的一系列个体行动。我觉得，这种写作已非常规路径，即已从人物、情节、故事等常规要素抽身而出（至少不再纠缠于此），从情调、情绪、情感等普遍性的体悟视域解放出来（至少不再被其完全遮蔽），而进入物、理、智层面并以小说方式面向未知领域深入开掘。这种实践值得期待，对更新当代小说写作范式和文体形态将大有助益。

（张元珂）

花 饭

/晓 苏

01

突然接到倪飞教授的电话，我觉得声音很熟，却一时没听出来是谁。电话是倪飞用他办公室的座机打的，我的手机上没存这个号码。

"请问您哪位？"我客气地问。

"怎么？你连我的声音都听不出来了？"倪飞显得很吃惊。

我只好撒谎说："对不起，隔壁正在搞装修，电钻打个不停，把我的耳朵都快钻聋了。"

倪飞愣了一会儿，随后扩大嗓门说："我们好长时间没吃花饭了吧？广八路的那家花饭馆，不晓得还在不在？"

对方一说吃花饭，我猛然就明白了打电话的是倪飞。这让我感到十分尴尬。幸亏我们用的不是可视电话，否则他肯定会发现我的脸红一块白一块，比猴子屁股还要难看。

要说起来，倪飞应该算是我的贵人。以前，我在这所大学的电教馆工作，每天扛着机子四处摄像，虽然也被校外的人喊作教授，但实际上连个教师编制都没有，说白了只是一个教辅人员。后来，一个偶然的机会，我有幸认识了倪飞。从此，我的人生命运便发生了重大转折，借用一句时髦的话来说，就是进入了跨越式发展的快车道。

那是五年前，我不幸患上了一种病毒流感，每天去校医院打针。有一天，我刚挂上吊瓶，倪飞突然来了。他也染上了流感，也是来医院打针的。那天注射室人满为患，只有我身边还空着一个位子，倪飞便别无选择地和我坐到了一起。我的性格比较外向，倪飞也很随和，我跟他很快就攀谈上了。相互一介绍，我才知道他是新闻传播学院的副院长，并且分管科研。这让我禁不住一下子兴奋起来。在大学里混了十几年，我知道科研是怎么回事，除了发表论文和出版专著，更重要的是申请项目，因为项目有经费支持。当时，我正好搞到了一个国家级项目，经费高达两百万。为了激发倪飞的谈兴，我马上把项目的事告诉了他。没想到，倪飞一听说我手头有国家级项目，立刻就对我刮目相看了，进而还萌生了调我的念头。他很认真地问我，你愿意调到我们学院当老师吗？我万分惊喜地说，当然愿意。此后没过多久，倪飞真的把我从电教馆调到了新闻传播学院。

调入新闻传播学院后，短短五年时间，我由一个工程师直接变成教授，又以教授的身份成为博士生导师，半年前还当上了龟山学者。凭良心讲，我能混到今天这个样子，完全是倪飞鼎力相助的结果。倘若没有他，说不准我如今还在电教馆扛摄像机。所以我说，倪飞是我的贵人。

然而，我这个人太注重实际了，说得难听一点就是一个势利眼。以前，倪飞对我有用的时候，我三天两头就要跟他联系，每个月都会请他去广八路吃一次花饭。广八路离我们这所大学很近，出了北门，朝右一拐便是。那里有一家扬州花饭馆，老板娘是地地道道的扬州人。倪飞少年时代曾在扬州外婆家生活过许多年，所以对扬州花饭情有独钟。因此，每当我提出请他去广八路吃花饭，他都会满口答应。如果要算起来，我和倪飞这五年间少说也在广八路吃了四十次花饭。当然，我每次请倪飞吃花饭，都是有事和他商量，或者说请他帮忙。比如评教授，比如升博导，比如当龟山学者，这每一步都与花饭有关。可是后来，倪飞对我没什么用处了，我便中断了与他的联系，也没再请他去广八路吃过花饭。坦率地说，我的确有点儿忘恩负义。

我最后一次请倪飞吃花饭，已经是半年前的事了。那时，我刚当上龟山学者。为了感谢倪飞对我的帮助，也为了庆贺自己的进步，我去花饭馆时还特地带上了一瓶湖北名酒白云边。那天晚上，我和倪飞都喝过了量。我醉得一塌糊涂，把吃进去的花饭都吐出来了。深夜分手的时候，我和倪飞趁着酒劲还拥抱了一下，并且约好下个月再一起吃花饭。谁想到，打

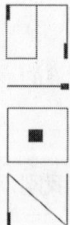

那以后，我和倪飞就失去了联系，居然大半年没见过面，甚至连他的声音都听不出来了。

现在，倪飞突然打电话找我，而且一开口就提到花饭，真让我感到尴尬。我举着手机，足足有两分钟没有说话，不知道如何跟倪飞开口。好在，倪飞没太怀疑我的谎言，似乎真以为我的邻居在搞装修。大约过了两分钟的样子，倪飞问我，你隔壁的电钻还在打吗？我终于松了一口气说，停了，总算是停了。

倪飞急忙说："今天晚上有空吗？我想请你去广八路吃花饭。大半年没吃了，心里怪想的，昨夜还做梦吃花饭呢。"

"有空，有空的。不过，还是我请你吃。"我赶紧说。

倪飞说："不，这次是我请你。以前都是你请我吃，今天无论如何都该让我请你吃一次了。酒，也由我带。你只要赏光就行了。"

"看你说的！你是我的贵人呢，还是让我请你吃吧。"我说。

倪飞却没有答应我的要求。他的态度显得很坚决，说这次非他请我不可，听口气没有任何商量的余地。倪飞好像也不愿意在这件事情上和我多费口舌，说了一个碰头的时间，然后就匆匆挂了电话。

这让我不禁有些纳闷。以前，我们频繁出入广八路花饭馆的时候，每次都是我请倪飞，他从来就没请过我，甚至提都没提过。今天，太阳怎么忽然从西边出来了？难道倪飞有什么喜事？这时，我猛然想起了我们新闻传播学院的院长人选。一个月前，前任院长荣升为学校副校长，此后院长的位子便一直空缺。我听说，现任的三位副院长都想当院长，并且实力相当，各有优势，所以竞争十分激烈。但相比而言，倪飞的资历要老一些，当副院长差不多快满两届了。倪飞今天突然请我吃花饭，莫非院长的事情已经尘埃落定，他要擢升院长了？想到这里，我心里释然了许多。

本来，我想先给倪飞打个电话，含蓄地祝贺一下他。但我后来没有打。我转念一想，晚上我们反正是要一起吃花饭的，还是当面向他道喜吧。

02

下午五点半，我便到了位于广八路的花饭馆，比倪飞约定的时间整整提前了一个钟头。我到这么早，并不是迫不及待，而是把手表看错了。这段时间，我在学校里没课，几乎每天都在校外和一帮教授打麻将，打得天昏地暗，满眼都是血丝，看什么都模糊不清，似是而非。

老板娘眼睛好，一眼就认出了我。她连忙从收银台后面走出来，一边跟我打招呼，一边给我上烟。真是稀客呀，你有大半年没来了吧。她用温软的扬州话对我说。我吐了一个烟圈，然后骗她说，我去美国哈佛大学做了半年的访问学者，昨天才飞回武汉。我话音未落，她便夸张地哇了一声，好像是更加崇拜我了。这让我感到十分受用，心里美滋滋的。

"倪教授呢？他今天为啥没来？"老板娘突然睁圆眼睛问。

我佯装不快地说："怎么？难道我一个人就不能来吗？"

"我不是这个意思。在我的印象中，你和倪教授以前总是一道来的，两人那么亲密，那么默契，就像一对双胞胎。"她边说边对我古怪地笑了一下。

我也忍不住一笑说："呵呵，你说话真逗。既然你说我们像双胞胎，那他今天肯定也会来的。如果我估计不错的话，他一个小时之内就会到。"

花饭馆是一栋两层楼的建筑。一楼很宽敞，摆放着十几桌散席。二楼稍微窄一点，布置了四个雅座和一个包房。包房非常豪华，有电视，有音响，有羊毛地毯，有真皮沙发，还有配置了浴缸的卫生间。在不同的楼层和不同的房间，所供应的花饭也是不同的。散席上吃的，一般都是普通的鸡蛋炒饭；雅座里吃的，除了鸡蛋之外，炒饭里还会放进一些肉末或火腿肠；包房中吃的，炒饭里的鸡蛋已经不重要了，重要的是融入其中的山珍海味，比如松子、竹虫和鲍鱼丁。当然，每种花饭的价格也不一样，便宜的十块钱一碗，贵的高达一百多。

我坐在收银台对面的沙发上，一边抽烟一边等候倪飞。客人越来越多了，花饭的香味已经开始四处弥漫。这时，老板娘迈着碎步走过来问我，今天要包房吗？我愣了一下说，暂时还说不好，这次是倪教授请客，等他来了再定吧。老板娘面有难色地说，你晓得的，包房只有一个，我怕别人先要了，你们到时候想要也没有了。我想了想说，那你还是先留一会儿，倪教授很快就会来的。

　　二楼的那个包房，既安静又舒适，无疑比散席和雅座好。但是，它有最低消费标准，用一次至少要八百。从前，我和倪飞虽说是这里的常客，但我们基本上都坐雅座，进包房的次数少而又少。原因在于，包房太贵了，两个人一次吃八百块钱的花饭，不管怎么想都不划算。再说，我经济上也不怎么宽裕，工资都被老婆捏着，自己能支配的只有一点项目奖励。而我又不是省油的灯，除了喜欢打麻将，还喜欢找女朋友。打麻将总是十打九输，找女朋友也是只赔不赚。这么一来，我的手头就比较拮据，所以在生活中能少花一分钱便尽量少花一分。

　　前面提到，自打认识倪飞后，我至少请他来广八路吃过四十次花饭。但是，我们总共只进过三次包房。没错，绝对只有三次，我记得一清二楚。我还清楚地记得，三次进包房，每次都是我遇到了特殊情况，急需找倪飞汇报，跟他商量，然后请他帮忙。

　　我第一次请倪飞进包房吃花饭，是在我从电教馆调到新闻传播学院的第二个月中旬。当时，学校正在评职称，我希望从高级工程师直接转评教授。

　　在那之前，我已经请倪飞吃过好几次花饭了，都是在二楼雅座。回想起来，我的调动还是很顺利的，自己几乎没操什么心。当时，新闻传播学院的科研比较弱，在全校排名中倒数第三，主要是项目太少。作为分管科研的副院长，倪飞一天到晚都在为项目发愁。后来倪飞对我说，当他在校医院注射室得知我有国家级项目时，他仿佛看见了一根救命稻草，当即就决定要不遗余力地把我抓住。在调动过程中，尽管也遇到了一些阻力，但都被倪飞轻而易举地冲破了。每当有人出来阻拦时，倪飞就说，如果不调他，你给我搞个项目来！此言一出，那些人立刻就偃旗息鼓了。

　　事情也是赶巧，我刚调到新闻传播学院一个月，学校启动了一年一度的职称评审。原先在电教馆，我的职称是高级工程师，相当于副教授。我对照学校人事处关于参评教授的要求看了一下，发现我的硬件都够，于是就当仁不让地申报了。谁想到，新闻传播学院符合教授条件者大有人在，而人事处此次下达的教授名额却只有一个。由于僧多粥少，申报教授的一群人便展开了激烈角逐。我当然也不甘示弱，因为我手上捏着一个国家级项目。

　　然而，让我始料不及的是，我这次评职称非常不顺，可以说费尽周折。倪飞是院里的职称评委，还担任评委会副主任。我听他说，不少人反对我评教授，认为我资历太浅，除了一个国家级项目，其他方面都不占优势。听倪飞的口气，我这次评教授似乎希望不大。这让我感到十分郁闷，甚至有点恼火。

我这个人向来不愿意服输，经常是不达到目的就誓不罢休。既然在新闻传播学院评教授无望，那我就只好另找门路了。我有个姓刘的大学同学，在广州一所名牌大学里当人事处长。我迅速和刘处长取得了联系，希望到他那里混一口饭吃。刘处长颇念旧情，二话没说就答应了我的要求。在刘处长答应我的第二天晚上，我便请倪飞到广八路吃了花饭，并且第一次进了花饭馆二楼的包房。

那天晚上，倪飞来到花饭馆的时候，我已经在包房里备好酒菜恭候他了。那次我表现得特别大方，不仅点了乌龟，而且还买了一瓶每天在电视上打广告的梦之蓝。花饭也是最贵的，即一百块钱一碗的那种。倪飞一进包房就傻了眼，目光直直地盯着我问，规格这么高，有什么喜事吗？我略显忧伤地说，倪院长，我很快要调往广州了，今天特地请你吃个告别宴。倪飞大吃一惊，问我是什么情况。我没有急着回答他，只顾低着头默默地斟酒，显出依依不舍的样子。直到碰杯后，我才把事情的原委告诉倪飞。

倪飞惊慌地问我："你是我作为人才引进的，调到我们新闻传播学院才一个多月，为什么突然就要调走？"

"唉，我这也是被逼无奈啊！俗话说，此处不留爷，自有留爷处。广州那边，已承诺给我教授了。"我边说边叹息了一声。

倪飞恍然大悟地说："哦，原来你是因为职称啊！"

"是的，既然评不上教授，那我还待在这里干什么？"我说。

倪飞接下来半天无语。但他没有停止喝酒，还连续自斟自饮了两杯，看上去内心十分不安。两杯酒下肚之后，倪飞把空酒杯朝桌子上使劲一放，大声对我说，你先别急着走，职称的事，我再给你想办法。听倪飞这样说，我心里顿生感激。不过，我没有表示愿意留下来，反而显得去意已定。我诚恳地说，你的好意我领了，但我不想太为难你。再说了，我手上有国家级项目，到哪里都可以评教授的，没必要在一棵树上吊死。我这么一说，倪飞猛然激动起来。他放大喉咙说，正是因为你有国家级项目，所以我不能让你走。已经到碗的肥肉，我怎能眼巴巴地看着被别人抢跑？说完，他又自斟自饮了两杯。

進包房吃花飯過後沒幾天，新聞傳播學院正式召開了職稱評審會議。在會上，倪飛力排眾議，舌戰群儒，最後硬是把我評上了教授。

03

花饭馆生意兴隆，刚到六点钟，一楼的散席全都坐满了。我看见二楼也上去了好几拨客人，全都是财大气粗的派头。我想，他们中间肯定会有人要那个包房，心里不免有些紧张。我扭过头，朝门外面看了一眼，却不见倪飞的影子。

这时，老板娘再次走到我身边，问倪飞什么时候到，说已经有好几个客人要包房了，不晓得到底是留还是不留。我说，倪飞约的时间是六点半，他也有可能会提前到。老板娘撇嘴苦笑了一下，然后建议我给倪飞打个电话。我很快拨了倪飞的手机，对方却正在通话之中。我没有立即把手机挂断，想等他通话一结束就问订座的事。可是，我等了好几分钟，手机都发烫了，倪飞那边的通话还没完。我想，倪飞一定是遇到了什么重要事情，否则不会在电话里说这么久。我还猜测，倪飞在电话里所说的内容，十有八九与他当院长有关。

"对不起，倪教授的手机一直占线。"我挂了电话对老板娘说，同时学着外国人的样子把两个肩头耸了耸。

老板娘皱起眉头说："那个包房，我最多再给你们留十分钟。如果十分钟还定不下来，我只好给别人了。"

"再留一刻钟怎么样？我们是老吃客呢。"我嬉皮笑脸地说，随即还给她抛了一个媚眼。

老板娘做个怪相说："什么老吃客？我看你就是个老油条！"

老板娘说到老油条，我情不自禁地想起了那年晋升博导的事，同时还想到了我老婆。博导是博士研究生导师的简称，我们大学里特别在乎这个头衔。我至今记得，就是在我为升博导四处活动的时候，我老婆说我是老油条的。那是她第一次这么说我，从此往后就经常说我是老油条了。

我从学校电教馆调到新闻传播学院不久，便取得了硕导资格。所谓硕导，也就是硕士研究生导师的简称。如今，硕导在大学里是不值钱的，因为硕士生招生人数一度猛增，一个小讲师都可以指导硕士研究生。所以，我并不看重硕导这个头衔，只是对博导资格垂涎三尺。说到这里，我不由想起一段屈辱的遭遇。有一次，我到外地去参加一个学术会议。报到签名的时候，我发现我前面的人在职称栏里填的都是博导，于是灵机一动，把我的职称也由硕导变成了博导。谁承想，那个会，我们学校居然有两个人参加，另一个与会者还是我的同事。那个同事与我向来不睦，立刻就在会场上揭了我的老底。当时，我真是难堪到了极点，仿佛有人在大庭广众之下扒光了我的裤子。从那时起，我对博导身份就更加心驰神往了，做梦都想弄个博导干干。

调到新闻传播学院的第二年，学校研究生院决定增补一批博导，先由教授自己报名，再经所在院系初审，最后报到研究生院审批。我那次也报了名，遗憾的是没能申请成功。按照学校规定，教授必须任职两年以上才有资格申请博导，而我当时评教授才一年零两个月。

第二年增补博导的时候，我在新闻传播学院是第一个报名的。院里初审时，尽管我的教授任职年限已够，但还是遇到了不少阻力。有人指责我论文水平不高，有人批评我上课效果不好，有人甚至还拿我的硕士生做文章，认为我在指导上不合规范。幸亏，我有倪飞为我说话。初审会开到关键时刻，倪飞毅然挺身而出。他用指头指着那些反对我的人说，你们说人家这也不行那也不行，可人家有国家级项目啊！搞到两百万项目经费的人不能当博导，那请问谁还能当？倪飞这么一问，那些反对者都哑口无言了，只好让我通过了初审。

然而猝不及防的是，我的博导申请送到研究生院以后，居然又遇到了新的麻烦。那年，研究生院突然出台了一条新规，凡是申请博导的教授，必须自身要有博士文凭。一听到这个消息，我当即就崩溃了。因为，我不仅没读博士，而且连硕士文凭都不过硬。我当初读的是一个硕士研究生班，交了一万多块钱，利用暑假听了几次课，后来就混了一张结业证。

得知这个消息的那天晚上，我差不多彻夜未眠。次日天亮时分，我猛然想到了上海的一位哥们儿。哥们儿姓关，在上海一所著名大学担任科研部部长。多年以前，关哥来武汉参加一个主题为高等教育与信息技术的研讨会，我和他在会上一见如故。散会之后，我留关哥在武汉玩了一天，陪他登黄鹤楼，还请他吃武昌鱼，而后就成了哥们儿。我很快给关哥打了一个电话，把我的境遇一五一十地告诉他。关哥真够意思，一听便为我打抱不平，并立刻建议我调往他们学校。来吧，只要你把项目带来，我们立马给你解决博导。关哥一边说着，一边还在电话那头给我拍了胸脯。

　　就在关哥提出调我的当天中午，我迫不及待地把倪飞约到了广八路，第二次进了花饭馆二楼的包房。从家里出来之前，我在酒柜边再三考虑，最终拿了一瓶五粮液。到了花饭馆，我又慷慨地点了一个野生甲鱼火锅，还有刚刚推出的蚕蛹花饭。倪飞进到包房时，酒已打开，火锅也上来了。他先愣了一会儿，然后对我淡淡地一笑说，如果我没猜错的话，你八成儿又是绝路逢生了。我喜形于色地说，没错，山重水复疑无路，柳暗花明又一村。倪飞问我，什么喜事？我举起酒杯说，先喝酒吧，喝了酒我再告诉你。直到酒过三巡，我才把调动的事讲给倪飞听，同时还让他看了关哥和我在手机上的聊天短信。关哥在短信中说，拿了国家级项目还不能当博导，真是岂有此理！

　　倪飞一看短信便焦急起来，赶紧问我："上海那边要调你，还答应一去就给你博导，有什么条件吗？"

　　我如实回答说："他们让我把那个国家级项目带过去。正好，我那个项目还没结项，按规定可以带走。"

　　"不行，这绝对不行！"倪飞顿时激动起来，把筷子往桌上一拍说，"你先不要答应他们，我今天就去找院长汇报，然后和院长一起去研究生院交涉。"

　　"多谢院长厚爱！"我双手合十，给倪飞作了个揖说，"不过，你就别再为我费心了，研究生院是不会同意我当博导的。"

　　倪飞没再言语，接下来只顾埋头吃甲鱼，边吃边喝五粮液。吃饱喝足之后，他拍着我的肩，喷着酒气说，事在人为，一切皆有可能。说完，倪飞就跟我握手道别，匆匆忙忙离开了花饭馆。

　　果不其然，吃过花饭后的第三天，我的名字赫然出现在了研究生院新增博导的名单之中。倪飞见到名单后，迅速给我打来了电话，问我还走不走？我有点难为情地说，既然解决了博导，那我就只好不走了。

04

　　我一直等到六点半，倪飞还没到。老板娘这时又来了，有些不耐烦地对我说，你们到底还要不要包房？我说，我马上给倪教授打电话落实。我拿出手机，正要拨倪飞的号码，倪飞发来了一条短信。短信上说，学校组织部突然找他谈话，所以要迟到一会儿。我连忙回了一则短信，问他订不订包房。可是，我的短信发出去后，倪飞却没有回复。依我猜测，组织部的人肯定在跟倪飞谈一个十分重要的事情，八成儿是关于院长的人选。我想，倪飞当院长看来是板上钉钉了。

"倪教授怎么说？"老板娘盯着我问。

"他说组织部长正在找他谈话，看样子马上要当院长了。"我说。

老板娘瞪了我一眼，不高兴地说："我是问他要不要包房！他当不当院长，跟我这个开花饭馆的没半毛钱关系。"

我露出一脸怪笑说："此话差矣！如果倪教授当了院长，你这儿的花饭生意会更加红火。你知道阿庆嫂吗？她有句名言，叫背靠大树好乘凉。"

老板娘可能看过《沙家浜》这出戏，听我说到阿庆嫂，态度顿时变得柔软了，居然又给我上了一支烟，还亲自帮我点燃。临走的时候，老板娘双眉一挑对我说，既然倪教授要当院长，那我就把包房一直给他留着。假如他到时候万一不要，我也认了。我觉得老板娘这话说得很有水平，连忙伸出一个大拇指，把她好好地夸了两句。厉害，你比阿庆嫂还要厉害！我这么夸她。她被我夸得喜不自禁，一边扭腰一边走了，看上去就像一条游动的锦鲤。

老板娘走后，我手机上来了一个电话。刚听到电话铃声，我还以为是倪飞打来的，举起手机一看，才发现打电话的是一个牌友。牌友是武汉另外一所大学的教授，他也通过关系搞到了一个国家级项目，项目经费比我的还多。其实，他压根儿没心思研究项目，具体的工作都摊派给了他的研究生。他的大部分时间都用在社交上，另外就是打麻将。他打麻将的赌资，基本上都是从项目经费中支出的。虽然项目经费管理比较严，但他有足够的应对办法。比如，他经常会设计一些诸如专家咨询费之类的表格，让我们几个牌友以咨询专家的身份在上面签名，每人的咨询费三千到五千，而实际上这些钱都进了他一个人的荷包。不过，我们不会因此对他有什么意见，并且还会为他保密。原因很简单，因为我们这帮人都是这么干的，圈子内称之为换手抠背，也叫换背抠痒。

花饭

牌友这次来电话，不是约我打麻将，而是邀请我参加一个评审会。他的一个项目要结项了，按规定必须召开一个专家评审会，先由与会专家对他的研究成果进行审阅，然后形成一个项目鉴定书。

事实上，项目评审会都是走过场。在我的印象中，几乎没有什么项目是不能结项的。至于成果形式，无非就是论文和专著，再就是实验报告。这些，都可以让研究生们去完成，只要发表时把导师的名字挂在前面就行了。结项的时候，评审专家都由项目负责人自己请。这些专家和项目负责人的关系，往雅里说是同行，往俗里说就是一伙儿的。在评审会上，他们一个个都要发言，虽然讲得头头是道，但都是睁着眼睛说瞎话，怎么好听怎么说。专家们发言结束后，时间也差不多到了。这时，项目秘书会把事先准备好的项目鉴定书拿过来，请每位专家在上面签名。专家们发言也累了，拿到鉴定书看也懒得看，便草草地把名签了。与此同时，专家们还要在评审费发放表上签个字，签完就可以领到一个鼓鼓的牛皮纸信封。走完这些程序，项目就可以宣布结项了。然后，所有与会者一起鼓掌。再然后，大家再一起款款步入宴会厅。

牌友在电话中说，他的项目评审会三天后在他们学校举行，希望我一定参加。我假装推辞说，你知道，我是个水货专家。你的评审会，我就不去滥竽充数了吧。牌友呵呵一笑说，你就别谦虚了，水货专家能当上龟山学者？他这么一挖苦，我就不好再说什么了。要是再说下去，他没准儿会把我挖苦得体无完肤。

说到龟山学者，我多少感到有些脸红。打从国家设立长江学者之后，各地高校纷纷效仿，一时间，各种名头的学者如雨后春笋，层出不穷，铺天盖地。比如珠江学者，湘江学者，乌江学者，又比如黄河学者，淮河学者，黑河学者，还比如泰山学者，华山学者，黄山学者。江用完了用河，河用完了用山，国家的好山好水差不多都用到了学者身上。我们这所大学也不甘寂寞，因为学校附近有座龟山，便照葫芦画瓢搞了一个龟山学者奖励计划。龟山学者虽说不如长江学者值钱，但每年也有十万块的奖励，所以诱惑力还是很大的。半年前，在那每年十万块钱的诱惑下，我也申报了。

令人不爽的是，我的申报材料送到学校之后，有关职能部门在进行资格审查时，认为我有一项指标不合要求。按照龟山学者的评选细则，申报者必须承担一门本科生的课程教学，并且学生的满意率要达到百分之八十以上。本科生的课程，我倒是上过一门，即《视觉新闻学概论》，主要讲的是摄影和摄像。但是，学生们觉得我讲得杂乱无章，所以满意率只有百分之六十。因为这个该死的满意率，龟山学者评委会在初评阶段就把我刷下来了。

得知这个消息，我差点气晕了。让我生气的是，不仅每年十万块钱的奖励泡了汤，而且脸面也丢光了。一气之下，我又产生了调走的念头。这次，我想到了北京的一所大学，因为我的一位老乡刚刚荣升了那所大学的党委副书记，正好分管人事和职称。我的老乡姓张，在他们兄弟中排行老三，所以小名叫张三。我给张三发了一个邮件，迫切表达了我的投奔之意。张三很快给我回了邮件，认为我的条件完全符合他们引进人才的标准。张三还允诺说，只要我把国家级项目带去，他们可以特聘我为该校燕山学者，每年奖励十二万。

收到张三的回复，我不禁喜出望外，当即把他的邮件打印了一份。那天傍晚，我怀揣着张三的回复，再次光临了广八路花饭馆。毫无疑问，我又请上了倪飞，并且又进了二楼的包房。

那是我第三次进入花饭馆包房。从家里出门时，我毫不犹豫地拎上了唯一的一瓶飞天茅台。到了包房，我又狠心地要了一盘红烧鳄鱼，还一咬牙点了两份穿山甲炒花饭。老板娘偷偷地跟我说，穿山甲来自中越边境，沿途绕过了重重盘查，好不容易才抵达武汉。不过，用穿山甲炒的花饭也够贵的，一份居然高达一百五十元，两份就是三百。下单的时候，我的心如同刀割，剧痛了好一阵。

倪飞那天来得很准时，一分钟也没迟到。进入包房后，他先把酒菜仔细地打量了一番，然后抬起头来，看着我怪笑。

"你怎么这样看我？"我有些不自在地问。

倪飞说："看样子，你又想调走了。"

"没错。这次是调北京，我老乡是那所学校的党委副书记。"我边说边掏出张三的邮件，推到他面前。

倪飞看完邮件，沉吟了片刻问："你的那个项目，应该是明年结项，该不会也带走吧？"

我没有正面回答倪飞，只是跟他苦笑了一下。倪飞显然明白了我的意思，便没再追问。但是，倪飞没有把张三的邮件还给我。他认真地折好，然后放进了他身边的提包。我奇怪地问，你这是要干什么？倪飞不慌不忙地说，明天上班后，我把这份邮件送给主管科研的副校长看一下。说完，他便大口地吃喝起来。

此后没过几天，学校公示了一批新晋的龟山学者名单。那天中午，我正睡午觉，倪飞突然打电话给我，让我去行政大楼门口的公示栏看看。我跑去一看，居然看到我的名字也位列其中。

05

倪飞来到花饭馆的时候，已经快七点了。虽说时令已是深秋，但他看上去却满面春风。倪飞手上提着一瓶洋酒，好像是人头马。看来，他这次真是要请我吃花饭了。

老板娘远远地就认出了倪飞。她张开双手，像喜鹊展翅一样跑到门口，惊喜万状地说，哎呀，我盼星星，盼月亮，总算把倪教授盼来了！倪飞笑了笑问，那个包房还在吧？老板娘忙说，在，在，我一直给你留着呢！她边说边接过倪飞手上的酒，转身带我们上了二楼。

点菜时，倪飞问，有什么特色菜吗？老板娘将头一歪，神情暧昧地说，真巧，今天刚好有公鸡蛋火锅。倪飞明知故问，公鸡还下蛋？老板娘有些害羞地说，也就是鸡卵子。点完菜，倪飞问我，你想吃哪种花饭？我还没来得及回答，老板娘抢着说，我推荐你们吃狗鞭花饭吧，本馆刚上的新品种，吃了又香又壮阳。倪飞说，好吧，那就来两份。

老板娘出去后，我问倪飞："院长的事，十拿九稳了吧？"

倪飞眼睛直直地看了我一会儿，神秘地笑了笑说："先不说这个，还是先说一说你，好吗？"

我不由一惊，忙问："我有什么好说的？"

倪飞递给我一支烟，然后说："就说说你那个项目的来历吧。我问过你好多次，你总是不肯告诉我。"

我没想到，倪飞会再次问到这个问题。在这之前，他至少问过我两三次，问我是怎么把那个项目弄到手的。我知道，倪飞一直对我的项目感到很好奇。在他看来，我能搞到一个国家级项目，上面肯定是有关系的。他的猜测没错，我在上面的确有个关系。

六年前，我认识了一个高官的秘书。那个秘书姓高，个子也高，少说也有一米九。那年夏天，高秘书陪高官来我们学校视察工作，视察结束后又去神农架林区调研。去神农架的时候，我们学校派了一帮人陪同。我也是陪同人员之一，负责拍照和摄像。高秘书特别喜欢单独拍照，我一路上给他拍了几十张。他对我的拍摄技术十分满意，还主动留了我的电话，并把他的名片送了一张给我。那次去神农架，我们在一个名叫木鱼的地方住了一夜。木鱼是一个风情小镇，夜色尤其迷人。那天深夜，我已上床睡了，高秘书突然敲门找我，要我陪他出去喝酒。我马上起床，把他带到了一个酒吧。高秘书酒量惊人，一口气喝了两瓶红酒和四瓶啤酒。从酒吧出来，高秘书打着酒嗝问我，这地方还有什么好玩的？我听出了他的话外之音，便小声问，有幺妹儿，你敢玩吗？高秘书说，这有什么不敢的？走，你带我去。高秘书既然这么说了，我便只好满足他的要求，直接将他带进了一条粉红色的小巷。小巷深处有一个吊脚楼，高秘书刚到楼下，就被一个露脐的幺妹儿拉到楼上去了。高秘书上楼玩了一个钟头，从楼上下来时，我已经给他把单买了。就这样，高秘书成了我在上面的关系。当时，我丝毫也没想到，高秘书后来会调到主管项目的那个部门去，并且还当上了处长。

显然，我不能把我和高秘书的关系透露给任何人，包括倪飞。所以，每当他提到这个话题，我都要顾左右而言他。否则的话，我不仅对不起高秘书，而且也断了自己的财路，或者叫自毁前程。现在，倪飞再次问到我的项目，我仍然不能如实相告。

服务员这时把公鸡蛋火锅端上来了。倪飞随即也打开人头马，满满地斟了两杯。他递了一杯给我，略显不满地说，既然你还是不肯告诉我，那我就再不问了。来，我们喝酒吧。他边说边把自己的杯子端起来，使劲地在我的杯子上碰了一下。我说了声谢谢，然后轻轻地抿了一口。桌子上的气氛非常压抑，我们喝了好一阵子闷酒。直到狗鞭花饭端上来后，我们的话才开始多起来。

"我应该叫你院长了吧？什么时候正式登基？"我吃了一口花饭问。

倪飞也吃了一口花饭，一边咂嘴一边说："院长肯定是要当的，不过，不是在我们学校。"

"你这话是什么意思？难道要去其他地方高就？"我一下子愣住了。

倪飞又吃了一口花饭，然后眉开眼笑地说："天津一所大学的新闻学院，面向海内外招聘院长。我试着投了一个简历，结果被他们看中了。"

我听了无比兴奋，赶紧站起来给倪飞敬酒。倪飞也兴奋地站了起来，将满满一杯人头马爽快地倒进了喉咙。这时，倪飞已经有点醉了，话匣子便彻底打开。他告诉我，天津方面已经派人来学校考察他了。他们一来就去了人事部，接着又去了组织部。如果顺利的话，他半个月内就会赴天津上任。倪飞说完，我没有立即表示祝贺。沉默了好久，我才慢条斯理地对他说，这事倒是一件好事，只怕学校不会放你走。倪飞说，只要我态度坚决，谁也阻拦不了我。他说完，又埋头吃起花饭来，边吃边感叹说，呵呵，这狗鞭花饭的味道真好！

那天晚上，我们一直到九点钟才离开花饭馆。结账的时候，我提出由我付款，但倪飞却死活不同意，非要自己买单不可。

此后大约过了三天，我突然又接到了倪飞的电话。他唉声叹气地对我说，完了，我去不了天津了。我问，为什么？是学校不放你吗？倪飞说，是的，学校把我卡住了，要我留下来当新闻传播学院的院长。

听到这个消息，我一点儿也不感到意外，但还是对倪飞表示了祝贺。倪飞在电话那头怪笑了一声，然后说，这得感谢你。听倪飞这么说，我不禁猛然一怔，不知道他此话怎讲。我一头雾水地问，我有什么好感谢的？倪飞顿了一下说，感谢你请我吃花饭啊！

点评

小苏的短篇向来以讲故事以及故事背后表达某种深层意蕴而让人深刻印象。《花饭》亦然。小说讲述了"我"在某高校的三次学术晋升过程：一次由电教馆调至某高校新闻传播学院，一次是晋级博导，还有一次是成功晋升"龟山学者"。表面上看，这些"晋级"都属高校学术活动中的常见"动作"，但其背后的运作过程却并不正常，学术圈里的你争我夺、彼此利用，其实都脱离了学术本体的规范和尊严。"我"之所以能"过关斩将"，其根因在于"我"握有别人所没有的国家级课题（实则也是通过非正常手段得来的），而且"我"通过宴请倪飞吃"花饭"、几次以携带项目调往他校为手段（实则是"要挟"）获得了想要的职位和名位。事实上，"我"在这所高校看似非常态的学术历程，其实也就是当下高校学术生态的一个缩影。从这个角度来看，作者内置于小说叙述中的写实倾向和批判意图都是显而易见的。其中，"花饭""龟山学者"等名称也别具深意，作者刻意为之的讽刺意向也耐人寻味。

（张元珂）

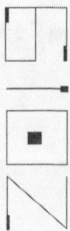

芦花如雪/

/关仁山

一

有四个最要好的乡下孩子，全部10岁。女孩叫雁翎子，三个男孩一个叫眯缝眼，一个叫大耳朵，一个叫鼻涕泡。他们同住在芦花村。

出了芦花村往东走，不到二里路，就全是芦苇荡了。咋望也望不到边。正是秋风飒飒的时节，初看上去，偌大的芦苇荡白茫茫一片，像是下了场鹅毛大雪。所有的茎和叶，全都淹没在雪白之中。雁翎子、眯缝眼、大耳朵、鼻涕泡走进芦苇荡，像四条快乐的小鱼。人在苇荡里朝前走，像是在走一条天路，一直随着河流延伸到蓝天边上。硕大松软的芦花放肆地开着，野鸭子在苇丛里惬意地嘎嘎叫。一只只水鸟突然振翅腾出苇荡，伴随着一阵羞涩的鸣叫。

有水鸟升空的地方就有鸟蛋。有鸟蛋的地方，就有孩子们柔软的呼吸。不过，有一个地方例外，是专属于雁翎子四个好伙伴的，这个地方叫阎王湾。听听，阎王爷待的地方，哪个敢随便出入呢？可雁翎子他们就敢。当然家里的爹妈是不知道的。雁翎子当年就出生在阎王湾的芦苇荡里，啥也不怕。眯缝眼他们仨男孩更是从小就天不怕地不怕的，难道现在就怕了？关键是这个地方的鸟蛋好吃，煮着吃，放几滴油炒着吃，可香了。香得人直摔跟头。拿到市场上卖，一眨眼就被人抢空了。蛋壳跟一般的鸟蛋不一样，白亮亮，芦花有多白，它就有多白，上面沾着鸟的体香，可鲜亮了。鲜亮得让人看着看着就想哭。

对雁翎子他们来说，鸟蛋还有一个用途，也是叫他们最开心的用途——玩一种撞鸟蛋的游戏。一人手里捏一只鸟蛋，蹲在地上，一个人当擂主，其余三个当应战者。轮流拿自己的鸟蛋跟擂主的鸟蛋对撞，撞碎为最后目的。谁的碎了谁为输者，要退出。输者还要连续一个月天天见着对方喊四个字："好运来了"——谁不乐意自己交好运呢？至于好运最终来没来，小孩子都觉得来了。譬如有一次，眯缝眼的鸟蛋撞碎了雁翎子他们三个人的鸟蛋。他们三个朝他喊"好运来了"的第二天，他的好运就真的来了。他站在大耳朵家葡萄架下偷吃葡萄，一直眯缝着的眼睛突然睁大了，就睁大一下，就发现了一只小家雀，趴在他的脑袋顶上，正准备拉屎。自然他就躲过去了。这不是好运又是啥呢？这个游戏是雁翎子发明的。是她五岁时的创意。四个好伙伴一玩就是五年。好运自然一直陪伴着他们。他们的童年一直很幸福。

阎王湾这地方的芦花跟别处的不一样，别处的是一团一团的，像棉花，摸上去也像棉花。风吹过，芦花们像是跳起了团体舞，低头，弯腰，制造出潮水一般的景致。而这里的是一穗儿一穗儿的，像维吾尔族姑娘头上的小辫儿，又像一杆马鞭。摸上去，竟还有丝绸般光滑柔软的质感。在阳光下也亮得耀眼。这么美好的地方，出产的鸟蛋能不好吃吗？能卖不上好价钱吗？能不好玩吗？

关于撞鸟蛋的游戏，四个孩子的家里人谁也不知道，孩子们都保守着这个秘密。因此，浩瀚的芦苇荡成了四个孩子的天堂。他们玩这个游戏的时候全都神情肃穆。在游戏之前，他们必须要"瞻仰"一下各自的鸟蛋。那些被轻轻捧在手心里的鸟蛋，全都泛着暖暖的光泽。它们在孩子们的手心里就是个小玻璃球，椭圆椭圆的，红里藏着白，白里泛着红，壳上的脉络让人一看一眼会想到妈妈的乳房。玩起这个游戏来，底气格外足。就觉得好运就粘在鸟蛋上，即使是输了，好运也在自己身上赖着不走。因此，他们在撞鸟蛋的时候，都是跪在地上，而不是蹲着或者趴着。

鸟蛋的壳很薄，就连那些打擂成功的鸟蛋壳，也没有一毫米。有个疑点孩子们一直解不开：既然鸟蛋一样厚，咋就可以一个撞碎另一个呢？反正每一回游戏都能一个鸟蛋撞碎另一个，总能听见撞碎一刹那"啪"的一声脆响，又拖着长长的尾音。第一次看见蛋壳四溅的样子，四个人咋看咋觉得像点啥："快看哪，多像一朵莲花啊，阿弥陀佛。"雁翎子惊呼。"嗯……，真像爆炸的小鞭炮。"眯缝眼眯着眼显得有点深沉。"我看咋这像我爷抽烟时候的火苗子哪。"大耳朵说的时候，一对大耳朵一动一动的。"哎呀，你们说得都不对，像鼻涕甩到墙上。"三个伙伴一齐向鼻涕

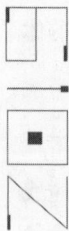

泡撇着嘴笑。

今天，一向运气不好的鼻涕泡忽然就转了时运。他的鸟蛋居然接连撞碎了雁翎子、眯缝眼、大耳朵的鸟蛋，茂密的苇荡里到处弥漫起鸟蛋的腥香。三个小伙伴惊讶地瞪视着鼻涕泡，鼻涕泡也惊讶地看着自己手里的鸟蛋，不明白今天的鸟蛋为何拥有如此强的战斗力。"好运来了！"三个小伙伴一齐对鼻涕泡喊。语气里明显有不服气。鼻涕泡擤了下鼻涕，鼻涕被他甩到芦苇秆上，芦苇秆一阵痉挛。雁翎子白了鼻涕泡一眼，说："哼，瞧你美的！"眯缝眼说："别忘了，你还该我一块橡皮哪。"大耳朵啥也没说，一对大耳朵动了又动。他这是在琢磨事哪。果然，就在雁翎子说"我们回家吧"话音刚落，他说话了："哎哎哎，我有一个想法，你们想听不想听啊？"眯缝眼不以为然："耳朵大，爱劈叉，能有啥好想法啊。"鼻涕泡吸溜一下鼻涕龇牙乐，一股鼻涕趁机漫过了他的嘴巴。雁翎子推了眯缝眼一下，踢了鼻涕泡一脚，对大耳朵说道："你说吧，啥想法。"大耳朵说："咱们都已经是三年级学生了，老师不都说了吗，我们是新中国的少年，要有远大的理想，我琢磨着，咱们撞完鸟蛋之后，胜利者是不是应该许个愿，其他三人祝他心愿早点实现呢？""好，这个想法不赖！"雁翎子头一个赞成。眯缝眼点点头"嗯"了一声。鼻涕泡擤了下鼻涕甩到芦苇秆上，嘿嘿乐。

四个好伙伴跪在地上开始撞鸟蛋。平坦的地上，一枚枚小巧玲珑的鸟蛋来回穿梭，互相碰撞。今天四个人的运气都不错，全都当了一回胜利者。四个人一齐跪在芦苇荡深处的苇丛里，庄重地许下自己的心愿，雁翎子说："来，咱们把自己的心愿大声喊出来，叫全村人都听见。"雁翎子第一个喊："我想当企业家，当女老板——鸟蛋鸟蛋，保佑我吧——"眯缝眼第二个喊："我要当特种兵——鸟蛋鸟蛋保佑我吧——"大耳朵喊："我要当宇航员，开着飞机上星球——鸟蛋鸟蛋保佑我吧——"鼻涕泡喊："我要娶雁翎子当媳妇儿，鸟——"后边的话还没喊出来，人已经被雁翎子打趴下了。雁翎子骂鼻涕泡："小流氓，看我不告诉老师去！"鼻涕泡说："告诉就告诉，我又没说现在就娶。"雁翎子不依不饶。眯缝眼说："鼻涕泡你还真敢想，娶雁翎子？癞蛤蟆想吃天鹅肉，做梦去吧你。"大耳朵说："你俩别这样。人家鼻涕泡真有这个心愿也不犯法，不应该连打带骂的不尊重人。"雁翎子喊："敢情没说娶你哪。"大耳朵笑："我是男的，他要娶我，神经病啊，还是同性恋啊？"眯缝眼说："那咱们就祝鼻涕泡的心愿，永远也实现不了吧？"大耳朵白了他一眼："哼，真小气，还站着尿尿呢。"

二

时光跑得忒快，眨眼工夫十五年过去了，四个好伙伴都二十五岁了。三个大学毕业，雁翎子学的是经济管理，毕业后在城里一家休闲会馆打工当副总。眯缝眼考上了国防大学，毕业后真的去了特种兵部队。大耳朵大学毕业后，当上了一名宇航员。鼻涕泡上的技校，学了门修理汽车的手艺。因为心灵手巧悟性高，修理水平不断提升，深受顾客信赖。

四个昔日的好伙伴都很忙，好久没有撞鸟蛋了，确切地说是好久没回芦花村了。雁翎子因为自己的心愿还没实现，眯缝眼因为部队训练任务重脱不开身，大耳朵因为身在重要岗位而身不由己。鼻涕泡的心愿也没实现，不过，他少回村可不是因为这，而是修理厂离不开他。他每天坐在大院里的躺椅上，左手端着一个精致的紫砂壶，右手摩挲着一嘟噜手串，闭着两眼，全神贯注地听着每一辆从眼前开过去的汽车。只需十几秒工夫，他就可以判断出车的毛病出在哪个部位。"去检查吧，一准是这儿的毛病。"这么厉害的师傅，老板娘当然不敢怠慢。老板娘叫满一花，今年28岁，死了丈夫，长得挺好看，比鼻涕泡大三岁，她喜欢鼻涕泡，鼻涕泡也想娶老板娘，但他更想娶雁翎子，因为小时候的心愿还没实现。这件事全村人都知道。说了就得做。说了不做算啥老爷们儿啊？可雁翎子明确对他说过："你一定要娶我，就跟我的相片过日子吧。"言外之意，人家不可能嫁给你鼻涕泡。

鼻涕泡不恼，但很着急。他给眯缝眼发微信，求眯缝眼把雁翎子让给他。眯缝眼说他喜欢雁翎子，但没想娶她。他说你劝劝雁翎子嫁给我吧。眯缝眼说了一句：看准了目标就果断出击吧。他不敢"出击"。雁翎子学了跆拳道，在一个下雨天，把两个调戏她的毛头小伙打得抱头鼠窜。他给大耳朵写信，求他给支支招，咋样能把雁翎子娶进家门。大耳朵回信问了这么一句话：你为什么老想"得"呢？为什么不多想想怎么"舍"呢？一句话点醒了鼻涕泡，他迅速想起了雁翎子十岁那年许下的愿：当企业家。对呀，雁翎子的心愿还没实现，她有啥脸嫁人呢？我要是帮她实现了心愿，再向她求婚，她一准答应我。

"谢谢你，不过我不需要你的帮忙。"雁翎子一口回绝了鼻涕泡。鼻涕泡说："咱们是同乡，又是从小一块撞鸟蛋长大的，我帮你不是应该应分的吗？"雁翎子说："撞鸟蛋一起长大就非要娶人家，这也是应该应分的吗？"鼻涕泡尴尬地笑笑，小心地看着雁翎子，说："我现在也不甩鼻涕泡了，你咋还看不上我呢？我到底……差哪了？"雁翎子说："就差缘分，你懂吗？"鼻涕泡想起大耳朵的话，说道："我懂了，强扭的瓜不甜。既然你说咱俩没夫妻缘分，那就做哥们儿，这个缘分总还是有的吧？"雁翎子点点头。鼻涕泡心里乐开了花，再次升起了希望，他说："是哥们儿就得相互帮忙，我们修理厂对面有家酒楼客源不错，老板媳妇跟一个小白脸劈腿走了，他心灰意冷，打算把酒店兑出去拿一笔钱回老家，你干脆给盘过来自己当老板得了，我手里有一笔闲钱，你可以先拿着使去。"

雁翎子想了想，说道："我是想过开一家酒楼，可是最近我改变主意了。"鼻涕泡问："你不想当企业家了？"雁翎子说："这个心愿没有改变，我只是另有了想法。我问你，你知道城乡一体化是咋回事吧？"鼻涕泡说："听说过，没细研究过。"雁翎子说："往后你得多关心政治时事啥的，别光顾着拉车，要看看方向，别走错了路。城乡一体化就是要把工业跟农业、城市跟乡村、城镇居民跟农村村民作为一个整体，统筹谋划，促进城乡在规划建设、产业发展、生态环境保护等等各个方面发展的一体化。用一句话概括就是，叫咱乡下人过上跟城里人一样的日子！"

鼻涕泡说："我明白了。你想搬城里住，是吧？"雁翎子摇摇头说："你没听懂我的意思。我想把咱村跟周边俩村子整合在一块，改造成一个风光旅游小镇，让乡亲们跟咱一块发家致富！"鼻涕泡听呆了，他瞪大眼睛看着雁翎子，越看越觉得陌生。雁翎子捶了他一拳："这么看着我干啥？以为我大白天说梦话呢，是吧？"鼻涕泡磕磕巴巴说道："这这这得……需要不少……钱呀，你你你……我我我……"雁翎子一甩秀发说道："甭发愁钱，可以招商引资啊，乡政府一准会大力支持的。"鼻涕泡嗑了两下牙花子，说道："既然是叫大伙都跟着过好日子，就应该各家各户都掏点钱集资，凭啥光等着享福啊。"雁翎子说："集资必须要得到政府有关部门的批准，还得是群众自觉自愿，即使群众愿意掏也是数额有限，大头部分还是得招商引资。"鼻涕泡说："哎呀，那你可是要担挺大的风险呢。"雁翎子说：“一个人能承担多大的责任，就能取得多大的成功。这个项目做成了，乡亲们一块享受；做不成，就叫我一个人承担好啦。”鼻涕泡对雁翎子竖起了大拇指：“厉害，我们的女汉子，芦花村的女英雄！”雁翎子捶了他一拳说：“用不着你夸，跟大耳朵跟眯缝眼他俩比起来，我还差得远呢。”

当天晚上，雁翎子去了村书记马达鸣的家。马支书喊来了村主任牛二宝。雁翎子说要搞旅游小镇，他俩当场一致表示赞成。马达鸣递给雁翎子削了皮的苹果，兴奋地说：“雁翎子啊，你致富不忘家乡，是个好孩子。村里正有这个规划，欢迎你的加入啊！”他的话总是有点虚。牛二宝说话实打实：“我们正愁建设资金哪，天上掉下来雁翎子。你来了，财神爷，啊，不，是财神奶奶来了，哈哈。”雁翎子觉得被一个大块头啥东西砸中了一样，热血沸腾。她激动地说道：“支书，主任，你们放心，我一定尽我最大努力为咱家乡干点实事儿。”马支书很是满意地笑着，拍着雁翎子的手背，问道：“闺女呀，是不是有人要给咱们这个项目投资啊？你是不会心血来潮建小镇的，是吧？”雁翎子说：“城乡一体化是农业改革的一个大方向，一个大工程，我相信那些有眼光有思想的老板们，一定会抓住这一千载难逢的好机遇的！”马达鸣点点头：“嗯，这一点你看得准着哪。”转脸对牛二宝说，“也比你看得准，服不服啊二宝子？”牛二宝咧咧嘴，大大咧咧地仰着脑袋笑。

第二天一大早，天刚刚放亮，马达鸣蹲在水龙头跟前刷牙。一阵汽车马达轰鸣声响到了门口，鼻涕泡拎着一袋包子兴冲冲进来了。“支书大叔，刚出锅的大肉包子，快趁热吃啊。”马达鸣甩着牙刷上的牙膏沫子，看着那袋包子，知道一向抠门的这小子一准是有求于他。就说：“先说事，包子不忙吃。”鼻涕泡嘿嘿一笑，说：“叔啊，我惦着给咱村旅游小镇投点资金，请你老人家恩准哪。”马达鸣打了个愣，很快跳到了热情的惊讶上，他拍着鼻涕泡的肩膀，笑哈哈地说道：“你要投资好啊，致富不忘乡亲，我要把你这个好典型上报到乡里县里呀，好好宣传宣传你，叫你出大名儿，娶洋妞当老婆，咋样？”鼻涕泡两眼暗了一下，说道：“我不要洋妞，我就娶雁翎子。”马达鸣眨眨眼问：“你不娶满一花了？”鼻涕

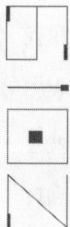

泡说："叔啊，我可是一个童男子啊，咋能娶一个被别的男人沾过的女人呢？"马达鸣摇摇手说："不能这么说，只要感情深，别的啥都不当真。别人爱说啥说啥，你别琢磨那么多就是了。"鼻涕泡说："我跟雁翎子感情深哪，从小一块长大，一块捡鸟蛋，一块玩撞鸟蛋……"马达鸣突然问："你们有多少年没玩撞鸟蛋了？"鼻涕泡噎住了。马达鸣亲切地为鼻涕泡掸去肩膀上的啥东西，说道："别着急，等咱这个旅游小镇项目批下来，我出面跟眯缝眼大耳朵他们的领导请假，把他俩喊回来，陪你俩玩撞鸟蛋，咋样？"鼻涕泡吸溜一下空气，说道："叔啊，这个资我一准儿投了。"

三

雁翎子很快收到了眯缝眼和大耳朵的回复，眯缝眼回复的内容是：支持建小镇，愿意为家乡捐出一笔资金。这让雁翎子很是高兴，也是在她的预料之中的。乡政府支持了小镇项目，但仅限于精神上的，县里给了笔扶持资金，象征性的。如果把鼻涕泡连同她准备的那笔钱加在一起，就可以启动这个项目了。问题是，她不想跟鼻涕泡有一丝一缕的瓜葛，也就是不想要他的一分钱。

"我宁肯暂时启动不了，也不要鼻涕泡的钱。"雁翎子这样在电话里对眯缝眼发狠地说。

电话那头的眯缝眼说："我教你一招闪狙法。当发现有人守在你的必经之路时，你千万要冷静，先躲起来，找准时机再移动，移动时要开镜，然后急停，手一定要稳不要慌，看准目标后再开枪，明白吗？"

雁翎子说："你说啥哪哥们儿，都给我整蒙圈了。你把我当你的狙击手战友了吧？"忽然有点醒悟，"嗯……我好像……好像明白点啥了……行啊眯缝眼，真有你的，谢谢啊。"

大耳朵在视频通话里说："雁翎子你别太小气了，凭啥剥夺人家鼻涕泡爱家乡为家乡做贡献的权利呢？仅仅因为他想娶你？你就公报私仇？你未免有点太自私了吧？"

雁翎子是个一条道跑到黑的女人，认准了的事不达目的不罢休。任凭大耳朵咋说，任凭鼻涕泡咋求，她就是不要鼻涕泡的钱。鼻涕泡跟赵乡长告状，赵乡长批评雁翎子，雁翎子就问了他一句："乡里掏钱不？"赵乡长一脸窘状，起身告辞。

启动资金就差鼻涕泡这一笔了，马达鸣跟牛二宝堆着笑脸找雁翎子劝和，雁翎子说了五个字："你俩掏钱不？"马达鸣两年前得了癌症，家里已经一贫如洗。牛二宝家上个月遭了火灾，由富裕户降到了贫困户，二人都不再劝了。

鼻涕泡的款没有捐成。他央求马达鸣收下他的钱，以马达鸣名义捐给筹备组，雁翎子收下了。项目前期资金全部到位，项目上报到县政府审批之中。鼻涕泡请马达鸣给眯缝眼和大耳朵请探亲假，终于要玩撞鸟蛋的游戏了，鼻涕泡一想到要跟雁翎子玩撞鸟蛋，就激动得浑身发抖，但还必须表现出平静的样子。鼻涕泡不是这样深沉的人，咋装也装不像，心焦气躁，连续多次发生没听出汽车毛病出在哪个部位的事故。满一花以为他太累了，心疼了，让他休息几天。他说了一通自己也没听懂的话。他说："天热……多穿点……请假……撞呀撞……鸟蛋……啊……没事，修车……快过年了……"满一花突然说了一句："哎，那不是雁翎子吗？"鼻涕泡立刻两眼放光，"嗖"地站起身，急切地寻找着雁翎子。满一花的两眼立刻无光，鼻涕泡明白了满一花在骗自己，解释说："雁翎子要建旅游小镇，需要大笔资金……我想帮她……可是我……"满一花信以为真，心中又燃起希望，说："从厂里拿钱帮她吧，只要你……别再为难就好……"鼻涕泡想了想，说："她不会要的。"满一花说："算咱俩投的资她也不要？"鼻涕泡说："你去问问她吧。"

满一花亲自去问雁翎子。雁翎子说："谢谢你一花姐，不过我不能接受你们的钱，因为你，孤儿寡母不容易……"满一花说："求你了妹子，收了这笔钱，他才会塌下心来跟我过……"雁翎子知道满一花心里的这个"他"是鼻涕泡，心里涌上一阵怜悯，就更加决意不收这个钱了。

这天黄昏，余晖在西天边闪闪地稳不住颜色，马达鸣开着他的奥迪进了修理厂。鼻涕泡闭着眼睛听着汽车开过去了，疑惑地说："这车没啥毛病开进来干啥呀？"睁眼一看，马达鸣从车上下来了。立刻跑着迎了过去，一脸讨好的笑容："叔啊，他俩的假请下来了是吧？"马达鸣叹了口气，说："太不巧了，咱们的英雄特战队员，马上要出国执行任务去了。"鼻涕泡心里惊了一下，连忙问："去哪个国家了？""巴基斯

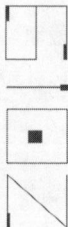

坦。"他苦笑笑说:"你说我这是啥命啊!"

晚上,雁翎子问大耳朵,啥时候回来参加小镇的奠基仪式。大耳朵说:"我们现在训练任务一直很紧张,只能视情况而定。"她问眯缝眼,眯缝眼说:"我已经到了巴基斯坦的瓜达尔港,不知何时回国,请姐谅解。"雁翎子说:"不敢说谅解,国家的事都是大事,我完全理解支持。"雁翎子跟马达鸣和牛二宝商量,小镇项目一批下来,就举行开工奠基仪式。

初夏的前一天上午,是个阴天。像要下雨,不过没下,抓一把空气,手心立刻湿漉漉的。这种天气里,芦苇荡里热闹非凡,大大小小的水鸟们要比往日起落频繁得多。灵性的鸟在这样烟雨蒙蒙的时光里,浪漫欢快地相互追逐谈情说爱。一群群孩子赤着脚在苇丛里穿来穿去。他们可不是在寻鸟蛋,而是自发地组成小巡逻队,为鸟儿们的家园站岗放哨。当地政府早就下了禁止捕捉水鸟、掏鸟蛋的通告。要保护生态环境留给子孙后代。芦花村的小巡逻队队长就是雁翎子二叔家的小孙子。

这会儿,雁翎子正在村委会,她站在芦花小镇愿景规划图前憧憬未来,她刚从县城取来项目批复书,心中的梦想现在可以放飞了。她在一遍遍遐想着未来的小镇,想象不断发展的小镇是个什么模样。马达鸣和牛二宝进来了,其中一个拿着项目批复书,互相交换着摩拳擦掌的眼神。"老牛啊,眼下这么好的政策,正是趁水和泥儿的好时候,甩开膀子大干它一场吧!"马达鸣兴奋得像个小孩子。"不容易呀!"牛二宝总是这样,心里咋想就咋说,马达鸣早就习惯他"这瓢冷水"了。转脸对雁翎子说道:"来来来,雁翎子啊,小镇这个项目也批下来了,你打算咋干哪,跟我们俩叨咕叨咕。"雁翎子胸有成竹地说:"咱这里具备得天独厚的生态资源,还有人文资源,只要我们舍得花钱,首先打造出一个特色旅游环境,就一定能建立起一个庞大的游客平台,为小镇的建设和发展提供经济支持!"牛二宝说:"咱们小镇东边紧挨着滦河,西边是燕山山脉,上边有天然的野生动植物园,发展旅游业肯定不成问题,可建设小镇的那么多资金从哪来呀?可真愁死个人。"马达鸣白了他一眼:"你咋还这么没信心哪,我不是说了嘛,雁翎子会有法子弄来资金的。"雁翎子说:"光靠我一个人肯定不中,必须得是团队的力量。我的意见是,先把小镇旅游文化民俗园建起来,再把住街道两边的老旧民居改造成现代化居室,先有一个小镇雏形,不然咱就是说得天花乱坠,人家投资商没看见实物,也不会信咱的。牛二宝一拍巴掌说:"这就对喽,有了梧桐树才能招来金凤凰哪。"雁翎子转脸看着马达鸣。马达鸣点点头："嗯，就这么干！"

说干就干，一个月后，芦花小镇旧房改造工程暨小镇旅游文化民俗园的开工仪式，在村委会院落举行。县里来了位副县长，乡里书记乡长都来了，雁翎子率领村里的大姑娘小媳妇跳起了大秧歌，雁翎子爸爸掐着自己的喉咙唱起了皮影戏。马达鸣老婆是县里评剧团下来的，眼下在临时搭起的戏台上正唱着评剧《花为媒》，牛二宝领着一帮小伙子在起劲地擂大鼓，围观的群众大声地说笑着，现场一片欢腾。雁翎子正跳得忘我，鼻涕泡甩着大手绢挤到了她的身边，朝她使劲地龇牙乐。雁翎子瞪了他一眼，一转身不看他了，却正好和一个熟悉而陌生的人照了个面，竟然是大耳朵。

"大……大耳朵？是你？你啥时候回来的呀？"雁翎子喜出望外，攥住大耳朵的手冲出了秧歌队伍。几年不见，大耳朵比过去更成熟了，一身便装，英姿勃勃。他热情地注视着雁翎子，庄重地行了个军礼，夸雁翎子能干。雁翎子笑："你先别忙着表扬我，小镇这才刚开了个头儿，往后发展到啥程度，我还没个底哪。"大耳朵搓着自己的一对大耳朵，说："有了开头就不愁第二步，红军长征二万五千里都走过来了，还有啥草地雪山的走不过去的呢？再说了，不是还有我们哥几个嘛。"雁翎子说："不算鼻涕泡啊。"大耳朵问："因为他要娶你？"雁翎子说："你甭管。"鼻涕泡在她身后说话了："我说两位老同学，老伙伴，小镇奠基是大喜事，我呢，再添上一喜，我……我有对象啦！"

雁翎子和大耳朵同时愣住了。

四

这天早上下起了雾。

雾不小，芦苇荡里苇叶朦胧，鸟也朦胧。风吹苇叶起起伏伏，四处滴滴答答乱响。这种天气，水鸟是不愿飞翔的。它们要蛰伏在窝里守护着儿女。有一种水蛇专吃鸟蛋，做了父母的水鸟要豁出命来，与蛇们奋力搏斗。芦苇荡里弥漫着一股英雄气。从前喜欢掏鸟蛋吃的人们，自从政府出台保护水鸟政策后，再进芦苇荡，都是来保护水鸟和水鸟蛋的。

　　昨天晚上，大耳朵跟鼻涕泡待了一个通宵，一边喝着酒一边聊天，主要聊的是撞鸟蛋的美好记忆。鼻涕泡伤感地说："要是咱们永远都长不大，该多好啊！"大耳朵理解他的心情，安慰说："让自己生活在不靠谱的假设里，只能说你是个傻瓜。问题是咱们长大了，应该学会面对了！向我学习吧，驾驶着宇宙飞船翱翔在浩瀚的天空中，感觉自己是那么渺小，又是那样了不起，所有的烦恼一扫而空，剩下的除了快乐还是快乐。"

　　鼻涕泡说："你说的道理我懂，可我就是放不下雁翎子。"大耳朵说："你是真心爱她，还是为了十五年前许下的那个心愿？"鼻涕泡想了想，回答说："都有吧。"大耳朵说："怪不得雁翎子不接受你哪，原来你的爱不是纯净的。"鼻涕泡问："你现在纯净地爱着一个人吗？"大耳朵点点头。鼻涕泡又问："她是干啥的？"大耳朵斟满一杯酒，喝下一大口，说道："跟雁翎子一样。"鼻涕泡心里惊了一下，盯着大耳朵："不会就是……雁翎子吧？"大耳朵笑了笑，不置可否。鼻涕泡问："你咋不说话呀？"大耳朵说了一句很有意味的话："因为纯净，所以我不能说。"

　　快半夜的时候，雁翎子来了。她就猜到这哥俩会喝个一醉方休的，但她没想到两个男人会流泪。鼻涕泡酒后吐真言："我在为你流泪，你懂吗？"雁翎子说："我不值得你为我这样。"大耳朵说："上个月，我们的神舟飞船又一次发射成功，我这是喜悦的泪水！"雁翎子举起酒杯，说："来，我敬你一杯，我们的航天英雄！"大耳朵的酒杯用力撞在雁翎子的酒杯上，眼泪流得更欢畅了。他忽然说了一句："我想眯缝眼了……"鼻涕泡立刻受了传染，涕泪交加地说："我想玩撞鸟蛋……特别特别地想……"雁翎子说："可惜呀，眯缝眼远在异国执行任务，谁的心愿他都不能帮我们实现啊！"鼻涕泡暗自神伤，雁翎子也想眯缝眼了，好想好想，特别特别地想。不光想，还想搂抱他，亲吻他。我是不是爱上他了呀？眯缝眼执行任务时的勃勃英姿，一遍遍在雁翎子脑海里浮现。小镇奠基仪式唯独缺了眯缝眼，这让她心里无比遗憾。刚才躺在床上，她就想：何不搞一次撞鸟蛋的游戏呢？哥四个一个也不能少，眯缝眼实在回不来，就在视频里玩。她把这个创意跟他俩一说，"啥？跟眯缝眼在视频玩撞鸟蛋？嘿嘿，雁翎子你可太聪明了，我更想……呵呵，叫你一声姐啦……"鼻涕泡乐得跟中了福利彩票大奖似的。大耳朵平静地看着雁翎子，说："你的点子倒是不错，可我担心眯缝眼不一定有这个时间啊。"雁翎子说我试试，说着便拨通了眯缝眼的电话。通了好一会儿，对方才接。雁翎子声音颤抖："喂，眯缝眼，你……我……哦，我和大耳朵鼻涕泡在一起呢，小镇仪式你没能参加，挺遗憾的……我们想跟你玩一回撞鸟蛋的游戏，你……能玩吗？"

眯缝眼嘿嘿地笑了，说："好啊，我当然愿意跟你们玩了，可是，我也没长翅膀，飞不回去呀……"鼻涕泡抢着喊："你视频里跟我们玩，不也一样吗？"眯缝眼喊："鼻涕泡，你小子不许欺负雁翎子啊，听见没有？"鼻涕泡说："你凭啥护着雁翎子啊？你跟她啥关系啊？啊？"雁翎子心里一阵惊涛骇浪，只听眯缝眼说："甭管啥关系，反正你要欺负她，我绝对饶不了你。"大耳朵在旁边说："别斗嘴了，一会儿雾散了，大家快抓紧时间吧。"

眯缝眼喊："我可只有五分钟的时间啊。"

天亮了，漫天的雾气真的散尽了，天地一片澄净。芦苇荡在喷薄而出的阳光照耀下，金子般闪闪发光。起风了，苇叶子摩摩擦擦地有节奏地在响，飞鸟开始陆陆续续飞翔。雁翎子再次拨通了眯缝眼的视频，眯缝眼一身特战队员戎装，那双熟悉的小眯缝眼一点没变大，脸上有几分狡猾，说雁翎子，小镇开工了，你可得看准目标，一枪一个准，不许放空枪哦。雁翎子笑，点点头，她明白眯缝眼的意思。

鼻涕泡喊了一声"捡鸟蛋去喽——"一头扎进了芦苇荡。大耳朵一把揪住了他的胳膊，呵斥道："你昏了头啦？保护生态动植物你忘了？"鼻涕泡一拍脑门想起来了，发愁地说："那……那撞啥蛋啊？"雁翎子早有准备，她递给大耳朵一个黑色小盒子，打开一看，里面静静地躺着十几枚鸟蛋，跟水鸟蛋一样大，不过不是白色的，是淡褐色。雁翎子说："这是我爷爷养的鸟生的，不属于保护品种。"眯缝眼在视频里突然喊："雁翎子——紧急集合号响了，再见啊——"视频断了。雁翎子心里突然空落落的，鼻涕泡埋怨说："这个眯缝眼，搞啥鬼呢这是。"大耳朵安慰道："这是他的职业，理解吧！"鼻涕泡说："那咱们仨撞鸟蛋吧。"雁翎子抢过小盒子，幽幽地说："等等吧。"鼻涕泡还要说啥，被大耳朵的目光制止了。

撞鸟蛋游戏没玩成。那就等眯缝眼可以玩的时候再玩。于是，雁翎子心里有了期待，就觉得为小镇而忙碌辛劳也值得。

好事和坏事有时候会撞到一块，在雁翎子的不懈努力下，省城的一位叫罗援朝的大老板决定为小镇投资。雁翎子兴奋地将这个好消息告诉了大耳朵，大耳朵却没笑。"你咋不乐呀大耳朵？"鼻涕泡凑过来大声问道，电话里却响起了唏嘘声，雁翎子心里一紧，急忙问："出啥事了？你快说，快说呀！"大耳朵极力控制着自己的情绪，说："刚刚得到的消息，我们的好兄弟，眯缝眼，为了保护国内科学家，在与恐怖分子的战斗中……牺牲了……"雁翎子惊愕地瞪大了眼睛，鼻涕泡的鼻涕流了一下巴。大耳朵说："眯缝眼临终前有个遗愿，要求把他的骨灰，撒在小镇的土地上，他要永远和家乡人民在一起……"

三天后，眯缝眼的遗体被运送回国。雁翎子和马达鸣、牛二宝、眯缝眼的爸妈一块到机场迎接。几名仪仗兵护卫着身上覆盖军旗的烈士，缓缓从旋梯上下来，雁翎子哭了，她悄悄对马达鸣说："叔，我想把咱们的小镇，改个名，叫爱国者小镇！"

马达鸣说："嗯，好啊，再给这孩子塑一个像，就放在小镇门口！"

五

半年后的一个阳光明媚的上午，爱国者小镇终于全面建成了。小镇大门口的文化广场，矗立着眯缝眼的塑像，他目光如炬，坚定刚毅。还有岳飞、林则徐、节振国、狼牙山五壮士等这些民族英雄的塑像。好多人前来瞻仰，在雁翎子的提议下，每天早晨，在广场中心举行升国旗仪式，很多孩子跑来向国旗行少先队礼。

又经过半年多的发展，爱国者小镇取得了长足的进步。"戏曲基地"落户小镇。群众评剧团、皮影剧团每天免费给南来北往的中外游客演出，获得了广泛好评。更名为"爱国者"的农产品，实现了眯缝眼销往巴基斯坦的心愿。并且顺着国家"一带一路"的路线，远销沿线各个国家。旅游产业呈现火爆景象，中外游客纷至沓来，为小镇赚取了外汇，受到了县委县政府的表彰。爱国者小镇成了远近闻名的明星乡镇，前来参观学习的单位络绎不绝，一些外国政要也前来观赏。

八月份的一天，小镇迎来了一批日本游客。八个人。五个男的三个女的。雁翎子领着客人们先后参观了爸妈的无土栽培蔬菜大棚，鼻涕泡的稻田，小镇特色民居等。日本客人频频拍照留念喊"吆西"（日语：好）。参观完后，雁翎子请客人们吃了顿简单却具有独特乡村风味的农家饭。客人们大快朵颐，赞不绝口喊"伊奇邦要拉其那"（日语：非常好）。饭后，一个日本大叔对雁翎子用生硬的中文请求道："雁翎子小姐，请带我们去看看滦河可以吗？给您添麻烦了！"雁翎子爽快地说："没问题，不麻烦，我们走。"

雁翎子带着这群日本客人到了滦河岸边，向旅游公司租了条大船，准备带客人们浏览沿途风光。客人们兴奋得叽里呱啦，雁翎子也听不懂他们在叫啥呢，不过可以肯定，他们一定是被滦河迤逦的风光陶醉了。几个男客人站到了船帮上，高兴得忘乎所以，雁翎子连忙提醒他们注意安全，他们听不懂，闹得更厉害了。雁翎子想到有位日本大叔，他懂中国话，刚要跟他说，大船却突然倾翻了，一伙人全部掉进河里。

雁翎子立刻给旅游公司的救援队打电话，救援队很快赶来了。雁翎子下水去先后把日本大叔和一个女客人救上了岸。又去救第三个的时候，两腿被杂草缠住，咋也挣脱不开，筋疲力尽，慢慢沉入了河底。

鼻涕泡是在文化广场上听一个村民说雁翎子的船出事的。他心急如焚，喊上几个年轻人，火速赶到了出事地点。救援队王队长告诉他，日本客人已经全部脱险，就是雁翎子不见了，正在组织打捞。鼻涕泡大喊一声："雁翎子啊——"便奋力跳进河里，他睁大了眼睛四下搜寻，幸运地一下子发现了雁翎子。他赶紧游到跟前，抱起雁翎子身体，奋力向水面升了上去。

在大伙的帮助下，雁翎子被救上了岸。鼻涕泡当即对雁翎子进行人工呼吸。几分钟后，雁翎子一连吐出十几口河水，苏醒了过来。几个日本客人对鼻涕泡一个劲叽里呱啦说着："阿林阿多。"（日语：谢谢）。会中国话的日本大叔挑起大拇指说道："中国农民，厉害！"在场的村民也都松了口气。一个村民指着会说中国话的日本大叔，悄悄对雁翎子说："我听一个日本人说，这人登过咱们的钓鱼岛跟咱们叫板，刚才你就不该救他。"雁翎子说："这是两码事，他现在来咱这了就是客人，我们救了他表现了中国人的宽容，这也是爱国的一种表现。"日本大叔走过来，紧紧握住雁翎子的手，连续鞠着九十度的躬，激动地说道："雁翎子小姐，为了救我们，你们几乎搭上了自己的性命，太感谢了！以后，我再也不会登钓鱼岛了，那是你们中国的领土！"雁翎子连着说了三个"好好好"，在场的所有人都热烈地鼓起掌来。

这几个日本游客在小镇上住了两天后，准备启程回国了。雁翎子送给他们一批土特产品留作纪念。客人们一再鞠躬致谢。日本大叔面对雁翎子这些质朴善良的中国人，感动不已地说道："我是大田株式会社的总经理大岛藤田。我很喜欢你们的爱国者小镇。如果需要我投资做些什么，可以给我打电话，不，不要打电话，国际长途太贵，写信好了。"大家都笑了。雁翎子自信自豪地说道："谢谢大岛藤田先生！我们中国农村不是改革开放前的农村了，人们打得起国际长途，与世界沟通没有障碍！"

大岛藤田连鞠几个躬，和他的同事陆续登上了旅游车。车开走的时候，大家向客人们挥手告别。雁翎子朝车上客人们喊道："请记住，钓鱼岛永远是我们中国的领土！"

几天后迎来了眯缝眼牺牲的祭日。雁翎子提议纪念一下这个好哥们。大耳朵提议请了假回到小镇。鼻涕泡建议跟眯缝眼玩撞鸟蛋。雁翎子流着泪说："难得你跟我想到了一块儿啊！"大耳朵从口袋里掏出了四枚鸟蛋，说："这是我的小侄子看我来送给我的。"三个人在眯缝眼的塑像前，玩起了撞鸟蛋游戏。雁翎子选出最大的一枚，摆放在眯缝眼的塑像前。三个人庄重地跪在地上，顿时回到了难忘的岁月，一边玩一边黯然落泪。小小的鸟蛋在地面上轻轻滚动着，发出细微的沙沙沙声，像夜幕中的流星划过苍穹，又像是春天里杏花花瓣缤纷而落，还像是眯缝眼在发现目标时睁大的眼睛。雁翎子的鸟蛋撞向眯缝眼的鸟蛋，"啪"，雁翎子的鸟蛋碎了，蛋汁闪动着金黄色的光芒。雁翎子对塑像眯缝眼深情地说道："眯缝眼，我的鸟蛋碎了，祝你天堂好运！"大耳朵的鸟蛋"啪"的一声也碎了。大耳朵说："好兄弟，你要保佑我为咱们国家的航天事业做出更大的贡献啊！保佑爱国者小镇建设得越来越好！"大耳朵和雁翎子抚摸着塑像眯缝眼，泪流满面。

鼻涕泡在推送手里的鸟蛋之前，对塑像眯缝眼说了一句："哥呀，给我好运吧，别叫我的鸟蛋碎了啊。求你了！"他亲吻几下手心里的鸟蛋，再向眯缝眼塑像做了个飞吻，跪在眯缝眼跟前，长运一口气，将鸟蛋发射了出去。小小的鸟蛋飞到了眯缝眼的鸟蛋跟前，就听"啪"的一声脆响，三个人瞪大了眼睛看，鼻涕泡的鸟蛋依旧圆圆鼓鼓，散发出温暖的光泽。鼻涕泡乐了，自言自语道："哥呀，你可真够哥们儿，谢谢你给了我好运，你告诉我，我是不是早晚得娶……"转身看看雁翎子，呜呜呜地哭了。

雁翎子和大耳朵清清楚楚看见，眯缝眼的那一枚鸟蛋裂了一条缝，多像他的那双小眯缝眼，狡猾而温暖。

原载《长城》2019年第1期

点评

　　这是一篇对爱国、创业、奉献等常见题材或主题进行正面强攻的作品。作为小说标题的"芦花如雪"，其意指至少有两种：既是对自然风光的如实描绘，也是对美好人性、人情的喻指。或者说，它不仅将四人童年时代两小无猜、自由快乐的生活烘托得如诗如画，而且将此后他们在各行业开拓进取、追求"大我"的时代形象衬托得明丽光鲜。雁翎子四处募集资金搞"爱国者"小镇，眯缝眼加入特战队后因公牺牲，自是对这个时代大写"人"形象及其伟绩的直观素描，而鼻涕泡对雁翎子一直埋藏于心的执着单恋，大耳朵对雁翎子所从事伟业的支持和对眯缝眼无尽的缅怀，自是将视点下沉，不仅聚焦个体情感、情绪层面，而且以点带面对内置于其中的时代内涵也做了必要展现。而从整体上看，其中，作为孩童游戏的撞鸟蛋游戏在小说中的反复出现（共三次），更是将这种主题凸显得分外明显。总之，四个乡下人，从发小到成年，彼此厮守相伴，共同演绎了一场或情同手足或生离死别或共担风雨的生命赞歌。

（张元珂）

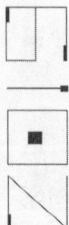

火　星

／双雪涛

　　魏铭磊坐在汽车的副驾驶，早早勒上安全带，一路无话。临到了高红住的宾馆楼下，他突然对司机说，你停一下，我想回去。司机载上他的前十分钟，一直在与他讲话，单田芳去世了，你知道吧，现在再听单田芳的评书，感觉有点怪怪的，你有这个感觉没？中美贸易战不能再打了，你看新世界的大超市，好大个超市，关掉了，都是马云这个小猴子搞坏的，你说是这个道理吧？魏铭磊也不看手机，也不回答，也没睡着，也不东张西望，只是呆坐着，透过挡风玻璃往前看，天空黑漆漆的，路上没几辆车，刚落过一点小雨，玻璃上还有雨刷的印子，像信封上的胶条一样糊在他眼前。司机说得无趣，渐渐怀疑他耳朵有病，不说了。你要回去？司机问。魏铭磊说，是，原路返回。司机说，那麻烦你再打个车吧。魏铭磊说，我付你钱，你不要担心。司机说，我知道的，看你的样子也不是耍人的，是我到家了，你看这条路，我开进去，就是我的家了，拜托你再打个车，我要收工喽。魏铭磊看了看手表，凌晨一点四十五，确实不早了，他结了车费下车，把自己黑色的双肩包背上，目送出租车开进了一条小巷子里，躲过一些杂物，直到尾灯看不见了。

　　高红住的宾馆有九十几层，一楼的大堂外面站了好几个西装革履的年轻人，嘴边都挂着耳麦，不过耳麦并不影响他们近距离地交谈。几个人好像一个人的不同时期一样，站成一排说着话，时不时把在门口停得太久的车赶走。虽然已过了午夜，还是有不少人走进走出，车子来来往往，停了走，走了停，有人从车窗伸出脖子争吵，看人逼近马上摇上车窗走掉，有壮硕的外国人从车上走下来，后面跟着玩具一样的孩子，也有人腋下夹着笔记本电脑，下车时还在用蓝牙耳机说着话，靠着直觉走进宾馆大堂。魏铭磊是个小学体育老师，他的主项是足球，后来踵骨断了就不再踢了，不过在学校里他还是教踢足球，主要是带孩子玩，给他们吹哨，解决他们的纠纷。他特别注重运动前的准备活动，这跟他自己的经历有关，如果不是重伤，他本可以成为一个优秀的守门员。魏铭磊个子不高，但是门内技术出色，善于逮捕下三路的皮球，他性格并不张扬，不知为何很快便能赢得后防线队友的信任，大家都愿意听他组织防守，万般无奈时会把球回传给他处理。他有个外号叫"保险箱"，这是教练给他起的，当时看上去确实蛮有前途的。

他掏出手机看了看，高红还没有给他回微信，高红上午的时候告诉他，她的活动地点距离此宾馆不远，也就五分钟车程，但是回来时要走地下车库，请他先到门口，她快到时会微信他。这个细长高耸的家伙就在小巷旁边，挨着两条街的转角，对面是一个明亮的商场，虽然已经打烊，一楼的奢侈品店还是奢侈地亮着灯，好像因为贵重而失眠了。魏铭磊做球员时曾经去过不少城市，二十岁之后就少了，上海他来过，踢过一场平淡的比赛，他还记得那次比赛，在一次争顶中他的拳头击开了对方前锋的眉骨，那是他对那场比赛唯一的记忆，一个和他年纪相仿的少年因为流血而愤愤不平地退出了和他的对决。高红是他的初中同学，那是一个特别的初中，以纪律弛废著称，换句话说就是比较开放，而开放是因为封闭造成的，因为这个学校在城郊的山麓建立了一个分校，初二之后就要到分校去封闭，一周可以回家换一批衣服。少男少女们被锁闭在山脚下，再多的老师和教鞭也是无用的，在图书馆的书架间，在操场的死角处，在宿舍的蚊帐里，许多人了解了自己的和他人的身体。同班同学之间，不同班级之间，高低年级之间大量地通信，信件有时比身体更让人激动，这些没有邮票和邮编的信在手和手之间，在抽屉和抽屉之间，在抛掷和降落之间传递，造就了许多短暂的情缘，而一旦离开了这个山脚，好像所有已有的情感都失灵了，如同堤坝拆毁，河水转平。可是这些记忆在魏铭磊的心中如同宠物一样豢养着，一刻也没有放松过，如果一幅伟大的壁画无时无刻不在脱落的话，那这些在魏铭磊心中的记忆不但没有脱落，而且还不停地复原，不停地生长，不停地蔓延。初三上学期他去了足校，离开了这所学校，他出众的足球才华使他孤独地走开了，他本可以拥有更多的记忆的，命运却像一个人贩子一样把他拐走了。使他略感宽慰的是，这座分校几年之后也被取缔了，变成了温泉浴场。原来的校舍和图书馆被抹平重建成一个个小房子，操场处变成了一个游泳池，只有原来的锅炉房还保留着。

魏铭磊在心里掂量了一下，是站在距离大门十米的地方等，还是走进酒店的大堂坐下，犹豫之间他已经站在原地等了二十分钟，于是也不想动了。上海的九月还很温暖，醉酒的人也不多，偶有行人，也都是非常理智地走在路上，小心地瞄着机动车的走势。他一直把手机拿在手里，像盘核桃一样盘着，不停地翻个儿。他结过一次婚，后来平静地分开了，没有孩子，问题出在女方的一次出国公干上，这种事情其实也不用过多地解释争辩，两人当初相爱是因为有默契，到了这个时候，默契依然存在，魏铭磊要回了自己的房子，女方认领了一台小汽车，他们两个认识十二年，恋爱五年，结婚两年，达成一致到办理手续只用了三天，之后他发现他再也看不到对方的朋友圈了，而他的朋友圈还向对方敞开着，他等了几天，终于也将其关闭了。夜里几次醒来，他觉得自己可能会死，不是伤心而死，而是着火地震或者心肌梗死，或者头顶的吊灯年久失修掉下来把他砸死了，那倒没什么，只是他要孤独死去了，死在双人床上，没人救他或者替他呼救。他在想是不是这十几年的时间他错过了什么，他忽然发现对方已然成长成熟，而且性格在与世俗的交手中悄悄增加着厚度和神秘，他却还是过去那个人，最大的快乐还是买一双新出的球鞋，虽然自己已经跑不快了。他的学生突然练会了左脚，夜里他做梦也会梦见这件事，想把对方叫起来说一说，自己为了这个付出了多少心思；他喜爱的球队打进了欧冠决赛，他因此焦虑，害怕主帅排出的阵容不符合他的心意，中了对方的陷阱。住在自己要回的房子里，有时候他会恍然失神，他也许还年少或者已经老了，总之他不应该是现在这个人，他的此刻既像过去也像未来，是不是他正常得有点古怪了，以为在公转其实一直自转不休？或者远远没有在世界之中，远离所有人希求趋近的方向，但是他是怎么做到的呢？他一时觉得绝望，过了一会又感到自豪，那就这样吧，我谁的也不欠，他对自己说，虽然我不是算账的，但是如果某个地方有个账本的话，我谁的也不欠，他终于理清了自己的思路，必须承认自己，自己，自，己，是他仅有的东西。

大概夜里两点一刻的时候，高红来了微信，说是往回走了，问他在哪里，他回说已经到了宾馆附近，只是有点堵车。高红说，这个点还堵车？他说，有施工，面前一条长沟，马上就过来了。高红说，我会从车库回到自己的房间，你在大堂等一下，会有一个穿帽衫的年轻人把你带过来，你穿什么衣服？他说，我穿蓝色的阿迪达斯运动外套，身高一米七五左右。高红回给他一个大拇指。魏铭磊把手机放进外套兜里，向酒店大堂走去，双肩包紧紧贴着他的后背，好像在推着他往前走。大堂的中央有一个水池，里面游着五彩的鲤鱼，他刚刚站定，穿帽衫的年轻人就走到他近前，是魏老师吗？他说，然后引着魏铭磊走上电梯，电梯向上飞驰，停在八十五楼，魏铭磊有些耳鸣，年轻人看着非常干练，电梯中一直把手机放在耳朵上听语音信息，然后贴上嘴唇说，我跟你说了，不可以，说得太多了，人家一看就知道是你们给写的，那有什么用呢？这不懂？走到房门前，年轻人按了门铃，这时他回头对魏铭磊说，您从哪来？魏铭磊还没回答，房门开了，一个大眼睛的年轻女孩开了门，对帽衫说，褪黑素买了吗？帽衫说，谁让我买褪黑素了？女孩说，别废话了，赶紧去吧，谁让你买的不还都一样？帽衫说，傻×。然后转身走了。女孩说，您是魏老师吧？魏铭磊说，我是。女孩说，不好意思，身份证给我看一下。魏铭磊掏出钱包，把身份证抽出来递给女孩，女孩扫了一眼，把身份证放进自己宽阔的裤兜里说，请进吧，娅姐等你半天了，今晚她下台时扭了脚，要不然都想自己下楼接你了。是个套间，温度很高，女孩只穿了一件T恤，两条细胳膊光秃秃地反着光，T恤上面印着一列竖排字：艺术是无止境的纵欲。旁边画着一个裤腰带被人抽走的男人。

高红在初中期间给魏铭磊写过大概三百封书信，涉及当时生活的方方面面，两人平时并不特别熟悉，有些人在一段时间内可以熟得像混合果汁一样，他们俩还是苹果和橙子，并没有混淆界限。两人没有绰号，没有昵称，信的起首都是高红您好，魏铭磊你好，然后说自己想说的东西，询问对方一些事情。具体是什么时候开始通信的，如果以魏铭磊回忆为准的话，是因为一次送信人的失误，与魏铭磊同班，有一个男孩叫作戴明磊，字形迥异，发音却像，而且两人都在班级的足球队，于是魏铭磊代替戴明磊接了信，自己并没有发觉，也回了信。之后两人就忘记了戴明磊，兀自通信了。但是如果以高红的记忆为准的话，她是写信给魏铭磊的，她根本不认识戴明磊，也没有跟他通信的兴趣，她是在一次班级之间的足球比赛里看到了魏铭磊的表现，觉得他颇有大将风度，可靠，和其他急于表现的毛躁的男孩子不同，才决定给他写信的，只是一时笔误，写成了戴明磊。事实只有一个，解释分成两个，这是两人开始通信时探讨的第一个问题，一个根本上的错误或者细节上的错误成了这个联系的第一个扣子，这在两个人的心中都是挺好玩的事情。高红的演艺事业始于舞台剧，之后改了名字，叫作高静娅，进入影视行当，在她的事业发展中充满了自觉，也充满了偶然，其中边边角角，枝枝丫丫不可尽言。目前她已经像一个家长一样可以养活一群人，三十六岁，最好的年纪，也是最危险的年纪，但是确实没人知道，包括她的经纪人、助理、化妆师、家人，她为什么突然想起了初中时候写过的那些信，她没给别人写过，之前没写过，之后也没写过，只在那几年里产生了几百封信，她为什么早不想起，晚不想起，突然在一个毫不特殊的早晨想了起来，然后指示她的助手找到这个人，问这些信还在不在。当魏铭磊说，还在，而且没有丢失一封的时候，她的助手感觉到天塌了下来，也不得不佩服娅姐细密的心思，在很多人恐惧未来的时候，她想起了危险的昨天。高红再次显示出高人一筹的风度，她亲自加了魏铭磊的微信，给他定了头等舱的机票，让他把信带到上海来。还是都拿来吧，她在微信中含蓄地说，少一封似乎就不对了，它们是完整的，不能丢下任何一个。

细胳膊女孩问他喝什么，他说喝水，女孩给他倒了一杯温水，这时高红从卧室走了出来，魏铭磊站了起来。高红和初中时候相比，明显长了个子，头发也多了，此时她化了淡妆，穿了一件白色的长袖衬衫，底下是一条黑色的八分裤，露出洁白的半截小腿，藕荷色的拖鞋穿在脚上，显得和衣裤非常搭配。只是一只脚踝上裹着绷带，绷带层层叠叠，显得相当协调，好像是一个装饰。高红伸出手来说，魏铭磊你好。魏铭磊轻轻地把她的手团在掌心说，你好高红。高红说，你没怎么变，怎么样，来得还顺利吗？魏铭磊说，顺利，能不能先把身份证还给我？高红说，什么身份证？魏铭磊说，刚才那个女孩不小心把我的身份证装在她的兜里了。高红说，凌子？没人答应，女孩不知什么时候走掉了。魏铭磊说，走得好快。高红说，她一会就回来了，她们一天的事情都特别多，经常犯错，你别见怪。你还是变了一点。你说话流利了。魏铭磊说，我以前说话不这样？高红说，不这样，小时候你说话断断续续的，不是结巴，是不流畅，可能是我记错了，我们没怎么说过话。信带来了吗？魏铭磊说，带来了，一共三百一十二封，应该没有遗漏。魏铭磊说话时也在观察着自己，我说话流利了吗？刚才我还很紧张，感觉有尿，现在情绪倒是平稳了些，原因何在？高静娅已不是初中时那个人了，这可能是他放松的重要原因之一。她走出来时，魏铭磊仔细观察着她，一时觉得自己进错了房间，她是高红吗？长得大不一样了，开始时他觉得只是个子高了，发型复杂了，现在看来似乎眼睛的形状也变了，嘴唇也厚了点，下巴也小了，这都可以理解，毕竟吃了这口饭，多少要在脸面上投资，奇怪的是脖子似乎也长了，肩膀也窄了，双腿怎么如此之顺直？他记得初中时她上身长，腿短，坐着显高，站起来显矬，什么样的手术可以把脖子拉长呢？他一时怀疑明星都有替身，就像一些危险的动作需要替身一样。那就坏了。我让她感到危险吗？他在路上其实一直没有思考这个问题，从上楼到进门后的种种，他忽然意识到自己是个危险人物，对的，他是属于过去的权威，是针对现在的刺客，是她无保护措施时代的证人。要不要给你点吃的？她说。他没有回答，盯着她的眼睛看。这儿我也不熟，我们就看看附近哪个评价比较好，她说。说着她拿起手机，他看着她低垂的睫毛，突然意识到自己的污秽和担心之无谓，她是高红，她不是因为当了演员之后，才拉长了脖子，而是她的脖子长了之后，才当了演员的。

　　魏铭磊说，我一点不饿，信都在这里，你看看，没什么问题的话我就走了。高红说，你还有事？魏铭磊说，没有。高红说，你是专程为我而来的吧，不像你在微信说的正好顺便。魏铭磊说，嗯。高红说，那就别着急了，我们把这些信看一看。高红把魏铭磊从背包拿出的信在茶几上摊开。你看这些信封上还有我爸任教的大学的名字，他现在已经中风了，不会说话了。魏铭磊说，什么时候的事？高红说，别假装客套了，他当时还去学校看过你。魏铭磊说，看过我？高红说，他偷看过你给我写的信，想看看你是个什么样的人。魏铭磊说，看过之后怎么说？高红说，什么也没说。但是他今年卧床之前突然说起了你，就在中风前两天，我也不知道为什么。他一边洗碗一边说，那个小魏在干吗？就是那个每封信的结尾都写"此致敬礼"的小魏。恕我直言，我这才想起了你，你不会生气吧。魏铭磊说，完全没有，只是觉得心里难过。高红说，完全用不着，你没见过他，你的难过是人道主义的，毫无意义。我一般睡前喝酒，你喝一点吗？你要假装拒绝需要我再劝一次吗？魏铭磊说，不用，我也喝一点。

我的难过不是这样的，因为他是你的父亲，所以不是这样的。高红没有听见他后面的话，她站起身来从冰箱里拿出一支香槟，这支有点甜，你没问题吧。魏铭磊说，没问题，我没喝过。高红说，没有酒杯，我就不叫人了，我们拿茶杯吧。魏铭磊是个酒量很大的人，但是并不爱喝酒，他自己觉得可能还是自己早年运动员的经历，使自己的身体内部代谢速度比较快，这也有些问题，就是酒精并不能令他感到放松和兴奋，他也不能借助这个东西变成另一个人。相反，他总是越喝越清醒，一些过去不会思考的问题，喝了很多酒之后倒会琢磨，所以他的特点是越喝酒话越少，越沉郁，越像是一个心事重重的人。在他结婚那天，他喝了大量的啤酒和红酒，做了不知道几个游戏，把丈母娘家的几个小伙子全都喝得烂醉如泥，回到房间时他突然感觉到虚空，太太因为疲惫很快睡着了，他久久不能入睡，不知为什么，他忽然觉得自己是个虚伪的人，这是个虚伪的世界，为什么这么想，他也不知道，等他睡着了，他就把这件事放下了，第二天醒来，酒劲过去，他就彻底把这件事情忘记了。高红拿起倒满香槟的茶杯和他碰了一下说，谢谢你能来。魏铭磊说，客气了。高红一口喝掉了半杯，魏铭磊也喝了大概同样的量。高红说，实话说，我有酒瘾，每天不喝睡不着的，其实喝了也睡不着，那就不如喝一点，你说呢？魏铭磊说，你做这个职业，确实压力大一点，我每天躺下就睡着，其实也没什么意思，老是睡着。高红说，你现在还踢球吗？魏铭磊说，很少了，我的脚里面有钉子，我现在教小孩子踢球。高红说，你喜欢孩子吗？魏铭磊说，喜欢，你如果认识他们，也会喜欢他们。高红说，不一定，我这点爱啊，都给了自己了。说着她把剩下的半杯喝下，又给自己倒满了。我记得你当时跟我说过一句话，在信里，你说我们不能只爱自己，只相信对方，我们应该去爱更多的人。魏铭磊说，我说过吗？高红说，你说过，就在这堆信里，我们把这些信读一读吧，你随便抽一封。魏铭磊说，算了吧，我得走了，我明天早上的飞机。

　　高红抽出一封信，她才发现信封口被红蜡封死了。高红说，我们当时是这么弄的吗？魏铭磊说，不是，这是我后来弄的。高红说，什么意思？魏铭磊说，没有办法，如果不封上，会有东西跑出来。高红笑说，你啥时候变成这样了？魏铭磊说，我看一下这是哪一封。嗯，这里头有一只鸟。高红说，飞出来还能飞回去吗？魏铭磊说，看情况。高红把红蜡抠掉，一只八哥从里面飞了出来，黑色的八哥，小巧如手掌，一下就落到客厅的镜子前面，高红叫了一声，站了起来，手里的信封掉在地上。魏铭磊弯腰把信封捡起来说，这个还是不要弄丢了。八哥站在镜子前面踱步，看着镜子里的自己，突然它说，金子底下有什么？镜子里的八哥回答道，你问谁呢？肥婆。镜外的八哥又说了一遍，金子底下有什么？镜子里的八哥说，有你妹啊，肥婆。你妹好像是个新词。镜里的八哥说完，得意地笑了笑。高红害怕了，说，你怎么变出来的？魏铭磊笑说，我说了，原来里面就有，不是我变的。高红说，你是谁？魏铭磊说，我是魏铭磊啊。高红说，我要叫了，我不认识你，你怎么进来的？凌子？凌子？没人答应。魏铭磊掏出自己的身份证说，给你看我的身份证，我是你要找的那个人。高红说，你的身份证不是让凌子拿走了吗？魏铭磊说，我刚才拿回来了，你不用害怕，只要回答它的问题，它就会回到信封里了。八哥说，是啊，肥婆，金子底下有什么？高红说，我不知道。魏铭磊说，这是一句土耳其谚语，你应该去过土耳其吧，我看过你在土耳其做的节目。一只八哥而已，你怕鸟？高红贴着墙站着，伤腿蜷了起来，她说，金子底下有银子。八哥说，胡扯，全是你的啊？高红看着八哥，忽然说，我认识它，啊，我养过它，它拉稀拉死了。魏铭磊说，你的原话是我的鸟死了，我怀疑是我妈因为我过于喜爱它，而把它毒死了。我趁人不注意把它埋在了我们教学楼门前的花盆里，这样我每天都能经过它。高红说，我知道了，金子底下有蝎子。八哥在镜子前面转了一圈，说，碎觉！镜子的八哥却没有动，然后它一跳一跳，跳进了信封里。

魏铭磊站起来说，抱歉吓了你一跳，这些信就是这个样子，而非我想玩什么花招，这么多年我也被它们折磨得不轻。现在它们是你的了。高红坐下捂着脸说，不行，你得把它们带走。魏铭磊说，我照顾它们二十年，今天我如此辛苦把它们背来，是不能拿回去的。高红说，我求你了。魏铭磊说，如你刚才所说，我们认识吗？高红说，那我烧了它们。魏铭磊没有说话，只见桌上的信封震动起来，三五一行地立起来，在茶几上走圈，如同游行一般，几个略有破损的信封，稀稀拉拉跟在后面，几十秒钟之后，又都叠压着躺了下来。高红说，你想去卧室休息一会吗？明天早晨直接从这儿走吧。魏铭磊说，我有自己的房间。你还记得你写的最后一封信吗？或者说，为什么我们之后不再写信了？高红说，我确实忘记了，但是那一天总会到来是不是？她一直没有停止喝酒，眼角因为酒精而耷拉下来，一层油脂也从面皮的后面渗了出来。她边喝着边用粉红色的舌头舔着嘴唇，不知从何处而来的笑容在她的脸上涌动着，她快要抑制不住自己的欲念了，两条腿搭在一起，好像故意锁闭着某处，身子从椅子上探出来，不时地用手抹去细长脖子上的汗珠。我还没睡过魔术师，高红说，这种人是不是在什么地方都能使出戏法？魏铭磊说，我们看看最后一封信吧，既然你还不困。高红说，我当然不困，睡觉是多么大的浪费啊。我精力充沛，愿意醒多久就醒多久。刚才恐惧使她瑟瑟发抖，发现自己无计可施之后，她又对令她恐惧之人产生了某种依恋，魏铭磊能感受到这一点，这也许已经成了她的习惯，他为自己感到羞耻，同时也觉得不虚此行。

魏铭磊从信堆的最底下抽出一封信，这封信的一角略有破损，不过用白纸补上了。他从桌上的烟灰缸里拿起火柴，仔细地把红蜡烤软，然后轻轻打开了这封信。一根绳子游出来，一米多长，在茶几上爬行，这是一根普通的麻绳，唯一特殊之处是它是崭新的，如果再过些时候，它就跟其他麻绳一模一样了。高红指着麻绳笑说，绳子。绳子说，怎么这么热？高红说，因为这是南方啊。绳子说，我洗把脸。说着它钻进高红的茶杯，把一头浸湿了，然后爬到冰箱旁边，撬开了冰箱门，兀自吹着冷气。高红说，它还挺可爱的。绳子说，你说什么？高红说，我说，你还挺性感的。绳子突然绷直了一下说，现在呢？高红说，你变态。魏铭磊说，你忘了不少东西呀。高红说，你闭嘴，你他妈的给我把嘴闭上。绳子说，现在好了，大家都把话说开了，嗯？高红说，我还没说完，我撒泡尿都能淹死你，你信不信？魏铭磊点点头，也许是表示相信，也许是表明无计可施。绳子说，为什么要到南方来呢？太热了，我挨不住了。高红说，你就是一只臭虫，什么也不是，你靠吸我的血，是不是？你一事无成，这个世界的好处你知道几样？你以为你是这世界的一分子，傻×，你以为你有自己平静的生活，自给自足，其实你就是住在下水道里的老鼠！魏铭磊没有说话，高红的嘴唇飞快地动着，好像有人在用筷子搅着她的舌头。绳子说，对不起啊，我实在挨不住了。说完，它迅速顺着高红的腿爬上来，缠上了她的脖子，高红还想说什么，一个字也没有说出来，她拼命想把手指伸进脖子和绳子之间，绳子冰凉，没有给她任何缝隙。死之前她的眼睛突然瞪得老大，伤腿伸出来，绷带都要崩开了，似乎伤骨在这一瞬间愈合了，随后她好像突然认出了自己将要去的世界，眼睑缓缓落了下来，把一切都挡住了。绳子拖着她的尸体钻进了信封，她忘记了吗？她和我一样，只是一封信而已啊，进去之前绳子说。

魏铭磊没有回答，高红让他闭嘴的。他从包里拿出透明胶条，把信口封住，然后把所有信装回背包，戴上准备好的鸭舌帽，从房间走了出去。天微亮了，清洁工人已经站在路中央，用抹布抹着防护栏。背包似乎沉了一点，但是他不确定是不是心理上的。无论是过去还是现在，我都尽了力，他对自己说，这并没有效果，还是老样子，自己，自，己。和所有人一样，他厌弃自己的工作，同时也需要它填充自己的生命。他抬手打了一辆出租车，这个司机非常安静，一句话也不跟他说，老是这样，他心想，要是跟来时的司机换一下就好了，他把背包放在大腿上，双眼看着前方，天空一点点明亮起来，好像信封挨近了火焰。他在心里默念着那封信，这是他无事可干时的通常消遣。

魏铭磊你好：

你已离开这里一年，我们的通信也中断了，不过此时我还是给你写信。关于过去我们讨论的事情我已经有了决定，这是我们的秘密，你如问我原因，我说不出原因，你虽然失去了我，但是在某种意义上，我进入到了宇宙的大循环之中，也许我就附着在你将来遇到的事物之上，或者说，如果你将来登上了火星，也许会看到我的鞋子。（如果以发展的眼光看，你在有生之年是有可能登上火星的。）刚才我就把绳子挂好了，试验时不小心扭了脚，不过没关系，一只脚也可以蹬开椅子。除此之外不会有遗书，所以你小子要高看自己一眼啊。再见了魏铭磊，祝你一切都好，像今天一样，在你与你的本性之间没有任何障碍。

此致

敬礼（唯一一次模仿你）

高红

原载《花城》2019年第4期

中国当代
文学经典
必读

点评

　　魏铭磊去见初中同学高红，因昔日二人曾有过一段非同寻常的情感历程，此番重逢彼此内心必然再起波澜。小说虽然也事无巨细地讲述魏铭磊在足球场上的表现、魏铭磊与高红初次相识、魏铭磊和高红在后来的人生历程等等诸如此类合乎一般逻辑和生活规律的事件或细节，但其引人瞩目之处并不在此，而在以虚幻笔法对二人通信事件及在此过程中彼此情绪、情感微妙变化的创造性描写。每一封信似都非常特殊，似都有其非同寻常的故事，也似都会呈现一段特殊的情感历程。从信封里跳出来一条绳子，从信封里飞出来一只八哥，这绳子与八哥不受魏、高二人约束，竟然与其针锋相对地对话或驳斥。正是在这种"对话或驳斥"中，与魏、高相关的往事遂纷至沓来。八哥、绳子的隐喻性和暗示功能，其意旨直接接通二人曾经的创伤历程。当时间与空间被重新打开、折叠，在此，真实与虚幻的界限被消弭，现实视阈与想象世界融为一体，故事与情感也便有了全新的讲述方式。更耐人寻味的是，在小说结尾处，高写给魏的最后一封信，恰似一封告别人世的遗书，但信中诸如"我说不出原因""我进入到了宇宙的大循环之中""如果你将来登上了火星，也许会看到我的鞋子"一类的话语，却又将二人的"秘密"几近封存。如此一来，有关魏、高二人以书信往来所建立起来的情感关系虽然最终结局趋于明朗，但过程、因由、意义依然处于被遮蔽中。实况究竟如何，答案或许只有一个，即那些被遮蔽的情绪、情感或往事，只有有待读者去作创造性体悟或解读了。

（张元珂）

老实人

了一容

努是丹的哥哥。

这些年，哥哥努的家里并无什么大的变化。记得努夫妇两个从窑洞里往出搬迁之前，一孔大些的窑洞完全坍塌了，另一孔用来做饭的窑洞也经常掉土，挺吓人的。不断积累的担忧和害怕，使两口子终于鼓足劲在窑洞前的坡下盖了一栋房子，是两边都留有廊檐可滚水的安架房，木料是最便宜的白杨木。这种木头，极容易引起虫蛀。松木最适宜盖房子，尤其是一松到顶的，最漂亮，且经久耐用，可是成本太高，没有力承，达不到这样的水平。就这，也是在村子里几家单门独户人家的搭帮下，算是盖了两间白杨木砖土混合结构的房子。木匠马西龙还拿砖头给专门制作和打磨了一对吉祥的鸽子，给安装在了房脊上。

黑山许多人家的屋脊都装饰有这样拿砖打磨的鸽子，象征着他们心目中的美好与和平。

村子里有一部分人盖起了这种表面贴了一层砖的土木结构的房子，有的还购买了手扶拖拉机等等。人跟人真是没法比的，同样的辛劳，结果却大相径庭。

相对于外界，村子几乎是一个死角。人们过着十分幽静的生活，仿佛跟外面的世界隔离开了。每到夜里，村子寂静无声，只能听得见断断续续的狗吠声。即使在白天里，这里也是非常安静的，只有寺院里木梆子不紧不慢敲打的笃笃声，还在呼唤和提醒人们别忘记行好，该去为信仰而忏悔和祷告了；同时，也在温馨地提示偶尔经过的旅人，这是有人生活的地方。

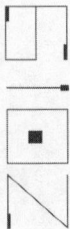

丹的哥哥总是各方面都落后于别人，一是他特别老实，二是孩子太多。人和人有差距是不可避免的，一把手指伸出来也还是有长有短的，加上他本领也不如人，手慈心软，不会算计人，一直都是这样老实巴交的。村子里的一些人都骂哥哥没有致富的能耐和本事。但是，黑山一位曾经在外面打工和闯荡多年的老汉说："本事是个啥呀？啥是个本事？你们给我说说。我个人认为本事就是卑鄙无耻加王八蛋和不要脸！"事实一次次地证明：努这样憨厚朴实、吃苦耐劳的人，往往被边缘化，混得狼狈不堪。

又过了几年，有一天，哥哥努突然发现他的那两间房子在村子里显得有些不伦不类了，并且房顶的椽子被许多虫子蛀了，一到夜里就会发出似要折断般的声响。房子开始向一边倾斜，仿佛就要倒下来，努赶紧用一块宽厚的木板在檩子上顶着。可是夜里睡下后，还是听见虫子啃噬椽子发出的声音，那响动如幽灵在椽子间相互追逐打闹着。

哥哥的脑子太古板了，丹想，房子要是塌下来，一块木板怎么能顶得住呢。简直是拿生命开玩笑啊！

人在背运中的时节，各种败象就都会像老年人的疾病一样一股脑儿地表现出来。就拿努家来说吧，连过去用杵子筑得特别结实的院墙也开始七零八落地坍塌。很快，院子的四处便迅速地敞开了。努也不去修理，他似乎根本顾不上收拾院墙，不觉得收拾它有什么意义。但是，这样的院落，人人可以随便地出入，连野狗也常常想进来就进来，想出去就出去。

妻子舍央告丈夫，让他管一管这些野狗，努却置若罔闻。

努心里想，院子就是个家，而房子就是人在死之前，暂时凑合或遮风避雨的一个场所而已，只要人不饿肚子就行，盖房子则是极其奢侈的事情，等将来有能力的一天再说。现在确实没有那么多的钱，也没有干这些事情的条件。

但努总是常常会在梦中梦见自己盖新房子，醒来之后却是一场空。而妻子总是鼓励他，将来一定要盖一栋新房子，搬迁到更好的地方。他听说村子里有些人通过生态移民搬迁出去之后，打工赚钱，盖上了新房子，就也想移民搬迁出去，可总是挨不上他。另外，有件事说来也蹊跷：每当努在家的时节，野狗一只也不来，它们似乎担心激怒这个从来也没有脾气，而一旦真的生起气来大约会奋不顾身的人。

让人匪夷所思的是，野狗们从来都像是能够嗅闻到努在家或者不在家一样，我行我素。只要努前脚出门刚走，它们立即就来践踏这片仿佛无人看管的领地。村子里的野狗们前前后后簇拥着从墙豁口处肆无忌惮地跳进努家的塌院落里来，根本不把努的妻子——这个手脚如磨扇一样宽大，只知道默默无闻下苦力的女人——放在眼里。野狗四下里寻觅。但经常都一无所获。

努的两个孩子在很远的地方打工，至今没有回来。最近因家里有许多活计要干，先前也在外面的一个建筑工地安装下水管道的努就回来了。他这次出去没有挣上多少钱，挣的一点钱都买了米和面。努的个子不高，脸就像一张刮净了羊毛之后又被虫打了的干羊皮，那一丝肉都没有的干牙岔骨，看上去特别扎眼，眼睛就像猴儿屁股一样红红的。因为努整个人极其瘦削，大家便称呼他为"瘦干猴"，也有叫他"雀儿头"的。但是谁也想不到，事实上努十分健康，身上的肌肉很发达，力量也不可小觑，这完全都是他长期在山上的土里劳作所得。

就在今天，努在山上犁了一架地，已经回来了。他是起得非常早的那种人，从来不睡懒觉，一般鸡叫二遍的时候就起来了。每天早早出发的时候，他就在白布褡裢里装上几颗煮熟的土豆，扛上犁铧（村里称作桄子），吆着牛就上山了。他在山上套好牛犁地，一直犁到羊出圈的时分，一大片地就耕好了。耕过的地看上去特别新鲜，泥土的芳香扑鼻而来。另外，犁铧翻开的地皮下面会翻出许多指头般软冰冰的蠕动着的白虫子来。人们把这种白胖白胖的小虫子叫"吉姑娘"，从土上捡拾起来，对着它红色的脑袋，大声喊："吉姑娘——摇头摆头，吃了他娘的大糕糕（大奶头）！"于是，那白虫子就仿佛听明白了人的话，把头一左一右地摇摆起来，看上去甚是讨人爱怜。

不一会儿，喜鹊和乌鸦就落在犁沟沿上用嘴拾着吃"吉姑娘"。

努光着脚片子踩在耕过的土地上面，觉到一些凉意与舒坦。他赤脚在犁沟里走得久了，就觉得双脚已经被磨得麻木了。不过，他的全身热腾腾的。

快近晌午的时候，努卸了牛，在长满冰草的地埂子上打上一捆草背在身上，就吆牛往家里走。

这一天，努照旧耕完地往回走，正走到半路上，却下起雨来。先前，雨点犹如银圆坨子那么大，零零星星地跌落着，打在地表上发出噼噼啪啪的声响，把路上的土砸了一个个小坑窝。

就在这时节，黑山的南面有一道黑云低低地压下来。突然一道闪电击裂了长空，相跟上是一声冷猛子的炸雷。炸雷震得人心里微微发怵。

麦子刚刚收割。但有些靠近大山且阴湿一些地方的麦子还没有彻底黄呢，还得再等上几天才能割。村子里的人，对地里的麦子一般都是边黄边割，割过的地就要急急翻耕。农人干活计从不拖沓，有条不紊，似乎永远都在忙碌着。

那一声惊天动地的响雷过后，雨点就稠密起来了，渐渐地雨开始越下越大。

努身上背着沉甸甸的一捆草，吆着牛往回走。一老一少的两头牛总是慢腾腾的，显得淡定而从容不迫的样子。努就腾出一只手用鞭杆在那头性子缓慢的老牛的屁股上猛戳了一下。

于是，那牛就奔跑起来，那头年岁小些的牛也跟上跑起来了。

努紧紧跟在两头牛的后面。黑山人对雷雨的危害性是深有体会的，知道这样的雨里常常会裹挟冰雹，动不动就会毁坏掉尚未收割的粮食，或者干脆将庄稼打得片甲无存。另外，这种雷阵雨，也叫过雨，很容易引发山洪，在山沟里走动的牛羊牲口或者人，不小心就会被洪水一下子席卷上走了。等到雨过天晴找见尸体的时候，已经变得面目全非。那场景惨不忍睹。

努赶着牛跑到家里的时候，雨点就像人激荡的心情一样一阵又一阵地泼洒下来。他背着的草叶上积攒的雨水顺着脖子灌下去，弄得衣裳紧贴在脊背上，那显得不起眼的小脑袋瓜也被雨水浇得像一枚用棍子敲击过的秃疮花。他的头上和脸上的泥土被雨水冲刷后，变得左一道子，右一绺子，看上去狼狈不堪。

努顺手把身上的草放在院子的房廊檐下，三两下卸了犁铧将牛赶进了牛圈。

妻子听见院子里有响动，就奔出来对努说："着急死了，先前跑到大门口看了你几趟！"说着，把一只几乎没有帽檐子的破草帽拿出来扣在了男人的头上，嘴里不很恭敬地唠叨着，"看看，你的个干雀儿头都湿成个啥样子了！"她又飞跑着给牛圈的牛槽里添了一背篼草，然后和男人一道走进那间快要倒塌的房屋里。

女人舍叫努赶紧把湿透的衣裳脱下来。她接过衣裳，拧干衣服上的水，搭在门框上晾着，又从炕上拽下一件袖口上淌着棉花的棉袄叫努穿上。

一会儿，努仿佛觉得有些暖意从破棉袄上传递到他的身体里面，且伴有女人舍的甜丝丝的体香。

两人呆呆立在房地上，把脖子抻着伸出去看院子外面的暴雨，俩人仿佛是怕自己的头被闪电和炸雷叼了去似的。在黑山有这样的传说，意即如果哪个人不孝敬自己的父母，雷就会把他们的脑袋揪了去。

所以，村子里的人每当遇到闪电打雷的时节，就把心系子拧紧了，尤其是那些心虚者，就被惊吓得钻进炕上的被子里蒙了头躲藏起来。

往往在雷雨过去之后，总会有人传言说黑山的某个村子里的某某人的头被雷揪了，还有某某村子的某棵年成久远的大树被雷劈为两半什么的。说是这棵树身上有一个树洞，里面藏着一只近要成精的蛇或者青蛙，抑或成精的蜘蛛什么的。

言归正传，此刻暴雨仿佛被风卷着如斜扯的布匹决裂一般摔打下来，飞溅起无数的泥浆。世界一片苍茫。院子里混混沌沌的，雨幕遮蔽着人的视线，看不清远处。一会儿，院子就蓄满了水，地上被激起无数的水泡泡。那些汇集起来的雨水慢慢地，最终恣意汪洋般流淌向那低洼的地方。

这时，一个火焰般的闪电过去，紧接着炸雷就像从当头顶猛劈下来，随之雷声就像黑山碾米的碾道里被拉着转动的石磨一样，咯噔噔、咯噔噔，唬人地在向山的南面滚了过去，又滚了回来，让人胆战心惊。片刻，就又缓缓地滚远了。

听着头顶上的炸雷转来转去时，黑山的人觉得石磨从自己的心头压过来压过去，天要塌陷似的。人们的内心忐忑不安。但就是在这一声声沉闷的炸雷响过之后，更加吓人的冰雹便铺天盖地砸下来，只觉得一切有生命的东西瞬间都被击毙了。

顿时，门前的几棵杨树上的叶子也被一扫而光。冰雹落下的声音听上去就跟巨型镰刀在迅速地收割着地上的草一样，嚓嚓嚓、嚓嚓嚓地响着，就连碗口粗的树也被齐刷刷地打折，掉落在了地上。

村子里变得不忍目睹了，山上田地里的庄稼被冰雹打得贴在地上，有一部分干脆被砸进泥里面去了，连头尾都找不见了。有些粮食甚至被泛滥的洪水之后的淤泥壅进泥里去，露在表面的一丝踪迹，人即使出吃奶的力气都拽不出来。后来，农民们只好用犁铧把它们翻耕进土地里充作肥料了。

努家院子靠近大门洞流水的地方，被冰雹疙瘩砸出了一个深深的大坑，里面顿时注满雨水。房上的瓦就像无数的鸡蛋掉在了上面，发出一种古怪的刺耳的碎裂声。但是，令人诧异的是，这些冰雹却没有使一些岌岌可危的房屋倒塌，也没有使之漏雨。黑山人建造的房屋，就跟黑山人一样善于承受一切世上的考验和磨难。

只一刹那的时间，冰雹疙瘩在地上就铺了白茫茫一片。

要是这些在空中凝固了的冰疙瘩打在某个人的脑袋上，不难想象，一准会被砸得屁滚尿流。

努的妻子舍身材魁梧，宽大得跟一块结实的门板似的。她的手很特别，握成拳头如一座小小的山峰，每根手指头都粗壮得跟椽子似的。这完全是年深日久的劳动所致。她显得那么健康，那么富于农村女性的活力。她一顿可以吃下去两个大男人的饭食，但是她能吃也能干，常常独自从那十分陡峭的山路上拉着满满的一架子车粮食，可以不用人帮忙就能把粮食平安地运回自家门前的麦场上。

这是三两个大男人才能办到的事情啊！

记得努刚把舍从黑山的另一个村子婆来的时候，许多人都揶揄着开玩笑说：

"瘦干猴以后可是不敢惹这个婆娘，你们看看到她那只巴掌了没有啊？你们猜猜能有多大啊？跟个磨扇似的，一巴掌能把人扇进地面里头去。要是扇在瘦干猴的身上，还不把他的屎尿给扇出来呀！"

大家哈哈笑着点头称是。

但是这个女人，却从来没有戳过努一根手指头，反而常常挨努的打。有人就说，无论是多么窝囊的一个男人，一旦打起女人来都是手到擒来，非常得心应手的。

确实如此。可是到了后来，当两个孩子都大一些时，有一次因为一件鸡毛蒜皮的小事两口子又争吵起来，直到努又像往常一样抄起锅台上的擀面杖去打老婆时，老婆舍像是突然从睡梦中睡醒来了一样，一下子急了，变得怒火万丈和歇斯底里，她火苗一样扑上去抓住擀面杖，左右两扭，就从努的手里夺了过来，顺手扔到院子里去了。

这回，努变得非常惊愕和愤怒，就又去撕扯舍的头发。舍的头发被他撕去了一绺。但是，她最终把他按在擀面的案板下面，双手攥住男人的脖子，捏得男人头红面紫，眼珠子一个劲儿直向后翻，露出绝望哀求的可怜样儿。

看到努成了这个样子，老婆突然有些害怕，同时心又软了下来，慢慢松开了双手。

就是这次，舍用她的如椽大手，差点就把努像捏一只麻雀或鸡娃子似的给活活捏死了。

从此以后，努就再也不敢胡来和轻举妄动了，开始对老婆有些胆怯，尽量逃避老婆的锋芒。然而，女人却总是得寸进尺的，而且胆子也愈来愈大了，甚至竟也学村子里的那些人，放肆地叫起男人的绰号来，一口一个"瘦干猴"、一口一个"雀儿头"。

努仿佛再没有伸手打她的心劲了，嘴里也不说什么，只在垂头丧气之际无奈地瞪一眼自己的女人。

下午的时候，响雷听不见了，冰雹也没有了，雨点由大变小，由急切变得徐缓，最后变成淅淅沥沥的小雨，终而化为绵密的雨雾。

这时，大家听见从黑山的四面八方的山沟里开始奔流着盛大的洪水，这些来自四路八方的水流都将流向村子里一座人工筑就的大坝里去。

努望着外面逐渐变小的飘飞的牛毛雨，心绪久久难宁。他听到洪水的声音就像是千军万马把什么撕开了一条口子，冲向前去，呜哇哇哇地喧嚣着，如战场上冲锋的人们。由于洪流的回声太大，人们只能听见后面持续不断漫山遍野的"啊——"的吼声。

听着这样的声音，人的心会紧张地簌簌颤抖起来。

努对女人说："走，咱们到坝上捞浪渣去，你听听全村子的人都喊着出发了哇！"

他们两口子也行动起来了，男人戴上烂草帽，女人披上破雨披，两个人背上背篓，手提齿箅子，卷起裤腿，光着脚片子，开始走出破烂的院落往上河的大坝方向前进。他们走在路上时，看见村子里的人都三三两两以户为单位，浩浩荡荡，争先恐后地涌往上河的大坝，身上和手里都各自带着捞浪渣的家当。

努和舍两口子来到大坝的坝沿边时，村子里的人已经在坝沿上乱麻麻地站了一片，开始纷纷从坝里往岸边上捞起了浪渣，个个唯恐落在别人的后面。

那一刻，大家看见铁锹、木锨、叉子在水面上欢闹地飞舞着、旋转着，从水里到岸上来回地迎送。

有些人那巨大的铁齿笆子就像打饭的笊儿一样伸进那个硕大无朋的"锅"里面，一下子就捞上来一笆子湿漉漉的浪渣。这些浪渣里头，有牛羊和牲口的粪便，也有木棍、蒿子和树叶，以及山里野生的植物的刺球，等等。这些浪渣将被拉回家去晾在院子里，等太阳出来晒干之后，就成为极好的添炕、做饭的烧煨。山里人没有炭火煤气，找柴火极不容易，这些被山洪冲下来的木渣子，就是最好的燃料。有些运气好的人，竟然可以捞到碗口粗的树根或者结实的厚木板，这些东西真是可以派上大用场的，改制一下还能做家具的。

雨丝如泣如诉在坝面上飘拂着。

汗水和雨丝把岸上人们的眼睛都迷糊住了，努和舍的眉毛及眼睫毛都湿湿的，滴落着连着线的水珠子。

有些会水的人竟然放大了胆子，挪着步子下到坝里去捞浪渣。那些胆大的人，可以捞到相对距离远一些的好浪渣。

还有些人竟然能在水里捞到一些从上游冲下来的有价值的东西。比如上游的人遭受了洪灾，洪水袭击了他们的家园，家里许多值钱的东西就都被冲下来了，于是下游的人谁捞到就成了谁的，这已经成为一种约定俗成的惯例和自然而然的事情。

但是，这也是十分危险的，因为这个大坝是呈锅底形的，边上虽然浅，可人一旦掉进去就会不由自主地一直往下面的深处滑，越是滑下去水就越深。最深的地方差不多有一两间房子那么深，加上今天刚刚发过洪水，大坝里的水位又陡然增高了许多，几乎是以前的两倍。

努也急着想学别人，用笆子试探着一步一步进到坝里，浑浊的坝水已经淹到了他的腰际，很快就到了胸脯，冰冷的坝水使得他的脸面涨得通红，嘴唇打战，浑身瑟瑟发抖，上下牙齿相互磕碰着。

冰冷的水浪刺激着努的胸腔，努觉得里面隐隐作痛，牙缝如针刺一般疼，眼泪花儿不由得在眼眶里旋转开了。幸运的是，他捞到了一根粗壮的椽子和一箱子野外游放的那种洋蜜蜂，估计箱子里还有香甜的蜂蜜呢。

努用笆子把战利品推到岸边上来。岸边的舍连忙把这些东西接在了手里，并催促他赶紧上来。他们两个都有些激动和忘乎所以，尤其是努，觉得自己终于在女人眼里扬眉吐气了一回。

这一下，吸引了岸边许多羡慕和嫉妒的目光，那些人开始蠢蠢欲动，都跃跃欲试地大起胆子下到坝里去寻找属于自己目标。就在这时，努的脚下一滑，刺溜一下滑入到深水里去了，由于紧张和疏忽，努怎么都控制不了自己的身体，很快，脑袋上的几根毛发便在水面上漂浮了起来，不一刻，头发就和那些漆黑的浪渣混在一起，什么都看不见了。

舍惊慌失措地对岸边的人大声喊道："快，帮帮忙，救救我家掌柜的啊……"她见身边几个围着她家蜜蜂箱子一边看一边有点幸灾乐祸的人，便承诺谁若救上她家男人来，这一箱蜜蜂就归谁了。

于是，那几个围观者都拿着笓子，手拉着手争前恐后相继跳入水中。

坝边上，丹都着急疯了——看见哥哥就要沉入水底了，就跳入了水里，他不顾一切地潜入水底，托着哥哥的双脚，把努推到大家伸出的援助的笓子跟前。人们这才手忙脚乱地把努从水里勾住，拽上岸来。

努浑身是泥水，躺在岸边休息，双手紧紧抱住胸部，仿佛把心给弄疼了，脸色煞白，面孔变得更青了，嘴巴歪向一边，上下牙齿经久地相互碰撞着，鸣奏出痛苦的声音。随后努和舍眼睁睁看着已经属于自己的蜜蜂箱子被一个一口龅牙的小伙子理直气壮地抱走，放到了自己家的那一堆浪渣里，显得有些兴奋地拧着衣服上的水。

舍说："别管它了，只要你在着就好。看看，连腿也肿了！"她开始给他轻声细语地说着一些安慰和使他镇静的话。

坝沿边的浪渣堆积成了一座座小山堆，每家都有那么一堆黑污麻眼的脏柴棍和牛驴等动物的粪便，这些就是这个村落里的人家日后要烧的柴火了。

坝沿上的人们还看见坝水里漂浮着鸡鸭、猫狗乃至羊只的尸体，随着浑浊的水波缓缓地漂流而下，在快到达坝沿边时因受到前面坝沿阻拦的反冲力，在水面上费劲地打着旋儿，急速的漩涡催动着那些水面上的漂浮物如机器上的齿轮般迅猛旋转。后来，水面上那些有点价值的大件的东西越来越少了，因为这些有用的东西一被冲下来，大家就都奋不顾身地去抢。然而，水面上的浪渣却总是捞不完似的，就像一眼神奇的泉水，人们一桶一桶地舀，无论你舀一桶两桶还是十桶八桶，打眼望上去却总是那么多，不满也不浅的一泉。大家知道四路八下各个山谷和沟壑里的水都流淌和冲到下游的这座水坝里来了，眼看坝里的水也在不断地向坝沿上头飞涨着。

浪渣在坝沿边堆得高过了人头，差不多每家都有房子那么高的一大堆。渐渐地，由于场地有限，有些浪渣的堆与堆之间就不免要衔接在一起，衔接的那部分就真的不好分得清是你家的还是他家的了。

于是，有两家人就因为浪渣衔接的部分争吵起来。他们吵得不可开交，就撕扯在一起打起来，把脖子都抠烂了，头也被手里的家伙打破了。正在他们打得难分难解的时刻，坝沿下面发出一种古怪的咕儿咕儿的鸣叫声，接着坝面松动起来，开始向下面一点一点地塌陷，惊得岸边上的人们魂飞魄散，扔掉了手里的东西，没命地逃跑，嘴里喊叫着："坝面快要塌了，快跑哇！"

人们就像抢夺浪渣时的情景一样，又是一阵不顾性命地争先恐后地奔逃，很快就作鸟兽散。有逃得慢的，被人挤在后面掉进水里吓得喊妈妈，岸上的人就觉得这个人这下子肯定完了，可是他竟然又被一个猛烈的浪头打了一个旋儿，又冲回到岸边，有人手忙脚乱地拉了他一把，因此他竟然得救了。

生死就是这么一刹那的事情啊！

人们逃离了坝沿，站立在山梁上心有余悸地看着坝堤，接着，一声惊天动地般轰隆隆的一声巨响，坝面被陡升的水力冲得垮塌下去，那压抑得有些恼火的水流顿时比脱缰的野马还要疯狂几十倍地拥挤着，向那前方，以势不可挡的架势朝向下游奔腾而去。

岸上，人们刚刚辛辛苦苦捞到的一堆堆劳动成果，顷刻间被洪流又统统席卷冲上走了，一丝也没有留下。先前人们还在为争抢浪渣的事情相互之间嚷嚷个不休，还因对方捞得的浪渣和几根毛草根的孰多孰少而愤愤不平和心生嫉妒呢，可是一瞬间所有人的辛苦就都化作了泡影。

"啊——"

"啊，我的妈呀——"人们交替喊出声来，他们一定是后悔极了。

真的，人们心里难过得在掐自己的手指头，就像有猫爪子抠着自己的胸腔。但是同时，他们一个个又仿佛心理上统统一下子都平衡了，互相不嫉妒了，没有仇视了，也忘记了刚才谁比谁到底多占了多少便宜了。

洪水声喧嚣着，发出震耳欲聋的轰鸣，这声音淹没了人间的一切嘈杂和不平，也淹没所有的闹闹哄哄，以及吵吵嚷嚷个不休的声音。

原载《天津文学》2019年第10期

点评

小说写了一位叫"努"的一家人农村生活的日常，侧重展现了若干非常态场景中的人性风景。努是一个憨厚朴实、吃苦耐劳的老实人。在乡土败落之际，作为一代农民，其日常注定须臾不离土地，不离业已破败的家园。为了不饿肚子、有所好房子，他日出而作，日落而息，在远离现代性的老乡土空间中游荡、徘徊。任凭他如何努力，实际上，其家庭境况并不能因此而改变多少。作者立意虽不在揭示乡村贫穷、乡土破旧之实存，但文中人物生活与生存遭际总也让人倍感心酸、无奈。夫妻你来我往的吵架，一次水中捞浪渣的经历，尤让人过目难忘。虽多聚焦贫乏自然景观和乡人粗野性格的描写，但其间常因诸多温暖场景、对话或细节的点染而给人以原生态美之体验。比如："她接过衣裳，拧干衣服上的水，搭在门框上晾着，又从炕上拽下一件袖口上淌着棉花的棉袄叫努穿上。""别管它了，只要你在着就好。看看，连腿也肿了。"此类有关夫妻间言行、对话的描写，其字里行间折射出的美好情感尤其耐人寻味。乡土镜像，朴野生命，朴素人情……这种聚焦乡土题材的写作因其原生自然风貌的描写和朴实人性的表现而常给人以别样阅读体验。

（张元珂）

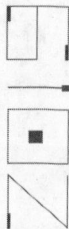

中国当代
文学经典
必读

芥子客栈

艾 玛

1

港东村位于崂山北麓，紧临着鳌山湾。有一条狭长的小洲从村子里伸出来，像条舌头一样伸进海湾里，形成了一个得天独厚的天然渔码头，叫港东渔码头。芥子客栈就开在渔码头上。确切地说，它并不在码头上，而是和码头背靠着背，渔码头在舌头西侧，面向湾里，能看到最美的海上日落。芥子客栈在东侧，面向湾外，正对着泊在海上的大管岛、小管岛，能看到最美的海上日出。有人曾从海上拍过一张照片，天刚黑下来，夜蓝如深海，芥子客栈一灯如豆，背对着码头上的一片灯火，看上去很有点遗世独立的味道。

熟悉港东渔码头的人都知道，客栈所在的地方原本是养参场，客栈原本也不是客栈，不过是养参人看海参的简易房。近些年来，海参行情不好，加上每年夏天浒苔泛滥，海参难养，这个养参场就荒废了，房子久无人居，草一日长于一日，渐渐地，连村里最野的孩子，也不大愿意到那去。后来，从青岛市里来的一个跛脚女人倒看中这个地方，花钱买了下来。女人瘦，跛，但做事麻利，只花了两三个月的工夫，便把这个简易房收拾得焕然一新：翻修了屋顶，外墙给刷成了蓝色，面向大海的那面墙上，开了两扇大大的窗，窗棂刷成白色，两扇窗间是一扇白框透明玻璃门，门外是防腐木铺就的露台，也给刷成了白色。就常有人看见那女人身边搁着茶盘，盘腿坐在露台上看海，多是一早一晚，一坐几个钟，礁石一样不动。女人和气，但不爱说话，不好接近。有人散步路过客栈，碰巧那女人在用白色木栅栏围院子，问她围院子做什么，又不养鸡，又不养鸭。女人只是笑，不言语。女人从网上买的木栅栏非常低矮，是城里人造花坛用的那种，没有荒草高，三岁的小孩抬腿就跨过去了。但到底也是个栅栏，再有人路过，即便那女人不在露台上，也只立在那脚脖子高的栅栏边往里张望，隔着一个不大不小的院子，屋内的情形终究是看不大清，白色纱帘半掩，从门边、窗边隐隐探出三茎两杆绿叶红花，给人很不一样的感觉。

港东渔码头的船都不大，近海作业的多。潮汐涨上来，出海，下一个潮汐上来，返港。鱼获也多卸在码头，就地销售。出去的船，和回来的船，都要从舌尖上绕过，远远地从芥子客栈门前驶出、驶进，所以船什么时候回来，那女人门儿清，每日总能踩着准点来买刚靠岸的海鲜，皮皮虾、蟹子、小黄鱼什么的。女人买得不多，但信赖渔家，不像有些城里女人那样挑肥拣瘦。城里女人的毛病，有一些在渔民看来非常可怕。比如，她们挑蟹子，要的是身手好。玉指一挑，把蟹子戳个肚皮朝天，身手矫健，能很快正过身来的蟹子，她们才说好，才要，蟹子手脚慢一点，她们就会嫌不新鲜。也不知是个什么理！铁打的蟹子也经不起这样戳的嘛！客栈的这个女人不这样，因而渔家大多也不让她吃亏，多是给她挑好的，女人安静地付钱，也不像别的城里女人爱讲价。总之她给人的印象，是不错的。几回下来，再远远见她摇晃着肩膀、一脚浅一脚深地过来，就有渔民主动招呼她，还有人恭敬地问她，"贵姓？"女人笑，也不说免贵，单说姓万。于是码头上的人，不论大小，一律叫她小万。起初，人们也并不知小万那是个客栈，渐渐地，隔三岔五就有人坐地铁到浦里，或是自驾车，一路打听着过来，问"芥子客栈"，起初被问到的人不免茫然，待来人摸出手机，亮出那蓝房子，才恍然大悟，原来小万，拾掇那房子是为了开客栈。客栈叫"芥子"，最多接待住客两人。芥子嘛，大家倒都知是微小的东西。"实诚的。"聊起来，都不免感慨。住宿价格不贵不贱，一晚三百，一月五千。饭却不便宜，当然住客可以自己做，来码头买海鲜，回去自己煮。也可喊小万做。小万做的话，吃饭按人头，分三档，有一百五十八一个人的，也有一百六十八一个人的，最贵的，一百九十八。听得人咂舌。"一百九十八？"理着网的人，常愕在问道的陌生人面前。但也绝无人会说"贵了"。末了几乎都是忙里偷闲地抬手一指，简短地

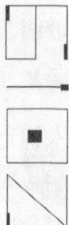

道："走到尽头，右拐。"渔民的日子，也着实是忙碌的，没工夫论别人长短。来人都说小万手艺好，网上评价全五星，说是尤其擅烹鱼，无论是鲜鱼，还是鱼干，都说好吃，都说没吃过那么好吃的鱼。因此，来芥子客栈住宿的人呢，有两件事是不能不做的，一是在客栈看一次日出，还有就是吃小万一顿饭。当然这些不是小万说的，都是大家从问道的人那里知道的。

2

廉海砂认识小万，是小万来渔码头半年之后的事了。

廉海砂在大管岛长大，七岁离岛读书，小学时寄居港东村的小姑家，初中寄宿温泉镇的大姑家。到温泉镇后，每逢节假日回家，廉海砂不走冯家河码头，而是绕道港东村，看望小姑，再搭乘村里的顺风船回岛上。初中毕业后，廉海砂留在了温泉镇，做过许多工作，现在他在温泉镇边上的一个别墅小区做保安，每日腰间挂根丁字棍，开着一辆电瓶车在小区里转悠。别墅小区入住率低，人少，花多，房子好看，廉海砂每日笑眯眯的。跟在海岛上长大的许多年轻人一样，廉海砂受不了岛上的寂寞，但他也不喜欢城市里的喧嚣，温泉镇在他看来是世界上最好的地方，没什么高楼，家家户户的墙根都能晒到太阳，管它什么东西，走路去都能买到，水龙头一拧有水，二十四小时有电，人不多不少，车也不多不少，廉海砂喜欢的。不过，廉海砂的老爹却认定，廉海砂在那"世界上最好的地方"，过的却是最"懊头"（方言，意思是郁闷）的日子，因为廉海砂二十九了，没有老婆，也没有孩子。岛上和廉海砂差不多大的男人，孩子都上岸读书了，廉海砂却连老婆都不知道在哪里。好在廉海砂的老妈信主，相信一切自有主的安排，倒不叨叨这事。廉海砂的两个姑姑，温泉镇的大姑，港东村的小姑，没少为廉海砂操心，她们给廉海砂介绍过的姑娘，遍布了鳌山湾一带的二十多个村子。廉海砂呢，却总是"没感觉"，当然，有时候是人家没看中他。廉海砂家的日子呢，过得去的，岛上三间大平房是翻修过的，东西厢房扩建了，院子也修整过，不比别人家差。还有一片海，租给了养殖户。岸上呢，前几年，温泉镇以东临海一带刚开发，房价还很低时，廉海砂家就翻出老本，买一套两居室的房子，以备将来孙子孙女上学时好住。现在这房子租给了东山大学青岛校区的一个外教住着，房租养活一个人，绰绰有余。廉海砂的老爹以前是渔民，现在上了年纪，不打鱼了，就在岛上干点零活，这两年都是和廉海砂的老妈一起，帮人看海，不让游客在老板租下的海域里钓鱼撬牡蛎，日子不多好，但也还过得去。当然，这样的家境，说破天，也只是，还过得去。廉海砂自己呢，人品是没说的，身体也不错，四肢健全，五官端正，只是肤色黑，蝌蚪眼，一笑，眼角无端冒出几根蝌蚪尾巴，看着略有些老相。现在是一个脸和钱一样重要的时代，在钱和脸这两样事上，廉海砂都没有特别的优势，但他还时常"没感觉"，大姑小姑就有些恼，撂下话来，操不起这份心！廉海砂听过笑笑，有时回岛上看望父母，照例两家都走到，将大姑小姑一并看了。

这年秋天，廉海砂从一个业主那里，得了个治腰腿病的偏方药。一种西藏产的草药，棉花球般，说是浸泡在高粱酒里，没事抿两口，能治老寒腿。廉海砂在这个小区工作的时间长，跟很多业主都很熟了，有的业主一时半会来不这边住，就拜托廉海砂浇浇院子剪剪草什么的。逢年节，业主不在，廉海砂还会手书大红对联一副，"水暖观鱼跃，花香听鸟鸣""烟波天接海，欢笑喜迎春"之类，贴在业主家的大门上，字虽不大好，但一笔一画甚是工整，大红洒金纸衬着，看着喜庆。送廉海砂偏方药的业主姓赵，新近娶了镇上一个开温泉旅馆的女人做第三任太太，两人开着一辆越野车，带着一条狗，旅游结婚，去了西藏，自驾游。这一趟来回两个多月，廉海砂当然也没少照应他家，还跑镇上给他取过两回国际快递。业主的新太太和廉海砂的大姑熟，对廉海砂家的事情知道得不少，也知道廉海砂的老爹有腰腿病的，所以特地送了两包藏地草药给廉海砂。廉海砂用手机上的一个软件扫了扫，是藏雪莲。雪莲廉海砂是知道的，珍贵的，藏雪莲，想来也差不了。得了个新方子，廉海砂就想送给老爹试试，一来表表孝心，二来，万一有效呢？廉海砂就申请调休两日，回家给老爹送药。他骑着电瓶车，先去跟温泉镇大姑说了一声，然后去了小姑家。小姑家在村子的最里边，崂山脚下，不靠海，不打鱼，单是种地、种茶，但小姑却还保留着做姑娘时在船上晒鱼干的习惯。小姑家没有船，小姑都是去码头上买鱼，就地剖好，用海水洗过后，借熟人家的船带出海去晒。大鲈鱼、鲅鱼、摆甲等大些的鱼，挂起来晒，小面包鱼、舌头鱼、鳗鳞、鼓眼等，则摊到甲板上去晒。廉海砂的小姑，固执地认为，在自己家里晒的鱼干，不如在渔码头上晒的好吃，在渔码头上晒的鱼干，不如在船上晒的好吃。其实不光鱼干，样样东西，在小姑嘴里，还都是岛上的好，就连耐冬，也是岛上的开得好看。小姑说什么，廉海砂都听着，他可是知道的，小姑说是说，让她回岛上住住，一天也难得挨下来。廉海砂到小姑家时，正好小姑要去渔码头收鱼干。廉海砂把电瓶车停在院子里，骑着小姑的三轮车和小姑一道去了渔码头。这是个傍晚，海水退得老远，金黄色的太阳照得渔码头对面的那一片滩涂像镀了层金箔，赶海的人不少，逆着光，人啊，船啊，远远看去全都像贴在金箔上的黑色剪纸，框上画框就能上墙。

廉海砂从船上收了鱼干，装在竹筐里抱上来，他一共抱了三筐。廉海砂的小姑坐在三轮车上，把竹筐挨个夹在两腿间，捡了些个大、色泽透亮的海鳗鱼干装进了一只纸箱里。

小姑两手插进袖筒，朝装满鱼干的纸箱努了努嘴，对廉海砂说，给蓝房子里的小万送过去。

廉海砂就去给蓝房子的小万送鳗鱼干。天还亮着呢，可蓝房子灯火通明的，窗纱卷到一边，屋内的情形，站在栅栏外的廉海砂看得一清二楚，雪白的墙，落地窗边的一张长餐桌边，坐着一对时髦的男女，桌上的一只白色细颈陶罐里，插着一朵碗口般大的月季花，月季周围，摆着高脚酒杯，还有许多碗盏，看着都新奇有趣。坐在落地窗那，头一扭，就看得到廉海砂身后那一大片入秋后变得清澈明净的海，还有海中央的大管岛、小管岛。廉海砂怕破坏客人的好风景，赶紧猫着腰，抱着鱼干到蓝房子北边去，那里也有扇玻璃门，看不见那对客人，但看得见厨房的情景。小万系着一条白围裙，头扎一方蓝丝巾，正在一块长方桌上切着什么。廉海砂站在那脚脖子高的围栏那等了一会，小万没有发现他，她切完菜，又把一个大大的玻璃碗抱在胸前搅拌起来，她一边用筷子在碗里搅着，一边抬头朝着客人的方向说话，大约是在和客人聊天。这是十一月底的天气了，又是傍晚时分，从海上刮来的风吹在身上着实有些冷，廉海砂对着那扇玻璃门又是跺脚，又是喊话，小万始终没有往门外看一眼。廉海砂就跨过那道脚脖子高的栅栏，走过去敲门……

后来，廉海砂问小万："送鳗鱼干那次，你是真没看到我，还是装没看到我？"小万就笑，好一阵后，轻声说："装没看到你。"廉海砂的心就像被一双小手挠过，整个人都酥软起来，觉得这应该就是传说中的一见钟情。

3

给蓝房子的小万送鱼干后没几天，廉海砂又申请调休。物业保安队人手紧，队长就对廉海砂说："才刚休过假的，怎么了这是？咱这班跟休假有啥区别啊？不过，"队长的眼睛像扫描仪一样将廉海砂上上下下扫了两遍后，说，"你要是去泡妞的话……"

"泡妞。"廉海砂飞快地应承道。

队长再没说什么，队长比廉海砂大不了几岁，孩子都两个了。不孝有三无后为大，人家廉海砂连个老婆还没呢。

当天傍晚，廉海砂就坐到了蓝房子临窗的那张餐桌边。廉海砂新剪了头发，穿了一件带帽薄羽绒衣，里面是件浅灰卫衣，下搭牛仔裤运动鞋，看上去很精神。来之前他经过了一番仔细考虑后，预订了份一百六十八元的晚餐。一百九十八的，实在是太贵了。有时候廉海砂和保安队的小伙伴去温泉镇上吃烧烤，一百九十八元都能喂饱保安队八条好汉了。一百五十八的……也不差十块钱。这么想着，他预订了份一百六十八的。当然，房间和晚餐都是在网上订的，廉海砂新注册了个网名，潮哥。起先他想起名"砂哥"，嘴里念了两遍，砂哥，砂锅，不中听，果断弃了。潮哥在网上告诉小万，晚上六点到。小万跟潮哥约好，六点半开饭。潮哥骑着电瓶车去的，这一回他没去大姑家，也没去小姑家，电瓶车停在他小学同学港东派出所王警官那。他到得早了点，和同学唠嗑了一阵，才踩着点去了蓝房子。

小万系着白围裙、头扎蓝丝巾，微笑着给他开门。小万站到一边，让廉海砂进去。屋内温暖如春，墙、地面都是灰色，家具都是白色。一个外国女人躲在某处浅吟低唱，余音袅袅，绕梁不绝。餐桌上已沏了一玻璃壶花草茶，颜色甚是可爱。喝什么茶，小万在网上是问过潮哥的。小万不建议潮哥晚上喝绿茶，红茶潮哥不爱喝，柠檬茶潮哥怕酸，最后说好了，就花草茶。小万推荐了百合花配黄芪，说是能缓解压力，补脾益气。小万还问了潮哥有没有什么忌口的，潮哥说没有，想了想，又加一句，怕辣。提到"辣"，现实世界里的廉海砂心里胃里就都有些不好受，以前他爱过的物业的一个姑娘，极爱食辣，姑娘怀孕后，廉海砂和姑娘想奉子成婚，结果竟遭到了姑娘家人的激烈反对。后来，姑娘打胎，辞职，离开了他。不过，也就那么一瞬间，这不好受很快就过去了。毕竟是以前的事了。

厨房是开放式的，用一排及腰高的操作台与餐厅、客厅隔开。操作台上摆着许多高高低低的好看的罐子，有一个木架子从天花板上垂下来，上面挂满了各式高脚杯。临窗的餐桌上，那只白色细颈陶罐里，这回插的是一只芦苇。小万站在操作台里边切菜，轻声细语地告诉客人，饭马上就好，请自便，喝点茶，参观下房子也可以。廉海砂于是起身各处看看，客房很大，进大门左手边壁炉后就是，占了整个房子的三分之一，一张大床摆在房间中央，正对着窗，坐在床上就能看到海。小万的小房间在厨房后边，门上挂着"谢绝参观"的小木牌。两间卧室之间是一个会客厅，沿墙一溜书架，上面摆着的除了书，还有各种各样儿的小瓶子小罐子，有的里面还养着些野花野草，廉海砂都认得。

廉海砂回到餐桌前坐下，小万给他端来了一碟盐焗小海螺，只有六只，说是让他先开开胃。廉海砂心想，开什么胃？胃一直开着！他从小胃口好，吃什么都香。渔家吃海螺，要么清蒸，要么水煮，蘸料吃，或是什么都不蘸。小万的做法与渔家不同，她选的是比拇指头略大点的海螺，小，但也不能太小，太小没肉，也不能太大，"大的，就不能那样做了"，小万说。她先用海盐和橄榄油将小海螺腌渍了一个下午，然后用锡箔纸包好塞烤箱里烤。廉海砂用一柄两齿银叉，剔出海螺肉来吃，脆、韧、香，好吃的。很快六只小海螺吃完了，单剩六只海螺壳卧在描金小碟里，廉海砂还想吃，他看着海螺壳，明白"开胃"是什么意思了，开胃就是往肚子里下饵，要钓上人的馋虫来。

小海螺壳撤下去后，小万给廉海砂倒了一杯红酒。小万预先告诉过潮哥，酒有红葡萄酒和蓝莓酒两种，开海后以吃海鲜为主，客栈不提供啤酒。潮哥选了葡萄酒。现在渔村的人都知道，吃海鲜喝啤酒对身体不好。廉海砂不懂葡萄酒，平时都是喝啤酒的，但这葡萄酒他觉得也挺不错，他甚至喝出了一股烤花生的香气。菜一道道上来，吃完一道，撤下一个盘子一只碗，再上一个盘子一只碗，廉海砂真心觉得太麻烦了。不过,菜都很好吃,尤其是鱼,名不虚传。潮哥没点鳗鱼干,小万的干蒸鳗鱼干也是一绝,她差不多把全港东村晒的头一拨鳗鱼干都买了下来。但廉海砂不想在蓝房子吃着饭还想起小姑来。他选的是新鲜小黄鱼,清蒸。两条一拃长的小黄鱼精赤条条躺在盘子里,身上连根葱丝都看不到,但鲜得没法说。廉海砂吃着鱼,忍不住问小万,搁什么蒸的?小万心里说,最关键的是时间好吧?但她还是答他所问,说,也没什么特别的,比你们多放一样东西。

"什么东西?"

"湘西腊肉。"

廉海砂就用筷子满盘子找腊肉。小万站在操作台里面,手里剥着一根芦笋,道,蒸完就都拣出来了。廉海砂急了,冲口问道,扔了?小万说,一会给你上。廖海砂有些不好意思起来,对小万说,一起吃吧?我一个人也吃不了。小万摇头,不语,到灶上一只锅里舀了碗东西端给他,是一碗汤,里面有小鲍鱼、小海参各一只,鲜的。廉海砂喝着汤,想,一百六十八倒真值了。接着又上了一份主食,是一小碗干拌荞麦面,上面浇了些腊肉沫炒香菇碎,原来蒸完鱼的腊肉用在这里了,会过的。吃完面,廉海砂以为一百六十八元都吃完了,没想到小万又接连上了两样给他,一样是一只细长白瓷杯里插着的几根鲜芦笋,另一样,是甜点,杏仁牛奶布丁,廉海砂以前陪前女友去市里逛街时吃过,和果冻一个味。城里人的名堂。果冻放碟子里,浇一勺果酱,再换个名字,就身价倍增。

"中西结合啊这是,"廉海砂吃着布丁,笑着问小万,"从哪学的手艺?"

"没什么巧的,用心罢了。"

廉海砂道:"哪会这么简单!我样样事用心,还不是……"廉海砂说着,忽地住了口。小万收拾操作台,就当没听到。

芦笋雪白的,生脆多汁。廉海砂以前没见过白芦笋,吃着芦笋他又问小万,怎么是白的?小万告诉他,趁芦笋没长出地面就刨出来了。廉海砂明白了,是没见过光的东西,于是他觉出了嘴里淡淡的土腥味,吃了一根,就不再吃了。他也从不吃蝉蛹。

4

后来，廉海砂又去蓝房子吃过几回饭。不过，他只在那过过一回夜。那是个周末，他过了一夜后，第二天一早搭出海的船回岛上看老爹老妈。小万再去码头买食材，发现潮哥在客栈过了一夜的消息大家都知道了。

"海砂那孩子……"他们如是说，语气里颇多疼爱，像谈论自己家人。

于是她知道他其实叫"海砂"。有人很直接地问她到底是不是青岛人，青岛哪里人，多大了，结婚没，家里都有什么人，末了还不忘补一句：那可是个老实孩子。——像是有点担心她会坑他的意思。也不一定就是在说她不老实，毕竟她不是这鳌山湾一带的人，不知根不知底的。小万都懂，但无端就觉得讨厌起来。她只是想在此开个客栈度日罢了，哪个男人值得她去坑？于是潮哥再上线，问有房没，小万就答，没有。饭呢？饭，也没有！

如此，接下来的一个多月，廉海砂没去过蓝房子。但他时不时地，在网上给小万留言，把许多心事，讲给她听。有次他喝了点酒，竟跟她提到那个未出世的孩子，他伤心得说不下去。他还给她讲了两件事，一件，有位业主家被人用鸟枪从小区围墙外开了一枪，子弹穿透二楼双层玻璃射入墙中，业主受到惊吓，投诉他们保安队，这个月他们的奖金全没了。第二件，他妈加入的其实是哭教，常常哭得死去活来的，他和他爹都接受不了，尤其是他爹，老头一直努力地养家，从不打老婆的，他妈痛哭到底为哪般？小万很少回复他，只是听他说，但廉海砂说的那些话，在她心里还是引起了一些变化，她感受到了他的不易，或者，是生活本身的不易，不再那么抗拒他的联系。渐渐地，他不再叫她老板、小万什么的，而是开始喊她姐了，她不恼，也不应，由着他。

入冬了，蓝房子院中的衰草开始结霜，正午方消。起风的日子，晴日里也冻得人直抖。小万开始烧壁炉取暖。入冬前，她就买了一堆苹果木柴堆在后面屋顶上备着，一根根齐檐码着，远看，屋顶上像是卷起浪花。小万小时候，她爹万师傅常逗她，眼瞅四周无人，冷不丁就把钥匙往树顶抛去，"小丽，钥匙！"万师傅喊。小万总是应声跳起，她抓住一根树枝，借力往空中一跃，树如风吹，整棵都摇晃起来。小万跃到树梢，抓住那把钥匙后，双臂抱膝，一个后翻稳稳地落到树后去，完成这些动作时她的两条腿仿佛没有分别，双脚同时落地，并不能看出一条腿比另一条短。她看看掌中的钥匙，再回头看，树已弹回去，像是什么都不曾发生。渔码头地少，土薄，没有树。隔两天，小万就会在夜里去后院，"小丽，钥匙！"她仿佛听到那一声喊，于是纵身抓住檐下滴水，一翻身上到屋顶。屋顶没有钥匙，她会抱一抱劈柴下来，放到壁炉边烘着，这样烘两天后，烧起来没烟。苹果木耐烧，烧着还好闻，小万喜欢的。

天冷，来海边的客人少了。那些眼神清亮、清晨看到海上日出会在露台上又蹦又跳的文艺小年轻不见了，来的多是九折成医、饱经世故的糙客。送走了一个昼伏夜出、邋遢的摄影师后，初雪那日的下午，又来了一个中年背包客，打车过来的，网名叫"啸天翁"，大个，连腮胡子。他跨步走上露台时，站在门后的小万感到脚下的地板晃动了两下。不过啸天翁名字响亮，人却安静，进了房间后，门一关，再不见出来。小万觉得奇怪，却也不好打扰。开客栈，最怕遇到两种客人，找事的，寻死的。背包一丢就到处看，跑到屋外大喊大叫，或是发呆，都是正常的。下着雪呢，透过窗户往外看，朔风搅白雪，海天成一色，如此美景，换别的客人只怕就要疯了，啸天翁这样的小万没遇见过，于是她不免有些担心起来。

天渐渐黑下来。客人是点了晚餐的，小万权衡再三，备了个海鲜火锅，食材也都备好放到旁边，客人出来，如果想吃，小炉子拧开即可。小万想了想，又拿出一瓶老酒放到餐桌上，一来，冬天喝老酒，养人。二来，老酒度数不高，能喝的，一瓶下去，不至于发疯，不能喝的，喝完一瓶，不至于醉死。

小万回到房间后，一直留意着外面的动静，到夜深也没听到客人开门出来的声音，就好像那屋里根本没住人。如果是寻死的……小万想，拦是拦不住的。如果是找事的……小万有些不安，但又自付自己拳脚上远不如爹的功夫好，江湖上不曾扬名，不至于招惹人。一个从小多病、练拳健身的弱女子而已，怎会有人想来会她？拳头上赢了她又能博得什么名声？！除非——小万想起阳谷县那个拳师来。好好的日子过着，突然那人上门挑战，无冤无仇，打得她爹吐血而亡。虽然她娘总说她爹不是被打吐血

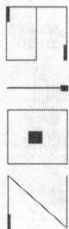

的，是食道生病吐的血，但小万还是觉得跟阳谷拳师有脱不了的干系。尤其是后来听说他竟以赢了青岛最厉害的螳螂拳手这噱头在阳谷扬名，人称醉拳韩。过了多年后，小万终究是没忍住，跑去阳谷县扇了那人两个耳光，夺了本就不属于他的那点虚名。这是三年前的事了。阳谷拳师小万倒是不怕的，怕就怕他暗中使坏，乘她不备来阴的。这世上糟糕的事情愈来愈多了，有人用两包香烟就能买个凶替自己去杀人，各种花样翻新的吹香、拍花子也时有耳闻，比以前的蒙汗药可下流多了。小万想来想去，觉得还是有备无患、了解一下"啸天翁"比较好，毕竟从他行路来看，是有身硬功夫的样子。小万于是上网搜"啸天翁"，掘地三尺，只搜到个画家，后人评其画作，"山川浑厚、草木华滋"，倒让小万想起她爹教她拳时讲的话，脚下如石，要沉稳有力，拳下如风，要生机勃勃。小万于是想，这世上许多事果然都是相通的呀。不过画家已辞世三十多年了，显然不会是刚入住的这个傻大个。小万又想找以前练拳的朋友打听下，看他们知不知道这么个人。犹豫了一阵后，小万打消了这个念头。近几年来，她已与他们都断了联系，彻底退出了武林——如果那也算是武林。一旦联系上，打听不到什么还好，如果得了什么消息，欠下人情，以后再不联系，反倒显得薄情寡义了。小万住的这间屋子距壁炉远，冷，睡不着，于是她干脆起床，拉开窗帘，迎着外面的雪光，默默打了一套拳。"十年太极不出门，一年螳螂打死人"，但小万练的这套拳，旨在强身自卫，说白了，就是一套以螳螂拳为基础的女子防身术，不以攻击为目的。还是在她很小的时候，她爹根据她自身的特点，为她创立的这套拳，无名，无定式，讲究因地制宜，随机而动，每一招都能变守为攻，是十分实用的。小万从小练到大，三十多年了。有拳傍身，小万平静了不少。她在心里对自己说，真有事，躲是躲不过的，该来的，就让它来好了。于是小万不再想客人的事，洗洗睡了。

5

第二天天刚擦亮，小万就醒了，毕竟心里有事，睡不踏实。她开门一看，餐桌上的食物已一扫而空，酒也喝光了，不知客人是什么时候吃的。壁炉里又添了两根木柴，噼噼啪啪烧得正旺。一双硕大的运动鞋烘在壁炉边，散发出难闻的气味。小万走过去看，鞋子是湿的，显然客人夜里出去过。小万不由一惊，装修时她在门窗周围埋了一根拉线，连到她卧室里的两块碎玉片子上，这两块玉片子是用崂山玉磨成的，书签大小，白天取下一片，夜里装上。装上时，有人进出，门后合页扯动拉线，碎玉片子相击，会叮叮作响。玉片响，她没有听不到的道理，她一向警醒的。小万仔细检查了下门窗周围，发现大门背后的墙上被人钉了个图钉，正好在拉线的位置。江湖小伎俩。小万看了一眼紧闭的客房门，门后一点动静没有。小万穿上外套出门去，雪停了，没有风，空气冷冽清新，白雪铺到崖边，衬得那海深邃如夜空。院子里果然有一串大脚印，朝着房子而来，出去时留下的脚印已被雪覆盖，看不大清了。看来夜里客人在外待的时间不短。

小万沿着脚印走，雪在脚下咯吱作响。小万出小院左拐，下到那一片黑色礁石那，在那几个旧养殖池边，脚印消失不见了。早上潮水上涌，抹去雪，抹去了一切。

廉海砂拎着一个壁挂暖气机上门，进门就对小万说，我看你淋浴间还缺一个。他还带了把小电钻，小万没来得及说什么，廉海砂就把暖气机装上了。小万过去试用了下，浴室很快就暖和了。

小万泡了壶茶，和廉海砂坐在窗边。她把暖气机的钱转给廉海砂后，问，怎么又回家？家里没什么事吧？廉海砂进门时说顺道路过，顺道来装个暖气机。见小万关心起他家里来，廉海砂很高兴，又感动，说，没什么事，托姐的福，都好着呢。廉海砂说着话回头看了客房门一眼，压低声问：

"姐，什么人这是？大白天还关着门。"

门厅有一双大码的鞋，廉海砂路过渔码头时就都听说了，客人对风景没兴趣，下雪天，没海赶，没落日可看，但风雪中的渔港，美的呀，谁路过不得驻足观看一阵，拍几张照片？那人可好，头也没抬，看守妈祖庙的老头问他去谁家，他也没搭理，怪的。

小万就把手机给廉海砂看，预订房间时留下的信息很少，说是两天，费用是入住时现金支付的。廉海砂就说，还是得正规一点，如今大酒店住客信息登记很全的，除了身份证，还扫脸……小万把脸扭向窗外，不想听。小万说："一个人想隐姓埋名躲到某地清净两天，怎么就不行？"

眼看窗外潮水涨上来，廉海砂急着去赶船。他妈离岛去外地会教友，好几天音信全无，他得赶回家去安抚安抚他爹。临走前他问小万，想不想跟他去岛上耍两天？反正这房子人也搬不走。小万看看窗外那个岛，淡墨抹就的一般，风可以刮走的那种，显得极不真实。小万摇头。

廉海砂走后没多久，码头派出所的王警官就来清查外来户口。说是近期打黑除恶专项检查，要挨家挨户登记外来人口信息。小万来这日子不短了，头一回有警察上门，她猜大约是廉海砂跟王警官说了什么。也不等小万说话，王警官进门就"砰砰"地敲客房门，嚷着看身份证。原来客人是河北容城人，属于雄安地界上了，俗名肖田翁，湛山佛学院本科毕业，曾在海会寺修行十年，现已蓄发还俗。王警官的声音温和下来，又问了客人一阵，都是问得多，答得少。问及还俗原因，客人说，没意思。王警官就笑，对客人说，那是，我要是你我也还俗，赶紧回雄安娶妻生子，如今那可是个好地方啊。

王警官查户口时，小万一直在厨房忙着。听到"肖田翁"，听到"湛山佛学院"，不免想笑，一个出家人，却叫"啸天翁"。小万在湛山脚下长大，小时候，每天天不亮她就跟着父亲到湛山上练拳，寺里的小师父也常在那个点做早课，"虽有多闻，若不修行，与不闻等，如人说食，终不能饱……"类似这样的话她可是打小就听得耳熟。她手里剥着蒜，眼睛不由自主地将客人仔细打量了下，面生的，站姿萎靡，肩沉，背驼，回答王警官问话时总是慢半拍，说不出来的感觉。王警官跟他说笑时，他也没有任何反应，脸上始终没有表情。

"也许……也练过太极。"小万想。

"没事。"王警官走时笑着对小万说。他留了个电话给小万，让小万存手机紧急电话，一键直拨那种。小万笑笑，不语。

这晚小万准备了干蒸鳗鱼干，蟹黄包子，杂菌无花果鲍鱼汤，小米海参粥和蛰头拌苦苣。小万用尽心思做了这顿饭，她想，若是找事的，横竖还欠他一顿饭，若是个寻死的，一顿好吃的饭，会让人吃了还想吃，只要还想着吃，这人的日子就能继续过下去。

6

肖田翁立在餐桌边，对小万做了个请的手势。小万谢过，坚辞。肖田翁坐下来后，说：

"也请给你自己做点好吃的吧，今晚还有事请教。"

小万明白了。她洗了个苹果，坐到操作台内的一张高脚椅上吃起来。等肖田翁吃完饭，小万起身收拾桌子。肖田翁让到一边，看着小万，说："可惜了，这么好的手艺。"小万一笑，问："韩拳师是你什么人？"肖田翁拱手道："好个聪明人！我奉师傅遗言，前来讨教几招。"小万这才知道，醉拳韩死了。三年前，小万去阳谷，在韩拳师武馆里只见过他二弟子，不见大弟子，传言大弟子出门云游去了。眼前这位，想必就是那大弟子了。

小万上下打量了肖田翁一眼，道："他比你大不了多少，你怎么拜……"说到一半小万闭了嘴，心想这是人家的私事，问就唐突了，再说，醉拳韩人都死了，死者为大，语出不敬不好。

肖田翁一直立在桌边等着，小万收拾完，在他对面坐下来后，肖田翁才坐下来，他看着小万，说："今天你说的一些话，让我很犹豫……"小万问，什么话。肖田翁说："你朋友劝你实名登记时，你说的那些话，我都听到了。"

他叹了一口气，抬眼望着屋顶，道："如今这世道，庙不像庙，道没个道，只有那些酸文假醋的文人，自己给自己弄个假名，倒哪里都去得，天南海北聚会切磋，整得倒像个侠义江湖，偏我们这样的寸步难行，连把宝剑也带不出门。"小万平静地道："如今文坛在朝，武林在野，两码事。再说，一代人有一代人的命运，今时不同往日，都是迟早的事。"

小万看着肖田翁，又道："退一步海阔天空，我为什么去阳谷，想必你也是知道的。"肖田翁点头，又摇头，慢吞吞地道："可我，答应过我师傅。再说——"原来去年他就来过一次青岛，那时小万新寡，所以他一声没吭又回去了。小万就站起来，说："如此，我就不废话了，恭敬不如从命。昨夜想必你已挑好了地方，说吧，哪里？几点？"

不出小万所料，肖田翁选定的地方果然是废弃的养殖池，整个港东镇，也就那里没有摄像头了。自从那几个池子不养东西后，为加强渔码头的治安，原先装的一个摄像头被调了个方向，背对着那一片海了。

"午夜一点，不见不散。"肖田翁说。

小万明白，那个点，开始退潮，大约只有养殖池的水泥池边是露在外面的。那些长方形的池边只有一巴掌宽，因常年浸在海水中，长满了海藻和青苔，雪后天寒，只怕会结冰。韩拳师一门，说是拳，但多是脚上的功夫，戳脚。冰，他大约是不怕的。

为以防意外，也为免生麻烦，两人按规矩约定各自写好遗书。小万回到房间，翻出一双轻便钉鞋穿上，对结着冰、冻得梆硬的地面来说，这鞋实际上没什么用，不过，聊胜于无。小万穿好鞋，坐下来写遗书。这不是她第一次写遗书了，那回去阳谷，事先她也是写过遗书的，她在遗书里叮嘱她丈夫蜘蛛好好活着，好好照顾她妈。眨眼，才几年工夫，她妈病死，蜘蛛摔死，把她一人剩在了这日趋无趣的世上。现在她已无什么亲人可需嘱托，想了一阵后，她决定把客栈留给廉海砂，条件是入住时客人无须实名。写完这句话，她又觉得不现实，划掉，重写：无论什么时候，都不得要求客人刷脸。

这个夜晚风轻月朗，岸边白茫茫一片，倒也不觉得黑。小万下了礁石，见肖田翁已在养殖池边背水而立，跟小万一样，他也穿着某个户外品牌的紧身衣，这种衣服保暖轻便，有弹性，适合实战，那种众人皆知的对襟练功服其实只适合表演。

海水荡漾，浮冰撞击水泥池边，发出轻微的嘎吱声响。小万纵身跃上池边，果然结了冰，脚下打滑，小万暗中提气，稳住了身子。肖田翁也不多说，身子一矮，拉出一个架势来，是无极桩，却又不全似，为适应脚下方寸之地，收了不少的，总之是稳扎稳打的路子。小万于是也不废话，一个快步向前，想着天寒地冻的，早点分个高下，也好回屋暖和。肖田翁大约也是这么想的，仗着身高力大，迎面破门而入，使出一招玉环步，直欺小万中堂。玉环步是螳螂拳一派最出名的招式，肖田翁这招表面上看是向螳螂拳示敬，含谦让之意，实则有一招跌翻小万的意图。虽说小万只打他师傅两个耳光，可阳谷大街小巷都传师傅挨了她十几二十几个耳光，甚至有人说她打累了才停下来的，否则老韩还要挨得更多！这些流言蜚语，令师傅含恨而终，也使醉拳韩满门蒙羞，声名扫地，武馆难以为继，一帮师弟师妹流散，肖田翁想想，恨的。他这一招颇费心思，偏小万动起拳来，就似天真简单的孩子，眼里向来只有拳，只依对方拳脚顺势而为，没有揣摩他人心思的习惯，肖田翁这番示敬谦让也好心思狠毒也罢，她竟一点也没领会到。她自幼习螳螂拳，对玉环步再熟悉不过了，见肖田翁拳到面门，于是立马屈膝后撤，侧身避过。很快，两人一来一往，十几个回合过去，竟难分高下。肖田翁有些不耐烦起来，寸步跟进，一记狸猫上树，跟着又一记穿心脚，小万急忙回肘防御，无奈脚下一滑，收腿不及，下方露空，右腿连中了两下，一个后仰跌坐在池边。肖田翁乘胜追击，又一招叶里藏花，脚尖发出哨音，直冲小万头顶而来。养殖池边狭小，小万退无可退，索性险中求胜，以短制长，于是双膝铺地，一个镫里藏身，人如流水入窟，眨眼就钻到肖田翁身后，起身时，就势对着肖田翁右后腰来了一招风顺暴雨，肖田翁收腿不及，身子前扑，差点跌入海中。肖田翁游方多年，见多识广，又习武不辍，应变也是极强的，吃了这一亏后他并不慌，回身一招飞箭手，将小万逼退，同时身子一矮，脚下连连后撤，一时冰碴飞溅，面不改色地稳住了自身。瘦弱的小万，力道却不小，肖田翁于是拿出看家本领来，生花手加鸳鸯腿，凭借优势站位，如蚕食叶，直把小万往海中逼去——为利于排水，海参池一般都修成坡状，向海中倾斜，池边又结了冰，小万身处下方，十分被动。肖田翁拳脚生风，千变万化的攻势，如一堵移动的墙，向小万压来。小万身后几步之外就是海，退无可退，她闭上眼，把肖田翁想象成了一棵树，一棵风中之树，"小丽！钥匙！"她仿佛听到了父亲的喊声。她睁开眼，看到钥匙带着一点银光，淡若星辰，正往那棵风中之树的树梢飞去，小万侧身跃起，像抓住一根树枝那样，往肖田翁凌空踢来的腿上一点，瘦小的身子被高高弹起，她伸手，一把抓住了那把钥匙！小万双臂抱膝，一个后翻，稳稳地落到了"树"后。小万松开拳头，想看看那把钥匙，这时，她身后传来了"扑通"一声巨响……小万没有回头，她知道，这一回，那棵风中之树没能弹回来。

7

廉海砂在岛上三日，给老爹做饭，陪他去海边溜达。廉老爹替人看护的那片海，海蛎子、海螺早都收完了，退潮时，能看到像秋收后的庄稼地一样空旷的黑色海滩，一些浮冰搁浅在上面，宛如白色麦草堆。廉海砂打听到，老妈这次去的是郊城。

"我还没死，她去号哪门子丧？"廉老爹提起来这事就火大。

廉海砂也说不清他妈号哪门子丧。"我为主所受的苦而哭，也为自己所犯的罪而哭。"老妈曾经这样说。主所受的苦，老妈所犯的罪，廉海砂一律不知。他自己不清楚，也就无法跟他爹说清楚，他爹不清楚，家里的一只狗，三只羊，还有一群鸡就遭了殃，动不动被他爹用细管竹抽得鸡飞狗跳。这日子，廉海砂光是瞧瞧，就累得慌。

廉海砂还在船上，就听说了港东派出所抓到网上逃犯的事。他给小万打电话，无人接听，又连忙打给王警官，得知那逃犯正是蓝房子的大个子客人。那天王警官查过户口后，晚上躺在床上思来想去总觉得哪里不对头，睡到半夜爬起来又上公安部网站查看网上通缉犯的资料，觉得大个子和一个叫田瀚的走私管制刀具的家伙长得很像，这家伙曾在东南亚搜罗了一箱子长剑短刀偷运入境，东西被扣，人却一直没有归案。王警官连忙叫上一个值班民警，带上手铐等警具赶往芥子客栈，却见客栈大门洞开，小万和大个子都不在，两人正急得不知如何是好时，听得崖底下小万喊"救命"，奔过去一看，小万没事，那大个子不知怎么掉到海里了。王警官连忙跑到码头扯了张渔网过来，三人齐心合力，一网把大个子捞了上来。大个子不会水，灌了一肚子冰海水，人也冻得硬硬的，擂得鼓响，好在还有半口气，能让他有机会接受法律的严惩。

"小万呢？"廉海砂还是担心得很。

"小万没什么事，小万好好的。"

廉海砂松了一口气，王警官却又在电话里说："算了吧我说，比你大了五岁呢，婚过一次，先夫横死，爬楼族，从楼上摔下来的……"

原来是丧偶。廉海砂不由有些心疼起小万来，他匆忙打断王警官的话，说：

"知道知道，都知道。"

下了船，廉海砂飞奔到蓝房子，推门见小万孤身一人立在窗前看风景。廉海砂走到她身边。小万问，会判死刑吗？

廉海砂笑道，刀剑罢了，不是毒品，死不了。廉海砂小心翼翼看了她一眼，问，大半夜跑去海边干什么？

小万两眼看着窗外，摇了摇头，道，我出来喝水，见门开着，寻过去的。

"想必逃犯的日子不好过，不想活了的。呸！哪里不能死？偏来这里！"廉海砂说着话，伸手捉住小万一只手，轻声问，"吓着了吧？"

小万不动，也不吱声，过了好一阵后，低声答："嗯。"又过了一阵，小万突然想起来什么，她扭脸看廉海砂，脸上一副小孩儿似的天真新奇的表情，她对廉海砂说道："你知道吗？海水是咸的，可海水结出的冰，淡的呀，以前我竟不知道！"

——2018年9月19日完成于蓝山

原载《中国作家》2019年第3期

点评

"芥子客栈"恰似"龙门客栈"，各路人在此停驻，"故事"随时上演。小万的传奇经历，醉拳韩的武林往事，以及"前辈恩怨，后辈复仇"的情节模式，特别是小万与肖田翁夜间在海边的打斗场景，都可显示小说在样式上类似传统的"武侠小说"。所不同在于，作者在讲述上似颇费了一番心思：小万与"芥子客栈"的故事、"客人"在"芥子客栈"里的活动、廉海砂与小万的往来，共同构成小说故事的表层与外层；小万的身世与早年经历、小万与醉拳韩的恩怨、小万与肖田翁的打斗，共同构成小说故事的深层和内层。前者可见可感，似平淡无奇；后者隐而不显，但非同寻常。前者是背景，是铺垫，一切都为后者的展开而存在；后者是主体，是核心，一切都为呼应前者而展开。从这方面来看，小说本身就是很有意味的形式，它不仅赓续了传统武侠小说的写作传统——作者在创作谈中说，"表达对金庸先生的敬意"——从而使得小说极富可读性，同时，也在整合认知观念或揭示生活本质方面做了有益的探索——它在启示我们：平常与非凡、日常与传奇、平凡与英雄，从来都不是一分为二的，而总是以你中有我、我中有你的方式存在着，故不要小看或漠视世间任何角色。

（张元珂）

女演员

李修文

　　春天来的时候，女演员也来了。在这东北小城，女演员来的时候，虽说持续了足足一个月的雨雪天气刚刚止住，但是，连日里大风四起，举目四望，无一处不是尘沙扑面，所以，从我代表剧组在高铁站里接上她，一直到去旅馆的路上，她的脸上都写满了烦，稍微一驻足，当她打量着四周，那当街睥睨之态，就像是某个王妃驾临了穷乡僻壤。

　　路过小城里最大的商场之时，女演员叫喊了一声，吩咐司机停车，说是要去商场里买一支隔离霜。哪知道，司机不情愿。女演员不高兴了，厉声让他必须将车停下，再让我将她的行李从后备厢里拎出来——她不坐这车了。然后，她气冲冲地，一边朝着商场里走，一边愤怒地回忆起了与剧组制片人之间的拍戏往事，言下之意是：既然制片人是她的小兄弟，那司机肯定在剧组里待不长了。这时候，我只好告诉她，剧组没有派车来接她，那司机实际上是我雇来的。她愣怔了一下，接着又冷"哼"一声，继续踩着高跟鞋咚咚咚往前走。我只好拖着她的行李箱，紧跟她，在人群里左躲右闪。

　　正是中午，加上生意明显不好，化妆品柜台里的姑娘们去了商场对面的小吃城吃午饭，我便和女演员一起站在柜台边上等姑娘们回来。她时而戴上墨镜，时而又取下墨镜，但是，自始至终，没有一个人认出她来。从见到她第一眼起，我就知道她看不上我，所以我乖乖地拉着她的行李箱守在柜台的一角。可能实在是因为百无聊赖，她竟然走到我边上，问我的老大是谁，见我不解，她便继续鄙夷着问得清楚一点：你跟的制片主任是谁？我只好对她说，我其实是个跟组的编剧。她稍稍有点吃惊，问我写过什么作品，我便再如实回答，从前我是写小说的，小说写不出了，只好跑来当编剧，入行还没多久，自然也就没什么作品。

既然我是个寂寂无闻之辈，那么，她也就放心了。反正闲着也是闲着，她便继续攀谈下去，问我看没看过她演的戏——我何止是看过呢？十多岁时，我迷过很长一段时间的电视剧，在那个年代的女演员里，她几乎是我最喜欢的。这么说吧，因为对她的喜欢，她演过的每部戏我都看过不止一遍两遍，也不知道为了什么，突然她就不演了，而后时代又变了，报纸上的娱乐版便早早没了她的消息。但是，既然她问起了，我也就据实回答她，我不光看过她的戏，而且还非常喜欢她的表演。

和刚才一样，她又稍稍有点吃惊，甚至还有些慌乱，但那慌乱显然不是因为我的夸赞，我猜想，多半是因为突然想起了这么多年并没有再演过什么戏吧？如此，她再跟我说话时，语气便温和了许多，甚至还多出了些似是而非的亲近，她先是提醒我做这一行的艰难，不管做演员还是当编剧，"生活——"她说，"表现生活都是最难的！"而后，她又陷入了追忆，当年拍戏时去过的那些场景地，全都被她清晰地一一道来，"凯歌"，"艺谋"，"小刚"，这些名字不绝于耳，可是，她似乎忘了一件事情：和她有过合作的，全都是电视剧导演，她自己从未出演过任何一部电影。

后来，化妆品柜台的站娘们终于来了，漫长的挑三拣四之后，女演员这才买定了一支隔离霜，显然，对那隔离霜，她仍是一脸的嫌弃。出了商场，她又不肯坐出租车，我便只好硬着头皮，满街里找黑车，好不容易找到了，待她坐上车，却又不停地抱怨着车里有什么怪味，这一回，我下定了决心置若罔闻，不再理会她，催促着司机，飞快开到了她的酒店楼下——只有主演级别的演员才有资格和导演、制片人一起住在这里，剩下的人，譬如我，其实都只能住在距此十公里开外的一家菜市场边上的小旅馆里。

临别之际，看着她一个人拖着行李箱走进酒店，我原本想再搭把手，她却果断地制止，连声说我可以不管她了。其实，我大致也明白她的意思：作为这个剧组里的主演，她不想让人看见自己和我这个级别的工作人员有什么过多的热络。所以，我也就没再帮她拖行李箱，苦笑了一会，掉头跑上了正好路过此地的一辆公交车。

说起来，我在这个剧组里的日子过得也是一言难尽：名义上，我是跟组的编剧，实际上，正在拍摄的电视剧跟我却没什么关系——我们的制片人已经说服了当地一位经常来剧组请演员们吃饭的大哥，他的下一部戏，就由这位卖海鲜的大哥投资，拍摄一部中国版的、东北版的、电视剧版的《阿甘正传》，不用说，故事主人公的原型，自然就是这位海鲜大哥。如此一来，我就不再去拍摄现场，而是终日蜗居在菜市场边上的小旅馆里写起了故事大纲和分集梗概，可是，这世上的大哥们哪有那么容易就从自己的口袋里掏出钱来呢？所以，我翻来覆去地修改，始终未能令海鲜大哥满意。其实，所有人都能看出来，海鲜大哥分明是想将此事慢慢拖黄。但是，越如此，越使得制片人日渐变着花样去讨他的欢心。于我来说，好处是，因为要紧跟着海鲜大哥去打探他的生平事迹，每隔几天就要见他一次，我算是吃过了不少从前听都没听说过的好东西。

往往，在写不出东西的时候，我便从小旅馆里出来，穿过溃水横流的菜市场，来到一条正在被整治的河边上闲逛。河中的流水几近断流，两岸上倒是绵延着堆放了不少假山，假山与假山之间，还栽种了成片成片塑料做的竹子，有时候，当我在虚假的竹林里穿行，时间久了，竟恍惚着以为自己回到了故乡，不由便纵容自己继续无休止地穿行了下去。这天黄昏，我刚从竹林里出来，一座假山映入眼帘，我竟被眼前所见吓了一跳：女演员，那个被我从高铁站里接来的女演员，不知何故，突然坐在了眼前假山的山洞里，一边小声地哭着，一边将山洞里的小石子捡起来，一颗颗砸入了河水中。

见到我，她也吓了一跳，迅速止住了哭，明显的倨傲之色飞快地回到了她的神情里，但是，毕竟时间太短了，又加上之前的伤心过于剧烈，不管多么好的演员，也难以在转瞬里做到收放自如：她终究还是又哭了起来。我想回避这尴尬，所以，慌乱地站在原地，既想跟她点头打招呼，又觉得不该跟她打招呼，全然不知道如何是好。最后，我下定了决心，转过身去，继续在竹林里往前穿行，没想到，她却跟过来，越过我，径直站到了我的对面，这才对我说，自此以后，她要跟我做邻居了，见我不解，她又补充了一句，说她已经搬来小旅馆，就住在我对面的房间里。

说到这个地步，似乎不问个缘由反倒对不住她，我便问她为何要搬来这小旅馆，可能是因为掩饰实在再无必要，她便痛快地告诉我，她被剧组撤换了——她来到这小城之后才知道，关于她要扮演的那个角色，自己根本就不是第一人选，只不过，剧组原本中意的演员没有档期，她当年的制片人小兄弟才临时通知了她，不承想，就在她来这小城之后的第二天，第一人选突然有了档期，当天便赶了过来，所以，这些天里，她实际上连一场戏都没演上。既然演不上戏，那么，她也就住不上主创们才能住上的酒店了，而她又不愿意离开，实在没办法了，制片人便将她打发到了我所在的小旅馆，说是让她帮我出出主意，一起将新故事的大纲和梗概收拾得更好一些。如果新故事能顺利开机，到时候，他再给她安排个主演的角色。

说实话，对于她的坦荡，我多少觉得有些出人意料，但同时也觉得她根本犯不着如此：她既犯不着突然对我如此热情，更犯不着对一部十有八九都会化为乌有的戏继续上心，再怎么说，她也红过，演技还算不错，到别的剧组试试，小一点的角色总归会遇上。既然如此，她何苦非要死乞白赖地在这里待下去呢？我还没想明白，她竟然一把抓住了我的胳膊，说是要请我喝酒，我当然始料未及，不知道该作何反应。"我是你姐吧？"她问了一遍，再问一遍，"我是你姐吧？"我愣怔着点头，她便拉拽着我朝前走，"那不就结了吗？快，跟姐走！"

那天晚上，在一家朝鲜馆子里，我和她，一边吃烤肉，一边喝了不少酒，很显然，我的酒量比不上她，没过多久，头脑就开始发蒙，喝不动了，她却像是才刚刚开始喝，而且，马不停蹄地跟我讨论起了新故事的剧情——前三集必须抓人啊弟弟，你那个女主人公，海鲜大哥的姐姐，光被强奸是不够的，她还得死，她要用死来把事情搞大，让所有的人都被牵扯进来；还有，爱情线必须从第一集就开始埋起，主人公赶海的时候，得让他失足落水，九死一生，女主人公再驾船赶来救他；另外，几个反派也不够坏啊弟弟，我建议啊，村会计，海鲜大哥的舅妈，粮店老板，这几个，全都写成反派，不留中间地带，对，不留中间地带！

在我看来，她说对了的和说错了的，几乎各占一半，但那说对了的一半却足以令我清醒，于是，我也忘了新故事几乎注定了是拍不出来的，干脆强打起精神，重新和她边喝边讨论起了剧情，不知何时，馆子外面飘起了雪，而且越下越大，不一会儿，雪就在窗台上堆起了厚厚的一层，我们两个却都没把漫天大雪放在心上，一个桥段接连一个桥段，不停地往下说，一直说到守店的服务员睡了又醒，醒了又睡。

后来，我们踩着雪，步行着回到了小旅馆，剧组刚刚收工不久，所以，一楼大堂里四处都是收工的人带进来的雪水，我们意犹未尽，站在雪水里，给故事里所有的主要人物全重新起了名字，而后，这才爬上三楼，分别进了自己的房间。进房之后不久，我才刚刚躺下，她却又来敲我的门，站在房门口，她一边搓揉着自己的脸卸妆，一边告诉我：动作戏一定要少写一些，因为没有人喜欢守着电视机看动作戏，喜欢看动作戏的，都去了电影院。

自此之后的一连多日，春天又变回了冬天，鹅毛大雪从早到晚一刻也不曾休歇，可是，在我的房间里，我和女演员终日里的讨论，却始终像暖气一般热烈，我难免会提醒她，我们的讨论很有可能是完全没有必要的，因为明眼人都知道，海鲜大哥之所以勉强应付着制片人，仅仅只是因为正在拍摄的那部戏的女一号，一旦确信女一号无法得手，海鲜大哥还有再继续聊下去的兴趣吗？可是，每当我提起，她便飞快地举手制止，叫我不要再往下说了，紧接着，一刻也不停地，她又迅速将话题转移到了我正在写的新故事上，彼时之她，就像是一个什么宗教新进门的门徒，巨大的狂热这才刚刚拉开了序幕。

与此同时，在这小旅馆里，不管对谁，和她初来这小城时相比，她都好像是换了个人：煮了粥，她总要给左邻右舍都送上一碗；楼道里，动辄便传来她热情到夸张的跟人打招呼的声音；就算一个场工她都不会轻易得罪，只要遇见了，都要嘘寒问暖一阵子，一会给对方扣上扣子，一会又帮对方竖起衣领。我自然知道她何至于此：既然打算在这里待下去，作为一个过去常年在剧组里厮混的人，她深知，得罪任何一个人，都有可能是给自己挖下的坑。但是，也不知道为什么，每回只要看见她笑嘻嘻地逢人便低到尘埃里去，我的眼前，就总不免浮现出初来这小城时那一脸倨傲和不耐烦的她，那么，到底哪一个才是真正的她呢？

答案其实也是显而易见的：刚下高铁的她，河边哭泣的她，给人送粥的她，跟我一起聊剧情聊到通宵的她，彼时彼刻里，那些她全都是真正的她，是许多个她凑成了一个真正的她——真正的她实在是太聪明了，许多时候，看见她迎着人一路小跑，再看见她在人群里妥帖地给每个人送上甜言蜜语，我总是忍不住想：她要是穿越到贾府里，十个王熙凤，只怕也不是她的对手。

而且，越是在酒桌上，她的聪明就越是令人叹为观止：制片人的苦心逢迎似乎终于有了结果，就算女一号不在场，那海鲜大哥召见我们的频率也明显增加了许多，我甚至觉得，海鲜大哥频频要见我们，绝对不是因为制片人和我，反倒是为了她——用她自己的话来说，比半老徐娘都要老一点，大哥自然不会对她有兴趣，但是，大哥跟我一样，也是很早就看过她演的电视剧，而且还特别喜欢，如此，便横生了许多亲切，再加上，一上了酒桌，她自己举杯痛饮当然不在话下，更厉害的，是大哥只要喝多了，她便抢过大哥的杯子替他喝，大哥要是还差一点，她又总是能让大哥喝得恰到好处；哪怕说起段子来，她也是一段更比一段生猛，无一回不是满桌子的人都被她的段子逗得哈哈大笑；要说唱，那就更不值一提了，《青藏高原》《嫂子颂》《天路》，这一曲一曲，全都被她举着酒杯唱得风生水起，偶尔，甚至还能令那海鲜大哥黯然神伤。

有那么好几回，酒酣耳热之际，窗外的雪花纷纷洒洒，女演员的歌声一起，海鲜大哥想起了前尘往事，突然就趴在桌子上哇哇大哭了起来，一边哭，一边连声说着对不起，对不起父母，对不起当年的领导，对不起老婆孩子，甚至还对不起在座的我们：剧本写得这么好，一笔一笔都写在了他的心上，他却还迟迟没跟我们签投资合同，真是不讲究啊，真是十恶不赦啊，来来来，我连干三个，向你们赔不是，小弟们都给我听好了，人家讲究，咱们不能不讲究，就这两天，赶紧跟人家把合同都签了！每到这个时候，我和女演员，还有制片人，总是忍不住巨大的狂喜，短暂地、不为人知地对视一下眼神，好像一座巨大的藏宝洞说话间便要开启，现在，到了动手杀掉别的同伴的时刻了，然后，女演员又迅速地、乖巧地夺下了大哥酒杯，"叫姐怎么说你？！"她嗔怪着海鲜大哥，再将他酒杯里的酒一饮而尽，"每回都这么喝，喝坏了身子谁心疼你？听话，别喝了！

"姐啊，我的姐啊！"每到了这个时候，海鲜大哥便再也忍不住了，一头栽在了女演员的腿上，号啕大哭，而那女演员，竟然霎时变作了真正的姐姐一般，一边搂着他，一边轻轻地去拍他的背，心疼也好，垂怜也罢，这两样东西，她彼时的眼神里一样都没缺下。

可是，尽管如此，我们的合同，却还是迟迟没有签下，好几次，酒席散了，女演员搀着大哥往前走，瞅到空子，那一晚上喝吐了好几次的制片人，总会偷偷将我拉扯到一边，再对我表达他的疑虑，他怀疑，眼前的她做什么都是没有用的了，因为海鲜大哥垂涎的女一号虽然明地里还在经常接受他送的包包，但是暗地里，却已经跟导演好上了，只是实在舍不得这个项目真的烟消云散，他才一直强忍着没有把真相告诉他。他怀疑，只要将真相告诉对方，第二天起海鲜大哥就不会再愿意见到我们了。然而，当我和女演员回到我们的小旅馆，临别之际，我再一次将制片人的话转述给她，她却再一次不以为意，告诉我，据她看来，海鲜大哥倒是个既舍得为女一号花钱也舍得为兄弟花钱的人。我接着问她，我们之中谁能被海鲜大哥视作兄弟。"我呀！"她接口就说，"我不是他的兄弟，难道是他的女人吗？"

所以，一次又一次，在我们分别关上自己房门之前，她总是要说上一句，像是在对我说，更像是在对自己说："只差最后一把火！"

最后的一把火，说来就来了：突有一日，我和女演员又在我的房间里讨论剧情，制片人的电话来了，他告诉我们，就在昨夜里，海鲜大哥的父亲突然去世了，大哥连夜赶回了老家，一座距小城两个小时海程的岛上，现在，大哥正在为父亲举办丧事，天底下，不管哪里的习俗，总归是去参加丧事的人越多越好，但大哥又没特别邀请我们，如此，他便拿不定主意，我们究竟是该去，还是不该去？制片人还在手机那头讲着话，再看这边，女演员眉头紧锁，凝神静气，突然便挂掉了手机，匆忙奔回了自己的房间，再出来时，已经换了身素淡的衣服，也不说话，三步两步就往楼下跑，我似乎也明白了什么，赶紧跟在她身后狂奔了起来。

去海鲜大哥老家的路实在是太难走了：风大浪急，有好几回，我都怀疑我们乘坐的中型快艇会被猛扑过来的浪头吞噬进去，弄不好，说到底也只能算得上陌路人的我、女演员和制片人，就此便要共同葬身于这浊浪滔天的大海之中；那女演员，一直强忍着呕吐，终于忍不住了，她拼命要拨开快艇的玻璃窗伸出头去呕吐，却半天也拨不开，我只好起身来帮她，结果，刚一起身，快艇失去重量一般，趔趄着倒下，几乎快要跟海水持平，好在是，又一阵浪头打来，这才将快艇推回到正常的位置里去；好不容易，我帮她拨开了玻璃窗，她的头才刚刚伸出去，暴风，雪花，大浪，全都巨兽般一拥而入，她的呕吐物也被暴风抵挡回来，船舱里到处都是，即使如此，她也顾不上了，她只能接连不断地呕吐，吐完了，蜷缩在座椅上，闭着眼睛，已经奄奄一息。

我实在是服了她。就算奄奄一息，可是，船一靠岸，她便腾地起了身，第一个跳出船舱，风里雪里往前跑，没跑两步，她差点摔倒在地，我赶紧挽住了她，她竟然猛地推开我，又怒视着我，似乎是在指责我：你怎么就这么糊涂呢？你怎么就不知道此时此刻便是那最后一把火呢？

而好戏还在后头：多少有些出乎意料的是，虽说一方豪杰的父亲驾鹤西去，辽阔的院落里，来吊唁的人也是水泄不通，但是整个丧事倒并未见得有多么悲痛，看上去，反倒像久居在冬天又不满冬天的人终于找到借口办了一场像样子的庙会。我们在人群里找了好半天，总算见到了正在打麻将的海鲜大哥，见到我们之后，海鲜大哥当然说了不少感谢话，但是一定要说感谢到哪里去，那倒真是不至于，女演员当然有些失望，但还是一步不停地进入了角色：高大的棺木就矗立在院落当中，她领着我和制片人，率先在棺木前跪下，磕了十几个头，头磕完，她的眼眶已经红了，满脸都是哀戚之色，毕竟，号啕大哭是不合适的，一切都被她控制得恰恰好；之后，仿佛此处不是别处，而是她的娘家，她竟领着这个去跪拜，又领着那个去上香，遇到有人多看她两眼，她便熟络地开起了玩笑："盯着我看，是不是觉得我像哪个演员？"后来，听说乐队一会就要来，她又指挥着我和制片人，劝劝这个，再劝劝那个，纷纷离开院落的中央，给乐队腾出了演奏的地盘。

只是，她不知道的是，她好不容易劝说众人腾出来的地盘，接下来的一下午，她都要欲罢不能地待在那里——此地的风俗，真是令人欲说还休：喜事要请乐队来大闹一场，丧事同样也要请乐队来大闹一场。可是今天，天气太坏了，虽说乐队准时来了，说好了的歌手却没有来，说是不想在大海上送了命。如此一来，院落里的人们便纷纷交头接耳，说起了风凉话。那些风凉话，无非是说给海鲜大哥听的，一个个地，都说他这么大的大哥，连个歌手都没请来，也不知道是真请不来，还是不肯为他爹花钱。海鲜大哥自然也知道，今天的体面怎么也不能就此砸掉。他连麻将都不打了，在高大的棺木前气咻咻地打转，转了好几圈之后，"你来唱！"他指着女演员，"对，就是你了，你来唱！"

依照她平日里的做派，她当然会毫不犹豫地答应，没料到，她却激烈地摇起了头，一边摇头，一边打量着眼前潮水般的看客，她甚至拔脚就要往外走。说实话，我大致明白她何以如此：在这要害关头上，她恐怕还是想起了自己是个职业演员，再怎么也不是个卖唱的，也许，她还在想，她自己可以丢脸，但是，职业演员不能丢脸。事实上，动不动地，跟我讨论剧情的时候，下意识里，"我们职业演员"这句话，一再都是被她挂在嘴巴上的，所以，当海鲜大哥发号施令，她站在原地里，几乎是求救般地看向了我和制片人，那一瞬间，我几乎要跑上前，再拽着她离开。可是，突然间，她又面朝大哥点起了头，大哥笑了，她也笑了，如此，就在棺木边上，和乐队商量了几句之后，她唱上了第一首歌。

我仍然明白她何以如此：像白娘子非要去盗仙草，像杜十娘最后砸沉了百宝箱，这最后的一把火，她要自己来亲手点燃。

一旦入了戏，她便换作了人来疯：像是一场正在进行的演唱会，她时而自己高歌，时而走入人群，将话筒递到看客们跟前，让他们跟自己一起唱，兴之所至，她又让乐队找来另外一支话筒，鼓动着看客们上来和她一起对唱，果然，气氛很快便热烈了起来，不停有人被推搡出来，再嘶吼着嗓子跟她对唱，"我的思恋是不可触摸的网，我的思恋仍然是决堤的海"，"这一张旧船票是否能够登上你的客船"，"九妹九妹漂亮的妹妹，九妹九妹透红的花蕾"，这些我久违了许多年的歌词，此刻又重新飘荡在了院落的上空，就连还在偏房里打着麻将的海鲜大哥，不自禁地，也遥遥对她举起了大拇指，如此，她便愈加热烈，也愈加冷静，指点着乐队，拼尽气力，开始唱《青藏高原》："我看见一座座山，一座座山川……"

我心里终究不忍，沉默着，一个人，出了院落，发足狂奔，跑到了海滩上。大海中的浊浪仍未消退，再三席卷到岸边，发出巨大的轰鸣，唯有在这轰鸣声里，女演员的歌声才被掩盖，然而，天气实在是太冷了，我并未在海滩上停留多久，不管有多么不愿意，还是乖乖回到了海鲜大哥的院落里，却恰巧遇见了最是不堪的一幕——演唱接近了尾声，但毕竟最后一曲还未唱完，人群竟然开始分散，却都朝她走来，走近了，出乎意料地，全都掏出一张两张的钞票来递给她，她惊住了，连连推脱，但是人们执

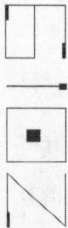

意塞给她，其时情境，她不是在卖唱又是什么呢？她只好一边唱，一边连连后退，都已经靠在棺木上了，再没退的地方了，所以，她只好伸手去接，那些没接住的钞票，就一张张掉落在了地上。

我赶紧去向近旁的人打听，这眼前所见究竟是何缘故，对方告诉我，此地的规矩就是这样：这些递上前的钞票，都将被演唱的歌手一个人悉数收下，雇主并不会收取其中的任何一张。问明白了情由，我再去看那女演员，歌已经唱完了，她却还是慌张地站在原地，此前的自如，早就跑到了九霄云外，热烈的人群虽说即将入席，一个个地，还是凑上前去夸赞她的歌声，她就冲这个笑一笑，再冲那个笑一笑，终了，还是不知道将那些满地的钞票怎么办。这时候，我跑上前去，小声地跟她道明了此地的规矩，再跟她一起，蹲在地上去捡钞票，捡着捡着，她突然一声抽泣，我盯着她，她又清了清嗓子，"我早就说过，表现生活是最难的——"她咬着牙，一字一句地，"创作来源于生活，又高于生活，现在你总算明白了吧？"

那天晚上，我和她，都喝了不少酒。后半夜，我睡不着，醉醺醺地又去了海滩上，这一回，糊里糊涂地，我想离潮头更近一些，就愣生生地迎着潮头往前走，幸亏刚刚撞击完岩石的潮水破空飞溅，洒落在我身上，才让我稍微清醒，赶紧往回奔。这时候我才看见，在距我百十米开外的地方，另一片潮头袭去的地方，女演员紧抱着肩膀，直直地站在那里。刹那间，我还以为她是受不了白日里的委屈，想寻死，赶紧大呼小叫着朝她奔跑过去，跑近了，却发现，她冷静得很，潮水哪怕再大，也始终无法抵达她的脚下。

见到我，她笑了，她笑着对我说，就在我来之前，她刚刚见到了年轻时候的她，我吓了一跳，再在黑黢黢的夜幕下四处张望了半天，终于确信，至少此刻的海滩上就只有我们两个人。她又说，还是喝醉了好，喝醉了就能看见年轻时的自己，停了停，她一把攥住我，近似于哀求：你还醉着，要不然，你帮我看看，年轻时候的我去了哪里？我茫然不知所以，她却不断地摇晃着我的胳膊，非要我睁大眼睛，紧盯着夜幕，一定要把年轻时的她找出来。

可能是醉意始终没有从我的身体上消退，也可能是我对年轻时的她算得上了如指掌，面对着夜幕，紧盯了一阵子之后，我竟然真的看见了年轻时候的她：她不在此处，而是在她做演员之前所在的一座小山城里，下雨天，她没带伞，一个人躲在一幢老楼的屋檐下，看看屋檐下的雨滴，再往手里吹一口热气，之后又去看屋檐下的雨滴——天知道我是怎么会看见彼时彼刻的她的？可是，她却知道我分明看见了，安静地站着，全然不打扰我，到了最后，潮水离我们越来越近，被迫着，我们要离开此地，她才问我，我究竟看见了什么？一边往海鲜大哥的院落里走，我一边对她说清楚了我之所见，听着听着，她停下了步子，似乎要哭，但她总是有法子忍住哭，终了，回过头，对我说了一句："行啊弟弟，姐是真没白疼你。"

进了海鲜大哥的院子，就在那高耸的棺木之下，我彻底清醒了，想来想去，终究还是对她问出了那个我一直想问却始终没有张嘴的问题：你也红过，演技还算不错，到别的剧组试试，小一点的角色总归会遇上，既然如此，你又何苦非要死乞白赖地在这里待下去呢？她盯着我看了又看，并没有回答，转过身去，像是要回自己房间的样子，猛然间，她一把抓住我的手，将我的手伸到她的左胸前："答案就在这里——"我惊诧着想要缩回手，她却死死地按住，"这边的，没有了，"她又用自己的手指点着右边的胸，"这边的，还在。"

真正的答案是，结婚多年，她才生下自己的儿子，要命地，生下儿子一年不到，她竟然发现自己得上了乳腺癌，求医问药都没有效，最后，只好切除了左边的乳房，又过了不久，她的丈夫，嫌她只有一只乳房，找了不少别的理由，终于跟她离了婚，要知道，她自小是跟姨父姨妈长大的，生性孤寒，因为这孤寒，当初遇到丈夫时，自己明明那么红，丈夫就是个跑龙套的小演员，自己还是什么也不管地嫁给了他，所以，和丈夫离婚之后，在这世上，她唯一还能说上话的人，就只有她的儿子了，尽管儿子还小，但她有耐心等着他长大，大到可以跟自己说话。

她又何曾想到呢？儿子真的大了，大到可以跟自己说话了，可是，每一回，好不容易见上面，儿子却都说她懒，要不然，儿子的父亲现在为什么这么红呢？因为他成天都不在家，成天都在片场拍戏——离婚之后，也不知道拜了哪一尊菩萨，她的前夫竟然一天更比一天红了起来，有段时间，只要打开电视机，十部电视剧里，四五部都是他主演。她当然要为自己辩解，她说她只是病了，并不是懒，儿子却不信，又对她说起了自己的继母：她也成天不在家，她也成天在片场拍戏，而且，全都是主演，你说

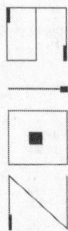

你不懒，那么，你为什么不能像他们一样，演上戏，当上主演呢?

时间长了，当她发现儿子怎么都听不进她说的话时，一股巨大的怨怼与愤怒之气也降临在了她身上，这怨怼与愤怒当然不是冲着儿子去的，它们甚至是冲着满世界去的：多少次，为了当上主演，她给导演们和制片人们买了烟酒，有一回，一个著名的出品人生病住院，整整一个月里，几乎每一天，她都会给对方准时送上鲜花，可是，只要听明白她的来意，他们总是会有意无意地去看一眼她的左胸，接着便是叹着气再不说话；现在，就是现在，她想明白了：凭什么我就不能再重新当上主演? 还有，我怎么就不能替那只失去的乳房讨回一个公道，告诉儿子，告诉满世界里的人，它只是病了，而不是懒?

一如北风呼啸的此刻，天已经快亮了，她却仍然不肯放我走，再一次，她将我的手死死按在她左边的胸口上，对我说："它只是病了，它不是懒。"

当她紧紧按住我的手，全然不许我动弹，是的，我觉得对面的她就像是一头受伤的母兽：海鲜大哥，那猎物，早已近在眼前，可她就是怎么够也够不上，别无他法，她也只好继续先去舔舐自己的伤口，再去另寻出击之时，所以，话说完了，她也颓然松开了我的手，掉头回了自己的房间。那时的她和我都还不知道，最后的一把火，其实已经被她点燃了。

这一天的早晨，像昨日里一样，院落里仍然人头攒动，再过一阵子，高大的棺木便要送往镇上的殡仪馆，在那里，海鲜大哥的父亲将要接受一场更为盛大的吊唁，然后再行火化，所以，起棺之前，众人排好了长队，依次上前，跪在棺木前磕头请安，轮到我、女演员和制片人一起跪下时，制片人小声地告诉我们，海鲜大哥已经对他发了话，就在今天，丧事结束之后，我们三个跟着他一起去他的公司，把合同签下来。一时之间，我难以置信，紧盯着制片人，说不出话来，反倒是那女演员，起初也和我一样，不说话，紧盯着制片人，突然间就镇定了下来，拉扯着我，赶紧弯腰偏身，磕完了一个头，再磕一个头。

然而，创作来源于生活，却永远高于生活——这一天的黄昏时分，冗长的丧事终于结束，海鲜大哥的父亲已然入土为安，我和女演员，还有制片人，我们三个，幸运地登上了海鲜大哥的私人游艇，和他一起返回小城，路上，风平浪静，连日里的大雪也止息住了，空茫茫的海面上，无一处不是波光粼粼，波光们一程连接一程，就像是一条无限伸展的金光大道，再看那女演员，一路上都在睡，一路上都在笑，我毫不怀疑，即使在梦中，她的眼前，也一定会有一条波光粼粼的金光大道。可是，在我们下船之后，变故就这么突然发生了：一行人离开了私人游艇，正在沿着鹅卵石铺成的台阶往岸上走，骤然之间，迎面走来的十几个人突然将我们团团围住，海鲜大哥意识到大事不好，撒腿便要狂奔开去，还是晚了，他都没能跑出去一步，就被死死地按在了地上，紧接着，有人蹲在了他的身前，告诉他，因为他涉嫌向已经认罪的某位副市长行贿，且数额特别巨大，所以，即刻，他就将被他们带走。

怎么可能不震惊呢？自始至终，我都以为我此刻里正在遭遇的，全都不是真的，就好像，一部电视剧横生生从天而降，将我们全都罩住，又将我们变作了剧中人。变故刚发生的时候，我去看人群里的女演员，跟我一样，她也震惊，乃至恐惧，过了一会，我再去看她，却已遍寻不见，左顾右盼了好半天，我终于看清楚，她已经离开了我们，也没继续沿着台阶往上，就在海滩上，一个人，失魂落魄地朝前走；到了此时，我怕她出什么事情，赶紧向着她所在的地方奔跑过去，还未靠近她，就已经听到了她不管不顾的哭声。我刚刚让她想开一点，正所谓：世间之事，无非如此；她却哭着回头，让我滚开，我没有滚开，继续陪着她往前走了几步，她便终于发作了："你有什么资格来劝我？"她吼叫着，"你这个从来就没有人过流的东西，有什么资格来劝我？"

犹如一记重棒，又被魔法加持，最终作用于我，将我打蒙，再将我定住，我只好戛然而止，不再往前走动一步：不用她提醒，我也知道她从来就看不上我，可是，许多时候，当她跟我一起吃烤肉，讨论剧情，在棺木前跪下，又或在潮水边上驻足不前，我还以为，她至少忘了她看不上我，但事实上，她一直都还记得。

我停下了步子，眼睁睁地看着她越走越远，我还记得，往前走了一阵子之后，她突然面朝海水走了过去，我的心里咯噔了一声，终究忍住了，并未再一回向她奔跑，而她也没有继续向海水更深处前进，站在那里，似乎是清了清嗓子，大喊了一声，最终，转过身去，背对着海水，一步一步走远了，而暮色和身后鹅卵石台阶上的喧嚷声一样，正在加深，所以，渐渐地，我就看不见她了。

自此之后，面对面地，我就再也没有见过她了——那天晚上，当我回到我们的小旅馆，她早已离开了这里，她的房门敞开着，我便走了进去。说起来，这还是我第一次踏入她的房间，服务员还未来得及打扫，但和已经打扫过了没有任何分别，我真切地明白她的意思：一根头发，一张纸片，她都要全部清空带走，不如此，就无法证明她对这一场巨大徒劳的厌倦。

其后几年，偶尔地，我也会在电视剧里看见她，当然都不是什么像样子的角色，广场舞大妈，居委会主任，深宅大院的老妈子，无非如此，但是，只要看见了电视剧里的她，就算我一如既往地行走在穷途末路上，哪怕找一个网吧，我也还是会想尽办法，去把和她有关的剧情全都看完；再后来，忘了是哪一天，也是在一个网吧里，我无意中看见了一条新闻：她死了。

她确实是死了，但是，就算她死了，新闻上的主角也不是她：主角当然是那些来参加她葬礼的声名昭著的人，全都戴着墨镜，似乎红了眼眶，但是你永远不会知道，他们究竟是哭了还是没有哭。翻遍了新闻里所有的图片，我并未能见到她的照片，哪怕连一张遗照都没有，但是，我知道，第二天的媒体上，她那些戴墨镜的故交，必将和他们每个人手持的一支黄花一起，成为重情重义的化身。那一天正好是深冬，深山小镇里的网吧一直在漏雨，我冻得全身直打哆嗦，干脆出了门，躲到屋檐下的一个卖烤红薯的小摊前暖一暖，一出门，我竟迎面看见了年轻时的她：她就在对面一幢老楼的屋檐下，看看屋檐下的雨滴，再往手里吹一口热气，之后，又去看屋檐下的雨滴。

十年后的今天，天知道是什么机缘，我又来到了当初的东北小城，和十年前一样，我仍未入流，所以，夜深人静之后，我还是穿过了大半个城市，找到了当初那条小旅馆旁边的河流，一如当初，河水虽说几近断流，虚假的竹林却令我照旧想起故乡，于是，我便在竹林里穿行，终于来到了一座假山前，当那假山映入眼帘，瞬时里我便认了出来，这正是当初的女演员躲在山洞里哭泣的地方，于是，我站在远处，盯着那山洞看了又看，就像是，当初的她正在一颗颗地将身边的小石子砸入到河水当中，再过一会，她便要越过我，再站到我的对面，对我说，她要和我做邻居了；也不知道怎么了，我想隔断我和她的相识——假如，当初，她没有踏入那座小旅馆，也许，在别的地界，别的剧组，说不定早就当上了主演？所以，我没再和她一起朝前走，反倒抛下了她，一个人，狂奔着跑回了十年后的小旅馆。

如你所知，我仍未入流，十年前住的是小旅馆，十年之后，栖身的无非是另外一家小旅馆，可是，在十年之后的小旅馆里，我还是写下了这些不为人知的文字，是为不值一提的纪念，我知道，就算你泉下有知，它们，也仍然不值一提。

原载《收获》2019年第4期

点评

小说讲述一个失势女演员的戏剧人生，侧重呈现其在言行、心理与精神上的变迁过程。跟随剧组来小城时的盛气凌人、心高气傲，不与剧组一般人为伍；得知不能当上主演后的自伤与沉沦，然后极力靠近众人，纠缠于"我"并与我商讨剧本；对出资人海鲜大哥的期待、在其父丧葬场上的歌唱表演，以及在希望破灭后——海鲜大哥因贿赂副市长而出事——身心再度沉陷；其早年在演剧事业曾有过的显位，以及后来被丈夫所弃，且不被儿子所谅解，等等，活脱脱呈现了一个因乳腺癌而切除左乳的女演员的变异生活和非常态人生。

本文是"致江东父老"系列中的一篇，在发表时文体指定为"小说"，但其写法带有明显的回忆性纪实散文的特质。跳跃性的叙述节奏，紧凑而又彼此照应的篇章结构，字里行间有关人物情绪与情感的直接流露，以及明显带有写实性的以细节、动作、心理描写人物的方法，等等，都像极了"记人散文"这种文类的文体特征。当然，既然以"小说"方式刊出，自然也必须以"小说"方式读之——"女演员"是虚构的角色，而由此一来，一种"小说+散文"的混搭型文体便呈现于读者面前。这自然就给读者提供一种不一样的阅读体验。其实，正如叶兆言所言："小说这玩意从来没什么神秘的，也无所谓技法，归根结底，就是把它写出来，就是写。"从这个意义来说，李修文写了《女演员》，如何解读，解读出何意，似乎就与他无关了。小说家在文体上的任何实践都值得期待。

（张元珂）

凿壁记
/第代着冬

　　画眉飞走时，三顺在埋一朵花。那是一朵蓝色的矢车菊。三顺是通过电视认识矢车菊的。他用花锄挖开一个坑。坑对面，几只画眉在枝叶间蹿动。一阵女人的哭泣声传来。画眉飞走了，三顺从梦中惊醒过来。

　　三顺躺在堂屋凉板床上。父亲出门了，虚楼很空旷。三顺侧了侧脑袋，感觉自己的耳朵像一把锋利的铲子，一下子凿开了墙壁。女人的声音被放大了，她的哭泣声像是从破碎的水缸里传出来的，凄凉，破碎，凌乱。

　　那是堂嫂香月的哭声。

　　三顺喊，哥。

　　三顺喊了一阵，没人回应。

　　不知堂哥杨志跑到什么地方去了。

　　三顺二十三岁，身长一米七。从来没人把三顺的长度说成身高，因为他从一生下来就没站起来过。他能活动的，只有肩、双手和脑袋，肩以下，仿佛处在大片虚空里，如同目光处于无边的黑暗。

　　当他知道自己不能站起来时，母亲已经被绝望吓跑了，父亲染上了酒。父亲喝醉之后很快乐，他因为醉酒而双眼微闭，似乎所有的困难都被酒吓跑了。笑容从脸上粗糙的皮肤里溢出来，像雨水一点点洇出泥土。父亲惬意地闭上双眼说，三顺，你知道斑鸠是怎么叫的吗？

　　三顺快速转动脑子，把斑鸠的叫声从大片浑浊的声音里剥离出来。从三顺记事起，他一直躺在床上，靠听声音来抚摸世界，抚摸寨子，抚摸寨子里的人和事物。

　　他找到了斑鸠的鸣叫声。

　　三顺说，爸爸，斑鸠叫的是，咕咕咕——咕——

　　父亲说，不对，斑鸠叫的是，不见哥——哥——

三顺说，为啥？

父亲说，很早以前，没有斑鸠。那时有一对穷兄妹，父亲去世了，靠借地主的高利贷才葬了父亲。为了还债，哥哥天天上山给地主砍木料，妹妹负责送一日三餐。在快要还完债的那天黄昏，妹妹送饭到林子里，发现哥哥被老虎吃掉了，地上只有一把斧头。难过的妹妹回到家，没多久也死了。她死后变成一只鸟，在寨子里飞来飞去，可怜地叫，不见哥——哥——；不见哥——哥——

父亲讲完，又睡过去了。

三顺躺在床上，看着父亲在椅子上垂着头。因为醉酒，父亲不得不很费力地拉扯着自己的呼吸，像怀里抱着一只旧风箱。暮春的空气还很凉，三顺看着父亲疲倦的睡姿，眼里噙满了泪水。

屋外传来堂哥杨志的声音。

堂哥下午从村小放学回来，就上山放牛去了。现在，牛铃叮当摇晃着，由远及近，慢慢压过了屋内父亲的鼾息。白天，田野上还有很多别的声音，透过牛铃，三顺听出红嘴灰鹊在林梢上喳喳盘旋；鸡群咕咕踱过院坝。更远处，小溪也从干涸中苏醒过来，它们一路叮叮咚咚，像敲着小鼓奔向洼地聚成一潭，倒映出碧空和白云的身影。在田野交织的声音之上，浮出堂哥杨志的声音。

杨志说，二丫，你今天表现可不好，敢跟二流子鬼混。

三顺说，哥，你在跟牛说话吗？

杨志说，是呀。

说话声里，三顺听见牛铃声越来越远。它穿过竹林，走过地坝，最后在牛圈里静下来。随着牛铃声慢慢消失，三顺的耳朵里又响起父亲的鼾息和田野上的声音，它们像藤蔓交织，又像溪流汇聚。很快，嘈杂的声音里浮出杨志跑动的脚步声，它们像密集的鼓点敲打着三顺小小的心脏，他知道，堂哥杨志要跑进来了。

杨志真的跑了进来。

杨志说，三顺，你在干啥？

三顺说，我刚才听爸爸给我讲了一个斑鸠的故事。

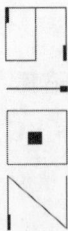

杨志说，讲来听听。

三顺说，我不会讲。

杨志说，你讲故事给我听，我把这个给你。你猜，这是啥？

三顺看见杨志扬起的手里，握着一个用桐梓叶包裹起来的锥形。他知道，那是杨志放牛时摘的树莓。他吃过堂哥带回来的树莓，甘甜微酸的汁液里，有植物特有的浓郁清香，如同春天和风里送来的香樟树萌发新芽的味道。

那包树莓后面，露出杨志小小的尖脸。他刚流过鼻血，鼻孔里还塞着一团止血的苦蒿。苦蒿下，暗红色的鼻血已经结痂。三顺说，哥，你流鼻血了。

杨志说，是呀。

三顺说，为啥？

杨志说，刚才放牛时，一头公牛跟二丫耍流氓，我揍牛时，别的放牛娃过来和我打了一架。

三顺仿佛看见了放牛娃打架的样子，他哈哈笑起来。三顺尖锐的笑声惊动了屋檐下的一只麻雀，它吱的一声蹿出去，在空中不见了。麻雀飞走后，三顺的父亲从梦中醒过来，酒意还没完全退去，他摇着脑袋，似乎是想把脑子里的疼痛给甩掉。

杨志把手里的树莓递给三顺。三顺打开桐梓叶，挑一颗树莓放进嘴里，一股甘甜迅速浸满了口腔。在三顺吃树莓时，杨志看了看三顺的父亲，不知什么时候，那个酒鬼变得眼泪汪汪的，样子十分恍惚。

杨志说，二叔，你哭啥？

酒鬼说，我梦见三顺的妈妈了，她骑着一只羊，在云上跑。

杨志说，二叔，你会醉死的。

酒鬼说，醉死就醉死吧。

杨志说，你醉死了，谁来照顾弟弟呢？

杨志把三顺的父亲问住了。

三顺的父亲愣在那里，仿佛他第一次遇到这个问题。三顺清楚地记得，在父亲给他讲了斑鸠的传说之后，堂哥的一句话让父亲把酒戒掉了。戒酒之前，父亲成天浑浑噩噩的；戒酒之后，父亲仿佛变了个人。三顺想不明白，一个健康人怎么说变就变了。

三顺父亲戒酒后，为了照顾三顺，到场上学了剃头手艺，在堂屋开了间剃头铺子，当起了剃头匠。从那以后，三顺耳朵里持续充斥着电剪的嗡嗡声，像有一大群蚊子在他耳边飞翔。

父亲成为剃头匠不久，三顺发现，自从堂屋成为人们的汇集之地，外面的消息跟着人们的脚步，像溪流般汇聚到这里。在这些消息里，三顺最愿意听人们讲故事，他觉得故事里的人活得很机智，也很勇敢，即使困难重重，他们总有办法像蚕子一样从茧里爬出来。每当有人来剃头，三顺就说，给我讲个故事吧。

来人说，好啊，你让我先想想。

来人蹲在门槛上，咬着叶子烟，歪着脑袋，像一只瞌睡的猫头鹰。半支叶子烟后，他想起某个故事了，便绘声绘色地讲起来。三顺发现，一个人一旦张开嘴巴，会勾起另一个人的欲望。不等先开口的那个人把故事讲完，后面的人跃跃欲试，仿佛肚子里有大堆故事要钻出喉咙。那时候，静谧的堂屋里除了电剪的嗡嗡声，只剩下一个讲故事的声音和故事结束时人们憨厚的笑声。在喧哗的笑声里，从来没出过门的三顺仿佛被带离开简陋的凉板床，独自一人来到遥远的地方，跟不熟悉的事物逐渐熟悉。

杨志因为能跑路，比三顺见的东西多，大人们嘴里的故事拴不住他。他去场上看电影，去外婆家走亲戚，去学校上学。不断有新奇想法被他带回来，给三顺打气。杨志说，三顺，你等我再长几年。

三顺说，哥，为啥？

杨志说，等我有力气了，背你去场上看电影。

三顺说，不，我担心见了好看的东西，就回不来了。

杨志说，怎么回不来？我背你啊。

三顺说，不是人回不来，是心回不来。

杨志说，那你啥也不知道啊。

三顺说，不，我听了故事，知道很多啊。

三顺又试着讲了一个故事。

自从三顺给杨志讲了斑鸠的故事后，很久没给他讲过故事了。那次是三顺第一次讲故事，很胆怯，讲得结结巴巴，他抓耳挠腮的样子把杨志逗笑了，弄得故事没讲完。隔了这么久，三顺又才给杨志讲故事。三顺本来不想讲，但他成天睡在床上，听到的故事实在太多了，仿佛他不讲出来，故事会把自己的肚子撑破。

这一次，三顺讲得很顺利。一个故事很快讲完了。三顺发现，自己除了耳朵好，脑子也不错，听来的故事讲得丝毫不差，自己就像一张誊抄的复写纸。三顺又试着给杨志讲了个故事，结果还是一样，故事的所有细节像印在脑子里那么牢靠。

杨志说，三顺，你真了不起，可以卖嘴巴皮了。

三顺说，哥，如果我识字，我能把它们写下来。

杨志说，没关系，你讲给我听是一样的。

杨志说话算数，一有空就到堂屋来，听三顺讲故事。从村小到初中毕业，杨志一直是三顺的忠实听众。通过给杨志讲故事，三顺像一尾鱼潜入水中，潜入到了一个广阔的世界。

在三顺讲过的故事里，他最喜欢一个卖声音的人。那个故事是邻寨一个来剃头的中年人讲给他听的。中年人留着很长的头发，衣服又破又旧，像刚从很久以前的故事里走出来似的。他进门时不小心碰了一下门扇，门轴吱嘎一声，如同一只公鸡在门槛上鸣叫和进食。

那天三顺的父亲到沟谷里采野芹菜去了。三顺耳朵好，鼻子也好。他闻到水沟边泛起的野芹菜的味道。他说自己想吃野芹菜，父亲就带着提篮出门。父亲出门不久，剃头的中年人来了，坐在能转动的剃头椅上抽叶子烟。三顺提议他讲一个故事，中年人把烟收起来，讲了一个卖声音的故事。

故事里的主角以卖声音为生，鸟鸣，牛哞，犬吠，猪叫，洗锅声，开门声和关门声，以及世上的其他声音。在故事里，由于他的贩卖，人们知道了各种声音。独裁的皇帝不想人们知道太多，下了一道圣旨，只准卖声音的人把声音卖给皇帝。圣旨里说，皇帝一旦买到声音，就会把卖声音的人杀死。

中年人说，怎么办呢？

三顺回答，不知道。

中年人说，卖声音的人想了个办法，把皇帝死前的一声叹息卖给了皇帝，皇帝听完自己的临终叹息，立即死了，没机会杀他。

三顺很佩服卖声音的人，他把故事讲给杨志听了，杨志笑得捧着肚子，在他床上滚来滚去。那时，杨志初中毕业了，准备出门打工。在他嘴里，他行将到达的地方，有飞机，轮船，火车。即使到了晚上，屋外照样灯火通明，不像寨子里，晚上连半个胳膊也看不清。

三顺的父亲对这个说法很赞同。他正在往板壁上贴一张世界地图。地图是他从村小弄回来的。村小撤销了，人们拿走了板凳和桌椅，三顺的父亲只拿到了一张世界地图。他想让三顺看看，屋外的世界到底是什么样子。

贴好地图，三顺的父亲发现，他带回来的世界地图太旧了。由于在村小贴的时间太长，有几只蛀虫在地图上安了家，不仅把太平洋啃了一个洞，还吃掉了非洲和欧洲的大片陆地。几个国家凭空消失了，连尼日利亚和意大利也各剩下半个。三顺的父亲拍拍手，遗憾地说，三顺，你将就看一下，等有机会了，我再弄一张新的。

三顺说，不用了。

父亲说，为啥？

杨志说，二叔，你不明白吗？三顺不识字，你弄一张新图他也看不懂。

三顺得到一张旧地图，堂哥却出门打工去了，堂屋变得安静起来。三顺感觉到，随着时间流逝，堂屋的安静越积越厚，厚到可以像洋芋那样切成一片片的程度。三顺又回到了小时候，只有通过声音来触摸世界。白天，他听见年轻人离开后的寨子里浮着几声苍老的咳嗽，鸡叫的声音也懒洋洋的，仿佛时间也变老了。夜里，声音丰富起来。风穿过竹林。露水落地。虫子的鸣叫逗来阵阵蛙鸣，像一群悍妇在水沟里冷笑。

堂屋的寂静是被电视打破的。电视村村通工程刚刚结束，寨子里很多老人都买了电视机，三顺的父亲也买了一台，像神龛一样挂在板壁上，正对着三顺的床头。刚看时，三顺很快被外面的世界吸引住了。这是他有生以来第一次睁开眼睛看世界。两三年后，他厌倦了。三顺觉得，他看到的世界十分遥远，而自己的世界近在门外，却只能用耳朵抚摸。三顺的父亲见三顺像牛一样温顺地低着头，让电视自顾喧闹，他说，三顺，你不看电视吗？

三顺说，不想看。

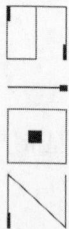

父亲说，为啥？

三顺说，那里面的东西跟我没啥关系，我想讲故事，又没人听。

自从有了电视机，父亲的剃头生意越来越冷清。年轻人出门打工去了，留下的老年人没兴趣收拾自己，他们披着灰白的头发和胡须在小路上晃荡，像鬼一样。三顺听到的新故事也越来越少。不是讲的人少，而是十多年时间里，他差不多把故事都听完了。仿佛命里注定他是一个装故事的容器，他躺在床上，让肚子里的故事慢慢发酵。

三顺又有机会讲故事，是杨志娶了香月之后。听说香月是阿瓦寨的人，她没像别的年轻姑娘那样出门打工。她走得最远的，就是从阿瓦寨来到三顺所处的寨子，嫁给了他堂哥杨志。

香月嫁过来，听说她有一个从没下过床的堂弟，专门过来看了三顺一次。她进来时，三顺正好伸出手臂。三顺没有见过阳光，手臂很白。香月从来没见过一个男人的皮肤可以这样白，像豆浆表面凝结的那层光滑的皮一样。她一下子哭了出来。香月的眼泪顺着脸颊流下来，在鼻子旁边形成两条线，像猎豹的脸那样。

看见香月哭，三顺不好意思，他说，嫂，嫂，你哭啥？

香月说，我没哭，我难过。

三顺说，久了就习惯了。

香月说，习惯了也不行。

三顺发现，香月说话时，喜欢侧过身，留下一个侧影发问，如同问一扇敞开的大门。时间长一点，三顺才知道，香月表现出来的是女人的羞涩。来堂屋剃头的都是粗鲁的男人，三顺没见过女人羞涩的样子。

堂哥杨志结婚没几天，又独自一人离家打工去了。在寨子里，年轻夫妇都是一起出门打工的。三顺很纳闷，杨志为啥不把香月带走。杨志临出门前，来听三顺讲故事。三顺没讲故事，他说，哥，你为啥一个人出门打工呢？

杨志说，香月有恐高症。

三顺说，啥是恐高症？

杨志说，就是不能站在高处。

三顺说，让她站在矮处好了。

杨志说，出门打工地方高矮哪由自己决定？我先出去试试，看看再说。

那天三顺没讲故事，杨志没心情听。他坐在床边，陪三顺看电视，样子心不在焉。电视里几个唱歌的年轻人刚下去，市长就出来慰问环卫工人，接着一场球赛开始了。

三顺对电视里的世界已经很熟悉，能熟练地说出影视明星的名字，体育赛事的成绩，以及常常在电视里出现的各级领导的名字。他熟悉领导的原因，是他父亲喜欢看新闻，从中央台新闻联播到县电视台的新闻，一级级看下来，无一遗漏。没多久，三顺把电视上的领导记住了。他最先记住的是本乡乡长。

堂哥杨志出门打工后，香月空闲时也会到剃头的堂屋坐坐。有时是听见有人来剃头，过来凑热闹。有时是专门来听三顺讲故事。三顺给香月讲故事，像给堂哥杨志讲故事一样，自然，流畅，肚子里的故事像挖开水渠的流水，急迫且源源不断。

除了听故事，香月还怂恿三顺给电视里的领导写信，反映他的情况。后来三顺才知道，香月怂恿他写信，其实是想反映乡场上的骗子。她认为，仅仅反映骗子没有分量，如果加上三顺的病情，说不定能打动领导。

三顺没有离开过堂屋，不知道乡场上是怎么回事。他从香月的嘴里知道，乡场跟电视里的乡场一模一样，只是在场口多了两个骗子。骗子把自己打扮成牙医，骗香月买了一包去牙虫的药。香月说，你给领导说说，你想出门看看，顺便告诉他们骗子的事。

三顺说，可我不识字。

香月说，我来写，你只管听就行了。

三顺的父亲先是很有兴趣地听他们说话，后来慢慢疲倦了，坐在椅子上打瞌睡。他的脑袋像风中的麦苗一样摇来摇去，一旦摇醒了，他就睁开眼睛，不明就里地看看，然后又继续瞌睡。在父亲的鼾息声里，三顺饶有兴趣地跟香月写了很长一段时间信，那些信件如石沉大海，但三顺觉得蛮有意思。特别是香月写到骗子时，他几乎身临其境，每次都能笑出声。

三顺还想继续写信，香月却不写了。她想明白了，领导没时间帮她找那两个骗子。不过，在一次交信时，一个长年坐在邮政所门口的算命老头听了三顺的事情，给香月出了个主意。他说，人的魂是附着在相片上的，如果给她堂弟照张相片，再带上他的相片出门转上一圈，也许三顺能借机看看外面的世界。

香月回到寨子里，给三顺和他父亲说了这个办法。虽然他们半信半疑，但能给三顺照一张相片也是好的。他二十多岁了，还没照过相。三顺的父亲出门到场上去请照相师傅。那时天刚亮开，透过朦胧的霞光已经可以清楚地看见田野的轮廓。空中弥漫着浓稠的艾蒿气息。清新的空气里，一两声画眉的鸣叫显得格外清丽和响亮。鸟鸣声中，寨子的屋顶似乎更加明亮了。

三顺的父亲很快从乡场上请来一个照相师傅。照相师傅蓄着女人一样的长发。三顺的父亲几次动员他把过长的头发剪掉，被他谢绝了。照相师傅很惊奇三顺的身体，在三顺父亲动员他剪头时，照相师傅一直在想办法如何让三顺站起来。

后来还是香月的办法发挥了作用。她让三顺的父亲做了一个双杠架子，然后让照相师傅帮忙，把三顺挂了上去。那是三顺二十多年来第一次离开简陋的凉板床，他感觉自己悬在虚空里。一道白光像闪电滑过，三天后，三顺见到了自己大张着嘴巴、眼睛因为惊讶而鼓突起来的相片。

两个月后，这张相片见过了所有的亲戚，周游了附近的村寨。三顺还听他父亲说，有一次，他父亲突发奇想，在路上把相片掏出来，放在山石上，让他看了一会儿锦鸡，以及飞过的鸟群。三顺的父亲说完，好奇地问三顺，我带着你的相片出门时，你有感觉吗？

三顺说，没有。

父亲说，我敢肯定，香月让算命老头骗了。

三顺说，照张相片也好啊，我知道自己的样子了。

利用相片让三顺出门的设想失败后，没等香月想出别的办法，杨志从外面回来了。他的面孔阴沉沉的，看上去很难过。晚上，他来到堂屋，对三顺讲的故事也没过去那么热心了，仿佛他回来就是为了坐在三顺旁边抽烟。

没两天，三顺听到了香月的哭声。那声音似有似无，断断续续。三顺的耳朵太像一把铲子了，他只要捕捉到一点声音，就会让听觉带着他的全部感官把墙壁凿穿，迅速穿墙而过，来到声音的起点，还原发出那个声音场景的原貌。

三顺听得出来，香月是在楼上哭泣。隔壁除了杨志和香月，没别的人。杨志的父母早几年跟他出嫁的姐姐到黑龙江去了，听说他们在那里种人参，也不知道是不是成功了。他们还是杨志结婚时回来过一次，三顺就再也没听到过他们的声音了。

香月怎么会站在楼上哭呢？

杨志很快给他揭开了谜底。

杨志进门时，已经喝醉了。他嘴上叼着烟，像个二流子，样子跟三顺的爸爸醉酒那两年差不多，坐在椅子上只差流尿了。三顺说，哥，我刚才好像听见嫂在楼上哭。

杨志说，对呀。

三顺说，为啥？

杨志说，我在帮她治恐高症。

三顺说，你怎么治？

杨志说，我把她抱上楼，再把楼梯抽了，多吓几次，恐高症就好了。

三顺说，这又是为啥？

杨志说，我一个人在外面太难受了，我想帮她治好恐高症，带她一起出门打工。

杨志说完，像个酒鬼一样趔趔趄趄着走了。

三顺躺着，看不到杨志的背影，但他能听见杨志的声音。从声音听上去，三顺觉得，杨志已经变成一个酒鬼了。过去那个善良的少年杨志死了，回到寨子里来的，是一个像过去三顺的父亲那样的酒鬼。

三顺很快证明了自己的判断。第二天，父亲告诉他，杨志酒醒后把香月从楼上抱了下来，啥也记不住，只记得喝了两次酒：一次是在寨子小卖部里，一次是在刘全家里。三顺听人们说起过刘全，那是全寨子著名的酒鬼。他一喝醉了酒，就跑到山上指挥羊群唱歌。如果没羊群，他就指挥别的东西，树，草，或者庄稼。

此时，香月的哭声从隔壁传来，惊飞了梦中的画眉，也惊醒了三顺的梦。三顺的耳朵顺着香月的哭声凿壁而出，来到空旷的院坝，继而来到堂哥杨志的楼上。他看见香月蹲在楼板上，紧紧抱着双肩，像一只走投无路的兔子。

三顺喊，哥。

没有回音，杨志不知到什么地方去了。

过了一阵，三顺的父亲回来了。早上，村支书带来口信，叫三顺父亲去一趟村委会办公室。他到了办公室，见到了村支书、村主任、县城扶贫队的人，还有乡长。乡长是三顺父亲见过的最大的官。香月鼓动三顺写信那段时间，也给乡长写过信。乡长没回信，但他记得这件事。见到三顺父亲时，他第一句话就说三顺给他写过信。搞得三顺父亲有些狼狈，以为他们兴师动众是要查写信的事情。

坐下来后，三顺父亲的心情慢慢放松了。因为他们没再说写信的事，而是争吵如何帮扶他家。看上去，他们比他还愁，不知用一个什么办法，才能让全村最困难的这家人脱贫。

说了一阵没结果，三顺的父亲在村支书递过来的纸上签字画押，才离开村办公室。路过长满水竹林的沟谷，他钻进去，掰了一捧水竹笋子，像怀抱一个婴儿，小心谨慎地把它们抱回了家。放下笋子，他听见三顺说，爸爸，哥是不是又把嫂弄到楼上去了？

父亲说，可能吧。

三顺说，他为啥这样？

父亲说，可能心里苦吧。新婚不久，一个人在外哪待得住？杨志心里太想香月跟他一起出门了，只是不该贪酒啊，酒鬼做事没把拦。

三顺说，不行，下次他要喝醉了，你先把他弄到堂屋来，我治治他。

三顺的父亲不太明白，一个从来没站起来过的人，一个靠相片出门的人，怎么治一个健全的人？疑问没有影响他的好奇心，三顺的父亲像猎人一样瞄着杨志的行踪。他看见杨志酒醒了，把香月抱下了楼；隔一天，杨志又在小卖部喝醉了，没等杨志回家，他把杨志叫进了堂屋。

杨志说，三顺，你让二叔叫我，有啥事？

三顺说，没事。

杨志说，没事我走了。

三顺说，你先忙吧，等忙完去河里捡鱼。

杨志说，捡啥鱼？

三顺说，我听剃头的人说，小河里掉进一根电线，电击起来一层鱼。水里带电，你忙完了，编个竹舀篼，到小河里捞鱼。

杨志说，不行，等我忙完了，鱼就被别人捞走了，我得先捞鱼。

杨志出门编舀箦去了。

杨志砍竹子编完舀箦，酒醒了一半。等他从小河回来，酒全醒了。他扛着一只空舀箦，很奇怪地站在院坝里，对着香月自言自语地说，我怎么忽然想起去河里舀鱼呢？

三顺听见空中响起香月的笑声。

那次得手之后，三顺睡在堂屋里，用耳朵凿墙壁。他的听觉像一面网在屋外撑开，一点点地筛选着声音，牛铃声，关门声，呻吟声，鸟鸣声，以及风声和花开的声音。在繁复的声音里，三顺很容易梳理出堂哥杨志酒后的脚步声。只要听见趔趄而行的声音在地坝响起，他就让父亲把杨志拦进屋，随便找个故事里的机智方法，把他打发到外面醒酒。香月不知什么原因，尽管杨志仍然时常在外面醉酒，但很久没给她治过恐高症了。

扶贫工作队到三顺家来的头一天，杨志戒酒了。这个消息是堂哥杨志亲口告诉他的。三顺睡在床上，用耳朵抚摸寨子里的花开花落，是是非非，以及悲欢离合。他发现，好几天时间，杨志没喝酒了，有次酒鬼刘全来约他喝酒，他说不得空，要上山砍木料做栅栏。

杨志又回到过去了，像少年时那个杨志一样风风火火。他很忙，没时间来听三顺讲故事。在扶贫工作队来三顺家的头一天，杨志从山上砍木料回来，用桐梓叶给三顺摘了一包树莓。这一年的雨水很好，野生树莓长得晶莹剔透，像一颗颗玛瑙。三顺把一颗树莓放进嘴里，一股微酸的甘甜迅速溢满口腔。他吞咽了一下说，哥，你好几天没喝酒了。

杨志说，我戒了。

三顺说，为啥？

杨志说，我发现自己喝醉酒后尽干一些莫名其妙的事，开始我不明白，后来知道了，是你在想办法帮我醒酒，阻止我干傻事。三顺，我知道你的意思，所以把酒戒了。

三顺说，你又只能一个人出门打工了，想嫂的时候怎么办呢？

杨志说，我不出门打工了。你不知道，扶贫队弄到了一笔钱，帮我们把公路修通了，要在我们寨子做观光农业。我想好了，不出门了，跟香月在一起，就在寨子里发展。等观光农业做成了，我跟香月开一家农家乐，到时候，供你吃香的，喝辣的。

三顺说，哥，你真了不起。

第二天，扶贫工作队来到三顺家，弄得三顺的父亲手足无措，不知道他们想干什么。来人中，除了前几天三顺父亲在村办公室见过的人，又多了几个陌生的年轻人。三顺的父亲认为，年轻人可能感冒了，太阳天也戴着帽子，也许是想捂汗。

扶贫队啥也没带。按照三顺父亲的经验，扶贫队登门看望贫困户，手里应该拎一点米或油。他们空着手，像列队出门的小学生鱼贯而入，在三顺周围找地方坐下。寒暄之后，村支书说话了，他说领导们是来听三顺讲故事的。不知这话是想说给谁听。村支书的头像摇头电扇那样转了一圈，一一扫过倚在门框上的杨志和香月，坐在角落里的三顺的父亲，最后才落到三顺身上。

躺在床上的三顺视野有限，不能看见所有的人。他通过声音，辨别出人们所在的位置和他们的情绪。他听见大门边的杨志和香月呼吸紧促，他们的声音里充满了紧张与好奇。其他人的呼吸是放松的，他甚至听到了他们用鞋底轻松摩擦泥地的声音。三顺眨着眼，感觉自己很紧张。他喜欢听故事和讲故事，可从来没给这么多陌生人讲过。

在人们催促下，三顺觉得磨不过去了。特别是杨志和香月也加入催促，仿佛给了他某种力量和支撑。三顺轻轻把头转了一下，咽了咽口水，试着讲了一个狗屙雀的故事。听到人们反应热烈，又讲了一个四方田的来历。

这个故事之后，三顺完全放开了。

此时，三顺的故事如同掘开堤坝的河水，壅塞的水流带着势能汹涌而下。它们是有生命和温度的。喧哗和吼声，波涛和情绪，全在三顺娓娓道来的情节里流淌。三顺跟别的民间故事讲述者不一样，二十三年来，他没机会干别的，只能躺在床上，轻轻念叨着这些故事，慢慢打磨着这些故事。经年累月，他肚子里的六百多个故事已经被打磨得油光水亮，如同被岁月打磨过的松木板壁，泛起象牙般的光泽。

三顺意犹未尽，还想再讲，却被掌声打断了。讲民间故事的人习惯了叹息和惊讶，不太习惯掌声。掌声一响起，三顺就像急匆匆的路人被看家狗咬住了脚步，遗憾地停止了行进的步伐。他听见村支书说，不能让三顺再讲了，他会六百多个故事啊，如果让他不停地讲，一口气讲死也讲不完这么多。

一个陌生人说，把全县的故事能手加在一起，也没三顺讲得多。

另一个陌生人说，我们把三顺推送出去，要不了三天，他就能成为网红。

三顺不清楚网红是什么，人们闲聊时，他一直在琢磨这两个字。等来人全部走掉之后，他才迫不及待地问杨志，网红是啥？杨志比画了半天，也没说清楚网红是什么。香月急中生智，她说，三顺，网红就是宣传出来的红人，跟过去枪毙人的布告里公布的人名差不多，能够家喻户晓。

三顺说，我明白了。

自己是不是成了网红，三顺不知道，但他生活的变化突然而迅猛。先是村支书和乡长陪着一个陌生人，踩着雨后的泥泞，给三顺送来了一本大红证书，证明他是县文广局授予的民间故事传承人。听乡长说，证书不是主要的，主要的是证书后面每个月有三百元补贴。接着有个陌生的年轻人给他送来一台平板电脑，教三顺如何使用录音功能，把他会讲的六百多个民间故事录下来。三顺对录音不感兴趣，却对平板电脑里的相片感兴趣。赠送平板电脑的人大概知道三顺的心情，他在电脑里存储了大量寨子的相片。有寨子的全景，也有寨子的局部；有一条路，也有一条狗。三顺张着嘴，快速浏览着相片。他感到自己周围的墙壁被完全凿开了。世界敞开怀抱，变得明亮起来。

三顺离开堂屋是夏天。

由于三顺的父亲和堂哥杨志要到观光农业的建设工地打工，他没人照顾，乡里决定暂时把他送到福利院去。三顺躺在担架上，走过半已坍塌的围墙，来到山顶。他侧过头，放眼望去，他看见整个世界向他迎面扑来，如同梦境似的缤纷和美丽。

原载《民族文学》2019年第4期

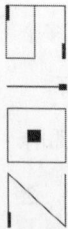

　　三顺是不幸的：因天生残疾而行动不便，因母亲离去而被遗弃，因父亲以酒度日而深陷困境，其成长之路的曲折、坎坷是可想而知的。然而，三顺又是幸运的：他以听觉感知外界，他有自己独立的生活世界，因此他并不像外人想象的那样孤单、零落；他听别人讲故事，同时自己也讲故事，故事让他获得他人所难以体悟到的幸福，因而他也并不是毫无价值的边缘人；最关键的是时代给予他改善自我和从困境中突围出去的机遇，即凭借从国家到地方的脱贫运动，他以"民间故事传承人"身份得到了政府每月资助。因而，他是完全能够自立为时代的主人，并因此而实现一己更大的价值。除了讲述三顺的幸与不幸的人生际遇外，小说还以其为视点，描写该地的原生态的风景、风俗、风物，讲述杨志、香月、三顺爸爸等边远山区小人物的悲喜故事。从整体来看，小说既有对边远地区落后一面的交代和对人性中劣根性一面的点染，也有对人情美、人性美的表现。而就后者而言，写得干净、纯粹、朴实、温暖，洋溢着一种牧歌调子，让人备受感染。

（张元珂）

为　嘴

／吴克敬

午饭过后，为嘴就翻箱倒柜地化妆起自己来了。

老实说，为嘴不是个爱化妆的人。在她的人生记录里，涂脂抹粉地化妆自己，此前只有两次，一次是她和丈夫安养鸽拍结婚照的日子，由专业的化妆师化妆过一次，另一次就是她和丈夫安养鸽新婚的那一天了，此后两年，她就再没化妆过。为嘴长得好，人出脱得苗条端正，站着有站着的姿势，坐着又有坐着的姿势，脸皮白净，鼻梁挺，眼睛大，不化妆时，似乎比化了妆还要好看宜人。不过，凤栖镇农村信用社主任安胜强说了，为嘴还是化了妆好看，化了妆的为嘴，就像影视剧里的明星一样。

这么说来，为嘴翻箱倒柜地化妆自己，是要去镇里的农村信用社吗？

为嘴自己不说，谁又知道呢？

凤栖镇北街村的人，还有为嘴的家里人都知道，漂亮宜人的为嘴，不是个爱出风头的人。她人活得很低调，也很收敛，自从嫁给安养鸽，不管外面的世界多精彩，她都是把她一双好看的眼睛，盯在安养鸽身上，安养鸽高兴开心，她就高兴开心，安养鸽心灰憋气，她也就心灰憋气。这有什么办法呢？啥办法都没有，这让为嘴自己都不解，她认真地想了，想来想去，只有一个理由，就是她太爱安养鸽了。

为嘴的家，距离凤栖镇较远，当年她和安养鸽都在县城的高中上学，他俩的感情一点一滴地积累着，到要毕业高考时，是为嘴自己忍不住，在一次晚自习结束后，看安养鸽独自去学校的操场，她也就去了。安养鸽怀里抱着一大摞复习资料，踽踽地在操场上踱步，踱几步停一步的，像是心里装着什么为难事似的。为嘴看见了，跟到操场上，躲在一边的树荫里，看着安养鸽踱步。初夏暖暖的风吹着，天上的月亮在云缝里出没。为嘴觉得她的心，和着安养鸽踱步的节奏，有走有停地跳动着，直到安养鸽踱步到离她很近的地方，她从树荫里跳了出来。

跳出来站到安养鸽面前的为嘴，说出了埋在她心里的一句话，养鸽，我爱你！

为嘴想她说出这句话后，安养鸽会回答她一句同样的话。但是没有，安养鸽说出了一句为嘴怎么都没有想到的话。

安养鸽说，天明，我就离校了。

为嘴听不明白，说，离校？

安养鸽说，离校。

家里的经济情况，实在没法支撑安养鸽再读书深造了。为嘴不知道，安养鸽的奶奶病了许多年，前些日子去世了。奶奶去世后，安养鸽的父亲，为他苦命的母亲伤心地号哭着，竟然把他自己的一口气憋在胸腔出不来，跟着他的母亲，一块入了土。现在的家里，就剩下一个年老半痴的爷爷，一个体弱心伤的妈妈，以及两个年纪尚小的妹妹，他还怎么继续上学深造呢？

安养鸽成了他们家唯一的支柱，他离校后，立即南下广州，成了万千打工者中的一员。

安养鸽如果坚持上学，他是有资格和条件参加高考的，而他参加就一定能考得上，但他放弃了高考，为嘴拦不住。为嘴参加了高考，却没能考得上，这个结果，为嘴心里有底，没能考上大学，对她是一种解脱。高考结束后，为嘴立即动身去了广州，寻找她爱在心里的安养鸽。情况真是不错，为嘴把安养鸽找到了。两个相爱的人，在南方那个开放火热的城市，不断加深着他们的感情，而且还探讨着他们的未来。他们辛辛苦苦地打拼了两年，就双双回到古周原上的凤栖镇，手牵手恩恩爱爱地走进了婚姻殿堂，同时也开始了他们艰难的创业之路。

小夫妻能做什么呢？他们选择了养鸽。

丈夫安养鸽，不是就叫养鸽吗？这很好，宿命决定了他可以走养鸽致富的路。小夫妻把他们打工挣下来的血汗钱，全都投了进去，与北街村村委会立下公约，租下村口废弃的一处农业机械站，自己设计鸽舍，自己动手基建，把人累瘦了一圈，终于把一座还算现代化的养鸽场建设起来，并成功引入优良鸽种，小心谨慎地试养起来。

　　安养鸽和为嘴，之所以饲养鸽子，并不是因为鸽子好看。他们小夫妻在广州打工，发现那里的饭店酒楼，不论大小，都少不了乳鸽这道菜。他们回到凤栖镇，结婚前跑了西安、陈仓、咸阳、杨凌几个距离镇子都不是很远的城市，发现这些北方城市的大小饭店酒楼，亦如广州那样的南方城市一样，都加进了乳鸽这道菜品。他们询问饭店酒楼的经营情况，进一步得知，乳鸽这道菜，很受食客欢迎，消费量巨大，而进货渠道又非常有限，都是从南方的养殖户那里收购，成本高就不论了，还常常断货，无法满足食客的要求。

　　说者无意，听者有心。在几个城市调查回来，安养鸽和为嘴，窃喜他们创业的选择，相信他们一定会有个光彩的未来。

　　黑黑明明，守在养鸽场里的小夫妻，小心地饲养着那一笼一笼精灵一样的鸽子。聆听着"精灵"们咕咕咕咕的浅鸣，他们小夫妻仿佛听着一曲不绝于耳的天籁之音。

　　安养鸽和为嘴，给他们的养鸽场起名叫"蓝色精灵"。

　　自从安养鸽和为嘴把养鸽场办起来，就有村上的人来转转悠悠。不能说来者就不怀好意，也不能说来者就怀有善意。为嘴发现丈夫安养鸽似乎不怎么欢迎村里人到他们养鸽场来，特别是他们把养鸽场全面建设好，引进优良鸽种后，丈夫安养鸽干脆在养鸽场的大门口，立起一块牌子，谢绝一切人到养鸽场来。

　　为此，为嘴还问过安养鸽，她说，乡里乡亲，你讨厌大家？

　　安养鸽没说他讨厌大家，只是告诉为嘴说，鸽子的养殖，是很怕疫病灾害的。

　　为嘴承认丈夫安养鸽的理由是正确的，但她还是不能摆脱心里的疑惑。这是因为，不论为嘴去养鸽场里忙碌，还是走在凤栖镇北街村的街道上，她认识的人，不认识的人，在问候她时，不是称呼她"为嘴家的"，就是称呼她"为嘴"。

　　什么"为嘴家的"？

　　什么"为嘴"？

　　为嘴有自己的名字，她并不叫"为嘴"，所以起初听到时，为嘴是不知其意的，一次次不断听着，为嘴心里有了疑惑。一个人活着，谁不是为了嘴呢？为了嘴吃得饱吃得好吃出新的生活，这没什么错，也没什么不对，因为人活着都是为嘴的。但是，在凤栖镇北街村，人们不把别人称呼"为嘴家的"，偏偏要把她称呼"为嘴家的"，称呼"为嘴"。

为嘴问了丈夫安养鸽，"为嘴"？他们叫我"为嘴"。

安养鸽脸色阴了下来。

为嘴却还要问，"为嘴家的"？他们为什么叫我"为嘴家的"？

安养鸽阴下来的脸能拧出水来。

为嘴问，他们这么叫我，是不是说咱母亲、咱奶奶也被人叫"为嘴"？

安养鸽拧得出水的脸，躲开了为嘴问着一连串问题的嘴，但是为嘴没有停下问她要问的问题。

为嘴问，母亲有名字，奶奶有名字，我也有名字，我们都有名字呀！

为嘴说得没错，在她和安养鸽好上后，她就从安养鸽的嘴里掏出了母亲和奶奶的名字，两个人名字都很好听，母亲叫"子娟"，奶奶叫"桃居"。为嘴从安养鸽的嘴里掏出母亲和奶奶的名字时，她好一阵激动，以为母亲和奶奶的名字，在乡村社会中是少有的，既现实又诗意，她一下子就记下了，并且特别地喜欢。她还把自己的名字与母亲和奶奶的名字比较，觉得自己的名字没有母亲和奶奶的好，有点直白，有点落俗，她叫"喜悦"，是不是直白了些？落俗了些？不过，这有什么呢？名字嘛，就是人的一个代号，最先起个什么名字，就叫什么名字了。

但是，村里人为什么叫她们安家三代女人"为嘴"呢？

从安养鸽的嘴里问不出所以然，为嘴还问了母亲和奶奶，她除了把母亲问得不说话，把奶奶问得叹气外，只从奶奶嘴里问出这样一句话。

奶奶桃居说，人活着，谁不是为嘴呢？

奶奶桃居开了口，母亲子娟也就说话了，为嘴丢人吗？为嘴不丢人。

奶奶桃居和母亲子娟的话，为嘴听进耳朵了。她真诚地认同奶奶桃居的话，也真诚地认同母亲子娟的话，虽然她的心里还有疑惑，还有一种不甚快活的感受，但她释然了。她有自己的名字，她叫"喜悦"，别人不叫她"喜悦"，叫她"为嘴"就"为嘴"吧。她为嘴，不仅要让她的嘴吃得饱吃得好，还要让她的嘴说得起话。

是的，当一个人的嘴吃饱了吃好了的时候，更高的追求就是自己的嘴说得起话。

奶奶桃居、母亲子娟，她们那个时候为嘴，也许只是为了吃得饱吃得好吧！

为嘴这么想是对的。奶奶桃居为嘴，的确是为了家里人吃饱，母亲为嘴，也只是为了家里人吃饱，至于吃得好，都是一种奢望了。

为嘴不知道，奶奶桃居之所以被人"为嘴""为嘴"地叫，是有她不堪回首的一段往事的。

有人把那个时期称为"自然灾害"。不知这么说的人，对那个时期的自然现象做过研究没有。据研究过的人称，那个时期的灾害是一场人祸。究竟是自然灾害还是人为祸患？奶奶桃居是不好说的，她有自己的经历，痛苦的经历能够说明一切。她在上世纪的五十年代中期嫁进凤栖镇的北街村来，她和她的男人安养鸽的爷爷，很想有个自己的孩子，一次一次的努力，奶奶桃居是怀上了，但却怎么都坐不住胎。小小的一个生命，在她的肚子里，孕育着，两月三月的，就都可怜地化作一摊血水，从她的身体里流出来……流掉了几个自己的孩子呢？奶奶桃居忘不了，前后一共五个。奶奶桃居坐不住胎，左邻右舍像她一样的婆娘媳妇，都坐不住胎。原因是明确的，大家都吃不饱，个别断粮无食的人家，不能出门乞讨还有饿死在家里的呢！营养跟不上，奶奶桃居就没法坐住胎，直到怀上安养鸽的父亲，也就是1963年的时候，情况好转了一些，却也是困难重重，而最根本的，还是一个吃。把嘴怎么填饱，能够坐住胎，把她怀胎的孩儿落草人间，对奶奶桃居来说是个大问题。

奶奶桃居为了嘴，把她娇媚亮眼的脸皮不要了，扯下来装进她的裤裆，像村里的其他女人一样，乘着夜色，到集体的土地里去偷还未成熟的庄稼去了。

偷集体的庄稼是个技术活，你不能挎着笼筐去，也不能背着布包去，要只身一人，甩着两条胳膊大摇大摆地去。这技巧，奶奶从村里常偷庄稼的女人那里，都讨教来了。这么大摇大摆地去，会给他人一个错觉，人家是正大光明的，人家是不会做那些狗盗鼠窜的伤脸事的。这是一种掩饰，但问题是，偷来的庄稼往哪里藏呢？女人们的经验是，自己胯裆就不错，先把裤腿用布条子扎绑起来，偷的玉米棒子就往胯裆里塞，偷的高粱穗子也往胯裆里塞……奶奶桃居头一回出门偷庄稼，她虽然把这些技巧都认真地学了来，但她忽视了一个问题，在穿衣上，是必须穿着深色的衣裳去的，或者黑，或者蓝，可她却穿了件月白色的小褂，从凤栖镇北街村的村道上走出去，走出村口，走进田野，走到一片开着紫色花儿的苜蓿地里去了。月白色的小褂，不像黑色、蓝色的衣裳，很自然地就融合进了夜色，而月白色的小褂是鲜亮的，特别是在朦胧的夜色里，更为醒目惹眼。奶奶桃居从北街村家里走出来，走过村街，走出村口，走进苜蓿地，就没能躲开人的眼睛，特别是村里负责守夜防盗的民兵排长，背着一杆没子弹的老套筒，瞪着一双光棍汉饥渴的眼睛，盯在穿着月白色小褂的奶奶桃居身上。奶奶桃居走得快了，他跟得快；奶奶桃居走得慢了，他跟得慢。村子里的女人，谁偷庄稼，民兵排长心里有一本账，他没有见过奶奶桃居偷过庄稼，他甚至不相信穿着月白色小褂的奶奶桃居会去偷庄稼，他之所以亦步亦趋地尾随着奶奶桃居往遍地轻纱的集体大田里走，是看着奶奶桃居在夜色里十分摇曳动人。

奶奶桃居走进苜蓿地。泛滥着一片紫色花儿的苜蓿地，在淡淡的月光下，像一块无边无际的锦缎，散发出一股幽幽的清香，走在苜蓿地里的奶奶桃居，仿佛一位翩然夜行的仙子。仙子似的奶奶桃居，在苜蓿地里走了三五十步，就拐到挨着苜蓿地的一片玉米地，在她就要往玉米地里钻的时候，还稍稍驻足了一会儿，伸手扯了一把苜蓿花，送到鼻尖下，深深地嗅了嗅，再一张嘴，把那束苜蓿花塞进嘴里，咀嚼了起来。咀嚼着苜蓿花的奶奶桃居，头微微地低了低，钻进玉米地里去了。到她把自己的胯裆用她偷掰的玉米棒子塞得满满当当、踽踽地走出玉米地时，有一杆枪平端着，直直地戳在她的胸前。

端枪戳着奶奶桃居的人是民兵排长，他声音低沉严厉地说话了。

民兵排长说，你是头一次偷庄稼吧？

奶奶桃居说不出话来，她吃惊民兵排长戳在她胸前的枪口，更吃惊民兵排长的问话。她颤抖的手，把裤腰上的裤带一松，塞满嫩玉米棒子的裤子顺势而下，连同玉米棒子，全都落在了地上，一览无余地暴露出了奶奶桃居白花花的大腿和小腹。民兵排长，一手握枪，枪口对着她，腾出一只手来，弯腰数她偷掰下来的嫩玉米棒子。

一、二、三、四……数到最后，满共数了十三棵嫩玉米棒子。

民兵排长数得很耐心，数过一遍后，倒过来还要数。奶奶桃居的腿软了，头也晕得厉害，她软软地、晕晕地倒在了苜蓿地里，一大片烂漫的苜蓿花，被奶奶桃居压在了身下，而更多的苜蓿花，围成一个大大的屏障。正在这时，隐在云后的半个月亮，露出头来，照着奶奶桃居的身体，使她裸露的大腿和小腹，更白更亮。

奶奶桃居闭着眼睛说话了，她说，都是为了嘴。

民兵排长逮住奶奶桃居的话，跟着也说，为嘴！对，谁不是为嘴呢？

民兵排长的话，让奶奶桃居想起给她传授经验的村里的妇女，她们给她说了，偷庄稼是会被人逮住的，谁都可能被逮住，逮住了没有啥，咱只管把抓着裤腰的手松下来，让裤子和偷着的庄稼坠落地上，就没啥可怕的了。

奶奶桃居想到这里，就还闭着眼睛说了一句话，她说，不为嘴吃什么？你说吃什么？

奶奶桃居还想说，我为嘴不是为我自己，我不怕饿，我扛得住饿，可我肚子里还有我的孩儿，我亲亲的孩儿挨不住饿。我有五个孩儿因为扛不住饿，都已化为一摊血水流掉了，我不想我肚子里第六个孩儿也化为一摊血水流掉。我为我的嘴，我是为我孩儿的命哩！

民兵排长听懂了奶奶桃居的话，他说，咱村上的妇女没傻的，你比她们更聪明。

民兵排长把他手里的长枪，轻轻放在了一边。他解开了他的裤腰带，趴在了奶奶桃居的身上。民兵排长的屁股，在明亮的月光下起伏着，他嘴里还叽里咕噜地说着话。

民兵排长说，我可没有强迫你。

民兵排长说，你说都是为了嘴。

民兵排长说，为嘴……为嘴……

民兵排长趴在奶奶桃居身上一声一声地说着，说罢自己穿好衣裳，也让奶奶桃居穿好衣裳，把奶奶桃居和她掰的嫩玉米棒子，一起送到家里来。到奶奶桃居坐住胎、足日足月地生下个大胖小子后，民兵排长喝了一场大酒，掉进北街村的一口枯井里，被人救上来，送往镇医院。在弥留之际，北街村有几个妇女去看他，其中就有奶奶桃居。神志不清的民兵排长，把他藏在心底的秘密，当着妇女们的面说了出来。

民兵排长如果只是对一众妇女囫囵地说，倒也没什么，妇女们相互笑笑也就罢了。可他囫囵说了后，特别提到了奶奶桃居。

民兵排长说奶奶桃居会说话，说得精彩到位。

民兵排长说奶奶桃居说了，不为嘴吃什么？啊啊，你说吃什么？

民兵排长说过后，拧过脸去，便咽了气，却让奶奶桃居背上个"为嘴"的别号，让人明里暗里地叫，后来还叫到她的儿媳身上，人们把她儿媳子娟也叫了"为嘴"。如今，喜悦进门来了，喜悦也被人叫成了"为嘴家的"，这可是让人太难堪了。

难堪的喜悦，不知道奶奶桃居为嘴的事情，自然地，也就不知道母亲子娟为嘴的事情。

母亲子娟嫁进家门来，言三语四地听说了奶奶桃居为嘴的事情，她与身为婆母的奶奶桃居闹了好些年的矛盾，她在家里，好多年就没正眼看过奶奶桃居，她刚刚强强地生活在家里，刚刚强强地生活在凤栖镇北街村，她要以自己的刚强赎回奶奶桃居丢了的脸。她差不多可以说都要实现她的目标了，可是孩子他爸因为奶奶桃居的死，伤心地一口气没能喘过来，跟着他的母亲一起入了土后，刚强的母亲子娟，刚强不起来了，她以自己柔弱的肩膀，扛着一位年长半痴的长辈，以及安养鸽和他身后的妹妹，实在是扛不下来呀！不说别的，只说一夏一秋的收种碾打，母亲子娟把自己累个死去活来，也没法做得齐备，总是丢鞋撂袜子，下种的时候，种不到丰产的土壤，收获的时候，自然只能收获到薄收的仓房里。缴纳了要缴的这粮那款，剩给她养家糊口的，就更是寡薄，完全不能满足一家人的吃喝和用度。儿子安养鸽会读书，他身后的妹妹也都不差，要想很好地供养儿子女儿上学读书，那根本就是一种奢望。母亲作难的时候，甚至想卖她身上的血和肉，可她身上能有多少血？能有多少肉？一滴一滴地把血全抽出来，一片一片地把肉全刮下来，又能卖几个钱？母亲是一点办法都没有了，好在有个当着村长的本家老弟，赶着点儿，帮她种夏种秋，帮她收夏收秋，而且是，村长老弟的手里还有政府下发到村组的低保救助，这是母亲子娟要争取的。

麦子割回到场上来，是要与时间来争来抢的，争抢着喂进脱粒机，把麦草、麦粒分离开来，还要乘着风势，把麦粒从麦糠中扬出来。这个活儿，可不是母亲子娟做得了的，这在庄家人的嘴里，是叫"霸王活"呢！母亲子娟需要有人帮忙。这个常帮忙的人，母亲子娟走到他跟前，没有动嘴，只是拿眼睛把这个人看了看，这个人就来给母亲子娟帮忙了。

这个人就是当着村长的本家老弟。

老弟看懂了嫂子子娟眼睛里的话。村里人说，嫂子的屁股蛋子，老弟有一半子。老弟把村里人的话给嫂子子娟早说过了，但嫂子子娟没有搭理他。现如今，他不给嫂子子娟说那句村里人说过的话，嫂子子娟自己拿眼睛给他说话了。他是村长，有权力调动电动脱粒机，来给嫂子子娟脱粒，半个下午的时光，就把嫂子子娟家的麦子全部脱粒了。可是没有风，麦粒从麦糠里扬不出来，所以就只有等了。

嫂子子娟，回家蒸了花卷，烧了汤，提到场上来，看着帮了她忙的村长老弟吃饱喝足，他们就双双等在场上，等着风来了扬场。

他们等风的时候，嫂子子娟问了一句话，她说，村上的低保救助下来了吗？

村长老弟说，快下来了。

嫂子子娟说，你不知道，我太难了，上有老，下有小，老的又痴又呆，小的呢，却都聪明用功。你大侄子安养鸽在县城中学上学，很快就要高考读大学了！他身后的妹妹，也都不差，跟在她哥的身后，被大哥带着，一个上着初中，一个上着高小。我想让他们兄妹，把学都上出来，可我……

嫂子子娟话没有说完，村长老弟把一粒小拇指甲盖大的白色药片，喂进了嫂子子娟嘴里。

村长老弟说，咱不能惹下事来，你说呢？

村长老弟说，一片避孕药。

嫂子子娟把那片避孕药在嘴里干咽了几下，还没咽下去，村长老弟就把她的嘴扳过来，用他的嘴把嫂子子娟的嘴堵住，用他嘴里的唾液帮助嫂子子娟把避孕药咽进了肚子，然后，他们双双滚在麦堆上，把麦堆扑腾开一大片，像厚厚的毡毯一样。

安养鸽是否听闻了母亲子娟在打麦场上的事情？他没说别人就不知道，但就在这件事情过后不久，安养鸽在县城中学拿到高中毕业证后，没有参加高考，甚至连家都没回，就决然地南下广州打工去了。

安养鸽携手喜悦，从广州回到凤栖镇北街村的家里，办了一场还算隆重的婚礼，把亲戚邻人都请了一顿。在大家以为他俩还要南下打工时，小夫妻却出人意料地扎根在北街村不走了。

小夫妻创业养鸽，几年下来，忙得连生养自己的后代都没有空，总算是忙出了一个殷实的家业。他们小夫妻，凭着养鸽子的收益，供应着老人的吃喝穿戴，供应着妹妹们求学上进。老人的吃喝穿戴，在北街村是最体面的，大妹已考进了大学，小妹也读到了县城高中，这也就是说，他们"为嘴"一家，在凤栖镇北街村算是一户富裕起来的人家了呢！

富裕起来的喜悦，渐渐听不到村里人叫她"为嘴""为嘴家的"了。

现在，凤栖镇北街村人，见面远远都喊她"喜悦"。大家仿佛大梦一场后，终于知道喜悦有她的名字。喜悦像她的名字一样，把自家的日子过得很喜悦，把自家的产业经营得很喜悦，所以，村里人喊她"喜悦"的名字时，把喊声提得都很高，生怕她听不见似的，而且又都喊得很亲热，好像他们是多么体己的朋友似的。北街村人，凡是喜悦的长辈，就都亲热地喊她"喜悦"，而平辈里大她或是小她的人，就都喊她"喜悦妹子"或是"喜悦嫂子"，晚辈的人，喊叫得就更顺嘴了，一概都喊她"喜悦婶子"。

喜悦和她丈夫，成了村里说得起话的人了。

凤栖镇党委和镇政府评选"脱贫致富带头人"，喜悦和丈夫安养鸽没有争议地被选上了。镇党委和镇政府，还把他们小夫妻的材料上报到县委、县政府，县委、县政府接着又上报给了市委、市政府，小夫妻的材料上报到哪一级，哪一级就毫不吝啬地要给他们小夫妻颁发一个"脱贫致富带头人"的牌匾。在他们的养鸽场门口，现在已经赫然地悬挂着市、县、镇三级党委和政府颁发给他们的铜制奖牌了。白天的时候，三个铜制奖牌在阳光反射下，灿烂生辉，太阳下山了，到了晚上，哪怕是伸手不见五指，养鸽场大门口昼夜不熄的灯光，依然照耀三个铜制奖牌，三个铜制奖牌也依然灿烂生辉。

不断有人到养鸽场来，有来取经的，也有闲聊的。

是取经的，喜悦在，喜悦给他们讲，安养鸽在，安养鸽给他们讲。他们是"脱贫致富带头人"，他们有责任做得像个脱贫致富带头人的样子。是来闲聊的，喜悦没有那个心情，也没有那个时间陪人闲聊，这就完全依赖安养鸽了，他有心情没心情，他有时间没时间，都得硬着头皮陪人聊。这是因为，能来闲聊的人，都是有身份有资格的人。譬如安养鸽、喜悦要叫"老叔"的老村长，譬如凤栖镇农村信用社主任安胜强，再就是镇党委、镇政府的头头脑脑们。他们闲聊，聊到吃饭的时候，安养鸽还得请他们到镇子上的饭店去，点几个菜，喝一场酒。他们吃菜喝酒，经常还要喊着喜悦，要喜悦陪他们吃，陪他们喝。喜悦能推脱时，尽量推脱掉，实在推脱不掉的，她也出席了几次。一次是陪老村长，吃着菜，喝着酒，老村长就说了。

老村长说，你们回村养鸽子，是我租给你们的场地吧？

安养鸽和喜悦点头感谢着他。

老村长就又说，我帮了你们，我有困难了，求你们，你们帮我吗？

安养鸽和喜悦同样点头应承着。风水轮流转，在北街村，原来霸气悍蛮的老村长，可以威逼利诱母亲子娟，不情愿地委身给他。但是现在，他把他们家的日子，还有村上的管理，搞得全都一团糟，家里的人给他翻白眼，村上的人对他有意见，他从里子到面子，都已输给安养鸽和喜悦了。他这么给安养鸽和喜悦说，小夫妻俩能拒绝吗？他俩是想拒绝的，但前想后想的，就不能拒绝了。老村长的借口真是多，有时是给村里办什么事缺钱，有时是给家里办什么事缺钱，他张了口，安养鸽和喜悦多少都会给他钱。

信用社主任安胜强来了，说的都是关心鸽场的事。

安胜强不是别人，他与安养鸽是同村同辈的叔伯兄弟，他来了给安养鸽和喜悦说，现在的资金形势是严峻的，你们在信用社的借款，是我给你们背着的。

他还给安养鸽和喜悦说，养鸽子不容易，我是伯子哥，我能给你们背。

信用社主任安胜强没有多少话说，他每次闲聊，除了到饭店里吃菜喝酒，说的都是这方面的车轱辘话。他对安养鸽说话，眼睛呢，却一下一下地瞟向喜悦。如果安养鸽不在，只有喜悦一人，他的眼睛，就像鹰眼一样，直勾勾刺在喜悦脸上。他还会讨好喜悦，说喜悦生得好，眼睛大，有气质，不像他娶回的婆娘，肉墩墩死猪一个。

信用社主任安胜强始终记得安养鸽和喜悦结婚时的情景。

他多次说，喜悦你结婚那天穿着婚纱，让人看着，就像天上下凡的仙女。

他还多次说，喜悦你脱了婚纱，穿着那身红绸暗花小袄和裙子，就更是让人忘不了，怀疑你是从影视剧里走出来的大明星。

信用社主任安胜强夸赞喜悦，喜悦听得懂，也看得懂，他对她是有幻想和企图的，喜悦因此对他抱着千般警惕、万般防范。喜悦虽然不爱听人学舌，但她耳闻了信用社主任安胜强好色，开在凤栖镇上的洗头屋、练歌房和洗浴中心什么的地方，是他最爱光顾的，当然总是有人掏钱请他去。

村级换届工作，突然地推进起来，安养鸽和喜悦是"脱贫致富带头人"，因此被政策性地提出来，换届时要重点考虑，他们自己脱贫致富了，也要带领北街村全体村民脱贫致富。

信用社主任安胜强被镇党委和镇政府抽调出来，回北街村指导村级换届工作。他一到北街村来，就做安养鸽和喜悦的工作。他说了，如果不是为了避嫌，真该动员他俩一起进村委会，来带领北街村村民集体致富。但为了避嫌，两人中一定要推举出一个来，与老村长竞争新一届的村班子领导。安胜强这么动员着安养鸽和喜悦的时候，北街村的村民也部分地站出来放话，拥护安养鸽或喜悦，竞选新村长。

竞选还是不竞选，就这么摆在了安养鸽和喜悦的面前。夫妻俩为此还在养鸽场，在鸽子群咕咕乱叫的场景里，认真地讨论了几句。

安养鸽问了喜悦，咱参加竞选吗？

喜悦回答安养鸽，你说呢？咱们参加竞选吗？

他们夫妻的话，还处在一个疑问层面，而咕咕乱叫的鸽群，用它们响成一片的喧哗，似在回答夫妻俩的疑问，选吧！选吧！

安养鸽说，咱家过去，在村里是说不起话的。

喜悦也说，咱家现在，在村里还要说不起话吗？

还是喧嚷的鸽群，抢着回答了安养鸽和喜悦的话，说得起，说得起。

安养鸽因此说了，为了咱的嘴说得起话，我看咱们一定要竞选。

喜悦支持着安养鸽，说，为嘴说得起话，咱们参加竞选。

这场夫妻两人的鸽场对话，坚定了他们参加北街村村长竞选的决心。夫妻俩还就谁参加竞选，讨论了一阵子，喜悦支持安养鸽参选，安养鸽则支持喜悦参选。喜悦支持安养鸽的理由是，你大男人一个，本乡本土的，你有优势；安养鸽支持喜悦的理由是，你是女性，换届政策有一条，照顾女性参与选举。相持不下时，夫妻俩用了最传统的办法，也就是把一枚硬币投向空中，硬币落到地上，是数字，就由安养鸽参加竞选，是花儿，就由喜悦参加竞选。结果很清晰，一枚五角钱的铜制硬币，从空中落下地来，跳了几跳，平躺下来，是数字，安养鸽无话可说，他出面参加北街村村长的竞选了。

与安养鸽打对台的，就是向他借了几笔钱的他叫"老叔"的老村长。

两人在信用社主任安胜强的主持下，在村民大会上，进行了一场村级治理的辩论。老资格的村长叔，说的都是老词儿，新出马的安养鸽，说的都是新词儿。村长叔的核心意思，北街村的人祖祖辈辈住在北街村，咱们把自己的日子过顺溜了，才不会辱没祖宗，千万不要太冒险。安养鸽有新思维，他号召北街村人不能安于现状，要以凤栖镇为依靠，把市场做大，做到凤栖镇以外的县城去，甚至省城里去。两种主张辩论过后，北街村像炸了锅一样，好几天，村民热议的都是老村长和安养鸽的辩论，好像是，新手安养鸽的想法，在大家的热议中，渐渐变得有力起来。信用社主任安胜强听到了村民们的议论，对安养鸽说了，村民投票时，你一定会胜出的。

安养鸽为自己乐观着，喜悦也为安养鸽乐观着，可是不甚作声的母亲子娟，却一点都不乐观。和儿子打对台的老村长，就是她曾经委身过的村长老弟，他虽然把自家的日子过得不怎么样，但他的手段还是很多的。他当年让子娟委身于他，手段用得就非常高明。于是，母亲子娟在家里提醒儿子安养鸽不要太乐观。

母亲子娟说，你村长叔不是好对付的。

母亲子娟给儿子安养鸽说过话后，发现儿子安养鸽并没有太重视，因

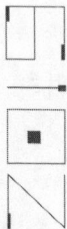

此还逮住儿媳喜悦说了。

母亲子娟说，为了咱嘴上说得起话，你要帮助安养鸽哩！让他不要冒失，让他一定要想周全，可不敢为嘴说得起话，到头来没说得起而伤了嘴。

母亲也许是多虑了。很有手段的老村长，在北街村村民投票选举新一届村长的前夜，自觉寻到养鸽场来，向安养鸽表达了他的愿望。老村长说了，他在北街村服务村民都几十年了，他是不想再做那个服务工作了。他之所以还站出来和安养鸽打对台，其实都是给安养鸽铺路哩。安养鸽需要一个对头，而这个对头，他是最合适的，安养鸽如果是打败他上台的，安养鸽后边的路就要好走得多。

老村长的表白，真诚而朴实，安养鸽信了。在老村长说明日投票，他在他的票上也签安养鸽的名字时，安养鸽不能自禁地在自己身上摸起来。像老村长多次向他伸手时一样，安养鸽摸出了一把红艳艳的百元大钞，推进老村长的手里，要他拿着钱去花，以后手头上紧，需要钱了就来，他不能让老村长没有钱花。

板上钉钉子，安养鸽当选凤栖镇北街村村长的事，看来没有什么问题了。可是在来日的投票现场，面对坐了一场面的北街村村民，站在主席台桌子后面的信用社主任安胜强，从他的黑色公文包里取出一沓百元面值的人民币，先是右手拿着，在左手上摔打了两下，然后又是左手拿着，在右手上摔打了两下。他举目巡视全场一周，语气严厉地说话了。他说他得到镇党委和镇政府的正式通知，北街村村长的换届选举推迟进行。说到这里，他把在手里摔打了几下的那沓人民币高举起来，摇了几摇，告诉村民们说，这是一沓人民币是吧？如果这沓人民币不是用来贿选，干干净净的，用起来就好了，然而有人用这沓人民币贿选，就成了另一个问题，甚至是一种犯罪，这钱就不干净了，就成了犯罪的赃物。

说罢这段话，信用社主任安胜强宣布散会，但他留下安养鸽，并带着他去了镇子上，交给相关人员，要安养鸽老实交代他的贿选行为。

贿选？安养鸽被这突如其来的事件彻底弄蒙了。他何曾贿选过？又何时贿选过？安养鸽没法承认自己的罪行，他在镇子里抵抗着，可是信用社主任安胜强有获取的证据在，安养鸽不仅在选举前夜贿赂了老村长，还在换届选举之前，就以金钱铺路，为他能够顺利竞选村长而收买人心。

安养鸽这时，纵使有千张嘴，也说不清了。

三天三夜，安养鸽被留置在镇子里，喜悦一次一次地去，却连安养鸽的面都见不上。她能见到的只有他们本家叔伯兄长安胜强，这位生着一双鹰眼的兄长，对来探视安养鸽的喜悦，倒是十分客气，甚至表现得非常地亲热。喜悦问他安养鸽的事情怎么样？安胜强告诉她，那样的事，说大真是小不了，说小却也大不了。问题的症结，在于当事人的态度。

信用社主任安胜强这么给喜悦说了后，还进一步告诉喜悦，你们在信用社的借款该到期了。

安胜强说，上级有指示，银根要收一收了呢！

安胜强说，不过事在人为，看的还是一个态度。

是个什么态度呢？给安胜强钱吗？喜悦不敢保证，因为安养鸽的事情就出在钱上面，她不敢再冒这个险了。长长的一个夜晚，喜悦独守在养鸽场里，她想清楚了一个问题，好色的本家兄长安胜强，早把他阴损的鹰眼盯在了她的身上，他说的态度，暗指的可是她的身体？

清晨起来，喜悦察看养鸽场，发现少了安养鸽还真是问题，每个笼子里都有死去的鸽子，她把死鸽子清理出来，挖坑埋掉，心想可不敢再这么下去了，如果处理不好，引起瘟疫，她和安养鸽的养鸽场，就全毁了。当不当村长是无所谓的，养鸽场是他们安身立命的根本，只要养鸽场在，天天听得见鸽子咕咕咕咕的喧嚣，他们就有希望，就什么都不怕。

喜悦这么想着，回到家里来，就翻箱倒柜地化妆起自己来了。结婚时的化妆品都过期板结了，粉饼呀，腮红啊，眼影呀，都不怎么好用了。然而好用不好用，喜悦都把它们往脸上抹，涂抹了不满意，端来水洗去再涂再抹。喜悦在家化妆了一下午，直到天黑下来，差不多才化妆出个模样来。这时候，她再动手换穿衣裳，信用社主任安胜强说她穿着婚纱时，像是下凡的仙女，说她穿着红绸的衣裙时，像是电影明星。她在今天晚上，能穿婚纱吗？当然不能，她只能穿着影视明星似的红绸衣裙了。

喜悦把压在箱底只穿了一回的红绸衣裙翻出来，也不管皱没皱，穿上了就从她和安养鸽住的房子里出来，急急地向大门口走去。她的前脚都已跨过了门槛，却有一只手拉住了她的衣袖。这是母亲子娟呢，母亲子娟把一个小小的纸包塞进了喜悦的手里。

母亲子娟说，记着吃了。

母亲子娟说，要事前吃。

点评/

　　性与生存、性与生活、性与权力，如此紧密地纠缠一起，不知上演了多少世间故事。桃居因偷村集体种下的玉米而被民兵排长抓了个正着，子娟为了能够挺过苦不堪言的日子而委身于握有权力的村长，喜悦为了消除竞选中的威胁而不得不投怀于信用社主任。三个时代的三个女人相继出卖身体，其周而复始的命运遭际，给人以深刻警醒。它让人无语，让人心痛，也让人沉思。其实，因为男人是权力的象征，女人一旦被权力所挟制，其被迫或被动的成分自然占据了绝对主导。奶奶桃居、母亲子娟、女儿喜悦，分别是三代女人的代表，当身陷困境时，她们都曾以出卖身体为代价，从而从被挟持或被迫害境遇中走出来。在此，性与身体被单独分离出来，成为一个单纯的工具性符号或交换资源。在这一交换过程中，无语主动还是被动的成分占了多大比例，那些有关女性意识、女权主义的话题似与之相距甚远。而颇具反讽意味的是，通过出卖性与身体而摆脱困境的女人们，在走向历史的祭坛时，特别是在面临那些尖锐而严峻的历史境遇时，出卖身体就成了最有效、最直接，也是最后的选择。历史给予女人的选择空间极其逼仄！

（张元珂）

星期天的下午餐/

/周瑄璞

半条白胖的鱼，卧在盘子里；糖醋里脊，失去了灵动光泽；梅菜扣肉，基本没动；排骨汤已经冷却，骨头和冬瓜露出头来，表面凝了一层白醭，像冬天里的一场薄雪。几十分钟前这些自以为要大展宏图的菜肴，热气腾腾地排着队来到桌上，盘盘盏盏，荤荤素素，美哉壮哉，不想却没有完全发挥作用，人们更多的是说话敬酒，它们渐渐冷了心，丧眉耷眼地卧在那里。杯盘狼藉，一桌又一桌。人们纷纷撤退，似乎想早点摆脱这个场景。有一个人，默默凝视桌面。

十三岁少年，躺在自家门背后起伏不平的土地上，似睡非睡，肚子里翻搅着一阵阵微痛。弟弟妹妹们出入跑跳，不时踢到他。小虎可能是故意，用大脚趾头踩了一下他的胳膊。他问小虎，几点了？十一岁的小虎说，自己看。他没有力气扭头和睁眼，要是有力气，他就跳起来揍小虎一顿，他只好问妹妹，几点了？小燕说，短针快要指到6了，妈妈快回来了。妈总是六点多到家，她要赶回来做饭，因为爸爸七点前到家。要是爸爸进家门过一会儿饭还没有做好，他就找碴儿打人，除了小燕外，薅住谁打谁，谁在跟前谁倒霉，就连正在灶前做饭的妈，也可能被揪住头发，猛捶几下，再推回到灶前，因为灶里的火快要灭了，得赶快添柴火。爸爸打人没有前奏和余音，也不拖泥带水，直奔主题，简洁明了。妈接着做饭，一声不吭，手下更快，挨打这件事对她的情绪并没有什么影响，差不多就像没有发生一样。所以他们几个男孩子常常在妈妈回家后，吃点带回来的东西，在爸爸进门前溜出去，直到确切看到晚饭端在爸爸手里，才进

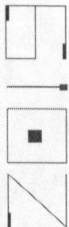

家门。

　　小龙躺在地上，薄薄的肚皮像一张柔软的纸，随着呼吸一起一伏，手摸一摸，是个大坑。外面太阳西悬，天还很热，屋里稍微凉快一些，地面上有一丝凉气。小燕已经能帮妈妈干家务了，每天上午给地面洒点水，过一会儿扫净。他们哥儿几个就光膀子躺地上玩，小龙今天躺在饥饿中睡着了。迎春糕、芙蓉切、桃酥、天鹅蛋……百货公司食品柜台里的点心梦了个遍，抓着往嘴里填，没水喝噎得够呛，又被饥饿唤醒，没劲起来。早上吃了一块苞谷面发糕，中午喝了一碗稀面条。面条是他擀的，把袋子里的面抖来抖去倒完，小燕烧火，下了一锅汤面条，切了点葱花，挖了半勺炼的大油，撒一勺盐。按从大到小盛了五碗，他们一人喝一碗，小燕还将自己的倒了一点给他。

　　妈妈如果一会儿不带回面粉，他们明天就没啥吃的了。

　　爸爸在工厂开车床，中午带饭，铝饭盒每天夹在自行车后面。早上妈要将那个大号饭盒装满，至于他们在家吃什么，爸爸管不了那么多。他一个月挣二级工工资三十六元，粮票三十二斤，基本全部交给妈妈经管，填这么多嘴，全要妈妈负责。妈从乡下嫁到城里来，没工作，没户口，又要生这么多没有城市户口的孩子，怪谁呢？爸爸打骂妈，妈打骂他们，似也顺理成章。

　　万素花在一个国营厂招待所干临时工，打扫卫生洗床单，管两顿饭，早上六点到下午四点上班。下班后，她再到另一个国营单位的大食堂择菜帮厨，没有工资，管一顿饭，偷拿一点吃食，再提回她的小铁皮桶，里面是中午职工们倒掉的剩饭菜，她托一个大姐留给她，给人家说提回家喂鸡。家里确实养了几只鸡，但那些剩饭菜，只有一少半倒在鸡食盆里。

　　饥饿是经常性的，小龙那天感觉尤甚。他们一天天长大，身体里有一个日夜转动的机器，快速耗掉吃下去的东西。时不时，舅舅骑自行车从三十多里外的乡下带来一袋面粉，有时是一袋下面，也就是麸皮粉。麸皮粉蒸出来的馍黑乎乎，拉嗓子眼，难以下咽。妈妈分给他们，小龙小虎每天报销一个，小燕和两个弟弟每天半个，完成任务才能吃别的。小虎耍滑头，藏来藏去，想办法推迟，叫爸爸将黑馍找出来，把他狠揍一顿，明天两个黑馒头，不给吃别的饭。就这样的麸皮面粉也不能保证一直都有，舅舅接济他们一次，也挺不容易的。

　　终于有一天，万素花拿一个搪瓷碗，将小龙小虎带到那个人食堂门口，推他们进去。已经长成英俊少年的小龙，意识到这是妈让他们来要饭，他拒绝了。旧社会的人才要饭，电影上这么演的，而现在是一九七九年的夏天。妈说，不愿意，你们就饿着吧，累死我也养活不了你们了。妈转身走了，她不能让食堂的人知道这是她的孩子。

二人站在食堂门口，四处看看，妈真的头也不回地走了，快七点了，她要回家给爸爸做饭。小虎看着哥哥。大食堂里乱乱纷纷，职工们出出进进，边吃饭边聊天，好像吃饭无所谓，聊天才重要。晚餐快要进入尾声，透过打饭的窗口，他们已经看到大师傅将盛菜的盆斜掂起来，在盆底舀菜。小龙带头往里走，小虎勇敢地跟在哥哥身后，二人分散开来，走向那些就餐的人。

小龙站在桌角边，咬住嘴唇，定定地看着正在吃饭的人。他不说话，他不知道该说什么，可饥饿总会让人失去尊严，说不说话，已经是要饭了。那人手里拿着一个富强粉馒头，他们叫作罐罐馍。富强粉是今年才出现的新名词，因为面粉极白，磨了三四遍的，一百斤小麦只能出八十五斤面粉，舅舅说在乡下叫八五面。这样高贵的面粉，当然不能蒸成一般低矮的馒头样，而是瓷实、高耸，像个罐子一样挺立，俗称罐罐馍，全称富强粉罐罐馍。那个被盯着看的大人嘴里含着世上最细的白面粉，吃惊地看着他，先是不知道这孩子要干什么，突然明白过来了，将正在吃的罐罐馍，掰掉自己的嘴把儿，剩下的半个递给他。那边桌上另一个人，将饭盒里的米饭和菜，扒进小虎的搪瓷碗里。也有不理他们的，装作没看见，几口吃完，起身走人。食堂的头儿从窗口里发现了他俩，走出来，轰他们出去。他们也都有了收获，乖乖地出来。白面团在小龙小虎的嘴里嚼着，细腻而芳香。小龙明白了，他们吃的黑馒头，是麦子的另一部分，应该被剔除的百分之十五。小龙上学期刚学了分数。

第二天再来，刚进门，还没要到东西就被食堂的头儿往外赶，他们心有不甘，站在门外，看到头儿进了里面操作间，又钻进去。头儿从操作间跑出来，手里挥舞着大勺子，几滴菜水滴到水泥地上。小虎刺溜一下跑出去，小龙站着不动，直盯着他。头儿张开油光光的嘴骂他，咋？还牛得不行，闹清楚，这是国营大厂食堂，不是街道上饭馆，去去去！他手里的大勺子举起来，作态要打小龙，一滴油汪汪的菜水滴到小龙脸上，小龙闻到芹菜炒肉的香味。旁边座位上站起一个女人，拦住了头儿。

女人对小龙说，你出去，到外面等着我。

一会儿，那女人从食堂出来，提一个蓝花布包，身边跟着一个瘦弱的男孩。母子二人看到两个男孩并肩站在那里，瞪着黑黑的眼睛。能看出来，他们不是城市流浪儿，也不是农村盲流，因为大点的孩子用普通话说，阿姨好。她问，你们家在哪儿？小龙往那边指了一下。女人说，走，带我去看看，把馍给你们放家里，我要拿走我的布袋。她给自己儿子说，壮壮你先回家写作业吧。

万素花由屋里出来，从那女人手中接过布袋，将发糕倒出来，布袋还给她，说了感谢的话。小龙爸爸和三个小孩子在屋里吃饭，他站起身，跛着脚走了两步，伸头看外面黑暗中的女人。他因为年轻时候在车间里干活，不小心铁块掉脚面，砸坏了脚，成了瘸子，才找了乡下姑娘结婚。万素花将那女人送向大杂院出口，两个女人站在路灯下聊了一会儿。明知道娶农村女人后患无穷却娶了，明知道养不了这么多孩子却生了，这真是难为情。万素花结婚后十年里生了六个小孩，夭折一个，现在五个，最小的六岁。娘儿六个没有城市户口，没有粮本没有粮票，吃的高价粮，上学要交借读费，她每天从早到晚劳作，顾不住几个娃的嘴。

过了几天的下午，那女人又来了，小布袋里装了五个罐罐馍，还提了一点长安县出产的桂花球大米，说是拿粮票换的，约有十斤的样子，多了提不动。她跟小龙说，今后每个礼拜天下午四点，让你妈妈带着你们到我家吃一顿饭，好吗？她交给小龙一张纸条，上面用圆珠笔写着一个地址，是两站路外大军工企业的家属院。临走她一再叮嘱小龙，一定来啊，我等你们。

星期天午饭后，万素花烧了一大锅温水，让孩子挨个儿在大盆里洗了澡，穿上干净衣服，带他们步行去往写在纸上的那个地方。

一片灰色苏联式三层楼房，九号楼带拐弯，三单元位于拐弯处。上到二楼，万素花只敲了一下，单元门就打开了，女人无声招手让他们进来。她的轻手轻脚影响了这一群来人，也都压低声音，鱼贯进入走廊最里面开着的一扇门。十七八平方米的房子，一张大床一张单人床一个大立柜一个半截柜一个写字台，还有一只折起来塞在床和柜子之间的小茶几。露出来的一点水泥地面，被拖把天长日久拖得黑亮黑亮。写字台上一个电饭锅正插着电，冒出大米稀饭的芳香。单元里住着三户人家，她家在最里面，公用厨房的对面，去往厨房要路过两间厕所门口。整个单元里飘荡着炖肉的香味。屋里一下子进来六个人，将房间占满了。家里只有两把椅子三只小凳，可孩子们不敢贸然坐在床上，床上的单子铺得展展的，大床的外沿铺了一窄溜小单子，它们一律没有一丝褶皱。那女人招呼一声，到厨房搅锅去了，万素花跟进去帮忙。女人搅完锅回来，见五个孩子像一把扎起来的葱，站在屋里。她再次请他们坐下，随便坐吧。

万素花抱歉地说，头一回来，啥也没给你拿，我给你洗衣服洗床单吧。那女人说，什么也不用拿，也不用给我洗。今后，每个星期天这个时间，你带着孩子们来就行。她摸了摸小燕的脸蛋，说，孩子们，今后就叫我程阿姨，叫程老师也行，我是这个厂里子弟学校的老师。她抽出小茶几打开来，将盖着笼布的一个小筐放上，拿出六双筷子。万素花说她不吃她不饿。程阿姨说别客气，吃吧。万素花到厨房，跟她一起端饭。两人每人手里端着一盘红烧肉炖土豆块胡萝卜豆腐干，让孩子们一人拿一个罐罐馍，就着吃。几个孩子眼珠子转着，心里伸出无数个争夺的小手，但不敢抢，倒像在比赛斯文。程阿姨笑了，说，放开吃吧，像在自己家一样。万素花发现，碗筷都是新的。她经不住劝，也羞涩地加入吃饭的行列，掰了半个馍，分给小燕一半，吃了几片豆腐干，想把肉留给孩子们吃。程阿姨从电饭锅里盛了三碗稀饭，说没有那么多碗了，还没有来得及买，两人用一个碗吧。万素花说，不用买了，下次我们带几个。

程阿姨对万素花说，之所以让你们这个时间来，是因为厨房别人都不用了，才好放开做这么多人的饭。万素花问，你家里人呢？小孩和他爸爸哪儿去了？你几个小孩？程阿姨说，只有一个儿子，到同学家玩去了，孩子爸爸在湖北工作，是个军工企业里的军代表，他们长年分居，调不到一起。吃完饭，万素花用炉子上的热水将所有锅碗洗净后，揭去枕巾和大床边的细溜单子说，那我拿回家给你洗净，下次带来。程阿姨没有反对，也没有挽留他们。半截柜上的钟表指向五点，万素花领着孩子们离开了。

下得楼来，孩子们像是去了锁链的猴子，蹦跳起来。一顿美餐让他们长了精神，在万素花的训骂声中，你抓我一把，我挠你一下，他爸爸嘴里常说的，欠打的样子，一路奔跑笑闹着回家去了。

下个星期天，万素花带来了洗净的小单子和枕巾。程阿姨的儿子在家，十三岁的壮壮细细瘦瘦，一副营养不良的样子，倒像是他而不是这五个突然闯入的孩子常饿肚子。程阿姨让壮壮带他们下楼玩一会儿，壮壮不太情愿，说他要在家包饺子。于是万素花叫小龙带着弟弟妹妹下楼，不要跑远。程阿姨已经盘好了一盆猪肉豇豆饺子馅，和好了面，将案板放在写字台上。万素花站在写字台前擀皮，程阿姨和壮壮坐在小茶几旁边包。壮壮的手指白皙而纤细，不知是生来话不多，还是见了生人没话，只是低着头包饺子，饺子皮放在手上，快捂弄熟了，才捏巴好扁扁的一个。程老师教儿子怎样填馅，怎样捏皮，怎样让饺子立起来。成效并不大，儿子微微含着些抵触，好像不支持妈妈将生人引进家门，但也没有彻底反对，两人为此事可能还没有达成一致，需要妈妈再做一些思想工作，他就像他包的饺子，心灰意懒地趴着，爱答不理的样子。程阿姨的饺子饱饱的、鼓鼓的，像斗志昂扬的小战士，队列整齐地站成一排排。

包好饺子，程阿姨让壮壮下楼叫他们回来。壮壮说，叫完他就不上来了，去同学家玩。家里只剩两个女人，程阿姨告诉万素花，她丈夫一直想调到西安，但找不到人对调，他的对调启事贴遍东郊这一片的电线杆，也没人接招。再争取两年，如果调不来，她和孩子就调过去。现在还有点不甘，毕竟西安是大城市。

两大板饺子包好，锅里的水也开了，程阿姨在厨房下饺子，万素花和孩子们躲在屋里，看到走廊上另一家人出来进了厕所，对着家里这一堆人，惊异地看了一眼。屋里这些人不敢发出声音，程阿姨在厨房的动作也放轻了，大家好像心有灵犀一般。那人从厕所出来，又看了厨房一眼，回到自己家里，咔嗒一声，将门锁上。几家合住一个单元很微妙，哪怕你进了某一个家里，另两家的人似乎也有权过问一下，当然不是用嘴问，而是用目光。程阿姨对万素花说，今后，要是单元里的人问你们，就说是亲戚，你是我表妹。

下一周做的卤面，肉虽不多，很是见肥，配了莲花白、芹菜、豆腐干，油水全都浸到面条里。程阿姨对做饭乐在其中，当锅盖揭开，热气蹿起，卤面小山颤颤巍巍，她脸上荡漾出喜悦，有人能在她的操持下美餐一顿，对她来说是一件开心的事。万素花想说，今后等我来做吧，不要辛苦你了。她没有说出口，只把菜买回来，米面备好。

学校开学，白露已过，天转凉，这天下雨。万素花犹豫一下，下着雨也去，是不是太丧眼了？可再一想，人家要是准备好了，咱不去也不对。她说服了自己，和孩子们挤在两张破伞下出门了。公用厨房的砂锅里，炖好了一锅大骨头汤，程阿姨在案板上搓麻食，万素花洗了手，也加入进来。土豆、芹菜、冬瓜、黄花、木耳等切好丁，在一只大搪瓷碗里垒尖放着。炉子里也刚换了新煤，火上来了，程阿姨拉开换气扇，开始在一只大铁锅里炒菜。菜铲出来，骨头汤倒进铁锅里，又加一半自来水。过一会儿锅滚了，麻食噗噜噜下到滚水锅里，再将面板上的面扫到一起，撒进锅里。点了一次水，又开起来后，那些小面疙瘩拥挤一处，鼓胀得快要与锅沿齐了。程阿姨将炒好的菜倒进去，由锅心往下沉，外面的一圈白胖麻食马上要漫溢了。程阿姨拿起搪瓷碗，舀出半碗来，锅里才有搅动的空间。窗外下着冷雨，换气扇黏滞地转动，一锅麻食咕嘟得稠乎乎的，冒起广泛的小泡泡。菜叶下进去，葱花放进去，炉子下面封火。盖上锅盖焖一会儿才好吃，面疙瘩不会太硬。

屋子里几个孩子已经摩拳擦掌，咽着唾沫。程阿姨拿起案板上的半大碗，盛出两碗后，将搪瓷碗里刚才舀出来的倒回锅继续搅匀，再接着盛第三碗。两个女人站在厨房炉边，五个孩子在屋子里，仍然聚成一把葱的形状，激动得小脸通红，脖子上的筋暴起。万素花教导他们，千万不能坐床，哪怕没有凳子坐，蹲在地上坐在地板上，也不能乱动人家东西，要是程阿姨发现你们是没家教的孩子，手脚不干净，就再也不让你们去吃饭。孩子们当然知道事情的严重性，长大之后的小龙认为，那每周一次的饱餐不仅仅是物质的，还涉及精神层面。有教养的孩子是什么样呢？起先不知道，没见过，现在明白了，就是壮壮的样子——干净，文明，话少，对吃饭也很不在意，好像吃不吃都行。他们可不一样，但他们现在也要努力装得吃不吃都行。小虎向厨房那里伸一次头，被小龙打一拳，暂时不敢还击，只是翻眼珠子。他们一进到这间屋子，甚至一走近九号楼，进入三单元，就觉得自己已经变了，再不是没有城市户口、住在大杂院自行搭建房、需要交借读费才能在街道学校上学的孩子，他们那种学校被壮壮这种在子弟学校读书的孩子称为"社会上的"，他们也来自"社会上"，而不是属于某一个大单位。他们的爸爸倒是在一个国营单位上班，但那个国营单位还不够大，建不起自己的子弟学校。爸爸在单位那里本有半间单身宿舍，可为了他们这一大家子，他放弃了那半间房，在唐山地震后大家搭防震棚时，抢占一片地方，自己盖了两间房子，外加一个只有顶没有墙的小厨房。

来之前洗得干干净净，穿上最好的衣服，只为了美美地吃一顿。现在，排骨汤麻食的香气已经从厨房飘出，他们只用目光里的火星子交流，压低声咪咪地笑，五个人站成一堆，握紧拳头，等待着一场饕餮。

饭后万素花洗完锅碗，清理好厨房，回到屋子里，非让程阿姨把要洗的衣服床单交出来，小燕也拉着程阿姨说拿出来嘛拿出来嘛，我妈洗净后我叠得整整齐齐的。男孩子不说话，盯着外面的雨，哗哗的声音越来越大。已经五点多，程阿姨的圆脸闪着迷人的光彩，屋子里散发温馨的气息，让人不忍离去。万素花招呼孩子们走，程阿姨找出一件厚墩墩的军用雨衣，叫小龙穿上，说下次拿来就行。娘儿六个人出门下楼，走进大雨里。

程阿姨的这些"亲戚"们每个星期天下午按时前来，默默地从单元门鱼贯而入。双方都没有说过吃饭这个词，只是说你们来，只是说去程阿姨家。邻居们好像也习以为常了，相遇时只是看上几眼，也并没有问过他们。那句是她家亲戚，总也没有机会说出口。壮壮这个时候尽量不在家，他不是去姥姥家，就是到六号楼七号楼八号楼找同学玩去。

天冷了，屋里生了炉子，烟囱拐一个弯，从玻璃窗上面伸出去，那里被挖出一个圆洞，冬天用一张纸糊起来。这样，除了炒菜，好多饭都可在自己家里做。寒假到了，一个星期天，他们临走时，程阿姨说，下个礼拜，壮壮的爸爸就回来了。万素花说，啊，那我们不来了吧？程阿姨说，来呀，为啥不来，他爸爸还想见见你们哩，带回来了湖北特产。

下个星期天，万素花杀了两只鸡。她给孩子们说，今天不要都去，那么多人，程阿姨家里都站不下了，显得咱们太丧眼。孩子们立即紧张起来，眼睛转动。妈妈说，俩最小的在家。最小的两个大哭起来。妈妈说，那小虎小燕别去。小虎立即跳起来大叫，爸爸走过来扇他一巴掌，揪住耳朵扯到里屋。妈妈领着小龙和两个小弟弟出门了，小龙提着网兜里杀好的两只鸡，四个人在腊月的寒风中步行。小龙无意中一回头，见小燕远远地跟在后面。万素花回头喊，小燕乖，回家去啊！回来给你带好吃的。小燕转身向回走。

程阿姨的丈夫中等身材，穿着部队上发的军黄色绒衣，文质彬彬地招呼他们，壮壮也在家里。写字台上的馍筐里放着几张死面手工大饼，一个小盆里放着碎馍块，壮壮和程阿姨一人拿个大碗还在掰馍。他们都在准备，也许昨天就开始了，买肉买骨头，配料，泡黄花木耳，和面，揉面，一个个擀好饼子，在平底锅里耐心地翻面，端着平底锅挪动。壮壮一定也参与其中，与父母说笑，和爸爸探讨一个什么知识，他现在坐在自己的被窝里，为的是给地面腾出地方。三个男孩子被安排在壮壮的床边坐下，一时手足无措。壮壮爬出被窝，从自己床头的小书柜里拿出一本《少年文艺》给小虎，拿两本前几年的《看图识字》给两个弟弟。军代表拍拍小龙的脑袋，问他学习怎么样，长大后想干什么。小龙脸憋得红红的，说，当兵。军代表笑笑说，好样的！揭开锅盖宣布，小伙子们，今天吃羊肉泡馍！半锅奶白色肉汤，程阿姨拿铝壶加入热水，等待开锅，将碎馍块、豆腐干、黄花木耳放进去煮，滚起来后放入泡好的粉丝、切好的肉片，它们在醇厚的肉汤里亲密地翻滚，粉丝则乱云飞渡。程阿姨打开折叠茶几，放在壮壮的床边。万素花客气一番，也接过碗。军代表拿起一张报纸举在脸前看，地方实在太小，一张报纸就是回避了。男孩们尽量不发出声音，不像在自己家里，以他们爸爸为首的全家人，吧唧嘴，呼噜噜，几百年没吃过饭似的。爸爸的吧唧嘴声在门外几步远都能听见。小龙低着头，一片松软多汁的羊肉，几乎用不着牙齿，就酥化了。他的眼睛湿了。像程阿姨一家三口这样，每个人之间好好说话，不要张嘴骂人，抬手打人，怎么就做不到呢？

吃完后，万素花用热水洗了碗，就说叫程阿姨把要洗的东西拿出来，他们年前就不来了，洗完后小龙给送来。军代表说不用不用，我这几天在家洗，一年回来一次，多干点活。程阿姨打开大号铝饭盒，装了一块煮好的肉，碎馍块倒满压实，用罐头瓶装了一瓶肉汤，说那两个孩子没来，给他们带回去做了吃。饭盒在下，罐头瓶在上，放在网兜里，旁边还放了一袋霉干菜、一包麻糖，夹住罐头瓶，不让歪倒，又非要将他们拿来的鸡再带回一只。

四人下了楼，看见小燕站在二单元门口望向这边，两手抄在棉袄袖筒里，不停跺着脚，脸蛋冻得通红。万素花走过去，劈头一巴掌，骂道，死

女子，咋不冻死你哩！小龙走过去，揽过妹妹的肩，热热的嘴在她冰凉的耳边说，回去给你做世上最好吃的羊肉泡馍。

春季开学，他们继续每个星期天下午到程阿姨家。每过一两个月，万素花就作秀般说，今后我们不来了吧，太给你添麻烦。程阿姨都严肃地说，必须来，孩子们正在长身体，不能缺了营养，你这个当妈的，要负起责任。给戴了一个这么神圣的帽子，万素花也只好愉快听从了。

这样的生活持续了两年，小龙长高了十多厘米。除了程阿姨到湖北探亲的日子，他们每个星期天下午都来。

暑假里，程阿姨告诉万素花，她决定调到湖北山区，秋季开学，壮壮要在那里上学。军代表调不到西安来，而她如果愿意随军，手续将非常顺利。他们想要第二个孩子，她还不到四十岁，也许调到一起能再怀一个小孩，她想要一个女儿，像小燕这样可爱的女孩。小燕从厕所出来，站在厨房门口听到了，"像小燕这样可爱的女孩"，让她幸福了好多年。

一九九〇年，吕俊龙被推荐到军校学习。他六年前高中毕业，从万素花娘家户籍所在地的村子入伍，彻底解决了自己的吃饭问题，后在部队立了功，提了干。他的弟弟妹妹还是城市里的黑人黑户，初中毕业后，摆地摊，打零工，小燕跟着一个生意人奔了海南岛，最小的弟弟接爸爸班进工厂当了工人。

在一次全校大会时，吕俊龙见到一张白皙文静的面孔，远远地，那个人也看到了他，怔了怔，害羞般转开头去。吕俊龙也打消了上去相认的念头，他现在是个气派的军校学员。

吕俊龙还会时不时见到那个青年，但因为一开始没有相认，后来也不好再重提此事。吕俊龙在那个班上有一个一起来学习的战友，从那里打听出，那个小白脸是湖北兵。

吕处长每次从餐桌上起身离去，看着一桌桌剩饭菜，心里都五味杂陈。家里养了两条狗，他成为一个打包爱好者。可这世上剩饭菜这么多，两条狗怎么吃得完？有些品相好的剩菜，他和爱犬一起吃。

军校同学搞战友聚会，他奔赴另一个城市参加，来了差不多一半人。他又看到了那张瘦瘦白白的脸。半百之人，早已洗去了当年的矜持与虚荣，吕处长直接走过去拍他的肩膀，叫一声壮壮。对方不自在地笑笑，说，小龙，真的是你吗？我一直不敢贸然相认。

吕俊龙问，程阿姨好吗？

挺好的，我前些天才回去看她。其实，二十多年前我就告诉她，见到的一个人好像是你，但不便主动打招呼，她说，我是对的。

七十多岁的程老师午睡醒来，欠身拉开一点窗帘，继续躺在床上，用手机听收音机，一位大学教授讲宋史。"案情大白，这个事情最后的处理结果，李飞雄夷灭三族。坑爹呀！"专家为了迎合听众，常用一些当下热词。天上的白云，悠悠地飘动。她拿着手机到客厅泡了一杯茶，坐在沙发里，看阳光射到木地板上。白露已过，天空高远，空气趋于干爽，程老师看到自己胳膊上松弛的纹路。老伴去年不在了，心脏病，突然去世的。两个儿子都在大城市工作，她说山区小城空气好，不愿意跟他们去。

山风吹来，竟然有些凉了，她起身到餐桌椅背上拿件短袖，披在睡裙外面。今天是星期天。虽然退休多年，她还过着规律的生活，注意天气预报和节气变换，以此为标准来添减衣服、调节饮食。离开西安三十多年，仍然保持着北方的生活习惯，爱吃面食。时不时做一顿揪面片、旗花面、麻食什么的，也吃不多，真不够费工夫的，就是图一乐子。晚上吃什么呢？一个人，饭真不好做，搅点拌汤，调个黄瓜，半个馒头好了。

突然门铃声响。她起身走到门口，从猫眼看出去，黑压压一片人，一二三四五六，把门口都遮得暗了下来。看不清他们的面孔，只见领头的是个老太婆，佝偻着腰身，努力抬着头看向猫眼。

谁呀？她问。

程阿姨，我是小龙。

程阿姨，我们是来吃饭的！一个女人的声音抢着说。

程老师回头看看钟表，可不是嘛，四点了。

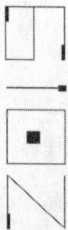

俗话说"民以食为天"，的确如此，吃饭问题是事关个人生存和尊严的人生大事。具体到《星期天的下午餐》，在物质困乏、吃饭需要配给的年代，没有城市户口的万素花及其五个子女单是吃什么和如何果腹一事几乎就是生活的一切。为了孩子们能吃上饭或吃饱饭，对万素花而言，勤劳操持家务和不辞劳苦兼职做工是必须的，而更为幸运的是，她因与"程阿姨"及其家人的相识、相聚而使得生活上的窘境与困境大为改善。定期举行的"星期天的下午餐"让万素花及其孩子不但有了饱餐一顿的机遇，也有了在贫困年代体验幸福生活的可能。在那个物质异常贫乏的年代，能够吃饱且吃好，该是一个多么让人艳羡不已之事。然而，小说主旨并非重在展现物质之困、生活之难，而是通过对万、程两位女性及其家人每周一次、持续两年的聚餐故事的讲述，侧重揭示或表现人与人之间的温情、尊重、信任、友爱等带有温暖色调的主题向度。与这一向度相匹配的是，小说以对诸多生活细节、人物言行和具体场景的描写而打动人、感染人。比如，对万素花首次去"程阿姨"家相关细节与言行的描写——万素花想以洗衣服、洗床单以回报对方的话语；临走时万素花揭去枕巾和大床边的细溜单子，说拿回家洗净，下次带来，而"程阿姨"没有反对——就蕴含了丰富的情感信息。在此，万对程的感激以及无以回报的内疚，程对万的尊重、真诚以及力避触碰其自尊心而小心翼翼展开的话语策略，在文字的隐显之间、说与不说之间都被作者拿捏和表现得恰到好处。

（张元珂）

阳明山

房伟

本故事纯属虚构，如有雷同，实为巧合。

——题记

一

某公在阳明山脚下远望，鸽子飞走了。

黄昏，蛋黄似的太阳，软软地粘在紫荆树阔大的绿叶上。毛毛细雨，密密地漏过来，叮在人脸上，像抹了一层油汗。风吹过，湿寒的郁闷，被稀释了不少。某公从士林官邸坐汽车，只要十分钟就能到阳明山脚下。他原本常去山上中兴宾馆的书屋读书思考。去年开始，他不良于行，依然没有取消傍晚去阳明山脚下静思的习惯。过了几处温泉，不远处，就是外双溪，钱穆先生寓居于此。溪水流得急，阴雨天更是轰轰作响。溪水间的石头有大有小，但都白而圆。长颈的白鹇，缩着一只脚，稳稳地站在石头上，目不转睛地盯着游鱼，终究一无所获。某公仰慕贤明，习惯于一天快结束时，独自在此思考问题，也享受难得的清净。

风又大了点，卫士取下薄毯，被他拒绝了。台北的季春，格外湿潮，即使没有台风，那寒气也好似被泡在泉眼，湿漉漉的冷。某公眯起眼，一群鸽子"扑棱棱"地惊起，迅速滑向远方，直至变小为不规则的黑点。卫士把他推到小亭子旁。夕阳斜下，拉长了影子，他擦了把额头的汗，终于看到从威斯康星大学归来的王博士。王博士30多岁，面白长身，腼腆紧张，和他握手时，手心有些潮冷。某公缓声安慰，放松，只是叙叙话。王博士也在东吴大学就职，倒是离此不远。

先生海外饱学归来，有何教我？某公和蔼地问。

王博士起身，连说不敢，他在美国学的是符号学，对总统的军国大计并不明了。

符号学？某公疑惑，又自嘲地说，听之，游之，乘之，观之，闻之，天下要言妙道，却已不在我这个耄耋之人可得之啦。

王博士茫然。某公说，年轻人不大看古书了，从前留洋的适之博士，可不是这样子。

王博士说，才疏学浅，怎能和大师比肩。某公又问来处，王博士祖籍，竟在山东莒县。那是古琅琊文化中心，某公曾亲自题写书法，毋忘在莒，原也是借公子小白故事，提醒台湾人不要忘记大陆故乡。

我是失去祖坟安葬之地的人。某公垂下眉，松弛的面皮抖动。

王博士模糊知道一点，但他不知如何与这个老人交流。他是台湾有权势的人，而此刻的阳明山下，他不过是一个失去行动能力的老者。

风吹过亭子，煽动着视线之下，昆栏树肥阔的绿叶片哗哗作响。红星杜鹃、西施花，在这季春的湿润微寒的气息之中，也早早地开，又早早地落，无人知晓。阳光有点闪闪烁烁，王博士眯着眼，看到灰褐色的小蚁，奋力地爬上某公的衣袖。某公端坐在轮椅上，兀自不动，小蚁摇摆着须子，像大山脚下点染的一个逗号。

请博士为我讲解，什么是符号学？某公说。

二

符号是被认为携带意义的感知。王博士说，符号就是形象系统的能指与意义系统的所指的集合象征物。意义必须用符号才能表达，符号的用途是表达意义。

符号可以解释一切？某公问。

理论上讲，是这样的。王博士想了想说，比如说，我们赋予暴力一种内容，但战争暴力不同，它将狰狞非常态的死亡，集中于某种张力性符号对峙效果。这既是生与死的对峙，民族国家的对峙，正义与邪恶的对峙，强大与弱小的对峙，也是美与丑的对峙。

白衣苍狗变浮云，千古功名一聚尘。战争与符号何干？某公反诘。

家父曾参加抗战，原在胡宗南将军麾下任少校营长，因战伤残废退伍。我就以抗日战争为例，给您讲解一下。王博士说。

原来是忠勇国军的后人。某公赞许。

王博士继续介绍说，比如刀是人类最早使用的武器之一。它在劈砍过程中，实现力量集中爆发。汉代环首刀，唐代的唐刀，都是盛名一时的冷兵器。刀的符号效果，还在于充分表现东方暴力美学。使用者以扇面型攻击点，实现大面积创伤，产生强大震慑力。刀比剑更直接务实，轻盈，又不耗散力量。刀是半直线距离出击，有肉身舞蹈感。它拒绝猥琐阴险的直线距离捅伤。"斩"这个字，专门佩于刀。所有实体形象，都是被断裂的目标。它毫不拖泥带水，俗话说一刀两断。它是主体征服客体的延伸象征物，也是死亡对于意义的征服。

日本刀擅长诡异的斩首术。抗战期间，日本人喜欢斩首战争俘虏。我二叔也是军人，参加过南京保卫战，据说就是被日本兵斩首的。日本刀的刀身更长，面窄，追求锋利切割感，更像雌雄同体之物，长度象征符号征服欲望（似阳具），窄度象征符号美学（类似美人腰）。日本刀似直非直，似弯非弯，力学结构巧妙，但身份模糊，符号象征意义大于实战意义。不同于中国刀和步枪军刺，它的仪式感更强，是武士的象征，但使用时易卷刃，且使用范围狭小，手段单一，力量有限，很少真正用于现代实战。美国人本尼迪克特说，菊花与刀，是日本人性格的两面。日本刀偏执，追求锋利，不惜牺牲韧性，正像日本人一样。

我留学日本军事学校，日本人视军刀为荣誉生命，某公说，但中国刀也不差。

王博士说，中国刀表现出厚重力量感，更追求稳定性和杀伤功效。悲哀地说，中国刀更具冷兵器实战功能。抗战时期，军士装备不行，只能用大刀增加肉搏能力。西北军破锋八刀，适合对阵日本武士刀和步枪军刺，撩、劈、划、砍，结合斧、刀、剑等武器功能，但少有斩。两军对阵，少有时间可从容而斩，对锋利度要求也不高，易于制造。它具有道德象征性。中国传统武器道德象征符号是剑，剑乃兵中君子。它直线型构造，长度匀称，曼结璎珞，镶满宝石的剑柄和外壳，更适合表现贵族和读书人的节操和贵气。中国是被动的弱者，大刀简陋，红绸的红为血色，传统文化中具道德意义，如汉为火德之朝，民间抵抗者也常以红色为抵抗符号色，

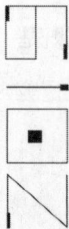

如义和团"红灯照",红绸有了正统和民间的双重符号意义。中国大刀,单开刃,少工序,"前宽后窄"造型,更表现凝聚气力、收束人心的抵抗者心态。

没想到读书人竟从刀中想到了这么多微言大义。某公默然。

我更想知道,二叔慨然就死的情形,王博士说,但那永远是不可知的历史了。我家藏有大刀,是父亲于抗战后期收藏的。虽说不是二叔用过的,但父亲视为家藏珍宝。每逢春节,父亲都将之请出,认真擦拭。夜晚,我会听到那把大刀"嗡嗡"作响,好像有人吹弹它的锋刃。我的耳边似有杀声大作……

某公表情严肃,眼神飘向远方。似乎王博士的话,又把他带入了血与火的岁月。王博士偷眼看去,紧张激动的心情,慢慢平复下来。这个平静的老人身上,有太多战争的秘密。尸山血雨走出,大江大海翻腾,如今这些秘密,也都化为阳明山叹息式的微风罢了。

现在谁还想起大刀?王博士叹了口气,这也是无可奈何的事。某公的眼神转来,看样子是让他继续。不知为何,王博士的心骤然地缩紧。他在老人的额前,似乎看到了父亲影子。父亲已去世五年,临走那天,也是个阴沉待雨的季春。父亲说,把那把大刀,和他的骨灰埋在一起,等反攻回去,一并葬在莒县城南的那颗老枣树底下。他年幼时常在树下打枣,睡觉。山东的小红枣,真甜。

大刀,抗战,红枣,这些符号裹挟属于那个世代的一切,终将在不久后逝去。

三

我下面介绍照相术与战争。王博士稳定了情绪,继续讲道。

某公点头说,抗战时期,我们的对外宣传,获得了国际同情与援助。

王博士说,照相术,使人类贪婪地从上帝手中窃取了更多时间的秘密。人类不仅把大自然纳入窄窄相纸,且更多记录自己的行为,为之赋予符号意义。人类行为,不再是抽象概念,变成了"时空凝固"魔术。征服者表现战争辉煌壮丽,展示群体梦魇般的魔力。那些泪流满面、激动无比的人,那些喊着相同口号、握着冷冰冰武器、形成人海的时刻,群体变成了神。任何个体的人,在他们面前都自惭形秽。而被侵略国家的弱者,则在照相术悲壮的仰拍下,展现钢铁包裹的反抗意志。弱者反抗,通常是严肃的,偏于灰暗色调。

屠杀照片,是人类影像术的符号极致。战争为杀戮赋予力量。忽必烈灭南宋,国师杨琏真迦，将宋帝冢及大王名臣尸骨，捣烂合葬地下巨棺，上建白塔曰镇南塔。忽必烈以宋理宗头颅为酒器，含原始巫术传统。《资治通鉴》记载，三家分晋，赵襄子也漆智伯头颅为饮器，可见此习俗非草原民族独有。一般照片，能指和所指的意义结构鲜明稳定，屠杀照片的意义结构，则含糊、滑动、脱节，有点像油浮在水上，看着类似的东西，但很难融合。屠杀照片，大部分具非公开性质，适合秘密档案，满足占领者隐蔽征服欲。如一张南京和尚被砍头的图片。和尚低头祈祷，日本军官高举军刀，周围是衰败寒冬景象。刀和被杀者的脖颈，形成垂直线条的威逼效果。构图上讲，一个跪着等待死亡，一个站着高举屠刀，也形成画面距离的美学冲击。更重要的，是僧袍和军装的对立。战争杀人，和尚救人，但慈悲者无力，杀人者胜利。

一寸山河一寸血，倭寇侵我中华，罪恶滔天！某公愤然拊掌。

王博士继续说，强奸照片更复杂，掺杂了性暴力。照相术被发明，本是记录美好记忆，却记录了人类的残忍、愚蠢与野蛮。强奸图像符号，将一个民族对另一个民族的羞辱，上升到极致。这不是简单屠杀。强奸图片是非色情的。色情诱惑是缓缓敞开的符号结构，不断引诱、篡改、挑动欲望。完全敞开的器官，丧失性赋予肉体的诱惑。西方裸体照，符号效果都是冷冰冰的。这是意义丧失后的空洞表情。日本兵非专业化、意识形态性薄弱的强奸照片，符号意义更复杂。符号也会发生战争。它不发生在真实世界，发生在小小的相框。符号变身为大大小小的士兵，为抽象概念你死我活地战斗。无论战胜者，还是战败者，都不会大肆宣传这些图片。因为太挑战人性。这破坏了大东亚新秩序的现代许诺。对抵抗者来说，女性身体羞辱，也会让反抗暴日的文明者，沦为窥视性玩笑的境地。

强奸照片是真实的，但也是"被发明"出来的真实。动作是设计出来的，中国女性裸露生殖器，日本男性蹲着，冷酷地笑。这和屠杀中国男人不同——中国男人跪着，日本兵站着。由于性别关系，符号权力关系发生"位置的颠倒"。中国女性站立，更好地展示羞辱，日本兵蹲踞，利用肉身仰视效果，放大羞辱。这也让女性身体与男性目光，产生刺激性碰撞。所有姿势，肉体暴露程度，符号冲突，都来自征服者的象征想象。中国男性被砍头，意味中国作为主体符号意义的断裂；中国女性性器官的裸露，意味着主体符号意义阴性补充物的暴露。阳性被斩断，意味阳具去势焦虑；阴性的暴露，意味阴性的羞辱和死亡。

某公闭眼，睫毛不断抖动地说，我虽不懂符号，但民族之牺牲，难以言说呀。

王博士衣冠楚楚，很有些学者风度。可他讲到屠杀时的冷静，是某公无法忍受的。这甚至可以说是冷漠残忍。王也是将士后裔，但似乎对抗战并没有义愤填膺的正气，只是在陈述一件不关己的"奇闻"罢了。刚才听他谈刀，尚有些许亲人逝去的感伤，但论到如此猥亵无耻的日人照相术，却满嘴怪言，荒诞不经。此等学说，对家国何益？某公甚至想到了如公孙龙等怪谈误国之辈，不由暗生反感。某公还注意到了王博士的一个小动作。王每每说到兴奋处，就将拇指和食指慢慢搓动，可见其心浮气躁。某公观人，讲究沉勇坚毅，行走坐卧，皆有气度规矩。但此出洋博士却轻佻怠慢，可见是一个不可托付之人。

王博士又说，这些照片不是头颅饮器的巫术接触律，而是对现代身体的符号象征物征服。这种征服通过现代照相术，这种时间魔术，来实现。征服对方的符号意义，是战争的最后奥义。被征服者，也随着意义的衰落，变成考古学性的现代存在，成为征服者知识体系的一部分。这种符号，恰是民族国家意义的"亡灵符号"。它们早已死去，却被迫在展览馆展示自己的死亡，犹如罗马凯旋柱的浮雕，角斗场演的杀戮戏剧，铭记着征服者无往不胜的力量。把这种力量时间定格化，无疑更残忍。我们看到美国博物馆印第安人雕塑，谁能想到，当年西部牛仔将印第安女人的阴蒂割下，缝在漂亮的牛仔帽上；当我们看到日本"靖国神社"，镶嵌着从中国各地挖来的青砖，没有人想到，那些残酷野蛮的强奸和杀戮的照片……

相片也可以招魂，王博士有些神祕地说，中国道家的符咒术，也有利用人形之法，而日本也有东瀛巫术，以形象呼唤鬼魂而归。大致说来，都是用映像的物理逼真，达到强烈的心理暗示。数十万国军退守台湾，连带外省所来的各类人等，何止百万。我从陆光眷村长大，少年时每逢重阳之夜，我都能看到眷村的路口，摆满了蜡烛和各类亲人的照片，人们在呼唤着那些死去的和还活着的亲人。火光摇曳，我恍惚看到，无数亡魂，从眷村门口，哀凄凄地飘过。他们徒劳地向亲人伸着手，却永远无法接近；他们的眼中流出无数血泪，口中散发着恶臭，却不能与亲人交流，真是悲惨至极……

子不语怪力乱神！某公面色不豫，愠怒地说，江山沦丧，反攻大业，艰苦卓绝，先生海外归来，怎能如此迷信？

王博士起身致歉，眼神却平静如初，并没有多少歉意，甚至刚至之时的紧张，也没有了。好一阵子，某公这才作罢，恢复安稳，催促王博士继续说。

四

符号分很多种类，王博士说，刀是实物符号，相片属于视觉符号，其他诸如旌旗、军服等，大多属于这两类。符号最多的，还是语言符号，又有书面和口头。书面语是常见的交流符号，比如鬼子。这个词就有特殊所指，原是道士对魔鬼的蔑称，后泛指外国人。抗战之后，专指侵略中华的日本军人，并含矮小、龌龊之意。有些符号属于战时特有，时过境迁，就慢慢消亡了原始含义，不为人知了。如日本军事术语，"铁壁合围"，"清乡"，"关特演"等；共军的"翻边战术"，"识字班"等。这些都是特殊战争符号，负载特殊历史信息，但因太过局限战时，符号生命力有限。它们犹如短暂樱花，初现时激动人心，很快就湮没在历史长河之中了。

某公感慨道，如今的青年，与历史是越来越隔阂了。

可怕的是，战争本身被符号化，消解了高尚的含义。王博士又说。

还有这种事，某公说，那又是通过什么方法？

消费娱乐，让战争的神圣如沸汤扬于寒雪，遇之则化，像电视剧。王博士说。

消遣嘛，某公不以为然地说，1974年，台视每天都播仪铭演的《包青天》，我每集必看。紧张之余，放松身心，如下棋饮酒，有何坏处？

王博士说，总统只看到一个方面。电视剧对人的诱惑力太大了，它是消费社会兴起的符号象征。人们不再需要战争为生活提供意义，只需要其提供娱乐与刺激。任何一种符号的死亡，都开始于它变得暧昧混乱，到处都在言说它们——他们的存在本身却空洞化了。能指不断裂变，却缺乏有效聚合与更新的现实势能。当英雄失去了现实意义，那些有缺点的家伙，就开始通过电视剧这种世俗消费形式，成为文艺主流。骂骂咧咧的流氓，冲冠一怒为红颜的好色者，抵抗上级命令的桀骜不驯的家伙，便将变成舞台的主角。

对观众来说，被动不能被视为罪恶。奇迹，恩赐，在被电视剧模仿的杂乱中，观众需要氛围。百姓需要廉价的、毫无现实道德逻辑和真实逻辑的视觉暴力。或许，某一天，我们的荧幕上会出现"手雷打飞机""手撕鬼子"的情节。没有大历史事件，世界将会变得无趣。良民每天循规蹈矩生活，需要暴力刺激。暴力刺激须设定为传奇，区别于灰暗日常生活。他们假装那些战争是真的，从而在编剧、导演、演员和观众、媒体，包括官方，心照不宣的、兴高采烈的游戏之中，找到确立自我的借口。劳累了一天，当我们最后端坐在电视前，我们其实是暗示一种生产性仪式。战争历史的残酷和金戈铁马，化为自我对安全感的短暂而幸福的确认。这一定有不合逻辑的奇特形象，才能成为文化产业对稀缺性的变态追求……

不知所云，某公的脸色冷淡下来，先生说的我都不懂，只觉危言耸听。

王博士欲言又止。他在美国待了七年，麦克卢汉的媒介学说，正在影响整个欧美社会。在法国，一个叫波德里亚的学者，也出版了几本关于消费文化的书，反响很大。让某公这样的传统政治人物，接受这些东西，无疑是天方夜谭。但他研究了这么多年，遇到大人物，总要讲讲。王博士看到某公的眉毛抖动着，白毫毕现，脸上的老人斑，在季春夕阳的掩映下，也格外显眼。阳明山树木葱茏繁盛，季春湿热潮郁，不知为何，王博士却感到阵阵寒意，重重的阴影压过来，仿佛重重的巨山黑石，参天巨木也好似建造的墓室与囚笼。某公端坐在轮椅上，身后有瘦削挺拔的卫士相伴，亦是面无表情，像古墓值卫的陶俑武士。王博士突然意识到，他正在与即将逝去的历史，面对面地接触。

王博士还要解释，某公挥挥手，卫士过来，请王博士离去。王博士只得深深鞠躬，缓缓退去。他突然后悔，没有要求和某公合影。虽然，相片也会死的，但他想，这也许是宏大的战争，是大江大海的历史走向没落的影子。影像留在相片里，是怀念，是向死去的时间告别，也是诱惑着人们进入逝去的空间，重新回味那些气味、声音和氛围。

可惜，历史就这样溜走了，王博士喃喃自语地说，我梦到将来战争会成为玩笑，将来大陆有人称这样的电视剧为"神剧"……

五

某公努力在轮椅上坐直身体。他曾拥有挺拔的身材，如今却只能在轮椅冰冷的钢圈里控制可怜的几块肌肉。很多神经和血肉，已不再对他俯首帖耳。它们从忠诚的自己人，变成了冷酷无情的叛徒。每晚他的脊椎都痛得厉害，心脏憋闷，无法安睡。某公令卫士将官邸走廊的壁灯都亮着。屋里熄了灯，眼前还不至于是毫无光亮的世界，隔着窗子，窗外的紫荆树和绿芭蕉，摇晃着肥大的叶子，在磨砂窗的昏黄灯影下，被黑铸铁的窗棂，分割成碎片式的影虫，一节，一节，又一节，蠕动着，晃来晃去，好似幼时他看到的春蚕。

他无法安睡。台风很多，不知何时，夹着雨，就偷袭过来，又不知何时，悄悄地撤走。台风来临，静谧的士林官邸热闹了。台风呜咽，像一群委屈的冤鬼，张大嘴在低沉地合唱，但"哗哗"响的声音不同，那是树叶的应和。它有一种阔大神秘的气息，像暗夜行军兵士的脚步声，整齐严肃，势不可挡，又像全宇宙的树都被台风搅动，将悲苦的呜咽声都压制住了。卧室还是静的，也有奇异声响。他听到墙根有"扑哧""扑哧"声音，好似有人穿着厚棉拖鞋，在雨中一丝不苟地踏步。他还听到卫生间吊顶，发出"咯楞""咯楞"的响动，仿佛肆无忌惮的老鼠，在锻炼发痒的门牙。难眠的夜晚，他充满焦躁和失败的沮丧。他会到官邸的小教堂祷告，希望找到内心平静。他也反复阅读王阳明的《传习录》。"求理于吾心，此圣门知行合一之教。"心安才能成就艰苦伟业。遥想当年，阳明先生在龙场雾瘴苦极之地，追求至理大道，坚韧不拔，方成就不世之学问。他还有这海岛，这些军民，又怎知不能再返大陆？

然而，这样的夜晚，他更多是长长地叹息着，看着床前哑口的电话。他怀念急促不断的电话铃声，怀念战争，想念死去的朋友和下属，还有那些让他咬牙切齿的老对手。最近，他总在梦中断断续续地，回忆起抗战初期的人和事，殉职的将领，暴死牺牲的国民。他在回忆里常忍着泪。但不知为何，梦中他总是回到那些阴风阵阵的沙场，特别是南京郊区的紫金山麓。紫金山为南京郊区之胜景，饱受倭寇之苦。1937年冬，日军攻陷南京，紫金山教导总队英勇抵抗，全部殉国，加之无辜群众尸首，数万死体，尸蔽丘陇，骨暴山麓，紫金已成修罗场。后有人收尸于紫金山南灵谷寺前，立"无主孤魂碑"。传言夜深人静，成千上万鬼魂都在此哭泣。他在梦中，总惶恐地游荡在森森地狱所在。他号啕大哭，捧着已死去的人们的头颅，伤心欲绝。难道这些民族血仇，献身与牺牲，都只是冰冷的符号？最终会变成电视剧里让大家猎奇亵玩的符号？如此说来，战争最终又有何意义……

天气愈沉闷郁结，桑叶从枝头跌落，慌慌张张地，竟栽倒在他的面前，仿佛有些湿润的水意，溅在他的脸上。他过去很少流泪。他的情绪控制力的确差了。去年农历除夕，孙辈夫妇新婚奉茶，他也止不住泪流满面。他不禁想起，十五岁，新婚之时，他也是跪行向病榻前的母亲奉茶。母亲抱着他痛哭失声。他那时尚不能体会守节抚孤之母亲的难言之痛。如今，他已耄耋，子欲养而亲不待。他多少次期冀在梦里回到故乡，回到母亲身边。那时他还是一个骄傲而忧郁的少年。他从河边赤着脚跑，背篓里是肥大的狗子鱼。石头又硬又圆，硌得脚疼，像踩在骆驼瘦大干涩的骨节上。背篓里的鱼欢快地翻腾着，撞着细柳条编的篓壁。他能感觉到鱼们气急败坏地吐着泡泡，想是怕变成美味佳肴。他难得地笑了，笑声回荡在碧蓝蓝的天，远处绿盈盈的山。家乡也有山，虽不如阳明山有温泉。母亲从小管束很严，他很少敢放纵，但他又是个叛逆的孩子。很多年了，他还记得，他很少有的"放纵"的捉鱼经历。母亲就在门口，抚摸着他的脑袋，看着他高兴的样子，不忍责罚，却欲言又止，眼里全是慈爱的目光。这些事情，即使有一天，他也烟消云散，作古成灰，却是永不能忘的。人入老境，故土无望，国事又艰难屈辱如斯，怎生不令人流泪？

寿多则辱。1969年，他遭遇车祸。1971年，台湾代表在联合国离去。他曾听人语，大儒熊十力师，于1968年，不食不眠，以无数纸条黏于长衫，腰系麻绳，号啕悲怆，似疯如狂，奔走于上海闹市，口呼"文化亡了"，直至泪尽而逝。衰年心事如雪窖，民族遭际如此，怎能不令人感怀？难道将来都是王博士这类夸夸其谈又冷漠精致之辈的天下？他整夜对着台灯发呆，整夜失眠。"春来春去催人老，老夫争肯输年少。"刚退到台湾，他还常拿诗句激励自己。如今却懒得再提。他目送王博士，让其先走，也是羞愤无奈——轮椅已悄悄地湿透了，浸着臊气的尿渍。

王博士讲的东西，他不懂。他模糊地想，应是玄远微妙的思考。王博士说，这是欧美目前的时髦学问。他不明白，欧美为何有这些无用玄思流行？二战后欧美国家，人民富足，政治稳定，社会穷极无聊，方才有此等无用学问，类似玄学或禅宗吧。符号的学问，属于遥远的未来，它绝不是当下中国所需。但天意从来高难问，某公看着王博士走下阳明山，消失在迷蒙之中。他还年轻，有令人嫉妒的好岁月。王博士下山，开始是慢慢地退下，到后来，竟跑跑跳跳，好像一个跳脱的少年。也许，他对人太严苛了些，书生空谈，自有空谈的道理，只要不误国，也当宽容之。某公注意到，王博士激动的时刻，脖子发红，筋管都绽露出来，紧凑有力。他应也是愿意担当的人。但如果没有了战争，世界将会怎样？

闷雷传过，沙沙的小雨，从植物阔叶间游动而出，坠落在闷如绿色巨笼的阳明山，东一块，西一块，好似一节节断肢的蛇。卫士取来伞，将某公抬上车，发现有只褐色小蚁，瑟瑟发抖地趴在某公布衫袖口，触须摇动，似是求饶，又像示威。卫士要捏死它，某公劝阻说，不要管它了。大江大海都放了，又何必在意它呢？将来我若埋骨阳明山，也许还是它们陪着我。

卫士将某公放入轿车，并催促开车。车子慢慢开动，某公看向刚才所在之处，不过两道浅浅车辙，也终将消失于雨水冲刷之下。他喃喃自语，难道我也是符号？

他让卫士取来王博士送他的礼物，一本自印的学术论文集。想来是王博士的著作，叫《符号的战争》。汽车摇晃发动，某公笑了笑，翻开第一页，赫然看到："对于战争而言，可怕的不是死亡逼近的狰狞感，而是死亡本身的空洞。如果死亡就是符号的意义，那么，英雄将和死亡一同消失……"

原载《红豆》2019年第2期

点评

小说写得类似古代的论辩体，又写得像今天的论文体：在体式上以智者对话方式，在形制上以类似学术体风格，在内容上以探讨战争、历史、符号之间的镜像关系，在旨归上以对理趣或知识的深度探究为基本追求。这确实展现了当前知识分子写作的一个新趋向。由于此种写作绕开故事、情节、人物等常规小说三要素的拘囿，而讲究析理，逻辑辨析，对话即辩驳，又由于在话语实践层面其在"可写性"与"可读性"往往做出趋于前者的刻意实践，因此，其"小说体+论文体"的文体实践的确颇富新意，由此一来，它给读者的阅读效果必然有别于寻常。其中有关日本刀、中国刀、屠杀与照相术、战争与消费的符号学解读，不仅使读者获得知识性的启迪，也使其超越常规而获得对于战争、历史、人类心灵的超拔体悟。阅读《阳明山》一类小说，需慢读静思，方能悟其理，得其味。但对小说家而言，此种带有先锋意味的文体探索亦是一把双刃剑，即以小说方式求理问道，如何掌控阻拒性（陌生化）与可接受性之间的张力关系，这对小说家的艺术才情是一个巨大考验。而从接受美学角度来看，我更愿意把类似《阳明山》这种"两不像"式——有小说相，但不完全像小说，有论文相，但又不像论文——文体探索与实践，看作是对培养新式读者的一次可贵尝试。写小说贵在尝试，愿这样的"尝试"继续下去，多多益善。

（张元珂）

制琴记

阿占

1

话说那天下午，胡三背着琴，像侠客佩剑一样，行于当街。

当街气息咸润，海风梭巡。胡三颇识风向，每次出门，都会自言自语一番，东南风三级，偏北风五级。那天下午却是顾不上的，因为心里被一件事填满了，再无留白，他只一意孤行。

这件事，就是去琴行与韩五见面。胡三为此血流加速，每一寸意念都在奔腾，甚至，走着走着，街道上的建筑与车水马龙也消弭了，天底下似乎只剩下一条通往琴行的路，他脚步骤急起来，心中坚信那里有着更直接的浪漫主义体系。

琴行已经开了五年，代理着几个品牌的小提琴、中提琴、大提琴，还有各种尺寸的儿童提琴，方圆百里，是行当里最靠谱的一家。胡三常常看到母亲们牵着琴童的手，进进出出，少妇的标志性幽怨已经被喜悦取代了。老板韩五，是个清瘦的年轻人，喜欢穿卡其色裤子，笑起来很节制，无公害的样子。

每次去农贸市场，胡三会故意绕道，多走上几百米，只为从琴行门前路过。琴行的落地玻璃窗上晃动着云影和人影，好听的乐音从里面流淌而出，漫过胡三的小腿肚子，往心的方向上涨。这时候，胡三就会有种顺水行舟的快感，拎在手里的胡萝卜土豆也变成了鲜花。

因为急切，那天下午到达琴行门口的时候，胡三已微微出汗。他于逆光中推开门，撞上了天籁般的乐音，往前走了两步，便一动也不敢动了，

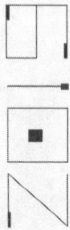

直到曲终，才说了声真好听。

来人不善。韩五眯起眼，望过去。果然，胡三亮出了琴。"我不会拉，你找人来试音吧。"

这是一把手作小提琴。依照韩五的经验，琴体的造型和构造比照了欧洲制琴巨匠鼎盛时期的风格，整体弧度圆润，没有明显的直线。雕工很有信心。琴腰狭窄，便于演奏高把位和低音弦。面板与背板中间有音柱支撑，位置不偏不倚，须知道，这个位置一分一厘之间所带来的变化都将对琴的音色产生影响。琴表油漆均匀，不太硬也不太软。琴箱内部处理得同样细致，没有留下任何工具的痕迹……真是一把有样貌的手作琴，韩五心底下暗暗叫绝。

几个行家在试过胡三的手作小提琴后，有的惊讶，有的打问，有的笑了，有的哭了，总归都离不开一个"好"字。市交响乐团的首席现场拉了门德尔松的《仲夏夜之梦》，随后便让韩五给出价钱。

一周之后，胡三如约而至。仍然是下午，仍然于逆光中走进琴行，仍然撞上了天籁般的乐音——他便站在原地，一动也不敢动，直到曲终，才说了声真好听。

大家都认为这是把好琴。

不好也不会往你这里送。

有人想买。

这把不卖。

你送来，不会只是为了试音吧？

胡三拍了拍韩五的肩膀，爷们，你代理的那些机械琴不利于天才琴童形成个人风格，机械琴看上去就像一个模子里出来的饰物，手工琴却是艺术品。我有匠人手艺，你有音乐资本，不如我们一起做琴吧。

是年，胡三五十初叩天命，韩五三十恰逢而立。

2

胡三看上去像个糙人，肿眼泡，狮子鼻，头顶是谢的，常见油光，一张凡夫黑脸。

他从何而来？竟会做琴。

原来，胡三出身木匠，十六岁学徒，练的也算童子幼功。从搬木头开始，拉锯，打下手，等到把工具熟悉了，开始改料。所谓改料，就是将原始木料改成师父需要的形状。每一天，木屑细密地落在胡三的脸上，太阳一照，他就变得金灿灿的。这家伙粗中有细，愣里吧唧不过是虚招，大部分时间里，都蹙着眉头在狠狠地揣摩着什么。老天爷又赏了他一双巧手，学什么都比别人快几分，颇得师父喜爱。三十岁上练成了一等一的高手，木匠行里都知道城西有个胡三。

木匠做琴，隔着山。胡三好就好在敢胡想，敢梦游，敢翻山，他才不怕哩。四十九岁那年，首届国际小提琴节在家门口举办，胡三走了进去，结果被国际琴展上的名琴震住了。名琴们动辄两三百岁，凯瑟琳娜女皇，坦南特夫人，哈里森，贝茨……美妙的琴名和仙侠般的传说，胡三看得一知半解，但那些如神来之笔的做工，胡三却是再清楚不过的——弯角稳重，且镶边干净，角木和衬条都是柳木的，衬条准确地嵌入到角木中，琴漆仍泛着琥珀的亮透。琴箱内的状况表明了当初的制琴者曾经怀有一颗怎样的谨慎之心。

胡三记不住大师的名头，但记住了名琴的样貌和气质。太美了！他感觉自己用半辈子搭建起来的人生体系受到了极大冲击，遂魔怔了一路，回家就跟老婆说，我要做琴。

春节很快到了，厨艺几乎不输给木匠手艺的老胡再也无心备年货，他用两瓶茅台换回来两摞小提琴图纸，大年初一就拉开架势，图纸铺了满床满地，逐步分解，归纳笔记。要么说人不可貌相，别看胡三外表糙野，做起事来却是有洁癖的，一旦入了状态就不跟任何人说话，周围再无不相干的声音——他恨不能变回早产儿躲进保温箱里，与世隔绝。

图纸研究明白了，胡三心里有了底儿。二月初二，开凌梭鱼上市的时候，老胡取料、晒料、刨料，继而打眼、锯榫头、组装，把自己放在半成品、木屑和工具之间，一边琢磨一边敲打，不分昼夜。吃起饭来也是心事重重，个把月后瘦了整十斤。终于，等到樱花盛开的时候，他做出了人生中的第一把小提琴。

当然，第一把琴的音色不均，不圆，不润，自然也就不美。做琴是一件艰辛而玄妙的事，除非阿波罗跟胡三是熟人，这位主管音乐的神愿意网

开一面，否则，胡三怎么可能一下子就做出一把好琴呢?

孬琴也有孬琴的启发性，年过半百的胡三很不服气，他决心一把一把地做下去，且相信自己总有一天能成。于是便有了第二把，第三把，第四把。到第五把的时候，胡三觉得自己可以有一个搭档了，于是想起了开琴行的韩五，也就有了开头的那段当街背琴急行。

3

与野生的胡三不同，韩五看上去像个文人，戴眼镜，不高，偏瘦，食草动物的眼神，一张书生白面。

祖父爱听戏，韩五自小耳濡目染，小学四年级学会了吹口琴。怎奈他天性怯生，初次登台表演时紧张得吹不成调，台下哄笑一片，韩五落下了心理阴影，从此，自己闷着玩可以，上台就等于杀了他。

韩五一个人安静地玩着，长大后成了二流大学机械专业的理工男。在沉闷的青春期里，他又学会了吉他和二胡，甚至能拉拉小提琴，对音质音色特别敏感，乐器本事也全凭自己摸索，并无师从。大学时校乐队的老旧乐器常出故障，喜欢动手的韩五就成了乐队的调琴师，自拆自装乐器，这些个能耐让他在小范围里成了人物。

乐队里有个姑娘爱才，韩五也只有才。除此之外，他没有俊朗外形，不会献殷勤，缺乏幽默感。每次与姑娘约会都是在灰头土脸的乐器仓库间，他摆弄着破旧的吉他琴颂、古筝琴足、小提琴音柱，姑娘干坐一旁，怎一个风情不解啊。很快地，姑娘被吹长笛的小子撬走，一切戛然而止，韩五再次落下了心理阴影，直到毕业也没回过神儿来。

毕业以后，韩五方才明白，与生存现实相比，之前的所谓忧伤失落都是"过家家"而已。毕了业却没脱下满身的学生气，不懂游戏规则，与世界无法讲和。韩五常常在两极间奔走，既忘不掉被回忆修饰美化过的大学校园，也打不过身边那些被世道斧琢之后的俗戾之气，工作没两年就辞了职，尽管那是一家被大多数人羡慕的国企。

韩五跟父亲借钱，开起了琴行。开琴行，或会让爱好最大可能地介入生存方式。琴行里有乐声，就像教堂里有颂歌一样，韩五再也听不到尔虞我诈的市声了，他幸福起来，像一个逃过劫难的人。

初开张，门庭落寞，怕什么？有勃朗姆斯们陪着。韩五守着一屋子从工业流水线上下来的乐器，眼前却能浮现出一支庞大的交响乐团，其音场宏阔，如梦似幻。

韩五与琴童的母亲打交道，与乐团的小提琴手打交道，与教琴的老师打交道，与乐器工厂的销售经理打交道，与发烧友打交道，与房东打交道……此中也有磕磕绊绊，所幸都是借音乐说话，一切也就都说得过去。

因为始终保持着对声音的高度敏感，琴到了手上，调调弄弄，声音就大不相同了。韩五似乎知道每把琴的脾性，知道如何顺着琴的性子抟。有时侍弄琴入了神，彻夜难停，不知不觉间，马路上的早班公交车呼啸而过，天光已放亮。

没几年，琴行就有了口碑。乐器行当里，都知道城西有个韩五，性格生涩，音乐学养却是极高的，侍弄乐器很有道道儿。连同周末晚上的公益讲座也成了一个被追捧的文艺标志。其实，韩五并无多少公益之心，他只想遇到知音，宣泄生命能量，哪怕与某人争论一下巴赫与贝多芬的高下，争到脸红脖子粗，最后又在夕阳下山的时候和解——巴赫与贝多芬分别创作了音乐的旧约和新约，何必分高下。

唯知音难逢。大多数时间里，韩五都是寂寞的。直到胡三闯入了他的领地，让他预感到，一些期待已久的事情就要发生了。

4

那天下午，胡三的确说出了韩五想了很长时间却一直不敢去做的事情。某种意义上，胡三就像一个拉开帷幕的人，一个揭开谜底的人，之后他们便开始在老城里寻找可以用来开琴作坊的德式老房子。

找四米挑高的，琴声才能悠扬。

要有三联长窗，古典美很重要。

最好在主街的分支上，闹中取静。

必须是南北向，穿堂风对木头有好处。

……

胡三韩五，你言我语，相互补充着彼此的希望。他们沿波浪般的马路起伏，身体倾斜着，也快乐着。暮春的傍晚，海雾须臾而来，瞬间濡湿了老城，二人撞破海雾，留下若隐若现的痕迹。

半年后，在一座大约建于1901年的德式老房子里，以制作小提琴为主的琴作坊开了张。老房子是古典主义构图，左右两个石阶踏步通往气派的门廊，繁复雕花在尘埃中隐约可见。他们租下了老房子的西南一隅，留出木头等各种材料的费用，二人凑了凑，刚好够付租金。

一隅虽小，直通天涯。这面墙，挂满工具，构成了无意识的装置艺术。那面墙，排放木料，看起来像长长短短的诗句。琴行门口便是几棵梧桐树，很老了，和老房子一样老，树冠蔽日，枝叶与枝叶握于当空，风过处哗哗作响。

开张当日，收拾停当，韩五将一把老旧的小提琴挂在了琴作坊的北墙上，他不停地调整射灯角度，直到一束追光抚过琴腰，气氛变得神秘而忧伤。胡三问，何方宝物？家里的老琴，韩五一语带过。胡三也没再追问下去。

就这样，在太阳下面，在月光里面，在遗留自殖民时代的德式老房子中，在木头的淡淡暗香里，胡三韩五，这一老一少，一动一静，一黑一白，一武一文，运用数学、物理学、造桥工艺、美学、声学甚至化学，开始做琴。

胡三做琴的时候，任谁都要责怪自己看走了眼——人家一点也不糙嘛。他戴着花镜，花镜背后的肿眼泡也被美化了。右耳朵别一支铅笔，没办法，他的童子功是从木匠那里开始的，早年打五斗橱的时候，右耳朵上别一支铅笔是标配，现在做琴了，依旧。

小提琴由三十多个零件组成。面板、背板和侧板的优美弧度用来确保共鸣的良好。韩五的学习能力太强了，他彻夜地翻阅各种资料，举一反三，加上多年侍弄乐器的经验和音乐学养，上手很快，几个月后便与木匠出身的胡三平分秋色了。

胡三啊，琴型是决定一把琴好坏的关键。意大利的制琴大师们不仅有绝活儿，还是感性的艺术家，两三百年前，他们对小提琴几何学的诠释，现在仍被小提琴制造家尊为概念模型。

好，韩五，咱们就照着意大利顶级琴的模样去做。

胡三啊，制作工艺的好坏对音色的影响度会达到90%以上。包括对面板和背板的处理、音孔和面板弧度的处理、上漆的手法和漆的品种……

好，韩五，咱们就照着意大利顶级琴的程序去做。

胡三啊，意大利古琴的制作方法几乎失传了，咱跟谁学去？

放心吧，韩五，大师们会托梦给我们的。

5

非洲乌木做成的琴头已经完工，花了半个多月。胡三正在做面板、侧板等部位，还需要一些时日。

木匠出身的胡三，对木头有一种长驱不散的情怀。在他眼里，树木是有血肉经脉的生命体。从一棵树到一块木头，不是消亡，而是重生。好的木头一旦成就了一把好琴，那简直就是灵魂的蛇立。

面板用云杉，背板用枫木。用什么木头，韩五绝对听胡三的。比如，胡三不待见老虎纹，韩五也不待见，尽管那是业界普遍认为的好琴所具备的漂亮文身。胡三说，纹路深浅决定木质的软硬，太深的纹路不可能发出好声音，那不符合自然的声学规律。韩五点头称是，他仔细观察过真正用以演奏的传世好琴，纹路都不重。

不同的琴所选用的木头纹理不同，密度不同，出来的琴声自然不同。受韩五影响，胡三除了凭直觉摸索，也开始参阅大量的历史文献资料。一次偶然的机会，他读到了一位意大利制琴大师与一位贵族的书信往来，制琴大师在信中说了这样一段话："先生，您定制的琴还要且等些时日呢，它还没吹够风没晒过太阳。"经过日期比对考证，那把琴两年前就已经开始制作了——胡三简直不能相信自己的眼睛，他让韩五继续去史料里深挖意大利古琴的制作工艺，果不其然，做好的琴身白板至少自然风干一年才能上漆。

这个发现让胡三的工艺洁癖越发严重了。他固执地认为，古代大师们对木头讲究得要死，尤其是木头的声学性能。老提琴声音优美的秘密，在于大师们使用了某种早已灭绝的云杉。几个世纪前，地球经历了一个小冰川期，让那时生长的木材特别适合于制作小提琴。

什么时候才能有条件选取最珍贵的木料，成了胡三的心事。最好的木头在意大利小提琴的原产地克莱莫纳小镇。能不好吗？树的年轮之间疏密相当，纹路清晰笔直，传声快，做出来的必是好琴。胡三跟韩五说，有生之年，一定要去那里采购木材。

胡三的工艺洁癖还体现在上漆的讲究。意大利古琴漆的配方已经失传，如今大多数提琴制作用的都是酒精漆，它挥发快，保不齐的是，时间久了，漆会硬化，进而影响木头的强度。这正是胡三所忌讳的。他决定自己熬漆，把一种类似油画材料的油性漆，加入了独家秘方，通过氧化过程逐步渗透。

胡三跟韩五说，要沉住气，熬漆需要时间，急不得，骨头汤怎么熬你知道吗？先将骨头放在冷水锅中，逐渐升温煮沸，再改文火煨炖，不然，骨髓里的蛋白质和脂肪是熬不出来的，熬不出来就不会有鲜美味道。道理都是一个道理，熬，就是等待和盼望。

从前的胡三是通过造物解决生活问题，做琴之后，物的精神提炼成了他的底线。

6

好听。真好听。

莫扎特的D小调，第41交响乐第二乐章，P063。

你说这一大堆，我只听懂了三个字，莫扎特。

听懂这三个字就够了。

胡三在做琴。韩五也在做琴。木屑纷纷飞扬，如鼓般的敲击声声不断。认识韩五之前，胡三的音乐储备几乎是零，他从来没有听过一场室内交响乐，甚至连一张像样的古典音乐CD都没买过。可是，不打紧，音乐对他来说就像风的声音，雨的声音，落叶的声音，大海涨潮的声音，儿时祖母喊他回家吃饭的声音——反正都是这个世界上最好听的声音，而对于"好"的甄别，他有着锋利的本能和直觉。

韩五截然相反。他像食草动物那样对四周怀有深深的不安全感。三十年来，他主动或被动关闭的人生通道，最后都朝着音乐的方向打开了。毫不夸张地说，没有音乐，韩五不能活。每当音符掠过他的心智和身体，他是放松的，机灵的，甚至是亢奋的。因为亢奋，他开始不停地说话，追着胡三说。

勃拉姆斯沿用了贝多芬的音乐形式进行写作，他的第一首交响乐发表时，已经四十六岁了，这中间花去了他十四年的工夫。后来他的这首交响乐被世人称为"贝多芬第十交响曲"。

哦，这个老勃不生气吗？

不生气，他知道这是一种赞美。贝多芬九部交响乐之后，就属他了。

哦，如果换成我，我不愿意。胡三就是胡三嘛。

韩五不会和胡三争论。韩五自成体系，胡三也自成体系，他们只需继续做琴。不一会儿，韩五又兀自讲起了晚期四重奏。肖斯塔科维奇对恐惧和压抑的诉说，贝多芬穿过苦痛之门面对上帝召唤的谦卑，巴托克的孑世孤傲像极了巴塔哥尼亚的山峰，舒伯特则是一个孤独旅人喃喃自语着少女与死亡……胡三接不上话，但他明显放慢了手上的速度。

怎么不放他们的音乐？干巴巴地讲，有啥意思。

你不是在做琴吗？

耳朵闲着呢。

第二天，韩五拎来了两大袋子原版CD，让他吃惊的是，胡三竟然连夜做好了一个CD架。

胡三越来越喜欢在音乐中做琴。听不懂的，他也不问韩五。有一次，韩五转身取料时候发现胡三满脸是泪，便慌了。胡三用手抹了一把脸，说，十二岁那年的冬天，特别冷，北边的海都结冰了。病重卧床的父亲忽然要拉二胡，要知道，自从生病以后他已经有很多年没拉二胡了。没想到，父亲拉得很有调子，仿佛整条街都在哭泣。我刚才又听见了那种哭泣的声音。

他们在音乐里做琴。很快地，胡三没有音乐也活不成了——至少，做不了琴了。他忽然发现，那个隐形的自己，原来竟是天生通音律的。

7

做一把琴至少需要三十五天的时间，搭上了脑力、体力、心力，做完之后，韩五手掌起泡，胡三腰酸背痛，两个人都透支了。

能否使琴声得以充分发挥，取决于琴弦及其张力、琴马质量、运弓的压力和速度……做琴太复杂了，简直囊括了整个世界。仅仅懂科学是不够的，这毕竟是一把琴而非一台机器，没有对音乐的热爱以及说不清的天赋，根本无从判别从自己手上诞生的琴是一个精品还是一件产品。

每做完一把琴，胡三会给自己一个彻底的放松，望天，听海，穿风，各种出神。他坐在琴作坊门前喝茶，一壶喝乏了，再泡一壶，任街景流动，光影兜转。有时候，他盯着马路对面的一棵老槐树发长呆，槐树上有个硕大的喜鹊窝，喳喳声不绝，他听完巳时听申时，满脸高兴，之后便收了耳朵，坚决不听酉时的——因为酉时喜鹊，叫得悲伤。

一天里的大部分时间，他就这么闲坐着。中午到隔壁的小酒馆里吃饭，喝上两瓶啤酒，下酒菜是一盘鲅鱼饺子，或者一盘清水蛤蜊。初秋黄姑鱼汛期来了，酒馆老板夜里跟船出海，在海面上听见黄姑鱼产卵时"咕咕咕"的叫声像波浪一样连绵不绝，好听哟！第二天说给胡三听，胡三从此再也不舍得吃黄姑鱼了。

不做琴，胡三依然每天按时来琴作坊。韩五埋头于琴，不接话，他就在海风中自言自语。订单明明等在那里，他却说情绪没上来，做不了。

胡三通常要休息整整二十天。第二十一天的早晨，他像在非洲草原上巡视的雄狮一样，威风凛凛地出现在琴作坊，他的手正在发痒，身体开始肿胀，眼神已经狠下来，再不做琴就浑身不自在了。

只有一次，胡三做完琴之后没有休息。韩五去上海参观国际名琴展了，琴作坊里一下子没有了敲打木头的声音，胡三感到很寂寞，便把北墙上的老琴取了下来。

不就是一把老琴嘛。胡三想，还是一把被虫蛀了的老琴，千疮百孔。

胡三想给韩五一个惊喜，把琴修好，顺便让韩五见识一下自己的手艺。

这老琴，胡三听韩五拉过一次，声音已经喑哑，真不知道琴里藏着什么秘密，一直被韩五当镇店之宝供着。

琴身太老旧了，幸好，虫子只吃木头，那层漆还是很珍贵的。胡三决定把两毫米的侧板刨到一毫米，将琴身磨得几乎只剩一层漆，再往里填上好木头。把之前早已皱裂的胶水用丙酮一点点擦去，重新填上石膏，用动物胶水黏合……

方案在胡三心里生成，他开始对着老琴精雕细磨，刚修了两天，韩五回来了。

老胡，这次我看到了意大利顶级大师阿玛蒂的琴。价值之尊丝毫不亚于任何昂贵的古董。他的琴简直就是小提琴制作技术的奇迹啊！豪放的f孔，雕刻得很大气的琴头，极其优雅。琴漆呈带褐色的黄色，发光而透明。我还看到了另一位顶级大师斯特拉迪瓦里的作品，琴板宽大平坦，弧度极微，中间厚，向四周扩张的时候又渐渐地薄下去，越靠近侧板越薄，极易振动……

韩五脸上的兴奋像淘金者淘到了黄金一样。但只一分钟，韩五色变。变化之迅急，可比骨瓷餐具转眼被摔碎，两辆汽车猛然追尾，地震预警来不及响起城池已经坍塌。总之就是，刚才还好好的，一眨眼就毁灭了。

胡三，你疯了！你在干什么！给我住手！

这是胡三认识韩五以来，听到他发出的最大声响。他几乎不能相信自己的耳朵，刚才的嘶吼竟然来自韩五那薄弱的胸腔。这也是胡三第一次看见韩五发脾气，他开始相信兔子急了是会咬人的。

韩五几乎是扑了上来，劈头夺下琴，胡三愣在半空。

半个钟头，空气就像凝固了。窗外正是寒冬，海风回旋而起，无从消解，像动物的哀鸣，植物的尖唳。四面八方都是深深的混响，琴作坊里却静得有点吓人。

韩五长吁一口气，似乎费了好大力气才让自己平静下来。

这不是什么意大利名琴。也就是德国的大作坊琴而已。木头是好的，做工有点粗。但是，胡三，你不应该自作主张去修它，你应该先问问我。因为你不了解这把琴对一个家族意味着什么。它是我祖父用命换来的。

胡三继续愣在半空。又是一大段的沉默。随后，韩五的暴怒才渐渐变成了伤感的回忆——

祖父的父亲当年在诸城开大药房，祖父是五少爷，从小读私塾，十七岁考取了齐鲁大学，还是个响当当的小号手。战乱时家道中落，没钱供了，祖父只好辍学，来青岛投奔他的二舅，做起了土产生意。祖父有文化，又肯吃苦，欠账都能追得回来，并不见血光，人人都夸他有悟性有道义。

青岛港上南来北往，祖父仰仗自己的外语底子，不几年，跟洋人做起了贸易。后来，他通过德国牧师结交了一个叫希姆森的德国建筑师。据说这个希姆森是青岛老房子的忠诚建造者，其作品的美学形态卓越而持久。这并不奇怪，因他的音乐修养同样非凡，西洋乐器样样上手，小提琴尤其出色。希姆森还与教会合作开办了免费的音乐课堂，惠及青岛百姓和琴童。

准确地说，祖父和希姆森没有什么生意上的往来。祖父敬佩希姆森的为人，希姆森仰慕祖父的家学传承，几乎每个周末，希姆森都要到祖父家里吃中国菜，品崂山茶，带着家人，也带上心爱的小提琴。那一年的中秋家宴，酒至微醺，希姆森拉出了高音E弦上的颤音，祖父有生第一次听到，他以为是来自月亮的声音……

1914年秋天，日军占领青岛的前一晚，街上炮火连天，祖父把希姆森一家藏在了地下室。两天后，又花重金偷偷地联系了舢板，护送希姆森一家从小港取道红石崖，辗转上海，由上海乘船返回德国。很多家当都无法带走，希姆森让祖父在世道平稳之时变卖，去资助琴童。小提琴则托祖父保管好，说是家传之物，日后来取。

上世纪中期以后，祖父的苦难日子就没有间断过。祖母自缢，父亲和两个伯父因为家庭成分不能上大学也不能参军。祖父把能烧的书都烧了，琴总是藏得很好。可祖父还是得罪了人，抄家没完没了。最后一次，他从野蛮人手中夺过这把琴，跳下二楼的阳台，摔成了残废。我是老生子，父亲由于历史遗留问题，直到四十五岁才结婚，我出生的时候，他已经快五十了。

为了一把琴，去跳楼？

人人都说祖父傻，一把琴，赔了后半生。可父亲说，祖父其实是想逃离生活的不堪。他坚持不住了。

希姆森呢？

再无音讯。后人也没来过。父亲往大使馆写了好几次信，但是，一切平静得像没发生过一样。

祖父会拉琴吗？

不会。他希望孩子们能学，孩子们却怕了。

……

胡三发誓一定要修好这把琴。前前后后修了一年，果然，重生后的琴音绮丽饱满，也沧桑沉郁。韩五感激胡三。胡三倒不好意思起来。

8

琴作坊的第七年，小满来了。

小满十一岁。他是跟父母一起来的，小满的父母很普通。周正，干净，当然还有一点自卑。小满却是不同的。他有一双澄澈的眼睛，一副倔强的嘴角，是个气质不俗的少年。

那天傍晚，一家人慕名走进琴作坊，想要打听一下手作琴的价格。价格显然不是这个普通家庭所能承受的。小满父母给彼此搭着台阶下，不至于尴尬，又或者，仅仅是为了安慰小满的失望。

小满，初学没有必要选手工琴。

是的，小满，老师说过从小学到大，至少要换三四把琴，除了最后买把好琴，其他的都可以用普及琴。

是的，小满，参加比赛时可以来租一把好琴。

是的，小满。

小满父母为胡三韩五的精湛技艺而动容，甚至面露谦卑。四个大人站在高高的屋檐下说话，小满兀自深情地打量着每一把琴。窗外夕阳如血，染红了大半个天空。天空之下，是下班高峰期的嘈杂市声。

母亲说小满从六岁开始学琴，有很强的表现欲，别的孩子拉琴都站得紧绷绷的，他第一次上台演出就很放松，肢体语言特别丰富，当时很多懂音乐的人看了他的演出，都说很有小演奏家的风采。

小满也得意地补充道，第一次是给全校一千多名师生演奏了《新春乐》，演奏结束后掌声特别热烈，我当时还学着演奏家的样子，很潇洒地摆了个pose。

父亲说小满从六岁开始学习小提琴后，就没有别的爱好了，现在每天要保证六七个小时的拉琴时间，小满已经习惯了这种生活。没办法，想学琴就没有捷径可走，手上的功夫如果没有时间的积累，是很难达到高水准的。别的孩子拉五个小时，你拉两个小时，你就是神童也肯定拉不过别人……

直到街灯亮了，小满才随父母离去。他们的家与琴作坊隔着两条街。从那以后，小满经常偷偷跑到琴作坊，只为看一眼漂亮的琴。

胡伯伯，你们晚上加班吗？如果加班，应该可以听到我的琴声。我每天下午放学回到家就开始拉琴，一直拉到周围的邻居提出抗议为止。有时拉得不好，爸爸连饭都不给吃。

韩叔叔，我一般都是在晚上十点以后才能开始做作业。因为爸爸说，如果先写作业，我会为了避开拉琴故意放慢速度，等到晚上九点后才开始拉琴，没多久邻居就要睡觉了。他把我拉琴和写作业的时间换个位置，因为他知道不管多晚我都会自觉地完成老师布置的作业。做不完作业第二天到学校没办法跟老师交差。

不知为什么，小满让胡三韩五心疼。

有时候，小满来的时候眼睛肿肿的。胡三韩五赶忙问怎么了？小满说自己昨晚挨打了，哭肿了眼。练琴偷懒就要挨打的。跟我一起学琴的同学，几乎没有没挨过打的。

胡三说，小满明天来，我给你带炸藕盒吃。小满说，谢谢韩伯伯，我妈每天都给我做好吃的，她累的时候，我就站在厨房门口给她拉琴。伯伯如果能让我拉一下那些漂亮的琴，比什么好吃的都管用。胡三韩五立刻同意了。他们也想看看这个气质不俗的少年到底是什么水平。

小满拉了一首《四季歌》，又拉了一首巴赫的《小步舞曲》，弓走得很直，节奏也不错，关键是他的整体状态与音符在一起。这么小的孩子竟然懂得用情感去拉琴！胡三韩五被感动了，他们应诺小满，以后如果有比赛，小满可以从这里借好琴，就算是赞助吧。

小满好久没来了。

也就两个月吧。

怎么感觉好久了？也不知道最近挨没挨打。

你喜欢上那孩子了。

假以时日，是个成器的好孩子。

胡三韩五一边做琴，一边说起了小满。韩五说主要想让小满来把做好的琴试一遍。演奏永远是所有乐器最好的保养方法。演奏产生的共振可以防尘，避免微生物的生长，还能像煲汤一样，让木头的状态逐渐臻于完美。

胡三说，前天那个土豪带着儿子来试琴，你怎么不让人家敞开试呢。再说了，如果真需要试琴，估计试琴的人要天天排大队吧。

话没落地，小满进来了。他好像长高了——不，是长出了悲伤。他的左臂上戴着孝，那一节黑色布纱像一个死寂的静止符，让胡三韩五不敢再说话。

我爸爸没了。下暴雨的那晚，他开着大货车，从桥上翻了下去。妈妈为了让我学琴，把房子卖了，我们现在租房子住。爸爸不用再打我了，我会拼命练琴的。妈妈白天上班，晚上到医院做钟点陪护，为了给我多挣点学琴的钱……

小满眼睛里闪着泪光。显然他在控制自己。对于一个十一岁的孩子来说，控制住悲恸多么艰难。小满说，为了节约租金，房子租得偏远，今天来跟胡伯伯韩叔叔道个别，以后再来就不是那么方便了。

胡三韩五安慰着小满。但在死亡面前，语言实在苍白，他们自己都感觉乏力。忽然，胡三说，小满，你想试琴吗？有好几把琴等着你试呢。

小满很难把泪水一下子咽回去，可他的眼睛被点亮了。他拉起了布鲁赫的《g小调小提琴协奏曲》。两个月不见，他的水平提高了一大截子，韩五是听门道的，他发现，即便是难度最高的第三乐章，小满仍能从容地使用双音技巧，他似乎已经懂得捕捉瞬间之美而不事铺张。

小满，你进步太快了！

爸爸走了以后，我一直拉这个曲子。妈妈外表坚强，其实一直吃不下饭睡不着觉，瘦得很厉害，教琴的老师说这首曲子经常被心理学家用来给病人解除痛苦，我就不停地拉，希望对妈妈有用……

是的，是的，音乐可以救人，小满，你要拉得更好一些。

琴作坊开到第八年的时候，订单越来越多了，胡三韩五爱挑剔的毛病却越来越厉害——挑剔订单的数量和时间，挑剔琴主的品性。人们不解地问，你们跟钱过不去？

胡三说，不，我只是想跟它平起平坐。成为钱的奴隶，就会跟它结仇。做琴，不是钱说了算，而是我内心的声音说了算。每个商人都想要订单，我不是商人。从前是个木匠，现在是个做琴的，当年师父跟我说，做木匠要忠诚。我问他忠诚什么？他说忠诚于树，忠诚于刨子锯子锤子斧子，忠诚于自己的工具箱，其他的都不用搭理……

胡三越说越来劲，说到底，为订单而活就是耻辱的。

韩五接着说：我们不可能做出二十把一模一样的琴。每把手工琴都不一样。首先木头就不一样，月亮下面砍伐的木头和太阳底下砍伐的木头，怎么会一样呢？再说了，好木头的珍贵除了天生质地，还有时间带来的变化。制作小提琴之前，好的木头起码要在自然状态下风干数十年以上，风干时间越长越好——我们准备好木头了吗？

琴作坊开到第九年的时候，人们说胡三韩五越来越矫情了。琴做完了当年不卖，放一放，为了声音更好听。可在这个快速消费的商品社会，谁还能为一把琴的风干等上一年时间？即便在今天的意大利，凭自然风干做出的提琴也已经寥寥无几——可胡三韩五就是要风干一年以上。

除了一年以上的风干，秘不外传的还有熬漆。熬漆的过程就像一次辟谷，不是胡三就是韩五，总有一个人躲起来熬上一两个月才能熬出一锅。而给一把琴上漆，需要半年，上一层，晾一阵，再上一层，一共要上三十遍。这样下来，做一把琴少说也要一年工夫了。

凭着这些矫情，胡三韩五的琴屡次在国际级别的比赛上获奖。甚至，有权威提琴鉴定家在看了二位的作品后，说了这样一句话：他们似乎知道意大利小提琴的某些秘密。

城里最高级别的发烧友，名家的启蒙老师，大学里的音乐教授，乐团的演奏首席，收藏家们，甚至附庸风雅的权贵们开始请胡三韩五吃饭。席间哗然，主座的右边是胡三，左边是韩五，一桌人轮番地献上敬意。人们极尽所能地谈论着音乐，有的人说到了点上，但话锋转得太快，还未曾走心，就走了题。于是，一大桌子人从文艺创作到时政事件再到坊间八卦和投资大计，话锋稠密拥挤，大有见山砍柴见海撒网之势。

胡三韩五懒得搭一句话，显得和整桌气氛格格不入。也许他们的世界一直以三百多年前的一套标准为参照系，眼前的万千动静，在他们这里都不那么重要了，最后众人总结说他俩是世外高人。其实，私下里的真话是：那两个冷血的怪人。

9

秋天，月亮升了起来。赶在中秋节之前，城里的儒商林先生亲自来琴作坊下帖，名曰"天下英雄螃蟹宴"，请胡三韩五出席。二人推脱，林先生不饶。二人继续推脱，林先生拿清代戏剧家李渔嗜蟹如命举例，又拿鸳鸯蝴蝶派的许廑父大办百蟹宴说事。数个回合下来，胡三韩五不堪撕扯，只好从了。

林先生当晚还请来了三个顶级厨爷。苏州的，刚从百年老店松鹤楼退休。马来西亚的，在吉隆坡阿罗街上有两家夜排档。青岛本地的，号称海鲜酒楼界老大。

三个厨爷做出十道蟹宴，吃倒众生。蒸，头一道，蟹肉紧致有力，膏腴红艳厚笃，鲜香之气似乎能淹没整条街抑或半座城。众人情绪很快涨了起来。等到第三道避风塘炒蟹撤下，著名书法家开始作诗，著名诗人则吆喝纸墨笔砚伺候，开始题字。奶油焗蟹钳上来的时候，已是第七道，电视台当家花旦举着法国梧桐堡干白，娇嗔胡三韩五几次回绝采访，不给她面子。下周哦，下周如果再让我吃闭门羹，就是不给林先生面子哦。

再看林先生，脸色依然不惊，不艳。他先敬了右手边的胡三，又敬了左手边的韩五，说，十把手作琴的订单，加拿大的朋友拜托我把这件事办好。请两位老师配合一下。价格翻番，时间紧。

胡三韩五几乎整晚无话。此时，胡三接了一句，做不了，我预感，情绪上不来。

就这样，胡三韩五又做了一次世外高人，或者，冷血的怪人。

散了局，这两个怪人，相伴着回程，不知何故，突然站下。一个抬头看着月亮，痴痴地，傻傻地，呆呆地不动。另一个笑了，伸出手指，弹了一下月光，那铮铮鸣响，不自觉间，把人世的一切都水银般流散了。

他们似乎同时想起了那个孩子，小满。还有北墙上的老琴。

小满应该可以参加维尼亚大斯基世界青少年小提琴比赛了吧？

他需要一把好琴。

原载《中国作家》2019年第9期

点评

　　小说细致描写了胡、韩二人的相识经过和合作开琴房的过程，并通过对韩家祖上与希姆森交往故事、小满学琴以及二人为其做琴故事的侧重讲述，展现了其别具一格的性格特点（"冷血的怪人"）和行为方式（做琴很慢且很讲究、为谁做琴很挑剔）背后的非凡人生及高标独异出的生命形态。木匠胡三和理工男韩五，一个拥有高超的匠人手艺，一个有着非同凡响的音乐才华，两者相遇并合作制作手工琴，从而上演了一曲当代版的伯牙子期相遇并相知的传奇故事。胡、韩二人天生为琴和琴艺而生，都以超脱世俗之心追慕高雅人生：对前者来说，从对制琴木料的选取、上漆工艺的步骤，到最后对音色、音质的调制，都能从中悟得内在于工艺之中的特殊美感；对后者而言，从对音乐的痴心追求、对乐理的深入感悟，到对老琴及其特殊故事的承继，都显示出其不随俗的高雅志趣和高远理想。

（张元珂）

刘玉珍，叫你那位罗长生来一趟

/张 柠

我没考上大学，看书又看不进，整天百无聊赖地晃悠。我最讨厌的就是见到父亲，但偏偏总是见到他。有一阵我埋怨命运不公，"求不得"和"怨憎会"这些苦，都让我遇上了。我父亲是罗镇医院的名医，求他的人很多，所以他总是一副不可一世、傲视万物、扬扬自得的样子，在他儿子我的面前也是这样，没事喜欢在我面前显摆。那天他又把我叫到跟前。

父亲说：医生是最好的职业。

我心里说：你自己是医生，当然就说医生好了。

父亲说：病人半死不活地来，活蹦乱跳地走，谁也骗不了谁。

我心里说：你忘了，经常有病人睁着眼睛来，闭着眼睛走。

父亲说：不管谁当权，也不管什么朝代，都少不了医生。因为谁都怕疼，怕病，怕死，谁也逃不脱一劫。上至大首长，下至普通老百姓，都会病的。比如牙疼吧，中国有一半人患有牙病，如果你能治牙病，就有一半中国人求你，门槛都会踩塌。再比如痔疮吧，俗话说"十男九痔"，中老年男人，尤其是那些不干体力活的当官人、读书人，没有几个不长痔疮的。镇长总厉害吧？我们这一带最大的官，但他的痔疮一发作，就乖乖地到我这里来了，嬉皮笑脸地跟我说话，神气劲儿也不见了，官腔也没有了，跟我称兄道弟。当我故意不说话的时候，他就有点紧张，不自在，没话找话跟我套近乎，东一榔头西一棒，无非是想试探我对他痔疮的态度。有一次打针的时候，他老是把屁股扭来扭去，我在他屁股上狠狠地打了一巴掌。他还嘻嘻地笑呢。你敢打镇长的屁股吗？恐怕说话也不敢跟他说吧？

我心里说：如果当上医生就能打镇长的屁股，倒是很好玩。不过，打一下镇长的老屁股又有什么意思呢？X光室的刘医生，在暗室里摸女人的屁股，差一点被开除了，他痛哭流涕求情，说上有老下有小，医院只好打发他到挂号室去收费。刘医生私下里对我说，他很冤枉，早知道这样，当时就应该多摸几下。我觉得他很下流。

父亲接着对我说：照我的看法，你这种人是不适合学医的，不光是你的悟性不够，还有你的粗心大意。赵学安那小子，就是个粗人。我真不知道他父亲为什么会让他学医，还拿了一个医专的狗屁文凭。他的手指头像鸡爪子一样僵硬，打的手术结，鸡也能抓散。

我心里说：我从来也没想过要当医生。

母亲不同意父亲的观点，她说：既然隔壁赵学安都能当医生，我们的儿子怎么就不能当呢？我们的儿子怎么说也比他强一些吧。

母亲的话，总像当头棒喝，让经常犯糊涂的父亲突然醒悟过来。父亲于是便改变主意说：是啊，凭什么我的儿子就不能当医生呢？你来跟我学医吧，不用文凭，能治病是硬道理。只要你能用心，不像赵学安那样粗心大意就行了。你如果也成了医生，那我们祖孙三代都是医生了。

他们在对话中决定了我的命运。我尽管在场，却没有发出一点响声，还不如一群飞来飞去的苍蝇。在父亲的逼迫下，我在医院里当起了一名编外学徒。父亲一边教训我，一边打着如意算盘。他说自己年纪大了，事业就这样了，唯一操心的就是我。他说我还年轻，今后的日子还长着。他要我赶紧学，争取在他死之前，以他的名义开一个诊所。

我在药房里混了整整一年，认识了所有的中草药。西药我不怎么敢碰。因为它们的样子都差不多，一种是白色的药丸，大小形状略有变化，药性却不一定。还一种是红黄两色的胶囊，外形都差不多，但肚子里的货色却天差地别，有的吃了拉肚子，有的吃了拉不出屎，有的吃了眼睛发愣，有的吃了眼珠子滴溜转。药瓶子上的标签全都是洋文。我曾经想用舌头的味觉系统来区别它们，事实证明那是徒劳的，因为它们的味道也差不多。我父亲对我说，你不要试图用"神农尝百草"的方法去对待西药，除非你想死。

我觉得自己还是学中医比较合适。跟西药比，中草药恰恰相反，看上去千差万别，叶子、花草、果实、根须、核仁，花样繁多，可是吃进肚子里的效果却差不多，总之是不会死人，最多也是阴阳失调而已。而且中草药的名字也好，很有诗意：半夏、生地、黄芪、七叶一枝花、半边莲。至于剂量，多一点少一点都无所谓。我的药学师傅，瘸腿药剂师石阳林，在抓中药的时候，经常连戥子也懒得拿，用手随便抓抓。这很合我的性格。多数中草药都是保健品，随便吃也没有关系。不过我要提醒你，唯有"巴豆"那种药，可不要随便吃，有一次，我用舌头舔了一下，连肠子都快要拉出来。

西医还有一件麻烦，就是要做手术，开膛破肚，接着还得缝回去，想想都可怕。再加上自己丢三落四的性格，万一将手术刀丢在病人的肚子里怎么办？我父亲还讲过一个笑话来恐吓我。他说，有个跟赵学安一样粗心的医生做手术，完了之后护士清点器械，发现少了一把手术剪。第二次开刀将手术剪拿出来了，护士又发现少了一支血管钳。有人建议他在病人的刀口上装一根拉链。经他这么一讲，我更不想碰西医了。

后来，我又到门诊室里实习了一年，主要是看诊，就是看医生怎样观察病人，怎样听诊，怎样问诊，怎样把脉，开什么药方。父亲要求我一边看一边记录，然后将医生的处方抄下来带回家研究。比如，看起来都是大肚子，究竟是长了瘤子还是长了儿子？我父亲只要用中间三根手指在她们手腕上一摸就知道了。我觉得把脉是一件很神奇的事情，不用开膛破肚，什么都知道。

父亲说：你就想学把脉？还早着呢。你的手指头搭在别人手腕上，还不是死木头一根？

我心里想：不学就不学，我也不稀罕。要是长了瘤子，你摸出来了也是死；要是长了儿子，你没摸出来她也会生出来。摸和不摸还不一样？

相比之下，问诊是一件让人烦恼的事情，因为你根本问不出什么。那些农妇，手里明明是抱着一岁多的孩子，医生问，孩子多大了？她们高声回答说：三岁啊，医生，伢儿三岁，满两岁，叫三岁。我父亲故意说，那我就按三岁的药量，给你儿子开药了？农妇竟然笑着说：好呀，好呀。其实父亲早就在处方纸上方的年龄栏写上了一岁半。

医生问那些农妇，哪里不舒服，她们只知道说心里，心里不舒服。

是呀，心里不舒服，谁的心里舒服呢？全是废话。

还有一个自作聪明的农民，第二次来复诊，问他的病好点没有，他说：好多了，至少好了百分之八十三。我听了觉得好笑，为什么是百分之八十三，为什么不是百分之八十二点七？我恨不得在他的药里面放点泻药。可是挑剔成性、喜欢冷嘲热讽的父亲，对农民的这些莫名其妙的回答无动于衷。对他们毫无根据的自我诊断，也显示出极大的宽容，还一边听一边点头。因为他太了解那些人的话中之话，话外之话。

有一天上午，来了一位叫刘玉珍的中年女人。父亲问她，哪儿不舒服。刘玉珍说：医生啊，这几天见了鬼，不知道是寒包住了火，还是火包住了寒。就是不舒服，给我开一点压火祛寒的药吃一吃吧。

父亲说：开什么药是我的事情，我只要你把病情讲得细一点就行。

刘玉珍说：医生啊，我怕你不耐烦，就讲得简单了一点。我是替你省心呢。要说细一点，那就多了。自从前年三月做了手术之后，我这肚子里就没有舒服过，总有一股气跑来跑去，有时候在肚子里，有时候又溜到了腰眼上。到底是在什么地方，我说不出来，说不具体，等一下你摸一摸就知道了。要是等一下你摸到那股气跑到了背脊上，你也不要怪我瞎说，医生，它是跑动的。本来我还想挨一挨，但我挨不过我老公的打。你猜我老公说什么？他说：吃不下是没饿，做不得是懒。医生啊，你评评理，我什么时候偷过懒？自从嫁到他罗家门，我睡三更起五更，忙了家里忙地里。他老子死的时候，欠的那一屁股债也还清了，还要怎么样呢？不是我自己夸自己，在娘家的时候，谁不说我长得好？他们说我的皮肤就像糯米粑一样。罗长生也说过这个话，现在他不说了。那时候提亲的人多了，鸡蛋猪肉吃不完。我表哥柳玉林，就不敢来提亲，家里穷啊。罗长生不是先提亲，他是先耍流氓。……怀上老大我才嫁给他了。我表哥柳玉林人老实，只能干瞪眼，还生了一场病。这世道啊，先下手为强，后下手遭殃。我命苦呀。现在我哪里像四十五的人哪，医生。我给他生了四个女儿……嗐，也怪我自己的肚子不争气，没有给他留下一个儿子。……

我心想，这个女人太离谱了，医院又不是妇联，讲这些婆婆妈妈的事情干什么？我很想打断她。

父亲微笑着说：讲跟你的病有关的事吧。

刘玉珍接着说：我大女儿，就是那个老是痛经的女孩，你给她开的药真有用，一吃就不痛了。你知道吧？她一痛，我就急得什么活也干不了。她要是该痛的时候还没有痛，我也是急得什么活也干不了。你还记得她吧？

不记得。讲你自己吧。父亲说。

刘玉珍说：就是在讲我自己咯，医生。我大女儿长得就跟我年轻时一个样。……我是瞎了眼，怎么嫁给了罗长生。我想，我女儿一定要嫁个好丈夫。医生啊，我是把你当自己人，什么都对你讲了吧。我大女儿看中了小学老师张大海，有文化，有礼貌，人老实。就是那个被镇长赶到乡下小学去的张老师。你知道为什么吧？镇长在打我女儿的主意呐。他一双贼眼，总是在我女儿身上转来转去。当年我嫁过来的时候，他那双贼眼就在我身上转过。我对罗长生说了这件事。你猜他说什么？他说，苍蝇总是喜欢盯在狗屎上，还骂了我一顿。现在，镇长又盯上我大女儿了。就算罗长生说得对，说镇长是想让我女儿嫁给他的大儿子。他儿子蠢，就像罗长生，他儿子坏，就像镇长自己。我总不能把女儿往火坑里推吧？你猜罗长生说什么？他说，要是早嫁到镇长家，你肚子上就不会挨一刀。我说，刀也挨过了，还怕什么。罗长生说我是鸡婆眼，看不了三寸远。让我女儿嫁给镇长的儿子，我死活也不同意。他这个该死的瘟猪头就打我，没轻没重的，腰都被他打断了。……

我看出来了，父亲已经有点烦躁。我希望那个女人继续说，天上地下地胡说，把父亲说得发作了才好玩呢。

那么，你到底哪里不舒服呢？父亲还是耐着性子问。

刘玉珍继续说：医生，这个镇上就你是个明白人。实话说了吧，我没有病，一点病也没有，我是跟罗长生赌气。他以为我里里外外很容易。我今天要让他知道，没有我，他饭也没得吃。他老子死得早，那时候他就像一个叫花子，经常是三顿饭并作一顿吃，说怕麻烦。自从我嫁过来之后，他的胃病也好了。今天我没有做中饭。我要让他又想起没人做饭的日子。医生，求求你，给我开一副消气药吧。我拿回去就煎上，等他回家的时候，我就躺在床上，让他饿着肚子对冷锅冷灶发脾气吧，看他还有没有劲打我。

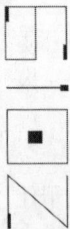

　　父亲叫刘玉珍躺到观察床上去，检查了半天，然后真的给她开了药。父亲对她说，药一定要吃，每天都要吃，补药，吃完了再来。

　　刘玉珍惊叫起来：补药？天哪！罗长生知道我还吃补药，他不要打死我？

　　父亲无奈地说：要不这样吧，你回家收拾一下，到医院里住一段时间。

　　刘玉珍说：住院？我四个女儿一窝鸡，两块菜地三头猪，我住院了，他们怎么办？

　　父亲说：不要什么都放不下嘛，自己的身体也要紧。

　　刘玉珍想了想说：医生说得对，这一阵我也真的是有点累，手脚无力，剁猪草的时候手都抬不起来。正好我也想歇一下。

　　父亲说：叫你那位罗长生到我这里来一趟。

　　刘玉珍千恩万谢地走了。

　　我早就知道，当医生也不是人干的。整天闻着一股药味，看着那些血、脓、痰，听着他们鬼哭狼嚎，装出一副无所谓的样子，还要听那些女人的一大堆废话。我对脾气急躁的父亲在那些人身上表现出的耐心感到吃惊。其实我父亲耐心又能怎么样呢？医院的太平间从来就没有闲过。我早就发现，父亲不过是一个发放地狱通行证的人。

　　正是三伏天气。住院部里挤满了中暑的，拉肚子的，农药中毒的，被疯狗咬了的，镰刀割断了手指的，被水浸烂了脚的，蚂蟥钻进腿肚子的。

　　医生骂骂咧咧的声音此起彼伏：为什么才来？为什么不早点来？再不来住院，你们会拉得脱水的！你们就会破伤风的！你们就会死掉的！

　　农民们却笑着说，死了好，死了好，早死早转世，来世宁愿变猪变狗，也不种田，哪怕是转生做个医生也不错啊。有一位被疯狗咬了的农妇，看样子已经提前转世变狗了。围观的人只要用扇子对着她扇一下，或者端一碗水对着她洒一点水，她就嗷嗷地叫，声音跟狗叫一个样。

　　尽管小小的罗镇医院，病床十分紧张，有些人不得不在走廊上加一张竹床，做临时病床，但父亲还是给刘玉珍安排了一个床位。

　　罗长生大摇大摆地走进了罗镇医院。他光着膀子，肩上搭着一条毛巾，香烟斜叼在嘴角，一只眼睛被烟熏得乜斜着，像独眼龙。他站在通往病房的走廊上，扯着嗓门对刘玉珍说：病了？躺在医院里歇？怎么不让我也赶上这样的好事？让我也病了吧，让家里一帮小贱货，还有那些鸡呀猪呀都病了吧，一起躺到这里来歇。那就省事了。

我父亲说：罗长生，不要在这里瞎叫唤！你跟我到门诊室里去，我有话跟你说。

不要再打你老婆了。父亲劝他。

没有呀，很久没有打了。今天她自作主张跑到医院里来躺着，丢下家里一窝畜生，还有一窝人不管，我也没打她。

父亲说：是我叫她来住院的。病了就得住院，你为什么要说那么难听的话？

罗长生说：不是啊，医生，三天也难得打一次。碰到她发疯发得厉害的时候，就打得勤一点。女人就这样，一打完就特别听话，也不疯疯癫癫地乱说了，也不会晚上往娘家跑了，做起事来也细心了很多，也不会把尿素当盐用了，也不会用装敌百虫的瓶子去装酱油了。……

父亲严肃地说：罗长生，我奉劝你，不要再打她了。

罗长生说：嘿嘿嘿，医生说的是。想当年，我是光棍一条，无牵无挂，又有房子又有地。我看上了她什么？看上了她不麻烦，往禾草堆里一滚就行。我这个人做事干脆，不喜欢黏黏糊糊。她刚过来的时候也很听话，什么时候什么地方都不讲究，百依百顺，还喜欢叽叽喳喳地跟我说话，从娘家村里说到婆家村里，东家长西家短，一直说到我呼噜呼噜地睡着了。我嘴上说，你不要吵，不要吵！她真的不吵了，我们还睡不着呢。可是现在，她过着过着，就变鬼，你还没有睡着，她就呼噜呼噜地睡了。开始还是扭扭捏捏，这几年可好了，干脆就不想理老子了。要打了才行。以前她不吱声，现在敢跟我吵架了。昨天半夜里，吵得那只大公鸡都叫来了。四个女儿都爬起来，哭丧一样，我又没有死。……女儿多也有好处，死的时候热闹。我隔壁的罗矮子，自以为生了个儿子就了不起。去年他死的时候怎么样？连个哭丧的人也没有，他儿子花30块钱一天，请了几个破锣嗓子来哭丧，还偷工减料，哭起来像母鸡下蛋一样，不知道的还以为她们在笑呢。罗矮子的儿子对她们吼叫起来，说要不是死了老子，我把你们揍扁。女人就是欠揍。……昨天晚上我下手是重了一点。……唉，我也不知道怎么办，医生，打重了嘛，躺在床上耽误事；打轻了嘛，不管用。可是，不打也不行啊，她们会爬上你的头，嗓门大得不得了……

父亲打断他的话说：罗长生！亏你还读了中学，你读书读到狗肚子里去了。你这些话有一句是人话吗？大男子主义、封建主义、愚昧无知、自私自利，你全占了。……罗长生被父亲的气势震住了，似笑非笑地站在那里。父亲停顿了一下，接着说：罗长生，要是你保证不打她，我就让你把她接回家去。你要让她好好休息，不要干什么重活。

罗长生说：不干重活可以，医生，你都给她撑腰，我有什么办法？凭良心说，嫁给我之后，她干了什么重活？生了几个女儿，养了几头猪，菜地还是那两块。不打她？……我不敢保证……等她的病好了再说吧。

刘玉珍不知什么时候跑到门诊室来了。她说：医生啊，干活我不怕，不要说三头猪两块菜地，再加一头猪一块菜地试试看。现在当着医生的面说说，你凭什么打我？我哪一点对不住你？罗长生……你再打，我就死，死给你看……刘玉珍说着，哇哇地哭起来。

罗长生把香烟头往地上一吐说：你看你看，医生，你看烦不烦？你还叫我不要打她！

父亲说：回家去吧，回家去吧。罗长生明天再来一趟。

罗长生说：还要来啊？医生，我不打她了行不行？

罗长生领着刘玉珍回家去了。

父亲说：刘玉珍肝脏肿大，手感滞涩，有明显结节，边缘凹凸不平，我怀疑她是肝癌，而且是晚期。过两天让罗长生带她到省城医院确诊。……他们也没有钱。……即使到上海的大医院去，也没有什么更好的办法。……唉，这个劳碌命苦的女人，就要在这个世界上消失了。她的丈夫还不知道，还在凶神恶煞地对她吼叫。……

罗长生知道实情之后，带上所有的积蓄，卖掉了三头猪，把家交给大女儿，就带着刘玉珍上省城去了。

三个月之后，刘玉珍就死了。

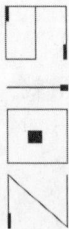

点评/

　　此为张柠"罗镇轶事系列"中的一篇,虽篇幅不长,但信息量很大。先是讲述罗镇医内的一些生猛之事,比如打镇长屁股事件,医生把手术剪、血管钳遗忘在病人肚子里的事件,这显然是对当今医院医疗内幕和部分医生职业操守的有力揭批。接着重点讲述刘玉珍来罗镇医院看病的情况,由"我父亲"接诊、把脉、问询、开药,但最终结果证明,刘玉珍已身患肝癌晚期。一位养育多女、沉陷于繁重农活、家务且常遭丈夫毒打的农村妇女,就这样在作者笔下倏忽来倏忽去,其坚韧的生、非人的活和无奈的死,让人无语、感慨,倍感悲凉。"叫你那位罗长生到我这里来一趟","我父亲"看似平常的一句话,其实已将这种无奈和"悲凉"渲染到了极致。农人因患绝症而死,本来是一个异常沉重的话题,但这个短篇在写法上另辟蹊径,以拉家常式话语风格和冷静客观陈述式语调,尽力以呈现方式讲述一位身患绝症农村妇女的沉重命运遭际,其庄谐与悲喜所形成的有关沉重命题的艺术作品张力效果分外凸显。小说最后两段更是将这一话题推上接受的顶峰,而这一切,作者自始至终并未做任何带有倾向性的评价。"三个月之后,刘玉珍就死了",话语如此客观、冷静,但人生何其无奈、残酷。

（张元珂）

城北急救中

/修新羽

发现陈焯睡着的时候，我狠狠掐了他一把。而作为报复，他喊了惊天动地的一嗓子，引得周围人纷纷侧目。我不侧目，我全神贯注地看着那正在翻乐谱的小提琴手，看着音乐厅天花板上一小块脱落了的墙皮，装作不认识他。

这种伪装在音乐会结束之后终于前功尽弃，因为陈焯像条尾巴那样紧紧跟在我身后，低眉顺眼，一口一个对不起。票是提前好几个月买的，英国小提琴巨匠来华首场演奏会，我为此期待了很久，还特意找出最得体的那身黑连衣裙。然而陈焯连两个小时的清醒时间都给不了我，他只能给我对不起。

我感到前所未有的挫败，脚步逐渐慢了下来。陈焯牵住我的手，说他确实不应该睡着，然而我也有错，我刚才掐他的时候没有堵住他的嘴。我试图摆脱而未遂，就找了个路灯旁边的位置，站定了望着他。他肯定看清楚了我眼里的泪水，因为他瑟缩了一下，猛然把手松开。那些乱七八糟的托词对我不管用了，早就不管用了。

这就是我和陈焯，我们从来都这样的。

我们在城北读的大学，毕业后想尽办法才留了下来。经过反复思考和反思实践，不约而同地发现谈恋爱是降低生活成本的最佳方式，就心照不宣地睡在了一起。

我们租的房子就在城北急救中心对面。每天都能听见急救车乌拉乌拉的声音，把那些快死了的人运进来。有些就这么死了，有些折腾一顿也还是死了，只有非常少数的幸运儿才能活下来。人们嫌这里晦气，租金也就相对低廉。

夏天那阵子房间老跳闸，陈焯只好跑去阳台上，靠着一盏应急台灯批作业。阳台上蚊子多，等他回到床上回到我身边的时候，总是带着一股很浓郁的花露水味，闻起来比我还娘。他会故意抬手搂住我。

我嫌热，把他挡开。他会不依不饶地搂过来，只为看我一脸嫌弃又委屈的样子。我说陈焯你都多大年纪了还喜欢欺负小姑娘？他会故作深情地说，在你面前我永远八岁。我想把他踹下床去，而他会顺势抓住我的脚踝，把我拉向他。

楼体隔音效果很差，尽管每个窗缝里都贴了隔音胶条，却还是能听见由远及近的警报声。隔着窗帘，还有急救灯一闪一闪地飘过来再飘远。刚搬过来的时候我总睡不好，只能跟陈焯整宿整宿做爱，汗津津地昏过去，直到第二天被闹钟吵醒，带着黑眼圈挤地铁。后来工作越来越忙，我们也越来越习惯，躺下就能睡着。只是随着天气变冷，有时候明明各睡各的，醒来的时候也会抱在一起，陈焯毛茸茸的下巴会抵在我肩膀上，胳膊也紧缠过来。

刚搬过来的时候，我还没经验，依旧留着那个功率过大的吹风机，洗完澡吹着吹着头发房间就跳了闸。把窗帘拉开朝外瞅瞅，只看见旁边几户的灯都还亮着，马路正对面是荧荧的一排红字：城北急救中。"心"字不知道怎么坏掉了。陈焯走到我旁边，把窗帘重新拉上。拉得太急，房间里就弥漫起一股灰尘的味道。我说城北大概要没救了。

陈焯说，那怎么办，那我们只能倾城之恋了。

我不知道城北是不是要倾覆，只知道我们随时都可能彻底完蛋。陈焯高中学理科，但因为是外语院校的保送生，到大学只能继续学外文，学得就有些三心二意狗屁不通，毕业之后就找不到工作，最后去给外语培训机构打工。而我被一家创业公司拉去当CCO，全称Chief Cultural Officer，首席文化官；公司里只有五个人，人人都是首席，而我最重要的一项工作就是帮大家点外卖拿外卖。简单来说，我们两个谁也看不到未来。

陈焯的公司离这里很近，而我上下班要坐一个多小时地铁。所以做饭和日常打扫基本都被他包揽，就连厨房里的围裙都是他喜欢的花色。有时候我加班到很晚，从地铁站回来黑灯瞎火，经常打电话让他来接我。他就赶过来拉住我的手，一边走一边背诵社会主义核心价值观来辟邪。

那时候只有寿衣店还开着，白惨惨的荧光灯亮着。我手心直冒冷汗。陈焯说我们都是社会主义好青年，都是年轻人，不要怕那些牛鬼蛇神。我嘴硬着说我也不怕牛鬼蛇神，我怕人，怕杀人放火抢劫。他倒觉得无所畏惧，走到路灯下的时候还突然朝我耳朵大叫，又一脸讪讪地说："哎，你没被吓到啊。"当年我究竟为什么会觉得他很可爱的？完全就是个傻×。

我们在一起快两年了，可谁也没说过"我爱你"。出去玩的时候，别人问我是不是他女朋友，他也总是很暧昧地笑笑。私下里他跟我讲过好几次，他说，你也是知识分子，是念过大学的，是讲道理的，你不能强迫我。那时他刚跟女朋友分手，头上长着一片草原，只想把自己变成野马。他说，我心里那扇门关上了，现在只想找个人陪在身边，其他的走一步算一步。

我说，每次你心门关上的时候，我的手都恰好在门缝里。

陈焯扭头看我，就像在看一个陌生人。他说你什么时候这么文艺了。我说原文来自一本学术专著，《现代性与大屠杀》，豆瓣评分9.0，讲的是犹太人总把手指放在现代性的门缝里。陈焯开始笑，他说："好好好，我承认你还是你。"

我说："我不承认。"而陈焯摇摇头，表示他不想吵架。他慢慢脱掉外套，仔细叠好，然后把头枕到我膝盖上。如果我愿意的话，从这个角度可以很方便地掐死他。我用手指轻轻拂过他下巴的胡楂。

陈焯就那样睡着了。人在睡着的时候看起来往往会年轻些，带着一种毫无防备的天真，然而这个道理在陈焯身上并不起效。陈焯一睡过去就像是死了。

最开始，他的睡态总能让我感到震惊。我们第一次出去开房的时候，并没有正大光明，而是打着复习期末的旗号。隔壁传来呻吟之后，我把脸凑到陈焯跟前，问，没激起你的好胜心吗？而陈焯立马跳起来，抱着电脑找了半天，开始大声外放一部聚众淫乱的色情电影。

女主角声嘶力竭地呻吟，而我笑倒在床上，还故意选好姿势，让腰上的皮肤露出一小截。陈焯看都没看我。"陈焯，你真是个君子。"

陈焯对此不以为意。他说，我今天是真的要好好复习的，也劝你认真看看课件，不要老马失蹄，在大四的时候把自己挂掉。他的话倒激起了我的好胜心，决定要复习给他看，跟他比比谁更能沉得下来。

结果我还在研究费孝通的差序格局理论，陈焯就已经咚的一声倒在桌子上。姿势很奇怪，额头紧抵着桌面，像是猝死了，像是能这样一直睡下去，睡个几十年。我象征性试了试他的鼻息，然后把他搬到了床上。

那是我第一次认真地打量陈焯。他比我小半年，高瘦文静，头发浓密，皮肤白，在人群里打眼一看就很出挑，再配上那副黑框眼镜，完全就是电影里那种斯文败类。可仔细观察起来，五官也没什么特殊的地方：眼睛不大，眉骨不高，下巴倒是有点儿尖。睡着之后，陈焯浑身的力量和戒备都卸掉，无论怎么推他，拉他，捏他，他都毫无反应。他睡得那么沉，那么死。

陈焯学过钢琴，我也学过。但他考过了九级，我只学了三年就放弃。更要命的是，我带他去参加过几次朋友聚餐，而他只是坐在那里，露出自己那脸傻笑，就能被所有人喜欢。

我拿毛巾沾湿了给他擦了擦脸，在他旁边和衣而睡。其实从那天开始我就该知道，陈焯对我几乎没有兴趣。他只是习惯了讲软话，习惯了对女孩子好，而我只是一个比较方便的选项。时至今日，我们的关系依旧更像是长期互嫖，甚至留不下什么干净美好的记忆。

那天外面下着暴雨。

雷声滚滚而来，整个城北都停电了，只有急救中心的几个房间还亮着灯，估计是有什么应急电源。那天晚上陈焯七八点钟才回来，自顾自进了厕所洗澡。我跟进去看，他脱下来的衣服都被冷水浸透了。我把衣服扔到洗衣机里，问他："雨伞呢？"

"借给了一个学生。"

我有些心疼，于是决定跟他吵架。我问男学生还是女学生啊？

陈焯说："女的，眼睛大，皮肤白，长得比你好看。"他的话从防水帘后面透过来，闷闷的。他说得如此坦荡，我心里反而不好受起来，架也没力气吵了，早早洗漱完躺到了床上。陈焯不声不响地洗漱完，关好灯，也躺到我身边来。

我们肩并肩躺在床上。我深呼吸，闻着周围的空气，潮湿而带着隐约霉味。我不知道在这间房子里有什么正在坏掉，那些旧家具，还是那些被整齐叠好收在柜子里的衣服。陈焯说："我掐指一算，你又在生气了。"

我说："陈大仙再帮忙算算，我是被什么气着了。"

陈焯说："生活。"

这样的事情在生活里并不少见。有次我们吃完晚饭，打算出去看电影。在公交车站旁边，一个小姑娘把鞋跟卡到了下水道盖里。陈焯蹲下身帮她拔了出来，而她连声道谢，说自己穿高跟还没穿习惯。又问，你也这么晚才下班啊，什么工作的。

公交车还是不来。

陈焯指了指旁边楼上那个"天天向上培训学校"的灯箱："教外语的。"小姑娘"哦"了一声，过了会儿说，最佩服英语好的人，找他报名培训的话能不能有优惠。我在陈焯试图回答之前，就笑了笑抢先说，没优惠的，他们公司管得可严了。那天晚上陈焯格外来劲，看完电影回来的路上还在追问："你是不是吃醋了？"我说："吃春药了。"

不怪我生气。我旁敲侧击地问过好几次，至今没搞明白他有多少前女友。

还有一次，是穿校服的小姑娘在我们楼下探头探脑。那时我正在把阳台上晾晒的红内裤都收进房间，才收到第五条的时候，听见她鼓起勇气问我，陈老师住在这里吗？我说，哪个陈老师啊，不认识。

小姑娘瞅了瞅门牌号，说，陈老师留给我们的地址就是这里，也可能后来搬家了吧。她举着手里的一沓东西，晃了晃："我们下周就结课了，大家想提前给他个惊喜。"从二楼的阳台上，我能看见那些信封上印着烫金的爱心。我摇摇头回到屋里，一条条卷好我们的内裤。

也不知道陈焯后来有没有收到那些信，总之他什么都没跟我提起。总之他对学生好，真的好。难免会招人喜欢。

为了赚钱，陈焯不仅教高中英语，还教初中数学。然而毕竟不学数学五六年了，他只能每天晚上对着辅导书自学，第二天再去讲给学生听。有时候好不容易搞懂了很难的问题，就很得意地向我汇报，还把我揪过去也做做试试。我做不出来倒还好说，如果做出来了还做得比他更快，他就会闷闷不乐起来，坐在那里等着我去哄。

有些时候我会扑到他身边，捏捏肩捶捶背，夸夸他，找玻璃杯倒上热水塞进他手里。有些时候我觉得烦了，就什么都不理。

万圣节的那天，陈焯要给班上的学生带去惊喜。他跑去菜市场，拎回来两个脸盆大的南瓜。等我回家的时候，其中一个已经被削废了，另一个刚刚掏干净了瓤。我看不得他笨手笨脚的样子，找了把美工刀扑上去帮忙，最终把第二个南瓜削成了半哭半笑的像。为了不浪费粮食，我们吃了整整五顿的南瓜粥，连舌头都变成了黄色。出于对陈焯的爱，那时我不在乎自己的舌头究竟是什么颜色。

据他说，那些孩子们对南瓜很满意。而我总觉得，他是在寻找途经来消磨掉自己过分旺盛的父爱。我想过干脆养只狗，陈焯对此万分赞同，但又提醒我说，一定要从小养起，好好训练它，培养它定点排便的习惯，按时给它喂食洗澡，按时遛。他念念叨叨着所有养狗的细节，直到我终于打消了这个念头。

创业公司没有什么假期，有项目就忙些，没项目就轻松些。他们来砸门的那天，我刚熬过夜，起得就晚，半睡半醒间听见钝器的撞击声。起来从猫眼往外看，走廊空无一人，声音也已经飘到楼下了。又过了会儿，楼下好像吵起来了，有人高声说："这周就要搬出去，没有任何条件可以讲！"还有小孩子哇地哭了起来。

听不懂这是怎么回事，我原本打算继续去睡了，却看见有人从楼下跑了上来，手里举着支擀面杖一样的东西在我们这层每家每户的房门上乱敲，然后在每家每户的门上都贴了通知条。

他们说这栋房子在前几天的消防检查里被评为危房，现在开始往外清人，下个月就要整个拆掉。我问房东怎么办，他说他去想想办法，让我和陈焯也商量一下。

微信不回，电话也打不通，我决定去找陈焯。刚到走廊上，就听见他对班上的同学大声嚷嚷："你们就不能用点儿心吗，花着你爸妈的钱，又不是给我学的。"

有男生大声反驳："是给你学的，我们怕你伤心。"

陈焯当时正在往黑板上抄题，听见这话，咯噔一声把粉笔摁断掉。他转过身来把手里剩下的半截粉笔砸到那男孩子头上，说："我已经很伤心了。"

他低下头，挑了支新粉笔，想要继续抄题的时候才看到我站在教室后门口。

我朝他举了举手机，他朝我举了举粉笔。我摇头，而他终于无可奈何地从讲台上拿起块抹布擦擦手，去看我半个小时前发给他的信息。

陈焯坚持上完最后半节课才跟我一起回去，以免工资被扣掉。

于是我坐在培训机构的前台那里等他，前台小姑娘瞥了我几眼，端来半杯热水。我感谢了她，从包里找出根口红，去洗手间里补了补妆。

回去的路上我们接到房东的电话，那中年男人满怀歉意地解释了半天，说已经给居委会负责人递过几条烟，以为没事了，不知道这次上面查得那么严。挂了电话之后，陈焯问我打算怎么办。我说，同林鸟也要各自飞啊。

陈焯说这不是开玩笑的时候。可他也没有什么办法。

打扫卫生是他负责的，但一个月前老板去外地开会，放了我们所有人的假，我刚巧有时间，就随手收拾了下客厅，结果从沙发上的杂志里掉出来几页病历。没有名字，只有诊断日期以及诊断结果。在我见过的所有病历中，这算写得很清楚的了，能让我明白究竟发生了什么。

我真的不会做饭。但我那天点了一桌子陈焯喜欢吃的外卖，等他回来。

今年是我们俩的本命年，陈焯买了二十条红色内裤，十条男式的自己穿，十条女式的硬塞给我，说是本命年犯太岁，红色能辟邪。于是我们阳台上经常就红旗招展。我没料到他会这么迷信，而他神秘兮兮地跟我说，这是家族传统，就连他的名字也是算命先生起的，说他五行缺火。"原本是卓越的卓，就直接给加了火字旁。"

他说这个字是光明的意思，是照亮的意思，是火苗跳跃的意思，总之都是好意思。可我很没文化，还是去网上搜了一下，发现这是个多音字，还可以读作"抄"，是把蔬菜放到沸水里烫一下的意思。我把这件事记了下来，准备好好嘲笑他，但一直没找到什么合适时机。现在我重新想起了这件事，这是个多么不吉利的名字啊，让那些绿色的生机勃勃的东西在沸水里蔫掉。

我以为我们能吃完饭再讨论这件事，可陈焯一进门就溜到了沙发那边，东翻翻西看看，大概是意识到自己没把那些东西放好。我说赶紧来吃饭。

于是他麻利地拉开椅子，坐到我对面。丰盛的晚餐显然在他意料之外，因为他的神色突然紧张了起来，不知道他是否忘掉了哪个重要纪念日。

我跟他讲，是我们公司今天拿到了第一笔天使基金。他瞅着桌上的菜，还故意用手点着数了数："三荤两素，大餐啊。"

我也跟着他瞅桌上的菜，可眼前却总是晃着病历上的字，"肺癌晚期"。会恶心，呕吐，最后呼吸衰竭。会死得很难受。为什么是肺癌呢，陈焯已经戒烟了。可能是因为雾霾吧，冬天烧起煤来，城北的雾霾一向很严重，朝窗外望去，万物都是灰蒙。特别是我们这里，离急救中心近，离火葬场也不远。前阵子治理污染，据说已经关掉了一些燃煤企业，可火葬场总不能给关掉吧。朝窗外看的时候，万物就依旧灰蒙。陈焯又总是在阳台上批作业，总是待在灰蒙里。

陈焯说："那我先动筷子？"他一边吃，一边努力露出幸福的笑容。

我吃不下去，正好外面传来了隐约的哭声，就跑去了窗前。有人正把盖了白布的担架从医院里抬出来，平常都是从后门走的，今天不知道怎么直接抬到了前门。一个年轻女人跟在担架后面，时不时抬手抹眼泪。还有个中年女人，用手扶住担架，脸涨成了红色，大声哭号。其实死也有死的好处，本科时我跟着老师去养老院里做过调研，年老面前，那些寿终正寝的人反倒不可能保持住什么体面。

往常陈焯总会很快冲过来把窗帘拉上。但今天他没有，他远远躲在房间的另一边，看都不愿往我这边看一眼。就好像这边有什么东西会伤到他的眼睛。车很快开走了，黑暗中我不知望向何方，却突然注意到"城北急救中"那几个字也熄灭掉了。或许他们终于打算把那个缺失掉的"心"补上，为了维修才拉了闸。或许只是故障。

听完音乐会那天，陈焯非要将功赎罪，拉我去附近一家不起眼的小店，说是学生推荐给他的，这家烧烤做得特别好。可店里面没几个人，我们选了靠窗的位置，点好烤翅和啤酒。我们谁都没再提刚才的事情，直到陈焯又一次开始道歉。

陈焯说："最近他们放寒假，来上课的人很多，我真的很累。"

我说谁不累呢。我说，我要去找学长了。在学校的时候我参加过许多兴趣社团，认识许多人，这些陈焯也都知道。陈焯说什么学长啊。

我说，就是社团里认识的，生物奥赛国家队那个。陈焯当年才拿了省二等，没拿到竞赛保送的资格，因此对所有国家队选手怀有微妙的嫉妒。

他说你能不能讲讲道理。

我说，不讲道理，讲故事，从前有个人，又穷又吹，连治病的钱都交不起，还不敢跟别人说，只愿意自己默默忍着，等死。

陈焯说，那我给你讲个道理吧：心思太重的人是活不开心的。

我说你讲完了没有，他说没讲完。然而他也没有再继续讲下去，只是和我一起沉默地坐在餐桌前。已经是晚上十点半，旁边的服务员鼓起勇气凑过来，说先生小姐要不先买个单，我们马上打烊了。

我指着陈焯说，让他买，我没钱。然后手脚麻利地穿上衣服，头也不回地冲出门去，仿佛已经当众把他给甩了。可是出门之后我又不敢走得太快，因为身上没带家里的钥匙。

我磨磨蹭蹭地走，陈焯也在后面磨磨蹭蹭地跟，走到那家寿衣店门口的时候才撵了上来。他说你真勇敢啊，不知道这附近前些天闹过鬼吗。他说所以你是算我家里人是吗。他说，等我以后变成鬼了，一定会好好保佑你。

我不想听他说话，干脆转过身，躲到了寿衣店里，那扇脏兮兮的玻璃门在我身后关上，陈焯在外面发愣。寿衣店里的老板在里面发愣。

头戴毛线帽的老人家瞪大眼睛："不买的话别进来捣乱哦。"

我说："怎么不买。"正好陈焯也低着头跟了进来，被我一把拽过去："多精致啊，快挑个你喜欢的。"老板听了我的话，把屋里的灯又打开几盏。灯光不再是白惨惨的，而是带了点儿暖黄。挂在墙上的衣服都很精致漂亮，摆在柜子里的还有许多模型，有苹果手机，还有些带花园的欧式别墅。老板说，都是纸做的，都能烧。

我最终买了一座城。一小座古代城池，让人想起了空城计，想起了烽火戏诸侯，还想起了小时候的手工课。它是用硬纸板拼起来的，拼接处还能看到胶痕，但也价值整整两百元。其他人会抱着怎样的心情买下这种东西，再烧掉它。我本来想把它直接拿在手上，但老板找出只纸盒子，非要帮我包装起来。陈焯一言不发，在离开的时候帮我推开玻璃门。

我捧着纸盒走在前面，陈焯跟在后面。这条路还是很黑，一出门几乎什么都看不见，我也只是继续往家走，走着走着眼睛适应了些，就能看到微弱月光落在前方。

"那病历不是我的，是方老师的。"在我身后，陈焯小声说。方老师是他的同事，据说当过高中的教研组长，退休后被培训机构请过来教课。老烟鬼。

"我看你误会了，就想顺便吓吓你。我不知道你那么傻。"

我想扇他一巴掌，但我只是把那个纸盒子扔到地上，踩扁了。

砸完门，贴通知，之后就没了下文。房东找关系去打听情况，但也没问出什么来，总之说大家都还没开始搬，可以继续先住着。

初雪那天，我们去买了火锅底料在家里涮。锅里热腾腾的，杂七杂八丢进去，满屋子烟火气。我边吃边盯着他看，他边吃边盯着锅里的东西看，把那些浮起来的虾饺抓紧捞出来，再挑点儿羊肉丢进我碗里。他说，你够不够，不够冰箱里还有。我说抓紧把东西都吃掉吧，还不知道能在这里待多久。

陈焯说："如果这里真的住不下去了，咱怎么办。"

我说，不是咱怎么办，是我怎么办，你怎么办。我说我去找那个奥赛学长呗，让他养着我。说话的时候，嘴里好像又尝到了南瓜味。在连续吃过五天南瓜之后，我一直对南瓜味感到恶心。

陈焯放下碗，放下筷子，呆呆地坐着。我说，那个学长后来在印度出家了，从朋友圈里看，每天过得都很快乐。

陈焯说，你去不成的，没人会要你，你没有慧根。眼泪从他睁大的眼睛中落了下来，留下两道亮亮的湿痕。成年之后，我还从没近距离看人哭过。我觉得头晕，甚至没办法起身去找些纸巾过来。我把袖子扯出来一截，往他脸上抹。

陈焯朝后躲了躲。他说，如果这里过不下去了，我就带你回家吧。

我问，回青岛吗？他说不是，回老家。那里有果园，有渔船，有玉米地，反正饿不死的。

我说不。我说别以为你说这话就行了，你永远都不够真诚。

陈焯说难道你就真诚了，连跟我说句情话都是剽窃的。

我说我剽窃谁了。陈焯说，剽窃齐格蒙特·鲍曼，心门与手指，《现代性与大屠杀》。他站起身走到客厅的书架那里，边说，边恶狠狠地把那些书一本本抽出来，一本本甩在地上。砰，砰，砰。窗外急救车的声音由远及近地响。

我说对不起我脑子不灵光，没办法，编不出更多瞎话了。

陈焯说，那我教你行不行，我说一句你跟我说一句。陈焯说："我爱你。"

我用比他大一百倍的声音嚷回去："没听见，没听见！"我他妈的一点儿也不难过，只觉得生气，可我生气的时候总是想流眼泪。陈焯的表情突然就垮掉了。他走过来抱住我，但我什么感觉也没有，就像被一个玩偶抱在怀里。

我说："这就是你编的瞎话吗。"抱住我的胳膊收得更紧了一些。

他说附近真的闹过鬼，所以政府才减免了租金，非要把这些辅导机构拉过来，想用学生的阳气来镇一镇。他说："我们抓紧搬走吧，太晦气了。"

听完音乐会那天，我一整晚没再跟陈焯说话，第二天故意定了很早的闹钟，跑去茶餐厅吃了顿丰盛早餐，又买了杯冰咖啡，才开心心往公司赶。路上接到陈焯的微信："我道歉，好不好？"我看了眼就把整个对话记录彻底删掉。

我们公司主要是在设计手机APP。和那些给人们的自拍加耳朵加尾巴的拍照应用不同，我们能给人们的宠物加上衣服，帽子，眉毛，手。CEO是个比我高三届的学长，每天都穿着同一件浅蓝卫衣，精力旺盛地讲述着未来。"历史的车轮已经可以看到了，我们想法要多，不能漏掉每一块金子。"其实我没看到，但据他说，历史的车轮在朝短视频驶去：人们越来越没有耐心，所以视频要短；人们越来越浮躁，所以视频比文字更能吸引目光。历史似乎总在驶向更糟糕的方向。

上周他约了几个投资人见面，昨晚在微信群里兴冲冲跟我们说，搞到了一大笔天使基金。不是空头支票，是真金白银，足够给我们每个人涨薪三倍。钱多，压力也大，需要马上给出理想demo来配合宣传，可我们连产品定位都还没想好，就都留在办公室里集体加班。我全神贯注地整理着用户调研报告，而陈焯又发来微信，问我在哪儿。我说我在你心里，然后把手机扔到了一边。公司里有咖啡机，有零食，熬过整晚不是什么难事。直到第二天上午，CEO验收了成果，我才又溜回家去。

陈焯不在。但从垃圾桶里留着的烟蒂数量来看，他估计没怎么睡着。我换好睡衣，窝到床上，盘算着该怎么哄哄他，让他明白事情没有那么无可挽回。我等着他来联系我，我就在家里等他。他一直没有回来。

之后我睡了会儿，又醒来。整个房间空空荡荡，只有一道阳光从窗帘缝里落进来，碾在床尾。好像能听到雨声。还能听到有人在楼下压着嗓子交谈。

从窗户边偷偷往下看，是几个人正喊着号子，努力将一辆侧翻了的三轮车扶正。东西乱七八糟地甩了满地，有些沾着水就化掉。都是纸糊的，还不是什么好纸。是寿衣店也要搬迁了，老板在三轮车上载了过量货物，到巷子口的拐弯那里一时没稳住。店里的帮工正努力从雨水里抢救那些物件，再把防雨塑料布重新捆牢在车上。

我还看见了陈焯。他一手拎着几袋刚买回来的蔬菜，一手抓住几只红彤彤的纸灯笼，把它们往旁边的编织袋里塞。我随便套上件衣服，也跟着跑了下去，跟他们一起弯着腰，把成堆纸制的物件从雨里拾起来。雨还在无休无止地落下来，万物声响都被雨声掩盖住，雨声太吵了。

我们就像是阴间里的幽魂，漫无目的地收拾着那些冥币和纸元宝，把它们装回到袋子里。最后地上只剩些被泡软的黄纸，老板向我们道谢，然后开着那辆三轮车，载着那些精致的假房子假人假钱，晃晃悠悠地离开了。

陈焯说，这些东西有用吗。他说话的时候，阳光从云层里慢慢渗出来，给世间万物都镀上了一层浅金色，让世间万物看起来都昂贵极了。陈焯还说，我们回家吧。

原载《花城》2019年第1期

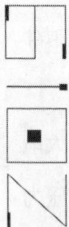

  两个大学毕业不久的情侣大学生留在大城市，一起租房，各干各的工作，其四处求职、漂泊不定但又凭韧性生存的身心遭际，自是万千刚踏入社会尚立足未稳的青年学子们人生处境的缩影。而作为寓居大都市的青年人的那种欢欣与辛酸、美好与困境、相识与离散、成全与退守等常见主题表达向度，也在这个短篇中得到充分体现。但其引人瞩目之处似不只在此，还主要表现在其在艺术处理方式上的特殊性。首先是叙述语式上所采用的恰到好处的距离控制策略，即由于作者在故事营构与现实反映之间注重讲述节奏的有效控制，既不直接切入、正面强攻现实，也不回避当下、逃离现实，而总是以艺术方式在已有认知经验基础上试图再造一个"艺术真实"。其次，小说通过对两人相处中误会与偶然际遇的设置或点染，不断将一个个有关都市青年人现实遭际与生存处境的"镜像"呈现于读者面前，其以轻驾重、以少映多的修辞策略很好地达成了从广度和深度两方面介入并反映现实的艺术旨归。再次，小说语言极富文学性。人物行动、对话和心理描写被作者拿捏得特有分寸，既切近人物身份、处境或心境，又意蕴丰满，经得起细加揣摩；叙述语言介于说与不说之间，视点位移与控制很有分寸，亦为文学性生成的重要来源。小说作者为"90后"，其艺术感觉让人刮目相看。

（张元珂）

奔跑的稻田/

/汤成难

1

父亲在他五十岁那年决定出一趟远门，这个"远"不是地理上的，而是时间上的，一年，两年，或许很多年……他也说不清楚。总之父亲宣布这个决定的时候，引起母亲以及我们的一阵哄笑。那时候我们一家人正围着桌子吃晚饭，桌子中央搁着一盏火油灯，突然的笑声使得火苗不住地摇晃起来，将投射在墙上的影子变得忽大忽小，影子里父亲的脑袋很大，像扣着一顶簸箕，仿佛正在表演滑稽剧。我们之所以对父亲的话发出不怀好意的笑，是因为父亲既不像村里的王富贵、王富全会点木匠活，可以到城里面帮人家打打家具，也不像修鞋匠杨瘸子去上海给城里人修修鞋。而我的父亲只是个农民，除了老老实实种地，他没有其他手艺。

我要到外面种稻去，父亲突然对我们说。

电灯就是这个时候亮的，来电了，屋内亮堂了起来，影子缩到脚下去了。我们没有心思听父亲关于种地的话题，我们要看电视剧，哪怕电视剧已经结束，看看屏幕上的雪花也比父亲的话要有意思得多。

很长一段时间，我们都是把父亲关于去外地种地的事当作一个笑话来看待的，直到半个月前父亲背着大半麻袋稻种离开村子，我们才对此信以为真。父亲沿着一条田埂向前走着，我跟在他后面，或者说，我要送一送他。田埂很窄，父亲走得如鱼得水，这得益于他几十年来的农民经验——他的脚下像生了黏液一样，稳稳地吸附在地上。而我呢，每走几步就从田埂上滑下去，一屁股坐在泥土里。

为什么不去大路上坐车呢？我问。

只有去城里才需要坐车，父亲回答我。

父亲的回答让人沮丧，然后我继续问道，那你要去哪里呢？

外地，他回答得很干脆。

可是，外地在什么地方呢——

嗯，父亲丝毫没有放慢脚步，腾出一只手向前指了指，嗯，外地就在远处吧。

父亲像在说绕口令。

我停了下来，感觉再也走不动了。

父亲叫我回去，你的腿太不经走了。等着吧，我会给你们写信的，父亲说。

我站在田野里看父亲的背影越来越小，小得仿佛钻进了天地之间的缝隙里似的。这一年，我还在读小学，对离别缺乏一定的感知能力，我只是觉得父亲走起路来有意思极了，我想起刚刚学会的一个成语，摇头摆尾，并用它造了个句——父亲摇头摆尾地走远了。

父亲的离开并没有使我们的生活发生多大的改变，原本父亲就是个木讷寡言的人，每天除了在地里干活，很少在其他地方看到他。早晨我们醒来的时候，他已经跑到地里去了，晚上我们放学回来，他还在地里，常常是天黑了，母亲深一脚浅一脚赶过去将他唤回来。你父亲就像栽在地里的一株庄稼似的，我把他从地里给拔回来了——母亲总是这样对我们说。

而我们家的耕地并不大，甚至小得可怜，收获的东西也没有因为父亲的加倍侍弄而多出一些。这块地真是坏掉了——父亲小声地说，不知道向谁在抱怨呢。

2

一个多月后，父亲来信了，信是寄到村委会，再由电线杆上的大喇叭声嘶力竭喊了一阵才把我叫过去的——我的母亲正和几个妇女打小牌，而我的两个姐姐呢都在跳皮筋，她们腾不出腿。

信封上写着母亲的名字，所以我不好随意拆开，一直等到很晚，一家人坐在一起吃饭时，才开始拆信。父亲的信不长，跟他平时说话一样，他在信里说找到一片地方了，这是在走了二十多天后才发现的。父亲说他打算先种上一小块，半袋稻种正好可以全部用上。至于这块地如何，毋庸置疑，我想不需要父亲在信中交代，以他常年插进地里的双脚在上面走一走，就能知道好孬了。父亲说他已经把稻种泡上了，再过两天就能长出小芽，芽一出来就可以播种，我们就等着吃新米吧。

信里的父亲和我所认识的父亲不太一样，真的很难想象那个木讷寡言的人是怎么写出这样鼓舞人心的句子的。

信自然由我保管，可能是我识字最多的缘故吧。很长一段时间里，这封信让我格外开心，是谁寄来的倒不重要，重要的是这封信来自远方，用收信时的邮戳日期减去寄信邮戳日期，整整十一天，我以这个数字打败了班上另一个男生，因为他收到过来自外地他舅舅的信。

父亲的第二封信很快就到了，有点出乎我们的意料，我们好像已经习惯于父亲的沉默，从前他突然说话，都会让我们吓一大跳。这封信比上一封又长了一点，除了告诉我们那些长了小芽的稻种已经播种之外，还在信纸的右下角画了几条线，线条在一阵弯弯曲曲后相遇了（我想是没有一个平整的地方供父亲伏着而导致），这些线条组成的图形就是他播种的地方。父亲说这个图形像不像一匹马？为了纪念一个骑马的人——那是他在这儿遇见的第一个人。父亲说上一封信就是由那个骑马的人带到镇上寄出去的，这里离镇上真是太远了。他叫我们不要给他写信，他不会收到的，因为那是一块没有地址的地。

3

村里越来越多的人进城了，他们有的是木匠，有的是瓦匠，还有一些是去城里学手艺的——或许和父亲一样，他们也在抱怨脚下是一块坏掉的地呢。然而，除了父亲，他们都去了南方。父亲在信里说，他是向着村子的北边走的。那些从城里回来的人常常带回一些稀奇玩意儿，这些只能让我产生短暂的羡慕，之后我便不在乎了，因为我开始期待父亲的新米到来。父亲说他会慢慢扩大庄稼地，那匹马将会越来越大，这样年复一年，马蹄终将踏进我们村庄。

第三封信到来的时候，稻子已经开花了，父亲在信封里夹了一小支稻花，真的比我从前见到的壮硕多了。父亲说他舍不得掐下一整株，毕竟一粒花就是一粒米。稻花是鹅黄色的，散发着来自远方的气息，我将它们拿给母亲和姐姐们看，转了一圈后又扔给了我，可能认为我可以代表全家激动一下。

然而，令我激动的不只是这些，父亲说等收获后就会回来，想想那场景都叫人兴奋，父亲扛着——哦，不，应该是骑着马，马背上装满鼓鼓的袋子，袋子里当然是父亲种出的新米了。一点也不比从城里回来的人逊色，从城里回来的人都会坐一种叫放屁虫的车，那种车行驶起来会发出"哒哒哒"代表疾驰的声音，而父亲则不，他的马一定会在进村的时候嘶叫，然后一阵烟似的出现在我们面前。

我把父亲寄来的稻花插进一只空酒瓶里，再往瓶里灌上水，每天上学前换一次水——我做得极其认真，以至于引起母亲一阵抱怨，你每天喂鸡都没这么勤快——

一段时间后，稻花竟结出了稻穗，我将它们带到学校，同学们都来围观，七嘴八舌地评论这株来自远方的稻穗，就连我们的语文老师都感到不可思议。这真是一株神奇的水稻啊，语文老师说。

这是一株让我和父亲紧密相连的水稻，当稻穗愈发饱满沉甸甸的时候，我就知道，父亲该回来了。然而，秋天过去很久了，并没有看见骑马的父亲和马背上鼓鼓囊囊的袋子。父亲来信说他暂时还不能离开，因为他还没想好把地卷起来带走的方法——那块地真是太好了，不知道多少长嘴鸟和獾子在打它的主意呢。稻子收获之后，他又往地里种了豆子，这是他爷爷的爷爷一代代传下来的经验，说是种过豆子的土地会更加肥沃。

父亲没有食言，和信一块到来的还有一袋新稻米，只是袋子小了些，是衣服的一只袖子，用绳子将两端扎紧，即成了口袋。稻米一共五斤四两，母亲用秤称了一下，当然，母亲并没有表示有任何不满，因为父亲在信中解释了，他要将剩下的部分作为稻种，明年将种下更多的土地。

4

整个冬天，父亲都没有给我们写信，像动物进行冬眠了似的。直到第二年的春天，一封信才姗姗来迟，父亲说过去的那个冬天真是太忙碌了，他一刻不停地开垦荒地，为了将收获的稻子都能播种下去，他每天从天亮一直开垦到天黑，手上起了很多燎泡。父亲说他终于明白从前人们所说的"黑土地""黄土地""红土地"了，而他脚下的土地却是五彩的，汇聚了黑、红、黄、绿、白五种颜色，真是绚丽极了。

我想象着站在五彩土地上的父亲，脚下聚集着白色雾气，远处空无一物，一眼望不到边，头顶的阳光是金色的，照耀着父亲紫薯一样的脸。

父亲用脚丈量这块土地时，发现有几个陌生人也正在打这块地的主意，他们用卷尺丈量，用仪器检测这块地的良莠呢，父亲停下来，愣愣地看着这些不速之客，他不知道陌生人怎么找到这里的，这些仪器又是如何检测土地的。

陌生人很快就离开了，父亲迫不及待地播下种子——这是占有土地最有效的方法。在等待种子发芽的时候，那些人又来了，他们打开双臂，仿佛将土地环抱其中，不容置辩地对父亲说，这里将要建设一座飞机场。

之后的事情父亲并没有在信中写出来，陌生人如何像搭积木一样在土地周围建起了工棚，还未冒出泥土的种子们又是如何被混凝土覆盖——父亲并没有说，但我能想象，仿佛亲眼看见了似的，因为在我们村子附近也曾出现过这样的陌生人。

父亲背着仅剩的一点稻种离开了，继续向北，寻找另一块可以播种的土地。对土地的甄别，父亲从不需要检测仪，松软的，坚硬的，弹性的，粘连的，或是充满沙砾的土地，在父亲脚下都无法藏匿，哪里适合种水稻，哪里适合种麦子，哪里又适合种玉米，父亲一走便知。他又走了二十多天，终于在一片水草丰茂的地方停了下来。

父亲在信里告诉我们，他多么喜爱这里啊，好像它们生来就是为了种植水稻的，泥土的密实度，水和土的比例，气候，日照时长，等等，都是那么恰到好处，当然这不是最主要的，最主要的是这片地方很大很大，真的是一望无垠。

父亲在这里用了一个成语，巧合的是，我正在课本上学习了它，记得在用"一望无垠"进行造句时，我几乎原封不动地将父亲信上的话照搬下来。这也许是父亲和我之间又一个紧密联系的部分。

5

种子播下去了，禾苗钻出地面，大地总给人以希望。父亲很快就投入到新的劳动之中，他脱掉衣服，浑身赤裸地干活，天地之间没有一个人影，更不会被谁发现。当然，最重要的是，那些衣服将有更大用途。

以父亲有限的文字能力，他是很难在信里表达自己对这片土地的热爱的，如果父亲站在我的面前——我能想象得出——他该是多么语无伦次和手足无措啊。既然无法用语言表达，那就用实际行动吧，对于一个农民来说，还有什么比整日整夜蹲在地里干活更好的方式吗。父亲又把自己栽进地里了，就连给我们写信的时间都没有了。

秋天过后，父亲仍没回来，他要不停地开荒、耕地，为春天能播种更多的种子。仍然在霜降之前，我们收到父亲寄回来的稻米，比上一次多了一些，不仅是一只袖子，而是一整套衣服——上衣和裤子。仍然是将每一出口缝好了，形成一个空心袋子，稻米将袋子塞得满满的，成了人形。当邮递员把它扛进村子时，我们都惊呆了，好像父亲自己走回来了似的。

那些稻米被倒进粮缸，和我们的谷物掺在一起——舍不得很快吃完。这一年我们的收成并不好，原本种番薯的那块地再没刨出什么来，另一块地被一条新建的马路占去大半。姐姐们也开始学手艺了，一个跟在村里的剃头匠后面，一个去了镇上学裁缝。而母亲仍然侍弄那一小块地和她的家禽，空闲的时候和妇女们纳纳鞋底。到了晚上，我们坐在一起时，我会拿出父亲寄回的信一封封展开读着，灯泡在头顶上被北风吹得轻轻摇晃着，这是一天中最美好的时光——

我曾偷偷从粮缸里抓了一小把父亲的稻子带到学校，其实也就是十多粒而已。用指甲轻轻剥掉谷皮，露出晶莹剔透的米粒来，它们放在我的文具盒里，像珍珠一样。同学们会在下课后跑来看一看，将米粒放在掌心仔细端详着——真的很不一样哎，他们说。

他们从没有在晚上看见这些稻米的不同，亮晶晶的，透着淡淡的月光。绝不是在夸大其词，我真的在一本书中看过这样的说法，据说水稻在生长过程中，如果吸收了许多明亮夜色的话，每一颗稻米都将发出月色星辉。

冬天到来时，炸爆米花的老头推着小车出现在村口，火炉还没架好，孩子们已经迫不及待背着米来排队了。母亲也给我量了半升——父亲寄回来的稻米。轮到我时，天已经黑透了，爆出来的刹那，引来很多人的围观，他们从没有见过如此饱胀，如此晶莹剔透的爆米花。

我总是在上学前抓一把装进口袋，与同学们一粒粒地分享。放学时，口袋里还剩一些，舍不得吃了。晚上躺下后，将爆米花放在床头，黑暗中它们更加明亮。我闭上眼睛，用手摸索着，再一粒粒送进嘴里，含着。

6

然而，父亲的信戛然而止了，在接下来的几年里，我们没有再收到父亲的只言片语，他的那件衣服还在，一直挂在我的床头，因为它的提醒，我常常会陷入一种遐想，那个离我很远很远的父亲，他的脚下正踩着一片什么颜色的土地呢——

收不到父亲的来信，并没有给我们生活带来多大改变，这三年里，姐姐们已经学艺出师，分别在镇上帮人理发和做衣服。她俩也分别谈了恋爱，恋爱是悄悄进行的，这种秘密活动一直持续了一年之久，连我都隐瞒了，直到两个准姐夫开始频繁出入我家，并且争抢着干活我们方才知道他们早就好上了。母亲呢，由于家务活都被准姐夫们抢去了，她有更多的时间扑在纳鞋底上，兴趣日益高涨，即便吃饭或如厕，也会手持鞋底研究研究，如此孜孜不倦。我想，父亲去外地种地对她来说简直是件好事，这样就不需要每天从地里将他拔出来了。

只有我，小心翼翼珍藏并期待父亲的每一封信，仿佛它是我与这个世界最美好的联系。那个在村庄里生活的父亲，我是陌生的，相反，走出村庄的父亲却是我熟悉和喜欢的。

这一年，临近春节的时候，那些载着城里回来的人的放屁虫络绎不绝，"哒哒哒"的声音震耳欲聋。每一声划过，我都会有些难受，我知道，父亲不会骑着那匹白马出现在我的眼前的。然而就在这时，父亲的第二件衣服突然回来了，紧跟着是第三件，第四件，衣服里依旧装满沉甸甸的稻米，一副心事重重的样子。每一件衣服里的稻子都是来自不同的地方，也就是说，父亲这些年又换了不少地方——那件蓝色上衣里的稻子是来自水草丰茂之地，黑色上衣的稻子来自一个带有坡地的河岸，黑色裤子的稻子来自一片沙砾地……父亲在信中没有说明每一次离开的原因，仿佛人与土地很难保持长久而稳定的关系。每一次离开他都十分不舍，但他必须离开。

父亲给我写这封信的时候，他已经到达海边了，是的，没错，海边。他在过去的三年里走过很多地方，后来他改变了寻找土地的方向，由北方转向东方，直到被一片蔚蓝的大海拦住才停下。如果以村庄为圆心，父亲曾到过的北方为半径，父亲已经完成这个圆形的四分之一了。当我在地图上寻找父亲足迹的时候，都会怀疑他是不是要将地球上的整个陆地版块种上水稻呢。

7

能够再次收到父亲的信，十分开心，我像咀嚼父亲寄回的稻米一样仔细咀嚼着每一粒字。父亲比从前善谈了，这一点从信的长度便可看出。父亲说海边很美，我想这是毋庸置疑的，虽然我还没有见过大海，但我想大海一定和头顶的天空一样蔚蓝而广阔。父亲的稻田就在海边的盐碱地上，那是一片长着红彤彤莎草的红彤彤的地。起初父亲对这片盐碱地不十分看好，但这几个月来，越来越喜欢它。我想如果有相机，父亲一定会拍下海边的稻田寄给我，因为他在信纸的反面画了出来——海风吹着稻田，波浪起伏，像另一片海。

稻田是红色的——你一定不能想象，从地里长出的一切都是红色的，仿佛汲取了大地的血液似的。稻田中央有一棵树，父亲叫不出名字，也是红色，春天时还会结出红红的小果子，引得鸟儿们都来了。这是父亲经常驻足休憩的地方，大树枝繁叶茂，树荫宽广，在树身长着松软凉爽的红色苔藓，他经常躺在上面，有时会睡一觉，风吹过稻田，耳边发出唆唆的声音。有一次，父亲正在树上休息，在快要进入梦乡的时候突然醒来，他看见一直红色的狐狸正站在稻田里，它的毛光滑柔顺，在阳光下像火一样。父亲试图保持镇定，他不断告诫自己，别动，动一下就会被发现，他还不想吓到它。而且，他还没见过狐狸，这是第一次，他想在它离开之前再观察一会儿。就在父亲完成以上心理活动的时候，狐狸不见了。他没有听见它走的声音，但是它走了，他也许应该召唤一下，他很想这样做。风吹过大树，水流向远方，而它走了，父亲怔怔地坐在树丫上，有些失落。

父亲很快就有朋友了，那是岸边成群的萤火虫，它们常常飞到父亲的稻田上空，像一粒粒发光的稻谷。父亲在信上说，天一黑，萤火虫就会围在他的周围，落在手臂上，落在膝盖上，眼前亮了，有一次在这光照下他竟把一条沟渠挖得笔直。

当然，除了萤火虫，还有其他动物——父亲善于和动物相处，一直都是。父亲说他正在训练一种尖嘴鸟辨别稻子和稗子的区别，这样他就不用再伏在稻田里拔草了；还有一种比田鼠还大的动物，它们有超强的打洞能力，父亲用苇叶做成哨子，当哨子发出短音时，田鼠们会不约而同钻出地面；当哨子发出悠扬的长音时，它们便开始用爪子犁地。你们肯定不会相信，有一亩地就是田鼠们帮我犁完的，父亲在信上写道。他和动物们相处很愉快，一起在大地上劳作，一起分享收获果实。秋天收割后，地上遗落的稻穗，一部分给长嘴鸟的，还有一部分就给田鼠——它们将稻穗运回洞里，这是过冬最好的保障。

8

我们和父亲唯一的联系就是那些迟迟归来的信了。我将它们按照时间顺序摆放好，锁在抽屉里。只有在盛夏，母亲将粮食倒出来伏晒时，我也将父亲的信拿出来见见阳光，这些被摊开的浮在纸上的字，在热气里慢慢游动。这个时候，如果有人从门口经过，一定会走过来看一看。嗨，晒信啦，他们说。有一次村长经过这里，他哈着腰看了好一会儿，然后不怀好意地笑起来，说，你爸怕是不要你们啰……

我没有理睬他，躲到树荫里看他一个人无趣地离开。村子里住着太多太多没有理想的人，远远地就能看见他们色彩单调的灵魂。

后来，我去问母亲，父亲还会回来吗？母亲愣了一下，她正在纳鞋底，她把针在头皮上刮了刮，以便更为锋利——他到外地种稻去了——母亲答非所问。

我也问过姐姐们，她们都忙着自己的事情，头都没有抬起来。是的，每个人都在专注自己的事情，包括父亲。

我知道，没人相信父亲会回来的，只有我，暗地里悄悄等待着。准确地说，是等待父亲的信的到来。

然而，又一个秋天过去，父亲的信才姗姗来迟，信的内容也越来越离奇，像一幅幅奇幻的镜头。父亲说他干活的时候，鸟儿会停到他的肩膀上。曾经有一只野鸡坐到了臂弯里，并在那儿下了个蛋——褐色的小蛋，我们从没见过这样的事，闻所未闻。

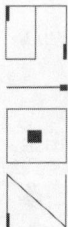

"一天，我在稻田里看见一条蛇，很大的一条蛇。你肯定想象不出它到底有多大，它的身子比我的大腿还粗。我想把它赶走，因为它压倒我的稻子了，但是蛇一动不动，我不知道是因为地太硬了，蛇钻不出一个洞来？那时快要冬天了，我便把它扛进草垛里，真是太重了，有两箩筐稻那么重。我用草把它盖好，第二天，蛇不见了，地上有一条长长的蛇蜕，很厚，我正好没有过冬的衣服，于是就把蛇蜕穿在身上，很暖和。"

"我在夏天种下的番薯秋天成熟了，可是，这块地真是太硬了，天一冷，更加硬了，像攥紧的小拳头，我刨了一整天，手上燎泡都出来了，只刨出了几个。夜里我躺在床上睡不着，想着怎样才能刨出番薯呢。等天亮了，出去一看，嗨，你一定想象不了，地鼠们都帮我把番薯刨出来了。"

"我已经没有衣服可以装稻子了，所以，我把所有的稻子全部种到地下，这块地越来越大，大到有一天连到我们的村子，那时，我就从地的这头走到那一头，就可以走回村子了。"

"那只狐狸又来了，像火一样的狐狸，它从稻田里走的时候，我真怕它把稻子给点燃了。它每个礼拜都来，静静坐在稻田里。我想它应该太寂寞了，或者是太饿了，这片盐碱地上什么都长不出来。可奇怪的是，我们的稻子长得特别好。一次，我向它走去，我想它应该熟悉我了，它以为我赶它走吧，乞求地看着我，我突然发现它的脸是红的，嘴唇是红的，眼睛也是红的，像刚刚化了妆的脸哭花了。"

"稻子收获的时候，我就睡到打谷场上，这是我一个人的打谷场，稻草堆积如山，稻子也堆积如山，快要把我淹没了，我还没想好将它们运回去的方法，让成千上万的田鼠帮我驮回去？还是由长嘴鸟们帮我一粒粒衔回去？在我没有想好方法之前，我就这样播种吧，把种子都种进地下。"

......

9

我去外地读书后，父亲的信戛然而止了。村庄拆了，土地被征用，据说也将建设工业园，然而，很长一段时间都没有动工，土地一直荒着。父亲的信不知道去了哪里，因为这里也成了没有地址的地了。

母亲曾去过几次老屋旧址，试图找到点什么，除了带回来一只锹柄和一块磨刀石，什么也没有看到。我和姐姐们很少见上面，也很少谈起父亲，仿佛他在我们的生活里彻底消失了。

拆迁后母亲住到了镇上，那里有很多像母亲一样没有土地的农民，他们每天去菜场买菜——再也不需要走到地里了——遇到一起时，便站在路边聊一会，一起回忆村庄的点点滴滴：房子，路，人，牲畜，甚至一些早已过世的，也被一一打捞出来。他们会突然想起了什么似的，想起若干年前外出种地的父亲——当然，其中不乏谴责之言，认为父亲以种地为由抛弃母亲和我们；也有说父亲是劳碌命的，终于把自己种到地下去了。

姐姐们去了更大的城市发展，仍然从事着从前的职业——理发和裁缝。从她们的发型和衣着上就能辨别出各自的职业。是的，她们十分热爱自己的工作，就像父亲热爱种地一样。

很快，姐姐们把母亲也接走了，母亲喜欢城市，喜欢双脚踩在地板的感觉，她第一次发觉，仿佛地板的存在是对鞋底最大的尊重。她日夜纳着鞋底，穿针引线，针脚像插进的秧苗一样整齐。她送给姐姐一家，我，以及邻居们——所有人都赞不绝口，他们从没穿过这么轻巧却又结实的鞋底。

镇上的房子又空了，母亲临走时，将一些闲置物品处理掉了。难道要留着给老鼠们吗？母亲说。我们花了一整天时间收拾整理，并各自挑走了几件——我带走了父亲的信，和那件装过稻子的衣服。

后来，我特地去过那个海边，根据信上的邮戳——果真是一片辽阔而荒凉之地，脚下的盐碱块像紧握秘密的拳头，十分坚硬，硌得脚生疼。我穿过大片大片的莎草，红得像火一样的莎草，约半人高，细瘦，风吹过去，如稻浪起伏。

毕业后，我去了一个海滨城市。很奇怪的是，我选择的专业竟是作物栽培与耕作学，说不清这样的选择是不是和父亲有关。我喜欢待在实验室里，观察水稻从发芽到开花到抽穗的全部过程，这个实验的操作不需要泥土，水稻的生长只需在加有营养液的水中进行即可。

我几乎每天很晚离开实验室，常常是午夜了，才将疲惫不堪的身体扔到床上。并不能很快睡去，轻轻呼吸着略带腥味的海风，远处还有海浪的声音，低沉悠远而显得夜幕之下的辽阔。我闭上眼睛，父亲信中描绘的景物一一清晰起来，白雾，稻田，大树……身子轻了，床板慢慢上升，在稻浪上轻轻摇晃着。

一觉醒来，月亮已经爬了很高，月光从窗帘罅隙钻进来，像长着一双无形的脚在墙壁游走，一点点跃过壁灯，一幅画，衣架，以及那件挂在墙上的曾装过稻子的衣服——

突然，我看见衣服上隐约散发着油亮光芒，我立即跳下床，向它走去。月色更明亮了，像吸取了海面太多的粼粼波光。父亲的衣服——微微弓着身子，双臂打开，像给人以拥抱。我第一次感到自己与父亲是那么地近，我正向他一点点走去。当越来越近时，我不禁惊讶起来——那件人形衣服的布缝里不知何时钻出了无数细密如针尖一样的绿色谷芽。

原载《雨花》2019年第1期

点评/

　　小说表层故事不难理解——父亲在五十岁那年离家出走，奔赴远方开荒、种稻，自得其乐，并从此一去未还——但表层故事背后所蕴含着的深层意蕴却十足立体、丰盈、多义，给读者留下足够宽广的接受空间。一方面，与常见的"离乡"写作模式不同，有关父亲远走他乡、外出种稻的现实动因、生活逻辑和社会意义的追问被搁置而不表，而从人与自然彼此互应、互衬、互生等"间性关系"出发，侧重表现父亲在垦荒与种稻过程中非关现实层面的内在精神景观。毫无疑问，作为故事背景而存在的"父亲出走"，与作为故事内核而存在的"父亲回信"，彼此构成一个极富意味的呼应、阐释或互证关系。另一方面，"父亲回信"完整呈现了一个独立自足的精神世界。事实上，父亲及其回信作为一种镜像，那里的自由、生机似乎正映照了此时我的孤独或人心的荒芜。是否也可以这么理解，即父亲成为架构我与外界自由关系的便捷桥梁，小说中"我"说过的一句话对此揭示得很清楚："只有我，小心翼翼珍藏并期待父亲的每一封信，仿佛它是我与这个世界最美好的联系。那个在村庄里生活的父亲，我是陌生的，相反，走出村庄的父亲却是我熟悉和喜欢的。"于此，对"父亲回信"的期待，以及对走出村庄的父亲的熟悉与喜爱，其实，也正隐喻了这样一个基本事实，即"我"始终存有一个超脱现实与自我、追寻并建构全新精神世界的梦想，并有着与这个"世界"发生对话的强烈冲动。小说以灵动、飘逸的语言风格，富含深意的小说意象（比如红色的稻田、红色的狐狸、发光的稻谷），以及具有魔幻色彩的笔法，将这一主题或内容表达得摇曳生姿、意蕴丰满。

（张元珂）

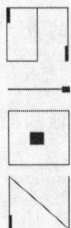

失 踪

/武庆丽

他们都给我数着日子，说我失踪已经超过半个月，第十六天了。

我是谁？我叫李长年。现在，可以说在我生活的这个芝麻粒大的沂河县城内，不管是认识我的，还是不认识的，只要谈论起李长年，都知道失踪了。

他们说我的失踪很蹊跷。不然，屁大点儿的县城怎么会找不到我呢！说得好像借我十个鼠胆，我也滚不出小县城似的。大伙之所以议论我，我晓得他们并不是真正关心、在乎我这一民企毛绒玩具厂里的办公室主任。至于出于何种目的，只有鬼才知道吧。他们想知道我是死了还是活着的好奇心仿佛能触发人类最原始的精神兴奋点。

是的，我失踪了。但我的魂灵在。你们只能看见我的肉身，你们是看不到我的魂灵的。你们暂且谁也找不到我的肉身，只是在猜测着种种可能。

我的魂灵来到了沂蒙山茶社。茶社老板王友合正在和他的几位朋友谈论我。王友合是个好人。在确认我失联三天之后，他发动亲戚朋友，社会各界包括公益组织、微信朋友圈、网络平台等多路，寻找我，他让我感激不尽。他去我手机定位的位置及周边附近寻我，他既不放过一条河，也不抹掉一座山，就连一口井、一片坟也找得仔细。他们沿着河追到河尾，爬进山顶的枯草里，测着井的深度，蹲在坟地都不想放过一只蚂蚁……这些情真意切的举动我都看到了，说句实话，我真感动到了，他们是多么想找到我啊。

显然，他们寻找我已经找累了。从第十六天来看，在茶社这次说起我与前些天焦急的心态大不一样。他们从最初对我的关心、焦虑，到现在成了茶余饭后的谈资。他们把我的失踪说得五花八门，如果蒲松龄老人家在世，会结合他们所讲的精彩情节，肯定能写出一篇独具风格的离奇文章来。

在沂蒙山茶社谈论我失踪事件的，无非就是几位经常在这里的"茶客"。

周桂宏年过六旬，去年从县地震局退休。我与他有过两面之交。他爱到沂蒙山茶社喝茶，我到茶社买茶叶，一来二去就认识了。茶社老板王友合热情好客，他平时没事最爱到王友合的茶社拉呱。周桂宏长得一副老婆嘴，拉呱爱拉那些令已婚妇女也羞红脸的黄段子，不知道的真不相信他之前竟然是一名副局长。在位时，人们称呼他周局长。退下来后，大伙一下子把他过渡成了单一的老周了。当有人叫他老周时，他笑着说，叫老周比叫局长好，我根本就不在乎称呼什么。但有人喊他局长时，他还是咧开嘴，脸上炸开花。周副局长虽然想让人尊重，笑着与称呼他局长的人搭讪，但有人调侃叫他局长话音里却不像带有尊重的味儿。有一位清瘦、高个、光头、跛足的人就问他，周局长，给你们单位建院墙的朱经理给你买的钓鱼竿现在还用吗？负责基建还真是个好差事，有人给买钓鱼竿……

姓周的听后，眼一白，回话，尽管造谣！

周副局长拉黄段子的本事能让在场的女人都扭头。刁姐说他，老周你怎么这么放得开，过去见你一本正经的。他嘿嘿两声，以前是孙猴子头上戴紧箍，哪敢造次。

现在，他们在王友合的茶馆里说起我。

老周是第一个把话题引到我失踪事件上的。不过，他的话气得我烧心！要是我的真身在现场，我会抢起巴掌，狠狠地扇他一个大嘴巴子。我才不管他曾是什么副局长！

姓周的说我的失踪肯定是带着玩具厂的我的老情人跑了。他说得有鼻子有眼。他嘴里冒出来的情人，指的是我们玩具厂财务科比我小八岁的会计张红艳。他说我失踪是和红艳预谋好的，携款逃跑。红艳利用会计职务之便，卷走一百万货款和我逍遥快活去了。

他妈的老周，你到我们厂子看一看，红艳还在伏案工作，再说你见哪个老板少了一百万还跷着二郎腿喝着茶？

坦率地说，世上没有不透风的墙。过去，我和红艳是有过男女事儿。但我们是两情相悦的。她对我不止一次地说，她能干上财务科的会计，我出了大力。她不知怎么报答我，我说不用报答。她笑，我也笑。逐渐地，我们的话越拉越多。后来，我们两人在财务科，我大胆地把她抱了。我让她揽得我紧一些，我们抱在一起时，我做出了往上一蹿一蹿的动作，她反应不良，阴着脸推开了我。事后她对我说，你那样的动作我很烦，我与你好是从心里好，但你那样，显然把我当成了一个发泄的工具。

红艳原来在缝纫车间当递货员，我去车间贴招聘简章。刚把招聘简章贴在墙壁上，红艳过来看了看对我说，李主任，我能报名当会计吗？

我看着她眼里包着清澈的泉水，便笑着说，当然可以啊，你有会计证吗？

她听了抿抿红红的嘴唇，闪着水光的红唇像块软糯的水晶果冻，揣着些许害羞说，李经理，俺有会计证，但是学历达不到招聘上的要求……

我又问，你有过从事会计工作的经验吗？

红艳说，以前在千里乐鞋厂干过两年，不过那是一家小鞋厂。

我说，我给问问看看。

我又看见她的眼里放着光芒。

对张红艳我还是很了解的。她人老实，和善，工作认真，吃苦耐劳，在我们厂子年年都是车间优秀员工。重要的是她很单纯，我打心底喜欢她。正是由此，我暗自决心帮她当上会计。如果她能胜任，应该对她是件大好事。毕竟会计工作量上不像在缝纫车间里递货那样出大力。进出财务科，有属于自己的办公桌、电脑等与车间不同的工作环境。最主要的是工资也高，且不用常加班。她可以更有时间照顾家庭。

在我的帮助下，红艳顺利当上了会计。尽管她的学历不高，但学历已不重要了。当然这里面，有我的功劳。后来事实证明，红艳把会计工作做得规规矩矩，板板正正。就连小数点后面的零都不会省。这样一个规矩老实的人，怎么会扯上携款逃跑呢。

红艳进了财务科之后，一直说要报答我。我呢，心里五味杂陈。我不图她的所谓报答，那样的话就违背了我的初衷。我是看她人好，同情她的遭遇而已。我知道她家庭困难，男人吃喝嫖赌不正干，还动不动就打她。那么好的女人，她男人真是烧包！

我和红艳在一个办公楼，上下班经常碰头。渐渐地，我似乎感觉红艳对我跟别人不一样。她看我的眼神携带着一丝羞涩，看得人心里温热热的。作为一个过来人，我眼不瞎。不可否认红艳是好女人，在她进财务科后，发了第一个月的工资，执意要请我吃饭。我没有拒绝掉，就去了。那次聚餐，轻松加愉快，这也让我与她的关系更进了一步。

红艳小巧且丰满，特别是那双无辜的大眼，盯久了会让人心里发痒。我们厂里人力资源部的马经理看上了。这是老周他们所不知道的。马经理曾经有一次借着酒疯劲，要红艳当他的情人。红艳很冷静地说，马经理，你能保证我当上人力资源部的副经理，我就答应你。如果不能，以后啥也别提！红艳早就摸透了姓马的是个什么角色。所以她笃定他不敢承诺，自己才大胆那样说。姓马的身上污点不少，在提出要红艳当他情人之前不久，搞了厂里的一个小他二十岁的姑娘，把人家的肚子都搞大了。差点导致他吃了官司。后来，还是姓马的强悍老婆出面，把小姑娘多次打得鼻青脸肿，嘴里喊着小破货，在厂门口把姑娘的裤子都撕下来了才算完。当然，姓马的在他老婆那里也吃了不少苦头。

从红艳当上会计不久，我就提醒过她，让她小心姓马的。不光是他有个母夜叉似的老婆，另外他还和厂老板有着错综复杂的亲戚关系。再者是姓马的这人不靠谱，是玩弄女人的高手。背地里员工们骂他，狗改不了吃屎，赖猫打断腿也忘不了那口腥。因为这，老板才把他从副厂长的位置上拿到了部门经理。

我看红艳不会走眼。我承认我对她越来越有好感。我是男人，但我自从在财务科抱了她之后，对她没有再提出过分的要求。直到那次，厂里开年终总结表彰大会，红艳从优秀员工摇身一变成了优秀后勤人员。在拿到奖金的那天傍晚，全厂员工高兴地在新时代大酒店共进晚餐。那天晚上她有些兴奋，待厂里员工都散了，只剩下我和她在酒店里。那次，好像上天故意安排的一样。在没人的酒店休息厅里，红艳通红的脸笑得像朵绽开的花。她说，李哥，今晚我不想回家住了。她叫的是李哥，而不是李主任。这一句叫得我心里乱颤。说这话的时候，她黑黑的眼珠里夹着水花，这话如一块石头猛击水面，我心里咣当咣当的一阵阵荡漾。我忍不住，上前抬起手摸摸她的头，轻轻擦掉她眼角的水花。她挡住了我的手，头低下去，竟然很顺当地贴在了我的心房上。我立马吞了一口涎水，深深吸了一口气，好压压我扑通扑通的心跳。我嗅到她头发上的香气，香气淡淡的，好闻极了。接着，她把头慢慢倾过来，我用足力揽她入怀。

红艳把脸微微抬起来，当她脸快贴到我脸的时候，电话响了，我和红艳心里咯噔一下，是红艳的电话。她慢慢掏出手机，手机屏幕上显示妈妈两个字。她迅速挣脱了我的怀，转身接了电话。电话那头是她十岁的女儿打来的。她一边安慰着女儿，一边显得有些慌张。她挂了电话，告诉我说，她母亲和女儿要来接她，现在已经快到酒店了。

我说怎么这么突然。她说，她下午和家人说了自己获奖了，家人高兴，没想到女儿吵着要来接她。就这样，我们走出了酒店。不一会儿工夫，一个六十多岁的妇女领着一个小女孩从出租三轮车下来，到了酒店门口。红艳迎上去。小女孩像只小蝴蝶样飞过来，扑在红艳的怀里。小女孩转着大大的眼睛看着我，她说，大爷，您就是对俺妈妈很好的那个人吧？俺妈妈说过，您是俺全家的恩人，您是个好人，在俺妈妈的手机上俺看到过您的照片……

小女孩像个大人一般说着话，她继续扑闪着大大的眼睛盯着我。她纯真的眼睛让我既难受又尴尬，我只有笑笑，什么也没说。

可惜的是，周桂宏不晓得我与红艳之间的故事。他依然像只臭蚊子一样嘤嘤着，散布着我和红艳之间不实的新闻，我真想撕烂他的臭嘴！

可我，现在没有肉体，只有魂灵。

正当姓周的把我与女人的情节一波接一波地送到高潮时，刁姐进了茶社。

刁姐原名叫什么，我还真不知道。我只知道她这个人嘴碎，且刁。大伙都叫她刁姐。

刁姐四十多岁，打扮得像个三十岁的少妇。她是王友合的邻居，在茶社左边开了家名为佳丽的美容店。

佳丽美容店里门的玻璃上贴着的"男士止步"四个不干胶红字惹眼。老周对里面的私事也是有所了解的。他曾私下里说过，晚上的时候，他亲眼看到有陌生男人出入过佳丽美容店。不得不说，老周一个大男人，管的闲事还真多啊！人家刁姐离异单身，有陌生男人难道不行吗？真是狗拿耗子多管闲事。要是传到刁姐耳朵里，凭她刁姐的威力，真够这个姓周的喝一壶的！

刁姐是扭着屁股进了茶社的。我还真担心她那细柳枝似的腰，扭得幅度再大一点，万一咔嚓一下，折了，那可怎么办！由于腰细，她胸前两只柚子般的大奶子起伏得愈加厉害。有一回我在茶社，周桂宏看着从茶社走出门要去看一下出了店门的刁姐的后影，回来说，真是不科学，腰身那么细，胸器那么大，你说咋长的。王友合哈哈一笑说，这叫资本。老周，你有想法吗？

哪有，哪有，老周忙笑着订正说，你王老板也没好好看看，咱是那种人吗！

刁姐一进茶社门，周桂宏起身欢迎。他说，刁姐，今儿个真养眼。

刁姐没有回话，落座，看周桂宏咽下一口茶，眼珠子瞪得核桃样在瞅自己的前胸，就狠狠地回了他一眼，接过王友合递过来的茶。

一向爱打听事的刁姐此来醉翁之意不在酒，也是为我失踪的事来的。

我到底去了哪里？没人能真正搞得清，刁姐她更不明。

有消息了吗？她问。

没呢。王友合答。

真是奇了怪了，一个大活人，还有了孙悟空的本事？

谁说不是呢？

听说他跟玩具厂的情人私奔了！这年头，又不是封建社会，还用得着私奔？与老婆过不来，离婚，多省事，老周说。

刁姐瞅老周一眼，又瞅了王友合一眼后说，也可能是私奔。如果真私奔，我还真佩服他是个男人，敢做敢当，她说这话的时候，一直盯着王友合的眼睛，随后她反问王友合，你说是吧，老王！

王友合瞟了刁姐一眼，目光马上挪开了。王友合说，私奔哪有那么容易啊，上有老下有小，感情火一阵子还得回到现实，不容易啊，这就是个谣言。

刁姐狠狠瞪了王友合一眼。接着说道，我听说，是他李长年和厂里的一个多年的好朋友竞争经理，老李不地道，竟然在背后搞小动作，攮人家一刀子。可笑的是他落选了，事情曝出来，他受不了打击，一时想不开，这才离家出走……

刁姐说的有形有影。老周放下茶杯，捋直了耳朵细听，然刁姐卖了关子之后不说了，急于听小道消息的老周问，你是说，李长年和姓赵的竞争公司经理？

是啊！正是姓赵的。刁姐说得很肯定。

老周若有所思地磕几下脑袋。

他们提的我和一位姓赵的竞选公司生产经理的事是玩具厂公开竞选干部。竞选实行员工投票，谁的票多，谁上新的岗位。老总说是顺从民意，最终两位候选人，落在了我和姓赵的头上。其实，那个姓赵的不是别人，是我多年的好兄弟赵玉国。

对于那次竞争，我还真的没怎么多想。我的实力是有目共睹的。而和玉国竞争，我决定往后退一退。因为玉国和我是多年的好朋友，好兄弟。说心里话，我希望玉国能当上经理，我干个副手也行，就是在办公室主任这个位置上，我也已经知足了。因为在我心里，玉国当和我当，我是一样高兴的。

我想，玉国也是这么想的吧。

曾有一次在酒场上，玉国说，兄弟，我在食堂吃饭的空，动员了身边的一帮好朋友，让他们在生产车间把票都投给你。我们都支持你，你放心好了。玉国说得很真诚，我听了很感动，然而我当时就推辞了。我说，玉国，不用给我拉票，你当最合适，你管生产更有经验。

回到家，我一夜没有睡着。第二天早上厂里大门一开，我就去车间，利用没上班的空和车间主任聊一会儿，其内容就是想让车间主任帮忙，为玉国拉票。我对他们说，玉国人心好，对工作有一股子热情。他当公司的生产经理最合适。临走时，我还对车间主任们说，有空喝去，车间主任们要我放心，保证把票投好。从车间回办公室的路上，我心里想，能为兄弟做点力所能及的事，值！何况玉国对我那么好，我为他拉票也是应该的。

这期间，我与两个车间的主任喝过一场酒。都是一个企业的中层领导，都是同甘共苦的弟兄，你请我我请你地喝场酒很应该，借酒增加一下感情。一个星期后，玉国顺利地当上了负责生产的经理，我还是办公室主任。当了生产经理的玉国被老板奖了五千元的红包。玉国成为经理，我从心里替他高兴。

世事难料，玉国当上经理之后，让我没有想到的是，一些声音在背后戳我脊梁骨。他们说我嫉妒玉国，表面上和玉国称兄道弟，背后玩开了阴的，请人喝酒，为自己拉票，贿选。这些不负责任的话刺激着我的耳膜，挠着我的心。玉国也听到了杂音，让我想开些，别听有人胡说八道。他相信我的为人。我感动得紧紧给了玉国一个拥抱。可我至今不明白，那些谣言从何而来，哪来的什么贿选之说。我之前拉票，明明是为了玉国啊。

后来，事实给了我一个重重的闪雷霹雳，差点没把我劈死。原来，玉国从姓马的那里知道，厂子改革实行新政策，根据业务生产量拿工资发奖金。如果效益好，经理自然腰包鼓鼓的。看厂子这几年的生产量，效益猛增，而且每年年终奖都有大幅增加。这可是一块不小的肥肉啊！于是，有人说是玉国，我的好兄弟，找人散布谣言，说我为了当经理去车间主任那里动员员工，拉车间主任喝酒，精神贿选。我当时也是傻，竟然忘了裁剪车间主任的小姨子就是玉国的老婆！我寒心的不是谣言，我寒心的是我和玉国那么多年兄弟情，在利益面前变了质。我想不通，我把心完全掏出来摆在玉国面前，玉国这时肯定还嫌腥呢。我想去玉国那里找答案，亲口问问玉国，可看着玉国高高兴兴地从一楼搬到四楼的生产部经理办公室后，我却没了勇气，我甚至有些怕看见玉国那张既熟悉又陌生的脸。

这事，本来堂堂正正的我，一下子搞得好像是我真的对不起玉国一样。

在我帮红艳成为会计之前，我一直不待见姓马的。有一段玉国和马经理走得很近，我又能说什么呢，我仰天长叹！人呢，就是这样。

我听着刁姐讲完这些，我的眼里再也包不住那些委屈的泪珠了。

一个大男人，这些背后的真实，我又能跟谁说呢，有些事越描越黑。家人更不理解我，比如，在玉国这件事上，老婆说我死熊一个，让人卖了还帮人家数钱！不知道自己几斤几两了，整天吆喝着自己当好人，当好人能当饭吃？你没看看越是那些自称好人的死得越惨！

唉，不管老婆骂我骂得多狠，我只能打掉了牙咽肚子里，忍了！

刁姐说完，王友合接着说我失踪的缘由。他说，你们说得都有出入，真正的事是，因为李长年觉得自己与那个会计好了，对不住老婆孩子，发展到或没发展到跟会计实质性的那一步，咱猜不到，只有当事人清楚，但他精神上已经出轨了。他决定找个地方躲一阵子。

听了王友合说的这些，老周眼珠子一翻打断他的话说，抱都抱了，没有不出轨之说。接着他又说道，我还从另一帮人那里得知，那个姓李的不

仅一个情人，好几个呢，在市里还置了一套房产，养了个小的。

呸，这才是造谣呢。刁姐抬高了腔，她说，我觉得他得了抑郁症，有人看见他老婆带他出入过精神病医院，估计这会儿找到活人的希望不大了……

会不会让人绑票了？王友合又提出了一个新问题，说完他鼻子一酸，想哭的样子，跟着一声长长的叹气。

沂蒙山茶社不时有人来。一个瘦高个子晃悠着走进来，来人和王友合、周桂宏、刁姐点头打了招呼。他是来买茶叶的，听着他们在议论着我的失踪，茶叶也不买了，站在那里细细地听了起来。他听着大家的谈论说，那个失踪的人，我听说从河里漂上来了，是他杀，让黑社会给暗害了，那人在厂子里都知道好赌，最后欠了外债，为了还债借高利贷，可是高利贷利息高得离谱，他还不上了，黑帮气急之下就把他做了，趁晚上扔沂河里去了，公安上正破案呢……

新的一轮关于我失踪的线索又开始了，闲人也越聚越多。有人说我失踪前，半夜从床上惊醒，在县城乱跑；有人说我下午下班后，根本就没有回家，打了一辆出租车开向城外，出租车车主是位胖胖的中年男人，他问我去哪儿，我说直着往前开吧，他回头瞥了我一眼后，发动了车子，就向前开去，再也没有停下来。

还有人说我就想散散心，到了一个陌生的地方去了。有人还在城西那条长长的河坝上见过我，我把手机一关，没了信号，任何人也找不到我，是我自导自演的一出恶作剧，想测测我的为人、他人的人心。甚至还有人说，我是个小说爱好者，业余时间写小说走火入魔了，辞去工作，玩失踪，炒热度，想出名想疯了……

我虽然堵不上我的耳朵，但是，我敢确定的是，我找不到回去的路了，我不知道我算不算真正的失踪。但我清晰地知道我的魂灵能洞察世间的一切，包括茶社里所有的议论。他们说，我就听。

天上了黑影后，茶社里就剩王友合自己了，我真想过去找他倒倒心里话，可是，还没等我想完，我看见王友合从衣兜的烟盒里抽出一根沂蒙山牌香烟，他打开火机点上烟，深深啜一口后吐出一个大大的烟圈儿，顺着烟雾缭绕，他把目光投向店外逐渐变少的人群，他说了句，都十六天了，这人找到的希望不大了，然后把店门死死地拉上了。

点评

　　李长年的突然失踪，自然并非单纯个人事件，而是关涉面甚广的公共事件。对王友合、周局长、刁姐而言，作为茶余饭后谈资，"我"之失踪为他们提供了尽可施展一己想象的话题，以满足其于无聊且碎片化境遇中的俗世心态。关于我之失踪之谜的追问，王、周、刁以及其他人各说各话，难有统一。其实，作为实然存在的失踪事件之本相到底如何已不重要，众人所争之答案恰切与否也已无足轻重，重要的是在这场话语狂欢事件中，经由其言行和心态所折射出的小县城所特有的世态、世情以及内在于其中的市民心态或精神样态，则是这个短篇最为引人瞩目的主题表达向度。而对"我"而言，"我"与张红艳非同寻常的工作关系和情感际遇，"我"与玉国身兼同事与好友的日常往来及波折，则永远都是一个不被他人周知的"真实"而消隐于岁月深处。或者说，那些所谓真诚、背叛、委屈等与事件本相相关的话题，也就不再被他人所理解并予以谨严探知。小说以"我"的遭际旨在揭示这种"常态"，深入挖掘平常事件背后那些关涉人性、人情的带有普遍性、总体性的社会话题，其突入现实并敏于观察和解剖小县城世态的文学实践，尤其引人发省。另外，小说在讲述方式上新颖别致，即以虚拟的"魂灵"重归旧地为契机，将当前故事和故往之"我"故事的讲述穿插进行，并以此逐渐打开故事空间，继而呈现多重意蕴。这种文体实践所带来的独特的阅读效果也颇值得读者细加品味。

（张元珂）